本書爲教育部人文社會科學重點研究基地重大項目《明清時期未刊文學評點的整理與研究》（06JJD75011—44005）子課題。

教育部人文社會科學重點研究基地
復旦大學中國古代文學研究中心
叢刊

古代文學名著彙評叢書

震川先生集彙評

黃霖　陳維昭　周興陸　主編
楊峰　張偉　輯著

鳳凰出版社

圖書在版編目（CIP）數據

震川先生集彙評 / 楊峰，張偉輯著. -- 南京 : 鳳凰出版社，2021.6
（古代文學名著彙評叢刊 / 黃霖，陳維昭，周興陸主編）
ISBN 978-7-5506-3435-0

Ⅰ. ①震… Ⅱ. ①楊… ②張… Ⅲ. ①中國文學－古代文論－明代 Ⅳ. ①I206.2

中國版本圖書館CIP數據核字(2021)第091372號

書　　名　震川先生集彙評
輯　　著　楊　峰　張　偉
責任編輯　吴　瓊
裝幀設計　徐　慧
出版發行　鳳凰出版社(原江蘇古籍出版社)
　　　　　發行部電話025-83223462
出版社地址　江蘇省南京市中央路165號，郵編:210009
出版社網址　http://www.fhcbs.com
照　　排　鳳凰零距離數字印前中心
印　　刷　江蘇鳳凰新華印務集團有限公司
　　　　　中國江蘇南京經濟技術開發區堯新大道399號　郵編　210038
開　　本　880毫米×1230毫米　1/32
印　　張　21.125
字　　數　457千字
版　　次　2021年6月第1版
印　　次　2021年6月第1次印刷
標準書號　ISBN 978-7-5506-3435-0
定　　價　148.00圓
　　　　　(本書凡印裝錯誤可向承印廠調換，電話:025-68037411)

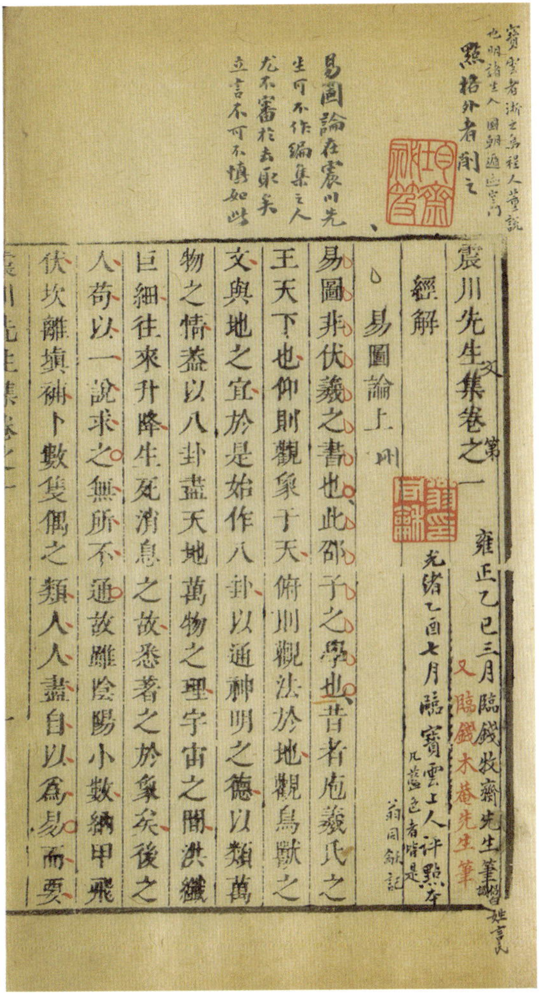

翁同龢臨錢謙益、董説、錢良擇評點本

中國國家圖書館藏

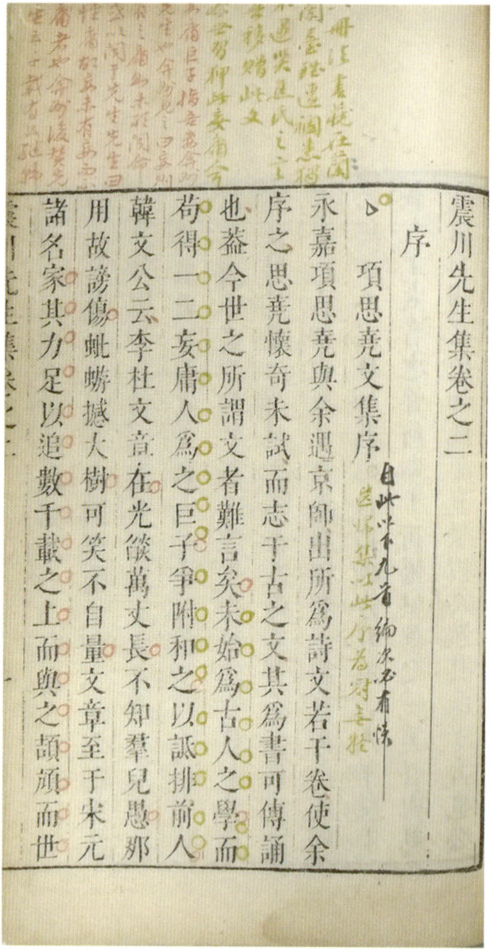

震川先生集卷之二

序

項思堯文集序

永嘉項思堯與余遇京師出所爲詩文若干卷使余序之思堯懷奇未試而志于古之文其爲書可傳誦也蓋今世之所謂文者難言矣未始爲古人之學而苟得一二妄庸人爲之巨子爭附和之以詆排前人韓文公云李杜文章在光燄萬丈長不知羣兒愚那用故謗傷蚍蜉撼大樹可笑不自量文章至于宋元諸名家其力足以追數千載之上而與之頡頏而世

季錫疇臨諸家評點本　復旦大學圖書館藏

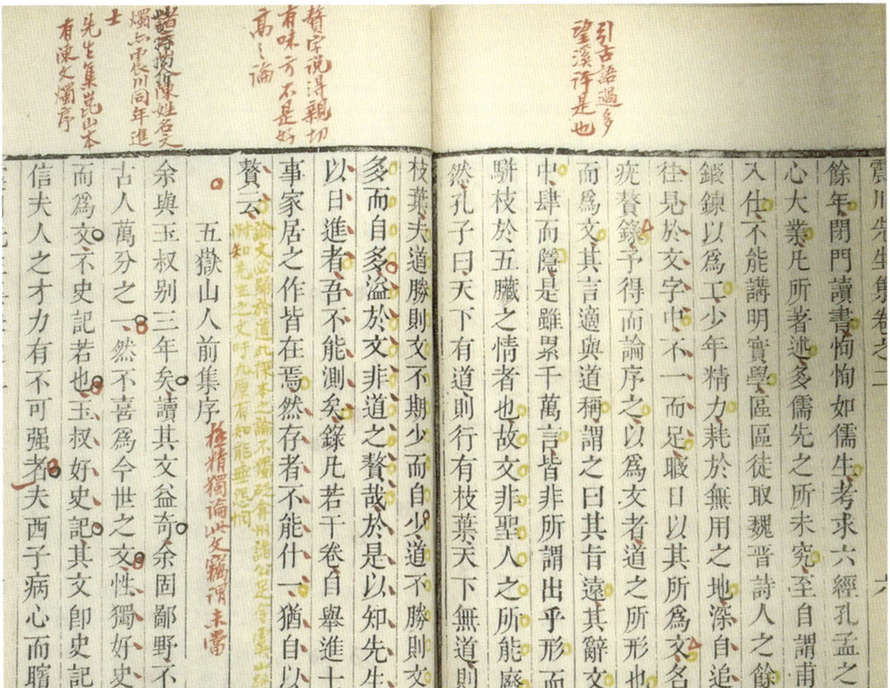

震川先生集卷之二

餘年閉門讀書恂恂如儒生考求六經孔孟之旨潛心大業凡所著述多儒先之所未究至自謂甫弱冠入仕不能講明實學區區徒取魏晉詩人之餘摹擬鍛鍊以爲工少年精力耗於無用之地深自追悔往往見於文字中不一而足暇日以其所爲文名之曰疣贅錄予得而論序之以爲文者道之所形也道形而爲文其言適與道稱謂之曰其旨遠其辭文曲而中肆而隱是雖累千萬言皆非所謂出乎形而多方駢枝於五臟之情者也故文非聖人之所能廢也雖然孔子曰天下有道則行有枝葉天下無道則言有枝葉夫道勝則文不期少而自少道不勝則文不期多而自多溢於文非道之贅哉於是以知先生之所以日進者吾不能測矣錄凡若干卷自舉進士至謝事家居之作皆在焉然存者不能什一猶自以爲疣贅云

五嶽山人前集序

余與玉叔别三年矣讀其文益奇余固鄙野不能得古人萬分之一然不喜爲今世之文性獨好史記勉而爲文不史記若也玉叔好史記其文即史記若也信夫人之才力有不可强者夫西子病心而矉其里

劉體仁臨諸家評點本　復旦大學圖書館藏

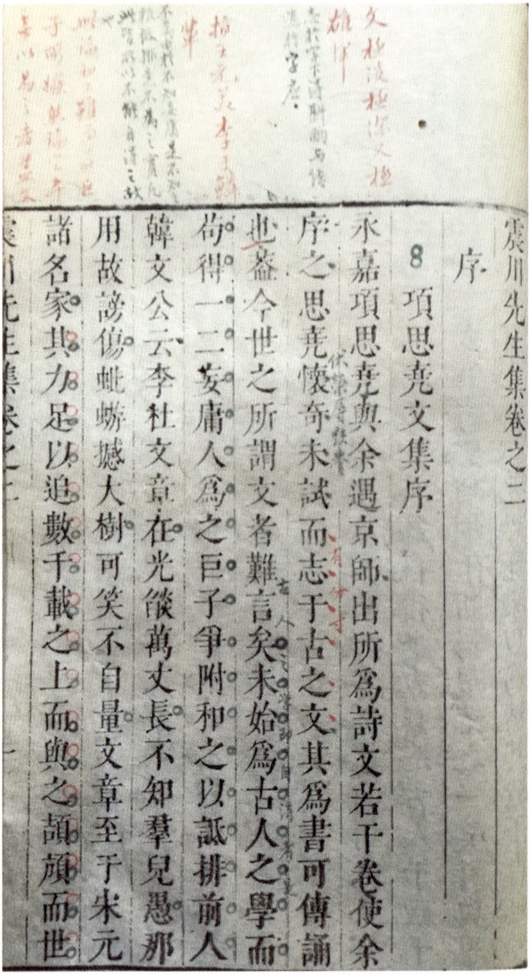

震川先生集卷之二

序

項思堯文集序

永嘉項思堯與余遇京師出所爲詩文若干卷使余序之思堯懷奇未試而志于古之文其爲書可傳誦也蓋今世之所謂文者難言矣未始爲古人之學而苟得一二妄庸人爲之巨子爭附和之以詆排前人韓文公云李杜文章在光燄萬丈長不知羣兒愚那用故謗傷蚍蜉撼大樹可笑不自量文章至于宋元諸名家其力足以追數千載之上而與之頡頏而世

佚名録何焯、張士元評點本　中國國家圖書館藏

目　録

總序 ………………………………………… 黄　霖(1)
前言 ………………………………………………… (1)
凡例 ………………………………………………… (1)
歸有光文集評點本提要 ………………………… (1)

新刊震川先生文集序 …………………… 錢謙益(1)

卷一　經解 ……………………………………… (1)
卷二　序 ………………………………………… (16)
卷三　論議説 …………………………………… (55)
卷四　雜文 ……………………………………… (88)
卷五　題跋 ……………………………………… (103)
卷六　書 ………………………………………… (114)
卷七　書 ………………………………………… (132)
卷八　書 ………………………………………… (144)
卷九　贈送序 …………………………………… (164)
卷十　贈送序 …………………………………… (192)
卷十一　贈送序 ………………………………… (221)
卷十二　壽序 …………………………………… (248)

卷十三　壽序 ………………………………………… (281)
卷十四　壽序 ………………………………………… (317)
卷十五　記 …………………………………………… (337)
卷十六　記 …………………………………………… (374)
卷十七　記 …………………………………………… (393)
卷十八　墓誌銘 ……………………………………… (411)
卷十九　墓誌銘 ……………………………………… (430)
卷二十　墓誌銘 ……………………………………… (451)
卷二十一　墓誌銘 …………………………………… (464)
卷二十二　權厝誌　生誌　壙誌 …………………… (485)
卷二十三　墓表 ……………………………………… (498)
卷二十四　碑碣 ……………………………………… (507)
卷二十五　行狀 ……………………………………… (528)
卷二十六　傳 ………………………………………… (544)
卷二十七　傳 ………………………………………… (561)
卷二十八　譜　世家 ………………………………… (571)
卷二十九　銘頌贊 …………………………………… (578)
卷三十　祭文　哀誄 ………………………………… (589)

部分序跋 …………………………………………… (600)
後記 ………………………………………………… (613)

總　序

黄　霖

一

評點是一種富有中國特色的文學批評樣式，其主要特徵是在正文邊或天頭上有評语或點圈。其評之源可上溯到秦漢的經史之學。如《易》之有繫辭、説卦，《詩》之有《毛傳》《鄭箋》，乃至司馬遷的“太史公曰”，《楚辭章句》每篇前的小序等等，均可視爲其濫觴。後加上看書時隨手“點煩”“點抹”“鈎識”“朱墨别異”等，就形成了一套有圈點、有批語、有總論的評點模式，並逐步完善化。宋中葉以後，始有刻本①。宋元間曾産生過吕祖謙、真德秀、方回、劉辰翁等著名的文學評點家。至明代，刊刻評點之風大盛，整個清代也久盛不衰，以至到當代，一些評本的出版還絡繹不斷，致使若干小説作家也按捺不住，紛紛伸紙弄筆，批點起一些古典文學名著來了。

文學評點的走紅，恐怕與宋代吕祖謙《古文關鍵》的一炮打

① 葉德輝：“刻本書之有圈點，始於宋中葉以後。”耿素麗點校《書林清話》卷二，國家圖書館出版社 2009 年版，第 23 頁。

響頗有關係。俞樾曾評此書曰："先生論文極細，凡文中精神、命脉，悉用筆抹出；其用字得力處，則或以點識之；而段落所在，則鈎乙其旁，以醒讀者之目。學者循是以求，古文關鍵可坐而得矣。"[①]《古文關鍵》的評點，不僅使一些經典選文精神全出，而且其卷首的"總論"也十分精闢，如《論作文法》云：

文字一篇之中須有數行齊整處，須有數行不齊整處。

或緩，或急，或顯，或晦。緩急顯晦相間，使人不知其爲緩急顯晦。

常使經緯相通，有一脉過接乎其間，然後可。蓋有形者綱目，無形者血脉也。

有用文字，議論文字是也。爲文之妙，在叙事狀情。

筆健而不粗，意深而不晦，句新而不怪，語新而不狂。

常中有變，正中有奇。

題常則意新，意常則語新。

辭源浩渺而不失之冗，意思新轉處多則不緩。[②]

諸如此類，都是創作經驗的總結，具有高度的概括意義。

其後，樓昉《崇古文訣》、謝枋得《文章軌範》、周應龍《文髓》、真德秀《文章正宗》等相繼致力於選文評點，揭示"文法"，"抽其關鍵，以惠後學"[③]，捲起了第一陣文學評點的旋風。這一代評家，多深得文章奧秘，下筆淵雅得體，故其書能風行，其人

① 俞樾《東萊先生古文關鍵後跋》，清光緒廿四年江蘇書局本《東萊先生古文關鍵》卷末。

② 吕祖謙《論作文法》，清光緒廿四年江蘇書局印本《東萊先生古文關鍵》卷上，第3頁。

③ 樓昉《崇古文訣》卷首，景印文淵閣《四庫全書》本，臺北商務印書館1986年版，第1354册，第2頁。

亦足傳世。明人隨其後，文學的評點擴而大之，推向詩詞稗曲各體，乃至對儒家的經典也敢用文學的眼光、評點的手法去重新解讀，真可謂是百花競放。到明末清初，終於出現了如金聖歎這樣天才的評點大家，將文學評點推向了高峰，爲中國古代的文學理論特別是敘事文學理論做出了不可磨滅的貢獻。然而，凡事如一窩蜂式地爭上之時，必然是泥沙俱下，並招致一些嗜利之徒蠅營蟻附而拼命跟風炮製，幾使部部名著有評點，家家書肆出評本，其粗劣、惡俗、拼湊、抄襲之作也就層見疊出，這就必然使評點遭致一片詬病，乃至詈駡之聲。

當然，假如對於評點的否定僅僅是針對一些粗劣惡俗之作而發，當天經地義，無可厚非。然在歷史上蔑視與否定評點的緣由並非這麽簡單，主要還是有相當一批有影響的文人學士在思想認識上並不認可這種批評樣式。

第一類是封建社會中的儒學衛道者。他們將儒家經典奉爲神明，就將用非傳統的儒家觀點與方法來評點《詩經》《尚書》之類視之爲旁門左道，甚至是洪水猛獸。如錢謙益、顧炎武等看到孫鑛、鍾惺等評點《詩》《書》而被世人"奉爲金科玉律，遞相師述"，"天下之士，靡然從之"之時，就起而痛批，甚至上綱到"非聖無法"的地步，説：

> 古之學者，九經以爲經，三史以爲緯……敬之如神明，尊之如師保……越僭而加評騭焉，其誰敢？……妄而肆論議焉，其誰敢？評騭之滋多也，論議之繁興也，自近代始也。而尤莫甚於越之孫氏，楚之鍾氏。孫之評《書》也，於《大禹謨》則譏其漸排矣；其評《詩》也，於《車攻》則譏其"選徒囂囂"，背於有聞無聲矣。尼父之删述，彼將操金椎以穀之，又何怪乎孟堅之《史》、昭明之《選》，詆訶如蒙僮，而揮斥如徒隸

乎！……是之謂非聖無法，是之謂侮聖人之言。……學術日頗，而人心日壞，其禍有不可勝言者！①

後來，顧炎武在《日知録》中談及鍾惺時，照抄了錢謙益的話，在指責鍾氏評點"好行小慧，自立新説"的同時，更説他是"文人無行"，甚至是"病狂喪心"②。

第二類是將評點同"八股"簡單等同者。評點流行過程中，確與時文八股關係密切。八股文本身也是古代的文章之一，其"文法"自然與"古文之法"息息相通，所以，《古文關鍵》一類書所揭示的"作文之法"，對於應試者來説也是枕中秘寶。而評點這些"作文之法"者也往往是爲了給應試學子提供方便。比如《文章軌範》一書，王陽明在爲其作序時就指出，謝枋得的選評是"有資於場屋者"，他所標揭的"篇章句字之法"，"獨爲舉業者設耳"③。萬青銓在《文章軌範跋》中進一步引申説，編選者"蓋欲學者由舉業以達於伊、傅、周、召，不能不教之，用韓、柳、歐、蘇之筆，發周、程、張、朱之理，以期有當於孔、曾、思、孟之心，有當於千百世上下人之心"④。事實上，大量的評點之作爲當時的應試學子提供了仕途進取的實用門徑。所以，明清兩代，特別是科舉廢除之後，學界往往給評點戴上"八股"的帽子而加以否定。如胡適、魯迅等在否定金聖歎的評點時，都是用上了這頂

① 錢謙益《葛端調編次諸家文集序》，《牧齋初學集》卷二十九，《四部叢刊初編》本，第269册，第6頁。

② 顧炎武《日知録》"鍾惺"條注，《日知録集釋（外七種）》影印本中册卷十八，上海古籍出版社1985年版，第1428頁。

③ 王守仁《文章軌範序》，謝枋得《文章軌範》卷首，景印文淵閣《四庫全書》本，第1359册，第543頁。

④ 萬青銓《文章軌範跋》，謝枋得《文章軌範》卷首，光緒二十一年冬湖北官書處重刻本卷首《文章軌範跋》第1頁。

帽子。胡適在《水滸傳考證》中説金聖歎評《水滸》曰:“這種機械的文評正是八股選家的流毒,讀了不但没有益處,並且養成一種八股式的文學觀念,是很有害的。”[①]魯迅在《談金聖歎》一文中全面否定金聖歎時也説《水滸》經他一批,“行义布局,也都被硬拖到八股的作法上”[②]。胡適、魯迅等人的看法在二十世紀三十年代到七十年代影響很大。

第三類是將評點視爲“純藝術論”而加以拋棄者。在相當長的一段時間内,我們的文學理論的指導思想是重内容而輕形式,甚至簡單地將注重形式美判定爲“形式主義”“純藝術論”。在這樣的潮流中,評點也就被看作是表現“形式主義”“純藝術論”的糟粕。郭紹虞在1979年版的《中國文學批評史》之“六二”《評點之學的理論》中就説:“明代文壇也可説是熱鬧喧天了。然而結果怎樣呢?最後的結穴却成爲評點之學。我們從這一個歷史的教訓看來,也就可以知道唯心的觀點和純藝術的論調之爲害於文學與文學批評是没法估計的。”他説“評點之學”的“眼光只局限於形式技巧,那就所得有限。然而他們沉溺其中,迷不知返,還自以爲走的是正路呢”[③]。

從明代以來的這些蔑視、否定文學評點的看法實際上都是不能成立的。古代的文學評點不是壞在“非聖無法”,恰恰相反,好的評點作品往往就在於能離經叛道,特立獨行,有創新意識。凡是不成功的評點之作,大都壞在不能衝破一套封建教條與僵化的批評方法,只知一味順應封建統治者所好,而

① 胡適《水滸傳考證》,《胡適古典文學研究論集》,上海古籍出版社1998年版,第745頁。

② 魯迅《談金聖歎》,《文學》第一卷第一號,1933年7月1日。

③ 郭紹虞《中國文學批評史》,上海古籍出版社1979年版,第446、452頁。

背離了百姓,背離了時代。不要説像《詩經》那樣本身是屬於"經"的作品要擺脱"尊聖""宗經"的觀念十分困難,就是小説、戲曲類的作品,大量的枯燥無味的評點就是用一套封建的標準來臧否人物,評價是非,而對作品的藝術性則置若罔聞。這樣的評點作品,理所當然地要被讀者所拋棄,被歷史所淘汰。只有像金聖歎那樣有膽有識,用獨特的思想、文學的觀點和精美的語言來評點的,纔是真正有價值的文學批評,值得我們去發掘與研究。至於評點受八股的影響,並不全是壞事,甚至可以説在總體上看是好事。因爲八股恰恰是引導中國文學批評走進追求文學形式美大門的重要使者。八股作爲一種考試形式,要求代聖人立言,束縛人們的思想,當然要拋棄,但八股是建築在中國文字特點上的一種形式美的總結。應該承認,它作爲一種表現形式,確實是美的。壞的不在於八股這一形式的本身,壞是壞在將這一種、僅僅是一種美的形式僵化,一元化,逼着文人們都去走這華山一條路。正像肉是美味的,但假如要你天天吃、頓頓吃,那就味不美了。金聖歎等總結的種種"文法",是明顯地帶有八股味,但正在這裏他們很好地總結了一些小説、戲曲、詩文表現的藝術特點與表現技巧,對中國古代文學理論與創作的發展是大有貢獻的。實際上,好的評點,就是當時的"新批評",就是將文學當作文學來讀。它們既講藝術,也有思想,如金聖歎評《水滸》,既將《水滸》的藝術奥秘條分縷析,也能充分地暴露了貪官污吏的醜惡嘴臉,揭示了《水滸》英雄的人性之美。他的評點根本就不是"純藝術"或"形式主義"的。因此,如今要將評點的研究引向康莊大道,首先要徹底拋棄以上所説的三道"緊箍咒",特别是後兩道,因爲這已經深深地印在現當代一些人的頭腦中,恐怕不時還會有人拿出來念念有詞。

解放了思想,纔能正確地去認識評點的價值。我曾經將包括評點在内的中國古代文學批評的特點概括成“即目散評”四個字。所謂“即目”,即寫於閲讀直覺的當下;所謂“散評”,即顯得並不完整與條貫。這實際上與中國文論的思維特點着重於直覺體悟密切相關,可以説是直覺體悟思維的必然結果與外在表現。在中國古代,曾經有過一些經年累月寫成的較有條理、略成體統的文論之作,如《文心雕龍》《詩藪》《原詩》等等,但這樣的作品實在不多,大量的是在感性直覺的主導下,將即目或即時體悟所得,信手揮灑而成,因而多爲散體的點評。像詩格、詩話(包括詞話、曲話、文話等),乃至以詩論詩及詞、文、曲、稗等都是,評點即是其中的一種。它們大都是由評論者即目所悟,直抒己見,隨手作評,點到爲止,往往給人以一種零散而雜亂的錯覺,但實際上,一個成熟的評家往往在心底裏潛藏着一根理性的標尺,其直覺的批評從根本上是並未脱離他的理性思維,所以多數著作是表現爲形散而神完,外雜而内整,有一個核心的見解或理論包容在裏面,或重格調,或標性靈,或倡神韻,一絲不亂。一部《第五才子書水滸傳》,金聖歎就小説中的人物、叙事、寫景,乃至一句一字的點評,看似信手拈來,隨意點到,却都圍繞着他的“性格論”“因緣説”“動心説”“結構論”“文法論”等,井井有條。其中不少評點本不但有評議,而且有圈點。一些圈點記號,十分醒目,不繁言而使人一目了然。當然這裏也留下了一定的空白,讓讀者自己去想象,去思考。它們就是用了最爲經濟的符號與文字,引導讀者用最爲節省的時間去理解詩歌的要義與文法的美妙,這就是中國古代文論的一個明顯的表現特點。

這種特點,現在還常常被一些人否定。說得不客氣一點,這些人中相當一部分實際上根本不懂文學批評的本質特點。文學批評就要從文學的角度上來作批評。評點的長處,就在於憑着切身的感受、真實的體味,用自己的心貼近著作者的心去作出批評,而不是編造懸空的理論,或者是搬用別人的所謂理論來硬套。現在西方的有些理論,越來越離開文本,弄得那麼玄乎,甚至爲了理論而理論。然後有一些人跟在屁股後面,戴着某種理論的眼鏡,將文本作爲没有生命的標本放在手術臺上,去作冷漠的解剖,這樣的批評早已離開了鮮活的生命體驗,往往就會給人以一種"隔"的感覺。可惜的是,我們現在的文學批評大都是這樣的批評。而評點就與此相反,能呈現出一種"不隔"的特點。這種"不隔"的特點,往往能在讀者與評者、再與作者的兩個層次上達到心靈融合的境地:第一個層次是評者與作者的心靈融合,第二個層次是讀者與批者、作者的心靈融合。評點家在評點每一部作品時,決不能走馬看花、浮光掠影地將文本一翻而過,而是必須細讀文本,身入其境,通過對每一個字、詞、句的細細咀嚼,與作者心心相印,真正達到"知人論世"的地步,纔能一言中的。而當讀者在閱讀時,由於正文與評點是緊密地結合在一起的,所以往往能通過評點而深入地瞭解作者的匠心,引發更廣闊的想象空間,或者通過正文而體味到評者的眼光,從而更細緻、更全面地理解作品的旨意與妙處。評點就是溝通讀者與作者之間的一座橋梁,就是一種鮮活而不是僵硬、靈動而不是冷漠的文學批評。它有鮮明的民族特點,有豐富的理論資源,是我們的祖宗留給我們的一份寶貴遺産。正因此,它雖幾經風刀與霜劍,但仍明媚鮮豔到今天。

二

對於評點這樣一份寶貴而豐富的遺産，今天我們有責任將它整理、研究並發揚光大。彙評，就是一種很好的整理方式。

文學名著評點的彙輯工作，原盛於明代。當時，由於社會經濟的發展，版刻事業的進步，作者、讀者、出版商從各自的立場上分别認識到了評點的價值，同時又受到了解經之作“集解”“集説”“義海”“纂言”“輯説”“義叢”“會説”之類的直接影響，於是在歷史與文學的名著作品中陸續出現了“評林”“合評”等彙評式編著。較早且形成影響的有凌稚隆輯《史記評林》《漢書評林》等。之後，明清兩代各種文集乃至小説的集評層出不窮，諸如楊慎選《合諸名家合評三蘇文選》、周珽輯《唐詩選脉會通評林》、李廷機選《新刻注釋草堂詩餘評林》、于光華編《文選集評》等等。這些彙評本多數是用心彙輯、認真出版的，充分顯示了它們特有的文獻價值、理論價值與傳播價值。

彙評本的文獻價值顯而易見。在網羅一時有關名著評點的目標下，必然保存了大量或罕見或珍貴的材料。一部《史記評林》，彙集了自漢晋至明代嘉、隆年間百餘家論評《史記》的文字，保存了十分豐富的資料。茅坤爲此書作《序》稱：“猶之采南山之藥，而牛溲、馬渤、敗鼀、破鼓，君無不以貯之篋而入之肆，以需異日倉公、扁鵲者之按而求也。……噫，此編也，殆亦渡海之筏矣。”[①]它確實爲後來研究《史記》者鋪設了一條堅實的道

① 凌稚隆輯校、李光縉增補、于亦時整理《史記評林》第一册，天津古籍出版社1998年版，第21—22頁。

路。然而,在其引用的百餘家書目中,至今不少已經亡佚,就賴此書以存其吉光片羽,這就顯示了它的文獻價值。這也誠如《四庫全書總目》評《古文集成》的彙評所云:此書"所録自春秋以逮南宋計文五百二十二首,其中宋文居十之八,雖多習見之作,而當日名流其集不傳於今者,如馬存、程大昌、陳謙、方恬、鄭景望諸人,亦頗賴以存。所引諸評,如槐城、松齋、斅齋、郎學士、《戴溪筆議》《東塾燕談》之類,今亦罕見。其書且有未知其名者宋人選本,傳世者稀,録而存之,亦足以資循覽也"①。

爲了保證我們的彙輯也具較高的文獻價值,故在主觀上也是力求窮盡當下所存的評本。比如《西厢記》一劇版本繁多,現存明刊本(包括重刻本)有110餘種,清刊本也有70種左右。自日本學者傳田章作《明刊元雜劇西厢記目録》以來,已有多種專論、專著著録或考論其各種版本的異同優劣。粗看起來,人們對其版本的搜求與著録已經網羅殆盡。其實不然,如現存的少山堂本《新刻考正古本大字出像釋義北西厢》,刊於萬曆七年,是弘治本後萬曆年間最早的《西厢》刊本②,比人稱"《西厢記》評點史上的發軔之作"③徐士範本《重刻元本題評音釋西厢記》早一年。然而由於此本藏於一個比較特殊的圖書館,致使長期"藏在深閨人不識"。這個圖書館是日本東京的御茶之水圖書館。這是一個"婦人專用"的圖書館,一般只提供18歲以上的女性閱讀,所以連當年在不遠的東京大學工作的傳田章教授編

---

① 《四庫全書總目》,中華書局1965年影印本,第1703頁。

② 美國加州大學柏克萊東亞圖書館藏劉應襲刊本《李卓吾先生批評西厢記》有牌記云梓於"萬曆新歲"。此"新歲"是指新的一年,而並非是"元年"。據李贄批點《西厢記》的具體情況及文本批評文字,此書當刊於萬曆後期。

③ 譚帆《論〈西厢記〉的評點系統》,《河北師院學報》1990年第2期。

寫《明刊元雜劇西廂記目録》時也著録爲“未見”，東京大學名教授田仲一成所撰《關於十五、六世紀爲中心的江南地方劇的變質》一書中詳論明代“《西廂記》諸本”時也未論列，至於他國學者更未置一詞[1]，故往往被研究者所忽略。其實，這是一部很有價值的評點本。筆者就設法將此本的評點抄出，輯進我們的彙評本。與此情況相近，新近發現的劉應襲評點的《李卓吾批評合像北西廂記》，也是一部稀見的孤本，藏於美國伯克萊加州大學東亞圖書館，也輯進了我們的彙評本。這些都增强了我們彙評本的文獻價值。可以説，本叢書各彙評本都輯進了數量不等的珍本，特别是杜詩的彙評本，收羅了大量稀見的稿抄本、孤本，一旦問世，都可給學者提供不少有用的文獻資料。我們在整理彙評的過程中，還發現了不少評本本身就輯録了一些後來亡佚的評點文字，十分珍貴。例如在金批系統的《西廂記》中，有一種《朱景昭批評西廂記》，係抄本，其書中録有王思任批語數則，十分罕見。本來，王思任有關《西廂》的評論文字僅見兩篇：一爲《三先生合評本北西廂》的序言，一爲《王季重十種》中的《王實甫〈西廂記〉序》。至於是否有過“王思任《西廂》評本”，却早成爲一桩學術公案。傅惜華先生《元代雜劇全目》等重要書目都將它列出，但也都無法提供文獻證據。蔣星煜先生因而認爲它“並不存在，王思任嘗爲《三先生合評本北西廂》作過一篇短序，因此書流傳不廣，後人以訛傳訛，王思任‘作序’本竟成

① 蔣星煜《論徐士範本〈西廂記〉》：“而萬曆七年(1579)金陵胡氏少山堂刊本…… 過去我國戲曲家也從未有過評述。”後也未見有人評述。見《〈西廂記〉的文獻學研究》，上海古籍出版社 1997 年版，第 53 頁。

爲王思任'評本'了"[1]。但是,我們在整理彙評本的過程中,發現就在王氏身後不久的同鄉朱璐批本中録有幾條罕見的王氏批語,這就不能不使人相信確實有王氏評本的存在,並進一步瞭解王思任的戲曲觀點[2]。與此同時,也更使我們明確彙輯文學名著的評點本,將會使我們發現更多的文獻資料,推動文學研究的進展。

彙評本的文獻價值不僅僅表現在文論方面,而且對於鑒别各本的先後、優劣與真僞等也具有實用的意義。特别是在明代,評點盛行,書商見有利可圖,往往用抄襲、托名的辦法紛紛炮製,搞得同一種名著、同一個評家的名下不斷冒出不同的版本,各本間良莠不齊,魚龍混雜,真假難辨。但假如將它們彙輯在一起,冒牌的狐狸尾巴馬上會顯現出來。這種現象,在《西厢記》出版過程中表現得特别突出。或許是由於《西厢記》故事特别能打動人心,篇幅又比之《三國》《水滸》之類較小,刊刻的成本不大,出版的時間迅速,因此,其不同的版本、包括評本恐怕比之任何一部小説戲曲更多。據目前所知,《西厢記》的評點本尚存 20 餘種,其中顯然有一些是抄襲前人、臨時拼凑的急就章。我們且看《西厢記》"楔子"中老夫人説"因此俺就這西厢下一座宅子安下"一句後的評語就可略見一二:

容與堂本李卓吾眉批:老夫人原大膽,和尚房裏可是住的?

孫鑛本眉批:老夫人原大膽,和尚房裏可是住的?

---

① 詳見蔣星煜《王思任評本〈西厢記〉疑案》,載《華東師範大學學報(哲社版)》1998 年第 2 期。

② 参見韋樂《清代〈西厢記〉評點研究》,復旦大學 2010 年博士學位論文,第 26—27 頁。

三先生合評本眉批：和尚房豈可内家住？老夫人甚欠明白。

魏仲雪本眉批：老夫人原大膽，和尚房裏可是住的？

徐筆峒本眉批：老夫人原大膽，和尚房裏可是住的？

從中可見，這句批語自容本之後，孫鑛本、魏仲雪本、徐筆峒本都是一字不差在照抄的。三先生本的文字雖然不同，但語意也是一樣的。再看"楔子"中張生歎曰"暗想小生螢窻雪案，刮垢磨光，學成滿腹文章，尚在湖海飄零，何日得遂大志也呵"之後，容與堂本旁批："不獨你一個。"後三先生合評本、魏仲雪本眉批、徐筆峒本眉批也都照樣批曰："不獨你一個。"諸如此類相同的批語極多。在當時，孫、魏、徐等都頗有名氣，似不會這樣張狂抄襲。合理的推測，當爲書商借用他們的聲名來炮製贋品。彙輯本將不同評本的批語彙輯在一起相互比較，猶如葱拌豆腐一样，其評本的真僞優劣就一清二楚。

彙評的理論價值，就在於它能集各家之説於一處，"可以融会群言"①，在客觀上形成了對批評對象的一種個案批評鏈，方便人們在縱横比較中認知歷史，認知真諦，認知方向。這種比較的優勢，是由於就某一篇文章，某一種觀點，某一類表達不同的批評鱗次櫛比地集中在一起，給人以一種短兵相接、針鋒相對、一針見血、痛快淋漓的衝擊。例如劉濬的《杜詩集評》在彙評《八哀詩·故右僕射相國張公九齡》處共引録了朱鶴齡、李因篤、吴農祥、王士禛等人批語多條。在這些人的衆多批評中，一般多作讚揚語，而王士禛則發表了與衆不同的意見，説：

① 《四庫全書總目》關於張鳳翼《文選纂注》的提要，中華書局 1965 年影印本，第 1773 頁。

《八哀詩》本非集中高作，世多稱之，不敢議者，皆揣骨聽聲者耳。○《八哀詩》最冗雜，不成章，亦多囈語，而古今稱之，不可解也。

後來有人進一步批評《八哀詩》“拉拉雜雜，紛乘龐集”的缺陷。這類批評十分尖鋭，讀後足能增進人的見識。

同時，彙評將前後不同時代、具有不同思想品格、藝術趣味的批評家的觀點彙集在一起，它實際上成了有關名著、有關作家、有關問題的一部接受史、闡釋史，從中可以看出不同時代的哲學觀念、學術思想、文學觀念之異同與演進。在這裏，可以看到後人的批點不僅僅在於發表不同的批評意見，也有補充、完善、發展性的。如對杜甫《發同谷縣》一詩，吴農祥稱該詩“一氣讀，一筆寫，相見尋常事却説得駭異不同，此人人胸臆所有，人不道耳”。對此，吴廣霈補充説：“非人不道，實人人道不出耳。”從“人不道”，到“人道不出”，就進一步突出了杜詩的超妙和難以企及，是一種發展。有些問題也將會沿着同一個大方向論述得越來越深入。這在關於論定《西厢記》之類歌頌青年男女愛情的作品中表現得比較突出。當時抒寫的青年男女違反封建禮教而自主戀愛，就容易在社會上引起争議。在這漫長的争議過程中，評點都從不同的角度來肯定《西厢記》的愛情描寫，充分地展示了闡釋、接受《西厢記》的歷史過程。

評點與彙評工作的文學價值，還表現在各抒己見的過程中，在理論上豐富與發展了中國古代的文學批評的内涵。首先看我國古代的寫人論。在宋、明以前，以詩文批評爲基點的文論，雖然也偶而涉及人物批評，但很不充分。元、明以後，隨着小説戲曲創作的繁榮，中國的寫人論也得以迅猛發展，特别是在傳統哲學與畫論的影響下所形成的“形神論”，在小説與戲曲的評點本中得到前所未有的豐富與完善。作爲形神論的補充與發展,在中國古代文論中、特别是在小説戲曲的的評點中,又引人注目地提出了一個富有創意的理論範疇"態"。"態"超越了描寫對象的形與神,而又相容了人物形象的神與形。正因爲"態"具有形神相容而又超越形神的特點,它似無形而有形,説有形而實無形。可見,"態",就是傳統寫人論中超越形神的一種特殊的審美境界,具有相對獨立的品格。它又與現代的所謂"體語""態語""體態語""態勢語""人體語言""肢體語言"等方面的理論具有相通之處,故值得我們重視①。

評點也豐富、發展了傳統的范疇論。如戴問善在《西厢引墨》中提出的"恰",指的是《西厢記》作者寫出了一般人不能道出的讀者對作品的接受期待。换一個角度看,也就是劇中人物的一言一行都最恰當地表現了當時的心理狀態、性格特徵與身份處境等等。這個"恰"與"真""自然"等範疇的意思有點接近,但也略有差别。"真"是側重在作品所反映的客觀世界作爲標準來加以衡量,"自然"也關係到主體表現的角度上加以考慮,而"恰"是側重在從主體表現的角度來批評,又融入了讀者接受時的感受,所謂"蓋人人心頭口頭所恰有"者也②。又如方拱乾批點《杜詩論文》時以"緒"論詩,也值得注意。"緒"字本義是絲綫的端頭,由此而衍生爲清理頭緒之意,就有思路、綫索、條理的意思,再有餘留、遺下之意,所謂"餘緒"等等。此"緒"字自劉勰在《文心雕龍》中引進論文,説"章句在篇,如繭之抽緒"之後,

① 參見李桂奎、黄霖《中國古代寫人論中的"態"範疇及其現代意義》,《學術月刊》2007 年第 11 期。

② 參見韋樂《清代〈西厢記〉評點研究》,復旦大學 2010 年博士學位論文,第 145 頁。

至宋明以下用"緒"論文者漸多,到清代使用者更爲普遍。正是在這樣的背景中,方拱乾在卷首的題識和序言中提綱挈領地申述了有關"緒"的理論,又輔以大量的批點,將"緒"這個範疇突出了出來,不但成爲他論文的一大特色,同時也豐富了中國古代文論的寶庫①。

在明清兩代的評點中,"文法論"的蓬勃發展也特别引人注目。"文法論",就是在《古文關鍵》卷首《總論看文字法》所總結的多種"作文法"之後,加以發揚光大的。《新刻繡像批評金瓶梅》就在評點中提出了諸如"躲閃法"(第 21 回)、"捷收法"(第 57 回)等文法,雖然比較零碎,但明確概括了一些"文法"。到金聖歎在批評《水滸傳》時就比較系統化了。他在《讀第五才子書法》中就集中總結了"倒插法""夾叙法""草蛇灰綫法""大落墨法"等近二十種法。後來的毛綸毛宗崗父子、張竹坡、脂硯齋等又有所發展,名目更多,如"回風舞雪、倒峽逆波法""由遠及近、由小至大法""横雲斷嶺法""偷度金針法"等等。這些叙事"文法",雖然有的含義比較模糊,但它畢竟形象地總結了不少叙事文學的表現手法和形式美,不但推動了以後的創作,而且對今天也還是有一定的借鑒作用的。

文學名著的彙評本還有巨大的傳播能力,這是由於評點這種批評形式是隨文下筆,即興感言;有批有點,點到爲止;文筆靈動,餘意不盡。所以不論男女老少,讀來明白好懂,饒有興味,常常會愛不釋手,容易接受與傳播。如今將它們彙集在一起,猶見千巖競秀,萬壑争流,更能引人入勝,"興起其嗜學好古

① 參見曾紹皇《杜詩未刊評點的整理與研究》,復旦大學 2010 年博士學位論文,第 194 頁。

之念"[①],很能引發讀者的閲讀欲、想象欲。更何况大量的評點之作是面向廣大青少年學子的。它們作爲古代教學的實用教材,如今又將有關評點彙輯在一起,省去了许多查覓翻檢之勞,這正如王世貞《史記評林序》所言:"蓋一發簡而瞭然若指掌,乂林然若列瓌寶於肆而探之也。"[②]這就自然會得到廣大家長與學子的普遍歡迎,擁有了巨大的市場,從而使一部部文學名著經彙評的新包裝後,以一種新的面貌,又一次得以傳播。

三

彙評在保存有關文獻、總結理論批評、傳播文學名著等方面有如此重要的作用,這就是引起我們重視這一工程的根本原因。再看當前古籍保存的實際情况,國内外各大圖書館還塵封着相當數量的評點本,由於長期以來對評點的忽視,致使這些多爲孤本、罕見本的評點本不少已在存亡之間,亟待搶救、整理和研究。這就更使我們下定决心,對尚存的文學評點本進行一次廣泛的調查、輯録、考辨、整理與研究。

當然,在我們的前輩與同行中,早有一些有識之士在這方面作了努力,特别是在一些小説名著的彙評方面,已經取得了可喜的成績。早在 20 世紀 50 年代,俞平伯就開始對《紅樓夢》的脂評進行整理,60 年代有《聊齋志異》彙評,至 80 年代以後,《三國演義》《水滸傳》《金瓶梅》《儒林外史》《紅樓夢》等都陸續有了彙評本。近年來,一些唐宋詩、詞、散文等也有若干彙評之

① 黄汝亨《批點前漢書序》,《寓林集》卷一,明天啓四年刻本卷首。

② 王世貞《史記評林序》,凌稚隆輯校、李光縉增補、于亦時整理《史記評林》第一册,天津古籍出版社 1998 年版,第 13 頁。

作。但是，總的説來，除小説文體的彙評之外，多數工作顯得比較零碎，不成系統，疏漏與闕略也多。有鑒於此，我們這次的彙評工作，除小説之外，準備將歷代文學名著的評點有系統地進行收輯與整理。從《詩經》《楚辭》《文選》一類文學經典，到陶淵明、杜甫、韓愈、柳宗元、蘇軾、歸有光等詩文别集，再到《西廂記》《琵琶記》《牡丹亭》等戲曲名著起步，開放性地逐步擴大范圍。這一工作實際起步於 2006 年，屈指算來，已有十年，但由於這一工程規模浩大，因難多多，非亲历其事者，恐難知其中之甘苦。令人欣慰的是，這項工作同時也得到了各方專家的關注與支持，故還是一步一步地在按計劃前進。我們將成熟一部先出版一部，希望在不久的將來，當全部告竣付印之時，再集中推出一套比較完整的中國古代文學名著彙評的叢書，以饗讀者。

前　言

歸有光是對後世產生深遠影響的散文大家，清代的桐城派就視他爲散文創作上的重要途轍。事實上，除了桐城派的推舉外，清代還有很多人評點過《震川先生集》。據筆者的考查，今天能看到的清人評點材料超過二十家，留下了數量可觀又極具卓識的評語，對於這份重要的文獻資料，至今尚缺乏系統的整理。在諸家評點中，董説、陳維崧、崔徵麟、何焯、鮑倚雲、殳山夫、張士元、王元啓、林紓等人的評點尤其值得注意，他們的評點活動既是"我注六經"，又是以"六經注我"，不僅對歸有光散文的内涵多所闡發，也體現了他們本人的文學識見。且由於他們或與桐城派無甚關聯，或與之保持較遠的距離，他們的觀點與方苞、姚鼐、曾國藩等桐城派主要人物之間存在較大的分歧。故而，諸家評點既有助於深化我們對歸有光散文的認識，又能鮮明映射桐城派、乃至整個清代散文創作和批評的狀況。

震川文是"經術湛深"還是"道之贅"

唐宋古文家們講究"載道""明道"，這一宗旨深爲後世文家所奉行，歸有光也是"載道""明道"的忠實踐行者，他在《雍里先生文集序》中説：

> 以爲文者,道之所形也。道形而爲文,其言適與道稱,謂之曰:其旨遠,其辭文,曲而中,肆而隱,是雖纍千萬言,皆非所謂出乎形,而多方駢枝於五髒之情者也。……夫道勝,則文不期少而自少;道不勝,則文不期多而自多。溢於文,非道之贅哉!①

至於歸有光的散文創作是否達到了"道勝"的目標,諸評家與桐城派存在較大的分歧。

在對具體篇目的評點中,評點家們多指出歸有光並非只是"超然當世名家"的文家,其文章多浸潤着精湛的經學修養,具有顯著的通經達用之色。如《洪範傳》一文,尤侗評道:"自'念之''受之'以下皆所以發其'所好德'之心,而發其'所好德'之心用爲'斂福''錫民'之寶,此是公獨見處,一經指破,便覺箕子本旨鑿鑿如是。"鮑倚雲也評此文道:"貫穿融洽,表裏通透,極平實極深微,見先生窮經之力。其文亦金精玉粹,一片渾古之氣凝結而成。"再如《馬政議》一文,乃歸有光有感於當時馬政制度之弊而作,諸評家也切實指出它爲有用之文,董説評道:"讀公《馬政》而生古井田之思。"陳維崧評道:"其如馬政利弊,亦如九方皋之相馬矣,湛深經術,而又出之以曉暢,固非先生不能。"崔徵麟評道:"勢突兀而意自在,絶去轉接之痕,當玩其奇。洪、永之制雖不如古昔無弊,然大旨尚欲得馬。自庸臣變更以來,其意直不欲馬矣。馬可一日無哉?不得已而能復舊制,庶幾得馬之心也。"《洪範傳》和《馬政議》這類文體本應表現作者經綸世務之思,合於經術是自然之理。

---

① 歸有光《震川先生集》,周本淳校點,上海古籍出版社 1981 年版,第 26 頁。

值得注意的是，諸評家認爲歸有光的經術修養不僅表現於此類篇目，而且還貫穿於被視爲應酬之作的贈序、送序、賀序、碑版文等文類中，如《歸府君墓誌銘》一文，陳維崧評道："湛深經術之文，不意於墓誌中得之，此則唐宋八家所無也，必傳何疑。"崔徵麟評道："公於此等事生平所極留意者，故寫得十分精彩。常痛天下日趨於貧而救貧無奇策，只今世咸知力本之爲貴，講求耕牧之道，深識稼穡之艱難，自然去華務實。節用愛人，開源塞流，如是十年庶乎其可也。然必得人以任之，讀結語令我慨然！"張士元也評此文道："使他人爲此誌，得前半之古潔已足矣，焉能復有後幅之大議論耶？叙議精密，詞色古雅，此等文昔人所少。"直至近人徐世昌還評道："議論堅樸，氣勢甚雄，震川銘誌，此爲第一。"

再如，鮑倚雲評《浙江鄉試録後序》道："應世文字，不爲諛悦淺制而傅以經術，典碩淵茂，彬彬乎劉子政之遺。"莊述祖評《送王子敬之任建寧序》道："先生不喜良知之學，此文大暢厥辭矣。至云'莫知其所以然'，又云'不知求其本心'，固深契陽明之旨也。此先生論學之文，非尋常應酬之作也。"王元啓評《送福建按察司王知事序》説："原本經術，故其風骨獨高。今人作文未嘗無好議論，然只是不根之游談，於此服震川經術之湛深，所謂觸處皆通、取之左右逢其原者歟！"王元啓在評點中還一再重複這種認識，他評《碧巖戴翁七十壽序》一文説："震川之於經術，真有左右逢源之樂，隨筆寫去皆自然闗會，而又必有新意動人，此非口耳剽襲之所能也。"

就以上幾篇文章來看，《歸府君墓誌銘》《碧巖戴翁七十壽序》二文所寫人物是當時最爲平常不過的鄉野農夫，《送王子敬之任建寧序》《送福建按察司王知事序》所寫爲下層官吏，《浙江鄉試録後序》爲每次科考中的程式化文章，它們在歸有光散文中具有廣泛的代表性。諸評點家對它們的好評，於我們自然不乏啓示。

總體看來，諸評點家們的境況雖然各異，但都是飽學之士，鮑倚雲爲雍乾時歙縣名儒，有《壽藤齋詩集》《退餘叢話》等著作傳世，阮元在《壽藤齋詩集序》中説："歙縣鮑退餘先生邃於經學，工於詩，年四十遂不赴鄉舉，以經學授於鄉。"[1]莊述祖爲乾隆四十五年進士，著名經學家莊存與的侄子，也是當時著名的經學家，《武進陽湖縣志》説他"原本家學，研求精密，於世儒所忽不經意者覃思獨辟，洞見本末，著述皆義理宏達，爲前賢所未有"[2]。彭紹升爲乾隆五十四年進士，享有文譽，王昶在《湖海樓詩傳》中説他"文章源流，亦能識其原委"[3]。張士元於古文深造自得，洪亮吉跋其文集時贊爲"近日之宗工，而江東之領袖"[4]。諸評家多爲一時之俊彦，他們都對歸有光的經學修養給予譽揚，且常常對同一篇文章作出相近的評價，這説明歸有光的經術修養確有自得之處。

桐城派在清代的散文領域影響最著，郭紹虞先生在《中國文學批評史》中曾説："清代文論以古文家爲中堅，而古文家之文論又以桐城派爲中堅。有清一代的古文，前前後後殆無不與桐城發生關係。"[5]就桐城派的代表人物方苞、姚鼐和曾國藩來

---

① 鮑倚雲《壽藤齋詩集》，清嘉慶刻本，上海圖書館藏。

② 吴康壽等《武進陽湖縣志》，《中國地方志集成・江蘇府縣志輯》第 37 册，江蘇古籍出版社 1991 年版，第 575 頁。

③ 王昶《湖海樓詩傳》卷二十一，《續修四庫全書》影印本，第 1626 册，第 68 頁。

④ 張士元《嘉村山房集》，清嘉慶刻本，復旦大學藏。

⑤ 郭紹虞《中國文學批評史》，百花文藝出版社 1999 年版，下卷，第 310 頁。

説,他們在評價歸有光散文时則往往與諸評點家持論相異,多對歸有光的經學修養持輕視甚至否定態度。方苞在《書歸震川文集後》中説:

> 震川之文鄉曲應酬者十六七,而又徇請者之意,襲常綴瑣,雖欲大遠於俗言,其道無由……震川之文,於所謂有序者蓋庶幾矣,而有物者則寡焉。又其辭號雅潔,仍有近俚而傷於繁者。豈于時文既竭其心力,故不能兩而精與?抑所學專主于爲文,故其文亦至是而止與?此自漢以前之書所以有駁有純,而要非後世文士所能及也。①

在這段文字中,方苞以"于時文既竭其心力""所學專主于文"以及"有物者蓋寡"來衡定歸有光的散文,顯然意在從不同的角度來説明它們多爲"鄉曲應酬"之作,價值不大。姚鼐直接論述歸有光的文字較少,但推崇姚鼐、被視作桐城派"中興之祖"的曾國藩則有類似的認識。他在《書歸震川文集後》中説:

> 近世綴文之士頗稱述熙甫,以爲可繼曾南豐、王半山之爲。自我觀之,不同日而語矣。或又與方苞氏並舉,抑非其倫也。蓋古之知道者,不妄加毁譽於人,非特好直也。内之無以立誠,外之不足以信後世,君子耻焉。……熙甫則不必餞别而贈人以序,有所謂賀序者、謝序者、壽序者,此何説也?又彼所爲抑揚吞吐、情韵不匱者,苟裁之以義,或皆可以不陳。浮芥舟以縱送於蹏涔之水,不復憶天下有

---

① 方苞《望溪集》卷三,景印文淵閣《四庫全書》本,第 1326 册,第 758 頁。

曰海濤者也,神乎? 味乎? 徒詞费耳![①]

曾國藩認爲歸有光的大多數文章"苟裁之以義,或皆可以不陳",不過是"徒詞費耳",其間的道理與方苞"有物者蓋寡"十分相似,從中可看出桐城派的主要傾向。

其實,不僅歸有光的經術修養難入方苞眼目,即便是唐宋八家也難稱方苞之懷,他在《答申謙居書》中說:

> 柳子厚自謂取原於經,而掇拾於文字間者,尚或不詳。歐陽永叔粗見諸經之大意,而未通其奥賾。蘇氏父子則概乎其未有聞焉。以此核其文,而平生所學不能自掩者也。[②]

方、姚、曾三人在經學上的造詣固然高深,但他們對歸有光等人的過度貶抑却難以服衆,反倒顯示出自己思想的偏狹。鮑倚雲在《退餘叢話》中批評方苞説:

> (方苞)就中持論往往近刻,文品過削,多可畏而不見其可愛,至骨肉天屬之文,讀之都無淚,時於獻酬群心、是非毁譽間,隱隱有入主出奴、黨同伐異之病。文章關乎性術,竊聞之外人曰:"此公頗僞。"又曰:"此公頗薄。"僞與薄,吾不敢知。吾竊本昌黎"仁義之人,其言藹如"之旨以論文,蓋百不失一矣。今第頌其文之佳處,其墻壁倚程朱,

① 曾國藩《曾文正公文集》卷一,《續修四庫全書》影印本,第1537册,第538頁。

② 方苞《望溪先生文集》,《續修四庫全書》影印本,第1420册,第367頁。

而根柢則管荀也。①

在鮑倚雲來看，方苞自詡的“學行繼程朱，文章繼韓柳”，其實却是“墻壁倚程朱，而根柢則管荀”，並没有真正將程朱理學貫穿於知人論文之中。鮑倚雲對方苞的斷語在一定程度上可與曾國藩議論相呼應，曾氏在《求闕齋讀書録・望溪文集》中説：

望溪先生古文辭爲國家二百餘年之冠，學者久無異辭，即其經術之湛深、八股文之雄厚，亦不愧爲一代大儒……惟其經世之學持論太高，當時同志諸老自朱文端、楊文定數人外，多見謂迂闊而不近人情。②

方苞在散文領域要求文章兼具“有物”和“有序”，這一主張有利於促進散文創作藝術的自覺，但由於持論過於嚴苛，結果導致“不近人情”之弊。曾國藩雖極力爲方苞維護開脱，但其瑕滓終不可盡掩。

對於曾國藩的“徒詞費”之評，近人林紓亦有尖鋭的批駁，林氏在《震川先生集序》中説：

震川之文，多關心時政，《論三區水利賦役書》及《三途並用議》，語語切實，不類文人之言。其最足動人者，無過言情之作，是得於《史記》外戚傳，巧於敘悲，自是震川獨造之處。墓銘近歐而不近韓，贈序則大有變化，惟不及韓之

① 鮑倚雲《退餘叢話》，《叢書集成續編》第 96 册，上海書店 1994 年版，第 595 頁。

② 曾國藩《求闕齋讀書録》卷五，光緒二年傳忠書局刻本。

道練耳。曾文正譏震川無大題目,余讀之捧腹。文正官宰相,震川官知縣,轉太僕寺丞;文正收復金陵,震川老死牖下。責村居之人不審朝廷大政,可乎?雖然,王鳳洲以達官執文壇牛耳,震川視之蔑如也。果文正之言與震川同時而發,吾恐妄庸鉅子之目,將不屬之鳳洲矣。[①]

歸有光的散文固然"大題目"較少,這並不意味其文與"道"無涉。王子敬是歸有光的弟子,《送王子敬之任建寧序》是送他任職建寧推官時之作,題目極爲平常,但歸有光在文中提及自己對待朱陸的態度,展示了自己"常虛心反覆於聖人之本旨"[②]的主張。《歸府君墓誌銘》的墓主爲農夫,此文不僅題目平常、人物亦復平凡,但歸有光於此文中諷喻當道者要注重務實,發出了應"治京師瀕海萑葦之田,以省漕,壯國本"的大議論[③]。至如他的名篇《先妣事略》懷念母親、《項脊軒志》悼念妻子,在日常生活的描繪中張揚了孝義等人倫道理。因而,歸有光多將倫常之理、經濟之策寓之於朋友送别及日常生活的描述之中,既富於忠愛之情,又充溢着强烈的生活氣息。諸評點家敏鋭地捕捉到歸有光散文的這一特點,豐富了我們的認識,也映出了桐城派主要文學主張的偏失。

震川文法是"司馬風神"還是"襲常綴瑣"

在古代的散文家們看來,《史記》堪稱千古爲文的典範之

① 林紓《林氏選評名家文集·歸震川集》,上海商務印書館1924年版。
② 歸有光《震川先生集》,周本淳校點,上海古籍出版社1981年版,第222頁。
③ 歸有光《震川先生集》,周本淳校點,上海古籍出版社1981年版,第482頁。

作,無論是明代的前後七子,還是歸有光等唐宋派成員,俱以《史記》爲高。歸有光喜讀《史記》,並且本人曾多次批點《史記》,據康熙年間的嚴虞惇説:"昔馮定遠先生語余云,震川每一下第,即閲《史記》一過,故閲本最多。"①近人葉德輝談及歸有光的《史記》評本在清代的流傳情況時説:

> 刻本書之有圈點,始於宋中葉以後。岳珂《九經三傳沿革例》有圈點必校之語,此其明証也。……至於《史漢評林》,竟成史書善本;歸評《史記》,遂爲古文正宗。②

葉氏雖然對評點這種批評形式不甚重視,但他的描述却説明了"歸評《史記》"在清代極受歡迎。對於歸有光的散文是否得《史記》筆法之神髓,諸評點家與桐城派之間同樣存在明顯的分歧。

諸評點家多視歸有光爲司馬風神的承繼者,張士元在評點《玄朗先生墓碣》時概括了歸有光在寫人方法上對《史記》精神的師法:

> 熙甫爲碑誌各肖其人,如唐道虔英偉,文便英偉;周孺亨謹飭,文便謹飭;歸天秀精密,文便精密;元朗奇宕,文便奇宕;吴純甫雅淡,文便雅淡;李思州清勁,文便清勁。文至此幾如化工之造物矣,而其源出於龍門。今觀《史記》,未有不肖之者也。

① 歸有光《歸方評點史記合筆》,光緒間吴棠重刻本。
② 葉德輝《書林清話》卷二,1919 年石印本。

鮑倚雲評《張氏女子神異記》時則總結了歸有光對《史記》敘事方法的繼承：

邵武朱斐瞻士琇論古文以"寫得出"爲妙，"出"字極有意思。譬之觀魚，不工文者如魚在水中，波紋蕩漾，縱了了，終覺模糊。其工者如魚釣入手，首尾鱗鰭纖悉畢出，此妙惟史遷得之。此文甚簡，而字字精神涌現，蓋具此妙。

諸評家不僅認爲歸有光的散文得史家神韻，還具體指出其原因所在。此類評語較多，現略舉數例以見其大端。如《項脊軒志》一文，莊述祖評道："望溪評先生文喜芟節，然大家文可抹不可芟。如此文中一段（指"先是"至"嫗亦泣"一段，筆者），删之似較索然味薄矣。讀先生文固不可在字句間求之。此文以《史記》義法述世俗語，非先生不能作也。望溪創爲義法，深得古人用心，而此文妄爲删改，殊不可解。後一段亦學六一《梅聖俞詩叙》。"又如《先妣事略》一文，董説評道："無一字移得别人家用。愈瑣愈妙。"陳維崧評道："瑣屑零碎處叙得妙。零零星星，斷斷續續，其零星處學左氏，其斷續處學子長。"鮑倚雲評道："約略點綴，而母之賢，子之痛涌現毫端，涕淚滿紙。事略至此，可稱神品。"鮑倚雲還評《張貞女死事》道："此事合集中前後論著劄牘觀之，見先生一腔熱血噴灑處。作者氣薄雲霄，死者光争日月。其文之直處、瑣處、粗俗處，悉本《史》《漢》法，語言情狀一一如睹。《明史》即據此立傳，先生之自命不虚，而貞魂亦差可目瞑矣。聞後來有以古文名者頗肆譏彈，毋論其他，要其胸次先未磊落也。"再如，殳山夫評《送吴郡别駕段侯之京序》一文説："瑣瑣碎碎，打成一片文字。章法甚異，絶去關鎖照應套。”林紓評《世美堂後記》道：“叙瑣事筆筆不俗，亦栩栩欲生。其巧於叙悲，尤得自《史記・外戚傳》。”

歸有光大半生退居於荒江野濱，所寫之人、所記之事多出於平凡的民間，其文或擷取瑣屑的生活細節、或描摹人物的俚俗口語，“不避穢惡”，直書無隱。諸評點家充分肯定了這些寫法，並視之爲得史遷真傳，比較一致地表示了贊賞之意。

與諸評點家相反，方苞等桐城派領袖恰恰將“瑣瑣碎碎”“直處瑣處粗俗處”及“不避穢惡”等特點視作歸有光散文的短處。方苞在《書歸震川文集後》中説過，歸有光的散文“有近於俚而傷於繁者”，“襲常綴瑣，雖欲大遠於俗言，其道無由”，已明確體現了他的態度。另據莊述祖所見，方苞曾對《項脊軒志》這篇佳作進行肆意删改，以致讓莊氏感到“殊不可解”。姚鼐的文章雖不見有系統指擿歸有光的文字，但從今天保存下來的一些評語來看，他同樣鄙視“俚俗”“瑣碎”的筆法。姚氏評《項脊軒志》一文説：“小説家，不倫不類，且與前後脉絡不貫。”評《思子亭記》説：“此等最易入俗派，不可學，此震川得意文，而實可笑。”

桐城派諸人的意見，與他們的“雅潔”説相關。“雅潔”説根源於方苞對《史記》的體悟，具體則是要求將小説語、佛家語、俳體語、詩歌雋語等在寫作中加以摒除。這一主張有助於消除明末一些散文中語言過於蕪雜的現象，能使文章語言簡潔明快，有助於提高散文的語言藝術水平。然而，從對歸有光散文的評價可知，他們持論過偏，結果又走向另一個極端。鮑倚雲在《退餘叢話》中曾剔抉其弊説：

(方苞)史法宗龍門，而筆力則荆國也。渠但知龍門之潔耳,龍門之奇、之逸、之磅礴浩蕩,夭矯變化無有也。荆國之冷峭、瘦硬、削質皆有之,而堅僻自是,患在好使人同己,如東坡所譏者,亦可稱神似。顧往往侈口昌黎,昌黎之大,何所不有,若是其隘耶?歐蘇經術較淺,固其所夷然不屑者,而歐蘇之磊磊明明,有體有用,日星河嶽之氣,果曾夢見之耶?①

《史記》是一部大書,但在描繪帝王后妃及其他英雄人物的舉動時,它往往采用一些貌似"瑣碎"的細節來表現人物的内在精神,書中對項羽、劉邦、韓信等人的描繪無不如此。後世文家在方苞之前對《史記》的筆法已有相當成熟的認識,明人凌迪知説:"史公《史記》囊括千古,淹貫百家,焕爲輝質,若雲漢之章於天。"②茅坤説:"若一夫劍舞于曲旃之上,而無不如意者,西京以來千年絶調也。"③葛徵奇説它"奇而不詭"④。前人已經從不同方面道出了《史記》的特點。在評點中,評點家們認爲歸有光得《史記》之神,的是灼見,他們與桐城派在歸有光散文評價上的反差,也反襯出桐城派"雅潔"説的不足。

今人光明甫先生曾比較客觀評價桐城派的理論:"("義法""雅潔"等主張)這是對散文寫作提出的一種很高的藝術標

① 鮑倚雲《退餘叢話》,《叢書集成續編》第 96 册,上海書店 1994 年版,第 595 頁。
② 凌迪知《太史華句》,《四庫存目叢書》史部第 138 册,齊魯書社 1997 年版,第 633 頁。
③ 茅坤《史記抄》,《四庫存目叢書》史部第 138 册,齊魯書社 1997 年版,第 1 頁。
④ 童養正《史漢文統》,《四庫存目叢書》史部第 373 册,齊魯書社 1997 年版,第 654 頁。

準……但這裏也有拒絶吸收詩賦小説中新鮮通俗語言的保守傾向,其關於唐宋古文經驗的總結也是不全面的。”①時至今日,我們對桐城派文論的缺陷和不足已經有清晰的認識,但在桐城派風氣正熾的環境下,諸評點家具有如此清醒而理智的認識,對歸氏散文的文學特点具備如此細膩的體會,正是極爲難得之處。

震川成就是“繼韓歐陽”還是“不如曾方”

明人王世貞曾以“千載有公,繼韓歐陽”來論定歸有光在散文創作上的地位,但由於對歸有光經術修養及其散文風格的認識存在差異,也决定了諸評點家和桐城派對歸有光在散文史上的定位也大異其趣。在評點中,評點家們多肯定歸有光在散文創作中能繼承唐宋、融通秦漢,確實是“繼韓歐陽”的散文大家,而曾國藩則認爲歸有光不僅難以與曾鞏、王安石比肩,連方苞也有所不如。

諸評點家涉及歸有光文學地位的評點較多,今亦稍舉數例。如《玉巖先生文集序》一文,張士元評道:“前後序事,中間發論,大略用南豐《范貫之奏議序》體,而其疏宕雄健,則公深得之史遷者,非子固所及也。爲人作序,而國家治亂氣象並見於其中,是何等氣象。此等文直追西漢,唐宋諸家並當俯首。”莊述祖評《卓行録序》一文時説:“先生文中年出入歐曾,上追《史記》,而情之所至,不假途於古轍,有自然造極之文。如《馬政

① 光明甫《方苞姚鼐的文論及其歷史地位》,《江淮論壇》1982 年第 2 期,第 51 頁。

志》,晚作中之最大手筆,與《平準書》相頡頏。”《上趙閣老書》一文,董説評道:“讀震川諸書,覺柳柳州有凄風苦雨之嫌。”陳維崧評道:“文情斷續,音節頓挫,余常謂子厚書似漢文,此文又甚似子厚也。”莊述祖也評此文道:“軼宋人而追漢唐作者,先生晚年文字如此。”在將歸有光與前代大家作比時,諸評家往往使用“似”“較……更”等詞語,從中見出他們對歸有光文學地位的積極肯定。

康熙間吴人孫琮除了具體的品評之外,曾將歸有光置於明代散文的發展進程中,充分論定了他和錢謙益在明文發展中救弊扶衰的重要作用。他在《山曉閣選明文續集》的序言中説:

> 今觀二公(注:指歸有光和錢謙益)之文,其於古人亦何嘗拘拘於字句間,襲衣冠而聲響求哉!然而,其神理,其氣勢,其宕軼之趣、高潔之姿與夫嚴凝之致,無一而非所爲八家也。夫神理、氣勢、宕軼、高潔、敦厚、嚴凝之數者,固八家所爲收精毓粹於周秦兩漢,而又能争新出奇以自神其變化,而爲後人所不能過者也,乃二公能兼而有之,此二公之文所以爲一代之極則,而予采之極備、論之極詳也。①

至如歸有光的贈送序等“應酬性”文字,張士元評《送太倉守熊侯之任光州序》一文曰:“叙事與議論兼行,有風雨離合之妙。此真得史遷之神髓,與昌黎《張中丞傳後叙》異曲同工。大文字,章法布置極細。”莊述祖評《送周給事興叔北上序》一文

① 孫琮《山曉閣選明文續集》,《四庫禁毁書補刊》第 50 册,第 533 頁。

道:“絶大議論,絶大識見。善讀《孟子》。”殳山夫評《送縣大夫楊侯序》一文曰:“其力大,其思深。雖賈生復生,執筆爲文不過如此。”王元啓評《送南駕部吴君考績北上序》説:“不朽之作,而文氣亦直追秦漢。”“送行文能用如此心胸,發出如此大議論,自昌黎以外吾未見有兩也。昌黎集中如送董邵南、文暢師、李益、韓重華諸序,自柳歐以下諸大家集中皆未有也。此文命意制局幾欲與昌黎抗行,真可爲驚天動地之文。”

上述評語已可見出諸評家對歸有光的歷史地位的肯定,而清代著名散文家魏禧特别指出了歸有光“壽叙”文的獨創之處,他説:

> 予諸編中叙最多乞請酬酢之篇,雖不敢於古人比質,亦不敢自辱以辱人,其類有四:一文、一詩、一贈送、一壽。贈送叙莫工於昌黎,文叙莫工於南豐,而叙壽者則未之有,明中葉乃盛。叙唯壽爲難工易俗,然如歸太僕之逸蕩多奇,即何减於古人之叙詩文、叙山水也? 然則何爲其不可工也?①

魏禧認爲歸有光的壽序文極工,爲一代之典範,孫琮則盛贊歸有光和錢謙益兼具前人之妙,“爲一代之極則”。他們都認爲歸有光能繼承前人,又自鑄面目,在文學史上具有獨特的地位。

在歸有光文學地位的認定上,方苞等人也與諸評點家相異。方苞在《書歸震川文集後》中認爲歸有光“雖欲大遠於俗言,其道無由”,曾國藩在《書歸震川文集後》中説:“近世綴文之

① 魏禧《魏叔子文集外篇》卷八,清易堂刻《寧都三魏全集》本。

士頗稱述熙甫,以爲可繼曾南豐、王半山之爲。自我觀之,不同日而語矣,或又與方苞氏並舉,抑非其倫也。”由此可知,歸有光並没有得到桐城諸大家的特別賞識。除了散文家的身份外,方、姚、曾三人又都是名動一時的官員,他們對歸有光的評價,除了受制於貴遠賤今的定勢觀念外,與他們所處的官位有關,反映了封建時代“官文學”的某些態度,這自然難以全面衡量出歸有光的實際成就和歷史地位。

此外,諸評點家與方苞等人對歸有光的不同評價還體現了他們相異的文學追求。歸有光生活的明代中期,散文創作和批評領域正盛行前後七子及其追隨者們範字鑄句的摹擬之風。歸有光退居於荒江之濱,以一老舉子與之角持,正顯示出對摹擬的鄙薄和對創新的追求。他汲取《史記》等典籍的神理,融匯唐宋名家的筆意,擷取身邊的現實生活,以“小説”的筆調,講論日常之理,抒發人之常情,這是中國散文發展演變中的一個重要變革。這一轉變雖然没有得到桐城諸大家的認可,但却引起了近現代的文學史家的共鳴。著名文學批評家胡懷琛在《歸有光的小説文學》①一文中曾談到歸有光散文的特點説:“歸有光的小説文學,都是描寫家庭間瑣碎的事,寫得千真萬確,毫不講究詞彩。初看似很平淡,却是愈讀愈覺得有味。”“誰知歸有光的古文確是小説,然也確是有價值的文學。”“他既喜歡讀《史記》,作文自然有些像《史記》。《史記》本是中國文學界有名的一部書,自從司馬遷而後,能有這樣神韵的便要算宋朝的歐陽修了,歐陽修而後便是歸有光了。歸有光的好處並不是學《史記》,是在描寫家庭間瑣瑣碎碎的事情,寫得很真切,而且他富

---

① 胡懷琛《歸有光的小説文學》,《小説世界》1933年第三卷第一期。

於感情，故敘事之中處處有情。”胡氏用“小説文學”來稱呼歸有光的散文未必全然恰當，但他對它們“描寫家庭間瑣瑣碎碎的事情”“平淡有味”“真切有情”等特徵的概括則十分準確。實事上，諸評點家與胡氏的認識較爲相似，這顯示了歸氏散文在中國文學古今演變中的重要地位：歸有光在創作中注重了題材的生活化、情感的平民化和語言的通俗化，在一定程度上暗合了“平民文學”“人的文學”的發展趨勢。

評點是我國古代文學批評中的重要形式，批評界對古代小説中的批點已給予了特別的重視，但長期以來，對於詩文中的評點材料却關注不足。《震川先生集》在清代的評點家數衆多，其本身具有相當的典型性。由於多方面的因素，清代中後期産生了“天下文章其在桐城”的説法，但清人對歸有光散文的評點情況正顯示出這一説法的偏頗，揭示出桐城派之外尚存有更爲豐富的衡文標準。

凡　例

一、歸有光的文集今存有二十餘種評點本、選評本，評家包括董説、何焯、錢陸燦、方苞、尤侗、姚鼐、王元啓、張士元、冯偉、吴汝綸、林紓等著名文人學者。這些評點具有重要的學術價值，但長期以來並没有得到充分的重視。今不揣愚魯，將多年來收羅所得的各家批語彙成一帙，以供歸有光的研究者以及中國文學批評史學、中國古代散文史學的研究者參考。

二、本輯所據的版本：

《歸先生未刻稿》二十五卷，董説批點。

《震川先生集》三十卷，康熙间刻本、虞山景氏藏板，翁同龢臨董説批點，言佀白臨錢謙益、錢良擇批點。

《震川先生集》三十卷，康熙十年至十四年歸莊、歸玠等刻本，季錫疇臨錢謙益、董説、彭紹升、馮偉批點。

《震川先生集》三十卷，康熙十年至十四年歸莊、歸玠等刻本，鲍倚雲批點并跋。

《震川先生集》三十卷，康熙十年至十四年歸莊、歸玠等刻本，楊倫批校並跋。

《震川先生集》三十卷，康熙十年至十四年歸莊、歸玠等刻本，葉景葵跋，徐鴻熙録王元啓、盛百二、錢泰吉、張士元、方坰、意庭等人批點。

《震川先生集》三十卷，康熙十年至十四年歸莊、歸玠等刻本，沈炳垣跋並録尤侗、尤珍、尤世求、王元啓批點。

《震川先生集》三十卷，康熙十年至十四年歸莊、歸玠等刻本，佚名録何焯、張士元批點。

《震川先生集》三十卷，康熙十年至十四年歸莊、歸玠等刻本，王芑孫批點。

《震川先生集》三十卷，康熙十年至十四年歸莊、歸玠等刻本，王文濤録朱學勤等人評點。

《震川先生集》三十卷，康熙十年至十四年歸莊、歸玠等刻本，管庭芬跋并録錢泰吉傳録王元啓批點，又録方坰、張鱸江評語。

《震川先生集》，康熙十年至十四年歸莊、歸玠等刻乾隆四十八年歸景灝、歸景洴重修本，王振聲跋並録錢陸燦、釋寶雲、彭紹升、馮偉批校。

《震川先生集》三十卷，康熙十年至十四年歸莊、歸玠等刻本，李國松録姚鼐等人批點。

《震川先生集》三十卷，康熙十年至十四年歸莊、歸玠等刻乾隆四十八年歸景灝、歸景洴重修本，王振聲跋並録黄宗羲、釋寶雲、彭紹升、冯偉批校，歸令適跋。

《震川大全集》三十卷，嘉庆元年玉鑰堂刻本，宋鉞臨殳山夫、王澮淵、王彦子等人批點。

《震川大全集》三十卷，嘉庆元年玉鑰堂刻本，何紹基批點，徐楨立跋。

《震川先生集》三十卷，光緒元年常熟歸氏重刻本，劉體仁臨趙次公校及方苞、彭南畇、莊述祖、諸類谷批點。

《古文辭類纂》七十四卷，姚鼐輯，翁同書批識並録梅曾亮批點，道光間合河康氏家塾刻本。

《歸震川文選》八卷，陳其年選評《四大家文選》本，康熙間刻本。

《歸震川集》十卷，張汝瑚選評，康熙二十一年郢雪書林刻本。

《歸文定》四卷，《明四大家文定》本，崔徵麟編。

《元明八大家古文》十三卷，劉肇虞輯評，羅應經、劉肇虞評點，乾隆間刻本。

《歸震川先生文選》六卷，李祖陶評選，道光乙巳年刻本。

《震川集》，林紓選評，《林氏選評名家文集》本，上海商務印書館 1924 年發行。

《歸震川先生文》二卷，徐世昌選評《明清八大家文鈔》本，1931 年天津徐氏刻本。

三、原本中有評批和圈點，考慮到彙輯過程中的困難以及實際的參考價值，今只録評語，不録圈點。

四、所録評家姓氏有相同者，故用稱謂的尾字指稱，如：

說，即董說
焯，即何焯
年，即陳其年
燦，即錢陸燦
擇，即錢良擇
麟，即崔徵麟

吉,即錢泰吉

瑚,即張汝瑚

元,即張士元

苞,即方苞

經,即羅應經

虞,即劉肇虞

庭,即周意庭

雲,即鮑倚雲

谷,即諸類谷

夫,即殳山夫

坰,即方坰

範,即姚範

鼐,即姚鼐

啓,即王元啓

孫,即王芑孫

祖,即莊述祖

畇,即彭南畇

升,即彭紹升

偉,即冯偉

倫,即楊倫

陶,即李祖陶

亮,即梅曾亮

勤,即朱學勤

基,即何紹基

綸,即吴汝綸

評語甚少或生平難確考的評家用全稱：如王世貞、黄宗羲、魏禧、盛百二、徐文駒、曾國藩、翁同書、王澹淵、王彦子、吴仲倫等。

五、關於評語的形式，眉批簡稱“眉”，夾批簡稱“夾”，篇題下或者篇末後的批語均稱“評”。

六、佚名者加過録人稱謂的尾字進行標識：如季錫疇臨佚名評語稱爲“疇臨佚名”。

七、不同本子中所保存的同一評家的評語，稱謂時以過録人的尾字或據本子的情况加以區别，如《歸先生未刻稿》中董説的評語稱爲“未刻稿説眉”。

八、評家的校注語一般不録。

九、個别文字漫漶不清，又無别本可校，則一般保留原狀，不敢妄改。

十、限於客观條件，有些批點本未能寓目。且由於本人才疏學淺，在文字識别、句讀標點上存在不少舛误，敬請方家指正。

歸有光文集評點本提要

一、《歸先生未刻稿》二十五卷，抄本，上海圖書館藏

此本文章中“燳”字缺筆，應是避明武宗朱厚燳諱，但檢、校、玄等字均不避諱；卷後附有董説親筆題跋一則。綜合書中的避諱、藏章、題識等情況可知，此本應抄成於康熙年間以前，極可能爲明代抄本，故具有較高的文獻價值。書中有董説的評語十数条，由字迹來看，它們與书末的跋語一樣，均爲董説親手題寫。

二、《震川先生集》三十卷，康熙間刻本、虞山景氏藏板，翁同龢臨董説評點，言倡白臨錢謙益、錢良擇評點，中國國家圖書館藏

此本第一册上书衣有翁同龢題識二行：“墨筆臨錢東澗，朱字錢木庵，藍筆則寶雲上人董若雨也。”第二頁有翁同龢跋語二則：“此本同治甲戌余在家鄉將北行時所購，墨筆臨牧翁、朱筆臨木庵，故題曰‘二錢’也。更有黄色筆，不知出何人臨者。自署‘倡白’，又注曰‘姓言氏’，則必吾鄉老輩矣。”“言倡白先生德堅，號繫園，賢裔授五經博士自先生始，時康熙五十一年。光緒

丁亥翁同龢以藍筆臨寶雲上人評點於册内。”

據陶正靖《陶晚聞先生集》卷六《翰林院五經博士繫園言先生墓志銘》一文：言侶白(1664—1740)，諱德堅，字侶白，號繫園，常熟人，爲孔門高第子游第七十三代裔孫，康熙五十一年授爲五經博士。

書中董説的評語最多，質量也最高；錢良擇的評語数量稍少；錢謙益則圈點多，幾無評語。書中黄筆所評，翁同龢不知出自誰人，與其他評點本比對可知，它們應爲張汝瑚所評，張汝瑚評選的《震川集》有刻本行於世。故彙評时僅録董説、錢良擇的評語，張氏的評語另从刻本輯出。

三、《震川先生集》三十卷，康熙十年至十四年歸莊、歸玠等刻本，季錫疇臨錢謙益、董説、彭紹升、馮偉評點，復旦大學圖書館藏

據葉裕仁《歸盦文稿》卷五《季菘耘先生傳》：季锡畴(1792—1862)，字范卿，太仓人。其人不喜制舉業而獨嗜書，爲文章一宗歸有光，盛推馮偉。此本卷前有季氏題識説：“墨筆臨牧翁原閲本，黄草臨寶雲上人閲本，藍筆臨彭尺木先生選本，朱筆臨仲廉先生手抄本。錢本從言氏傳録，上人本從吴氏臨本度得，彭本有刻，馮本假諸汪氏。”據跋語及书中印章可知，此本由季锡畴過録，并一度爲劉承幹收藏。

書中所録錢謙益的圈點、董説的評點情況與翁同龢所購“二錢本”幾無差别，故彙評時僅輯録彭紹升、馮偉二人的評語。關於彭紹升的評語，彭氏在其所撰《震川文録叙》中説：“予早歲得廣昌黄君静山所評先生集，往往善發其中意脉，録爲一帙，往復不厭。頃有同學友索觀之,因復取先生集周覽一通,續有增删。”可見彭氏所評有不同的版本流傳,且其中當有康乾間廣昌學者黄永年的評語。

四、《震川先生集》三十卷,劉體仁臨趙次公校、方苞評點、彭南畇評點、莊述祖評點、諸類谷評點,復旦大學圖書館藏

此本以朱、墨、黄三色録有彭南畇(彭定求)、方苞、莊述祖、趙次公等人的評語或校注,卷前目録處鈐有“劉體仁所/臨評點書”陽文方印。卷前所録莊述祖識語説:“古人文字可正不可删改,望溪逞臆妄改,此選有蹈其過者悉從原本。嘉慶丁巳息航識。”卷一有題識説:“朱筆臨常州莊息航先生看本,先生名述祖,常熟本、昆山本俱用黄筆校,兼臨南畇先生評語。”帶有“望溪云”“方云”等字样的評語,該本當是視爲方苞所評,但它們多數與吴汝綸《群書點勘》中所録姚鼐的評語相同,由於方苞、姚鼐的原評本不可得見,故輯録时並存。

還有些評語署有“諸類谷云”“諸云”等字樣。劉聲木《桐城文學淵源考》記載:“諸洛字杏程,無錫人,諸生,少學古文,及交徐流方,得方苞義法,文學益進,撰《類谷居文稿》□卷。”裴大中等光緒《無錫金匱縣志》記載:“諸洛字杏程,諸生。少學古文於秦道然、顧棟高,既而交徐流方,得桐城方氏義法,文益進。嘗游京師,名頗著公卿間。晚年杜門著述,藏書甚富,皆手定。”故“諸類谷云”“諸云”等評語應出自諸洛。

五、《震川先生集》三十卷，康熙十年至十四年歸莊、歸玠等刻本，沈炳垣臨尤侗、尤珍、尤世求、王元啓評點，復旦大學圖書館藏

書中評語分朱、墨、緑三色，沈氏以朱筆臨尤侗評語，以墨筆臨侗子、孫二人所評，尤氏祖孫中以尤侗評語爲多，其子及孫評語寥寥數條；書中緑筆所録當是王元啓的評語，但数量較少。故彙評時僅録尤侗祖孫所評，王元啓評語從别本輯録。

六、《震川先生集》三十卷，康熙十年至十四年歸莊、歸玠等刻乾隆四十八年歸景灝、歸景洴重修本，王振聲跋並録錢陸燦、釋寶雲、彭紹升、馮偉批校，常熟圖書館藏

据張星鑒《仰樓文集》：王振聲（1799—1865），字寶之，昭文县（今屬常熟）人，道光十七年舉人，精音韵之學，著有《歸文考異》等，同治四年冬卒，年六十七，學者稱爲文村先生。

此本前有王振聲跋："道光乙巳十月二十七日臨圓沙先生朱筆竟，是日兩邑新生入泮，許伯緘、李春海兩丈重游泮宫，洵吾鄉盛事也！文邨王振聲志。後二日又臨墨筆、蓝筆竟，聲又志。凡卷末志年月而不題名者，皆臨圓沙先生語也。聲志。"

七、《震川先生集》三十卷，康熙十年至十四年歸莊、歸玠等刻本，佚名録何焯、張士元評點，中國國家圖書館藏

书中評語分朱、蓝二色，朱筆所録爲張士元所評，蓝筆所録一部分與上海圖書館藏何焯、張士元評點的《震川文鈔》中何焯的評語相同,但數量加多。此本卷二《雍里先生文集序》的一條評語下注有“何批同”三字,故視爲何焯所評。

八、《震川先生集》三十卷,康熙十年至十四年歸莊、歸玠等刻本,清鮑倚雲批點并跋,上海圖書館藏

此本卷前有鮑倚雲跋語,但字迹稍有剥蝕,其殘存部分有如下字句:“《震川集》三十卷,曩點勘未卒業。□□□□□□□□□余索居無歡,遂得完未竟之緒,兼追理《宋史》,見諸論贊之妙。□□□□□□余丹黄終卷,惜眼前無與共此樂者。念□明南村句,爲慨然也。行當手授大兒嘉皚,存一副本以詒後人。乾隆乙酉五月廿三日後學鮑倚雲謹志。”

鮑倚雲(1708—1778),字薇省,號退餘,又號蘇亭,安徽歙縣人。少有才名,中年以後不再應考,以優貢生教授而終,著有《壽藤齋詩集》《退餘叢話》等。姚鼐在《鮑君墓志銘(並序)》中説:“作詩歌古文辭,皆有法,能見其才。”阮元在《壽藤齋詩集序》中稱譽他“邃於經學,工於詩”,民國《歙縣志》則盛稱他“詩文獨抒性靈,一空依傍”。

九、《震川大全集》三十卷,清嘉庆元年歸朝煦玉鑰堂刻本,徐鴻熙録王元啓、盛百二、錢泰吉、張士元、方垧、意庭評點,上海圖書館藏

據卷前葉景葵跋語可知,此本乃錢泰吉門人徐鴻熙過録錢泰吉臨本而成。國家圖書館今藏有錢泰吉臨王元啓、張士元、盛百二、方子春、意庭評點一部,应是此本所祖。

書中《送顧太僕致政南還序》一文文題處有“意庭”評語説：“顧太僕，先忠毅之外王父也。”此“忠毅”乃指明人周宗建，“意庭”稱周宗建爲“先忠毅”，則其人當爲宗建裔孫。丁元正等乾隆《吴江縣志》卷三十二記載周宗建有曾孫周龍藻、周振業等人：“周龍藻，字漢荀，曾祖宗建”，“周振業，字右序，龍藻从兄”。卷四十六《書目》著録振業遺著二種：“《四書節解》十四卷、《意庭遺集》六卷”，故知“意庭”應是周振業。

《吴江縣志》還簡要記載了周振業的生平情況及學術旨趣：“（振業）家貧力學，於六行無不敦。既爲諸生，从桐鄉朱彝游，知近世王學之謬，遂专事宋五子之説，以治四書。沈潛研極，洞微闡奥，有就質者常百難而其答不窮，然未嘗以講學爲名，亦不著書。惟舉場所作《性理論》，今存九篇。其中多微言大義，皆发五子之藴，而能啓迪後人，蓋我邑自元明以來之儒未有邃於性理如振業者。……往郡城，遇故人子於途，見其寒，解衣衣之，忍凍而歸，遂病卒，時雍正九年，年七十一。振業少壯時文名甚盛，至老乃以歲貢中副榜。詩亦有名，而不苟作。文行世，詩藏於家。”

十、《震川大全集》三十卷，嘉庆元年歸朝煦玉鑰堂刻本，宋鉞臨殳山夫、王滄淵、王彦子等人評點，上海圖書館藏

此書每卷卷首有陰文“宋鉞/之印”及陽文“思/堂”印章兩方，思堂爲宋鉞的號。書中以墨筆録有殳山夫、王滄淵、王彦子、王世貞、魏禧、姚鼐六人的評語。王世貞、魏禧爲著名文家，殳山夫工於诗画。王滄淵當是華亭人王慶麟，字時祥，號希仲，又號滄淵，嘉慶間舉人，今有《洞庭集》行世。王彦子当是王滄淵的友人王光彦,《洞庭集》卷首有王光彦所作序言,落款稱"古宛王光彦彦子"。

書中殳山夫的評語最多,王澹淵、王彦子稍少;王世貞、魏禧各一條;姚鼐評語亦不多,且與他本所録相同。

十一、《震川先生集》三十卷,康熙十年至十四年歸莊、歸玠等刻本,楊倫批校並跋,天津圖書館藏

楊倫(1747—1803),字敦五,一字西河,武進(今屬常熟)人。乾隆四十六年進士,曾任廣西荔浦縣知縣。趙懷玉《亦有生齋文集》卷十八有《廣西荔浦縣知縣楊君墓志銘》一文説:"其論詩一宗少陵,雖間涉諸家,必出於堂堂正正。凡撏撦故實以爲博、縋索幽險以爲奇、頹放其格律以爲性情之適者,皆厭薄之。"著有《杜詩镜銓》《九柏山房詩文》等,除楊倫評語外,此本也録有何焯、周意庭的評語。

十二、《震川先生集》三十卷,康熙十年至十四年歸莊、歸玠等刻本,王芑孫批點,上海圖書館藏

此書後有陳子彝先生跋語一則:"王惕甫批校本歸震川集,爲先大父仲庵公所遺楹書之一,又爲丁丑之亂劫火僅存遺物。卷中墨筆旁注數處,均多先大父手迹。十餘年來,寶之行篋。兹以贈合衆圖書館,俾得永存。癸巳春,昆山陳子彝識。"書中評語以朱筆臨寫,偶有墨筆校注文字。朱筆所録評語與他本中姚鼐、方苞評語大致相同。

十三、《震川大全集》三十卷，清嘉庆元年歸朝煦玉鈐堂刻本，何紹基評點，徐楨立跋，湖南圖書館藏

书中多处鈐有“道州何氏藏書”陽文方印、“道州何氏收藏圖書印”陰文方印、“楨立之印”陰文方印、“徐氏紹周”陽文方印、“湖南歷史考古研究所藏書”陽文方印等印章。不少卷次的末尾標有何紹基“蝯叟”的號及批點時間：如卷三末有“甲子四月十一日蝯叟閲”，卷七末有“甲子四月十一日未正，蝯記”，卷十末有“甲子四月十二日”，卷十三末有“同治甲子四月初八看起，十一日早看至此，蝯叟”，卷十六末有“四月十四早”，卷二十一末有“四月十五早”。

書之前後有徐楨立先生墨筆楷書所作跋語各一則：前一則主要糾駁何紹基評點的偏頗，後一則主要考辨《文章體則》的真僞。

十四、《震川先生集》三十卷，康熙十年至十四年歸莊、歸玠等刻本，李國松録姚鼐等人評點，湖北省圖書館藏

此本卷前有李國松跋語説：“光緒癸卯初冬，始讀歸集，吾師桐城馬先生以傳録姚郎中評點見示，因用朱筆迻録此本中，三旬卒業。適值月當頭夕，獨坐集虚草堂，天宇高寒，夜景清絶，於震川文佳處若有所會，忻焉志之，國松。後二十八年，重讀一過，復用藍筆過録吴至父先生評點，據蓮池書社印行吴先生《群書點勘》本也，凡四十五日而畢，辛未十一月朔日國松記於上海重慶路肥遯廬。甲戌夏五，别以墨筆增録諸名家評語。越月，復取《明史》本傳及《四庫提要》及姜、方、戴、王、曾、吴、姚序跋諸篇付張生月波,鈔加卷首,大暑後一日國松揮汗記。”

統而觀之,此本共録有姚南青、劉大魁、姚鼐、曾國藩、梅曾亮、吴仲倫、吴汝綸七人的評點,書前録有姜辰英、戴名世、方苞、王拯、曾國藩、吴敏樹、姚永概諸人的序跋。

十五、《震川先生集》三十卷,康熙十年至十四年歸莊、歸玠等刻本,王文濤録朱學勤等人評點,上海師範大學圖書館藏

此本卷三末有識語二條:“宣统辛酉十月,假得何夢華本校閲,加朱其評語,空言遺之。□民不知何許人,多八股識解,圈點十取八九。耴老。”“宣统甲子春,假沈乙盦年伯藏蕭敬孚迻録五色評本,景寫一過,文燾紀於福迎齋。”前一條署名“耴老”者未詳何人,後一條中的“文燾”,據印章可知應爲清末民初學者王文燾。

書中録有董説、黄宗羲、張汝瑚、薛熙、彭紹升、馮偉、蕭穆、朱學勤、沈曾植等人的圈點或評語。薛熙的評點來自其所編《明文在》,與沈曾植所評情况相似,有圈點而無評語,董説、黄宗羲、張汝瑚、彭紹升、馮偉的評語皆是節録。諸家評語中朱學勤的評語僅見於此本。

朱學勤(1823—1875),字修伯,仁和人。咸豐三年進士,選翰林庶吉士,改户部,入直軍機處,官至大理寺卿。他與邵懿辰、王拯、閻敬銘、丁寶楨等人講求經世之學,曾國藩譽之以“學足論古,才足干時,後來之重器也”。光緒元年正月四日卒,年五十三。張佩綸爲所作神道碑中記其著作多種,然多散佚,今有《結一盧遺文》二卷行世。

十六、《震川先生集》三十卷，管庭芬跋并録錢泰吉傳録清王元啓批點，又録清方坰、張鱸江評語，中國國家圖書館藏

此本凡例處録有盛百二、錢泰吉簡短識語各一則，盛識曰："乾隆壬辰嘉平月依嘉興王惺齋元啓批點，惺齋一字宋賢，辛未進士，福建將樂令。柚堂記。"錢識爲："道光庚戌冬，泰吉從沈廉仲借所藏本過録於海昌學舍。"

新刊震川先生文集序

錢謙益

往余篤好震川先生之文，與先生之孫昌世訪求遺集，參讀是正，始有成編。昌世子莊遊於吾門，謂余少知其先學，摳衣咨請，歲必再三至。既而與其從叔比部君謀重鋟先生全集，而比部君以讎勘之役屬余。余老而歸佛，舊學蕪廢，輟禪誦之功，紬繹爨日。條次其篇目，洮汰其繁蔿，排纘整齊，都爲一集。既輟簡，喟然而嘆曰："余服膺先生之書不爲不專且久，喪亂廢業，忽忽又二十年，乃今始旋其面目，曠然知先生所以爲文之宗要，豈不幸哉！"

先生鑽研六經，含茹雒閩之學而追遡其元本，謂秦火已後，儒者專門名家，確有指授，古聖賢之藴奥未必久晦於漢唐而乍闢於有宋。（**啓眉**）震川之於經學意在博存衆家，参互考正，以求古聖人之所用心者，庶幾有深造自得之益。若專守一先生之説，黨同伐異，則剿其成言而莫知其所以然、務名高而不知求其本心之弊也。牧齋沿啓、禎恶習，極詆宋儒，而震川又實宗朱子，遂爲不分可否之論，彼此糊塗，使人莫適爲主，此真孟子所謂"詖淫邪遁之辭"也。震川稱曾、王二家《洪範傳》遠出二劉、二孔之上，則其優劣顯有定論，安得謂"聖賢之藴奥未必久晦於漢唐而乍闢於有宋"，"姚江未可以蓋新安"？《送王子敬序》言之"新安未可以蓋金谿"，則就所定《震川集》四十卷遍觀之，從無一語及之，牧齋又何自而得之哉！豈非自出臆論、有意援儒入墨乎？至"欲盡廢五千四十八卷之書"及"恍然見貝珠宫闕生天之處"，其語見於贈坤上人之序，然此亦所謂西子之矉，不足效也。況其言曰“使世間果有佛”，即其理如是，猶未敢必以其言爲可信也。而竟質之以爲篤論，其言不亦謬乎！儒林、道學分爲兩科，儒林未可以蓋道學，新安未可以蓋金谿、永嘉，而姚江亦未可以蓋新安。真知獨信，側出於千載之下，而未嘗標榜爲名高也。少年應舉，筆放墨飽，一洗熟爛。人驚其頡頏眉山，不知其汪洋跌蕩，得之莊周者爲多。壯而其學大成，每爲文章，一以古人爲繩尺，蓋柳子厚之論所謂“旁推交通以爲之文”者，其他可知也。參之《孟》《荀》以暢其支，參之《穀梁》以厲其氣，參之太史以著其潔。其暢也，其厲也，其潔也，學者舉不能知，而先生獨深知而自得之，鈎摘蒐獮，與古人參會於毫芒杪忽之間。旋觀稗販剽賊、掇拾塗澤之流，如秦越人診病，洞見藏府之癥結，辭而闢之，劈肌中理，無所遯隱。以毷氉舉子，羈窮單隻，提三錢雞毛筆，當熏灼四戰之衝，馴至霜降木落，草枯靡萎，而其爲之渠帥者卒以吁嗟嘆伏，而自悔其降心之不早。嗚呼！此豈徒然也哉！（**焯眉**）不深信程朱，而欲求高出於程朱之人，此其所以卒爲異學所汩没也。

先生以幾庶體貳之才，好學深思，跋邪觝僞，刊削荼敗，障斯文之末流。輇材小生，謏聞目學，易其文從字順，妄謂可以幾及，家龍門而户昌黎，其譌謬滋甚。先生嘗序沔人陳文燭之文，諷其好學《史記》，知美矉而不知矉之所以美。學先生之學者，無爲沔人之知美矉，則幾矣！先生儒者，曾盡讀五千四十八卷之經藏，精求第一義諦，至欲盡廢其書，而悼亡禮懺，篤信因果，恍然悟珠宫貝闕生天之處，則其識見蓋韓歐所未逮者。緒言具在，余非敢援儒而入墨也。（**焯眉**）震川先生究心理學，故其古今文爲有明一代之冠，可謂韓歐未逮。其一針走作處正在過於求高，寖入老莊家數，實亦爲姚江所中，此韓歐所深闢者。牧齋乃援此爲推墨入儒之証，反謂韓歐未逮，而又争争自辨非敢援儒入墨。夫儒至與墨混，而天下尚得有儒哉！

余少壯汩没俗學，中年從嘉定二三宿儒遊，郵傳先生之講論，幡然易轍，稍知向方，先生實導其前路。啓禎之交，海内望祀先生，如五緯在天，芒寒色正，其端亦自余發之。今又承比部君之命，論次斯集，得以懷鉛握槧，效微勞於簡牘，有深幸焉。日月逾邁，老將智而耄及，無以昌明先生淑艾之教，譬諸螢火熠熠，欲流照於須彌之頂，亦自愧其微末已矣！而比部君大雅不群，能表章其家學，南豐之瓣香，不遠求而有託，斯可喜也！歲在庚子五月晦日虞山年家後學錢謙益再拜謹序。

（啓評）震川文序、誌、表、碣最佳，故列之於前，書、詞稍縱，故列之於末。蒙叟有言，編次之法略仿韓、柳、蘇三集，然又云“古今文體不一，亦不盡拘”，則其升降之間蓋亦自有微意。其所不滿於鄙意者，《馬政志》實足與司馬《史記》及歐陽《五代史》争長，蒙叟列之外集，但云“自謂做八書而爲之”者，則知其於此書亦尚未能究觀其深也。

卷一　經解

易圖論上

(説評)《易圖論》在震川先生可不作，編集之人尤不審於去取矣。立言不可不慎也。**(燦評)**其大意亦只宗《大傳》。“仰觀”“俯察”數語，以爲包羲畫卦所取於此，《易》非獨以《河圖》而作也。**(鼒評)**先生與徐道潛書云：“向論《河圖》《洛書》，以示吴純甫，純甫謂當俟後世之子雲。”此篇大意與之相表裏。**(祖評)**自非漢唐以來學者所及，不宜過於掊擊，反墮異端。折肱知醫，附識於此。**(勤評)**精義卓識，非深於《易》不能道，後來竹垞、朏明先生之説推闡加密爾。此篇辨《易圖》之非。

《易圖》非伏羲之書也，**(陶夾)**起即揭破。此邵子之學也。“昔者庖羲氏之王天下也，仰則觀象於天，俯則觀法於地，觀鳥獸之文與地之宜，於是始作八卦，以通神明之德，以類萬物之情。”蓋以八卦盡天地萬物之理。宇宙之間，洪纖巨細，往來升降，生死消息之故，悉著之於象矣！後之人苟以一説求之，無所不通，故雖陰陽小數、納甲飛伏、坎離填補、卜數隻偶之類，人人盡自以爲《易》，而要之皆可以《易》言也。**(勤眉)**先生殆於邵子之名而不敢肆其掊擊，故爲此開脱之詞。

吾嘗論之，以爲《易》不離乎象數，而象數之變至於不可窮。

然而有正焉,有變焉。卦之所明白而較著者爲正,旁推而衍之者爲變。(**説眉**)"正""變"二字如此分疏無當。(**陶夾**)分析明白。卦之所明白而較著者,此聖者之作也;執其無端以冒乎天下,旁推而衍之,是明者之述也,由其一方以達於聖人。(**陶夾**)精語如經。伏羲之作止於八卦,因重之,如是而已矣。初無一定之法,亦無一定之書,而剛柔之上下、陰陽之變態,極矣。夏爲《連山》,商爲《歸藏》,周爲《周易》。經别之卦,其數皆同。雖三代異名,而伏羲之《易》,即《連山》而在《連山》,即《歸藏》而在《歸藏》,即《周易》而在《周易》,未嘗别有所謂伏羲之《易》也。後之求之者,即其散見於《周易》之六十四卦者是已。(**説眉**)恐未可率易。今世所謂圖學者,以此爲周之易而非伏羲之易,别出横圖於前,又左右分析之,以象天氣,謂之圜圖;於其中交加八宫,以象地類,謂之方圖。夫《易》之於天氣、地類蓋詳矣,奚俟夫圖而後見也?(**説眉**)若只言邵子未盡古《易》亦無害,不當説《易》不用圖。且謂其必出於伏羲?既規横以爲圜,又填圜以爲方,前列六十四於横圖,後列一百二十八於圜圖,太古無言之教何如是之紛紛耶?(**説眉**)無言之《易》,不是啞鍾。(**勤眉**)掃盡圖像之學,是爲卓識。諸經遭秦火之厄,《易》獨以卜筮存。漢儒傳授甚明,雖於大義無所發越,而保殘守缺,惟恐散失。不應此圖交疊環布,遠出姬、孔之前,乃棄而不論,而獨流落於方士之家,此豈可據以爲信乎?(**説眉**)如貞悔之見於魏伯陽,《參同契》貴奇不貴偶之見于寶鏡,何可膠瑟柱也?

《大傳》曰:"神無方,易無體。"夫卦散於六十四,可圜可方。一入於圜方之形,必有曲而不該者。故散圖以爲卦而卦全,紐卦以爲圖而卦局。(**擇眉**)一言可以定千古之案,釋千古之疑。邵子以步算之法衍爲皇極經世之書,有分杪直事之術,其自謂先天之學固以此。要其旨不叛於聖人，然不可以爲作《易》之本，故曰推而衍之者變也，此邵子之學也。（**夫眉**）折倒圖學，又不説壞邵子。

（**陶評**）從象數分出正變，以正者爲作《易》之本，變者爲後儒之推衍，洞悉源流，非故好翻成案。末二段一謂授受不明，此人人皆知；至謂紐卦以爲圖而卦局，則獨出無古初矣。

易圖論後

（**夫評**）折倒圖學，震川先生得《易》之深微處，三篇文筆亦佳。大凡解經之文，理妙而文不妙者多使人厭讀，亦解經者之過也。（**麟評**）此篇論《河圖》《洛書》之可廢。（**勤評**）先生於《易》有獨到之識，故能發前人所未言。此篇辨《易圖》非《大傳》之意，不得假以爲説。

或曰："子以《易圖》爲非伏羲之舊，固已明矣。若夫'河以通乾出天苞，洛以流坤出地符'，所謂《河圖》《洛書》，可廢耶？蓋宋儒朱子之説甚詳，揭中五之要，明主客君臣之位，順五行生剋之序，辨體用常變之殊，合卦範兼通之妙。縱横曲直，無不相值，可謂精矣。"

曰："此愚所以恐其説之過於精也。夫事有出於聖人而在學者有不必精求者，（**疇臨佚名眉**）能精求之，通造化之元奥，豈不大善？患不能精耳，而曰不必精求，則過矣。（**陶夾**）一口揭破，已含結意。《河圖》《洛書》是也。（**説眉**）震川不信《河圖》《洛書》，亦天壤異事，此言當出村夫子口，出於文章名世之人，故異也。聖人聰明睿智，德通於天。符瑞之生出於世之所創見，而奇偶法象之妙足以爲作《易》之本，理亦有然者。然曰'《河圖》《洛書》聖人則之'

者，此《大傳》之所有也。通乾流坤、天苞地符之文，五行生成、戴九履一之數，非《大傳》之所有也。（**燦眉**）此等可芟。（**疇臨佚名眉**）聖人則之，必有所以則之者矣。通乾流坤、天苞地符、五行生成、戴九履一，豈必皆以意爲之，矯揉造作者耶？所謂奇偶法像之妙，又於何而見耶？以彼之名合此之迹，以此之迹符彼之名，不與大《易》同行，不藏於博士學官，而千載之下，山人野士持盈尺之書，而曰'古之圖書者如是'，此其付受固已沉淪詭秘而爲學者之所疑矣。（**説眉**）宋儒認茫茫之氣爲性，而俯首窮經輩尚奉爲金科玉條，恐歸先生失於分量。雖其説自以爲無所不通，然此理在人，仁者、知者皆能見之。龍虎之經、金石草木之卜，軌筴占算之術，隨其所自爲説而亦無不合。（**疇臨佚名眉**）既"無不合"矣，則亦聽其流傳可矣。必曰不出於聖人，而辨之駁之不遺餘力，亦徒勞矣。豈必皆聖人之爲之乎？《大傳》曰：'包羲氏之王天下也，仰則觀象於天，俯則觀法於地。'夫天地之間何往非圖，而何物非書也哉？揭圖而示之曰，孰爲上下，孰爲左右，孰爲乾、兑、離、震，孰爲巽、坎、艮、坤，天之告人也何其瀆？因其上下以爲上下，因其左右以爲左右，因其乾、兑、離、震以爲乾、兑、離、震，因其巽、坎、艮、坤以爲巽、坎、艮、坤，聖人之效天也何其拘？且彼所謂效變化、則垂象者，毫而析之，又何所當也？使二圖者果在如今所傳，然其所謂精蘊者，聖人固已取而歸之《易》矣，求《圖》《書》之説於《易》可也。（**陶夾**）此下更進一層。子産曰：'天道遠，人道邇。'天者，聖人之所獨得；而人者，聖人之所以告人者也。告人以天，人則駭而惑；告人以人，人則樂而從。故聖人之作《易》，凡所謂深微悠忽之理舉皆推之於庸言庸行之間。而卦爻之象、吉凶悔吝之詞，不亦深切而著明也哉！聖人見轉蓬而造車，觀鳥迹而製字，世之人求爲車之説與夫書之義則有矣，而必轉蓬鳥迹之求，愚未見其然也。(**倫眉**)數語精鑿,且以杜後世之言符讖者。孔子贊《易》,删《連山》《歸藏》而取《周易》,始於《乾》而終於《未濟》,則《圖》《書》之列,粲然者莫是過矣。今夫冶之所貴者範,而用者不求範而求器也;耕之所資者耒,而食者不求耒而求粟也。(**陶夾**)妙喻,與上"轉蓬""鳥迹"相錯綜。有《圖》《書》而後有《易》,有《易》則無《圖》《書》可也。(**擇眉**)聖人復起不易斯言,不知者以爲高論,則失之遠矣。故《論語》'河不出圖',與鳳鳥同瑞而已。《顧命》'河圖在東序',與兑弓、和矢同寶而已。是故《圖》《書》不可以精,精於《易》者,精於《圖》《書》者也。(**燦眉**)愚曰精於《圖》《書》者,精於《易》者也。惟其不知其不可精而欲精之,是以測度摹擬無所不至。(**説眉**)無味。故有九宫之法,有八分井文之畫,有坎、離交流之卦,與夫孔安國、歆、向、楊雄、班固、劉牧、魏華父、朱子發、張文饒諸儒之論,或九或十,或合或分,紛紛不定,亦何足辯也!"

(舊刻直云"宋儒朱子之説詳矣",無"揭中五之要"以下四十餘字,今從抄本補入。又"何物非書也哉"之下,常熟刻本有"賣兔之書未必起於兔,觀魚之樂未必出於魚"十八字。按後段有造車製字之喻,又有冶範耕耒之喻,此復有魚兔之説,似設喻太多。疑常熟刻是初本,而崑山刻删去者是定本,今從崑本。曾孫莊識。)(**啓眉**)"賣兔"二句從常熟本增入,申説上文"何往非圖"之義,致爲明暢,且該得"天地變化""天垂象見吉凶"之旨,然後轉入"泥《圖》以求《易》者之爲拘",文字乃有步驟,而下文"效變化、則垂象"一詁亦有來歷照應,删去者非是。若以喻多爲嫌,難與讀莊周、蘇軾之文矣。

(**祖評**)三首是先生晚年所作,醖釀深醇,非僅規橅歐、曾者比,選家當以此爲準則耳。

(**陶評**)此篇并論河圖,尤爲精闢。首言今之河圖非昔之河圖;中言聖人作《易》仰觀俯察非法河圖;末言即圖果真,亦當求之於《易》,不當求之於圖。罕譬証明,尤足以閒執諸儒之口。又按:自先生爲此説,至本朝黄梨洲、胡朏明諸先生推闡之,河圖及先天諸圖之不足信,益無疑義矣。

洪範傳

(**燦評**)爲子固輩且無發揮,公可以不作。(**擇評**)先生自言折衷先儒之説,而讀之不見折衷之迹,此是自得之後豁然貫通、沛然流出,非思慮所能作也。(**麟評**)漢儒之言《洪範》實不可信,大略漢儒之經學多恍惚無本之言。(**雲評**)貫穿融洽,表裏通透,極平實極深微,見先生窮經之力。其文亦金精玉粹,一片渾古之氣凝結而成。(**鼒評**)無甚發明,而文甚流轉。(**啓評**)蘇明允《洪範傳》三篇意正如此。

《洪範》之書起於禹,而箕子傳之。聖人神明斯道,垂治世之大法,此必天佑於冥冥之中而有以啓其衷者。故箕子以爲傳之禹,而禹得之天。(**説夾**)强解。漢儒説經多用緯候之書,遂以爲天實有以畀禹。故以《洛書》爲九疇者,孔安國之説;以初一至六極六十五字爲《洛書》者,二劉之説;以戴九履一爲《洛書》者,關朗之説。關朗之説,儒者用之。箕子所言"錫禹《洪範》九疇",何嘗言其出於《洛書》? 禹所第不過言天人之大法有此九章,從一而數之至於九,特其條目之數,五行何取於一,而福極何取於九也? 就如儒者説,《洛書》之數縱横變化,其理甚妙;禹顧不用,而姑取自一至九之名,其亦必不然矣! 夫《易》之道甚明,而儒者以《河圖》亂之;《洪範》之義甚明,而儒者以《洛書》亂之。(**説眉**)只唤奈何許耳。其始起於緯書,而晚出於養生之家,非聖人"語常而不語怪"之旨也。(**燦眉**)吾謂《河圖》不可不用《洛書》,則《洪範》不重在數上,可以不必云相表裏,《圖》《書》互相發明似不必。愚於《易》單看《圖》,而不取其與《洛書》配合處。

《洪範》之書以天道治人,聖人"先天而天弗違,後天而奉天時",不過行所無事,少有私智於其間,即鯀之"汩陳其五行"也。讀《洪範》者,當知天人渾合一理。吾之所爲即天之道,天之變化昭彰皆吾之所爲。宇宙之間充滿辟塞,莫非是氣,而後知儒者位天地、育萬物之功,初不在吾性之外。"天陰騭下民","天錫禹《洪範》九疇",與五紀之天、稽疑之天、庶徵之天、五福六極之天,其天一也。(**説眉**)震川之《洪範》,即胡氏之《春秋》,謂以此救世則可,若聖人之旨,未盡也。

九疇並陳,若無統紀,而義實聯絡通貫。皇極居中,而以前四疇會爲皇極,後四疇皆皇極之所出。五行,天道之常。敬之於五事,所以修己;厚之於八政,所以治人;叶之於五紀,所以欽天。皇極之道盡之於是。而後以五事施八政,而時用其鼓舞之權,則謂之三德;謀及乃心、卿士、庶人,而命龜諏筮,則謂之稽疑;察肅、乂、哲、謀、聖之應,則謂之庶徵。以皇極斂福,則有福而無極。前四疇責之於己,治天下之根本要會;後四疇取之於外,治天下之枝葉緒餘。箕子於皇極而言五福,於庶徵而言五事,此其可見之端也。敬、農、協、建、乂、明、念、嚮、威,各以一字該一疇之義。下文不過敘其目而演之,要無出此九字之中矣。敬者,一心之主宰。敬則五事之則見,而爲肅,爲乂,爲哲,爲謀,爲聖;不敬則五事之則失,而爲狂,爲僭,爲豫,爲急,爲蒙。敬之用非在外也,得其恭、從、明、聰、睿之則而已。

八政者,所以厚民也。爲之飲食,爲之貨賄,爲之祭報,爲之居室，爲之交好，所以厚之也。至於斬伐戕劉，陳於原野，肆之朝市，亦所以厚之也，期於胥匡以生而已矣。人主不達乎厚用之意，則建官立政漫無可據，此官方之所以錯亂也。

五紀者，以歲之數協月之數，以月之數協日之數，以日月之數協星辰之數，以歲、日、月、星辰之數協曆之數。治曆明時，隨時占候，期於協而已矣。

建用皇極者，天於兆庶之中獨命皇以治之，(**説眉**)"皇"字從俗解。則皇之一身固斯世之取則。既爲斯世之所取則，不可無道以觀示之。而所謂道者，又皆斯世之所同然。特彼拘於氣稟，狃於習尚，遂不知所以自立。而皇亦不必屑屑焉求治於天下，而惟自盡其所同然者以立於此而風動之，則天下靡然知所嚮方矣。建者，立於此而則於彼之謂也。

乂用三德者，正直、剛柔、弛張變化。當正直而正直，當剛而剛，當柔而柔，視物之所宜而無取必於其間，此乂用之道也。

稽疑者，有所疑而不明，故稽以明之。事之明者，無待於稽；事之疑者，聖人亦不能不取决於神。"汝則有大疑"，而卿士、庶民群言並興，將誰適從？此卜筮之建，聖人所以齋戒以神明其德者也。人之於天，其精氣相感捷若影響，况人主爲天地之心，一念之善，喜見於天，而和氣應之；一念之惡，謫見於天，而沴氣應之。故欲觀己之善惡，當觀天之所以爲應者以驗之。雨、暘、燠、寒、風之時，則知其爲肅、乂、哲、謀、聖之應；雨、暘、燠、寒、風之恒，則知其爲狂、僭、豫、急、蒙之應。驗之爲言，如孝子事親，日候其顔色以爲憂喜，此人主事天之誠也。"嚮用五福"嚮之，而惟恐民之不得乎壽、富、康寧、攸好德、考終命之福；"威用六極"畏之，而惟恐民之或罹於凶、短、折、疾、憂、貧、惡、弱之極。世之人主知棄極取福矣，孰能嚮而威之！堯、舜在上，比屋可封,民無凶荒夭札者,此嚮威之實也。潤下、炎上、曲直、從革、稼穡,聖人察五行之性如此;鹹、苦、酸、辛、甘,聖人察五行之變化而無所不在如此。聖人之治天下,不過因其下而爲之下,因其上而爲之上,因其從、革、曲、直爲之從、革、曲、直,因其稼穡而爲之稼穡:是以天不失時,地不失利,物不失性。以五事則敬,以五紀則協,以皇極則建,以三德則乂。明於稽疑,則有吉而無凶;驗於庶徵,則得雨、暘、燠、寒、風之時;嚮於五福,則有壽、富、康寧、攸好德、考終命之應。八疇言用,而五行不言用,直言其爲五行者如此,而聖人之用可見矣。

《禹貢》一篇,不過"水曰潤下"之一語,而箕子以爲彝倫之攸叙者,此也。(**説眉**)**不意此等議論出自歸先生,惜哉!**人在天地之間,有此身,即有貌、言、視、聽、思之五事。貌之體本恭,而可以作肅;言之體本從,而可以作乂;視之體本明,而可以作哲;聽之體本聰,而可以作謀;思之體本睿,而可以作聖。故五事之言恭、從、明、聰、睿者,猶水之言潤下也。此所謂"有物必有則"。形色,天性也。能敬用此五事,則聰明睿知由此而出,"篤恭而天下平"矣。所謂皇極,雖兼總八疇,而其綱又在乎五事之一疇也。八政,唐、虞則屬之九官,禹則有六府、三事,周家則謂之六典。即此八政,離合不同。治内之政六,而司寇最後;治外之政二,而師居末。蓋食之、居之、教之,如是而後麗於刑,則刑之可以無憾。邦交之禮不失,撫字之恩常洽,如是而不順,則侵伐不爲黷,此順施之序。五紀雖五,總之實曆數之一紀。此亦王者之政,不序於八政之中,所以尊天。蓋人主繼天以子兆民,俯察民情而爲之政,仰觀天運而爲之紀,以此與八政相對,故不列於八政之中。堯命四子,舜"在璿璣玉衡以齊七政"。虞、夏之間,羲和之職最重,故胤征以"俶擾天紀"誓師,周官歸之保章氏。

後世益輕，太史公以爲近乎卜祝之間也。

皇極一疇言錫福，何也？富壽安逸，人主所欲致之於民，而不能得之於天。惟其使民作善，而期於回天地之氣，此其錫福之微者也。福者，天下之所共欲。顧昏迷於行，不知所則效，顛倒悖謬，以自取戾。人君建極以示之，使知所則效，而爲善以日圖致福之道，是乃聚斂衆福以敷錫於民也。庶民得於觀感之間，皆於汝之極，保守不敢失墜，以應汝而“錫汝保極”矣。凡天下之無有淫朋比德者，皆皇之化也。夫皇之化斯民，惟是立之則以示之，使之順治於不識不知之中，而無假於聲色之末，此皇建其極之本旨。然而鼓舞振作、長育成就之功，亦時行於其間，於以扶掖引誘，以發其“攸好德”之心。於其有爲、有猷、有守者，則愛念之而不忘，不協於極而不罹於咎者，亦受之，而康而色而不拒，所以發其“攸好德”之心。（**啓眉**）自“念之”“受之”以下皆所以發其攸好德之心，而發其攸好德之心乃爲斂福錫民之實，此是公獨見處。一經指破，便覺箕子本旨鑿鑿如是。民曰“予攸好德”，則錫之福而知歸於極矣。（**啓眉**）不言“攸好德則錫之福”，而言“予攸好德則錫之福”者，荆公以爲不爲已甚之意，謂苟革面以從吾之攸好者，吾不深探其心，而皆錫之福也。此説亦甚有義，讀《洪範》者不可不知。虐煢獨而畏高明，政之不平，而人心之所由以不服，皆起於此。皇極之君必無虐煢獨而畏高明，又於其有能者與之以官，使羞其行，展其材猷，以昌吾之國。又能厚其禄，使之好於而家，亦所以發其“攸好德”之心。（**啓夾**）此先儒之説，荆公則以人君能自治爲“好於而家”。蓋人而無“攸好德”之心，則雖欲“錫之福”而彼不受，徒爲汝之咎矣。“攸好德”者，人之良心動而歸極之機也。人主作成一世之人，在於發其“攸好德”之心而已。“攸好德”之福錫，而五福皆錫也。曰“皇建其有極，斂時五福”，明以建極爲錫福之本；曰"予攸好德"，明以"攸好德"爲五福之綱。遵道遵路，即可以見蕩蕩平平之體。言皇極之化大普於世，利用出入莫非是道之昭著也。皇極之道其所以致民之化如此，是皆天之理、天之訓，而人主無絲毫智力於其間。知所謂蕩蕩、平平、正直者，則知所謂帝之訓矣。"凡厥庶民"，"是訓是行"。天子之光如日月之照被，日近日親而日尊也。"近天子之光"，萬物熙熙之景象也，歸極之民蓋如此。

平康之世以正直治之，强梗之世以剛治之，和柔之世以柔治之。隨世而爲輕重，《易》之所以有《小過》《大過》也。然一代之習尚多從人主性之所近，高明者多於用剛，沉潛者多於用柔，此治體之所以不純，故在矯而克之。"强弗友""燮友"，稱其物之所感，此剛克柔克也。高明沉潛，制其性之所偏，亦剛克柔克也。威福玉食之柄不移於下，則正直、剛柔之權在於上矣。

古者尊天而重神，不敢自信，而待於卜筮以取决。而至誠無私之德常與神明通，是以鬼神應之，各極其理之所至而無毫髮之爽，故卜筮必可信，而禹以爲治天下之一疇。"擇建立卜筮人"而命之卜筮，蓋其重也如此。卜之體色墨拆，有雨、霽、蒙、驛、克之五兆，占之變化往來，有貞、悔之二體，於其差忒不齊之中而衍之以觀其從違。（啓眉）衍忒亦用舊説，荆公則以衍爲吉，忒爲凶。《金縢》"卜三龜"，《大誥》"朕卜並吉"，《士喪禮》卜葬。卜者三人，古者卜、筮皆用三人。蓋吾之所甚嚴而信之者，僅取衷於一人，時或不能與神明會，故詳以求之。"龜從""筮從"，蓋卜筮兼舉，而龜筮協從。大事先筮而後卜，晋侯得阪泉之兆、趙鞅遇水適火，又筮之，是也。又有獨用之者。卜稽如台，夢協朕卜，卜河朔、黎水，予得吉卜，"卜筮不相襲"是也。龜筮共違於人，雖於卿士、庶民有不恤。夫既謂之大疑，則固有人所不及知而天知之者，蓍龜之理微矣。雨、暘、燠、寒、風者，天地慘舒之氣而繫於人主視、聽、言、貌之間，蓋天人相感之機有不可誣者，故箕子以意類明之。五者來備，各以其叙，所謂時也；極備極無，所謂恒也。雨、暘、燠、寒、風之時不同，其爲休之徵同也，故以五事之修類屬之，以爲其當如是而已矣。求其所以肅之必爲雨、乂之必爲暘、哲之必爲燠、謀之必爲寒、聖之必爲風者，不可得也。雨、暘、燠、寒、風之恒不同，其爲咎之徵同也，故以五事之不修類屬之，以爲其當如是而已矣。求其所以狂之必爲雨、僭之必爲暘、豫之必爲燠、急之必爲寒、蒙之必爲風者，亦不可得也。(**啓眉**)蘇明允《洪範論》三篇意正如此。漢儒不原箕子之意，規規然務離而析之，所以流爲災異之學。(**説眉**)漢儒之言《洪範》實不可信，大略漢之經學多恍惚無本之言。庶徵以天道人事相推較，故又借歲、月、日、星爲王與卿士、師尹、庶民之喻。蓋旁衍及之，非本疇之正傳。歲以統月，月以統日，歲與日月運行不息，而成生物之功。王以統卿士，卿士統師尹，王與卿士、師尹勤職不懈，而致天下之治。積日成月，散月於日而月不見；積月成歲，散歲於月而歲不見。君臣、上下、小大、繁簡之致見矣。歲、月、日、時無易者，王、卿士、師尹不失其職，此百穀之所以成，乂之所以明，俊民之所以章，家之所以平康，而爲治之徵也；日、月、歲、時既易者，王、卿士、師尹失其職，此百穀之所以不成，乂之所以昏，俊民之所以微，家之所以不寧，而爲亂之徵也。治與亂，存乎其職之失與不失而已矣。王、卿士、師尹以職言，庶民之可言者，情也。如星有好風好雨，有所好者，庶民之情也。庶民不能自致，則固卿士、師尹之責耳。日月之行而有冬夏，月之從星而有風雨，上之舉動繫乎民之休戚者如此也。月入箕則多風，離畢則多雨，宿軫則雨，宿井則風，風雨以其氣相感,故謂星之有好風好雨也。福極,天之所命者,而人主制其權。故養之而可以使之壽,厚之而可以使之富,節其力而可以使之康寧,教之而可以使之"攸好德",不傷之而可以使之"考終命"。然有養之、厚之、節之、教之、不傷之所不能及者,故必有潛移默奪於冥冥之中,此所以爲位育之極功,而居九疇之終也。

昔王荆公、曾文定公皆有《洪範傳》,其論精美,遠出二劉、二孔之上。然予以爲先儒之説亦時有不可廢者,因頗折衷之,復爲此傳。(**啓夾**)首叙作傳之由。(**夫眉**)曾、王爲之吾已厭其多事,震川何復爾爾耶。若皇極言"予攸好德",即五福之"攸好德",而所謂"錫福"者,錫此而已。箕子丁寧反覆之意最爲深切,古今注家未之及也。(**啓夾**)次述傳中要旨。不敢自謂有得箕子之心於千載之下,然世之君子因文求義,必於予言有取焉矣。(**啓夾**)末言傳義有合經旨。(**擇眉**)此理甚顯,然不知前人何以未之及。

(**啓評**)作文首要界限分明,如梓人作室,門廡堂寢必先定其規模而後從事,雖小文亦然,則所謂盈尺而曲盡其制者也。

尚書叙録

(**年評**)含蓄處烟波綿渺。(**祖評**)叙録宜入序類,不可附經解。三首皆雅沽可式,其俯仰處極似昌黎。(**倫評**)先生獨抱遺經於荒江寂寞之濱,於今文、古文之説確有以自信,故以晚晋雜亂之説爲非。至其行文之低徊感慨,自覺烟波繚繞。(**昌評**)《古文尚書》之僞,至有清而後定論,而先生已决然斷其非是如此。文字正僞之判,知言者固可望而决也,特難爲不知者道爾。

余少讀《尚書》即疑今文、古文之説,後見吴文正公叙録,忻然以爲有當於心,揭曼石稱其"綱明目張,如禹之治水",信矣。

(啓眉)首叙吴書之有當於心。自是數訪其書,未得也。己亥之歲,讀書於鄧尉山中,頗得深究《書》之文義,益信吴公所著爲不刊之典。因念聖人之書存者年代久遠,多爲諸儒所亂。其可賴以别其真僞,惟其文辭格制之不同,(説眉)能爲此言者,聖人之徒也。後之人雖悉力模擬,終無以得其萬一之似。學者由其辭可以達於聖人,而不惑於異説。今伏生《書》與孔壁所傳,其辭之不同固不待於别白而可知。(啓眉)此段就《書》之本經説,謂古今文之本不相同。

昔班固志藝文有《尚書》二十九篇,古經十六卷。古經,漢世之僞書,别於經,不以相混,蓋當時儒者之慎重如此。而唐之諸臣不能深考,猥以晚晋雜亂之書,定爲義疏,而漢、魏專門之學遂以廢絶。夫書之厄已至矣。伏生掇拾於流亡之餘,以篤老之年,僅僅垂如綫之緒於其女子之口,千萬世之下因是可以稍見唐、虞、三代之遺,而可不知所愛惜哉!(啓夾)此段就傳經者説,謂古今文之不容相混。(年眉)纏綿三復,文情欲絶。

朱子蓋有所不安而未及是正,吴公實有以成之,而今列於學官者既有著令。薦紳先生莫知廣石渠、白虎之異義,學者蹈常習故,漫不復有所尋省。以數百年雜亂之書表章於一代大儒之手,而世亦莫能以尊信之,可嘆也已。(年眉)沉吟不盡。

荀子叙録

(燦評)未通。(王彦子評)性惡豈不切中俗弊?要非君子垂教也。(昌評)論《荀子》頗得深處,褒貶皆極允當。

《荀子》三十二篇,唐大理評事楊倞常移易其篇第,而今篇中亦多有失倫次者。余欲重加釐整,而憚於紛更,第别其章條,或句爲之斷，長短皆有意焉。而時有舛謬，取韓子“削其不合者附於聖人之籍”之意，與其他脱文衍字並爲識别，讀者可以一覽而知也。

當戰國時，諸子紛紛著書，惑亂天下。荀卿獨能明仲尼之道，與孟子並馳。顧其爲書者之體務富於文辭，引物連類，蔓衍夸多，故其間不能無疵。至其精造，則孟子不能過也。自揚雄、韓愈皆推尊之，以配孟子。迨宋儒頗加詆黜，今世遂不復知有荀氏矣。悲夫！學者之於古人之書能不惑於流俗而求自得於心者，蓋少也。

（《荀子》非經也，今以無所附麗，姑從錢牧齋先生編入經解後。）

（説評）編震川先生集當首序、記、傳、誌，而以經説附後，如《尚書》議論，今人所無也，惜作《易圖論》耳，有意千秋之業者當反復吾言，六月朔書。

卷二　序

項思堯文集序

（**説評**）"典册法書，藏在蘭台。雖遭禍患，獨不遇災"。焦氏之言，吾移贈此文。（**擇評**）序文以此篇爲首，以其有與弇州作對一案，亦東澗之成心也。（**麟評**）志乎古者必不宜乎今，非卓然能自樹立之士鮮有不摇於時俗之論者。後幅痛言自得之道，其旨深矣，寧獨文章一事哉！（**駒評**）議論深切，全爲王李下針，讀牧齋《題歸太僕集》可考見也。文字潔净精微，悠然有不盡之味。（**偉評**）讀此如聞鸞鳳之音。（**祖評**）稍带客氣。（**元評**）此文極淡、極潔又極雄渾。（**勤評**）妄庸人爲鉅子者，聖人之徒也。（**昌評**）此文最見先生風骨。（**吴仲倫評**）戚隺泉謂作文不可有古文氣，其説非也。前明多誤于此論，故自震川而外鮮有成就者。

永嘉項思堯與余遇京師，出所爲詩文若干卷，使余序之。思堯懷奇未試，（**焯夾**）伏"榮辱毁譽"。而志於古之文，（**焯夾**）"志於"二字下得斟酌，與結句"造於"字應。（**元夾**）有分寸。（**陶夾**）只許他一"志"字。其爲書可傳誦也。（**夫眉**）時文字眼。蓋今世之所謂文者，難言矣。（**麟眉**）先發今世之病，伏"不知自得"意。未始爲古人之學，（**焯眉**）"古人之學"即自得者是。而苟得一二妄庸人爲之鉅子，（**説眉**）奈世習狎此妄庸人耳。（**夫夾**）雜雜莊，不雅馴。（**倫夾**）

此謂元美、于鱗輩。(**焯眉**)"妄庸"二字乃不知不爲之根。争附和之,以詆排前人。(**焯眉**)不爲由於不知,妄庸是不知之根,詆排是不爲之賓,凡此皆所以不能自得之故也。韓文公云:"李杜文章在,光焰萬丈長。不知群兒愚,那用故謗傷!蚍蜉撼大樹,可笑不自量。"(**夫夾**)寫詩入文,亦非正格。(**鼒眉、孫眉**)雜引律詩,破壞古文之體,自子瞻輩始,不可學。文章至於宋、元諸名家,其力足以追數千載之上,而與之頡頏。(**陶夾**)力與當時高談秦漢者作對頭。而世直以蚍蜉撼之,可悲也。(**擇夾**)不曰"可嘆",而曰"可悲",深痛極矣。(**元眉**)此論初出,雖爲一時鉅子所嫉,然久而論定,卒無有易之者,蓋文章非可力争也。無乃一二妄庸人爲之鉅子以倡道之歟!(**偉眉**)"妄庸鉅子"指吾婁弇州先生也。弇州見之曰:"妄則有之,庸則未敢聞命。"或以聞於先生,先生曰:"惟庸故妄,未有妄而不庸者也。"弇州後贊先生云:"千載有公,繼韓歐陽。吾豈異趨,久而始傷。"不特見弇州之學老而益醇,其從善服義亦足以愧天下之怙過崛强者矣。癸卯月馮偉記。

思堯之文固無俟於余言,顧今之爲思堯者少,而知思堯者尤少。(**擇眉**)其不佳可知。(**麟眉**)二語關捩,"爲"字轉"知"字,緊甚。(**元眉**)從"爲"出"知",二語提束有力。(**陶夾**)又生出一"知"字。余謂文章天地之元氣。(**雲眉**)獨有千古,目空一切。得之者,其氣直與天地同流。雖彼其權足以榮辱毁譽其人,而不能以與於吾文章之事,而爲文章者亦不能自製其榮辱毁譽之權於己,(**王彦子眉**)君子盡其在己而已。兩者背戾而不一也久矣。(**陶夾**)非先生,其誰與歸。故人知之過於吾所自知者,不能自得也;己知之過於人之所知,其爲自得也,方且追古人於數千載之上。(**説眉**)後學讀此百遍,般若自開,魔力自退。(**麟眉**)"人不與知"方是自得之道,"後人知"翻出"自知",反覆抉擇,千古作家皆於是處立脚,所謂得失寸心知也。(**陶夾**)文章貴在自得,與摹擬剽竊家迥殊。(**焯眉**)引起

"自得",從"人知"襯出"自知"。太音之聲何期於折楊、皇華之一笑!(擇眉)此論與孟子剛大塞天地之説有異同否?學者未見及此,勿輕言文章也。(焯眉)能爲古人而不求人知爲自得,故是通篇歸宿處。《莊子·天地篇》:"太音不入於里耳,折楊皇華則嗑然而笑。"(元眉)韓文公云:"作者不祈人之知也久矣,直百世以俟聖人而不惑,質諸鬼神而無疑耳。"熙甫所言亦是此意。(坰眉)《莊子·天地篇》"門無鬼章":"太音不入於里耳,折楊皇華則嗑然而笑。"吾與思堯言自得之道如此。(麟夾)抖出。思堯果以爲然,其造於古也必遠矣。(麟眉)結"古"字妙,悠然不盡。(陶夾)"造"字與前"志"字緊對。

(説評)選歸集以項思堯集序爲冠無疑。

(焯評)前後都是從空發論,中間着"無俟余言",安頓最好,此是文章架子細密處。

(元評)論文極則。

(坰評)論文章自得處最精當。

(陶評)此先生自抒心得之言,一氣盤折,極淡極超,試以曼聲讀之,餘音直繞梁三日。妄庸人指王弇州也,彼居高位,享大名,以聲氣奔走天下,而先生以窮老一諸生抗之,直標此文爲之職志,可謂無忌憚矣。而弇州聞之卒無忤且心折,是知昔之妄庸,非今之妄庸也。

玉巖先生文集序

(説評)其言昌。(焯評)文集序,通篇却只叙諫武宗之疏。文章從大處立論,以爲可概其餘,亦或以略其餘也,此作文之體。(年評)極大文字,讀此等文全在唱嘆而得之。(苞評、鼐評)詳序歷官,似傳誌,體未合。(祖評)此序極有關係,未可以望溪評正之。(麟評)前幅既言武宗之世直諫者少,後復實指出大臣元老未敢端言，蓋如此方見一朝否泰升降全繫玉巖耳，作家用意類如此。（**升評**）序一人之事，而一代之治亂得失見焉，真得太史公之意。（**夫評**）序事不宜太詳，太多便是傳誌體，非文集序。（**元評**）此等文直追西漢，唐宋諸家並當俯首。（**虞評**）論公之大節，不以公之不見用而涕洟，而以朝廷之不用公爲感慨，寄意深遠。（**紓評**）《玉巖文集》未之見，然震川序中一語不涉其文，度其所刻必多奏議之屬，以人重，故不論其文，讀之足見正德之昏暴淫亂無人理也。（**綸評**）此等文與曾文《先大夫集》《范貫之奏議》二序相頡頏。

《玉巖先生文集》，故刑部右侍郎周公所著。公諱廣，字充之，别自號玉巖，崑山太倉人，太倉後建州，故今爲州人。公舉弘治乙丑進士。歷莆田、吉水二縣令，以治行爲天下第一，（**焯眉**）通篇只發揮此一句。徵試浙江道監察御史。僅兩月，上疏諫武宗皇帝，佞幸疾之，欲寘之死。而上不之罪也，（**元夾**）回護。故得無下詔獄，貶懷遠驛丞。而佞幸者怒未已，使人遮道刺公，公僞爲頭陀，持波嗢囉，以行乞四百餘里乃免。武定侯郭勳鎮嶺南，（**元夾**）直書。承望風旨，僞以白金試公，公拒不受。一日攝公，閉府門，箠擊之幾死，行省官惕息莫敢救，御史有言而解。久之，遷建昌令，再貶竹寨驛丞。會武宗晏駕，今上即位，詔舉遺逸，公復爲御史。尋遷江西按察司僉事，歷九江兵備副使、江西提學副使、福建按察使、巡撫江西、右僉都御史，升南京刑部右侍郎。公自起廢，不十年至九卿，不可謂不遇，而遂不幸以死，不能究其用也。然天下稱武宗之世能以直諫顯者，自公之外不過數人耳。天子中興，思建萬世之業，則正色而立於朝廷如公者，豈可一日而無哉！（**麟眉**）伏否泰升降意。故嘗以謂士之忠言讜論，足以匡皇極而扶世道，使之著於廟廊，澤被生民，世誦其詞而傳之,宜矣。(説眉)沉著。若夫詆訐叫號,不見省采,徒爲一時之空言,似不足以煩紀載,而學士猶傳道之不絶,豈不以天下之欲生也久矣!(陶夾)高唱入雲。有其言,足以轉亂爲治,利安元元,雖不見之施行,而實天啓其人,使昭一世之公道,後之人猶搤腕拊掌,幸其時能用其言而不至於壞也。(麟眉)點定文集上發,議論如許雄快。(夫眉)發議論處須英偉動人,不宜任筆揮灑。

國家纍洽休明,迨敬皇之世,百姓安生樂業,有富庶之效。(焯夾)數句爲法孝宗立案。武宗承緒,不改其舊,則生民何幸。(説眉)此公作文本旨。(燦眉)已上虚領一段。(夫眉)不宜太盡,爲尊者諱,故定哀之間多微辭。而金貂左右,(焯夾)以下爲指切時事立案。佞幸倡優之笑,縱横亂政。(元眉)看他歸罪佞幸,立言有體。而上常御豹房,輕騎媠出,六宫愁怨,未有繼嗣之慶。胡僧挾左道,以梵咒弭賊,則樊並、蘇令嘯聚之禍蔓衍無窮,淮南、濟北覬覦之謀乘間而發。(元夾)此段辭色並從《谷永傳》中來。是時元老大臣特從容勸上早朝而已,亦未敢端言之也。(焯夾)三句又跌起直諫。公奮不顧身,指切時事,而尤惓惓以"欲法堯舜當法孝宗"爲言。(焯夾)贊公疏只指切時事、當法孝宗二語,却先將二語實事作自己議論,鋪陳在前,轉入公疏只兩句點明。不但是文章虚實次第,亦使序事不致呆板,才可得淋漓跌宕之妙。(元眉)申論諫武宗一事,局陣開展。使公言獲用,天下蒼生豈不受其福哉?(陶夾)與上段相應,聲大而遠。此予所以讀公之疏,於本朝否泰升降之際未嘗不三復而嘆息也。(説眉)此尚論古今之法,此讀前輩著述之法,此亦看震川集之法。(擇眉)此段筆力直追退之。(麟眉)收出關係如此。

公好性理之學,與魏恭簡公相善,故諸子皆及恭簡之門。而居官政績多可紀,語具其門人陸光禄鼇所述行狀中。(説眉)

今人著筆便蕪穢，試細心讀此數語。（**夫眉**）亦是傳誌中句法。公歿十餘年，太倉兵備副使南昌魏侯良貴爲公江右所造士，登堂拜公像，求遺稿，捐俸刻之。公之子士淹、士洵以序見屬，因著公平生大節而論之如此云。（**麟眉**）須説明。

（**元評**）前後叙事，中間發論，大略用南豐《范貫之奏議序》體，而其疏宕雄健，則公深得之史遷者，非子固所及也。爲人作集序而國家治亂氣象並見於其中，是何等布置。

（**祖評**）序體自《詩》《書》而下，以劉子政《别録》爲最，如《管晏□序》皆歷載其生平，唐宋以來大家文體所自出也。望溪先生於文章流别講之甚精，獨論此文竊爲未當。

（**倫評**）余嘗謂先生文雅潔，虞山文宏肆。今觀先生此作未嘗不宏肆也，想虞山亦只是學先生耳。

（**瑚評**）周公仕武宗、世宗二朝，始不用其言而身危，既則位顯而不究其用，先生所以撫卷三嘆也。

（**陶評**）前半詳叙歷履，折重在直諫一節，故後半特加洗發，妙在先空論一段，然後綜核時事以証明之，文氣寬博，猶見漢官威儀。

山齋先生文集序

（**説評**）大局段。（**燦評**）深於班史議論叙事體。（**麟評**）前幅幾與作傳記同體矣，却一齊收入文集上，用此法之妙也。讀後段弗徒賞其議論之高。（**駒評**）因文集而詳論其生平大節，不沾沾文字間，感慨低徊，關係世道。

今天子即位十年間，吾崑山之仕於朝者遍列九卿侍從，幾與大省比。（**倫眉**）先生時已然。刑部尚書周康僖公與其子大理寺丞于岐同時在位,(焯夾)陪法。而永嘉張文忠公方秉國,公父子皆以失張公意先後罷去,(焯夾)陪。居閒,以詩文自娱。康僖公年八十餘,而大理僅餘六十以終。前歲,公次子太僕丞以《貞庵漫稿》見屬爲序。至是,大理孫廷望還自太學,復請序其祖之文。余及侍康僖公,又辱大理知愛,不可以辭。(夫眉)得體。(焯夾)此一段是楔子。

嘗讀武宗毅皇帝遺事,(擇夾)領下二段。時寧藩不軌,臨安胡永清爲按察司副使,(擇夾)賓。奏事中陰折之。而王府交通近倖,必致胡公死地,禁繫連年。而給事中、御史章連上,大臣亦擁護之,故遼左之謫,姑以慰謝驕王。卒賴朝廷清論,而一時熏天之勢迄不能致胡公於死。(擇眉)胡公事與周公無涉,豈亦大臣擁護之一耶?

方永嘉用事,御史馮恩上書歷詆大臣。(焯夾)入題。永嘉與吏部汪尚書尤惡其指切,欲傅致之死。會皇子生,將放赦。故事,諸司各條事款,上之公卿,平議其可行者,書之詔中,而大理條款類有以爲馮御史地。永嘉與吏部怒,大理遂去官,而馮御史亦得不死。嗟乎!直臣端士世不可一日無,設不幸陷於罪戮,旁觀者不出力以争之,則囚纍孤臣糜死無日矣。余每論此,未嘗不流涕嘆息也。(燦眉)先叙其事之大。(夫眉)煙波無際。(啓眉)公評《史記》謂"如説平話者,説到有興頭處便歌唱起來",讀公文亦當以是求之。(焯夾)前段是山齋一生大節,此下補叙其在位時事。

大理精於法律,或疑其文深,然論議未嘗不引大體。(燦夾)已下枚舉。(麟眉)入後事勁。易州上巨盗二人,一人瘐死,一人病。此兩人皆死,則所誣引皆不能白,乃餔藥之。其後護真盗,而誣引者皆出。夷人郎擠松犯邊,獲其兄子郎尚加秃,坐以"親屬相容隱律",减死論,以懷遠夷。薦都督馬永任邊將,尚書以有前詔永不許起用，欲奏請，曰："若奏不可，其人終不用矣。"卒薦之，朝論翕然稱服。惠安伯提督團營，尋有旨，以豐城侯佐之。豐城以侯當先伯，奏改，敕下兵部議。曰："侯先伯者，常也。若上所命，則公以下宜。"皆不敢抗。其在朝可稱紀者如此。（**説眉**）予奪洞然。

余嘗謂士大夫不可不知文，（**焯夾**）以下合到文集。能知文而後能知學古。（**焯夾**）此却倒説了。（**燦眉**）議論一段。（**麟眉**）虽是文章家本色，議論却當於理。故上焉者能識性命之情，（**焯眉**）"識性命之情"，語病本不小。其次亦能達於治亂之迹，以通當世之故，而可以施於爲政。（**焯夾**）性命是體，達於治亂是用。體用一源，則何分上次？可知所謂識性命之情者，外道之言，非吾所謂性命也。（**綸評**）綰合通篇。顧徒以科舉剽竊之學以應世務，常至於不能措手。（**雲眉**）卓論不磨，今之士大夫如何？若大理，所謂有用者，非有得於古文乎？（**麟眉**）總結好。（**鼒眉、孫眉**）雖與篇首詩文自娱相應，而議論實突入無根。予故述其行事大略，以俟後之君子讀其文而求論其世者。凡爲文若干卷，曰山齋者，其自號也。

（**昀評**）深心大力，搏捖斡旋，有世道之思。

（**瑚評**）叙山齋文集耳，而述其立朝大節，以見言之可傳者不徒以其言也，惟有德者有之矣。

（**夫評**）以傳體入序中，此序之變格也。

（**埛評**）文法與前篇同。

雍里先生文集序

（**鼒評、孫評**）此文開手以不知時務立論，後幅以贅疣立論，而中間無關合處。（**祖評**）引古語過多，望溪評是也。"贅"字説得親切有味方不是好高之論。（**虞評**）緊透之至。（**昌評**）雍容閒雅，而意旨自深,此先生文不可及處。姚姬傳云:“此文開手處以不知時務入,後幅以疵贅立論,中無關合處。”

雍里先生少爲南都吏曹,歷官兩司,職務清簡,惟以詩文自娱。平居言若不能出口,或以不知時務疑之。(**焯夾**)折。及考其蒞官所至,必以經世爲心,(**焯夾**)伏“道”字。殆非碌碌者。(**説眉**)世所謂知時務者,此不知時務者也,此一言可斷。嗟夫!天下之俗其敝久矣!士大夫以媕婀雷同、無所可否爲識時達變,其間稍自激勵,欲舉其職事,世共訾笑之,則先生之見謂不知時務也固宜。(**焯夾**)以上先叙其居官大段。(**夫眉**)峰出特聳。(**陶夾**)古今同病。予讀其應詔陳言所論天下事,是時天子厲志中興之治,中官鎮守歷世相承不可除之害竟從罷去,昔人所謂文帝之於賈生,(**焯夾**)微詞。所陳略見施行矣。(**庭眉**)入文集特提大頭腦説起。當强仕之年進位牧伯,爲外臺之極品,亦不爲不遇,而遂投劾以歸。(**倫眉**)忽寓感慨,神似昌黎。

家居十餘年,閉門讀書,恂恂如儒生。考求六經、孔孟之旨,(**焯夾**)此道字正面。潛心大業,凡所著述多儒先之所未究。至自謂甫弱冠入仕,不能講明實學,區區徒取魏、晋詩人之餘,摹擬鍛煉以爲工。(**綸眉**)遞入“疵贅”意。少年精力耗於無用之地,深自追悔,往往見於文字中,不一而足。(**説眉**)才有讀書人氣味。(**擇眉**)此亦千古通病,所謂爲之之猶賢乎已云爾。暇日以其所爲文,名之曰《疵贅録》,(**焯夾**)此一段所以名“疵贅”之故。予得而論序之。

以爲文者,道之所形也。(**元夾**)提出“道”字,解“贅疵”二字,親切有味,不比尋常泛論。(**陶夾**)“道”字補腦。道形而爲文,其言適與道稱,謂之曰:其旨遠,其辭文,曲而中,肆而隱。是雖纍千萬言,皆非所謂出乎形而多方駢枝於五臟之情者也。(**夫夾**)硬入一句《莊子》,前後文氣不接。(**陶夾**)即從疣贅生出思議。故文非聖人之所能廢也。雖然,孔子曰:“天下有道,則行有枝葉;天下無道,則言有枝葉。”(**鼐眉**)再引古語以解己意,韓退之雖有此,而數見不鮮,且不可爲法。夫道勝,則文不期少而自少;道不勝,則文不期多而自多。溢於文,非道之贅哉?於是以知先生之所以日進者,吾不能測矣。(**元夾**)妙解。録凡若干卷,自舉進士至謝事家居之作皆在焉。然存者不能什一,猶自以爲疣贅云。

(**説評**)從集名疣贅發源,湧出一段立身千古議論,而沉痛著力在“甫弱冠入仕”數十字,蓋通古今天下之大病也。

(**畇評**)論文必歸於道,此探本之論,不獨砭弇州諸公,足令虞山發汗,流爲附知先生之文。吁!九原有知,能無怨乎!

(**元評**)尺度不苟。

(**夫評**)歐、曾只是句句煉、字字煉。

(**陶評**)精氣入而粗穢除,其言適與之稱。

五嶽山人前集序

(**説評**)文傷於快,删之。(**焯評**)此篇純是諷諭,全在若隱若現間。(**閻若璩評**)此文推爲有明三百年古文第一可也。(**麟評**)專爲硬欲摹古而不求其所以然者發藥,節節頓挫,處處煙波,令讀者悠然無盡。

余與玉叔别二年矣,讀其文益奇。(**焯夾**)病在“奇”字。余固鄙野,不能得古人萬分之一,然不喜爲今世之文。性獨好《史記》,勉而爲文,不《史記》若也。玉叔好《史記》,其文即《史記》若也。(**焯夾**)此兩“若”字指形,然意尚隱。(**侗眉**)“即《史記》若”,此不善學《史記》者也。(**紓眉**)“即《史記》若”四字,看似推重,實有微詞,但觀其下言"能知《史記》之所以爲《史記》,則能《史記》矣",文稱玉叔不稱曰"能",但稱曰"即",即者,彷彿近似之謂。此文似出遊戲,非真服玉叔者。信夫,人之才力有不可强者!(麟眉)輕頓住。

夫西子病心而矉其里,(元夾)一層引。其里之醜人亦捧心而矉其里。(焯夾)此喻已現。(麟夾)轉接必有突兀之勢。其里之富人見之,堅閉門而不出;貧人見之,挈妻子去之而走。余固里之醜人耳,若有如西子者而爲西子之矉,顧不益美也耶?(焯夾)此句又故隱之。故曰"知美矉而不知矉之所以美"。夫知《史記》之所以爲《史記》,則能《史記》矣。(焯夾)此句全現,是一篇之主。(麟夾)正告以學古之道。(元眉)學古人文字須識得此意。(擇眉)微詞。故曰:"喙鳴合,與天地爲合,其合緡緡。"甚矣,文之難言也!每與玉叔抵掌而談,相視而笑。今見其煒煒爾,洋洋爾,纚纚爾,别之三年而其文之富如此,能《史記》若也。(焯夾)此承前段"若"字來開出下段。(麟眉)用意頓挫。

荆楚自昔多文人,左氏之傳、荀卿之論、屈子之騷、莊周之篇,皆楚人也。(擇眉)又以誕語爲微詞。(元夾)二層引。試讀之,未有不《史記》若也。(焯夾)此"若"字指神,則似隱而實現矣。(麟眉)一綫。(元眉)以"不相若"者爲,則知所以爲《史記》矣。(焯夾)正以純不相侔者爲"若",乃所謂"所以爲"者也。玉叔生於楚,其才豈異於古耶?先是,以其稿留余者逾月,似以余爲知者,而命之題其後。昔韓退之才兼衆體,故叙樊紹述則如樊紹述,叙柳子厚則如柳子厚。(元夾)三層引。余不能如玉叔也,况《史記》耶?夫苟能如玉叔,則亦里之捧心者也。(焯夾)"若"字餘波到此,不復更隱。(升眉)泠然善也。(元眉)含蓄有味,宕往不盡。(倫眉)先生之所以不能如玉叔,只是不肯學里之捧心耳,此語不自道破耶!(擇眉)又以微詞爲惡謔。

(麟評)筆筆跳脱,筆筆變詭,收拾奇妙,短文争勝在此。

（元評）語語呵諷，行文則甚宕。

（瑚評）澹折似廬陵，自首至尾，咬定《史記》不放，得無有所譏刺乎？

（王澹淵評）似莊似諧，妙不容説。

（倫評）先生之文真能得《史記》之神者，大約玉叔之文只是學《史記》皮毛耳，故篇中特有微詞，恐非先生之謙讓未遑也。

戴楚望集序

（説評）讀公之文，往往想見武宗、世宗兩朝事迹。**（年評）**戴公武人，其集本未必足傳，而先生立言如此，可謂體裁明静。**（麟評）**"道"字是此文骨子，"不以道輕許"是此文意旨，"不相知"是此文情致。運用入妙，意思議論逐步生出，而妙于逐步轉换，絶無痕迹可尋。**（駒評）**與楚望相識而不相知，寫出無數議論、無數感慨，得歐陽公抑揚婉轉之妙。**（偉評）**楚望之論道與異趨者也，故渾約言之。文品極高，爲集中上乘文字。**（祖評）**此集中最深厚文字，每讀之三復不厭，末段轉接處尤渾脱。**（經評）**知而不知，虚實相馭，變化無端。**（虞評）**着眼諸公，極頓挫微婉之妙。

世宗皇帝自郢入繼大統，戴楚望以王家從來，授錦衣衛千户，**（夫眉）**上文稱君起，下文臣宜稱名，即君前臣名之義，稱字非也。其後稍遷至衛僉事。嘗典詔獄，當是時，廷臣以言事忤旨，鞫繫者先後十數人。楚望親視食飲、湯藥、衣被，常保護之，故少瘐死者，其後往往更赦得出。**（年眉）**是戴公一生大節，故列序在先。**（麟夾）**伏案。**（陶夾）**慕義。如永豐聶文蔚以兵書被繫，楚望更從受書獄中，以故中朝士大夫籍籍稱其賢。**（焯夾）**第一層，客。**（夫眉）**大樣。

嘉靖四十四年，予中第，居京師。楚望數見過，示以所爲詩。其論欲遠追漢、魏，以近代不足爲，予益異之。（**焯夾**）第二層，客。（**麟夾**）伏案。（**陶夾**）好文。予既調官浙西，遂與楚望别。隆慶二年春，朝京師。楚望之子樞裒其平生所爲文百卷，謁予爲序，蓋楚望之於道勤矣！（**焯夾**）此句領起第三層，是主。（**麟夾**）陡然提出“道”字作骨。（**陶夾**）突提勤道。

始，楚望先識增城湛元明。（**焯夾**）叙次其所交諸公，分作四項，文勢錯落。是時年甚少，已有志於求道。既而師事泰和歐陽崇一、聶文蔚。至如安成鄒謙之、吉水羅達夫，未嘗識面，而以書相答問。及其所交親者，則毗陵唐以德、太平周順之、富平楊子修，並一時海内有道高名之士。（**焯夾**）此句總上四項。予讀其所往來書，大抵從陽明之學，（**焯夾**）微辞。至於往復論難，必期於自得，（**焯夾**）此乃所謂道也。非苟爲名者。（**焯眉**）可見伯安當日名亦與子静埒，而更無朱子爲之辨難。晚村先生曰：“士大夫之中之者，如油之入面。”誠哉！

噫，道之難言久矣！（**麟夾**）不敢輕許意出得好。（**啓眉**）先生語意總以講學爲不然。（**陶夾**）吞吐妙。有如前楚望所爲師友皆以卓然自立於世，而楚望更與往來，上下其議論，則楚望之所自立者可知矣。予之初識之，特謂其典詔獄，爲國家保護善人，以爲武臣之慕義者也。（**擇眉**）總承。（**陶夾**）綰上兩層。（**元夾**）承前作一鎖。及稍與之親，觀其論詩欲上追古作者，又以爲學士大夫之好文者也。（**麟眉**）一一洗發，即用作跌。蓋不知楚望之於道如此！（**麟眉**）不相知意，游泳有致。（**説眉**）層層脱卸，用筆沉著，稱其思力。（**麟眉**）轉筆力重。（**雲眉**）回抱關鎖，以節奏爲波瀾。昔魏舒爲將軍鍾毓長史，毓每與參佐射，舒常爲畫籌。一日，令舒備偶。毓初不知其善射，而舒容止閑雅，發無不中。毓嘆曰：“吾之不足以盡君才,如此射矣!"(**元夾**)恰好影襯。楚望之初不以語予者,豈其不欲以自見歟?抑何予之知之之晚耶?(**焯眉**)以下半段承前半篇,亦要借"知之之晚"一句引出下半段意義。抑以予之不及於此歟?(**説眉**)引魏舒一段高秀。(**麟眉**)此段實發所以"不相知"意,占地步甚高。(**夫眉**)忽入此一段,一篇好文字可惜了也,急宜删去。(**年眉**)淡甚,俊甚,逼真歐陽。(**陶夾**)拖起下文。

予與諸公生同時,間亦頗相聞,顧平日不知所以自信。(**焯夾**)以下半段於自謙中寓自任之意,含蓄無限。嘗誦《易》曰:"神而明之,存乎其人。默而成之,不言而信,存乎德行。"老子曰:"多言數窮,不如守中。"(**夫眉**)還要説得渾融些,引《易》《老》二段亦不是。故黯黯以居,未敢列於當世儒者之林,以親就而求正之。又怪孟子與荀卿同時,而終身不相遇。及是,而楚望之所與游一時零謝盡矣。(**夫眉**)止有"零落",從無"零謝"。(**麟眉**)難其收轉處。此予之所以爲恨,而羨楚望之獲交於諸公間也。(**擇眉**)先生爲學之旨至如此。(**年眉**)又借自己叙述一番,煙水無際,空明一色。(**侗眉**)澹宕。(**陶夾**)插入此語,文氣倍生峭,而身分亦高。因讀其集,慨然太息而歸之。

(**雲評**)不標榜爲名高,先生所以卓然自立也,引《易》與《老子》、孟、荀云云,似謙似嘲,似箴似諷,吞吐藴藉,餘味曲包。

(**瑚評**)"楚望之於道勤","不知楚望之於道如此",一篇精神全在此兩語,想其生平得力於師友者不淺。

(**元評**)澹宕。

(**陶評**)不實説楚望之所得如何,只虚贊其交遊及慨己之不知其勤道,持論最有分寸。末段似有箴砭當時講學諸公攀援門户、馳騖聲氣之意,然只閒閒带去,而以慨慕意駕過,所以爲高。

戴楚望後詩集序

（啓評）震川文直是峻潔，但驚其筆酣墨飽、一洗熟爛之習者，猶皮相也。此文字字精工，句句俶詭變幻，而風韵絶人，意有餘於詞外，蓋所謂剛健而含婀娜者。介甫評張文昌詩謂“看似尋常最奇崛”，可以移贈斯文。

戴楚望居環衛，好讀書，不類鶡冠者，尤喜論《易》《尚書》《風》《雅》《頌》，皆究其旨，故其爲詩不規摹世俗，而獨出於胸臆。經生學士往往爲科舉之學之所浸漬，殆不能及也。（説眉）人亦宜知所擇。（焯夾）總起。（夫眉）下字以典雅爲難。

今天子初年，郊丘、九廟、明堂諸所更大禮，楚望日執戟持櫜殿陛下，以所見播爲歌詩。昔太史公留滯周南，以天子建漢家之封，而己不得與從事以爲恨。（雲眉）逌然鸞嘯。而楚望可謂遭遇矣！（焯夾）一層，補叙。（夫眉）只消一句。楚望嘗掌詔獄，當是時，諸臣以言事忤旨及他詿誤繫獄者力保全之。予讀其《九哀》，蓋不肯迎承時意，（説眉）此詩本也。至與權臣相失，幾陷不測，其存心如此。（焯夾）二層，補叙。噫！善人，國之紀也。楚望汲汲爲國保全善類，其後當有興者乎！

予謂楚望之詩，國史當有采焉。（焯夾）總煞上二段。讀之三復嘆息，因序而歸之，跋附後：

先皇帝修代來功，楚望得官錦衣，（啓夾）其得官本以恩澤。與楚望等比者極人臣之寵。楚望澹然不以爲意，（啓夾）此下兩段言其特有異人處，不但不肯扳援恩澤以進己也。且以直道時與之忤。錦衣勳衛皆金、張、許、史之遊，而楚望閉門讀書，入其室蕭然，此尤不可及者。序中略之，因題其卷末云。

（瑚評）典詔獄，保全善人，其德厚矣！讀跋語益嘆楚望之爲異人。

（祖評）六一《梅聖俞詩集序》"自是後十五年"以下即此例，而編集連綴序後，誤也者。

（垌評）短幅中用意深至。

（説評）讀《戴楚望詩集序》而世宗之繁刑見矣。

沈次谷先生詩序

余少不自量，有用世之志，而垂老猶困於閭里，益不喜與世人交，而人亦不復見過。（焯夾）陪襯，見身份。獨沈次谷先生數數過予，必以其所爲詩見示，而商榷其可否。（焯夾）兩兩對照。先生今年七十有八，耳目聰明，筋力强健，時獨行道中。人至山麓水涯及佛老之宫，往往見之。蓋先生同時人多凋謝，興之所寄，徒獨往耳，無與俱也。（説眉）不身更此景，不知此言之悲。（焯夾）以上叙其人，乃詩之本。（祖眉）寄託有遠致，去此數語則文境淺窄矣。一日，先生手自編平生所作，凡若干卷，俾余序其首。

夫詩之道豈易言哉！（焯夾）以下叙其詩與其人合。孔子論樂必放鄭、衛之聲，今世乃惟追章琢句、模擬剽竊、淫哇浮艷之爲工，而不知其所爲，敝一生以爲之，徒爲孔子之所放而已。今先生率口而言，多民俗歌謡、憫時憂世之語，蓋大雅君子之所不廢者。（焯夾）以下論詩即申發前半段而推廣言之。文中子謂："諸侯不貢詩，天子不采風，樂官不達雅，國史不明變，斯已久矣，《詩》可以不續乎？"蓋《三百篇》之後未嘗無詩也，不然，則古今人情無不同，而獨於詩有異乎？夫詩者，出於情而已矣。（焯夾）"出於情"三字猶是鄭、衛，病根在以離却正字説也。（祖眉）先生文持論卓然處可學而到，難在自在流出，不矜才使氣，而渾厚古質。尚求於涵養功夫，非僅詞章小技而已。

次谷知詩者，敢並以是質之。而其巖處高尚之志、世路艱危之迹，見於其自序者詳矣，故不論。

（**祖評**）作文字可以善性明理，方不是玩物喪志。

草庭詩序

（舊本皆刻，錢宗伯汰之，今仍存。）（**説評**）獨怪錢先生不汰《易圖論》耳！（**雲評**）精理泓然，妙機躍然，伊洛淵源爛熟於胸中，朱子嫡傳在此。（**畇評**）觀此則知先生之潛心於濂洛之學久矣。錢尚書惡聞道學，獨汰此文，嗟呼！潦倒於功名，倡狂於嗜欲，名節既掃，晚乃遁而之禪悦，而猶强詆儒先，此亦適見其不知耻而已。故余最厭覽尚書之文，以爲先生立崖岸。世有學者必不河漢予言。丙寅冬夜記。（**擇評**）汰之亦可。（**夫評**）題本腐，文更以腐益之。

廬陵康君爽，字才難，來游吴中，士大夫皆樂與之交。將還，爲歌詩贈之，而以“草庭”爲題。凡爲詩若干首，請余爲之序。

“草庭”者，君居家精舍名也。君家在西昌郭外，臨大江。日閉户讀書其中，用周子“庭前草不除”之語以名其室。蓋周子得孔、孟之心於千載之下，即此庭草不除，與己意同而已。（**説眉**）無意緒。莊子曰：“儵魚出遊從容，是魚樂也。”惠子曰：“子非魚，安知魚之樂？”莊子曰：“子非我，安知我之不知魚之樂？”人與萬物一體，其生生之意同。（**焯眉**）周子之意從“仁”字大源頭來，“萬物一體”下一段正合。莊、惠不過達生之流，其所見大小、公私，相去天淵。震川只一視之，何怪其晚年没溺於内典而不出也。故“昆蟲未蟄，不以火田，不麛，不卵，不殺胎，不殀夭，不覆巢”，此心也；

“賁若草木”，此心也。“天下雷行，物與無妄，先王以茂對時育萬物”，同此生生之意而已。知此，則知所謂鳶飛魚躍與“必有事焉而勿正”之義同。而程子再見周茂叔，吟風弄月以歸，有“吾與點也”之趣，豈謂濠上之遊以莊子非魚而不知魚之樂也哉？周子家道州，二程子從受學焉，即今江西之南安，其後象山、草廬相望而出，俱在大江之西。（**焯眉**）引象山亦不類，與引莊、惠却同。而廬陵自歐陽公以來文章節義尤稱獨盛，謂其皆無得於斯道，不可也。（**焯眉**）莊、惠之徒遊心物外，與孔、孟、周、程“萬物一體”之意雜渾，不辨毫氂千里，又可謂有得於斯道者歟？今數年來，海内學者絶響，而江右一二君子猶能抱獨守殘，振音於空谷之中，當世學淪喪，而巋然有存者。君生其鄉，豈謂無所聞哉？

何君本徹，實君之弟子，而與余有太學之舊，尤數稱君行誼超然世俗利欲之外。余故爲序所以爲“草庭”之意，而其爲詩者蓋不必論也。

經序録序

（**代**）（**説評**）存此爲究論本子可也。（**雲評**）如讀劉子駿《移讓太常博士書》。（**鼐評、孫評**）序述詳明，而義意無特出者。（**祖評**）經史序録，他家不乏考訂在，而此獨以神味，先生所以不易及也。（**綸評**）於當時功令墨守宋儒之説深不謂然，而文特含蘊澹雅。

予昔承乏汴藩，因識宗室西亭公，修學好古，有河間大雅之風。嘗得唐李鼎祚《周易集傳》，槧版行於世；又爲《諸經序録》，凡爲經之傳注訓詁者皆載其序之文，使世之學者不得見其書而讀其序，固已知其所以爲書之意，庶以廣其見聞而不安於孤陋，實嘉惠後學之盛心也。（**陶夾**）近朱竹垞先生作《經義考》，蓋仿此意而益大之。

昔孔子修述先王之經，以教其門人，傳之世世不絶。遭秦燔書，漢儒存亡繼絶不遺餘力，自此六藝稍稍備具。太常之所總領凡四十博士，而《古文尚書》《毛詩》《穀梁》《左氏春秋》，雖不立學官，猶推高第爲講郎，給事近署。而天子時會群儒都講，親制臨决，所以網羅遺軼，博存衆家，其意遠矣。沿至末流，旋復放失，則鄭、王之《易》自出費氏，而賈逵、馬、鄭爲《古文尚書》之學，孔氏之《傳》最後出，三禮獨存鄭註，《春秋》公、穀浸微，傳《詩》者毛詩鄭箋而已。

唐貞觀間，始命諸儒粹章句爲義疏，定爲一是。於是前世儒者僅存之書皆不復傳。（**陶夾**）此語自先生始道。如李氏《易解》，後人僅於此見古人傳註之一二；至啖助以己意說《春秋》，史氏極詆其穿鑿。蓋唐人崇進士之科而經學幾廢，（**説眉**）崇進士之科而經學幾廢，此至言也。（**擇眉**）唐崇義疏而經學已幾廢，今義疏亦不窺矣，其孤陋又何所底耶！故楊綰、鄭餘慶、鄭覃之徒欲拯其弊而未能也。宋儒始以其自得之見求聖人之心於千載之下，然雖有成書，而多所未盡，賴後人因其端以推演之。（**陶夾**）至公至平之論。而淳祐之詔，其書已大行於世，勝國遂用以取士。本朝因之，而學校科舉之格不免有唐世義疏之弊，非漢人宏博之規。（**説夾**）論經學而取“宏博”二字，亦傷心甚矣。然比世之株守朱註者，則寧看李氏《易解》耳。譬之同一毒藥，或中其藥可救，或中其藥不可救也。學士大夫循常守故，陷於孤陋而不自知也。（**焯眉**）推崇漢儒而大有不足於宋，知先生於程朱之説亦有未及深究者。凡學者好博而不深究於理，未有不以己意主張其間，以先生猶不免，况其下者乎！

予自屏居山林，得以遍讀諸經，竊以意之所見常以與今之傳註異者。(**説眉**)若震川以圖書異前賢,則吾亦不敢贊。至如理、象之殊,而《圖》《書》大衍用九、用六之論,未能定也;(**陶夾**)略標所疑,皆有待於後儒論辨者。古、今文之别,而豫章晚出之書未能釐也;《三百篇》之全,而桑間、濮上之淫音未能黜也;褒貶實録之淆亂,而氏族、名字、日月、地名之未能明也。(**焯眉**)震川于此等處往往與程朱諸儒有異議,只是道理上信不及也。郊丘混而五天帝。昆侖,神州之一,而始祖之祭不及群廟也。《洪範》以後,《金縢》《召》《洛》二誥之疏脱,非朱子之遺命也。開慶師門之傳非鄭氏之奥義也,紹興進講之書非三傳之專學也。則王柏、金履祥、吴澄、黄澤、趙汸卓越之見,豈可以其異而廢之乎?

歐陽子曰:"六經非一世之書,其將與天地無終極而存也。"以無終極視千歲,於其間頃刻耳,則予之待於後者無窮也。嗟夫!士之欲待於無窮者,其不拘牽於一世之説,明矣!道遠,不能與西亭公訂正其疑義,而序其略如此云。

(**瑚評**)徐偉元曰:"群言一乎己口,述千載之事如共一時。"其此文之謂耶!

(**陶評**)篇中略具古今學術升降之故,蓋唐人崇進士之科而經學幾廢,明人精八股之業而經學益荒矣。

史論序

(**祖評**)應酬文之佳者。

西漢以來世變多故,典籍浩繁,學者窮年不能究。宋世號稱文盛,當時能讀史者獨劉道原。而司馬文正公嘗言:"自修《通鑒》成,惟王勝之一讀,他人讀未終卷已思睡矣。"今科舉之學日趨簡便,當世相嗤笑以通經學古爲時文之蠹,而史學益廢不講矣。

遺石先生自少耽嗜史籍，倣古論贊之體，爲書若干萬言，而先生尤自珍秘，不肯輕以示人。往歲司教黄岡，時時與客泛舟赤壁之下，舟中常持史論數卷。會督學使者將至，先生浮江出百里迎之。舟至青山磯，風波大作，船幾覆，但問從者“史論在否”，與司馬公所稱孫之翰事絶類。之翰之書得公與歐、蘇二公而後大顯於世。先生自三五載籍迄於宋亡，綿絡千載，非止有唐一代之事。東坡所謂暗與人意合者，世必有知之矣。

有光爲童子時，以姻家子弟獲侍几杖。先生一見，以天下士期之。(**夫眉**)古人所無。俛仰二十餘載，濩落無成，恐遂没没，有負先生之教。(**説眉**)瑣事有條貫，此史法也。而先生之門人往往至大官。方在黄岡，一時藩臬出西陵，執弟子禮，拜先生於學宫，諸生嘆異之。而今閩省右轄秦君鼇尤篤師門之義，每欲表章是書而未及也。(**夫眉**)總不脱一俗字。

先生語予曰：“子爲序吾書，然勿有所稱述。第言其人生平無他好，獨好讀書，老而不倦也。”予受命唯唯，退而謹書之。

卓行録序

(**説評**)此等文非先生高處。(**年評**)行文有意爲不整齊，是從太史公《伯夷列傳》中悟來。(**侗評**)有子以孝弟爲仁之本，孝友自合中行，卓行則狂狷一流也。(**雲評**)文甚精密。(**畇評**)精於宋儒之旨，循源獨深。震川先生理宗程朱，文師歐曾，其生平得力尤在《史記》，往往度越唐宋諸家。而門徑仍可尋者，以神味淵永之中章法原自井井。舍神味而專言法則失之枯寂，舍法而專言神味又失之軟媚，讀歸文者不可不知也。(**紓評**)立論甚正。(**昌評**)士不能爲中行則寧爲狂狷，不即近於鄉願，先哲之論莫不如此，此文前幅推論尤微至。

昔古聖人之治天下，既先之以道德，猶懼民之不協於中，（**焯夾**）從"中"字說起，是題前一層占地步處。而爲之禮以防之。（**倫眉**）提起"禮"字，以爲一篇主腦。（**陶夾**）起手提"中"字以壓倒"卓行"，曰"禮"曰"仁"皆不出此意。上之賞罰注措，凡治民之事無一不歸於禮。極而至於用刑，亦曰制百姓於刑之中而已。

孔子以布衣承帝王之統，不得行於天下，退與其門人修德講學，始以仁爲教。（**元眉**）轉折具大神力，不見踪迹。然至於其高第弟子與當世之名卿大夫，其於仁，孔子若皆未之輕許，而其告顔淵以"克己復禮爲仁"，則孔子之論未始有出於禮者也。（**焯夾**）折落。（**年眉**）將"禮"字說到"仁"字，是立論者。（**擇眉**）"仁""禮"分晰甚精。但古之聖人以禮教天下，使君子小人皆至焉。若孔子之於其學者，獨教其爲君子之事，以治其心術之微，固禮之精者而已矣。（**夫眉**）有見。然孔子終亦不以深望於人，（**焯夾**）轉。故曰："不得中行之士而與之，必也狂狷乎？"中行者，其所至宜及於仁，而於狂狷之士，孔子蓋未之深絶也，（**焯夾**）卓行源頭從狂狷來，故篇中以孔子爲主，亦折衷之義。故於逸民之徒莫不次第而論列之。至其孫子思作《中庸》，其爲論甚精，而其法尤嚴。（**焯夾**）再折。（**祖眉**）論《中庸》未確。使世之賢者稍不合於中，皆爲聖人之所棄，而鄉愿之徒反得竊其近似以惑亂於世。（**焯夾**）反跌。孟子知其弊之如此，故推明孔子之志，而於鄉愿尤深絶之。（**陶夾**）中行可冒而狂狷不可冒，狂猶可冒而狷不易冒，故卓行之士出于狷者居多。由此言之，至於後世苟不得乎中行，雖太過之行，豈非君子之所貴哉？（**焯眉**）轉到卓行有力。若狐不偕、務光、伯夷、叔齊、箕子、胥餘、紀他、申徒狄，寧與世之寡廉鮮耻者一概而論也？（擇眉）聯絡孔子、子思、孟子，曲折自然。（祖眉）中間忽翻《中庸》作開筆，殊不可解，可見先生於理窟未深。

自司馬遷、班固而下，至范曄而有獨行之名，（焯夾）引起録字。第取其俶詭異常之事而不爲科條，《唐書》卓行之外又别有《孝友傳》。大氐史家之裁制不同，所以扶翊綱常、警世勵俗則一而已矣。

國家有天下二百年，金匱、石室之藏不布於人間，亦時時散見於文章碑誌及稗官之家。（夫眉）歐曾於此處亦另有作法，亦只一二句。休寧程汝玉雅志著述，頗爲剽摘而彙别之，凡爲書若干卷，名之曰《卓行録》。雖不盡出於中行，要之不悖於孔子之志，（陶夾）銖兩適稱。故爲序之云爾。（焯夾）應結。（元眉）從中行引出鄉愿，與卓行作對照，才有旨要，末復收歸孔子，篇法極完善。

（瑚評）上下古今世變而參之以性理大全，先生爲此言，其將有以補蘇論所未逮耶？

（昀評）立論根據聖經，無一□語羽翊程朱，豈止規模韓柳？

（元評）層層折入，轉丸千仞之上，其神力全從《史記》來，故與諸家不同。

（夫評）學曾不至必入於迂複，次則寂莫無味，故學者罕宗焉。震川文大抵法歐曾，而曾多於歐，此文尤爲得意之作，後半幅尚多未愜目處。凡爲文不可一字草率如此。

（祖評）在作者往往晚年之作視初稿如出兩手，故編文者必論次其年譜。先生文中年出入歐曾，上追《史記》，而情之所至，不假途於古轍，有自然造極之文。如《馬政志》，晚作中之最大手筆，與《平準書》相頡頏，其餘應酬之作，不過牽率以塞諸責而已。古文亦枯而少腴，情亦不甚摯，雖賢者不能不爲吏事所拘迫如此，可嘆也！今編先生文爲諸生、進士時爲一類，自長興、僕丞時爲一類，與柳州文編不同，讀者當自得之，每類文又分爲甲、乙兩編。

（陶評）其持論有原委，以孔子論列逸民爲録卓行之宗，以孟子之惡鄉原爲振奇者增長聲價，即爲載筆者壯闊波瀾。

汊口志序

（説評）大文字。**（啓評）**古人讀書但爲分其部位、標置其眉目，而通體之精神骨血俱可見矣。今人一味粗心，每一文字入手輒先求其圈點所在，無怪乎矻矻窮年，終如面牆也。如此文，使强作解事者觀之，必以末數語爲有當於心矣。不爲如此勾勒，安知其格律之嚴、筆法之古！**（昌評）**一起奇絶，文章必有此等乃不落於庸腐。

越山西南高而下傾於海，故天目於浙江之山最高，然僅與新安之平地等。自浙望之，新安蓋出萬山之上云。故新安，山郡也，州邑鄉聚皆依山爲塢。而山惟黄山爲大，大鄣山次之，秦初置鄣郡以此。諸水自浙嶺漸溪至率口，與率山之水會。**（焯夾）**從山及水。北與練溪合，爲新安江，過嚴陵灘，入於錢塘。而汊川之水亦會於率口。汊川者，合琅璜之水流岐陽山之下，兩水相交謂之汊。蓋其口山圍水繞，林木茂密，故居人成聚焉。**（焯夾）**以上叙汊口，以下叙志之所由作。

唐廣明之亂，都使程沄集衆爲保，營於其外，子孫遂居之。新安之程蔓衍諸邑，皆祖梁忠壯公。而都使實始居汊口，其顯者爲宋端明殿學士珌，而若庸師事饒仲元，其後吴幼清、程鉅夫皆出其門，學者稱之爲徽庵先生，其他名德代有其人。

程君元成汝玉，都使之後也，故爲《汊口志》，志其方物、地俗與丘陵、墳墓，汝玉之所存可謂厚矣！蓋君子之不忘乎鄉而後能及於天下也。（**焯夾**）以小見大。（**夫眉**）才見古文手筆。噫！今名都大邑尚猶恨紀載之軼，汉口一鄉，汝玉之能爲其山水增重也如此，則文獻之於世其可少乎哉？（**焯夾**）一結波致深厚而委婉。

正俗編序

（**祖評**）樸直，先生晚年作類如此。

龔君世美，余之畏友，卓然自立者也。先輩吴三泉先生善品題人物，不輕許可，獨愛敬君，嘗手録其舉業文字示門人曰："諸君焉能及此？"（**焯夾**）借証，一層。龔君亦慕先生行高，嘗介先生友沈世叔請師之。先生駭然，曰："龔君，吾願爲之執鞭而不可得，是何言耶？"既見，延之上坐，定爲賓友而退。一時名士若李中丞廉甫，常冀龔君一晤，莫能得。（**焯夾**）借証，二層。龔君偶過之，至馳柬報同列曰："龔君過我矣。"其見重若此。

歲庚戌，余自春官下第歸，龔君以《海潮歌》見慰。（**焯夾**）一層，客。余嘆異之，其辭壯偉，直追太白《廬山行》，余豈能及哉？頃，余自長興改順德，龔君以文送之，則叙事去太史公不遠矣。（**焯夾**）二層，客。余謂今秀才如龔君絶少，往來者皆聞余言，不誣也。

玆余從事中秘，龔君寓書勉余以聖賢事業，頗自嗟其不遇，因示余以所作《六事衍詩》《四禮議》《居家四箴》，屬余序。余覽之，蓋皆風教所關，乃余有官者之責，龔君獨惓惓焉，余復奚辭？夫知龔君莫若余。是作也，人能知之，人不知者余能言之。略述龔君夙昔而爲之序。

平和李氏家規序

（説評）性情中流出文字，《太涵》《大泌》集中極多此種題目，試以較意趣則知文矣。

漳之南靖李氏，自分南靖置平和，今爲平和人。以居西山，故閩人稱爲西山李氏，代爲名族。其先有西山居士實始起家，五世而至封文林郎太常典簿寧波教授名世浩、字碩遠者，其族益大。至是，居士於世當祧文林君，不忍，乃以義創爲始祖之廟。（焯夾）家規緣起，通篇議論所自生。（夫眉）不輕下一字。君從晋江蔡介夫先生受學，敦行古道，爲義田以贍族。又做浦江鄭氏、吴興嚴氏，作《李氏家規》六十九條，可謂有志者矣。

余因論君之爲家規蓋本於不忍祧其始祖之心，（焯夾）從大源頭發論，義旨宏暢。既爲始祖立廟，則不得不立宗子。立宗子，則不得不爲法以合族而糾宗。夫義之所出，不可已者。古者宗以族得民，蓋天子所以治天下壹本於是，以能長世而不亂，宗法廢而天下爲無本矣。而儒者或以爲秦漢以來無世卿，（焯夾）折。而大宗之法不可復立，獨可以立小宗，余以爲不然。無小宗，是有枝葉而無幹也；有小宗而無大宗，是有幹而無根也。夫禮失而求之野，宗子之法雖不出於格令，而苟非格令之所禁。（焯夾）故可以義起。士大夫家聞李氏之風，相率倣而行之，庶幾有復古之漸矣。（焯夾）不忍是本，禮以義起，爲輔，乃所以成仁者也。

文林君之子文餘，嘉靖四十四年進士。居京師，間以其書示余，而爲序之如此。

龍游翁氏宗譜序

(錢宗伯汰之,今仍存。)(**擇評**)可汰。(**祖評**)文極典則,惟引經處稍冗耳。絳雲汰之,何也?

《傳》曰:古聖人之治天下,反古復始,不忘其所由生。上治祖禰,下治子孫,旁治昆弟。合族而食,序以昭穆,别之以禮義。尊尊,親親,長長,男女有别。親親故尊祖,尊祖故敬宗,敬宗故收族,收族故宗廟嚴,故聖王之治天下非特以自私也。以此推之,自王公以逮於庶人,故宗法明而禮俗成,權度量衡、文章、服色、正朔、徽號、器械、衣服,由此而出。

三代之衰,廢古亡本,人自爲生,涣然靡所統紀。而天下更大亂,經大兵而後定。當此之時,人如鳥驚魚散,豈知夫鄉里族屬之所繫哉?然魏晋而降,區區綜核百氏,以門第官人,雖卑姓雜譜皆藏於有司,而譜牒特盛,迄於李唐猶相崇重。五季衰亂,蕩然無復有存者矣!雖然,古之聖王以親親也,親親而宗法立,宗法立而譜系自明,非獨以譜也。譜之盛也,魏晋之失也。至於譜亦不存,而學士大夫莫知其所自,而仁人孝子之心茫乎無所寄,豈不重可嘆哉?

翁氏居太末,相傳自隋始遷,子孫蔓衍,縣之杜山塢、岑堂庵、南村,往往而是。其居杜山者曰文欽,能追考其十八世以上,曰學士君。學士而下六世,有官號、妃姓、墓地,而不著其諱。七世而下始有諱,十五世始書兄弟,又一世昭穆詳焉。文欽既以爲圖,出以示予。予觀之,而嘆世之君子莫能以爲也,爲序而歸之。

(**瑚評**)宗法不可复,而仁人孝子之心僅於譜牒乎寄之,作者其有世變之感乎?

(**啓評**)"學士下六世"爲文欽十二世祖,七世爲十一世祖。

又五世爲六世祖,又一世爲高祖之父,"十五世""十"字蓋"又"字之訛文。若學士下十五世則爲文欽之祖,何至又一世而始得詳其昭穆乎!又昭穆謂族姓兄弟之輩行,此譜蓋譜其七世祖之子孫,故至六世祖始有兄弟,五世而下則諸兄弟亦再傳矣,故可稽其輩行。

(**夫評**)此是古文,不是時文。

浙江鄉試録後序代

(**説評**)近於科目文字,作科目文字,不應似科目文字,此宜辨。(**雲評**)應世文字,不爲諛悦淺制而傳以經術,典碩淵茂,彬彬乎劉子政之遺。(**元評**)似劉向文字。(**昌評**)此台閣文字,詞與事稱。

元年秋,當天下鄉試之期,浙有司遵令式以從事,御史某監臨之。竣事之日,於是以士之姓名與其文爲録,而考試官某實序之,某當序其後。

仰惟聖天子承統建極,體元居正,庶務維新。(**元眉**)通篇皆從此用意。天下之士喁喁鄉風,彈冠振衣,願立於朝,以際休明之運,此千載一時也。夫天地之氣茂隆鬱積,薰爲泰和,蓋非倉卒所能致然者。嘗讀《詩》,觀於成、康之際,周家極盛之會也。成王之初即阼,其詩曰:"訪予落止,率時昭考。於乎悠哉,朕未有艾。將予就之,繼猶判涣。"時成王方當"嬛嬛在疚"之時,而求望於賢才切矣。當是時,文武"純佑秉德""尚迪有禄"之元老猶在也,而一時俊髦已濟濟"咸造在庭"矣。故其詩曰:"思皇多士,生此王國。王國克生,維周之禎。"蓋人材之生以扶世運,實天也。天將衍成周太平有道之長,對越駿奔走之士已預生於豐、鎬，詒燕之日而以待成王，若有期會然者。故其詩曰："鳳凰于飛，翽翽其羽，亦集爰止。藹藹王多吉士，維君子使，媚于天子。"此天之所以扶翊興運，而人材之應期而出，夫豈偶然哉？**（元眉）**深沉之思，博厚之氣，自然流溢。

國家有天下二百年，學校以養之，選舉以進之，高爵以崇之，厚禄以優之：所以待士如此其至也。而其氣之鬱積茂隆至於今而止者，適會天子建元之日，方又敦召遺老，褒獎直言，思遲多士。開寬裕之路，以延天下之俊英，則海内之士感會風雲，魚鱗輻輳，有莫知其所以然者。蓋才無世而不生，亦無世而不用，乘其時，遭其會，而後爲奇耳。

夫浙，古會稽鄞郡，當天下十五之一耳，而士如此其盛也。合天下同是日而十五舉者，皆如此其盛也。合是十五舉以貢於天子之庭，所謂"萬邦黎獻，共惟帝臣，惟帝時舉"。於乎休哉！敬因《春秋》正始之義，爲聖天子得賢之頌云。

（元評）俗下應酬之文入先生手便古雅清醇，得制作體。彼低手借重於大題目者，可愧矣！

（坰評）是題難得此典雅之作。

太僕寺誌序代

（雲評）韓碑柳雅，制作如經，文之典重、肅穆與之埒。**（啓評）**可謂簡古而蔚。

嘉靖十七年戊戌，臣某爲禮科給事中，恭遇册天尊祖大慶，昧死奏言先帝，請赦還大禮、大獄諸放廢臣及黜遠邪佞諸事。先帝方以孝治天下，惡前議禮者，**（元眉）**叙事得體。且謂道士，祖宗郊廟用之。以臣言不讐，謫徙之邊。迨至末年，詔吏部召臣還。會龍馭上賓，聖天子即位。臣起爲南京通政司參議，升順天府丞，尋升大理寺少卿，又進太僕寺卿。臣既拜恩視事，欲正官常，定卿丞職分，條民之利病。又以寺無掌故，疏陳數十事，上輒報可。是歲，自河北逾大江之南，民遭水沴，臣稍以便宜寬其誅。見馬遺財足，民無失職。臣省中無事，獲與二三僚佐發故藏篇籍，少有存者。力爲搜訪，僅成草創。蹈襲吏牘，雅俗猥併，非所以成一家言，存故事而已。

臣嘗讀《尚書》，**(元夾)**本色引証。觀周武王偃武修文，華山之陽馬牧遍野。倒載干戈，苞以虎皮，示天下不復用兵也。老子曰："天下有道，却走馬以糞。"臣竊惟陛下嗣萬年無疆之曆，運際中興。二三年來，嶺海、陸梁妖氛曠息。"薄伐獫狁，至於太原"。陛下盛德大福，非臣下之所及。臣又讀《尚書》，穆王命伯冏爲大正，"正於群僕侍御之臣，懋乃后德，交修不逮。慎簡乃僚，無以巧言令色便辟側媚，其惟吉士"。又曰："僕臣正，厥后克正；僕臣諛，厥后自聖。"臣三復斯言，自念夙興夜寐，兢兢於有司之事，無以翊聖德於萬一，有負陛下之寵禄。臣不勝大懼。

(元評)雅正。

(垌評)莊雅。

西王母圖序

(説評)無味。若先生借題爲諷，則文情深隱，當更有一段意味。今讀之了不起人思，豈先生筆不逮意之作耶？不削此等文，不見先生文品之高。**(雲評)**大較以瑶池有無不足信，而波瀾譎詭，然終恍惚。文亦在漂渺隱現之間，宜時人未喻厥旨也。**(綸評)**借事諷諭，得太史公神髓。

新安鮑良珊客於吴，將歸壽其母，作西王母之圖而謁予問瑶池之事。(麟眉)全文皆答語。(陶夾)通篇從"問"字生出。

予觀《山海經》《汲冢竹書》《穆天子傳》稱西王母之事，信奇矣。(焯夾)一句虚起。(陶夾)一提便住。秦始皇東游海上，禮祀名山、大川及八神，求蓬萊、方丈、瀛洲三神山，傳其物禽獸盡白，而黄金銀爲宫闕，然終身不得至，但望之如雲而已。(焯夾)陪。漢武帝諸方士言神仙若將可得，欣然庶幾遇之。(焯夾)陪。穆王身極西土，至昆侖之丘，以觀舂山之瑶，乃秦皇、漢武之所不能得者，宜其樂之忘歸。造父何用盗驪騄騮騄耳之駟，馳歸以求區區之徐偃王？穆王豈非所謂耄耶？(元夾)一難。(陶夾)偶爾拈出，奇趣横生。

《列子》曰："穆王觴瑶池，乃觀日之所入，一日行萬里。王乃嘆曰：'嗚呼！予一人不足於德而諧於樂，後世其追數吾過乎？'"穆王蓋有悔心矣。(焯夾)微露正旨。(陶夾)一句正論。然又曰："穆王幾神人哉！能窮當世之樂，猶百年乃殂，後世以爲登遐焉。"(焯夾)此一轉乃以滅上句之迹。《傳》云："天子西征，宿於黄鼠之山，至於西王母之邦。"執圭璧，好獻錦組，西王母再拜受之，觴瑶池之上。遂驅升於弇山，乃紀丌迹於石而樹之槐，眉曰"西王母之山"。《山海經》曰："玉山，西王母山也，在流沙之西。"而博望侯使大夏，(陶夾)"而"字忽轉。窮河源，不睹所謂昆侖者，此殆如武陵桃源，近在人世而迷者也。(麟眉)第一層答尚是客意。(説眉)不類歸先生文字。(焯夾)又一跌。(元夾)再难。《武帝内傳》云："帝齋承華殿中，有青鳥從東方來集殿前。上問東方朔，朔曰：'此西王母欲來也。'頃之，西王母乘紫雲輦，駕五色龍上殿。自設精饌，以柈盛桃，帝食之甘美。"夫武帝見西王母於甘泉、柏梁、蜚簾、桂館間，視穆王之車轍馬迹周行天下不又逸耶？(**焯夾**)故作波折。(**擇眉**)以文爲戲，淋漓盡致。(**陶夾**)忽又比較，狂波四溢，與前秦皇漢武所不能意相爲俯仰。豈公孫卿所謂“事如迂誕，積以歲年乃可致”耶？(**焯夾**)亟轉。然《史》云“候伺神人，(**陶夾**)“然”字又轉。入海求蓬萊，終無有驗”，則又何也？(**焯夾**)微露。(**元夾**)再難。《史》又云“時去時來，其風肅然”，豈神靈怪異，有無之間固難言也？(**麟眉**)漸入主意正答。(**侗眉**)神仙在有無間，只應如此説，諷。(**焯夾**)正旨隱躍。(**元夾**)三難。

莊生有言，夫道在太極之先而不爲高，在六極之下而不爲深，先天地生而不爲久，長於上古而不爲老。(**麟眉**)方入正論，但過高而無實。西王母得之，坐乎少廣，莫知其始，莫知其終。子其歸而求之，西王母其在子之黄山之間耶？(**焯夾**)微词。(**元夾**)歸於正論。(**陶夾**)結歸此句，如桶脱底，與中間武陵桃源句應。今天子治明庭，修黄帝之道，西王母方遍現中土，人人見之。穆滿、秦漢之事，其不足道矣。(**麟眉**)一句正結，答意更高。(**焯夾**)正旨全現。(**元夾**)以撇筆作收拾。(**陶夾**)一句掃却。

〔此文從常熟刻本，崑山刻另是一篇，乃爲王元美兄弟作者，中間同而始末異。有云：“余嘗序西王母，其説如此。”即謂此文也。又云：“時人未能喻其旨。”(**擇眉**)明明説出，安得未喻其旨。蓋嘉靖間陶、邵諸方士並進，上頗惑於神仙，故太僕府君借題立論，觀者忽之，故云“未喻其旨也”，末引《法華經》云：“妙光法師豈異人哉？我身是也。”又云：“我見燈明佛本光瑞如此，豈必求佛與西王母於崑崙之山、生天之處哉？”按儒者之文忌用佛書，(**説眉**)文之忌用佛書出何典故，可哂。故從常熟本。曾孫莊識。〕

(**麟評**)後段正論，歸結處雖未爲當理，而從前層層架虚，筆筆吞吐，真極行文之妙矣。

(王彦子評)直斥其非近乎謗,將順其辭失文體,題不作可。

(元評)學《封禪書》而自爲機杼,極曲折動宕之妙。

(祖評)此文以常熟本爲佳,而字句間用崑山本,何也?

(陶評)此文神似《史記》,惝恍迷離,令人遊歷不盡。穆滿瑶池之事本不可信,觀秦皇漢武之求神仙不得可見矣。質實寫來,本可兩言而决,此偏忽抑忽揚、忽疑忽信、忽莊忽諧、忽離忽合,如風水相遭,自然成文,然後百折千迴,一瀉而注諸海,真出聖入神之筆。波瀾綺麗,而興象深微,議論恣肆,而指歸中正,殆《詩序》所云"發乎情,止乎禮義"者。若司馬相如《子虚》《上林》諸賦,未足相方。

陟臺圖咏序

(祖評)極似《史記》。

南陽宋侯由進士出宰崑山,自以少服其考衡州君及母夫人之訓,不及見其顯榮,負終天之憾,有感於《陟岵》之詩,扁其居曰"陟臺"。三年政成,被召,門人陳九德爲《陟臺圖咏》一卷,江以南諸山,凡侯足迹之所至悉爲寄其登陟之意。

夫《陟岵》,孝子行役而念其親也。**(擇眉)**陟岵、陟屺本父母在而思之之詞,今多作没後用,觀此便分曉。方其上下岡屺、徘徊瞻跂,迫切之情可想。然《采薇》之詩曰:"今我來思,雨雪霏霏。"是一歲而歸也。《東山》之詩曰:"自我不見,於今三年。"是三年而歸也。蓋孝子之役有時而歸,其陟有時而止矣。今侯之歸有時,而其父母之歸者無時。無時而歸,無時而不陟也,奚獨於江之南哉?九德蓋道其所見云爾。**(焯眉)**議論曲折,情文俱至。

昔者三代之世,有民社之寄必取夫孝友令德之人,以能慈祥豈弟、不肯虐用其民而務生全之，是以其政不嚴而化，其效可以興禮樂，由出之有其本也。（**焯眉**）後半推廣言之，題意乃足。侯宰劇縣，能以簡靖爲治，事事求便於民。吴中吏民稱之不容口。人謂侯之才力度越於人，而不知其本不外於此。

卷中多郡中名士，繪畫之工、比興之美，極一時之盛。（**焯眉**）波瀾。昔人廢《蓼莪》之篇，九德著陟臺之事，其於尊師重誼、推廣孝思於無窮一也。（**焯眉**）結前半篇。予故序之，且以示崑之吏民，使知侯所以爲政之本如此云。（**焯眉**）結後半篇。

彩衣春讌圖序

（錢宗伯汰之，今仍存。）（**説評**）虞山所汰諸序，惟此可存。（**年評**）似王荆公。（**夫評**）只用二"嘆"字，便完完全全一篇好文字。

吴、粤於三代不在五服之内，春秋於吴猶夷之。最後秦取楚，吴始内屬，及略取陸梁，皆以爲郡縣。然一日有事，杜横浦、陽山、湟谿之關，即與中國隔絶。及漢兵下匯、離、牂牁之水，然後五嶺以南遂爲天子之邦，至今千有餘歲。會稽、南海，其文物常勝於河雒齊魯。古稱冀爲中州，蓋天地之氣有所鍾，即爲中州，則知今吴粤之盛不可泥古而論也。（**説眉**）曲折。余數見番禺之士，往往秀穎，古所謂中州不能過。一日胥會京師，嘗竊嘆四方萬里之外彈冠結綬於朝，國家威靈軼於三代矣。（**焯夾**）文似極閑，節目有映帶處。

南海鄭祖欽昊與余同榜進士，同試吏大司空。其貌冲然，有德君子也。自始興張文獻公、余襄公，皆嶺海之産，至今朝丘文莊公,相繼屹然爲名臣。吾於同榜中嘗私目之,庶幾有復紹前哲而起者,蓋於祖欽望之。

一日,祖欽道其尊君養新翁居家樂志,有書史之娱,有山海之觀,有荔枝洲、花塢、昌華、芳春園林之勝,因慨然起萬里衡陽之感。又自計明年當得州縣,便道歸,可以過家上壽也。余又嘆當周之盛時,士有驅馳王事不得見其父母,如《陟岵》之詩者矣。今番禺去京師萬里,祖欽一旦思其親,可以計日而還,則士之生於今時者又何幸也!(**焯眉**)國家得士之廣,與士幸生於今,兩面説來,似各不相蒙,而神理自然照應。會有爲祖欽繪《彩衣春讌圖》者,因爲序之云。(**擇夾**)兩番感嘆,俱出尋常思議之外,淩空飛動。

綸寵延光圖序

(**説評**)天下文章之至者,情也。今人作無情不實之語,自命曰文,可乎?(**吉評**)文集中若此類直是應酬之作,不必存。

瀔湖金先生以進士出宰華容,已而自鄭入爲太僕丞,稍遷膳部員外郎。先生恂恂儒雅,所至官不求爲聲,而人自以不可及。

嘉靖四十四年,余舉進士京師,始識先生於太僕。又明年,爲隆慶二年,余自吴興入覲還,見先生於清源之官署。先是,其先大夫以天子新即位,施恩近臣,得贈太僕,如其子之官,而太夫人封爲安人。先生喜不自勝,(**焯眉**)"喜"字是通篇之眼,"傷"字"樂"字是通篇之波瀾照應。因頗道其家世之詳,俾予序之,以爲子孫之榮。(**擇夾**)插入自己説。余俛默不敢答,蓋自以天子加恩臣下,而近侍獨沾恩澤,州縣之官顧不得與焉,人子爲親之心有足傷者。(**説眉**)悽惻纏綿,文情深古。(**燦眉**)以自形己意。會是年建儲詔下,先大夫又再贈爲膳部,亦如先生之官,而太夫人爲宜人,則雖以余之仕宦不遂而亦被曠蕩之恩,因念先生所以見屬者,欲爲序之。(**啓眉**)"因念"以下十三字可删。適有邢州之役,於是復見先生於清源,出其所爲《綸寵延光圖》者,士大夫歌而咏之,且成巨帙矣。(**説眉**)十年前隨先師退翁和尚浮湘,見湘江中暮烟如此。先生在太僕,爲京朝官,於例得贈封爲易。然爲京朝官者常以不待滿遷去,或不得封。(**焯眉**)爲"喜"字作波折。而先生之始受敕命也以登極詔,不二年而受誥命也以建儲詔,故先大夫與太夫人二年中再受贈封云。於是先生之喜倍於前,余遂敢爲之序者,蓋以向隅之人亦與於滿堂之笑,是以樂爲先生道之。(**鼒眉**)如此等生發皆近時人之陋,以遇人可填也。且置之篇末,尤與前半不相聯屬。

先生,廬江之六人,咎繇之後封國於此。然有咎繇冢在焉,意必其始所生之地,故其後以封。自唐、虞以來,上下數千年,豈無異人生其間而不著? 英王輔漢摧楚而不終,自後寥寥矣。今先生崛起,始知六之有人,而先大夫之潛德亦因之有聞於世。(**燦眉**)又搭到底。他日垂名竹帛,又不但爲今之圖而已也。

王梅芳時義序

(**擇眉**)後似皆可法。(**雲評**)文之佳惡不綴一字,奇。(**祖評**)枯寂無意味。此等牽率應酬之作,雖深於時義如震川先生者亦不能佳,可見好文字要好題目也。(**倫評**)只就命運定數發論,未嘗序梅芳時藝也。

余與東萊王梅芳相知二十年,乙丑之歲同舉進士,見之於内庭,執手道生平甚歡。雖在京師塵囂中,時時過從,坐語不覺移晷。梅芳論人之命運,窮達、早晚皆有定數,惟其所以自立者不可以少有所失。(**焯眉**)有此句才可言教。其語亦人之所能道,而言之獨有旨,他人言之不能如梅芳也,以是益信其爲君子。

間出其所爲時義若干首見示。梅芳初發解山東,爲第一人,及試南宫即此文也。乃數詘有司,至是方舉進士。梅芳之文則一而已矣,而其命運之窮達、早晚,所謂定數者,信然。夫人之所遇非可前知,特以其至此若有定然,而謂之數云爾。(**焯眉**)可謂善言教者。曰數則有可推,夫其不可知,則適然而已,雖梅芳之云數又未有以盡之。(**擇眉**)其文絶不置論,可想而知。

梅芳試政天曹,而予爲令鄣東,方受命過鄉郡。而江陵周相聖時在長洲,亦同年相好,將梓梅芳之文以傳。余固知梅芳之深者,因爲序之。

都水稿序

(**説評**)自高澹可人。(**雲評**)老孝廉既進士,當蒞官日而用意好學,且云"恐遂汩没",令我起高山之仰,喟息久之。

余在都水,散堂後即還寓舍,稍欲閉門讀書,顧人事往還不暇,嘗恐遂至汨没。會得長興令,忻然有山水之思。臨行,檢所爲文稿,以塵坌叢沓之中率爾酬應,多有可醜,顧又有不忍棄者。先是,宫傅司空公命曾郎中取去一卷,今輯爲四卷,其爲人持去不存者尚多,名之曰《都水稿》,以識一時所從事云。

群居課試録序

（説評）想見前輩風流。

乙未之歲，余讀書於陳氏之圃，圃中花木交茂，開門見山，去廛市僅百步，超然有物外之趣。從余游者十餘人，陳氏之子婿在焉，悉年少英傑可畏人也。每環坐聽講，春風動幃，二鶴交舞於庭，童冠濟濟，魯城、沂水之樂，得之几席之間矣。

諸生間以誦讀之暇執筆請試，求如主司較藝之法。余謂考較非古也，昔人所謂起争端者也。雖然，吾觀諸子之貌恂恂然務以相下，其必不至於色喜而怨勝己也，於是定爲旬試法。試畢，録其言之雅馴者。蓋勸勉之意寓於其間，且以稽其前後消長之不一，廣諸君相師相友之風云耳。間有雄才陵轢而不束於格，亦予録之所不棄也。**（陶夾）**一句一意，出他手須百餘言。

（陶評）筆格亦老。

夏懷竹字説序

（説評）作字説，遂爲作小傳記，亦格之變。**（麟評）**可知不易知，賓主呼應，氣緊而靈。

生而無名，君子以爲狄道。有名有字矣，又有號者，俗之靡也。號至近世始盛，山溪水石遍於閭巷，然使其無誇詡之心，有警勑之意，亦非君子之所鄙。

夏焕章甫之號懷竹也，吾有取焉。先太常墨迹妙天下，尤工於竹。章甫允懷於兹，托之以自見，可謂知本矣。予既爲説以勉之，而没其美，非所以盡勸掖之道，因復以予所以知章甫者冠於篇。**（麟眉）**先提出。曰：

吾邑宦家子弟皆知自貴重，喜爲容，在稠人中不問可知。(焯夾)稠人無辨。(麟眉)客意，作伏筆。章甫爲人滑稽，與伶人伍。衣裳偏倚，步履邪施。(焯夾)不爲容。忽去忽來，(焯夾)不自貴重。見者咸輕之。(焯夾)伏"不易知"。(基眉)此何語耶？非令親耶？章甫於予祖母爲從孫，於予室人爲姑舅之子，内外皆兄弟。室人歸寧時，疾殆東還，入帷轎中，倉卒不可測。章甫親爲扶轎徐徐行，面無人色。予先驅，回顧爲之隕涕。章甫又棄其家，留予視湯藥，終夜不寐者二旬。室人既没，匍匐營喪事者逾月。予畸窮困頓，爲世所棄，死喪之威，煢煢無倚，青燈孤影，獨章甫款語其旁。章甫篤於義如此，(焯夾)與"知本"對峙。人固不易知也。(焯夾)應。(麟眉)應客意，正結"知"字。

昔太史公自以身不得志，於古豪人、俠士，周人之急，解人之難，未嘗不發憤慨慕而極言之。況予親得之章甫，此烏得而無言也？(麟眉)後正其名。

(坰評)感慨不盡。

(趙次公評)十二月初三日更許校讀畢，雖指僵墨凍，竟怡然有佳趣，亦消寒之法也。次公記。

(鼐評)古人文章之體非一類，其瑰瑋奇麗之振發，亦不可謂其盡出於無意也。然要是才氣、氣勢驅使之所必至，非勉力而爲之也。後人勉學，覺有纍積，紙上有如贅疣。故文章之境莫佳於平淡，措語遣意有若自然生成者，此熙父所以爲文章之正傳也。

卷三　論議説

天子諸侯無冠禮論

（**説評**）精核。（**夫評**）五十後爵爲大夫，然則世卿之家嗣嫡之爲未冠者非耶？其論天子諸侯無冠禮，亦强自立説耳。古人謂禮家多聚訟，良然。

《儀禮》有士冠禮，無天子、諸侯冠禮，非逸也。（**夫眉**）自立説起。《記》曰："無大夫冠禮，而有其昏禮。古者五十而後爵，何大夫冠禮之有？公侯之有冠禮，夏之末造也。天子之元子猶士也，天下無生而貴者也。繼世以立諸侯，象賢也。"明天子、諸侯、大夫之無冠禮也。

冠者，將責爲人子、爲人弟、爲人臣、爲人少之禮，故冠必有主人。孤子，則父兄戒宿，蓋父兄以成人之禮責子弟也。天子爲元子之時，以士禮冠，所謂有父在，則禮然也。設不幸君終，世子未冠，則冕而踐阼，斯爲踐阼之禮而已矣。已奉宗祧，君臨天下，將又責之爲人子、爲人弟、爲人臣、爲人少之禮乎？

《家語》稱孔子答孟懿子之問，吾取焉。曰："古者王世子雖幼，其即位則尊爲人君，人君治成人之事者，何冠之有？"曰："諸侯之冠異天子與？"曰："君薨而世子主喪，是亦冠也已，人君無所殊也。""諸侯之有冠禮也，夏之末造也。"此孔子之遺言也，益以祝雍頌《公冠》之篇焉，則誣矣。

《公冠》曰："公冠，自爲主。迎賓，揖，升自阼，立於席。既醴，降自阼，饗之以三獻之禮。無介，無樂，皆玄端。其酬幣，朱錦采，四馬。其慶也，天子儗焉。曰'自爲主'，曰'賓降阼'，嫌尊矣。"夫非爲人子、爲人弟、爲人臣、爲人少之禮也，且禮自上達，而曰天子儗冠，何也？此非孔氏之言也。

周衰，先王之禮不具。傳者既失其本，但知其略，而欲求之於詳。而不知禮之失在於略，而又患於求詳之過。《公冠》又曰："公冠四，加玄冕。"《左傳》季武子曰："君冠，必以裸享之禮行之，以金石之樂節之，而先君之祧處之。"《玉藻》曰："始冠，緇布冠。自諸侯下達，冠而敝之可也。玄冠，朱組纓，天子之冠也。緇布冠，繢緌，諸侯之冠也。"蓋務爲天子、諸侯、士庶之别，而不知先王制冠禮之義所以同之於士庶者也。（**説眉**）名論，掃去附會之病。

公子有宗道論

（**説評**）治經如禹之治水。（**焯評**）按：《大傳》繼别爲宗，是就公子之子孫而言；公子有宗道是就公子一身而言，惟非宗而曰有宗道。或古亦有於諸公子中立一人爲宗，如鄭氏所云者。然文謂由祖而宗，議論固自正大。以此闡發繼别爲宗之義，愈覺閎深耳。（**偉評**）可以爲古遺訓之則。

《大傳》曰："有小宗而無大宗者，有大宗而無小宗者，有無宗亦莫之宗者，公子是也。公子有宗道，公子之公爲其士大夫之庶者，宗其士大夫之嫡者，公子之宗道也。"夫公子者，别子爲祖者也。何以爲宗？曰：公子非宗也，不爲宗而宗之道出焉耳。

公子之大宗者,公也。已自别於正體,無大宗矣。雖其子爲繼别之宗,猶繼禰也。迨五世當遷,而後不遷之宗於是乎出。未及五世,猶小宗也。所以謂之"小宗而無大宗"也。公子雖無大宗,而不可謂之非大宗之祖;雖爲大宗之祖,而未及乎繼禰之子,所以謂之"有大宗而無小宗"也。公子一人焉而已,無大宗,是"有無宗"也;無小宗,是"亦莫之宗"也,故曰公子非宗也。非宗故謂之别子,别子故爲之祖;爲之祖,故"公子之公爲其士大夫之庶者,宗其士大夫之嫡者",而宗之道於是乎出。

先王之立宗大抵因别子之嫡庶而已,二世之庶宗其繼禰者之嫡,三世之庶宗其繼祖者之嫡,四世之庶宗其繼曾祖者之嫡,五世之庶宗其繼高祖者之嫡,而爲小宗之道出矣。六世之庶宗其繼别者之嫡,而爲大宗之道出矣。小宗四,大宗一,並而爲五宗,而其變至於無窮,皆自於公子,故曰"不爲宗而宗之道出焉"也。(**夫眉**)抽出此一段特詳言之。

鄭氏曰:"公子不得宗君,君命嫡昆弟爲之宗,使之宗之。所宗者嫡則如大宗,死,爲之齊衰九月,其母則小君也。爲其妻,齊衰三月。無嫡而宗庶則如小宗,死,爲之大功九月,其母妻無服。公子唯已而已,則無所宗亦莫之宗。"是公子有此三事也。鄭以此爲公子之宗道,則非"别子爲祖"之義矣。

夫宗有散有合,族人不得以戚戚君,於是乎散,故號别子者以之。别子爲祖,繼别爲宗,繼禰爲小宗,於是乎合,故號爲小宗者以之。先王之道由祖而宗,猶木之由本而爲枝也。(**焯眉**)崇論閎議。得其祖則兄弟相宗,而宗之法行;不得其祖則兄弟不相宗,而别子之義起。今使公子自相宗,夫公子不得祖先君矣,宗於何生?且非先君之正體,皆庶也,而鄭又爲嫡庶之説,過矣。(**夫眉**)後世宗法不明由不行,不行既久,其從而明之也。猶不明,嗚呼!此文辭奇入古。

別子者,宗之始也,不可以亂,故先王正其始。正其始者,正其别也。魯之三桓、鄭之七穆,古之遺制也。(**焯眉**)印証確。(鈔本"故號爲小宗者以之","爲"字之上有"爲宗"二字。)

貞女論

(**年評**)極類昔人《駁復仇》及《爲人後議》,反反復復,一層深一層,一步緊一步,古今有數文字。(**麟評**)至中正之理,確不可易之論。禮是天理之準則,徒講道理而不精於其則,便有偏于過不及而不自知之病,况徒講心而不講理者哉!若夫貞女之心豈不好且真哉!是以吾儒之學,克己復禮,方不墮於一偏,而爲異端他道之歸也。(**雲評**)闡禮經以禁貞女之自遂,持論甚嚴,用意甚寬。君子道其常,聖人制禮求適於中而人人易行,貞則過中,而卓絶難行矣。此文爲世之好名者立論,懼有作而致之者,從禮之殺,正所以嚴禮之防,其意女子有不得已而必欲貞者,聽之。吾鄉貞女不少,即吾家亦有之,非此論之所得而移也。(**紓評**)震川此論,余甚韙之。未嫁而爲聘夫守節,是毁其終身,傷天地之和也。吾鄉某某二公皆顯宦,女未嫁而所聘之婿死,乃逼之守義,一有不堪言之隱變,一則抑抑以死,均爲余所目睹者。然余門人之母蕭貞女爲聘夫守義不嫁,東鄰失火,女守共姜之節弗出,火越其西鄰而過,柴門歸然,火中得不之爇,此又余之所目睹者。綜二者而觀,亦論是否出其本心。果有不可奪之節,聽之可也,不得以醜言詆爲未嫁而奔。若非女意所出,而父母逼之自成其名,則父母之罪也。范文正家有再醮之婦,不害其爲文正。至於今日講女權及自由結婚,則震川此論出,當爲人掊擊成齏粉矣。此文立論正有過苛處。

女未嫁人而或爲其夫死，又有終身不改適者，非禮也。（**説眉**）如五嶽之立。（**麟眉**）先斷。（**侗眉**）正論不易。夫女子未有以身許人之道也，（**麟眉**）明發。未嫁而爲其夫死，且不改適者，是以身許人也。男女不相知名，（**夫眉**）既成聘矣，安得謂之“不相知名”？“不相知名”蓋指未成聘者。婚姻之禮，父母主之。父母不在，伯父、世母主之。無伯父、世母，族之長者主之。男女無自相婚姻之禮，所以厚别而重廉耻之防也。（**麟眉**）正旨。女子在室，唯其父母爲之許聘於人也，而己無所與，純乎女道而已矣。六禮既備，壻親御授綏，母送之門，共牢合巹，而後爲夫婦。苟一禮不備，壻不親迎，無父母之命，女不自往也，猶爲奔而已。（**鼒眉**）比于奔則過也。女未嫁而爲其夫死且不改適，是六禮不具，壻不親迎，無父母之命而奔者也，非禮也。（**夫眉**）父母既受人聘矣，安得以“奔”爲例耶？陰陽配偶，天地之大義也。（**麟眉**）又推出極高遠道理，是“禮”字盡頭。天下未有生而無偶者，終身不適，是乖陰陽之氣而傷天地之和也。（**説眉**）女子未有以身許人，只一句便説得倒，“非禮也”下“陰陽配偶”似亦不用如此漫及，乃先生作文意旨，正欲近人情言之耳。

曾子問曰：“昏禮既納幣，有吉日，壻之父母死，則如之何？”孔子曰：“壻已葬，致命女氏，曰：‘某之子有父母之喪，不得嗣爲兄弟，使某致命。’女氏許諾，而弗敢嫁也。弗敢嫁而許諾，固其可以嫁也。壻免喪，女之父母使人請，壻弗取，而後嫁之，禮也。”夫壻有三年之喪，免喪而弗取，則嫁之也。（**侗眉**）以喪而嫁，此古禮，不可行也。

曾子曰：“女未廟見而死，則如之何？”孔子曰：“不遷於祖，不祔於皇姑，不杖、不菲、不次，歸葬於女子氏之黨，示未成婦也。”未成婦則不系於夫也，先王之禮豈爲其薄哉？

幼從父兄，嫁從夫。（**麟眉**）此又是婦人所以異于男子之大義。從夫則一聽於夫，而父母之服爲之降。從父則一聽於父，而義不及於夫。蓋既嫁而後夫婦之道成，聘則父母之事而已。女子固不自知其身之爲誰屬也，（**夫眉**）既成聘矣，尚曰“未知誰屬”，欠妥。有廉耻之防焉。（**基眉**）不食馬肝可也。以此言之，女未嫁而不改適，爲其夫死者之無謂也。（**麟眉**）歸結。

或曰：“以勵世，可也。”夫先王之禮不足以勵世，必是而後可以勵世也乎？（**麟眉**）索性折倒。

譜例論

（**夫評**）文有根據。

世之爲譜學者稱歐陽氏、蘇氏，予考二家之書，小異而大同，蓋其法使族人各爲譜，而各詳其宗。夫人各詳其宗則譜大備，而可以至於無窮，此其善也。而蘇氏又曰：“古者惟天子之子與始爲大夫者，而後可以爲大宗，其餘則否。獨小宗之法猶可施於天下，故爲族譜皆從小宗，而虛其大宗之法。”而予之爲説異於是。

夫古者有大宗而後有小宗，如木之有本而後有枝葉。繼禰者、繼祖者、繼曾祖者、繼高祖者，世世變也，而爲大宗者不變。是以祖遷於上，宗易於下，而不至於散者，大宗以維之也。故曰：“大宗以收族也。”苟大宗廢，則小宗之法亦無所恃以能獨施於天下。

予又以爲譜者載其族之世次、名諱而已，其所不可知者無如之何，其所可知者無不載也。夫使世次、名諱之既詳，則不必縣定以爲宗法，而宗法存焉耳。故歐陽氏、蘇氏以有法治無法，吾以無法寓有法，是吾譜之所以異也。

（**夫評**）議論是。

水利論

（**麟評**）此文全在一起一結，得勢得利。（**夫評**）以三江屬楊子江、錢塘江、淞江，治吴中之水獨主復淞江故道，是也。必欲水勢洪壯，與楊子江埒，壞其傍民田、廬墓在所不免，其費財勞民又復不貲，勢必不行，然則如之何而可？曰濬之，令闊深而已，不必埒楊子江。或三歲一濬，或五歲再濬，十有九歲七濬，如曆家置潤之法，庶乎其可也。（**昌評**）先生生平留心經濟，所以異於文士之虛聲無實者。

吴地痺下，水之所都，爲民利害尤劇。治之者皆莫得其源委，禹之故迹其廢久矣。（**麟眉**）總冒兩篇起。

吴東北邊境環以江海，中瀦太湖。自湖州諸溪從天目山、西北宣州諸山溪水所奔注，而從吴江過甫里，經華亭青龍江以入海。蓋太湖之廣三萬六千頃，入海之道獨有一路，所謂吴淞江者。（**啓夾**）本來水道如此。顧江自湖口距海不遠，有潮泥填淤反土之患。（**啓夾**）此原江流湮塞之故，一由水勢，一由人爲。湖田膏腴，往往爲民所圍占，而與水争尺寸之利，（**麟眉**）尚有未盡：流平緩，一也；夾岸無山坡，二也。所以松江日隘。昔人不循其本，沿流逐末，取目前之小快，别鑿港浦以求一時之利，而松江之勢日失，（**陶夾**）此受病之由。所以沿至今日，僅與支流無辨，或至指大於股，海口遂至湮塞，此豈非治水之過與？（**説眉**）“復禹之迹”四字亦治水家所藉口而未盡然者，乃以論太湖、松江則爲不刊之論。

蓋宋揚州刺史王濬以松江滬瀆壅噎不利，（**啓夾**）此下歷叙治水者之過。欲從武康紵谿爲渠浛直達於海，穿鑿之端自此始。夫以江之湮塞，宜從其湮塞者而治之，不此之務而别求他道，所以治之愈力而失之愈遠也。（**麟眉**）先明穿鑿之害。（**陶夾**）此治水之法。太倉公爲人治疾,所診期决死生,而或有不驗者,以爲不當飲藥針灸而飲藥針灸,則先期而死。後之治水者與其飲藥針灸何以異?孟子曰:"天下之言性也,則故而已矣。故者以利爲本。""禹之行水,行其所無事也。"欲圖天下之大功而不知行其所無事,其害有不可勝言者。嗟夫!近世之論徒區區於三十六浦間,或有及於松江,亦不過疏導目前壅滯,如浚蟠龍、白鶴匯之類,未見能曠然修禹之迹者。(**麟眉**)繼説出宜修復禹迹。

宜興單鍔著書爲蘇子瞻所稱,然欲修五堰,開夾苧干瀆以截西來之水,使不入太湖。(**啓夾**)此則欲殺其流而並障其源。殊不知揚州藪澤,天所以瀦東南之水也,今以人力遏之。夫水爲民之害,亦爲民之利,就使太湖乾枯,於民豈爲利哉?太史公稱"河菑衍溢,害中國也尤甚,唯是爲務。"(**啓夾**)此段揭出作論之意。禹治四海之水,而獨以河爲務。余以爲治吴之水宜專力於松江,松江既治,則太湖之水東下,而餘水不勞餘力矣。(**陶夾**)片言扼要。

或曰:"《禹貢》'三江既入,震澤底定'。"吴地尚有婁江、東江,與淞江爲三,震澤所以入海,非一江也。(**啓夾**)此下剖明三江舊説之訛,以見治吴水者只宜專力於吴淞江。曰:"張守節《史記正義》云:'一江西南上太湖,爲淞江;一江東南上至白蜆湖,爲東江;一江東北下,曰婁江。'"本言二水皆松江之所分流。《水經》所謂長瀆歷湖口,東則淞江出焉,江水奇分,謂之三江口者也,而非《禹貢》之三江。大抵説三江者不一,惟郭景純以爲岷江、浙江、松江爲近。蓋《經》特紀揚州之水,今之楊子江、錢塘江、松江,並在揚州之境,書以告成功。而松江由震澤入海,經蓋未之及也。(**啓眉**)據張守節《正義》,淞江、東江皆水之來處,入海道獨有婁江一路而已,故二江皆曰"上",獨婁江曰"下"。震川以爲二水皆淞江之所分流，語亦未爲明析。(**麟眉**)方辨明禹迹如此。

由此觀之，則松江獨承太湖之水，故古書江、湖通謂之笠澤。要其源近，不可比儗楊子江，而深闊當與相雄長。范蠡云："吴之與越，三江環之。"夫環吴、越之境，非岷江、浙江、松江而何？則古三江並稱無疑。故治松江，則吴中必無白水之患。而從其旁鈎引以溉田，無不治之田矣。然治松江必令闊深、水勢洪壯與楊子江埒，而後可以言復禹之迹也。(**麟眉**)故留全旨作結尾，以起下篇。

(此文崑山、常熟二本後半大異，細觀之，崑本爲優，今從之。)

(**陶評**)能見其大，獨探其本，雖有他説，不必旁參。

水利後論

(**麟評**)禹迹廢久，先生于絶無憑據中尋憑據，能鑿然如此。(**盛百二評**)東江至海鹽入海，自海塘築斷而此路遂湮，入海之道只有吴淞江矣。然太湖枝津尚有崑山之劉家河入海，又有常熟之白茆巷入大江，欲專力吴淞，亦未爲定論也。專力吴淞亦本單鍔，單書詳范石湖《吴郡志》。

單鍔以吴江堤横截江流，而岸東江尾茭蘆叢生，泥沙漲塞，欲開茭蘆之地，遷沙村之民，運去漲土，鑿堤岸千橋走水，而於下流開白蜆、安亭江，使湖水由華亭、青龍入海。雖知松江之要，而不識《禹貢》之三江，其所建白猶未卓然，所以欲截西水，壅太湖之上流也。蘇軾有言："欲松江不塞，必盡徙吴江一縣之民。"此論殆非鍔之所及。今不鐫去堤岸而直爲千橋，亦守常之論耳。

崇寧二年，宗正丞徐確提舉常平，考《禹貢》三江之説，以爲太湖東注，松江正在下流，請自封家渡古江開淘至大通浦，直徹海口。當時惟確欲復古道，然確爲三江之説今亦不可得而考。元泰定二年，都水監任仁發開江，自黄浦口至新洋江，江面財闊十五丈。仁發稱"古者江狹處猶廣二里"，然二里，即江之湮已久矣。自宋元嘉中滬瀆已壅噎，至此何啻千年？郟氏云："吴松古道，可敵千浦。"又江旁縱浦，郟氏自言小時猶見其闊二十五丈，則江之廣可知。故古江蟠屈如龍形，蓋江自太湖來源不遠，面勢既廣，若徑直則又易泄，而湖水不能蓄聚，所以迂回其塗。使如今江之淺狹，何用蟠屈如此？

余家安亭，在松江上，求所謂安亭江者，了不可見。而江南有大盈浦，北有顧浦，土人亦有三江口之稱。江口有渡，問之百歲老人，云："往時南北渡，一日往來僅一二回。"可知古江之廣也。本朝都御史崔恭鑿新道，自大盈浦東至吴淞江巡檢司，又自新涇西南蒲匯塘入江，自曹家河直鑿平地至新場江，面廣十四丈。夫以郟氏所見之浦尚有二十五丈，而都水所開江面財及當時之浦，至本朝之開江乃十四丈，則興工造事，以今方古，日就卑微，安能復見禹當時之江哉？

漢賈讓論治河，欲北徙冀州之民當水衝者，决黎陽遮害亭，放河北入海，當敗壞城郭、田廬、冢墓以萬數，以爲大禹治水，山陵當路者毁之，墮斷天地之性。此乃人功所造，何足言也？若惜區區漲沙茭蘆之地，雖歲歲開浦，而支本不正，水終横行。今自嘉靖以來，歲多旱而少水，愚民以爲自今不復見白水之患。余嘗聞正德五年秋，雨七日夜，吴中遂成巨浸。設使如漢建始間，霖雨三十日，將如之何？天災流行，國家代有，一遇水潦，吾民必有魚鱉之憂矣。（**麟眉**）以上言開江宜深闊，此復申言獨開松江,總結兩篇之意。

或曰:“今獨開一江,則其餘溪港當盡廢耶?”曰:“禹决九川,距四海,浚畎澮距川。江流既正,則隨其所在可鈎引以溉田畝。且江流浩大,其勢不能不漫溢。如今之小江尚有勦娘江分四五里而合者。則夫奇分而旁出,古婁江、東江之迹,或當自見。且如劉家港,元時海運千艘所聚,至今爲入海大道。而上海之黄浦勢尤洶湧,豈能廢之?但本支尊大,則支庶莫不得所矣。”

三途並用議

(**年評**)三途並用至今日而尤亟亟矣,先生此文,銓曹宜各書一通置之座右。(**麟評**)彷彿東坡、潁濱應制文字。(**雲評**)末流時弊,梳爬剔抉,字字著痛癢。(**紓評**)自康乾迄咸同,清之京朝官非進士不貴,旗員則否,其由舉貢進者謂之雜流。然同治中興,名將又多不由進士出身。總言之,隨地皆有才,一在能養,一在能識。震川論三途並用,然皆歷指三途之弊,意在去資格。余觀今日之仕,資格已茫然而盡,平地可以入政府爲各部之長,率皆人才乎?而又不盡然矣。

有光爲都水司試吏,太子太傅司空公以章奏課諸進士,承命作《三途並用議》。議曰:

所謂三途者,進士也、科貢也、吏員也。國初用人有徵聘、有經明行修、有人材、有賢良方正、有才識兼人、有楷書、有童子諸科,其後率多罷廢。承平以來專用進士、科貢、吏員,是三者初未嘗廢。而邇者欲新天下之吏治,於科貢、吏員之中稍加不次之擢,故有三途並用之説,其實前此未嘗不並用也。(**夫眉**)老筆。

愚以爲朝廷欲收用人之實效,於科貢、吏員所宜加之意者當先清其源,蓋清其源而後其末流可治也。(**陶夾**)提明主意。今進士之與科貢皆出學校,皆用試經義論策。試進士不中,入國子爲舉人監生;試舉人不中,循年資而貢之,入國子爲歲貢監生。非若漢世賢良、孝廉對策,與博士弟子判然爲二,其實一途而已。然進士升於禮部爲高選,舉人之下第與歲貢,國家亦不輕以待之,故使之學於太學以觀其成,苟成矣,雖任以進士之官可也。今成均教養之法不具,獨令以資歷待選而已,非復如古之舍法,此其科貢之源不清也。

吏員之在古本與士大夫無別異,迨後流品既分,遂爲異物,士人不復肯詘辱於此。故本朝資格,吏員崇者止於七品,多用爲掾幕、監當、管庫之職,非保薦不得爲州郡,則吏道本不可與儒者並。然其始皆自藩、憲、衛、府、州、縣所署置,猶有前代闢舉之遺法。而今則自始爲吏,先責其輸納,自提控以下至於吏典,但以所輸之貲第其出身之等差,此吏員之源未清也。夫欲使舉貢之得人,在於修太學之法,而科貢可用矣。(**年眉**)如此立論,可謂清通簡要。欲使掾幕、監當、管庫之得人,在於遵闢舉之舊,而掾幕、監當、管庫可用矣。(**陶夾**)清源之道如是而已。然吏者止可以循資,如祖宗之制,非得與科貢並也。(**年眉**)一篇大關鍵。(**夫眉**)畢竟輕吏員而重科貢,亦拘於重進士之流弊,而不能爲破格之論。(**陶夾**)一折伏末段。

愚於科貢猶有説焉。(**陶夾**)拖起下文。會試有甲乙榜,蓋乙榜即亦舉人之中式者,特限於欽定之制額,故次之。乙榜授以教職,其實進士無異。今特以敗卷置乙榜,而與乞恩者概與教職,則教官之選輕矣。歲貢本以州縣之俊,如往年所謂選貢者。今不本洪武舊制,而專纍日月,則歲貢無少俊者可施以成均之教矣。

愚又怪夫今之未有以清其源，而壅其源者又不止也。（**陶夾**）又補出一弊，筆如游龍。自納粟、買馬、乞運、納級之例日開，吏道雜而多端，官方所以日繆也，而科貢、吏員，皆繇此而妨閼矣。故欲振飭吏治，莫若清其源而無壅之。（**陶夾**）總束全文。凡此，皆於格例之中修其廢壞耳。於此二者，其源既清，於格例已復其常，而於其間簡其卓異，加不次之擢。（**陶夾**）又補一意。蓋天下奇俊之士少，而中庸之士多。王者之道，先爲其法以就天下中庸之士，而精神運用獨可於奇俊之士加於其法之外，而不爲法之所限，此其所以能鼓舞一世之人材也。

或曰："子謂吏道不得與儒並，先朝如尚書徐晞、知府况鍾，皆至顯用者，何也?"曰："此又不可以吏之途論也，蓋先朝用人時取之常格之外。宋景濂一代文章之宗，楊士奇三朝輔相之首，皆以布衣特起，（**夫眉**）宋景濂元時自有出身，在明初薦舉，謂布衣起者誤，楊文貞亦出自貢。乃遂掌帝制，典機密，豈譾譾於循塗者？蓋自古中世猶未嘗不事旁招俊乂，博采聲望。側席幽人，思遲多士，今百餘年，寥寥未之見，而專以資格進叙。今亦頗苦其膠束伏隘而未能曠然也，是以思爲三途並用之説。愚以爲非大破因循之論，考國家之故事，追三代、兩漢之高踪，以振作鼓舞一世之人材，恐不足以剗釁世之宿弊，而收用人之實效也。"謹議。

（**陶評**）三途并用，良法也。然科貢吏員之選不精，則授之以官益冗闒而不足用，至納粟等例開，則雖欲并用其人，而亦無官之可補矣。文窮源竟委，更無不達之意。末進以破格用人之説，尤爲大言炎炎。

馬政議

（**説評**）讀公《馬政》而知古井田之意。（**年評**）其於馬政利弊，亦如九方皋之相馬矣。湛深經術，而又出之以曉暢，固非先生不能。（**麟評**）洪、永之制雖不如古昔無弊，然大旨尚欲得馬。自庸臣變更以來，其意直不欲馬矣。馬可一日廢哉？不得已而能復舊制，庶幾得馬之心也。（**勤評**）明代馬政最爲壞亂，而民養之制尤爲擾累，由於洪、永新制未審。先生此論以復祖制爲言，議論未見警策。（**紓評**）詳明精透。

竊惟古之馬唯養於官，而其養之於民者，官初無所與。（**焯眉**）官自養馬，而民之馬官不與，此古法之善，以下歷举以証之。《司馬法》甸出長轂牛馬及所謂萬乘、千乘、百乘，此皆寓兵於農，有事則賦調，而官不與知也。惟其養於官者，如《周禮》校人、牧圉之屬與《月令》所載，其養之之法備盡，此則官之所自養也。夫周之時既養馬矣，而民之馬，官有不與，是以民各自以其力養己之馬，而無所不盡其心。故有事徵發，而車與馬無不辦也。漢之苑馬即校人之王馬，而民間私牧，官無所與，而皆得以自孳息。故街巷有馬，而"橋桃以致馬千匹"。逮武帝伐胡，馬少，而始有假母歸息之令，亦兵興一切之制，非久用也。

秦、漢以來，唐馬最盛，皆天子所自置監牧，其擾不及於民，而馬之盛如此。我國家苑馬之設即其遺意，然又於兩京畿、河南、山東編户養馬，乃又兼宋人保甲之法。蓋不獨養於官，而又養於民也。（**焯眉**）兼養於民，今法之不善，馬所以不得不弊。今監牧之馬未見蕃息，民間牧養又日以耗。且以今畿郡之養馬言之，夫馬既繫於官，而民以爲非民之所有；官既委於民，而官以爲非官之所專，馬烏得而不敝？（**麟眉**）立法之意正與周制相背。自其立法之初已知其弊必至於今日也。且天下有治人,無治法。(麟眉)承上轉下,勢突兀而意自在,絶去承轉之痕,當玩其奇。(焯夾)從立法轉變法,籠起第二段大意。苟能如其舊,而得人以求實效,亦未嘗不可以藉其用也。今保馬既不可變,而於其間又不能守其舊,往往數爲紛更,循其末流而不究其本始,愈變而愈敝,必至於不可復爲而後已,此今日天下之事皆然而非獨馬政也。(焯夾)此第一段言立法之本不如古。(陶夾)敝坐在此,特提出以起下文。

嘗考洪武初制,(焯夾)先叙舊法。令有司提調孳牧,江南十一户共養馬一匹,江北五户共養馬一匹,以丁多之家爲馬頭,專養一馬,餘令津貼以備倒失買補,每二歲納駒一匹。又立群頭、群長,設官鑄印,與守令分民而治。有牧馬草場,又免其粮草之半,每加優恤。使有司能責實而行之,常使民得養馬之利,則馬亦何憂於不蕃也!(説眉)作文本旨。(麟眉)雖非先生良法,而初制亦自有得處,先提出詳言之。今顧不能修其舊,而徒以法之敝而亟變之,則天下安得有善法?(焯夾)轉入變法。夫令民養馬,國家之意本欲得馬而已,而有所謂本色、折色,何爲也?責民以養馬,而又責其輸銀,如此則取其銀可矣,而又何以馬爲?於是民不以養馬爲意,而以輸銀爲急矣。(麟眉)然後細辨末流變更之弊。(陶夾)鑿鑿指出。牧地本與民養馬也,而徵其子粒,又有加增子粒,如此則遂並之田税而已,而又何以責之馬户?於是民不以養馬爲意,而以輸子粒爲急矣。養馬者,課其駒可也。不用其駒而使之買俵,於是民不以養馬爲意,而以買俵爲急矣。夫折色之議本因江南應天、太平等處非産馬之地,變而通之,雖易銀可也,遂移之於河北,(焯夾)以下所謂愈變而愈敝也。今又變賣種馬而徵其草料。原今變者之意專欲責民之輸銀,而非責民之養馬也。官既無事於養馬而獨規目前之利,民復恣爲奸僞而爲利已之圖。有駒不報而攻於欺隱，不肯以駒備用而獨願以銀買俵，至或戕其孕字，絶其遊牝，上下交徵利以相欺而已。衛文秉心塞淵，致騋牝之三千；魯僖以思無邪，致馬之斯徂。夫官民一於爲利以相欺，何望於馬之蕃息乎？（焯夾）第二段極言變法之尤不善，並養於民之法亦幾廢也。

今之議者又方日出新意，以變賣馬之半爲未盡，因欲盡賣種馬，而惟以色徵解，略不思祖宗立法之深意，可爲太息也。夫河北之人驍健，良馬，冀之所產，昔人所以謂此地王不得無以王、霸不得無以霸者也。（焯夾）此下從變轉，復入第二段。今舉冀之良產盡棄之，一旦國家有事，西邊之馬可得以爲畿内用乎？（麟眉）末言便見其害，直堪痛哭。

古語曰："變而不如前、易而多所敗者，亦不可不復也。"今欲講明馬政，必盡復洪武、永樂之舊。（焯夾）此第三段言復舊法猶可有爲。（麟眉）旨意説出。江南折色可也，畿輔、河南、山東之折色不可也；草場之舊額可清也，子粒不可徵也；官吏之侵漁可黜可懲也，而管馬官、群長、獸醫不可省也。行馬復之令，使民得寬其力。民知養馬之利，則雖官馬亦以爲己馬矣。又修金牌之制，通關互市，益得好馬，别賦之民以爲種馬，而有司加督視之，洪武、永樂之舊猶可復也。蓋修茶馬，而渥窪之產至矣；弛草地，而坰牧之息繁矣；恤編户，恣芻牧，而烏倮、橋桃之富臻矣。故曰：車騎，天下之武備也。其所以壯神京、防後患者，豈淺淺哉！抑古之相、衛、邢、洺，皆有馬監，即皆今之畿輔地也。如使盡覈官民所耕佃牧馬草場盡出之，與夫群不墾者皆立埄堆，以爲監牧之地，而盡歸於苑馬，宋人户馬保馬之法雖罷之可也，何必規規然沿其末流而日事紛更乎？（焯眉）結乃歸到官自養馬並當復古法，不止復舊法矣。（麟眉）餘意終以立法爲不如古。

(**啓評**)此是正論。中幅所謂得人以求實效者,第就目前言之,乃希世度務之論,孟子所謂徐徐診耳。

(**坰評**)通達事務之言。

(**陶評**)首言以官馬賦之於民,法本不善;次言不能守法以求實效,而變而徵銀,馬所以益不蕃息;末乃以盡復洪、永之舊法救正之。先生論事無不透到十分,可知其經術之足以致用。

禦倭議

(**啓評**)此議作於壬子秋,見第八卷《上總制書》,蓋嘉靖三十一年也。

日本在百濟、新羅東南大海中,依山島以居。當會稽東,與儋耳相近,而都於邪摩堆,所謂邪馬臺也。古未通中國,漢建武時始遣使朝貢。前世未嘗犯邊,自前元於四明通互市,遂因之鈔掠居人,而國初爲寇始甚。然自宣德以後金綫島之捷,亦無復有至者矣。今日啓戎召釁,實自中國奸民冒禁闌出,失於防閑。事今已往,追悔無及。但國家威靈所及,薄海内外罔不臣貢,而蕞爾小夷敢肆馮陵。

魏正始中,宣武於東堂引見高麗使者。以夫餘、涉羅之貢不至,宣武曰:"高麗世荷上將,專制海外,九夷黠虜,實得征之。方貢之愆,責在連率。"故高麗世有都督遼海征東將軍、領東夷中郎將之號。今世朝鮮國雖無專征之任,而形勢實能制之。况其王素號恭順,倭奴侵犯,宜可以此責之。不然,必興兵直擣其國都,繫纍其王,始足以伸中國之威。如前世慕容皝、陳稜、李勣、蘇定方,未嘗不得志於海外。而元人五龍之敗,此由將帥之失。使中國世世以此創艾而甘受其侮,非愚之所知也。(**元眉**)先據大義以策時事。(**陶夾**)説至此,筆下不覺風生,可想見先生之氣概。

顧今日財賦兵力未易及此,(**元眉**)轉捩。破衆人之疑。獨可爲自守之計。(**元眉**)次就時勢以爲條約。所謂自守者,愚以爲祖宗之制,沿海自山東、淮、浙、閩、廣,衛所繹絡,能復舊伍,則兵不煩徵調而足。而都司備倭指揮,俟其來於海中截殺之,則官不必多置提督總兵而具。奈何不思復祖宗之舊而直爲此紛紛也?所謂必於海中截殺之者,(**陶夾**)又抽出詳説。賊在海中,舟船火器皆不能敵我也,又多饑乏,惟是上岸則不可禦矣。不禦之於外海而禦之於内海,不禦之於海而禦之於海口,不禦之於海口而禦之於陸,不禦之於陸則嬰城而已:此其所出愈下也。宜責成將領,嚴立條格:敗賊於海者爲上功;能把截海口不使登岸,亦以功論;賊從某港得入者,把港之官必殺無赦;其有司閉城坐視四郊之民肝腦塗地者,同失守城池論。庶人知效死,而倭不能犯矣。(**陶夾**)四條嚴重如律,即可纂入《籌海圖編》,唐荆川《海防疏》亦同此意。

(**元評**)文分兩段説,前段是禦倭終始之論,後段是目前應變之策。見識明通,筆力斬截。

(**陶評**)上策責朝鮮專征,所謂以夷攻夷也。然朝鮮文弱,恐不勝任,觀後萬曆間中倭禍幾覆國可見。中策興兵直擣國都,甚爲壯健,當永樂時則竟用之矣。若夫截滅海外,不使登岸,爲當時計,未有過於此者。

備倭事略

(此篇錢宗伯置之别集公移中,今仍舊刻,附《禦倭議》之後,蓋以類相從也。)(**啓評**)應置别集。一首一尾,中分二大段：一段奇兵設伏截殺之法，一段正兵調撥策應之法。設伏截殺則吴淞所一軍及沿海諸大姓可用也，調撥策應則白茆諸寨及沿海各軍衛可用也。首言嬰城自保之非計，末言拘牽文法之不合於律意，專所以破有司拘牽之見。但中幅第二段説正兵處又有委任百姓所信向者使之主決兵事及招徠我民之被掠不能歸者二意，便覺體勢參差，易於眩惑。

倭寇犯境，百姓被殺死者幾千人，流離遷徙，所在村落爲之一空。迄今逾月，其勢益横。州縣廑廑嬰城自保。浸淫延蔓，東南列郡大有可慮。即今賊在嘉定，有司深關固閉，任其殺掠，已非仁者之用心矣。其意止欲保全倉庫城池以免罪責，不知四郊既空，便有剥膚之勢。賊氣益盛，資糧益饒，並力而來，孤懸一城勢不獨存，此其於全軀保妻子之計亦未爲得也。（**焯眉**）起先言州縣不各出兵備禦之失算，以下遂歷陳守禦之法。

見今賊徒出没羅店、劉家行、江灣、月浦等地方，其路道皆可逆知。欲乞密切差兵設伏，相機截殺。彼狃於數勝，謂我不能軍，往來如入無人之地。出其不意，可以得志。古之用兵惟恐敵之不驕不貪，《法》曰："卑而驕之。"又曰："利而誘之。"今賊正犯兵家之忌，可襲而取也。（**庭眉**）第一段言禦之之法大要在設伏截殺，但須兵民並力爲之。訪得吴淞所一軍素號精悍，倭賊憚之，呼爲白頭蟲。去歲宗百户、馮百户見倭船近城，倉卒與敵，爲其所殺。有司不加矜恤，反歸罪於二人，白後人以爲戒。又城壁崩圮，半落海中，且纍年不給軍粮，士皆饑疲，往往乞食道路，遂致新城失陷，翻爲賊巢，嘉定、上海之勢日以孤危。今乞召新城失事指揮，令收還散卒，許以贖罪，要以厚賞，俾於賊所入嘉定及往南翔等要路阻狹之處，長槍勁弩，設伏以待之。又新城敗散之餘所存約二百餘人，人數寡少，乞募沿海大姓沈、濮、蔡、嚴、黄、陸等家素能禦賊及被其毒害者，併合爲一，專爲伏兵及往來遊擊，賊自不敢近太倉、嘉定、松江矣。且因新城之軍，俟便襲擊，城可復襲而有也。

《法》曰："善守者守其所不攻。"又曰："使敵人不得至者，害之也。"今所謂守城者，徒守於城之内而不知守於城之外，惴惴然如在圍城之中，賊未至而已先自困矣。畏首畏尾，身其餘幾。故唇亡而齒寒，魯酒薄而邯鄲圍。夫蘇州之守不在於婁門，而在於崑山、太倉；太倉之守不在於太倉，而在於劉家港，此易知也。今賊掠羅店等處已盡，必及南翔。賊據南翔，奪民船以入吴淞江，一日可至葑門，即蘇州危矣。南過唐行，則松江危矣。今聞又至太倉、穿山等處，即常熟危矣。故欲害之使不得至，所以爲守也。然所謂設伏爲奇兵，又時出正兵相爲表裏而後可也。又嘉定近海，爲内地保障，其縣令恇怯不知兵。乞委任百姓所信向，如任同知、董知縣、武指揮等，協力主決兵事。知縣備辦糧食，不得從中沮撓。倘有疏虞，即蘇、松二郡不可保矣。

(**庭眉**)第二段言守之之法在相度險要，處處設備，又須令知兵者主之，又須解散其黨。

又考得白茆舊有白茆寨，劉家港舊有劉家港寨，青浦舊有青浦寨，此皆前朝撥置軍士備倭之所。蓋以春夏巡哨，秋冬還衛。又白茆、吴塘、茜涇、劉家港、甘市等處，各有煙墩，烽火相接，以此見往時備倭之迹。今疏闊如此，欲以一城自固，不可得也。

又訪得賊中海島夷洲真正倭種不過百數，其内地亡命之徒固多，而亦往往有被劫掠不能自拔者。近日賊搶婁塘、羅店等處，驅率居民挑包。其守包之人與吾民私語，言是某府州縣人，被賊脅從,未嘗不思鄉里。但已剃髮,從其衣號,與賊無異,欲自逃去,反爲州縣所殺,以此只得依違,苟延性命。愚望官府設法招徠,明以丹青生活之信,務在孤弱其黨,賊勢不久自當解散。此古人制夷遏盜之長策也。

又聞民間不見官府出軍,以爲當俟請旨,須大軍之至。竊見祖宗於山東、淮、浙、閩、廣沿海設立衛所,鎮戍連絡。每年風候,調發舟師出海。後又設都指揮一員統領諸衛,專以備倭爲名。今倭賊馮陵,所在莫之誰何。但見官司紛紛抽點壯丁及原役民快,皆素不教練之民,驅之殺賊,以致一人見殺,千人自潰,徒長賊氣。使海外蠻夷聞之,皆有輕中國之心,非祖宗設立沿海軍衛之意也。(**庭眉**)末段言民兵不足恃,大軍不及待,必須便宜調遣,隨處策應,然後可以供禦之之用,以應起手不各出兵備禦之説本旨。

當事者拘礙文法,動以擅調官軍爲解。竊伏讀《大明律》"擅調官軍"一款:"其暴兵卒至,欲來攻襲,事有警急及程途遥遠者,並聽從便火速調撥軍馬,乘機剿捕。若寇賊滋蔓,應合會捕者,鄰近衛所雖非所屬,亦得調發策應。若不即調遣會合,或不即申報上司及鄰近衛所不即發兵策應者,與擅調官軍罪同。"此各衛得自調撥策應之明文也。今賊殺害人民,摇動畿輔。蘇、松内地城門經月不開,百姓喁喁。各衛擁兵深居,賊在近郊,不發一矢,忍以百萬生靈餌賊。幸其自退,豈可得哉?夫以沿海之衛自足備禦,今獨民兵支吾,玩愒養寇。及其必不可已,然後請旨動調大軍。夫以民兵則氣力孱弱,以大軍則事體隆重,是虚設沿海數百萬之兵也。況大軍之至,吾民饜飽豺狼之腹已久矣。賊聞天兵既下,倏忽遁去,雖貔貅百萬,悵望空波,徒使百姓騷然而已。(**焯眉**)到此已是不及。乞早爲裁處,遵照

《大明律》，軍政調撥策應，庶殄滅有期，不煩朝廷動調大軍，實地方生靈之幸。（啓眉）當時之失在于有司嬰城自保而不知剿禦之方，及講剿禦，則又須請旨動調大軍。震川以爲能於隘處設伏截殺，則城可不守而固。能調撥沿海軍衛，則可以無藉大軍而獲勝。然而當事者難之，何也？則以拘碍文法、動引擅調官兵爲解耳。故此段洗刷尤最切要，所謂猫之捕鼠須咬頸也，凡論事必須如此徹透。不與打穿後壁，則所言終是含糊。（元夾）深識事勢。

（元評）事理通明，議論圓暢，可與六一相上下。擘畫皆中兵機，非文士所能言。

三江圖叙説

古今論三江者，班固、韋昭、桑欽之説近之。但固以蕪湖東至陽羨入海；昭分錢塘江、浦陽江爲二；桑欽謂南江自牛渚上桐水、過安吉、歷長瀆，爲不習地勢。程大昌辨之詳矣，然孔安國、蘇軾所論亦未必然也。

今從郭璞，以岷江、淞江、浙江爲三江。蓋自揚州斜轉東南，楊子江、吴淞江、錢塘江三處入海，而皆以江名，其爲三江無疑。但淞江湮塞細弱，無復江之形勢，世遂忽之而不論耳。

宋淳熙中，直學邊寔修《崑山志》，言大海自西泙分南北，由斜轉而西朱陳沙謂之楊子江口，由徘徊頭而北黄魚垛謂之吴松江口，浮子門而上謂之錢塘江口。三江既入，禹迹無改。此今日之所目見，諸儒胸臆之説不足道也。（説夾）爲經、爲史、爲經濟、爲詩文，未有不壞於“胸臆之説”四字。

二石説

（雲評）明白純粹，暉光日新，真不刊之論。（焯評）“樂”字從名號來，“仁”字、“生”字從爲令來。突然起論，義極深曲。

樂者，仁之聲，而生氣之發也。（焯夾）發端似遠，意實切近。孔子稱“《韶》盡美矣，又盡善也”。（焯夾）頂“樂”字來，即伏後顔、冉、游三段地步。在齊聞《韶》，則學之三月不知肉味。（焯夾）轉入“仁”語。考之《尚書》，自堯“克明峻德”至舜“重華協於帝”，四岳、九官、十二牧，（焯眉）九官、十二牧，暗引起爲令。各率其職。至於蠻夷率服，若予上下草木鳥獸，至仁之澤，洋洋乎被動植矣。故曰：“虞賓在位，群后德讓。”又曰：“庶尹允諧。”曰：“鳥獸蹌蹌，”“鳳凰來儀。”又曰：“百獸率舞。”（焯夾）“庶尹”“百獸”二語暗引起石字。此唐、虞太和之景象在於宇宙之間而特形於樂耳。《傳》曰：“夔始制樂，以賞諸侯。”（焯夾）前半意義亦是從上一層單落。《吕氏春秋》曰：“堯命夔擊石，（焯夾）先點明“石”字。以象上帝玉磬之音，以舞百獸。”擊石拊石，夔之所能也；（焯夾）次映合“二石”。百獸率舞，非夔之所能也。此唐、虞之際仁治之極也。（焯夾）前半先從仁治極言一層之論。

顔子學於孔子，“三月不違仁”，而未至於化。（焯夾）客，以下漸轉漸近。孔子告之以爲邦，而曰“樂則韶舞”，豈驟語以唐、虞之極哉？亦教之禮樂之事，使其行夏之時，乘殷之輅，服周之冕，而歌有虞氏之風。淫聲亂色無以奸其間，是所謂非禮勿視、聽、言、動，而爲仁之用達矣。雖然，由其道而舞百獸、儀鳳凰，豈遠也哉！冉求欲富國足民，（焯夾）客。而以禮樂俟君子，孔子所以告顔子，即冉求所以俟君子也。欲富國足民而無俟於禮樂，其敝必至於聚斂。（焯夾）中有至理。（説眉）吐得盡。子遊能以弦歌試於區區之武城，可謂聖人之徒矣。(焯夾)主。至此才合到爲令，極委蛇層曲之勢。

自秦以來，長人者無意於教化之事，非一世也。江夏吕侯爲青浦令，政成而民頌之。侯名調音，字宗夔，又自號二石，請予爲二石之説。予故推本《尚書》《論語》之義，以達侯之志焉。

張雄字説

(年評)讀此殊覺老子五千之爲煩，我爲之俯首至地。(雲評)義精而文特瘦硬，於集中另爲一種，此先生自謂"與臨川不難抗行"者。(虞評)説本老氏，可以訓世。(昌評)發明老氏之旨，文亦簡峻。

張雄既冠，請字於余。余辱爲賓，不可以辭，則字之曰"子谿"。

聞之《老子》云："知其雄，守其雌，爲天下谿。""常德不離，復歸於嬰兒。"此言人有勝人之德，而操之以不敢勝人之心。德處天下之上，而禮居天下之下，若谿之能受而水歸之也。不失其常德而復歸於嬰兒，人己之勝心不生，則致柔之極矣。

人居天地之間，其才智稍異於人，常有加於愚不肖之心。其才智彌大，其加彌甚，故愚不肖常至於不勝而求反之，天下之争始於愚不肖之不勝。(年眉)一部《二十一史》君子小人勝敗之故俱盡於上數行。(啓夾)至言。是以古之君子，有高天下之才智，而退然不敢以有所加，而天下卒莫之勝，則其致柔之極也。然則雄必能守其雌，是謂天下之谿。不能守雌，不能爲天下谿，不足以稱雄於天下。(年眉)尾亦甚勁。(啓夾)勁悍絶倫。

陳伯生字説

（虞評）奇僻語，而自純粹。

海虞陳生之名曰寅，未知所以尊其名也，問言於余。余字之曰“伯生”，而爲之論。

天地生人之始蓋混混然也，既而天開於子。子者，滋也，氣於此而始滋也。地闢於丑，丑之言紐也，言氣之始固也。人生於寅，寅者，言萬物之生螾螾然也。（焯眉）出題。然則寅者，人生之時也，故謂之寅，則生氣莫盛焉。三代異尚，而孔子以夏時告顔子所以治天下之道。世之君子以爲孔子之意在於改正朔而已，而不知其有取於生之道也。（焯夾）中段從正面生出議論。顔子退而得其旨，故不數數於爲天下，而請事斯語，至於“三月不違仁”焉，是乃所以服膺孔子所謂“行夏之時”也。（侗眉）以“三月不違仁”爲“行夏之時”，迂闊附會，强作解事。吾人相與並生於天地之間，所以知樂其群而有禮義慈讓之心者，夫亦有此生理而已。（擇眉）此意淺儒不解。

或曰：寅者，敬畏也。“夙夜惟寅，直哉惟清”，舜之所以命伯夷也；“嚴恭寅畏，天命自度”，周公所以稱中宗也。夫孰知夫寅者，生道也。心生，故能直清，能自檢於天命。嗚呼！世之君子，不知人生於寅之旨而徒曰敬畏者，鮮不至於助忘而失其本。（説眉）先生雖不入禪宗，而亦不肯硬守“敬”字。余故以“伯生”爲“寅”之字。此乃《舜典》與《無逸》之本旨也，悟者必以予言爲然矣。（焯眉）末段又從側面生出議論。

守耕説

（麟評）凭空發論，一折盡爲題用，只看"夫不耕者非晏然逸已而已"，一語下得靈妙。（雲評）屈折瀏漓，瘦硬通神，此文頗近荆國。（紓評）沈翁一田舍翁耳，有何可説？然由"耕"字發議，且從大處落墨，歸入本位則用虚攏之筆，神理躍然。

嘉定唐虔伯與予一再晤，然心獨慕愛其爲人。吾友潘子實、李浩卿皆虔伯之友也，二君數爲予言虔伯，予因二君蓋知虔伯也。（焯夾）陪。虔伯之舅曰沈翁，以誠長者見稱鄉里，力耕六十年矣，未有子，得虔伯爲其女夫，（焯夾）陪。予因虔伯蓋知翁也。翁名其居之室曰"守耕"，（焯夾）章法。虔伯因二君使予爲説。

予曰："耕稼之事，古之大聖大賢當其未遇，不憚躬爲之。至孔子乃不復以此教人，蓋嘗拒樊遲之請，而又曰：'耕也，餒在其中矣。'"謂孔子不耕乎？而釣，而弋，而獵較，則孔子未嘗不耕也。孔子以爲如適其時，不憚躬爲之矣。（麟眉）兩邊道理明快而詞潔，在筆筆轉入得訣耳。

然可以爲君子之時，而不可以爲君子之學。君子之學，不耕將以治其耕者，故耕者得常事於耕，而不耕者亦無害於不耕。夫其不耕，非晏然逸已而已也。（啓眉）此段用筆之妙，如錐入物，一轉一深。今天下之事舉歸於名，獨耕者其實存耳，其餘皆晏然逸已而已也。（麟眉）折入。志乎古者，爲耕者之實耶？爲不耕者之名耶？作《守耕説》。（焯夾）此段是題上一層議論。

東隅説

（説評）亦蕩逸，非方板見識。（麟評）先生何至有此没意趣文章？（侗評）子曰"舉一隅不以三隅反"，淮南子曰"經營四隅"，未聞有五隅也。中隅之説未之前聞，文特洸洋似莊子耳。（**焯評**）此篇似莊子。（**虞評**）悟境。（**紓評**）文偶摹仿《莊》《列》，非其所長。

東海之際謂之東隅，西海之際謂之西隅，南海之際謂之南隅，北海之際謂之北隅，中央之際謂之中隅。人知四海之際謂之隅，庸詎知中央之謂隅也？知中央之爲隅，庸詎知四海之隅不謂之中耶？子適於其東而號曰東隅，庸詎知三海之際不有與我相角者？從三海之際而觀之而號曰東隅，去三海之際而觀之，庸詎知我爲東隅者？故東隅者，適然者也。（**擇眉**）至理，妙理。信手拈出，文勢汪洋縱恣，有類蒙莊而實非蒙莊旨也，此等文柳州而下未見有能爲之者也。

方物之生，各有所適，蜀人奚必知越，越人奚必知燕哉？今子處乎東者也，循是以西，天不加圓，地不加方；循是而又東，天不加墮，地不加傾。弭節乎暘谷之地，總轡乎扶桑之墟，仰角宿之旦，啓曜靈之藏，遊遨乎春宫，泛觀乎溟渤，夷然隱几而嘘、倚梧而吟者也。（**鼐眉**、**孫眉**）辭賦中語，入古文不雅。故東隅者，適然者也。適然，則幾乎道矣。

（**焯評**）此篇亦純有《莊子》氣，非文章之正，震川亦以示其才之無所不可耳。

懷竹説

（**説評**）此等文宜亟去，此世所謂正當文章也。（**焯評**）此篇道理極高，文亦分外精實，乃所謂從心坎中流出者，即此可想見震川之爲人。（**侗評**）懷竹爲人佻達，人多輕之，故太僕勖之如此。（**雲評**）爲夏章甫效針砭，不以頌而以規，此正文也。另有

《字説序》一篇，叙戚誼稱其篤於義，又餘情也，合觀之乃知命筆之不苟也。（紓評）竹何足懷？由懷字推演，即可因小而見大，自是理學家名言。

夏太常風流雅韵，寄於楮墨間，（鼒眉、孫眉）尺牘中語。意之所至，揮灑所及，有不自知。雖爲好事者所珍襲，然不足以爲太常重。（焯夾）伏。蓋太常非命於竹者也，適也。（鼒眉）入題突。而其子孫懷之者非囿於竹者也，情也。君子之於其先，雖涕唾遺物莫不可珍，而悽愴惕怵，有不能自已者。（焯夾）此一層先就“懷”字本面説。

然予有進於是焉。子孫之身即祖宗之身也，竹猶懷之，而況其身乎？（焯夾）此句是通篇關捩。（説眉）閑話。（擇眉）極切、極真、極淡。凡人作事無法，（焯夾）拓開。浪言苟行，此心漫然，任其所之，皆由於無所懷之故。（焯夾）“懷”字反面。知所懷也，則竦息顧慮，擇地而蹈，將不能以一日自安，況曰吾祖宗之身乎？（焯夾）“懷”字正面。被髮跣袒而號於市，人謂之狂。俄而纓冠振履，揖讓進退，人即以爲儒者，在乎懷與不懷之間也。（焯夾）從不懷轉而懷，却用喻説以避前兩層。爲太常子孫者必慎而言，（焯夾）接入。顧而行，深自貴籍，若持重寶焉，惟恐失之，斯善懷矣。苟徒出於一時感動，俄而忘之，注意於殘楮敗墨間而失其所以重，非君子所謂孝思也。（焯夾）前段泛論處先反後正，此段正寫處先正後反。體勢變换，却是自然節奏，故曰法生於理。（説眉）反使人不感動。

予祖母實太常之孫女。玄孫焕，與予爲表弟，以懷竹自命。予故勖之如此云。

朱欽甫字説

（麟評）所見只得黄老道理，正與洛閩相背，觀者不可因文字之美誤却地頭來歷。（紓評）論智勇雖《孟子》之言不能過也，其解“欽”“奇”二字，議尤無痕迹。

朱欽甫，名邦奇，以其字弗協也，欲更之。

歸子曰：古之有名，别稱而已，不必其美也。其有字也，爲卑者設也，諱名而已，不必其協也。（説眉）不驟爲人更字，亦佳，而所陳述皆宋人語。必美以協之者，非古也。雖然，有教焉，君子不廢也。子之字足以爲教，而徵諸其名，何謂弗協乎？蓋欽者，天下之事之所以成也。此心少不出於欽，而横潰恣肆，將隳敗而不可舉，而精神意慮之所遺者多矣。是以號爲天下之奇材者，知其無以易乎欽，而欽者，所以用奇者也。（焯夾）從字義絶不聯貫中説出極融洽道理，蓋源頭熟，自無所不貫。驊騮之馬，羈縶鞭策而馳騁乎千里之途；楩梓豫章，參天之木，必就規矩而充乎棟梁之用。（焯夾）此是引喻。（陶夾）此証在人意中。若必泛駕，必銜橛，必擁腫屈曲以爲奇者，非奇也。君子之道，智足以高天下而不輕用其智，勇足以懾天下而不輕用其勇，有絶世之姿而常不敢有先乎庸人之心，故其智勇奮而天下莫能當。若必狂走叫號，挾其所貴，而希心於跅弛之士以爲奇者，非奇也。（麟眉）文甚雄快，貪雄快不知不覺走作過去，亦由乎於此理見不明耳。

昔者帝堯之時，天下之英才並庸於朝。於是僉舉治水者，莫能出鯀焉。（焯夾）此是借證。（陶夾）此証出人意外。夫英賢之聚也，治水之大任也，而莫能舍鯀也，則鯀者，天下之奇材。而弗欽焉，其與庸無幾。兵之詭變，君子惡之。然吾讀孫子之書，多警畏之辭，而以處女用脱兔，孫子之爲奇者無出於是。欽父可以類觀矣,胡可更也?(擇眉)此真奇文。

吾嘗聞其崖略於洛閩諸君子,(麟眉)不的。欽甫不以予言爲迂,當爲欽甫終日陳之。

(陶評)精理名言,可書座右。

周時化字説

(説評)非漫作者。(焯評)從諸侯王好書想出"永寧"字,再從遊客上想出"化"字,都是匪夷所思,而議論却有關係,故不可及。

周永寧時化居婁門,年甚少即舍所學,遊於諸侯王。故趙王賢而好書,時化挾書以往,王頗優遇之。既而之大梁,今鎮平王中尉西亭公尤賢而好書,故時化歲時往來大梁。一日過余,求爲其字之説。

古者冠而字,賓爲之辭,禮也。時化冠久矣,而其名與字又無當也。然古之命名不必皆有其義,字而賓贈之,雖不當,冠之時可也。昔漢東平王上疏求諸子及《太史公書》。大將軍王鳳以爲《太史公書》有戰國縱横權譎之謀,漢初謀臣奇策、天官災異、地形阨塞,皆不宜在諸侯王。議者多稱鳳策,而不知王求書而不予,何漢示之不廣也!(焯夾)無此徵引,亦不能成文。

國家太平二百年,王子雖無事任,而禁網闊略,故得時購四方之書。廣厦細旃,從容論道,豈非天子之賜而國家永寧之效歟?而時化亦得以其時彈鋏而遊於侯王之門,蓋比於天地之陶鈞,而蟲魚皆獲自遂其生。此其所以自喻者,其在此也!

莊氏二子字説

(紓評)質之生文無盡,爲千古名言,又謂伯仲至吴之解衣爲"吴民之含樸不可以漓",此語實未經人道。以至小之題發絶大之議論,自是神力過人處。

莊氏有二子,其伯曰文美,予字之曰德實;其仲曰文華,予字之曰德誠。且告之曰:"文太美則飾,太華則浮。浮飾相與,敝之極也,今之時則然矣。"(焯夾)反襯起。智而用私,不如愚而用公。巧不如拙,辨不如訥;富不如貧,貴不如賤。欲文之美,莫若德之實;欲文之華,莫若德之誠。以文爲文,莫若以質爲文,質之所爲生文者無盡也。一日節縮,十日而贏。衣不鮮好,可以常服;食不甘珍,可以常飧。故曰:"賁無色也。"賁爲無色,非無色而後賁也。(焯夾)排比中有虚實賓主間錯處。

吴在東南隅,古之僻壤,泰伯、仲雍之至也。予始怪之,而後知聖人之用心也。彼以聖賢之德、神明之胄,目睹中原文物之盛,秘而弗施,乃和於俗。若入裸國而顧解其衣,以其民含樸而不可以漓之也。洎通上國,始失其故。奔潰放逸,莫之能止。文愈勝,僞愈滋,俗愈漓矣。(説眉)如觀海市。(焯眉)凡論人者,其合到其人所居之地、所處之時,而後議論道理親切而不浮,看中間一段可悟。

聞之長老言,洪武間民不粱肉,閭閻無文采,女至笄而不飾,市不居異貨,宴客者不兼味,室無高垣,茅舍鄰比,强不暴弱。不及二百年,其存者有幾也?予少之時所聞所見,今又不知其幾變也!大抵始於城市而後及於郊外,始於衣冠之家而後及於城市。(陶夾)風俗漸漓,古今一轍。人之有欲,何所底止?相誇相勝,莫知其已。負販之徒,道而遇華衣者則目睨視,嘖嘖嘆不已。東鄰之子食美食，西鄰之子從其母而啼。婚姻聘好，酒食晏召，送往迎來，不問家之有無，曰："吾懼爲人笑也。"（陶夾）弊總坐此。文之敝至於是乎？非獨吾吴，天下猶是也。（擇眉）使先生生於今日，其感慨更當如何！（侗眉）此論在今日尤爲維風救世。

莊氏居吾里中，獨以樸素自好。務本力業，供役於縣，爲王家良民。德實自樹立門户，而德誠贅王氏，皆以敦厚爲人所信愛。（焯夾）應中段。此殆流風末俗所浸灌而未及者，其可不深自愛惜！以即其所謂實，而勿事於飾；求其所謂誠，而勿事於浮！（焯夾）應起段。禮失而求之野，吾猶有望也。（焯夾）結出箴勉意，繳合"浮""飾"二字。

（坰評）理亦淺而筆甚縱，殆因人而言之。

（孫評）篇中語費而意苦淺。

（陶評）可謂説透人情，而淳氣仍不外散，所以爲佳。

二子字説

（擇評）文簡而義甚富。（經評）庭訓語，故義正而詞婉。（虞評）淵然以深，悠然以遠。

予昔遊吴郡之西山，西山並太湖，其山曰光福，而仲子生於家，故以福孫名之。其後三年，季子生於安亭，而予在崑山之宣化里，故名曰安孫。

於是福孫且冠娶，予因《爾雅》之義，字福孫以子祜，字安孫以子寧。念昔與其母共處顛危困厄之中，室家歡聚之日蓋少，非有昔人之勤勞天下，而弗能子其子也。以是志之，蓋出於其母之意云。今母亡久矣，二子能不自傷而思所以立身行道、求無愧於所生哉？

抑此偶與古之羊叔子、管幼安之名同。二公生於晋、魏之世，高風大節邈不可及。使孔子稱之，亦必以爲夷、惠之儔。夫士期以自修其身，至於富貴非所能必。幼安之隱、叔子之仕，予難以擬其後。若其淵雅高尚，以道素自居，則士誠不可一日而無此。不然，要爲流俗之人。苟得爵禄功名顯於世，亦鄙夫也。

卷四　雜文

書郭義官事

（説評）往余作《虎官志》，見者謂以文字游戲。有身至渡頭村，聽樵語，則虎官事廣不勝載，而皆可據。（虞評）閒情至理。

郭義官曰和者，有田在會昌、瑞金之間。翁一日之田所，（夫夾）突然出一"翁"字，無來歷。經山中，見虎當道，策馬避之，從他徑行。虎輒隨翁，馴擾不去。翁留妾守田舍，率一歲中數至。翁還城，虎送之江上，入山而去，比將至，虎復來。家人呼爲小豹。每見虎來，其妾喜曰："小豹來，主且至，速爲具飯。"語未畢，翁已在門矣，至則隨翁帖帖寢處。冬寒，卧翁足上，以覆暖之。竟翁去，復入山，如是以爲常。翁初以肉飼之，稍稍與米飯，故會昌人言郭義官飯虎。（陶夾）千古佳話。鎮守官聞，欲見之。虎至庭，咆哮庭中，人盡仆，翁亟將虎去。後數十年，虎暴死，翁亦尋卒。

嘉靖癸丑，翁孫惠爲崑山主簿，爲予言此。又言歲大旱，禱雨不應，衆强翁書表焚之。有神憑童子，怒曰："今歲不應有雨，奈何令郭義官來，今則不得不雨。"頃之，澍雨大降。然翁平日爲人誠樸，無異術也。（麟眉）截然兩事，以述言者爲聯絡。

予嘗論之，以爲物之鷙者莫如虎，而變化莫如龍。古之人嘗有以豢之。而佛、老之書所稱異物多奇怪，學者以爲誕妄不道。然予以爲人與人同類，其相戾有不勝其異者。至其理之極，雖夷狄禽獸無所不同。（陶夾）一反勘更明。子思曰："喜怒哀樂之未發謂之中，發而皆中節謂之和。致中和，天地位焉，萬物育焉。"學者疑之，郭義官事要不可知。嗚呼！惟其不可知，而後可以極其理之所至也。（麟眉）精理至言。

（陶評）事甚奇，寫來却絶不矜張。

書張貞女死事

（説評）大作手。（麟評）叙次明潔，太僕自稱得太史公之神，非誣也。（擇評）歐陽公作《桑懌傳》，自謂得子長筆法，先生作此文，亦自謂得子長筆法。以予論之，此文出歐陽上無疑也。其質同，其簡勝；其勁仝，其曲勝。（雲評）此事合集中前後論著劄牘觀之，見先生一腔熱血噴灑處。作者氣薄雲霄，死者光争日月。其文之直處、瑣處、粗俗處，悉本《史》《漢》法，語言情狀一一如睹。《明史》即據此立傳，先生之自命不虚，而貞魂亦差可瞑矣。聞後來有以古文名者頗肆譏彈，毋論其他，要其胸次先未磊落也。（元評）叙淫虐及節烈面面如生。李習之叙高愍女、楊烈婦，自謂不在孟堅、伯喈下，此文及下篇有過之無不及。班馬之筆。（經評）情節瑣細處一一描畫，是《史》《漢》。（虞評）須看次其淑婉處。（紓評）汪氏嫗較之河間婦爲甚，文窮述穢惡不遺餘力，讀者當知非叙穢惡，正於穢惡中見貞女之奇。余曾竊效其文爲《賊史》，自謂叙事不後於震川也。

張貞女，父張耀，嘉定曹巷人也，嫁汪客之子。客者，嘉興人，僑居安亭，其妻汪嫗多與人私。客老矣，又嗜酒，日昏醉無所省。諸惡少往往相携入嫗家飲酒。及客子娶婦，惡少皆在其室内，治果殽爲歡宴。嫗令婦出遍拜之，貞女不肯。（**麟夾**）早識。稍稍見姑所爲，私語夫曰："某某者，何人也？"夫曰："是吾父好友，通家往來久矣。"（**啓夾**）解頤妙語。貞女曰："好友乃作何事？若長大，若母如此，不愧死耶？"（**説眉**）冷。

一日，嫗與惡少同浴，呼婦提湯。見男子，驚走，遂歸母家。哭數日，人莫得其故。其母强叩之，具以實告。（**啓夾**）有此一語，便前半通體俱靈。居久之，嫗陽爲好言謝貞女，貞女至，則百端淩辱之。（**説眉**）述事不漫不躁，非嘉隆間文集所習見。貞女時時泣語其夫，令謝諸惡少。復乘間從容勸客，曰："舅亦宜少飲酒。"（**麟夾**）語婉而要。客父子終不省，反以語嫗，輒致搒掠。（**説眉**）宕。

惡少中有胡巖，最桀黠，群黨皆卑下之，從其指使。一日，巖衆言曰："汪嫗且老，吾等不過利其財，且多飲酒耳。新娘子誠大佳，吾已寢處其姑，其婦寧能走上天乎？"（**孫眉**）不雅。遂入與嫗曰："小新婦介介不可人意，得與胡郎共寢，即歡然一家，吾等快意行樂，誰復言之者？"（**孫眉**）不雅。嫗亦以爲然，謀遣其子入縣書獄。（**元眉**）《史記·蒙恬傳》："恬嘗書獄，典文學。"嫗嘗令貞女織帨，欲以遺所私奴。貞女曰："奴耳，吾豈爲奴織帨耶？"嫗益惡之。

胡巖者四人登樓縱飲，因共呼貞女飲酒。貞女不應，巖從後攫其金梭，貞女詈且泣。還之，貞女折梭擲地。（**啓眉**）竊意所攫者必係搔頭或跳脱之屬，非櫛髮之梳，亦非織帨之梭也，梭如何可折？嫗以已梭與之，又折其梭，遂罷去。頃之，嫗方浴，巖來共浴。浴已，嫗曰："今日與新婦宿。"巖入犯貞女，貞女大呼曰："殺人！殺人！"以杵擊巖，巖怒，走出。貞女入房，自投於地，哭聲竟夜不絶。（**元眉**）兩邊事叙得欲活，是《項羽本紀》漢王與項王相臨廣武間法。明日，氣息僅屬。至薄暮少蘇，號泣欲死。巖與嫗恐事泄，縶諸床足，守之。明日，召諸惡少酣飲。二鼓，共縛貞女，椎斧交下。貞女痛苦宛轉，曰："何不以刃刺我，令速死？"一人乃前刺其頸，一人刺其脅，又椓其陰。(**駒眉**)死得慘痛。共舉尸欲焚之，尸重不可舉，乃縱火焚其室。(**夫眉**)慘極。鄰里之救火者以足蹴其尸，見嚇然死人，因共驚報。諸惡少皆潛走，一人私謂人曰："吾以鐵椎椎婦者數四，猶不肯死，人之難死如此。"(**説眉**)補叙事法。貞女死時年十九耳，嘉靖二十三年五月十六日也。(**偉眉**)此段叙次筆力千鈞。(**陶夾**)大書特書。

官逮小女奴及諸惡少，鞫之。女奴歷指曰："是某者縛吾姊，某以椎擊，某以刃刺。"嫗罵惡少曰："吾何負於汝？汝謂姑殺婦無罪，今何如？"嫗尋死於獄。

貞女爲人淑婉，奉姑甚謹。雖遭毒虐，未嘗有怨言。(**陶夾**)寫出全神。及與之爲非，獨亢然蹈白刃而不慌，可不謂賢哉！(**陶夾**)贊語只消一句。夫以群賊行污閨闥之間，言之則重得罪，不言則爲隱忍，抑其處此尤有難者矣。(**麟眉**)洗發。自爲婦至死逾一年，而處汪氏僅五月。或者疑其不早死，嗟乎！死亦豈易哉！(**麟眉**)先後便有義在。

嘉定故有烈婦祠，貞女未死前三日，祠旁人皆聞空中鼓樂聲，祠中火炎炎從柱中出，人以爲貞女死事之徵。(**陶夾**)補此爲頰上添毫。予來安亭，因見此事，嘆其以童年妙齡自立如此，凜然毛骨爲竦。因反復較勘，著其始末，以備史氏之采擇。

（按"梭"，常熟本作"梳"，竊謂"金梭"必是織帨之梭，非櫛髮之梳也，當以聲相近而訛耳。）(**説眉**)從後攫其梳，貞女折梳，嫗以己梳與之，貞女又折其梳，必定不是織梭，不當妄改。

(**陶評**)此先生極用意之文，曲折精嚴，一字不可增減。

張貞女獄事

（擇眉）此篇鈇鉞之誅，誅邱、張、縣令及諸受賂者，非誅胡巖也。（燦評）貞女至今如生，文人如公則有德有權。（麟評）奸謀反復，寫得盡情，正見天道不泯處，先生用意深而嘆世甚矣。（元評）書一獄事而上下、内外、輕重之罪俱見着意點次，筆筆如有刀斧痕，此等史法能者絶罕矣。（駒評）形容刻劃面目如生，摹西漢之江都易王、飛燕、合德傳也，辨義精微，尤得《春秋》斷例之妙，貞婦爲不死矣。奸黨之凶千載有餘憤，貞婦之烈千載有餘芬，淫嫗之毒千載有餘醜，劣紳之貪千載有餘愧。至於嘉定令之庸懦、客父子之昏愚，不足責也。人則憒憒，而鬼神告之，孰謂天道不足畏哉？爲惡者可以懼矣，居官者可以省矣，寡廉鮮耻、顧利不顧義之徒可以惕然知所戒矣。（偉評）中間叙事從班史李陵、陳湯傳得來，或以爲太瑣碎，不知史法者也。

初，胡巖父子謀殺貞女，傭奴王秀故嘗與嫗通，後已謝去，巖以金餌之，呼與俱來。（麟夾）提句作綱。本欲焚尸以滅迹，又欲誣貞女與王秀私而自殺，（元眉）兩言曲盡其情。其造意爲此兩端。蓋今豪家殺人，多篡取其尸焚之，官司以其無迹輒置不問。故殺人往往焚尸，爲吏者不可不知也。（燦眉）着此一閑句。（元眉）叙事中加注語。火起，人來救之。巖裸身著草履，其衣爲血所濺，卒無衣易也。（焯夾）匆猝狀如畫，亦便是天道昭彰處。人或謂："胡郎！事如是，奈何?"巖疾視曰："若謂有何事耶?"亟令汪客詣縣，且如所以誣貞女者。會汪客醉卧縣門外，（焯夾）天道。而貞女父張耀已先入告之矣。耀，弱人，其婦翁已得巖金，（麟夾）帶序，後方詳出。（焯夾）世變。教耀獨告朱旻。（麟夾）反復。及典史來驗，巖尚揚揚在外，爲賂驗者。貞女喉下刀孔容二指，尚有血沫噴湧。仵人裂其頸，謾曰無傷者。盡去其衣，膚青腫，寸斷如畫紋，脅及下體皆刀傷血流。市人盡呼冤，或奮擊仵人。（焯夾）天道。縣令亦知仵人受賂，然但薄責而已。（元眉）看其通篇點綴昏貪之狀只用幾個虛字運掉，真大手筆也。

一日，令晝寢。夢金甲神人兩髆流血，持刀前曰："殺人者，胡鐸、胡巖也，不速成此獄，當刺汝心。"（焯夾）此小説家及因果書最鄙誕之言，何可入紀傳大篇。令驚起，問左右，知有胡巖，巖父胡堂。令因謂"堂""鐸"聲近訛也。逮女奴鞫之，遂收巖等。（元眉）先生評《史記》有所謂"起伏掇頭"，又云"起頭處斷而不斷"，篇中頗具此法，他文亦多如此。

先是，嫗貲千金悉寄巖家，巖以是益得行金求解。（麟夾）亦須提清。時有張副使罷官家居，與丁憂丘評事，兩人時時入縣，縣令問此兩人。張顧丘曰："老法司謂何？"（焯夾）世變。丘曰："殺一女子，而償四五人，難以申監司也。"蓋令多新進，不諳法律，又獄上御史，常慮見駁，損傷聲譽，故以惑之。令果問計，兩人教令以"雇工人奸家長妻律"坐王秀足矣。（焯夾）反復。（説眉）勢駘宕。以故事益解，巖等皆頌繫，方俟十五日再驗貞女，遂釋巖等。會令至學，諸生告以大義，令方慚悔。回縣，趣召巖等。巖等自謂得釋，兩人亦坐縣治前，候獄定即持金回也。（焯夾）世變。令忽縛巖等，以朱墨塗面，迎至安亭，（元眉）敘得有氣。且遣人祭慰貞女。兩人相顧變色，遁去，安亭市中無不鼓舞稱快。（元眉）敘事中頓挫如人透氣一般，與《項羽本紀》"外黄未下"一句同法。（鼐眉、孫眉）敘胡巖事尚不分明。時吴中大旱，四月至於六月不雨，及是，大雨如注。（説眉）敘倉卒有神采。

巖復賂守卒，斃嫗於獄，欲以絶口，且盡匿其金。（麟夾）反復。令亦疑巖所爲，然但薄責守卒而已。先是，貞女之死數有神怪，（麟夾）總一筆，又帶入一事。至是，暴嫗尸於市，汪客夜持棺欲竊斂之，鬼數百群逐汪客去。令猶以兩人言，欲出爲從者，（麟夾）反復。會女奴指周綸實以椎擊貞女，鞫問數四，不易辭。令無如之何，獨貸朱旻。旻是夜實共殺者，不獨於户外竊聽而已。

獄已具，兩人猶馳赤日中，泊舟所居數里外，竟日相謀。丘曰："我至大理，此獄必反。"（麟夾）猶思反復。（焯夾）巨變。張對人稱巖猶曰"胡公"，其無人心如此。貞女之外祖曰金炳。炳父楷，成化乙未南宫進士第二人，爲涪州知州以卒。貞女死時，炳家近，先往見其尸，得金遂不復言。及母黨之親多得其金，雖張耀亦色動，其族有言而止。（焯眉）巨變。（元眉）不放過。

予論貞女事已詳，又著其獄事以志世變。即此一事，其反復何所不至，獨恃猶有天道也。（麟夾）一語説破，言外慨然，足令若輩畏愧而死。（元眉）收拾。嘉靖二十七年七月書。

（焯評）凡凶人倉卒情狀、事中人一時昏瞶及真情吐露者，與事外人公心同然處，便是天道。若鬼神、夢寐、報應等，猶天人之虚幻者耳，不足恃也。

（垌評）叙法本史遷，此極用意之作。篇中一"尚"字，兩"猶"字，兩"然""但"字，皆見世變反覆處。

貞婦辨

（麟評）凡折辨必得大頭腦，觀不污一段，何等識力。

張貞婦之事，邑宰訊鞫之詳，傅爰之當，昭昭揭日月於天下矣。或疑貞婦之未得爲烈也，（麟夾）虚。曰："其遂於母氏也，胡不自絶而來歸也？"曰："義不能絶於夫也，有妻道焉。遂志而亂倫，非順也。”（**麟夾**）逐層剖析。曰：“其來歸也，胡不即死？”曰：“未得所以處死也，有婦道焉。潔身以明汙，非孝也。然而守禮不犯，皭然於泥滓之中，故以淫姑之悍虐，群凶之窺闖，五閱月而逞其狂狡也。”（**陶夾**）妻道、婦道，語辨而裁。曰：“其犯之也，安保其不污也？”曰：“童女之口不可滅也，精貫日月，誠感天地，故庶婦一呼，桀夫披靡。水不能濡，火不能爇，蓋天地鬼神亦有以相之，不可以常理論者。”（**麟眉**）理直氣自壯。（**陶夾**）確有此理。

夫事有先後，迹有顯闇，要之至於死而明矣。（**擇眉**）志在必死，則群凶亦無所措其手，何得而污之，非不可以常理論也。（**麟夾**）斷得定。屈子之沉湘，賈生猶病其懷此故都；文山縶於幽燕，王炎午生祭之以文，彼賢者猶不相知如是哉！雖然，所見異辭，所聞異辭，所傳聞異辭。貞婦之事，今日所目見者也，謂不得爲烈者，東土數萬口無此言也，彼爲賊地者之言也。（**説眉**）然則非歸氏之文，乃東土數萬口之文，此一語可爲作文之準則，可爲讀書論古之本源。表而出之，以告後學。（**麟眉**）實指出。

嗚呼！綱常與天地終始，而彼一人之喙欲沉埋貞婦曠世之節，解脱群凶滔天之罪，吾不知其何心也！（**麟眉**）既辨明貞女之迹，則此輩之心可得而誅矣。作《貞婦辨》。

（**侗評**）貞婦之烈而冤如此，當時之人皆欲蠛之，其得白者賴有天耳。而太僕之文亦昭昭然揭日月而行，乃後世猶相與疑之，或刪其文不著於集，何人心之壞至於此極也。予修郡志全録之，以垂千古焉。

（**陶評**）辨中帶憤，故語極凌厲，然筆墨却簡。入他人手，當不知若何辭費，予是以嘆先生之高也。

書里涇張氏婦事

(紓評)此文雖奇駭動目,然皆從至性中流出,尤見震川之節概。

嘉靖三十四年冬,倭賊退屯海上,予得間返安亭故廬。時寇氛尚未息,而三四年來,吴中之士女被戮辱者多矣,亦往往有女子之義烈者,予方欲咨訪論著之而未及也。

去安亭二十里,近夏駕浦,地名里涇。有婦張氏,其夫死。夫之弟攘其田廬,逼嫁之,婦遁逃兄所。夫弟偵其兄出,劫以如所許陸氏者爲婦,婦即絶食。陸氏婦女老嫗日與居,説之,不答。十月晦,竟縊死。

予嘗讀漢史稱荀采事。采爲陰瑜妻,十九而寡。父更許妻同郡郭奕。父僞病篤,召女,扶抱載之至郭氏。女命張四燈,與奕相見。因敕左右辦浴。入室掩户,以粉書扉云:"屍還陰。""陰"字未成而縊。今婦之死於陸氏,與采同。然采,高陽天下名族,荀慈明之女,知書學問,爲是易也。田里之婦區區不失其志,難矣哉! 命也,婦不死於賊,邂逅迫脅,與遇倭者何以異? 婦之夫弟歸其屍,葬於故夫之旁,以成"還陰"之志。予友廣平尹張德芳書來告予。予問之里涇人,良然,遂書之。

(祖評)去其照應語當更古淡。常熟本佳,並删"以成還陰之志"句始雅潔。

言　解

(説眉)删。(祖評)語亦過高,蓋爲當時講道者而發。然亦未見要領,究之講道亦何負於天下耶? (紓評)此文是主力行者,開頭一語已括盡道中之秘，其下以妙語出之眼前，語竟未經人道。

言惡乎宜？曰："宜於用，不宜於無用。"言之接物與喜怒哀樂均也，當乎所接之物，是言之道也。終日而談鬼，人謂之無用矣，以其不切於己也。終日而談道，人謂之有用矣，以其切於己也。夫以切於己而終日談之，而不當於所接之物，則與談鬼者何異？

孔子曰："庸言之謹。"非謂謹其所不可言，雖可言而謹耳。道之在人若耳、目、口、鼻，見之者不問，有之者不言。使人終日而言吾耳若何、吾目若何、吾口與鼻若何，則人以爲狂謬矣，實有耳、目、口、鼻者，不待言也。饑者言食，而飽者不言；寒者言衣，而暖者不言。

昔者宰我、子貢習聞夫子之教，而能爲彷佛近似之論，其言非不依於道，而當時擬之以爲言語之科。夫學者之學，舍德行而有言語之名，爲宰我、子貢者，亦可耻矣。**（説眉）**又須知道在四科之外，今人見顔子首德行，便擬德行即是道。**（焯眉）**言語之科，當時叙於政事文學之上，而孟子以兩賢智足知聖，可知不是彷彿近似之論，此却開後人輕詆前賢之漸。

曾子曰"唯"，顔子"如愚"，二子不爲無實之言，而卒以至於聖人之道。孔子曰："予欲無言。"聖人之重言也如是，聖人非以言爲重者也。四時行，百物生，聖人之道也。**（説評）**四時行，百物生，是天之談道，我不敢雷同先生，不敢雷同世説。

（埛評）殆有爲而發，理雖稍偏而文特工。

解惑

(説評)似晚周雜出子書,語殊無味。(年評)大校亦是韓。

(麟評)小人行險徼倖,庸人惑亂於利害得喪,不必説到義理,苟知一"命"字,便稍定疊矣。所見既定,而一種超然灑落之意溢於言詞之表,更爲難及。

嘉靖己未,會闈事畢,予至是凡七試,復不第。或言:"翰林諸學士素憐之,方入試,欲得之甚,索卷不得,皆觖然失望。蓋卷格於簾外,不入也。"或又言:"君名在天下,雖嶺海窮徼,語及君,莫不斂衽。獨其鄉人必加詆毁,自未入試已有毁之者矣。既不第,簾外之人又摘其文毁之,聞者皆爲之不平。"(麟眉)惑。

予曰:"不然。有舉之而吾得焉,是舉之者勝也,而擠之者不勝也;有擠之而吾失焉,是擠之者勝也,而舉之者不勝也;有譽之而吾得焉,是譽之者是也,而毁之者非也;有毁之而吾失焉,是毁之者是也,譽之者非也。(年眉)恣肆於文,余驚怖其言若河漢。彼其人若非且不勝矣,而又何足與辨乎?彼其人既是且勝矣,而又何可與較乎?夫莫之爲而爲者,天也;莫之致而至者,命也。(麟夾)此一層意是本旨。人不得而舉與擠也,不得而譽與毁也,是有天命焉。實未嘗舉也,未嘗擠也,未嘗譽也,未嘗毁也。"(年眉)愈轉愈妙,愈轉愈深。(麟夾)透快,非過火語也。

昔年張文隱公爲學士主考,是時内江趙孟静考《易》房,趙又爲公門生,相戒欲得予甚,而不得。後文隱公自内閣復出主考,屬吏部主事長洲章楙實云:"君爲其鄉人,必能識其文。"而章亦自詭必得,然又不得。(説眉)其事可存。當是時,簾外誰擠之耶?子路被愬於公伯寮。孔子曰:"道之將行也與,命也;道之將廢也與,命也。"孟子沮於臧倉,而曰:"吾之不遇魯侯,天也。"故曰有天命焉。

（侗眉）孔孟之言如一，吾輩可以釋然。（麟眉）結出。

晉樂廣嘗與客飲酒，客見杯中有蛇，惡之，歸而疾作。時河南聽事壁上有畫漆角弓，作蛇形，廣以杯中蛇即角影也，復置酒，問客所見如前。廣因告所以，而客疾遂愈。今或者之言皆杯中之蛇類也，作《解惑》。（麟眉）更高。

道　難

（元評）文氣淳厚似曾子固。

當周之時，去先王未遠，孔子聘於列國，志欲行道。晨門、荷蕢、沮、溺丈人之徒皆譏之。孔子不以爲然，而道竟不可行。其與學者論政未嘗不歸於道，如答仲弓、子張之問仁，皆言政也。諸子有志於治國，而春風沂水之趣終不及曾點，故孔子舍三子而與點者以此。子游爲武城宰，以禮樂爲教，至論君子小人皆以學道爲主，則孔氏之門雖所施有大小，其與孔子之治天下一也。自管仲、申、商之徒以其術用於世，其規畫皆足以爲治，然皆倍於道，故莫不有功效而禍流於後世。後世言治者皆知尊孔氏，黜百家，而見之行事顧出於申、商之下。天下當積世弛廢之餘，一旦欲振起之而無所主持，如庸醫求治療，雜劑亂投，欲如申、商，一切之術已不可得矣！

永年蔡先生之守蘇州，其志汲汲於爲道，務在節用愛人，倣《周官》州黨族閭屬民讀法之政，而時進學者與之語道。吴故大郡，先生獨常從容於吏治之外，有春風沂水之趣。然習俗安於其故，或竊有異議。先生稍不自安於心，即悠然長往。學者與小民之慕愛，如失父母。（元眉）叙事與前相應，針綫甚密，不可草草看過。而余門人沈孝年已及艾，有原憲之貧。先生獨喜其論經有師法，時延進存問。以二千石之重，念及蓬蓽之士，其留意境内之人才若此。余爲令吴興，竊拜先生之下風，不敢以今世之吏自處，而鄧析之徒爲謗日甚，先生之門時亦有傳其言者。唯先生不然，曰："歸君以大道治縣，汝輩何以述此言?"予曾不能如先生之所許，然同心之言未可以爲世人道也。（**孫眉**）此段硬入，與前後不相屬。

余官邢州，去永年百里，先生還家，久始知之。因造其廬，留飲食共語，略不以官爵爲意。（**説夾**）世未有以官爵爲意而可與言此者也。獨言及爲守事，不覺悵然，以不克盡其志也。時風雪滿庭，送予出門，約明春共遊太行。余以入賀留京，尋有滁州之命，欲還過永年，與先生别。作道難以爲贈。

（**元評**）蕭寥古淡，讀之使人意消。川雲嶺月，探之不盡。

懼讒三首

（**説評**）删。（**駒評**）青蠅貝錦，何世無之？何日無之？文公作《釋言》正是懼讒之甚，此意最好。雖然，叔孫之毁仲尼，臧倉之毁孟氏，於聖賢豈能增損毫末哉！彼小人者，含沙射影，爲世詬厲，徒自成其豺虎不食、有北不受之人而已。予嘗欲作《警讒》一首以廣其意，讀震川三作，爲之慨然。（**鼒評**、**孫評**）述古太多。

班孟堅爲《蒯通傳贊》云："《書》放四罪，《詩》歌青蠅，春秋以來禍敗多矣。昔子翬謀桓，而魯隱危；欒書構郤，而晋厲弑；竪牛奔仲，叔孫卒；郈伯毁季，昭公逐；費忌納女，楚建走；宰嚭譖胥，夫差喪；李園進妹，春申斃；上官訴屈，懷王執；趙高敗斯，二世縊；伊戾坎盟，宋痤死；江充造蠱，太子殺；息夫作奸，東平誅。皆自小覆大，繇疏陷親，可不懼哉！"自漢以來，其如此類覆邦家者何限？然小人之害君子，而國與身亦受其禍，故史得而載之。（啓夾）側身翻入，筆精刻如此。若人有陷人於不知之中，如射工沙虱，使人與國家受其陰禍，而世莫能言之，已又逃其人刑天譴，此尤可痛也。（啓夾）恨處在此，益見讒之可畏。（駒眉）余謂人刑可逃，天譴必不免。

《唐史》載盧絢、嚴挺之皆爲明皇所屬意，李林甫竟以計去之，使明皇若初不知此兩人者，至於人主之所不及知者，林甫能容之進乎？德宗時，李希烈反，欲遣使而難其人。盧杞薦顔真卿三朝舊臣，忠直剛决，名重海内，人所信服，遂陷魯公，竟爲希烈所殺。小人之於君子，鄉上之所惡則毁以害之，鄉上之所善則譽以害之：杞之於魯公是也。人主非至明，安得不墮其計哉？《詩》曰："爲鬼爲蜮，則不可得。有靦面目，視人罔極。"君子不幸與之遇，能自全者鮮矣！

韓文公爲人坦直，計無所致惡於人。爲國子博士，相國鄭公賜之坐，索其所爲詩書，即有讒於相國者，又有讒於李翰林者。語曰："女無美惡，入宫見妒；士無賢不肖，入朝見嫉。"君子之致惡於小人，豈有知其所以然哉？文公作《釋言》以自解，既自云不懼，而何爲作此文纍數百言？以此見文公懼讒之深也。

甌　喻

（年評）近見京口談長益諸小文，最有此等筆意，最可喜。（祖評）小文有遠致，當是爲鄞宰時作。先生以王佐之才小試一邑，旋被飛語，竟坐是鬱伊以終，所以發憤怒於彼市人也。

人有置甌道旁，傾側墮地。甌已敗，其人方去之。適有持甌者過,其人亟拘執之,曰:"爾何故敗我甌?"因奪其甌,而以敗甌與之。市人多右先敗甌者,持甌者竟不能直而去。噫!敗甌者向不見人則去矣,持甌者不幸值之,乃以其全甌易其不全甌,以其不全甌易其全甌。事之變如此,而彼市人亦失其本心也哉!

卷五　題跋

題洪武京城圖志後

（**啓評**）其胸中有如此一段卓解偉論，視宋潛溪輩斤斤於句讀之間，模仿前人，宜不足當其一盼矣。

右《京城圖志》一卷，洪武間奉敕纂修，故鄉貢進士吴中英家藏。辛卯之歲，有光赴試京闈，中英以見示，今二十有九年矣。偶閲元御史臺所纂《金陵志》，念今市朝改易，無復六朝江左之舊，因從吴氏再借此本觀之，信分裂偏安之迹與混一全盛之規模迥别如此。

自永樂移鼎，儒臣附會，以爲高皇帝無再世之計也。嘗伏讀御制《閲江樓記》云："自禹之後，四方之形勢有過中原而不都，蓋天地生人，氣運循環而未周。朕當天地循環之初氣，創基於此，非古之金陵，亦非六朝之建業也。道里之均，萬邦之貢，順水而趨，公私不乏，利亦久矣。"夫帝王所爲與天地應，高皇帝之論蓋度越千古，真有所謂"配皇天，毖祀上下，自時中乂"之意。愚生自謂獨能竊知之，與世俗所論建都者不同，因特著於此。

（**説評**）讀書眼目，定非家至户曉。

跋大佛頂隨永尊勝陀羅尼經幢

(祖評)此首極似六一居士集。

余既得《佛頂尊勝陀羅尼經》於開元寺,又於寺後院見此幢,題曰"大佛頂隨永尊勝陀羅尼經之幢"。前有序,而此無序。前曰:"罽賓沙門佛陀波利奉詔譯。"此曰:"特進試鴻臚卿、開府儀同三司蕭國公,食邑二千户,贈司空,謚大辯正廣智,大興善寺三藏沙門不空奉詔譯。"翻譯俱在永淳間,而有此不同,略見序文。

此幢梁乾化五年葬僧大德而建。按梁太祖乾化元年六月被弑,再歲而末帝誅友珪自立,復稱乾化三年。四年,唐莊宗取燕,勢益强。會趙王鎔南寇邢州,楊師厚救之,軍於漳水之東。次年,莊宗入魏,梁、晋夾河之戰方始。邢州未能一日安枕,而閻寶等尚能及此。蓋自晋、宋以來至於五季,佛教日盛,故雖兵戈俶擾之際,其崇奉不一日廢也。今天下承平,而民間佛事乃益衰。由此言之,非必儒者能辭而闢之,蓋其興廢亦有數也。(説眉)南北朝、五季皆佛法盛,而或衰於承平,此政佛法扶持世界而言。興廢有數,真咫尺之見耳。然文字甚深古,似宋景濂。

跋帝堯碑

(大德元年)(説評)千古讀書論古莫不善於"附會"二字。

右《堯帝碑》,元翰林學士、江淮等處宣撫副使充國信使郝經撰。世傳堯始封於唐,即今唐山縣,亦無所據。而漢之唐縣又在定之新樂,蓋古地名稱唐者不一,而《帝王世紀》云:"堯都平陽,於詩爲唐國。"則非邢之唐山矣。《寰宇記》云:"邢州堯山縣有宣霧山，一曰虛無山。《城冢記》云：‘堯登此山以望洪水，而訪賢人。’”則初非封國於此。《寰宇志》又云：“納於大麓。大麓在昭慶，即今之鉅鹿。”酈道元《水經注》：“堯將禪舜，納之大麓之野，烈風雷雨不迷，乃致以昭華之玉女，縣鉅鹿取名焉。”鉅鹿、唐山，今皆在邢州之境，因以是名唐而祀堯，亦不可知。郝伯常獨詳堯所生與其封之地，而此廟之建於邢者未之及，豈非闕於所不知也哉！伯常文章節義，當時比之東坡，先友吴純甫家有《陵川集》，今亦不存矣。余愛重其文，故特録之云。

跋商中宗廟碑

(開寶七年)(**夫評**)古人能變時文爲古文者多矣，有傳有不傳，故知之者少，可慨也夫！

右商中宗廟碑，宋左拾遺梁周翰奉詔撰，翰林待詔司徒儼奉詔書。在今内黄亳城鎮有中宗陵焉，朝廷歲遣大臣祀之。按商自成湯至太戊皆居西亳，今河南偃師也。太戊子仲丁始遷隞。而河亶甲乃居相，故相有殷城，即今内黄也。而子祖乙又遷於邢。則殷諸帝獨河亶甲在内黄，疑崩而葬此。而中宗自居偃師，後世特悮以河亶甲爲太戊耳。

梁元褒，周廣順二年進士，爲虞城主簿。宋初，宰相范魯公、王文康公以其聞人不當佐外邑，引以爲秘書郎，直史館。後歷翰林學士、工部侍郎。世稱其文能變五代之習，與高錫、柳開、范杲齊名。至嘉佑、治平古文之盛，實胚胎於此云。

題太僕寺志後

(説評)總不爲浮構之文。

懷東顧先生,先帝時給事内庭,以言事忤旨,安置保安,蓋擯棄者二十餘年。性好讀書,未嘗廢卷。今天子即位,召還,一歲中超遷至太僕卿,諸所建白每上輒報可。而寺無掌故,乃以編摹之任屬之新建王君。先生亦手自搜輯,幾成矣。

有光時爲吏邢州,適典厩牧,而其官實爲太僕屬。先生雅故親知,不以公禮格也。會入京賀萬壽,事畢,先生與王君檄留止郊外,以其稿見示,因爲校定十數事。而改官之命適下,遂悉以其書還寺。有光方與校《太僕誌》,而尋得官太僕,若非偶然者。雖然,有光向在邢,馬官也,尚不知馬。今爲太僕,繫銜而已,又烏能知馬事哉?

書凡先生與諸寮寀之功,而王君之勤也。既梓成,先生使來告,令書姓名於其末云。

讀金陀粹編

(説評)司馬遷史贊也。(擇評)以出之者入之,筆勢挺拔。(祖評)當在宰鄞時作。先生其有憂患乎!

自宰相監脩國史,史官之失職久矣。以鄂國之勳勞志節,檜爲誣史,欲揜天下之耳目,蓋海内爲之銜冤者三十年始得此編而昭雪。其後元史臣亦采此以爲傳,珂非獨爲岳氏之孝子慈孫矣。嗚呼!世人稍有毫毛輕重,人情即隨以異,甘心附會,無所不至。賊檜熏天之勢,萬俟卨之徒,何足罪哉!何足罪哉!

題金石録後

（説評）"始見"一段，"借鈔"一段，借藏本重校一段，有此三段意思方好讀書。

余少見此書於吴純甫家，至是，始從友人周思仁借抄，復借葉文莊公家藏本校之。觀李易安所稱，其一生辛勤之力頃刻雲散，可以爲後世藏書之戒。然予生平無他好，獨好書，以爲適吾性焉耳，不能爲後日計也。文莊公書無慮萬卷，至今且百年，獨無恙。繙閲之餘，手迹宛然，爲之敬嘆云。嘉靖三十八年十月既望題。（説眉）末題識歲月那可去，古人用意乃尔。

題隸釋後

（説評）大文煌煌。（擇評）奇。

丙辰歲，予在南宫，見關、陝之士，問前歲地震，云："往往數百里崩陷，華山亦忽低小。秦、雍之間碑石多摧碎，圓如鵝卵，殆不可曉。"夫去古益遠，古碑存者無什一矣，况天地陵谷之異乎！然則歐陽公、趙德夫、洪景伯所録，恐今不可復見也。因鈔洪氏《隸釋》，附記於此。

跋何博士論後

（元評）短跋中包括數代之事，可謂簡遠。

右何博士《備論》二十八篇，今缺二篇。而《苻秦論》頗有脱誤，又編寫失次，未得善本校之。宋世士大夫憤於功之不競而喜論兵如此。熙寧間，徐僖、蕭注、熊本、沈起之徒，用之而輒敗。天子尋以爲悔,元符、政和開邊之議復起,馴致國亡。嗚呼!兵豈易言哉?(**説眉**)立言之慎如此。

題文太史書後

(**説評**)看作文意趣落在何處。

次谷寶藏衡山真迹六十年,幾失而復得之,爲之甚喜,以此見衡老之重於時而次谷之好尚可愛敬也。然衡老所稱顧仲瑛事疑非其類,真愚游館閣諸公間,與之倡和,乃一時公卿之雅致。而金粟道人,其高風殆不可及,如張翥、楊維禎、柯九思、李孝光諸名賢,豈江南豪右之所可籠致也哉?衡老蓋率爾酬應之作,二事本不可以相比也。

(**説評**)今人漫作比擬文字,望讀歸先生此文一萬遍,文之聖也!文之聖也!

題張幼于裒文太史卷

(**昌評**)後幅神氣遠出,而自寓身世之感,所謂中有己在者也。

文太史既没,幼于裒其平日所與尺牘,摹之石上。太史尊宿,幼于年輩遠不相及,而往復勤懇如素交。吴中自來先後輩相接引類如此,故文學淵源遠有承傳,非他郡之所能及也。(**説眉**)吴中風義故高。嗟乎!士固樂於有所爲。若夫曠世獨立,仰以追思千載之前,俯以望未來之後世,其亦可慨也夫!

書家廬巢燕卷後

(**說評**)雖近科目文字,而理亦平當。(**勤評**)中間一段亦本“喪,與其易也,寧戚”之意。然哀戚可過,而先王之禮制不可逾。先生於考禮甚疎,故有此言。

石川張大夫在秋官時,祁州公年既老矣,疏於朝,乞歸養。得請,於是日侍公於家,怡怡嬉嬉,不忘孺子之慕。居久之,公卒。大夫用遺命,葬諸邑南横塘之原,廬於墓次,有乳燕之祥。學士先生高其行,紀述歌咏之者纍卷,此贈言之所以録也。

按古廬居之制,在中門之外,寢苫枕塊。既虞卒哭,柱楣翦屏,芐翦不納,蓋終始不越於殯宫而已矣,故儒者之論以廬墓爲禮之過。然予以爲天下之禮始於人情,人情之所至皆可以爲禮。孝子不忍死其親,徘徊顧戀於松楸狐兔之間而不能歸,此可以觀其情之至而禮之所本。若夫宫禫堊室寢床之數,由之以起焉耳。昔者聖人之爲喪禮,而取諸《大過》。嗟夫!天下之事苟至於過,皆不可以爲禮,而獨於愛親之心則不可以紀極。故聖人以其過者爲禮,蓋所以用其情也。大夫蹈禮以致佳祥之集而孚遠近之譽,玆豈偶然哉?

予自爲童子時受知於公,所以憐愛之者甚至。德音在耳,俛仰今昔,爲之流涕。時欲摭公遺事,有所論述而未果。於大夫之孝行深有所感,竊不自揆,序諸末簡云。

(**擇評**)於盧墓著論,乳燕從略,立言之體。

(“若夫宫禫”以下十六字,常熟刻本删去,今依鈔本補之。)

跋唐道虔答友人問疾書

（説評）所謂直書其事而義自見。（夫評）唐君此文甚奇怪，震川録之，哀其志也。

"承尊翰下問，適入夢中，有失酬答。僕之賤恙雅與衆異，他人病瘧多氣亂，僕兹病瘧神轉清，寒熱作而藻思溥，不足復爲兄談矣。就枕之後，一念感慨，心雄萬夫。應制之撰述，面君之議論，原祖宗之綱紀，究廟社之安危，廷諍千言，具有條理。乃遂蕩清宿惡，扶植天常，明揚幽沉，剔抉淫蠹，事已就緒，謝政東歸。素願大慰，則夜已過分。以此疾不知當屬何門，而治之當用何藥也？投以神明之劑，止其思慮之淫，恐非庸常可與，故仆未敢試無妄之藥也。承兄愛厚，輒述病原，覩畢便擲還小僕，勿令世人知有此怪症也。"

余友唐道虔以歲貢待選京師，病痁，因人來問疾，答之如此。道虔既歿，其家得之篋中。噫！士之有所負而不獲施，使之至於淫溺爲病如此，可怨也夫！而道虔竟以是卒，其可悲也夫！（燦眉）只此數言是跋。

跋小學古事

（擇評）訓蒙宜做此法。

余少時初入學，見里師必以小學古事爲訓。時方五六歲，先生爲講蘇子瞻對其母太夫人及許平仲難師之語，竦然知慕之。

自科舉之習日敝，以記誦時文爲速化之術。（説夾）"速化"二字宜標出爲家訓，使後學不墮其業。士雖登朝著，有不知王祥、孟宗、張巡、許遠爲何人者。（説眉）科目之學使天下無讀書之人，使人生無讀書之日，哀哉！吾里沈次谷先生憫俗之日薄，因演小學古事爲歌詩，頗雜以方俗語，使閭巷婦女童稚皆能知之。

古之教者，家有塾，黨有庠，術有序，國有學。民在家，朝夕出入於里門，恒受教於塾之師。里中之有道德、仕而歸老者，爲之師。次谷雖不仕，亦何愧於古之所謂可以爲塾師者耶？

（説評）讀此而不痛哭者，可謂不仁。

（未刻稿説評）以此知嘉靖間便有求速化而無知如此者。

題王氏舊譜後

（説評）絶非世間譜序文字。**（啓評）**舊譜之繆，或略或舛，震川以大名、成都二族分作兩段糾駁，其用筆又錯綜變化不可言。

王氏之族元末有諱夢聲者，自分水來爲崑山州儒學正，遂居州之東鄉。今州爲縣，而東鄉隸太倉州，太倉之王於今多在仕籍，亦既顯矣。夢聲以來其世次可得而詳也。

予姊丈汝康在海東解官還，乃有人自越遺《王氏舊譜》一卷。予閲之，率牽合聯綴，其爲贋本無疑也。**（説夾）**可畏。魏公，大名莘人，而岐公自成都華陰徙於舒；左丞之出潤州丹陽，而魯齋先生世居烏傷，皆遠不相及，而乃合成一圖。**（啓夾）**合四族爲一，其失也誕。此上總叙。晉公三子，魏公其仲也。**（啓夾）**下分叙魏、岐二族。今魏公獨有其弟旭，所謂兄子衛尉寺丞睦，皆没不見。旭之子天章閣待制子野，魏公長子司封之從弟，而以爲其子。岐公之曾大父名求，而以爲名鼎。**（啓夾）**叙岐譜繆處又先誣後略。誣。其季父光禄卿罕、從兄禮部侍郎珙，皆知名，而亦不著。**（啓夾）**略。此在史傳碑誌班班可考者，舛戾如此。**（啓夾）**此下又總叙。又獨取四公像，剿《宋史》之文以爲傳，而託之名公。**（説眉）**可耻。**（啓夾）**總處。又失之誕。其他多可笑,不足辨也。

予妻家王氏,其譜亦出太原,自魏公十四世孫嶋官平江,始爲吴人。葉文莊公所爲次其世爲南戴王氏者,有譜一卷,皆虞伯生、歐陽元功、張伯雨之手書。甲寅之歲,爲倭夷掠去,然其家板本尚存,差有証據。吾姊丈有志前世之譜,爲當别加詢訪可也。

葉文莊公最爲好古,然僅得其五世,而搜輯加詳焉。公殁後,其弟又訪於松江之族,復推而上之,其難如此!蓋自唐譜學之廢,而故家大族迷其先世者多矣,可勝嘆哉!

(未刻稿説評)此等有關世道大文字,當鈔録刻牋,遍行九域中。兀者書。

立嗣辨後

(啓評)昔人謂周茂叔爲政精密嚴恕,務盡道理。文字中足當此語者惟震川庶幾無愧,如此準情酌理,真使吾無間然。

錫命無子,而同父弟宜亦未有子,故以同祖兄寵之子能白爲子。時寵有三子,故以能白與錫命子之,其理順矣。迨後宜生三子,而寵子皆殁。議者謂能白當還寵,而宜子當後錫命。錫命是以爲此辨,以爲等之兄弟之子,而二十餘年螟蠃式穀之恩不忍更也。不忍更者,情也。情之所在,即禮也。(説眉)此一言可以議禮。昔諸葛亮取兄瑾子喬爲子,及亮有子瞻,而恪被誅無嗣,亮遣喬還嗣瑾祀。錫命今尚無子,與亮異。而寵未嘗無子,而無孫,獨可使能白之子嗣之,庶乎無憾也已。

跋程論後

（說評）存以見科目文字之弊。

鄉先達王文恪公教子弟作論策以蘇氏爲法，近時學者止取墨卷及書坊間所刻，猥雜莫辨，惟事剽竊而已。余今所選小録論及墨卷可以爲式者，然嬾於遍閲，惟取近科會試録及鄉試墨卷，不過數十篇。學者如能讀蘇氏之文，兼取此以爲近格，亦不俟乎他求矣。

（說評）震川先生諸跋皆大文字。六月三日大風，獨坐水堂記此。

卷六　書

（雲評）諸書大致清踈紆折，而神氣則近昌黎，妥帖排奡，有骨有氣。（啓評）此卷所載各書皆有關世道之文，非苟爲求知之語、尋常通問之詞。

上徐閣老書

（擇評）此等大篇似不逮歐、曾、蘇、王諸公，東澗置書三卷於簡末，當非無意。（元評）紆徐委折，全是剪拂之鳴，而援南豐自别一語以見志，先生氣骨於此可想。（谷評）似指分宜父子事，深人固無淺語也。（紓評）上宰相書頗難措詞，雖自占身份，終是干人，此書千力萬氣洗滌卑鄙之詞，頗無猥賤之氣。

四月十四日，進士歸有光謹再拜獻書少師相公閤下。有光幸生明公之鄉，相望不過百里，自少已知嚮仰，而無由得一接其聲光。庚子之歲舉於南都，而所試之文乃得達於左右。顧稱賞之不置，時有獲侍而與聞之者，輒相告以爲“幸矣，子之見知於當世之鉅公長者如此”。自後數試於禮部，遇明公之親知，未嘗不傳道其語以爲寵。有光之試又輒不利，退而歸耕於野，以爲古之人有生同世而不相知者矣，有知之而異世者矣。不知者恨其同世，知之者恨其異世。今獲與明公同世，而又知之。而明公方在日月之際，有光之蹇拙蔽翳，無復自振，以爲今已矣，無以望明公之門矣，是同世而有異世之感也。（陶夾）淡語有味。

往歲，海虞瞿内翰見訪，以爲“子之不遇不足憂，即徐公當國，子之進有日矣”。今幸而適明公之當國，又幸隨多士之末，而自獲舉以來幾又二月，不一望明公之輝光，此有光之所以食不甘味、寢不成寐者也。(**啓眉**)上書本求自別他人，只此二段文，足以自別矣。

有光嘗讀《易》，觀消長變更之際，雖聖人不能無懼。(**擇夾**)此段別是一意。而漢、唐、宋之君子，每履其際，其氣不能不動，其色不能不形，而天下不能無驚以疑。蓋以少不順而激爲大變者，有之矣。今明公處之宴然，而風俗世道爲之潛易，如寒暑雨暘之至而人不覺，此古之大臣之所難也。(**陶夾**)兩意軒軒飛舉，體潔神超，先爲第一等議論。

又嘗讀史，見漢文帝疎賈誼之少而問馮唐之老，光武下馮衍之賦而隆桓榮之經，兩漢風俗治體超軼後代實在於此。今明公於科舉之際稍示意嚮，而海内枯槁之士已于于焉樂觀明公之化矣。(**陶夾**)前意頌徐，此則下請亦寓其中，然妙在渾渾淪淪，兩邊皆見身份。於此之時，稍有藴抱，誰不欲争自濯磨以自致於明公，不肯没没而已也！况有光被知於數十年之前者乎？今茲輒有干於閽人者，獨以數十年之知而不一見於明公，明公以數十年之知其人而不見其一來，其亦不能無怪也。(**偉眉**)剪除嵩父子蓋文貞公之力，此處頌揚指其事也。

昔曾舍人鞏《上范資政書》云："士之願附於門下者多矣，使鞏不自別於其間，固非鞏之志，亦閤下之所賤也。"有光素慕鞏者，故不量其不能如鞏，而欲學鞏之自別焉。(**焯眉**)通篇曲折，只爲此一句。(**陶夾**)自處之道如是。平生頗有所撰述，去家時，不及裒彙成編。槖中得雜稿十九首，謹以爲贄。明公試覽其文，知其非求於世者也。干冒尊嚴，伏增惶恐。有光再拜。

(按《漢書・公孫弘傳》："弘爲丞相，開東閤以延賢人。"顔師古注："閤，小門也。"正門避掾史出入，特開小門以接士。故後世之士上書於尊官稱“閤下”。又唐有宰相入閤故事,詳見《五代史》。嘗見宋板韓文,韓公上書皆作“閤下”,無“閣下”也。此集崑山本皆作“閤下”,而常熟刻誤作“閣下”,當是但知閨閤之義,而不解有開閤、入閤之事,遂妄改耳。又稱諱處常熟本皆實填諱,而崑山本皆作“某”字。今按古人文集皆稱名,故從常熟本填諱。曾孫莊識。)

(陶評)上中朝大貴人書,韓昌黎不免失之卑,蘇老泉又似過於亢,此書詞高意遠,含蓄不盡,似足壓兩賢而下之。徐華亭作相於嚴分宜之後,轉移君心,有神無迹,具絶大本領,中間落落數語,足以盡其生平。

上瞿侍郎書

(年評)較昌黎《上宰相書》更覺婉至可誦,文章之能感人也如是。**(元評)**先生上公卿諸書光明磊落,直堪方駕昌黎,以其所養者足,根器甚大也。**(紓評)**此書似由長興知縣量移順德通判時所上,蓋不願就而請罷去也。文甚激昂,蓋震川令長興時用古教化法治其民,每聽訟,引兒童婦女案前,刺刺作吴語,事解立縱去,不具獄。多孤行其意,爲大吏所惡,故有順德之除,不願受也。

有光少年時試白下,始識閤下,深相慕愛。及先後舉於有司,閤下一日奮飛九天之上,顧猶不忘布素,見其潦倒,常所隱惻。往張文隱公爲考官,閤下與同事。榜出而有光落第,見公於邸第。公忽忽不樂,對客曰:“吾爲國得士三百人不自喜,而以失一士爲恨。”又謂有光曰:“吾閲天下士多矣,如子者,可謂入水不濡,入火不爇者也。在館閣中,子之鄉惟瞿太史深知之,成都趙孟静知之。”公再爲考官，再見之，其言亦如是。又曰：“吾不能得子，二君者終必能得子矣。”（**焯夾**）疊叙見知處，情致如對。（**啓眉**）此段言爲舉子時得所依仰。文隱公歿，有光年往歲徂，仕進之心落然。然猶不敢自廢罷，徒以文隱公垂歿惓惓之望，亦恃在朝如閤下相知者，有所嚮往耳。間得奉顔色，閤下所以接引而加隱惻者尤甚。（**啓夾**）此句不過爲下文京口一遇作引。

前歲始獲第，適閤下賜告還鄉，孤旅之迹煢煢無依，隨調爲吏吴興。夏初入覲還，幸遇閤下於京口，所以道生平，慰藉益勤。吴興西，古鄣南，屬在山水窮僻，龍蛇虎豹之與處，黽勉二載，拊循孤窮，以不負孔子之訓。諸奸豪大猾不便者亟騰謗議，當道憐之，未加黜謫。然羽翼摧殘，形神慘沮，方圖所以自解而去。因見閤下，加獎拔之語，以爲士固伸於知己，（**説眉**）從“知己”二字上發沉著之思，語愈緩愈切。自此意氣復生。（**啓眉**）此段言爲吏時又蒙獎飾如此。方將刷飾於塵垢之中，奮拔於泥塗之内，振迅於阨塞之區，躍然如即拜下風。侍君子，覽盛德之輝光。（**啓眉**）此段言爲吏時又蒙獎拔如此。

邇者除書忽下，觖然失望。顧已長貧賤，今備朝籍爲六品官，豈求逾分？（**啓眉**）此段方言及改官之事。（**基眉**）有何味？然竊測當道者意嚮，葢薄示之謫譴，而往時讒搆之説益行矣。（**陶夾**）不甘處在此。計此時除書之下，閤下甫到京，席未及暖，國家之議未有所及，進賢退不肖之志未行也。夫君命無所逃。然朝廷之命官亦量其才器之所任，士君子處世亦自度其力分之所堪。而今以爲治縣之不能，而使之佐郡，非其任也；自知夫治縣之不能，而冒以佐郡，非所堪也。苟而赴之，其爲自欺而欺君甚矣。天子新即位，天下之士起廢者數十人，皆出於膏肓沉没之中，赫然光顯。有光自顧垂髫荷先朝教養之恩，貢於成均，薦於京兆，無歲不與計偕，望天就日之誠白首而不摧挫，先皇帝末年始收之。顧今同舉進士者大半超拔，而有光在諸進士之中復不得比數，以是知其命之有所限而才之無用也。夫以閤下之知己而有光不獲自伸，則無可望者矣。《易》曰："君子見幾而作，不俟終日。"士之出處進退遲速有幾，自非知幾之君子，徘徊疑顧之間，其受中傷多矣。以閤下之知未及舉，而小人讒搆之説亟行，知君子之道莫勝也。其機械且復藏於冥冥之中，未知所究，安敢望榮進之塗哉？（**説眉**）一唱三嘆。（**元眉**）其氣勁直。（**啓眉**）此段言有知己不獲自伸，一段中又分一頭、一尾、二腹。一就才分上説，一就命分上説。

夫志士去國，不毁其名。荀卿、屈原、賈生、董仲舒之徒，去其國而猶全其名。如此四子者，生於今之世猶難矣，所以復敢瀆於閤下者，非復有望於榮進，亦欲使之得全其後世之名而已。夫能愛惜天下之人材，不得進而成就之，使致其功，抑使退而成就之使，不失其名，此爲閤下知己之大賜也。（**元眉**）言之慨然。（**陶夾**）婉曲有味。今已具疏請告，以爲小官之去就亦當有禮，不宜黯默以受讒人之搆陷也。又在縣時獲保舉者二，應建儲詔，得恩封，欲求敕命。願一言主者，使先人蒙恩地下，人子之志願畢矣。（**偉眉**）收束全文。無任懇戀之至，不宣。有光再拜。

（**擇評**）近今之世，乃復聞此迂語，爲之心開目明也。

（**元評**）蘇子瞻曰"詞至於能達則文不可勝用矣"，斯文乃當得一"達"字。

（**陶評**）此篇恃在知己之前，不免有飛鳥依人之意。然詞氣款悃中仍復激昂，所以可尚。

上萬侍郎書

（**説評**）以和平淡泊之音發其悲憤，非先生不能也。（**年評**）篇法從柳子厚與許孟容、楊京兆諸書中來，然悲憤之中更覺雅而潔，正大而可風。先生之於文，於是乎不可及也。（**瑚評**）賢者不惜當世之禄位，而惜後世之名，笑罵由人，好官自我，未足以語此矣。（**擇評**）激昂慷慨，仿佛《報任安書》。（**元評**）抒寫情悃可以當泣，而忠愛之意藹然自溢於言下，與攀援叫號者有上下床之别。

居京師，荷蒙垂盼。念三十餘年故知，殊不以地望逾絶而少變。而大臣好賢樂善、休休有容之度，非今世之所宜有也。有光是以亦不自嫌外，以成盛德高誼之名，令海内之人見之。

有光晚得一第，受命出宰百里，才不逮志，動與時忤。然一念爲民，不敢自墮於冥冥之中。拊循勞徠，使鰥寡不失其職。發於誠然，鬼神所知。（**吉眉**）不宜學。使在建武之世宜有封侯爵賞之望，今被挫詘如此，良可憫惻。流言朋興，從而信之者十九。小民之情何以能自達於朝廷？賴閤下桑梓連壤，所聞所見獨深知而信之。時人以有光徒讀書無用，又老大，不能與後來英俊馳騁，妄自測假，不待問而自以爲甄别已有定論矣。（**年眉**）用筆殊嗚咽，如流泉之出峽，不能自達也。夫監郡之於有司之賢不肖多從意度，又取信於所使咨訪之人。秪如不覩其人之面，望其影而定其長短妍醜，亦無當矣。如又加以私情愛憎，又如所謂流言者，使伯夷、申徒狄復生於今，亦不免於世之塵垢，非餓死抱石不能自明也。（**説眉**）讀先生此文，看其或起或伏，或斷或續。（**年眉**）悲感之言。（**麟眉**）此等皆議論，不沾沾爲一己起見。（**陶夾**）上官考語之不足據，古今一轍。

昨者大計群吏,僅免下考。今已見謂不能爲吏,又使匍匐於州縣,使益困迫而失其所性,輾轉狼狽,不復能自振於群毁之中。夫以朝廷愛惜人才,當使之無失其所。如有光垂老不肯自摧挫,以求進於天子之科目,至三十年而不退却。一旦得之,使之從百執事,齒於下列,不敢望公孫丞相、桓少傅,僅如馮都尉白首郎署,亦足以少答天下之士彈冠振衣願立於朝之志矣。(**年眉**)轉轉折折,一字一欷,我讀其言,爲之悵惘而不自已。今之時,獨貴少俊耳。(**年眉**)一句宕。漢李太尉嘗薦樊英等,以爲一日朝會,見諸侍中並皆年少,無一宿儒大人可以備顧問者,悵然爲時惜之。有光顧何敢自列於昔賢之所薦!而番番良士,膂力既愆,我尚有之。以爲國家用老成長厚之風,此亦當今公卿大臣之所宜留意者也。(**説眉**)此震川極折挫之時,而文字亦以折挫而妙。山谷不折挫不幽,樹不折挫不奇,文不折挫不達。(**年眉**)音節頓挫,可悲可歌。(**陶夾**)先生此意言之至再,與"烈士暮年,壯心不已"之旨又别。

有光今已摧殘至此。(**年眉**)一句頓挫住又接。夫士之所負者,氣耳。於其氣之方盛,自以古人之功業不足爲;其稍歉,則猶欲比肩於今人;其又歉,則視今人已不可及矣。方其久詘於科試,得一第爲州縣吏已爲逾分。今則顧念養生之計,欲得郡文學已復不可望。計已無聊,當引而去之。譬行舟於水,值風水之順快,可以一瀉千里;至於逆浪排天,篙櫓俱失,前進不止,未有不没溺者也。不於此時求住泊之所,當何所之乎?

兹復有瀆於閤下者,自以禽鳥猶愛其羽,修身潔行,白首爲小人所敗。(**祖眉**)閒句,能省則文氣當更勝。如此人者,不徒欲窮其當世之禄位,而又欲窮其後世之名。(**年眉**)與言及時,何代無之。故自托於閤下之知,得一言明白,則萬口不足以敗之。假令數百人見譽,而閤下未之許,不足喜也;假令數百人見毁,而閤下許之,不足惴也。故大人君子一言,天下後世以爲準。有光甘自放廢,得從荀卿、屈原之後矣。(**説眉**)又縱一段意方盡。

今兹遣人北上,爲請先人敕命及上《解官疏》,並道所以。輕於冒瀆,無任惶悚。不宣。

(**坰評**)此篇多縮筆,情愈可悲。

(**陶評**)此書與前篇一意,然詞氣彌激昂矣!所謂矢在弦上,不得不發也。前書意重在辭郡佐,此書意重在求内用,互爲詳略,此兩書之所以别也。至結處欲藉一言以刷其名,則一意矣。

上王都御史書

(**麟評**)大旨只自訴明,但力陳舉刺之失,則自家之不變易自見,而得力又在前後序相知的確,方是起手提出旨意。(**説評**)此文崑山、常熟本大異。(**升評**)指蓋爲江陵而發,却未免損一邊倒一邊。(**瑚評**)震川素見知於王公,及其遭讒被絀也,乃求伸於王公。篇首一喻,位置王公既高,而自處亦有地步。中後反復陳乞,總以未嘗有負知己爲主,俱見立言之法。(**經評**)對知己之語。(**虞評**)失志之言能如此勁悍曲暢,無齷齪氣,大類昌黎。(**勤評**)意在求其振刷,而恐惑於讒言,故其言之婉委如此。(**紓評**)語多由衷,後此得爲太僕寺丞,幾酬其文學博士之志,而又不禄,然名足千古。區區一文職,固不爲先生重也。

有光聞:天下之人材,其爲君子小人皆有一定之性。古之所謂知人者,非苟知之而已也,始知其如此,則其終身不能易也。伯樂之於馬,卞和之於玉,如令馬非絶塵,玉非連城,二人者必不顧。如令二人者顧之,而馬與玉豈有變哉?馬與玉而有變,則天下亦不號爲伯樂、卞和矣。故以爲人之賢不肖有定,而古之知人者决於一見而終其身不易。彼有改節易操者必其始非真性,有矯而爲之者,特其號爲知人者之不至焉耳。孔子曰:"舉爾所知。"蓋謂已知之矣,則其舉之不疑也。故大臣之相其君,其平日常有意於天下之人材,一旦而任事權,而舉平日之所知,蓋優然而有餘。(**麟眉**)從知人接轉素知,無痕迹。是以能佐國家成光明之業,其聲名永與天地無窮。若夫取之於臨時,處極貴之地,而欲以遍知天下之人材,不能如其取於素之爲裕也。(**麟眉**)理勢俱透。

有光不材,不敢附於當世之賢者。念始初閤下爲縣時,相知最深,蓋不謂其不肖也。閤下清明直亮,少所許可,而獨於有光而加顧。自此閤下爲郡二千石,敭歷外省。及升中丞,治河漕濟州、淮、揚間。有光數往來京師,道所歷,閤下未嘗不垂顧念。閤下非有私於有光,以爲爲國家急於當世之人材如此。前歲得舉進士,閤下方召入爲司徒,時與諸進士旅見,閤下獨加禮異於尋常。今歲入覲,閤下府第深嚴,有光一再見,然不拒逆而進之。閤下不以綦貴輕天下之士,而猶惓惓於其素知者如此。(**麟眉**)先叙取之於素,不嫌過詳。有光自以諸生文學,不辦治縣,而事多泥古,與世乖忤。監郡及臺省大吏無相知者,其考宜殿,而獨免於過謫,則閤下之於有光,信乎如古人所謂"的然昭晰,自斷於内而了於冥冥之中",此士之所以伸於知己者也。(**麟眉**)知人之至與受之不變二層意一束已透。

然不能不惴惴自懼,恐其有改節易操而有負於閤下者。(**啓眉**)此下當從抄本增入"昨在京師"至"非相欺也"七十四字,删去"有光"至"謗議"三十字。蓋竊問萬公,正見惴惴自懼之意,而既受知於當世賢者,則又不宜有讒搆之事,故下用"顧"字作轉,文章關鍵脉絡至爲分明。如崑本所定，竟使首尾横決，不復成文，此正子祜、子寧妄改處。元恭極詆崑本之好自用，而於此文復捨而從彼，進退兩無所據，無識甚矣。有光之爲縣，不敢自附古人。然惟護持小民，而奸豪、大猾多所不便，遂騰謗議。顧今小民之情不聞於上，故有光之受讒搆無已。（麟眉）此段實發明自家不改易，足以赴所知意，前後相生，次第不紊。夫今銓部之所取信者監郡，監郡之刺舉未盡出於公與明。漢人有言，"陛下以使者爲腹心，使者以從事爲耳目，尚書之平而决於百石之吏"，此亦今世之弊也。且監郡所薦舉無不極其褒美，語其治行，雖古之龔、黄、卓、魯不能有加。然古之吏皆積久而成，今並布衣諸生少年，遠者僅二載，何治之卓卓如此？夫果能如此，則其縣治矣，何遷代之後其雕殘猶故也？如此，則考其舉刺亦有類於謾欺者矣！况監郡之外復有采取流言飛文，一被口語，無自全者。（麟眉）力陳其失。

閤下清德重望，彈壓百吏，凛然風裁，監郡者不敢爲欺謾，其刺舉必公與明，其讒説亦無自至於臺省。然唐、虞之世，賢聖在朝，猶有讒説壬人；以周之盛，而寺人畏讒，則雖登明選公，舉世咸仰閤下贊翊聖朝之盛，而寧獨無有光前之所論者？念三十餘年受知於閤下，今仕途顛隕於鑠金毁骨之日，至閤下務委曲而全濟之，此所以有伯樂、卞和之喻也。（麟眉）意醒而不露，筆意入妙。

又念前世宰相，未嘗隔天下之士。世多議韓退之上宰相書，然退之非重爵禄者。顧三代之盛，上下之交常通，而於吾君吾相有可以情告者。如王介甫平生高介，天子之所不能屈，當其窮而上宰相之書，自言其勢之所宜憐者不諱也。况有光以閤下之素知，若有所隱而不告，不又幾於有負於閤下哉？自古一士之不遇至微，而後之人追論其世，乃以一士之故而歸咎於當世之公卿大臣者多矣。

今日之遷自於銓部，非閤下之所及知。第以爲縣既已無狀，復勉而佐郡，益違其性。而志氣衰沮，如敗軍之將，没世不復。欲從閤下乞改一文學博士之官以養老親，顧自初登第時已有此意，耻於求乞而有所不敢。若至今日乃言之，似近於時窮勢迫，慕戀禄位而不知止。故敢以不肖之軀求解而去。官雖微，而出處進退宜明，是以竊有求於閤下，使知有光之仕宦雖顛倒狼狽，未嘗有負於閤下平日之知。伏惟憐而哀之，使得全其身名以去，不墮落於讒人之口，不勝幸甚。(**麟眉**)總説出旨意。瀆冒威尊，不任惶恐之至。

(此文崑山、常熟二本大異。以今觀之，常熟本辭太峻，崑刻當是定本，今從之。中一段抄本與常熟本同，今附録之。"有負於閤下者"之下云:"昨在京師，今萬宗伯同年鄉舉也。萬公，陽羡人，與有光所治連界。嘗竊問萬公曰:'公以我治縣何如?'萬公曰:'君治縣無他，獨小民無不愛君耳。'有光謝曰:'得一言，可以無愧。'萬公當世賢者，非相欺也。"有此七十四字。而"有光之爲縣不敢自附古人"至"遂騰謗議"三十字，却無之。蓋初本改本不同，姑兩存之。)

(**説評**)余意編震川集，只宜以一本爲主，而附各本異同於各篇之下，則無割裂出入之患。此刻未當也。玆元公刻集自有家藏本子，何故紛紛，以己意較量?

(**啓評**)當從鈔本，方與上文"恐有改節易操"句相應，又起下文"小民之情不聞于上"之慨。

上高閣老書

(**年評**)是時江陵柄政,專尚綜核,故先生之言如此。然新鄭憸忮人,安能用此言也。(**麟評**)大意見前世治體尚寬,後乃變爲促迫,而其所以變者皆主權旁落,上不能持之故,然不知權之旁落正寬之流弊也。先生所見似尚未得要領。至文之層次轉落一片神行,讀之自饒餘味。(**雲評**)議論渾出,層摺脱禦,兜裹筆筆有法,歷歐而韓,堅不可撼。(**昌評**)此先生論事之文,其氣沛然若不可禦。

有光竊惟天下之事變不可測,而其勢之所趨必有端而可見。古之所謂大臣者必能默察其微而制之於無迹,故天下常固而不傾。(**麟眉**)主意。微不能制,制之於既形,事已然而後持之,猶可以力振而不至於亂,夫惟有天下之材與氣足以運量一世而不肯隨時委靡者爲能然。夫不制之於微者,非其不能也,方其時而任未及我也。迨其既形而及我,不能制之於其微而制之於其形,則視其微者爲力尤難,而後見君子之材與氣。夫如是,故天下之勢方且將涣而復濟,其權方且四出而有以收之,天下宴然饗其治安,非古之大臣何以能此!(**年眉**)深識老謀,聳然而起。(**祖眉**)筆勢盤旋。

自古天下無二百年無事者。(**焯眉**)此一段是虚冒。先皇帝厭代,新天子承統繼緒,四海之内忻然望治,此世道升降之機也。若求其微而制之,則當在先皇帝之世矣,今不敢論其微而論其形。夫天下神器不可失也,天子之大臣能爲天子持其權,不使至於旁落;朝廷清明,宫府一體,而後天下之事使之左則左,使之右則右,惟吾之所爲,以求承平之理。若其權稍落而不收,則天下之事無一可爲者矣。(**麟眉**)反復痛論權當上持之意。

天子新即位，進用二三大臣，而明公爲首，天下莫不翹跂以望明公今日之所弛張錯注。而今天下之勢已形矣，天子端冕深宫，而以萬幾責成臣下，聖度曠然，有天道"爲而不宰"之盛德。然其權恐有窺竊於其旁者，《書》曰："兢兢業業，一日二日萬幾。"又曰："凛乎若朽索之馭六馬。"此所望於明公朝夕陳戒於吾君者。明公一日釋位而去，天下愀然失望，以爲天下之勢莫能爲天子持之也。（焯夾）此一段虚合下段，落出"權"字，以見權之學，特尚未就實事説。

且今天下之治體可知矣，世之説者以爲三代各有所尚，而我國家之政尚嚴，蓋未有考其實者。（麟眉）提句突兀，從治體轉出寬嚴。太祖承勝國之後，其嚴有時而用。（元眉）於一代治體詳熟，説得極有條理。自永樂以後，大抵朝廷之政日趨於寬，歷五聖，至於孝宗，仁恩淪浹，號爲本朝極盛。武宗之時，宦倖盈朝，盗賊陸梁，强藩竊發，天下號稱多故，而元氣未索，則以國家百餘年至我孝皇培養之深也。先皇帝威福自操，廷臣時有誅戮，而天下之治未嘗不在於寬。（元眉）史載武宗淫戲，至大索揚州寡婦處女。此正國之君也，而天下不摇動，然後知祖宗之德澤深矣。今天子仁恕慈愛，天下莫不聞，而朝廷之政反若急促而無聊，近衰世之風，此不可不憂也。（年眉）安得於當日聞此讜言也。（説眉）卓見。

夫祖宗之法未有可以輕變者。（麟眉）次轉出變法突兀。宋至熙寧之世，承積弊之後，當宜改絃更張之日，神祖以英睿間世之資，鋭然有爲，始用王荆公爲新法，而天下之士群起而争之。君臣力行不顧，沿至紹聖以後之紛紛，而國勢遂不可爲。（元眉）介甫之亂天下，雖以温公繼相，力挽於其後而不可救。至於餘黨復起，童、蔡秉政，而宋遂不振矣。故嘗謂宋無荆公，南渡之勢未必遽成也。今日朝廷遵守成憲，未嘗下一令、更一事，而使者所至日求變法,遂至朝令夕改,國異家殊,凡祖宗均田賦役之政著在令甲者悉非其舊矣！宋之君臣相與力排天下之議以求變法,以天子、宰相之勢,終不能以力勝天下而劫持以必行。(**麟眉**)跌起有力。(**元眉**)再承前説下,文旨方明,文氣方厚。今一使者輒能改祖宗之法,行之一省,天下傳相慕效,國家典憲蕩然,生民惶惶未有所定。且廷臣建言者争出一事爲新奇可喜之論,鑽求刻覈,無所不至。公卿懼違其意,每輒下所司行之。大氐皆希合當世以爲迫促之政,民何以堪之！(**焯夾**)此一段極言其弊,是作書本意。(**夫眉**)文能亢直自遂,不爲嗚咽之調,出於韓昌黎之上,所謂無卑辭也。

嘉靖纍數十年不赦,改元一赦,此天地解而雷雨作,曠世之恩也。(**麟眉**)實指迫促之政。(**元眉**)看《明史》,隆慶以前國勢尚振,自此以後則薾然衰矣,挽回氣化實在此時。先生固有見而云然也。莫謂秦無人,吾謀適不用也。有司拘牽文義,罪人不得赦者什五。免租之文虚被,而遣使旁午,誅求更甚於前。謂之理財,而財愈乏;謂之治兵,而兵愈耗;謂之馭吏,而詼詭佞捷、奸諛嵬瑣者争先而爲謾欺。有廉察之虚名而售排陷之險計,有薦舉之浮詞而致結納之私情,有幹辦之小能而行速化之謬巧。今天下之勢既未有所持,而政之紛紛如此,一切歸於刻覈。而財匱兵弱吏弊,而夷狄窺伺,盗賊縱横,率束手而無策。徒以支吾目前,爲不終月之計。故有光謂今天下之勢不能制之於微而制之於形,必有天下之材氣、負天下之重望如明公,而後能當之。(**元眉**)回應有力。今明公優遊謝事,以坐觀天下之變,是豈天子所以首擢明公,與天下之所以望之之切乎?

昔者嘗奉明公之教,謂讀《易》而深有得於消長進退之理。竊謂明公以此行於一身,可也。若六十四卦,天道之運,週環無窮,而乾、復、姤、坤,一否一泰,一損一益,世道之升降在明公,不可辭也。(麟眉)暗結"持"字。有光仕進屯蹇,九試於禮部,晚爲明公所甄録,而黽勉爲吏,以古人自期,不敢負明公之教。行之二載,湖山夷鬼之鄉頗知信嚮。而動與時忤,排搆乘之。明公嘗語及往時興化守之被讒,至廷論以發小人之奸狀。今讒口方張,孤危之迹,無大人君子以爲之依。自分無所復用於世,已投劾而歸,欲以餘年發明先聖之遺書。又面受明公論《春秋》之大旨,即當從事此書,稍加論述。俟有所成,重趼造門,以求是正,惟明公不拒而進之。方遣人赴都求請敕命,並上乞骸骨疏,特迂道候起居。輕瀆威重,無任隕越惶恐之至。

(元評)以把持世道、挽回氣運望高公,乃《春秋》責備賢者之義。至於指陳弊政,確中當日情事,蓋神廟以後之禍亂,先生已見其兆矣。

上趙閣老書

(年評)文情斷續,音節頓挫,余常謂子厚書似漢文,此文又甚似子厚也。(説評)曲盡,未有真而不曲者。(麟評)不必作間架、起爐錘,只是逐段挨寫去,而段段有精思妙筆。伏至奇於至平之中,乃真奇也。(雲評)迤邐紆曲,極顧步矜寵之致。後幅悲激,乃一泄其孤憤之氣,而列寓祈請,此太僕寺丞所由來也。淺人或議其浮縱,不思趙公固深知先生者,此文托在肺腑,夫豈苟作?(偉評)不立間架,滔滔汩汩,純是自道,何嘗似八家?兹先生所謂自得,雖趙公文亦佳,然不能似其雅潔。(升評)陳義之高,比之昌黎上宰相諸書猶覺綽有餘地,其油然感人處真得歐陽子不傳之妙。

有光自應舉,連蹇不遇。常恨生當太平之盛,徒抱無窮之志，而年往歲徂，煢然無所嚮往。時張文隱公知之，時時稱之於人。張公垂歿，以不能薦達爲恨。然有光嘗侍於公，間聞公論當世之士，獨亟稱明公，謂不惟於文章絶出，他時爲國家建弘業者終有賴焉。有光之鄉人在明公門下者亦頗言鄙人姓名，爲明公之所垂記。雖以文隱公之故，然士固有相知者，則有不待付授言語相屬而相契合者矣。（麟眉）篇中所陳皆真相知語，開手提明。

會明公忤時宰，屏居西蜀者十餘年，有光始護舉進士，在京師，思明公而不可見，徒念岷峨之高、江水之長，悵然而嘆。幸與明公生同時，而顧無由一見，以爲今世則已矣，徒若讀書而慕古人於百世之下。（年眉）文情悱惻。夫古之人往矣，而以爲能知我者，何也？蓋以我之知之，而知古人之生於今必能知我也。明公之知之，則且同時矣，而不得一見，猶若異世然，此有光之所嘆恨也。

既而爲吏越中，明公始復登朝。及入覲，以爲可以得見矣，而明公又以南邁。有光時尚在京師，一日，天子忽出手詔，還明公於朝。是時海内之士試都下者四五千人，皆嘆天子之明聖能知人如此，明公能自結於天子之知如此。有光又私自喜，道之將行也，文隱公之知人不謬也，有光之羈窮得所依歸也。（元眉）沈鬱頓挫。當是時，官程迫促，又不能迎拜明公於馬首。（年眉）自喜處極類廬陵、老泉筆意。

昨春自越還，遇瞿文懿公於鄉，（燦眉）相遇豈得稱謚，豈上書時瞿已故、已謚耶？相去日月幾何也？言入朝時與明公嘗以鄙人爲薦，有惑於流言者從中毁之，瞿公因言今世薦士之難："吾與趙公知子深矣，力足以薦士矣，尚格而不行！"語畢，黯然不樂者久之。夫瞿公，鄉里遊從之舊，耳目日相接，固宜其不能忘。明公在萬里之外，偶知於數十年之前，其不能忘而汲汲如此，求之於古，未有其比也。（麟眉）總見其相真知耳。兹以入賀來，聞京師人皆道明公數相薦引之語，乃益自感傷，以爲百世之下士之不遇，而聞明公之於有光如此，亦當有感慨而悲泣者矣。今以有光數十年之嚮慕，一旦得見，令人不復徒念岷峨之高、江水之長矣。（**麟眉**）如此出，得見妙法。此生幸甚！第以日月逾邁，若弗云來。自顧其中枵然無可以爲世用者，而州郡之職又非其所任。孔子曰："居則曰不吾知也，如或知爾，則何以哉？"有光於今日益恐有負於明公之知，進退惶悸，伏惟明公有以處之。（**瑚眉**）微風生波縠。

又竊謂君子之所以無求於世者有二：蓋不知我者，不當以求，既不知我矣，强求之，未有能知也，知求之而無益，故不求也；知我者不必以求，既知我矣，無待於求之，苟待於求之，則非知也，故不必求也。（**麟眉**）先反復説透無求之故，見所言之非有求，非有求則不妨明訴痛罵，並無嫌疑可避矣。夫然，則明公已知之矣。今所以復有言者，以往年爲吏差知自愛，亦自謂能使鰥寡孤獨不失其所。（**麟眉**）明愬己枉。顧不惟勞效不得上聞，而持衡之人用一人之言格天下之士，使士之有志不負朝廷、爲生民計者，徒以不能詭隨趨附，横被中傷，乃令晻蔽歿世而不見。使後之欲爲循良者以爲戒，何以厚天下風俗而返漢代長者之風？（**麟眉**）從此起見。此尤可痛也。（**基眉**）此却沉著，可惡也。

人才之在世有難言者，以小才而議大謀必厚訾，以邪人而察莊士必重誣。（**麟眉**）痛罵小人。如使賈誼、董仲舒、陸贄之徒生於今之世，必不能與時文薄伎争長矣；汲黯、鄭當時之治郡，必以無能見罷矣。惡直醜正，群飛刺天。屈子之直行而受謗，荀卿之大儒而逃讒，蕭望之之經師而拘持，必不免矣。巧捷者自進，長厚者自詘，寡淺者自升，崇竑者自晦：此卓犖奇偉之士所以不見於世，而天下之所以憂乏才者以此。（**麟眉**）從此起見。

(**元眉**)詞旨甚暢,氣味甚厚。(**祖眉**)此段軼宋人而追漢唐作者,先生晚年文字如此。

茲者天子特以明公爲相,復改任銓部,詔旨皆從中出。天下想望丰采,士莫不鼓舞踴躍自矜奮。明公必有以把握天下之大機,與二三元老經綸密勿,同心一德。凡所施爲注措,上以仰答聖天子之知,下以慰天下士大夫生民之望,若古之巫咸、傅説,回斡元化,昭揭日月,光輔中興,流聲名於史策。時者難得而易失,遭時際會亦何容易!有光自度已無用於世,而區區所見如此,略爲明公陳之,非爲一身之進退也。若身之進退,則在明公而已矣。若使狸搏牛,使虎捕鼠,固所不可。至謂憐其無用,姑使之苟一日之禄,如先王之世所以處侏儒、戚施、矇瞽之人者,亦非有光之所安也。君子伸於知己而詘於不知己,是以冒瀆而忘其僭越焉。(**麟眉**)結出。(**元眉**)骨類蘇明允。(此文舊刻删去五十餘字,今從鈔本正之。)

(**元評**)趙孟静乃公所愛慕者,而知公又深,故言之鏗鏘鼓舞如此。前半叙情,後半自舒抱負,而所責望趙公處殊有身分。文到至處自足以動人。予讀先生文到歡愉處便心開,到慘惻處便欲涕,所謂清廟之瑟,"一唱三嘆有遺音"者也。而世尚有薄其文,以爲不足爲者,吾不知之矣。

(**鼐評**)《與人書》云:"唐宋以後爲文者多矣,何以獨推歸熙父?以熙父能於北宋諸賢外自開境路故也。"又云:"熙父於氣不逮唐宋韓、歐諸賢,而可與之相配者得文家之正脉,不襲其貌,而神理上通周秦,故才不必大而可貴。"

(**説評**)讀震川諸書,覺柳柳州有淒風苦雨之嫌。六月四日記。

(**坰評**)以不求爲求,絶妙布置。

卷七　書

上宋明府書

（麟評）引子產、孔子起，見道理嚴重，後復三引事，蓋見人情所同然，所必不能自已者。（紓評）震川《家譜記》謂歸氏無一人知禮義者，故族人爲人誘買。震川於此狀之外又瀝情上書，至直斥諸父兄之坐視毀傷，情詞哀痛已極。言坐視者即爲誘買之徒，雖不爲尊者諱，然祖宗重於不肖之父兄，不得已訴之有司，心迹可諒，文亦真切動人。

竊惟明府蒞任以來，布以公平之政，杜請謁之私，此明府行古人之道也。有光豈敢以今世之人自處？然所以數數有瀆於左右者，聞之：新宮災，子產三日哭；防墓不修，孔子泫然流涕。今先世之塋爲姦民窟穴，樹木已盡斬刈，垣表已盡平夷；神道壅絶，祭享無塗；窀穸之旁穿方殆遍，壙埌之表灰埃蓬勃。幽靈憤恨，曾不及馬醫夏畦之鬼。有莫大之責，負不孝之名，不可一日自立於世，此所以食不甘味、卧不安寢者也。向者幸垂明聽，勒令掃除，德意甚厚。奈盤據之徒多是衙門老役，合併數家，設爲厚餌，誘買族人，以爲地主。雖有明限，安堵如故。此等之人蔑人子孫，據其墳墓，恬然如此，所以明府有施及泉壤之恩，而至今壅而未施也。

律於發冢之條，如知情買賣器物磚石、熏狸平園之類，纖悉必具。先王豈以死者之故而病生者哉？蓋愛吾之親，故愛人之親也；敬吾之親，故敬人之親也。不如是，則孝子仁人之情有所鬱而不遂，含忿積恨、復仇相殺之事必多於天下矣。（麟眉）反復曲盡，聽者自應竦然。

昔柳子厚在嶺外，獨謂先墓無主，晝夜哀號，懼毁傷松柏，芻牧不禁，以成大戾。（麟夾）次第。近世楊文貞公居京師，遺宗人子弟書，惟以墓木爲念。鄉先達司馬虞公每歸省，未及到家，先造塚上。（麟眉）愈切近，愈見己情之迫。

有光不肖，爲世所棄。幸守墳廬，而城闉之内，步武之間，坏土不保，非特樵牧之害、狐兔之傷而已。又念宗門零落，而諸父兄尚守殘經，服儒衣冠，三世之丘隴坐視毁傷，曾不泚然？俛仰天地，亦何顔乎？惟明府哀念焉。

上方參政書

（年評）意若不滿此公者，而書詞婉冷。婉處愈切，冷處愈峭，是從昌黎三上宰相及歐陽與高給諫諸書中來。

月日，鄉貢進士歸有光再拜上書行省大人執事。恭惟執事以碩德崇望特膺簡命，分司圻甸，蓋近世行省宰相之職，而於古則君陳、畢公保釐之任也。

古之君子，自其平居爲小官之時以至於卿相，其身之所至常必欲識天下之賢人才士，不必其職分之所當，而其心未嘗一日而忘也。三吴古稱人才之地，執事之來蓋已數月，其亦可以知其人矣，而未聞焉。夫豈無其人？亦或時勢有所不暇於此也。有光讀書學聖人之道有年矣，有司不以其不肖，貢於禮部，屢進而屢詘。然而天子之大臣，往往亦知其爲人。欲一見之，而卒不敢見也，以爲士之所守者在是也。而天子之大臣乃不以爲罪，而亟稱之於人，則有光之所以自信者其又可知也。

今自執事開府以來，不肖之迹兩及門矣，執事亦察其有所爲耶？去歲，鄉里惡少妄引户籍無端之辭以相鉤陷，當此之時，有光蓋以罪人見也。執事不以爲罪人，而使之揖讓於庭以盡其所欲言，以此見古之大臣之度如此也。而有司者不察，以爲上官所受之詞如此，告者必直，被告者必負。方欲爤摭以入其罪，而無所得，則蔽之以逃竄之罪。誠以數十人之所告無所當也，而上官之人又不可以罪，則於其間苟得一罪以爲可以解而已矣，其於愛惜人才、培養士氣，未嘗念及也。反令無賴小人得氣以去，善人喑啞如此，可爲太息矣！執事於獄詞之上亦有所疑焉，而不欲變者，豈非以事體纖微，更爲回駁，非所以委任有司之意？此又古之大臣之度如此也。

今者復有迫切之情告於執事，伏惟少垂察焉。孟子曰："同室有鬥者，被髪纓冠而救之，可也。鄉鄰有鬥者，雖閉户可也。"今非鄉鄰之疏，而有同室之戚。重以孤寡煢然，氣勢無依，熇熇之慘，懸命晷刻。苟得一言以聞於明公之前，以救其垂絶之命，雖被戮辱，不敢以自諉也。**（年眉）**字字剴切。然此亦今世之人苟可以自諉者也，明公可以知其無所爲矣。**（年眉）**又宕一句。

往者夏忠靖公、周文襄公之在吴也，入與天子唯諾於殿庭，出與小民從容問難以求其瘼，如家人父子，而後天下之人知朝廷之近而天子之親也，故曰："庶民近天子之光。"又曰："天子作民父母，爲天下王。"若二公，可謂大臣矣。今之有司，乃小民望之所謂如天如神明者也。由此言之，所謂大臣者非明公而誰？

天下無道，亂獄滋豐，貨賄多有。孔子作《春秋》，明一王法,莒牟夷、邾庶其、黑肱,區區竊土地爲穿窬之事,皆具文而直書之。誠以風俗世教之所係,雖微而不可忽也。匹夫匹婦不獲自盡,明主罔與成厥功。有光今所陳亦所以求盡匹夫匹婦之情於明公之前而已矣。明公毋罪其瀆焉。

答唐虔伯書

(**瑚評**)書中所及二端若涉及私嫌,乃其道理正大,心事光明,固居然一篇大文字也。(**麟評**)貞女一案,集中重見叠出,見正人君子之存心持論如此,一何其忠厚之至也。(**元評**)反覆辨析,本意只欲旌别淑慝以維持風教。可與曾子固寄孫司封書參看。(**經評**)觀此知讀書而後可以讀律。(**虞評**)勁悍,可以斷犀牛而截蛟龍。

有光啓,虔伯足下:向日張氏女子事,因一時人心憤憤,竊恃知愛,輒移書相曉,欲望少伸匹婦之冤。僕愚且賤,平生未嘗敢與有司之政也。兹復承教以所不及,顧愚何敢復言?但吾兄致疑於其間者,竊恐惑於先入之言,而未察於衆人之論。大率安亭數百户,自七八十歲老翁下至三尺童子,言烈婦之冤有詳有略,其謂守義而死一也;言諸凶之惡有詳有略,其謂朋淫殺人一也。至於當時下手惡少,主名自在。明察之官反復參訊,可得其情實。況以十二歲女奴爲佐証,據以成獄,豈有冤者?(**麟眉**)首段見此獄易知,在所不必疑。

夫四五凶人挾淫姑以爲主,共殺一女子,如屠犬豕。往來蹤迹,口語籍籍,豈爲難察之獄?天道昭然,暗室屋漏,誰謂無人知之哉?所慮獄詞參錯,終得逃死,亦恐非的然之見。僕以爲一吏胥之事耳。今天下斷獄有不得其情者矣,未有不得於詞者也。(王彦子眉)詞愈得而情愈失。情苟得矣,何患於詞之不定?諸凶因奸强逼而殺,雖其始謀奸而非謀殺,其後實謀殺而不止謀奸,何謂非同謀?律有造意同謀之文,何謂非律意?(夫眉)老吏,非深文也。天下之事當一觀以曠然度外之見,若夫拘攣顧慮,牽於流俗之説。情可賞矣,而曰法不應賞;情可罰矣,而曰法不應罰。往往支離膠擾,節目日多。刑賞乖錯,徒爲文具。人心世道日趨於下,真可嘆也。(麟眉)此段破其固陋之見。

或又疑烈婦之死,以群凶之威力,不能保其不污。(麟眉)此一疑爲失更甚,故提出極言之。夫烈婦苟失節矣,必不至於死;誠死矣,一死自足以明之。(焯眉)只此二語便成鐵案。(元眉)南山可動,此判難移。今號爲丈夫者,媕阿脂韋,小小利害,遂以瀾倒。區區婦女,抗志於群污之中,卒以死殉。然復云云,真所謂"好議論不樂成人之美如此"。(麟眉)不得不痛罵。天地正氣淪没幾盡,僅僅見於婦女之間。吾輩宜培植之,使之昌大;不宜沮抑之,使之銷鑠。此等關係世道不淺。(説眉)立言當尔。若使爲善者以幽微而不録,爲惡者以便文自營脱禍,則天下之亂何所極哉?(焯眉)先生於此等處往往流連不舍,可以見其立心,抑亦可以想見其爲民父母之時矣。(麟眉)此一層見益廣而論益昌大。

前書倉卒,頗有抵牾,今續上記事一首,稍爲詳覈。此皆出於衆人之論,僕初無喜怒於其間,顧以爲天下之公理如此耳。所望吾兄共成此鄉邦之美事,然亦顧其力之所及者爲之而已。草草不次。

(元評)理足而氣自盛,非羊質虎皮可比。

(陶評)此與下累幅連篇,都爲張氏女子一事,先生於此事蓋以全力注之,宜其文不求工而自工也。

與李浩卿書

（**祖評**）先生此文未知與高愍女、楊烈婦二碑何如，在明文中殆無可以抗行者。

益舟還，備道諸公之義舉，欣慰欣慰。向日紛紛，只爲元兇漏網，烈婦受誣，此千古之恨。以此發憤，更不思及其它。今諸公既如此旌揚，則此女當暴白於天下，誠大快也。僕與此里之人忽見天清日明，更亦復有何事哉？

僕與足下數十年相知，未嘗不黯黯而居，默默而處。今日豈欲揭日月、求聲譽於海濱草野之中？惟記事一首，乃僕自以爲必可傳者。少好《史》《漢》，未嘗遇可以發吾意者，獨此女差强人意。又耳聞目見，據而書之，稍得其實。但世人知文者絶少，要以示千百世之後耳。（**説眉**）此數語真著書人心事，不具此心事而漫下筆者，俱妄人耳。

益舟云："虔伯亦疑此文與獄詞不相合。"此殊不可解，足下可取熟勘，豈有不合者？况史家自宜直筆，豈可窺時人向背？如是，則古無南史、董狐矣。張耀前日已有印板，僕已囑其勿遽出，令收在益舟家。送去二册，大率爲相知者不宜秘之，即如前兩書亦然。但亦望且勿示人，恐益爲不知者所議耳。昨已作書道此意，爲即欲西還，恐不能即見足下，復爲縷縷。本意只爲烈婦，其餘皆是末節。僕雖遭人唾駡，亦不須復計也。爲知己者，故不覺多言至此。

（**焯評**）"本意只爲烈婦"，不計其他，此千古之公心也。不能没此心，自不能無此文，此文又良史之直筆也。顧相知者少，即知文者亦絶少，故惟知己者可與道此。通篇反復自道此旨。縱意寫來，綫脉自清，結構自密，但須細心尋味乃得之耳。

與嘉定諸友書

（元評）中間兩層破人之疑，筆力可以截鐵。

有光頓首，諸公足下：僕爲奔車所傷，苦腰痛，久卧城中。比因亢旱，家人乏食，扶曳到安亭。見里中人争言張烈婦事，驚惋累日。嗟乎！烈婦已矣！今日彰善癉惡固有司之事，而發揚之以助有司之不及者，亦諸君子之責也。（焯眉）四句立一篇之案。

聞貴邑張侯慨然欲正爲惡者之罪，且將申明旌别之典，衆庶欣欣有望。（焯眉）承"有司之事"。兹者獄久不决，而檢驗之官屢出。竊恐元兇漏網，而烈婦之心迹無以自明。僕之不佞，得托交於下風，夙欽諸公之高誼，以爲可以明白頌言之者唯諸公而已。（焯眉）承"諸君子之責"。竊望於釋菜都講之餘不恤一言，以伸烈婦之冤，以救東南數千里之旱，唯諸公留意焉！（啓眉）後果以諸生言正胡巖罪，可見當時士風尚古，而令長猶重士論也。而或者之論，以爲致人於生可也；致人於死，仁人之所不爲也。不思生者可念，則死者何辜？烈婦之死極其慘酷，凡有人心者皆欲臠而食之。元惡大憝暴戾恣睢，據人之室，竊人之財，殺人之婦。此而不誅，則人將相食，國家之典法亦爲無用矣。（焯眉）申發有司一層。

或又以爲，賞罰有司之典，士不得而與焉。夫平常一政事，無所與可也。邑有大冤大獄，有司方垂公明之聽，而士懷隱默之心，則亦無貴於士矣。居今之世，耳目所及，可以忿疾者何限！顧非力之所及則已。僕以爲烈婦之事，諸公有可言之義，輒緣《春秋》之義以責諸公。（焯眉）結歸題主。又恐道遠，諸公不能詳，敢述所聞云。

(**夫評**)先生在嘉靖時欲白一烈婦冤,其難如此,至於反反覆覆似不可得者,何况我輩後先生之時,而欲近蹤直道之事耶?噫!然則遇事有冤而不可力争者將奈何?曰:"度可言則言,不可言則退而書其事之本末於簡可也。"

答俞質甫書

(**年評**)何乃頓爾之致。(**經評**)發微闡幽之意,儼然《春秋》之旨。(**虞評**)不放鬆仲尉一筆,緊嚴有法。

人至,得初一日所惠書,感激壯厲。三復,浪然雪涕。嗟乎!質甫則既知之矣,豈待於千百世之後耶?僕自謂處下賤之地,如喑啞聾聵,了無所知與,乃分之宜。昨偶發憤一言,不幸遂有喜事之名。然實在於耳目之近,臨時感觸,出於意之所誠然而不能已者。僕又必欲得足下發其幽光,施之論述,非特求繪藻之工,爲文章纚纚然,觀美矜炫於世而已。

顧其志意有足深悲者。《柏舟》《绿衣》之篇,彼其人所處,以今日視之,尚爲人道之常。而作者爲之憂傷怨憤,反復嘆息,蓋深悼其不幸而美其志意之不倫。聖人遂因而存之,以爲千百世之法。况今日之變萬萬於此,故欲與足下顯其行事,使千百世之後,略知今世之人亦有出於《柏舟》《绿衣》女子之上者。雖攸斁彝倫,反道敗德,恂愗煩冤,而天下之公理猶在人心,不至泯滅澌盡,而天地之所以不至覆墜者有此耳。(**年眉**)徬徨要渺,如寡婦之哀號。

《詩》曰:"我躬不閲,遑恤我後!"夫彼已甘就屠剔剖割以遂其志,此豈有顧於後世之榮名者?要之僕與足下之心如此而已。如足下卒爲撝讓,僕何望焉!

（埛評）張烈婦事屢言之，真仁人之用心，此書尤懇款。

與宣仲濟書

有光頓首，仲濟足下：自足下之寓吾崑山也，僕始得一見，以爲温然君子。既而聞宣烈婦之事，益慨嘆，以爲此即向所見宣生之姊也。及觀足下所撰述數百言，凛然如見其人。又喜烈婦之有弟，可托以不朽也。僕向許作傳，因循未及論次。兹當遠役，須俟少暇爲之。夫烈婦之所自立者，難矣！此理在天地間，昭昭耿耿，千萬年不滅。（説眉）文章可以强人氣者，此也。傳與不傳，此是吾輩事耳，如烈婦，則何假於此？向與浩卿語及旌表，令人憤懣。使者徒知籍天子命作威福，寧復知紀綱風化爲何物？此亦非一日矣。然龍逢、比干，當時亦何嘗旌表哉？（説眉）快語。朝廷知此言則可以立政，世人知此言則可以立身。人去草草，明當奉晤，不一。

與潘子實書

（麟評）先生陽尊宋儒，而意實不滿，只緣本領不足，未免處處流露，學者不可以其文之美而略其所見之非。

有光頓首，子實足下：頃到山中，登萬峰，得足下讀書處，徘徊惆悵，不能自歸。深山荒寂，無與晤言，意之所至，獨往獨來。思古之人而不得見，往往悲歌感慨，至於淚下。（麟眉）一路叙得頓挫激昂，讀之令人感發。

科舉之學驅一世於利禄之中，而成一番人材世道，其敝已極。士方没首濡溺於其間，無復知有人生當爲之事。榮辱得喪，纏綿縈繫，不可脱解，以至老死而不悟。(**説眉**)晨鐘也。足下獨卓然不惑，痛流俗之沉迷，勤勤懇懇，欲追古賢人志士之所爲，考論聖人之遺經於千百載之下。以僕之無似，至僅誨語累數百言。感發之餘，豈敢終自廢棄?

又竊謂經學至宋而大明，今宋儒之書具在，而何明經者之少也?(**説眉**)宋儒亦須別其短長。(**麟眉**)此乃讀宋儒書者之咎，豈宋儒有病哉！夫經非一世之書，亦非一人之見所能定。而學者固守沉溺而不化，(**麟眉**)意誤矣。甚者又好高自大，聽其言汪洋恣肆，而實無所折衷，此今世之通患也。故欲明經者，不求聖人之心，(**麟眉**)"心"字宜易"道"字，然必不肯如此説，恶其言之近於宋儒也。而區區於言語之間，好同而尚異，則聖人之志愈不可得而見矣。足下之高明，必有以警憒憒者。無惜教我，幸甚。

示徐生書

(**説評**)願以告天下之爲弟子者與天下之爲師者，又以告天下之爲人父母尊長者。

徐生倬，學於余四年矣。世學之卑志在科舉爲第一事，天下豪傑方揚眉瞬目，群然求止於是。生非爲科舉文不以從予，予不爲科舉文亦無由得生。然予之期於生者，世未之知也。

今年正月，予游金陵。生爲書數百言，汲汲乎恐其志之不遂，而憂予之去而失所助也。予未有以答。及是，予將計偕北上。生愈不自聊賴，復爲書乞所以爲學者。

夫聖人之道，其迹載於六經，其本具於吾心。本以主之，迹以徵之，燦然炳然，無庸言矣。心之蒙弗亟開，而假於格致之功,是故學以徵諸迹也。(説眉)依此修行,亦足以免時文之毒。迹之著莫六經若也,六經之言何其簡而易也！不能平心以求之,而别求講説,别求功效,無怪乎言語之支而蹊徑之旁出也。生其敏勵以翼志,静默以養實,檢約以遠耻。凝神定氣於千載之上,六經之道必有見乎其心矣。苟唯浮逞譁曄,與庸同事,而口舌是恣,曰"吾有以異于人人",則非獨生欺予,予亦欺生也。因書以勉生,且以貽二三子。

與陸太常書

(雲評)此等劄牘並滔滔清古,其源亦出昌黎。

前在京師,天下士待選吏部者幾千人,莫不相慶幸。以爲當今選用至公,請託不行,士以賕通者無道進,海内清平可望,以陸公之在銓曹也。及執事爲太常,尋以言罷,天下之士莫不觖然失望。

僕山野迂愚之人,居京師,不知造請。而吏部門第嚴扃,雖有敬仰之心,亦無繇而至焉。幸拜今命,於内庭始得望見,又得隨行於露寒、鳷鵲之間。執事不鄙,爲道生平相知之素及相汲引之意。言雖不行,而受執事之賜多矣。

執事又過稱其文有司馬子長之風,子長更數千年,無人可及,亦無人能知之。僕少好其書,以爲獨有所悟,(説眉)非獨悟不能讀遷史。而怪近世數代之史卑鄙凡猥,不足復自振。嘗有志規摹前人之述作,稍爲删定,以成一家之言,而汩没廢棄。今老矣,恐此事遂已也。瞻望咫尺,未遑詣見。歲忽云暮,感愴知己之言,特人申候,草草不盡。

與趙子舉書

丁未歲，龍老主考，吾兄在刑曹，得承款晤。至庚戌，吾兄以艱去，遂不復相見。龍老復主考，撤簾後，僕見之里第。時孫祭酒在坐，相與嘆息。臨送出門，有不能相舍之意。京師諸公皆云："龍老兩主試，不以子爲拙，而每以失子爲恨。"此古人之所難矣。

龍老云逝，以龍老之心爲心者，惟有吾兄而已，不自意間闊如此。二十餘年來如墮淵海，沉没至底。平生倔强，亦無有望世人相憐之意，而不能忘情於兄者，思龍老不得見也。自别後，龍老既亡，以爲大戚，而妻子相繼夭殁。江上之居尋遭倭奴剽掠，遂棄之荆棘中。薄田歲不收，重有輸糧之累。祖父土尚未即窆，而先人復以去年四月中没。五内痛割，齊斬之不葬者殆至五六，亦人世之所未有也。

獨愛嗜古人書，今皆已荒廢。嘗於汴中得《周易集解》，因悟古人象數之學，微見其端，亦復不能究竟。近世多欲重修《宋史》，以爲其簡帙之多。夫苟辭事相當，理所宜多，何厭於多？（説眉）史非一簡字可盡。僕於此書頗見其當修者以爲不在於此。（谷眉）震川以爲當修者必自有在，惜未完，爲凡例筆之書，至今遂與王損仲所删同爲絶響，可勝浩嘆！有志數年，而書籍無從借考，紙筆亦未易措辦，恐此事亦遂茫然矣。

玉城兄有滇南之行，道經貴陽，必獲相見，托此爲問，鄉里故舊如玉城長者亦不可多得。吾兄奉璽書，殿此南服，有"分陜"之重，望譽日隆，不日當膺簡召，非鄙人之所敢贅述者。伏惟爲國自愛，不宣。

（説評）六月四日風止，如清秋，讀竟此卷。

卷八 書

奉熊分司水利集並論今年水災事宜書

(麟評)可謂獨見其大。(紓評)松江爲吴中之孔道,不濬松江,三吴之水亦何由泄?文言之鑿鑿,恐當道亦未必即從此老孝廉之策也。文於要害處言之,至有力量。

有光生長東南,祖父皆以讀書力田爲業,然未嘗窺究水利之學。聞永樂初,夏忠靖公治水於吴,朝廷賜以水利書。夏公之書出於中秘,求之不可得見。獨於故家野老搜訪,得書數種。因盡閲之。間采其議尤高者,彙爲一集。

嘗見漢世,國家有一事,必令公卿大臣與博士議郎雜議。始元中,諸儒相論難鹽鐵。及宣帝時,桓寬推衍之至數萬言,而盛稱中山劉子、九江祝生之徒,欲以究成治亂,定一家之法。有光所取水利論僅止一二,然以爲世所傳書皆無逾於此者。

郟大夫考古治田之迹,蓋浚畎澮距川,瀦防溝遂列澮之制,數千百年,其遺法猶可尋見如此。(陶夾)先條列諸家得失,語簡而明。昔吴中嘗苦水,獨近年少雨多旱,故人不復知其爲害,而隄防一切廢壞不修。今年雨水,吴中之田淹没幾盡。不限城郭、鄉村之民皆有爲魚之患。若如郟氏所謂塘浦闊深而堤岸高厚,(夫夾)八字得肯綮。水猶有大於此者,亦何足慮哉?當元豐變法，擾亂天下，而鄭氏父子，荆、舒所用之人，世因以廢其書。至其規畫之精，自謂“范文正公所不能逮”，非虛言也。（**説眉**）讀漢唐以來篇藉要如此分明，南宋胡氏豈非天地之元氣，而《春秋傳》之是非離合，恐未可重其人而一準其言也。（**大眉**）公論。着不得門户意見。

單君鍔，本毗陵人，故多論荆溪運河古迹、地勢蓄泄之法。其一溝一港皆躬自相視，非苟然者。獨不明《禹貢》三江，未識松江之體勢，欲截西水入楊子江上流，工緒支離，未得要領。揚州藪澤曰具區，其川三江，蓋澤患其不豬，而川患其不流也。今不專力於松江，而欲涸其源，是猶惡腹之脹，不求其通利，徒閉其口而奪之食，豈理也哉？

近世華亭金生綱領之論實爲卓越，然尋東江古道，於嫡庶之辨終猶未明。誠以一江泄太湖之水，力全則勢壯，故水駛而常流；力分則勢弱，故水緩而易淤。（**麟眉**）明透。此禹時之江所以能使震澤底定，而後世之江所以屢開而屢塞也。松江源本洪大，故别出而爲婁江、東江。今江既細微，則東江之迹滅没不見，無足怪者，故當復松江之形勢而不必求東江之古道也。（**夫眉**）確有定見。

周生勝國時，以書干行省及都水營田使司，皆不能行。其後僞吴得其書，開浚諸水，境内豐熟。迄張氏之世，略見功效。至論松江不必開，其乖謬之甚有不足辨者。尋周生之論，要亦可謂之詭時達變、得其下策者矣。

有光迂末之議，獨謂大開松江，復禹之迹，以爲少異於前説，然方今時勢財力誠未可以及於此。（**陶夾**）下乃自明己意，總在大開松江。伏惟執事秉節海上，非特保鄣疆圉，且以生養吾東南之赤子，生民依怙之者切矣。邇者風汛稍息，開疏瓦浦。五十餘年湮没之河一旦通流，連月水勢泛濫，凡瓦浦之南相近二十余里，水皆向北而流。百姓皆臨流嘆誦明公之功德。蓋下流多壅，水欲尋道而出，其勢如此。不得其道，則瀰漫橫暴而不制，以此見松江不可不開也。（説眉）此禹之心也，此《洪範》治水之舊法也。松江開，則自嘉定、上海三百里内之水皆東南向而流矣。

頃二十年以來，松江日就枯涸。惟獨崑山之東、常熟之北，江海高仰之田歲苦旱災，腹内之民宴然不知，遂謂江之通塞無關利害。今則既見之矣，吴中久乏雨水，今雨水初至，若以運數言之，恐二三年不止，則仍歲不退之水何以處之？當此之時，朝廷亦不得不開江也。

天下之事，因循則無一事可爲，奮然爲之亦未必難，明公於瓦浦實親試之矣。（麟眉）必須説此病。且以倭寇未作之前，當時建議水利，動以工費無所於出爲解。然今十數年，遣將募兵，築城列戍，屯百萬之師於海上，事窮勢迫，有不得不然者。若使倭寇不作，當時有肯捐此數百萬以興水利者乎？若使三吴之民盡爲魚鱉，三吴之田盡化爲湖，則事窮勢迫，朝廷亦不得不開江矣。（説眉）曲盡情事。（陶夾）對勘明白。

弘治四年、五年大水。至六年，百姓饑疫死者不可勝數，正德四年亦如此。今年之水不減於正德四年，尚未及秋，民已嗷嗷矣。救荒之策决不可緩，欲望早爲措置米穀，設法賑濟。或用前人之法，召募饑民，浚導松江。姑且略循近世之迹，開去兩岸茭蘆，自崑山慢水江迤東至嘉定、上海，使江水復由踰口入海。放今年渟瀦之流，備來年洊至之水，亦救時之策也。

有光蹇拙，非有計慮足以裨當世。獨荷執事知愛，盡其區區之見，或有可備末議者。伏惟裁擇之，幸甚。（元夾）利害周悉。

(**夫評**)行中策爲妥,必欲大開江勢,復禹故迹,不妥。

(**陶評**)斷制折衷,總以開松江爲要領。末以倭禍証松江之不得不開,實足閒執異議之口。

寄王太守書

(**麟評**)所見卓越,文氣分外條暢。(**紓評**)此書乃抱定前書宗旨,既力言積弊所在。末引據史起,尤精切有膽識。

昨承明府論及水利,匆遽辭别,不及盡言。有光非能知水學者,然少嘗有意考求,見盧公武《郡志》止抄録事迹,略無綱要。今《新志》因之,而近來言水利者不過祖述此耳。

嘗訪求故家野老,得書數種。獨取郟氏二三家,斷以爲專門之學,遂彙録成書,非能特有所見也。唯以三吴之水瀦於太湖,太湖之水泄於松江,古今之論無易此者,(**麟眉**)要言不煩。故著論以暢前人之旨。嘗又讀《禹貢》,注三江者訖無定論,惟郭景純及邊實之論爲是,故定以爲三江之圖。

明府見諭,謂吴淞江與常熟縣無預,有光所論三吴之水非爲常熟一縣之水也。江水自吴江經由長洲、崑山、華亭、嘉定、上海之境,旁近之田固藉其灌溉。要之,吴淞江之所以爲利者,蓋不止此。獨以其直承太湖之水以出之海耳。今常熟東北,江海之邊,固皆高仰。中間與無錫、長洲、崑山接壤之田皆低窪,多積水。此皆太湖東流不快之故。若吴淞江開濬,則常熟自無積水,然則吴淞江豈當與許浦、白茅並論耶?

明府又謂,楊子江、錢塘江,何與於吴中水利?愚意特欲推明三江之説。蓋自來論吴中之水必本《禹貢》"三江既入"之文。自孔安國以下,以中江、北江爲據,既失之泥;班固、韋昭、桑欽近似而不詳，故當從郭景純。唯三江之説明，然後吴中之水可得而治也。《經》曰："三江既入，震澤底定。"先儒亦言三江自入，震澤自定，文不相蒙。然吴淞一江之入，震澤底定，實係於此。經文簡略不詳耳。誠恐論者不知此江之大，漫與諸浦無别，不辨原委。或泥張守節、顧夷之論，止求太湖之三江，用力雖勞，反有支離湮汩之患也。但欲復禹之迹，誠駭物聽，即如宋郟亶時之丈尺，時力亦恐未及。而水勢積壅爲害，欲求明府先令所在，略據今日河影，開挑茭蘆，使自崑山夏駕口至嘉定栅橋尋入海之口，則江水有通流之漸矣。今春量撥賑饑之穀，召募饑民，或可即工。又旁江之民積占茭蘆，皆以告佃爲名。所納斗升之税，所占即百頃之江，兼之漲灘之税亦多吏胥隱没，官司少獲其利。（**麟眉**）無不明了。昔宋時圍田皆有禁約，今奸民豪右占江以遏水道，更經二三年，無吴淞江矣。若責所占之人免追花利，止令隨在開挑，以復舊迹，則官不費而奸有所懲矣。（**麟眉**）前段説明松江要害，此方陳説開濬之法。（**夫眉**）此法可行。（**焯眉**）可知"既入""底定"之文並非不相蒙者矣。古人文字大抵據實直書，使後世讀其文者考求事迹當自會耳。必如何而後爲詳耶？以此愈見硬主郭説之不的也。

有光二十年屏居江上，未嘗敢獻書當事者。異日吕公有意水利，然以平日非相知，不敢有所陳。前以分司舊識，因開瓦浦問及。而明府親屈二千石之重，敦行古誼，虚懷下接，且惓惓以吾民之魚鱉爲憂，故特有言耳，然區區所望於明府有大於此者。昔魏王召史起問："漳水可以灌鄴田，子何不爲寡人爲之？"史起曰："臣恐王之不能爲也。"王曰："子誠能爲寡人爲之，寡人盡聽子矣。"史起敬諾，言之於王曰："臣爲之，民必大怨臣。大者死，其次乃籍臣。臣雖死籍，願王之使他人遂之也。"王曰："諾。"使之爲鄴令。史起因往爲之,鄴民大怨,欲籍史起。史起不敢出,而避之。王乃使他人遂爲之。水已行,民大得其利。由此言之,興一世之功,不當恤流俗之議也。區區之見,要以吴淞江必不可不開。(**麟眉**)結出旨意斬截。即日渡江,違離節下,豈勝瞻戀。因還舡附此,不宣。

(**夫評**)今日吴中水利去公又百餘年矣,急宜講求,故凡論水學文字皆收,不可刪去。

遺王都御史書代

(**年評**)剴暢,歐蘇本色也。中間機鋒激射,似又從《左傳》觸龍諫太后一段文字脱出。(**麟評**)實實留心,故言言實際,士大夫宜如是也。(**雲評**)民瘼層揭,足令聽者氣讋而心平,此等論事得之六一居士爲多。(**元評**)布帛菽粟之文,實有益於天下。乃覺循虚逐微、競勝於風雲月露之間者,真不值李士恢一笑耳。(**紓評**)漕運之弊不殫書,江浙之民往往有鬧漕之事,浙中劣紳又往往包漕與官爲難,皆不清其弊源也。文言之精透異常,毫髮不諱,自是先輩猶遵古之直道。

某屏居山野,不敢復自通於當世士大夫。雖承明公顧念,不遺衰棄,而亦不能少伸候謝之情,負罪何可言! 兹輒不自量,以鄉里細民之情冒有陳瀆,惟明公采擇焉。

往歲,漕卒與嘉定之民鬨。時巡院適在彼境,見其不直,頗加懲艾。遂至負恨,以單詞赴臺陳訴。其糧米不無糠粃之雜,而亦不盡然也。明公以軍國重計,不容有所縱貸,然猶顧恤民隱,不加深究。吴人莫不忻歡鼓舞,嘆頌明公之德矣。邇者檄下,欲以嘉定縣糧赴郡治交兑,民情頗有不便。譬之驕兒之於慈母，有不得其所欲，不能不號呼而隨之。此某之所以不自量而代爲之言也。嘉定負海，去郡治二百里所，往來以潮汐爲候。又經歷太倉、崑山而後至。此法一行，民間又增轉搬折耗之苦，將來之弊有不可勝言者。（**庭眉**）先言到郡交兑之苦。

古者天子地方千里，中之爲都，輸將徭使，遠者不出五百里而至。諸侯地方百里，中之爲都，輸將徭使，遠者不出五十里而至。考之《禹貢》，古之輸百里、二百里，蓋所必計也。（**麟眉**）挈醒。（**庭眉**）切証。今江南爲國家奉地，歲漕自所在水次達於京師三四千里，費無不出於民。雖假之漕卒，其實民輸之三四千里也。（**庭眉**）次推言兑運之制。今又加之二百里，又比古之天子諸侯之輸矣。（**陶夾**）役重。夫漕卒舊法領兑於嘉定，彼以泛舟之便，無分毫之損也。而嘉定交兑於蘇州，復有雇船之役，增數倍之費矣。（**陶夾**）費煩，大意已盡。

國初，罷海運爲轉運。（**庭眉**）下即申發前費無不出於民三句。（**陶夾**）此段更推言定制，以申明其斷不可更。其始直隸蘇松常、浙江杭嘉湖之糧，送至淮安；鎮江、廬、鳳、淮、揚之糧，送至徐州；徐州、山東兖州之糧，送至濟寧；而以裏河船遞送至京師，此所謂轉運也。當時民以爲不堪，故改定於淮安、瓜州水次，增加船脚耗米，對船貼兑，與軍領運，此所謂兑運也。民猶以爲不堪，故又改定於本府州縣附近水次交兑，而增加漕卒過江脚耗，自此民不復送至瓜、淮，而漕卒自至所在州縣支運，此所謂長運也。國家立國歷一百餘年，因革損益務求以便民，蓋至於長運而其法始定，疑未可以輕改也。（**庭眉**）法之原委既不可改。此法一動，恐後之議者以蘇州不可，復議瓜、淮，瓜、淮不可，復議徐州、濟寧，未知今日之民可以堪此否也？（**年眉**）言者變色，聞者動容，曉人不當如是耶！（**庭眉**）此下又申發前增加之實。（**麟眉**）究極事勢，方能動聽。夫以米石加兑五六斗，是以石五六斗而運一石也。况過江脚價日增月益，不知其幾，而後乃以長運代民之兑運。民之所以得宴然於境内而使軍自至者，非能役之也，實增加耗之米雇之也。（午眉）層層剥入。軍之所以不得不至者，實厚受其雇而爲之役也。（年眉）今言漕運者有言旗弁之苦矣，恨不以先生此文示之。（庭眉）據民之情實尤不可改。（陶夾）辨折明析。明公考求其故，必不肯容易改易於其間者矣。若夫糧米插和及争訟小節，明公稍加振飭，所在孰敢不奉令？况户部每年奏差主事監兑，奉有專敕。監兑能舉其職，則明公可以無問矣，亦不至啓長運爲兑運之漸也。（年眉）又以此語悚之。（麟眉）酌濟更得。（陶夾）還他處置之法。

國家殫天下之力以養兵，一旦有事，兵者至於無所用，而獨驅民以戰。（庭夾）兵民本不均一。而天下之民竭蹶以奉天下之兵，不知其已也，是固有可痛者矣。（庭眉）以上就本事説，以下更於本事外推説。漕卒虓暴，賴所在有司與之牴牾，僅可少支。今明公意有所偏重，即異日之放縱無所不至。有司承風，莫敢誰何，民猶以羊而禦狼也。（庭夾）兵民又不敵二。（陶夾）此風更不可長。瀕海州縣自經倭奴剽掠之餘，十室九空。而加編海防，賦調日廣。至辛酉之水，吴中千里皆爲巨浸，爲百年所未有之災。當時撫院不曾奏蠲，至今易銀徵賠未已。（庭夾）民力之殫竭三。鄉民離農畝，日在官府聽候比較，晝夜捶楚，流血成溝。質鬻妻兒，投命貴室；廬舍折毁，蒿萊遍野，蓋有所不忍見者。明公《甘棠》之愛在於吾民，今日領天下財賦，百姓嗷嗷，尚望於常格之外加以曠蕩之恩。而嘉定之民如以驕子得罪於慈母，可以少戒，而不可以深懲之也。况兑運一事所繫非淺，是以少效狂瞽之言。（元眉）明透。（庭眉）仍繳歸本旨。伏惟矜恕，幸甚。

（升評）詳明委折，惻惻動人。

（陶評）引經據例，侃切詳明，後幅防兵之横，念民之苦，義尤有進。

論三區賦役水利書

（麟評）質質樸樸寫去，自然古懋，緣其心意誠肯也。（元評）一反一正，前後各三段，文格極工整。（紓評）天下苟便於民，吏必無利。書中論官布則在有布而偏責銀，有銀而偏責布；論税額則在寧責三斗而使民逋不復五升，而使官足；其論水利則在税私占而導之塞江。種種弊端，皆直言揭出，措詞較名臣奏議尤爲切實。

有光再拜，謹致書明侯執事：竊承明侯以本縣十一、十二、十三保之田土荒萊，居民逃竄，歲逋日積。十數年來，官於兹土者未嘗不深以爲憂，而不能爲吾民終歲之計。明侯戚然於此，下詢芻蕘。有光生長窮鄉，譚虎色變，安能默然而已。

竊惟三區雖隸本縣，而連亘嘉定迤東沿海之地，號爲岡身。田土高仰，物産瘠薄，不宜五穀，多種木棉，土人專事紡績。周文襄公巡撫之時爲通融之法，令此三區出官布若干疋，每疋準米一石。小民得以其布上納税糧，官無科擾，民獲休息，至弘治之末號稱殷富。正德間，始有以一人之言而變易百年之法者，遂以官布分俵一縣。夫以三區之布散之一縣，未見其利而三區坐受其害，此民之所以困也。夫高阜之地遠不如低窪之鄉，低鄉之民雖遇大水，有魚鱉菱芡之利，長流采捕可以度日。高鄉之民一遇亢旱，彌望黄茅白葦而已。低鄉水退，次年以膏沃倍收；瘠土之民，艱難百倍也。前巡撫歐陽公與太守王公行牽耗之法，但於二保、三保低湮水鄉特議輕減，而於十一、十二、十三保高阜旱區却更賦。前日五升之田，與概縣七、八等保膏腴水田，均攤三斗三升五合。此蓋一時失於精細，而遂貽無窮之害，小民終歲勤苦，私家之收或有不能及三斗者矣。田安得不荒？逋安得不積？此民之所以困也。

吴淞江爲三州太湖出水之大道，水之經流也。江之南北岸二百五十里間，支流數百，引以灌溉。自頃水利不修，經河既湮，支流亦塞。然自長橋以東，上流之水猶駛。迨夏駕口至安亭，過嘉定、清浦之境，中間不絶如綫，是以兩縣之田與安亭連界者無不荒。以三區言之，吴淞既塞，故瓦浦、徐公浦皆塞；瓦浦塞，則十一、十二保之田不收；徐公浦塞，則十三保之田不收。重以五六年之旱，溝澮生塵，嗷嗷待盡而已，此民之所以困也。

生愚妄爲執事者計之：其一曰復官布之舊。乞查本縣先年案卷，官布之徵於三區在於某年，其散於一縣在於某年。祖宗之成法、文襄之舊税，一旦可得而輕變，獨不可以復乎？今之賦役册，凡縣之官布皆爲白銀矣。獨不思上供之目爲白銀乎，猶爲官布乎？如猶以爲官布，則如之何其不可復也？古之善爲政者必任其土之所宜以爲貢，文襄之意蓋如此。（**麟眉**）至平極常道理，庸人却必不肯。即今常州府有布四萬疋，彼無從得布也，必市之安亭。轉展折閲，公私交敝。有布之地不徵其布，而必責其銀；無布之地不徵其銀，而必責其布。責常州以代輸三區之銀，則常州得其便；責三區以代輸常州之布，則三區得其利。此在執事言於巡撫，一轉移之間也。其二曰復税額之舊。牽耗之法係蘇州一郡之事，生愚未敢僭及，姑言今日之易行者。前王公已定耗法，均攤之田三斗三升五合，歉薄之田二斗二升。既而會計本縣，薄田太多，而三十六萬之外乃增餘積米數千。王公下有司再審，歉薄之田均攤數千之米，此王公之意欲利歸於下也。有司失於奉行，如三區者終在覆盆之下，而所存餘積之米遂不知所歸。欲乞查出前項餘積，作爲正糧，而減三區之額，復如其舊。此則無事紛更，而又有以究王公欲行而未遂之意矣。夫加賦至三斗，而民逋日積，實未嘗得三斗也。復舊至五升，而民以樂輸，是實得五升也。其於名實較然矣。既減新額，又於逃户荒田開豁存糧，照依開墾荒田事例，召募耕種，數年之間又必有蘇息之漸也。其三曰修水利之法。吴淞江爲三吴水道之咽喉，此而不治，爲吾民之害未有已也。先時言水利者不知本原，苟狥目前，修一港、一浦以塞責而已。必欲自源而委，非開吴淞江不可。（**麟眉**）此先生一生卓見。開吴淞江，則崑山、嘉定、青浦之田皆可墾。議者不究其本，因見沿江種蘆葦之利，反從而規取其税。自用直浦、索路港諸地悉爲豪民之所占，向也私占而已，今取其税，是教之塞江之道也。（**元眉**）破的。上流既壅，下流安得而不閼乎？生愚爲三區之田而欲開吴淞江似近於迂，然恐吴淞江不開，數年之後，不獨三區，而三州之民皆病也。若夫開瓦浦，溉十一、十二保之田；開徐公浦，溉十三保之田；此足支持目前，下策也。生愚聞之：古之君子，爲生民之計，必不肯拘攣於世俗之末議，而决以敢爲之志。况此三區本縣蕞爾之地，在明侯之宇下，得斗升之水可以活矣。伏願行此三策，庶幾垂死而再蘇之，其有德於吾民甚大。（**焯眉**）爲之不决，古今壞却多少事。但恐敢爲而不明理，則又爲荆公之新法也。（**年眉**）剖析利害，直如掌上螺文。（**麟眉**）所謂庸人自擾，説得痛快。

又今旱魃爲災，明侯昔日車馬所過，瀕河人迹所至之處，禾稼僅有存者，至於腹裏無復青草。近經秋潦，往往千畝之田枯苗數莖，隨水蕩漾而已。救荒之策、免租之議，此如拯溺救焚，尤不可緩者。又今三區無復富户，所充糧役不及中人之産，賠貱之累尤不忍言。乞念顛連無告之民，照弘治間例及太守南岷王公新行事例，免其南北運庫子馬役解户之類，此亦可以少紓目前之急也。唯明侯留意焉。

（**年評**）掀髯而談，深中利弊，其於民情纖悉無不玲瓏剔透，横説、竪説、中邊皆見必如此方爲經國之盛業也。

（**元評**）入情入理，指畫曲盡，而筆之圜潔足以達之，歐陽永叔而後獨有先生耳。

（**升評**）通達時務之論，如菽粟之實可療饑。

論禦倭書代

（**麟評**）經史中道理，世界上事變，學士大夫求能如此明白、能鑿鑿言之者，亦已難矣。

某廢棄山林之日已久，天下之事非分之所宜言者。顧自以世受國恩，身在江湖，不敢一日而忘魏闕之下。況今倭奴逆天悖暴，實吾父兄子弟百年之仇耻。辱明公惓惓下問，一得之愚敢不自竭。

伏見天子哀憫元元，誕布德音。明公以股肱耳目之重臣膺兹簡命，俾執玉帛告祭東海之神，精誠昭格，百靈效順，鼉鱉小醜當知無遁逃之所矣。昔裴晋公、李中丞嘗受視師之命，不旋踵而元濟就擒，劉稹授首，克成淮、蔡、澤、潞之功。況我聖朝之威靈萬萬於有唐，而明公之所以自待者，豈自處裴、李之下哉？固宜詳延博采，不遺於蒭蕘之賤也。某不敢爲泛説以瀆明聽，姑就今日用兵之勢言之。

自倭奴入寇，於今三年。虔劉我人民，淫污我婦女，焚蕩我屋廬。(**庭眉**)此段言當速戰。有司嬰城而自保,軍衛莫之誰何。盼盼焉視彼重裝滿載,得饜而去。徒諉曰無兵,猶可也。今各省之兵四集,無慮十萬,屯聚境上。區區殘息遊魂,滅此而朝食可也。而至今相持,未見有必戰之計。老子曰:"師之所處,荆棘生焉。"故善者,果而已矣。孫子曰:"久暴師,則國用不足。鈍兵挫鋭,屈力殫財,則諸侯乘其敝而起。""故兵聞拙速,未覩巧之久也。"今若是,不幾於鈍乎?豈老子之所謂果乎?議者謂此寇不宜與之戰,在坐而困之,此固一説也。然窮天下之精兵,散甲士於海上,曠日彌月而久不決,則所謂困者在我矣,是不可不察也。(**麟眉**)醒快。則今日之計,宜於速戰而已。(**陶夾**)點明宜速戰。

然兵有分有合,徒厚集其衆於一,而不爲之列屯要害,廣布形勢,則賊之所出必視吾無備之處而爲之走集,是宜觀地之要以擬其潰。(**庭眉**)此段言當分屯。(**陶夾**)緊轉。吴、越之地瀕於大海,海口之可通者數路而已,既不能把扼而使之突入;三江、五湖之間,要害之可守者數處而已,又不能按據而使之横潰,則將何爲而可也?某以爲賊在川沙,兵之所向,能保其敗於東,不潰於西耶?攻其外,不潰於内耶?故太湖之口可屯也,三泖之口可屯也,吴淞江之中道可屯也。某嘗循行江上,問所謂滬瀆壘者,知昔人禦寇之遺迹。即如此壘,正在蘇、松二府之中,賊得至此,則蘇州、松江諸縣無日不危也。故爲屯壘,不獨可以拒賊之入路,又可以爲州縣之聲援也。昨者黄岡涇之捷,斬首之多,以前所未有。然賊復東出,則賊鋒雖挫於五湖之上,而蠻煙復接於九峰之間矣。由此言之,分屯其可後乎?(**陶夾**)點明宜分屯。

往賊攻州而府不救,攻縣而州不救,劫掠村落而縣不救。府如無州,州如無縣,縣如無村落,僅僅自保於一城之中。如與人門而束其手足，絶其黨而孤立，如之何能自存也？（**庭眉**）此言嬰城孤守之失。幸而此賊在於抄掠而已，設有長驅之志，孰能禦之？是唇齒俱亡，首尾衡决矣。即使徒以保城爲功，而置百里生民於度外，爲人父母，何以爲心？（**麟眉**）以下三層理勢一層緊一層。况京畿千里之地，蕩然無藩籬之限，兵之失勢莫甚於此，此其不可一也。凡王者之師，未有不分别其逆順，離散其黨與者。（**庭眉**）此言妄戮奸細之失。今閩、浙亡命與諸島之夷固所必誅，若吾民所在被其係累，而皃之以爲前行，以餌吾師。嘗聞我軍斬首虜二百餘，其間止有一二爲真賊者。則臨陣之際，豈可不辨其真僞，明購賞格，開示丹青生活之信？古之用兵能使賊爲吾用，而今驅之使爲賊，此其不可二也。聚天下之兵，而軍政不立，斷斬不行，鹵掠不禁。前者方陷陣，後者已奔佚。（**庭眉**）此言紀律不嚴之失。是民有百走退死之心，而無一前進生之計。且所謂營壘、行陣、間諜、兵械，與夫分數、形名、虚實、奇正之説，兵家之所常言，悉置而不講，此其不可三也。

故今日之兵在於决機，而分屯以佐其勢。（**庭眉**）此段總束，一一應上。（**麟眉**）一總簡勁。（**陶夾**）二語收上段。又當戒飭州縣之吏，不宜以閉塞城闉爲上策。（**陶夾**）以下收三不可。百姓之逃歸者，不可逆以奸細而禁錮誅戮之。至於誅賞，軍令之大，今之所調，雜以夷獠，宜示中國之紀律，不可爲蠻夷所笑。如是而戰不勝、賊不滅者，未之有也。（**庭眉**）以上皆言倭寇上岸禦之之策，此言當迎水逆擊，勿使上岸，乃經久之計。然今雖以殄滅爲期，而經略措置非數十年不能安寧。且夷性貪狠，狃於鹵獲之利，雖有懲艾，不能保其不來。（**麟眉**）方見老謀長慮。夫自正統以來，殆將百年，及今而發。如人之疾病，一旦發作，豈得遽止？故宜考求宣德、正統之間，前之所以侵盜而無已，後之所以頓息而不來,則有以知其故矣。永樂中,廣寧伯鎮守遼東,築城金綫島之西北,夜見東南海島中火光即知寇至,邀擊之,擒斬無遺,以是寇不敢入境。蓋彼懸度大海,經以旬月,非風候不行。又不能多齎糧餉,賊未到岸往往饑罷。兵法無負於水而迎客,無迎水流。獨於禦倭宜反而用之,必迎水逆擊,不使上岸,此必盡之術也。(**陶夾**)荆川禦倭之策亦謂宜戰于海中。舍是,則由外海而入内海,由海入港,由港入城郭,如今日必至之害矣。謂宜振飭祖宗之法,自廣、閩、浙、淮,以至遼東,修沿海列衛之政,則兵不必别調也。舉都司備倭之職,則將不必别選也。不然而恃客兵,客兵不可久居;設使撤還,賊將復至。周旋不已,是兵無時而息也,而民亦殫矣。(**麟眉**)明暢至此。

議者又謂宜開互市,弛通番之禁,此尤悖謬之甚者。百年之寇無端而至,誰實召之?元人有言:"古之聖王,務修其德,不貴遠物。"今又往往遣使奉朝旨飛舶浮海,以與外夷互市,是利於遠物也,遠人何能格哉?此在永樂之時,嘗遣太監鄭和一至海外,然或者已疑其非祖訓禁絶之旨矣。况亡命無籍之徒違上所禁,不顧私出外境下海之律,買港求通,勾引外夷,釀成百年之禍。紛紜之論,乃不察其本,何異揚湯而止沸?某不知其何説也!唯嚴爲守備,雁海龍堆,截然夷夏之防,賊無所生其心矣。某身罹寇難,以與鄉邑父老熟計之,此言或有近於理。幸賜采擇而行之。

(**坰評**)救時良策,極剴切詳明。

(**陶評**)前半言目前用兵之勢,後半論經久善後之圖,明白軒朗,實可坐言而見之行,孰謂儒生不通曉時務耶?

崑山縣倭寇始末書

（**擇評**）據事直書，但可備邑志記録。（**啓評**）前上總制書云："癸丑夏五更作紀事實録。"即是書也，時嘉靖三十二年。（**鼒評**、**孫評**）此記體也，"書"字應在"崑山"上，而陋者妄移於下。此記似信筆填寫，未見紀律。

倭寇之變起自上年三月初旬，雖絡驛無虚日，亦惟騷動緣海，尚未敢深入，猶懼歸途之有梗也。乃今糾合既衆，嚮道既明，又知吾民不素習，兵不預備，遂眇無忌憚。今年四月初七日，警報直抵崑山。官民哄然，方填門塞關，爲城守之計。而都司梁鳳適承撫按文檄，統處兵八百來守玆土。士民倚爲長城，詎意其貪懦無狀，坐受宴犒。托言屯扎該境，遥爲聲援，竟爾招摇遠去。分兵四逸，半從鹽鐵，半從周市，沿途剽掠，吾民驚竄，自是要害無守。

十三日午時，賊船五十餘隻，賊徒三千餘人，徑泊新洋江口，直犯東門，肆力攻圍。煙焰燭天，哭聲動地。其接踵而至者又無慮二三四倍，夜則梔燈如列星，旦則吹螺舉號，蜂附雲集，較之他處猖獗尤甚。而梁鳳乃於十六日自常熟復入郡城，若不與聞者。十七、十八等日，賊遂造雲梯二十餘乘，攻擊東北二城，勢極危迫。賴官民悉力拒守，幸以不破。當夜，鄉士大夫蠟書，募敢死士縋城而下，自間道往，請救於代巡孫公。十九日，即蒙復委梁鳳提兵應援。而梁鳳又復遷延六日，方至崑山縣西九里橋。索取軍需，聲言每名要銀五兩乃始進兵。奈此時民窮斂急，本縣素乏羡餘，不能一時卒辦。意不相愜，復退屯兵真義地方。偶與賊遇，勉强一戰，貪其輜重，反致大敗。火藥銃礮半被鹵去，而遺落田野，爲村民俞闢等所埋藏者又不可勝數。設使天不佑民，盡以藉寇，其聲勢又何如也？是日又復遁入郡城，誑言吾軍一至，賊徒盡散，民不被殺，屋不被燒，麥盡刈而苗盡栽矣。一時上官咸謂信然，遂不復以崑山爲意。

賊覘知援絶勢孤，二十四日，復以雲梯三十餘乘，攻東南、東北二門。是時不獨燕尾劍稜勁鏃，加以佛郎鉛錫大銃，一時合發。城中鬭易，危急十倍於前，不得不再行請救。而孫公惑於梁鳳先入之言，頗有難色。差官張國維頓首號泣，具道梁鳳不才之狀。乃益以沂、邳及山西兵三百餘人，本府義勇二百人，復遣梁鳳統之以行。其《答鄉士大夫書》，則有"兵雖可用，將官懦怯，某再三責以大義，而翁公則有促之不進，爲之奈何"等語。愚意其使貪使過，責後效以蓋前愆，未可知也。時太倉陶指揮所募款兵適至。又命二守督率並進，意在刻期剿滅。而梁鳳逗留如昔，自初七日受檄出師，越四日尚駐維亭。本縣既備糗糧，旋復臭腐。且動以"將在軍，君命有所不受"爲詞。雖張公亦莫得而誰何也。賊乘此間，又於初八日聚衆四千餘人，雲梯無數，布列東西城下，百計衝突，傷害甚多。而官民拒守益力，殺死賊徒數亦相當。至昏時，賊始稍退，復移屯城西林中。蓋富室佳園惜不忍毁，故遂爲賊巢耳。

次早，皆負門扇接造飛梁，碾駕衝車，直逼城中，發掘甃石，鐵椎扣門，聲如雷震，百萬生靈命在頃刻。而人心愈奮，争出死力。用生芻、松脂、麻油，燒毁衝車。更從樓上穿板，灌注灰湯墜擊。殺其魁名二大王者及夥賊數人，賊始退去。是時闔城士女摇動驚惶，縊溺而死者數人。引領援兵，復不見至。

初十日夜分，生員龔良相、徐倬、傅繼善奮義冒死請兵。十一日黎明，遇梁帥於六市鋪西，距縣尚三十餘里。反復哀懇，而梁鳳驕蹇有加。賴張公督促前進，款兵踴躍東向，氣雄志烈,不負狼名。梁帥徐徐既至,有司選地扎營。梁鳳仍稱該地四面阻水,不可遏敵。復退屯九里橋外。款兵孤懸,勢難野宿,姑納城中,待梁並進。府縣文牒祈請再三方至,開門延入,欲加慰勞,已先計縱沂兵逸去,爲媒孽之地矣。方議出攻,乃又妄申本縣按兵不發,於是憲符嚴責。十五日,張三府督梁鳳合兵大舉,本縣義勇導引款兵直擣賊窟。血戰方酣,而諸兵遥望賊來,即靡奔潰,多自溺水,甲騎鎧仗半爲賊有。款兵益進,殺傷賊徒二十餘人,而後援不繼,致有陣亡擠水之禍。於是更令逃軍造爲厚款薄沂之謗,欺罔上官,致使是非不明,功過莫辨。假令有司誠有厚薄,亦不過視上官意向。而士卒得以厚薄爲去留,則將焉用彼帥哉? 其失機誤軍之罪恐不可推託於厚薄也。

儀部王主政不忍官民罹此荼毒,受此萋菲,挺身冒險,仗義執言,乃至暴没,皆憤憤不平之所致也。人之云亡,邦國殄瘁。時事如此,可勝嘆哉! 其原蓋始於當道先有款兵,防衛無錫,以厚其故人,而梁鳳亦不欲强顔再入昆境,各戾初心,遂相搆煽,殊不念崑山之與無錫均爲朝廷根本之地。况上游土崩,下流瀾倒,又必然之勢也,豈宜有所偏重哉?

是時我軍雖未收全功,而款兵聲已讋服賊膽,遂相引去。殺遺民,燒遺屋,數十里煙火不絶者又四五日,以泄其餘憤。蓋自四月初七日至五月廿五日,孤城被圍凡四十五日,臨城攻擊大小三十餘戰。以不教之民,當日滋之寇,内無張巡、許遠之略,外無蚍蜉蟻子之援,城之不陷,皆天也。其六門並攻,被殺男女五百餘人,被燒房屋二萬餘間,被發棺冢計四十餘口,是皆就耳目之所睹記者言之。其各鄉村落,凡三百五十里,境内房屋十去八九,男婦十失五六,棺槨三四,有不可勝計而周知者。

君門萬里，未能遽達，雖密邇當道，豈皆盡得其實哉？互相蒙蔽以期遠罪，賊何幸而民何辜也？彼梁鳳若始能不離該境，則賊安敢遽爾深入？中能力戰不退，則賊豈敢直擣郡城？終能如期急難，則賊豈敢銜城鑿穴？貽崑山之禍者，梁鳳也。乃又飾詞駕罪，欺天乎？欺人乎？

更有大可怪者，其款兵先登歿陣，其淬死者皆緣邳、處二兵争先奔潰，擠入洪流，性不善水，又甲重不能振拔，遂至胥溺，非汨水而被淬者。此情可矜，法所應恤。彼二兵正當正其望風奔潰之罪，以示懲勸。乃今與款兵一體加厚，何其顛倒之甚耶？嗚呼！處敗軍若此，良民無故被殺者，流血成川，積骸如山，又將何以待之哉？

嘗考吾崑自有國以來，未嘗被兵燹，有生聚而無教訓。故今遭此，皆錯愕相顧，束手無策。不得已，爲堅壁清野之計。縱賊倡狂，莫之敢抗。其受禍亦獨慘於他處。今之急務莫若廣濠塹、造月城、築弩臺、立營寨、集鄉兵、時訓練、鑄火器、備弓弩、積薪米、蓄油燭。其周迴近城林木須斬去里許以絶埋伏，塋冢有礙城隍者宜量給地價，爲遷葬之費。而十家爲甲之法尤所當嚴，其男子十五歲以下，凡成丁者，盡令編報，排門粉壁。每甲推長一人，稽其出入。若有面生可疑，雖係商賈，非累年土著、無父兄承傳者，亦須根究。庶使内賊不出，外賊不入，而奸宄之徒無從造釁矣。

至於撫疲民、蠲逋税、勘荒田，尤時政之大端。而動支官銀，又便宜之要術。蓋事有常變，有輕重。處常，則倉庫爲重而武備爲輕；處變，則軍旅爲重而財用爲輕。況居官行法自有大體，私罪不可有，公罪不可無。所謂公罪者，正今日動支官銀以濟時艱而爲法受惡之類是也。況既上官文移，則操縱由己，雖不宜冗濫,又何必拘拘常格而自取窘縮哉?且安富之道,《周官》所先。勸借可暫而不可常,可一而不可再。以有限之大户,而欲應無窮之巨寇,“吾不知所税駕矣”!

凡此數事,果能斷自乃心,豫有成筭,則用足兵强,形勢險固,人心堅勵,進可以攻,退可以守。賊來犯境,便當横出四郊,與之一决。又何必填門塞關,懸懸外援之望,不獲其用而反受其害,如今日之冤憤哉?愚忝與守城,與賊來去之日相終始。目擊慘毒,所不忍言。姑記其始末,以備他日邑乘之紀録。其他處置略具《備倭議》中。有民社之寄者尚其鑒此衷悃,毋以出位爲罪。幸甚,幸甚。

(説評)六月乙亥毒熱,展卷如墜塵沙,又卷中叙述都令人感忱生。記吴中一名醫言,老人不可使眼見愁苦文字,又先師言避署只看名山記。

卷九　贈送序

（啓評）集中贈送諸序文爲最勝，可追配昌黎，宋元以來諸大家所莫及。（昀評）明目張膽，使人無躲身處，今爲吾輩中人俱當置一通於座右。

送吴純甫先生會試序

（年評）先生於純甫相知深，故於其遇之晚也深相惋惜焉。（雲評）昂昂若千里之駒，後幅迴旋縱送處尤腰褭。（王滄淵評）震川是時年二十六，别有與吴純甫小柬，自云"不習爲古文，不能隱括爲精妙語"，即指此文也。（祖評）常熟本節處甚當，元恭不從，何也？二首皆先生少作，其滂沛恣肆，自足一瀉千里，特少觔節處，未免柳州所謂"剽而不留"者。（鼒評、孫評）議論甚淺，格調亦時。

予爲童子時則知有吴純甫先生，長而登先生之門，悦而忘其歸也。蓋世之所謂慷慨魁磊之士，吾必曰先生焉。先生精於學，邃於文，熟於事。少時，爲縣大夫、郡邑長者所推重，當道者往往嘆息，期以大用，指日以望，既而摧抑頓挫者幾三十年。先生自負瓌偉，不見施設，獨喜爲人言之。人無賢愚，見者傾倒。（焯夾）惋惜。自少年學子稍知向方者，必引而進之，士之有志者亦皆歸先生。每從嘉林修竹間，紆衿方履，笑咏相隨，殆無虚日。時有質辨，剖析毫髮，議論蠭起，群疑豁如，雲披雨霽，天清日明。其於天下之利害、生民之得失，常有隱憂於其間。天子中興，慨然有志於三代之治。詔書數下，所以修明千百年之廢典者不一事，悉先生之所嘗言者。故與先生游者皆去爲顯官，先生獨爲諸生，揖讓進退自若也。(焯眉)三句是一篇綱要,後段"世道無窮之慮"與"無窮之幸"皆繫於此。(陶夾)揚厲有神,分外出色。

嘉靖辛卯,先生始發解。於是將上禮部,服王官有日矣。皆喜先生之遇,而又惜其晚也。然君子之論不施於早晚之間,而施於遇不遇之際。(焯夾)二句領起下文。不以徒遇之爲喜,而以得所遇之爲樂。(夫眉)以下一口氣寫去,亦要一口氣讀去。(焯夾)遇不遇是一篇機軸。予惟國家以科目收天下之士,名臣將相接踵而興,豪傑之士莫不自見於其間。而比年以來,士風漸以不振。夫卓然不爲流俗所移者,要不可謂無人也。(焯眉)跌入"徒遇"一層。自餘奔走富貴,行盡如馳,莫能爲朝廷出分毫之力。冠帶褎然,輿馬赫奕,自喻得意。内以侵漁其鄉里,外以芟夷其人民。一爲官守,日夜孜孜,惟恐囊橐之不厚,遷轉之不亟,交結承奉之不至。書問繁於吏牒,饋送急於官賦,拜謁勤於職守。(陶夾)三語盡流俗官場之弊,可謂能言。其黨又相爲引重,曰:"彼名進士也。"故雖犖然肆其恣睢之心,監察之吏冠蓋相望,莫能問也。居無幾何,升擢又至矣。(啓眉)後來黄蘊生輩爲議論文字專學此等轉折。其始羸然一書生耳,才釋褐而百物之資可立具,此何從而得之哉?(倫眉)近日官守大抵如是,但才釋褐而百貨之資可立具,則在當時有然,今且不能矣。世風日下,閱此令人三嘆。(啓眉)刻酷至此。亦獨不念朝廷取之者何如,用之者何如,爵禄寵錫之者何如也。(焯夾)此段説"徒遇"之不足喜,盡量寫出,想見當時士風之壞已如此。豈其平居無懇惻之意歟?將富貴之地使人易眩,失其守歟?世之所倚重者盡賴此輩,而如是彌望,君子蓋以爲世道無窮之慮焉。(侗眉)當時世風已如此,何況今日。(焯眉)"慮""幸"二句作章法。(擇眉)憤發於中,盡情痛罵,不覺其言之激也。

初,先生與余論天下事,予未嘗不竦然,又默然有感也。以爲在位者皆以此爲心，則天下可以無事，然而先生不遇也。今先生遇矣，得一人於千百之中，不可謂無獲也；障流波於奔潰之日，不可謂無力也。以其向所言者而從事焉，則猶饑渴而飲食之也。夫趨俗之士師師，持正之士諤諤。夫諤諤非幸也，然天下之事，彼不爲而此爲之，倡者一人，隨者十人，則固當有聲氣之同者。若是而相與持天下之勢，君子又以爲世道無窮之幸焉。（**陶夾**）與上段相爲俯仰。故予謂先生不謂之晚，而如先生乃可謂之真遇也。若彼碌碌者徒，雖緌褋而朱紫，日唯諾於殿廷，吾不謂之遇也。因書以爲别。（**焯眉**）此段説得其所遇之可樂也。然前段是實事，此段只是意中想望，然正於此寓諷勸之意，得立言之體。

（**夫評**）大推大挽之文。

（**陶評**）送一措大會試，輒以有關世道憂喜爲言，使今人見之，必大駭且怪。予□

送夾江張先生序

（**年評**）帆隨湘轉，望衡九面，文字之姿致如是。（**麟評**）一往奔放，兼大蘇之長。（**夫評**）文不澹不古。（**範評**）震川惟傳記文爲佳，序文平順流衍，千首一律。送夾江序議論極大，然不免死説，韓公則如天馬行空，不如此説煞。（**經評**）氣昌力厚，絶似南豐。（**虞評**）士爲四民之首，而統之以學官，則化民成俗之本所係也。以下僚閒員置之，雖賢者而不與聞知焉，何哉？（**紓評**）一學官之遷固無輕重之足言，文獨説得宏闊，力爲夾江不平，固是私情，亦寫盡官場態度。

昔者天下初定，士之一材一藝咸思所以奮起樹立，以自見於世，而上之所以甄别進退、激揚風勵之者靡不至。天下之小官，其名嘗達於天子之庭,朝而爲善,夕以聞於朝,而旌擢之命加焉;夕而爲惡,朝以聞於朝,而誅削之令加焉。故懷不肖之心者懼而不得逞,有一命之寄者皆以自愛而不輕棄其身。夫是以能鼓舞變化一世之人材,而賢者恒自下僚崛起,卓然爲天下之望,蹋冗無能之徒終身沉淪,而不敢有分外之思。(焯眉)説得漫不加省,更可笑。

承平既久,士無賢不肖率以資叙,交馳横鶩,布列天下之要位,以行其恣睢之意。窮閻之民愁苦籲告,而扳援凭藉,巧文掩護,時得忠勤之褒。至於仁人志士不幸偃蹇於卑服,竭力以行其所志,而蒙其恩者交口贊頌,上之人猶掩耳弗聞,而獨以其意制輕重於其間。公論在於下而上弗知,有識之士所以掩鬱喪氣而長嘆也。(夫眉)呼吸甚長。

吾師夾江張先生司邑之教,寬和樂易,不設防畛,而介然之操不爲勢利之所沮屈。周知士之所急,時以從容數語洞析其情,而先生之愛士,與士之愛先生,不啻如家人父子。邑之人自薦紳先生下至於市井之童稚皆知其賢。迺者有同州之命,莫不咨嗟嘆息,爲之遍訪士大夫之宦游長安者,知其風土之不逮吾吴中而以爲憂。又以爲先生之賢宜得顯擢,使出於格例之外,而顧復奔走於常調,是所以益抱無涯之恨而傷公論之未明也。夫天下之官,上自公卿,下至於州縣之吏,其等級不知者幾。而數之至於學官,此豈有意知其可否而黜涉進退之者?(麟眉)真可太息。然則又烏能知吾邑人之情之如此也哉?(麟眉)筆妙至此。(夫眉)大好古文。

予爲弟子員,事先生於學官者四年。見先生再遭子婿之喪,孀女寡婦,年老撫抱幼孫,客居萬里之外。先生之官,又世之所謂窮苦寂寞而無聊者,而處之裕如,未嘗有愠色,則區區計較於毫毛之間者,非先生之情,獨予與邑人之情不能已者如此也。(**夫眉**)收拾得好。(**麟眉**)斡旋包裹之妙。(**説眉**)又一層。(**焯眉**)此一轉身份更高。

(**倫評**)此文有無窮惋惜。

送李廉甫北上序

(**畇評**)李公得先生文以不朽,讀此可識先生終始交情於李公厚也。録之。

西川子與余同庚也,同業也,又相善也。(**麟眉**)提清,見所以規勉之切。一喜一憂,情所必至。今秋,予爲考官所黜,而西川子以《易》舉爲第三人。予蓋釋己之憂,而爲西川子之喜。

雖然,西川子將仕矣。(**麟眉**)急轉用力。至京師,天子臨軒而策焉,廟堂賢公卿矚目以待焉,服官而執事焉。一言之善,一事之得,天下有被其福者;一言之否,一事之失,天下有被其禍者。國家聚天下俊乂,冠冕而禄食之,非以爲西川子榮也。西川子今又不若吾徒平日,相與肆意侈志,時有悖繆,口耳出入而已,有利害,將不及於里閈也。予於是釋己之憂,而爲西川子之憂。(**説眉**)喜淺而憂深。(**麟眉**)却如此側入"憂"字意内,他手必另鋪排矣。(**陶夾**)兩意鈎聯,警醒怵目。

西川子淳謹和易,與之居,終日無忤。推其心於忠君愛國,油然也。而予惓惓之心猶有不得已者。西川子既束裝矣。予病,不能從祖道,則使人謂之曰:"異日子得賜告而歸,予將以舊言驗之也。"(**陶夾**)嚴甚。

(**坰評**)跌宕學韓。

(**陶評**)節短味長,筆筆緊凑。

送王汝康會試序

（**麟評**）王君家蓋工於舉業決科而不講於修己治人之術者，故備論服官之道。後半議論正從首段中生出。（**雲評**）士不通經，果不足用，鄉會榜之通經者在前代已甚少矣，奚以致用！此文真大儒體用俱備之言。（**焯評**）科舉之學者，四子書之文是也，其書所言莫非居敬窮理、修己治人之道也。講習聖賢之義理，揣摹聖賢之詞氣，而反謂無與於服官，豈不可笑？然今學者實皆如此。當其操管而書，儼然聖賢之言也。及其掩卷，則即一言一動而茫然矣，此可不思其故哉？（**紓評**）明季重科第，雖以震川致力於古，於進士一途亦至老不釋所圖，此文言入官之道靡徵不析，顧震川仕終太僕，莫展其長，可惜也。

吴爲人材淵藪，文字之盛甲於天下。其人耻爲他業，自髫齔以上皆能誦習，舉子應主司之試，居庠校中，有白首不自已者。江以南，其俗盡然，每歲大比，棘圍之外林立。京兆裁以解額，雋者百三十五人耳。故雖方州大邑恒不能三四數，至或連歲無舉者，有司以爲耻。（**祖眉**）一起稍冗。若吾王子之家，乃歲占其一人。往年，汝欽進士，光州大夫伯仲相繼震耀於閭里，其疏屬不論也，斯亦奇矣。初，予與王子居留都下，賓朋環坐。王子每論及試事，輒言文而不言命，以爲是舉若探諸囊中。（**麟眉**）工於舉業。（**祖眉**）此種議論究非立言之體。予頗怪訝其言，既而服其決也。吾知其進於禮部亦若是焉耳。（**夫眉**）做斷，另做起。

抑吾聞之，君子不頌人以已然，而譽人以所當得，請言服官之道，可乎？（**祖眉**）以下議論甚佳。夫道之用散於天下，人與己而已。人不知己，不足以行志；己不知人，不足以及物。徇人以通者，其失則流；固己以私者，其失則傲。故君子有忠恕之術，所以一人已，廣德意，事上澤下，而達其仁於天下也。自科舉之學興，而學與仕爲二事。（**麟眉**）痛發其弊。故以得第爲士之終，而以服官爲學之始。（**麟眉**）精透語，可警策人。士無賢不肖，由科目而進者，終其身可以無訾，而顯榮可立望，士亦曰“吾事畢矣”，故曰士之終。佔畢之事不可以莅官也，偶儷之詞不可以臨民也。士之仕也，猶始入學也，故曰學之始。夫是以不得於預養，而倉卒從其質之所近。（**麟眉**）轉意好，理勢所必然。其柔者巽懦而不立，而剛者又好愎而自用；佞者洟涊以自謀，而直者矯激而忘物；寬者廢弛而自縱，而嚴者凌誶盡察而無所容。（**麟眉**）分疏精確。如是而曰古今之變，道之難行，夫豈其然乎？（**祖眉**）實可爲之胡卢一笑。

君子之仕，以任事，必觀其勢；以達志，必盡其情；以振法，必歸於厚。其剛也似柔，其直也近佞，其嚴也以爲寬也，若是所謂忠恕之術。（**啓夾**）此句可以觀，人事固有同行而異情者，惟於厚不厚辨之而已。然世又多廢法以爲厚，則又不足以語此。推而行之，無古今也。夫誦《詩》三百而可以授之政者，非徒以博物洽聞之故也。蓋涵濡於三百篇中，而其氣味與之相入，（**説眉**）“氣味與之相入”六字妙。則和平之情見而慈祥愷悌之政流矣。（**麟眉**）養之預。（**祖眉**）以下亦失之過繁，先生固自謂言之複也。唐、虞知人之目，教胄之方，思欲得而用之，皆取於是也。是以其氣長，而其量宏。畀之以富貴，而吾亦有以受之矣。富貴之於人，其不至不能强，其至不能拒，故有以受之，吾見若百川之注大海而不盈也。（**夫眉**）立論自好。王子與予有姻婭之親，予故不覺其言之複云。

（**焯評**）和平忠恕固是服官之本，然必素明夫人情物理、能深察乎風俗政治盛衰得失之所以然，而後本其愷悌之懷以行之,斯事事得其理,而民受其和平之福矣,學《詩》而能達乎政者亦以此。此文或專對王君所不足處而言,然古人立言雖各有當,亦定不提起一邊便放倒一邊,恐終是見處有病。蓋自漢以後,論治道者皆如此。

(**夫評**)此篇亦是前後兩截,不用穿插照應。

送縣大夫楊侯序

(**啓評**)此等文直與賈誼、陸贄相匹,不特非經生所能言,而亦非文章家之所有也。公嘗言今人稍出一語高聲,掩耳走去,至不欲聞。然則此等文不特不能爲,亦且不能讀耳。昌黎云:"兒童畏雷電,魚鱉警夜光。"如此文乃不愧雷電夜光之目。(**紓評**)合衆私以成其公,此語未經人道。一身臨官而能爲士、農、工、商之所私,聚其衆私而計之則成一大公,此却非奇。乃以侯心私己之意,即以公心私之於侯,乞其爲東南之民請命,正詞直道又患其過激,引賈誼所言者皆吴公意中之言,用以自方,妙極。

大夫同安楊侯之宰崑山也,毀斥梵宇,創造書院,進有光等數十人於堂,時加訓廸,不以政繁爲解。(**祖眉**)尺牘氣。衆方相與飭勵,藹然有思奮之心,而侯以徵書北上。(**祖眉**)應酬文此種冒子斷不能省,先生亦以從俗尚耳。於是諸生怳若有失,相顧慨嘆而言曰:"古之善爲政者,能合衆私以成其公,(**陶夾**)提前半篇。使爲民者樂其教化之實,而士者慕其禮,衆能私之,故無不遍也。侯有愷悌之政,平夷静息,民以順習。頃者患稅籍之紊,豪猾緣以飛走,(**夫眉**)"飛走"二字太新,宜易"爲奸"方是。莫詰其端。侯爲之按畝出稅,搜剔伏匿,深爲百年之計,是侯有大賚於民也,而民相與私侯於田畝。侯以學校修廢舉墜,惟力所及,呈藝較課而上下之，無有所偏愛，是侯於諸生無不至也，而諸生相與私侯於學宮。（祖眉）入時手，數事已足敷衍一大篇矣。如吾數十人者之不肖，而侯不鄙夷，甄陶獎誘，深荷知己不倦之意，而吾數十人者復相與私侯於書院。則侯之行也，獨不可以致其私於侯乎？”

有光曰：“稱頌德美，非所以報知己也。欲以一方之故而滯賢者，非所以示廣也。”愚願有陳於侯焉。（陶夾）聞後半篇。天下之事，不知者不可以言；知之而不當其事者，不可以言；知之而又當其事，可以言矣。東南之民何其憊也！以蕞爾之地，天下仰給焉，宜有以優恤而寬假之，使展其力，而後無窮之求或可繼也。（陶夾）旨意在是。比者仍歲荒歉，主計者若捧水然，惴惴焉懼有所滲漉。有司之奏報日至，而徵督日促。經二大赦，流離轉徙之民日夕引領北望，求活於斗升之粟。而詔書文移不過蠲遠年之逋，非奸民之所侵匿，則官府之所已徵者也，民何賴焉？東南地方物産雖號殷盛，而耗屈已甚，非復曩昔。並海之區惟賴水利蓄泄，而專官雖設，漫無所省，今民水旱一仰於天。譬之植果者，必有以栽培灌溉之，而後從而收其實。今則置之磽瘠之地，蔽其雨露，而牧之以牛羊。蓋取之惟恐其不至，而殘之惟恐其不極，如之何其不困也？（夫眉）雖使賈生復生，執筆爲文不過如此。（陶夾）一喻便醒。今民流而田畝荒蕪，處處有之。雖以侯之愛民，支左持右，然掣於前而肘於後，其不能如侯志者多矣。天子興致太平，製作禮樂，一宫之廢動以萬計。有司奉意承命，未嘗告乏，而獨不肯分毫少捐以與民，爲千萬年根本之計，何也？昔“吴公治平爲天下第一”，史無可見之事，而獨稱其薦賈誼者。夫誼以少年書生，混迹窮巷，吴公何以知之？至觀其論天下大計，乃知誼之言必有以當吴公者。由此言之，使誼未用，則誼之策,吴公必能言之矣。(**説眉**)讀書之法,論人之法。(**祖眉**)先生自負如此,蓋自其做秀才時已度越同學少年矣。愚以是私於侯,可乎?(**夫眉**)引吴公一段自占地步,又用得恰當。衆曰:"然。"遂書之。(**焯眉**)看此布置,可以得立言之體。

(**祖評**)前後照應生發處皆時派,其剴切民瘼,侃侃言之,固以賈生自許也。

(**夫評**)其力大,其思深。

(**元評**)議論剴切,前後布置有法。

(**陶評**)盱衡抵掌,動關大計,末以賈誼自命,恰應前文。

送何氏二子序

(**瑚評**)首言學者不宜屈經從傳,中言經明則道明,而道不必講,結言歆不言雄是非,此等文字乃先生教人明道之篇,不可泛讀。(**雲評**)通人之論,唤醒講學諸公不少,須知先生固深於經學而得宋五子之粹者也。(**焯評**)道者,日用事物當然之理。若不講明,則一言一動如何不錯!孔子曰"學之不講",自一身以至天下事故之繁,何一非道?何一不當學?即何一不當講?講道便是講經。經者,講道之書也。豈經在道之外,抑經之外則有所謂道耶?即篇首云"講明爲天下國家之具",若舍道而講,不過管、韓、申之法术而已,岂足以治天下國家也耶?若謂講道二字乃指當時虚無異學者而言,亦正須還他明白。安得拖泥帶水,使後學並惑程朱也!

自周至於今二千年間,先王之教化不復見。賴孔氏之書存,學者世守以爲家法,得以治心養性,講明爲天下國家之具。而孔氏之書更滅學破碎之餘,又不復可以得其全,其有足以意推而較然不惑者不過什之三四而已。而儒者先後衍説,作爲傳注,有功於遺經爲甚大。然在千載之下,以一人一時之見,豈必其皆不詭於孔氏之舊,而無一言之悖者?世儒果於信傳,而不深惟經之本意,至於其不能必合者,則寧屈經以從傳,而不肯背傳以從經。規規焉守其一説,白首而不得其要者衆矣。(**祖眉**)此説宋儒章句。間有不安於是,則又敢爲異論,務勝於前人,其言汪洋恣肆,亦或足以震動一世之人。(**偉眉**)指王陽明。(**夫眉**)窮盡其弊。(**祖眉**)此説致良知,論極平允。蓋漢儒謂之講經,而今世謂之講道。夫能明於聖人之經,斯道明矣,道亦何容講哉?凡今世之人多紛紛然異説者,皆起於講道也。(**擇眉**)其意是諷姚江乎?(**偉眉**)學之不講,夫子以爲憂,講道未嘗不是。先生目擊當時講道之弊,故其言如此,勿以辭害志可也。予以爲聖人之言簡易明白:(**説眉**)三百年來,有一能文之士大夫如震川先生者而不欲明道;三百年來,有一學古信佛法之士大夫如虞山先生者而不達禪宗,爲之嘆恨。只信宋儒所講何嘗非異端,"簡易明白"四字甚好,但須料簡,未有讀習世間傳注之書而得其簡易明白者也。去其求異之心,而不純以儒者之説闋之,必有庶幾於所謂什之三四者。(**夫眉**)讀至此,竦然汗出沾背。

南陵何氏二子自蕪湖浮江而來,千里而從予於荒野寂寞之濱,予常以是告之,二子未嘗不以予言爲然也。歲暮,辭予而去。惜二子亦方有事於進士之業,而未暇於予之所云。然二子要爲知予,而其志意非苟然者。

昔楊子雲作《太玄》以示劉歆,歆號博極群書,予獨怪其無一言論《玄》之是非,而直以後人覆瓿爲憂,顧於歆之意何如耳,後之人奚暇論耶?至雄之弟子侯芭,獨知好雄書。予非爲雄之學者,而士之知與不知,則千載同此慨也。(**夫眉**)藏鋒斂鍔。

（夫評）大儒之文。

（祖評）此是先生指導後學，極切要文字。

送南京虎賁衛經歷鄭君之任序

（啓評）此文躋諸昌黎集中亦何以辨！（昌評）經世之文，而意境雋異。

國家更前代樞密之制，以五都督統天下兵，留守四十八衛京軍分隸之。而錦衣等上十二衛無所隸屬，爲環衛之師，天子之親軍也，虎賁蓋其一焉。（説眉）題中所有。

虎賁氏自周有之，虎士八百人，掌先後王而趨以卒伍。守閑宫門，從遣徵事四方，以爲行衛。在漢則屬之光禄勳，與中壘、屯騎、步兵、越騎、長水、胡騎、射聲，爲八校尉。虎賁中郎將插兩鶡尾，紗縠單衣，虎文錦袴，爲武衛之貴選。國家存其舊名，而職掌無所異。自永樂建都，六宫百官皆遷於北。然皇祖宫寢官司留於南者如故，而兵衛亦無改焉。依阻長江，控引南北，祖宗之慮遠矣。

承平二百年，不特諸曹職務清簡，而禁旅閑静無事。其佐幕之官日乘馬，具名刺相過從，飲酒遊山而已。自頃海上之警，江、淮之間往往騷動，則留守百司亦有不能一日宴然者，况環衛之重寄乎？

臨安鄭君初佐太湖縣，以能治劇調吾崑山。崑山在海上，當寇衝。君選練民兵，教閲有法，蒞事未幾，承檄造舟於閩。越歲始還，而京幕之檄又至。蓋以上官素知君，故遷轉之亟，縣人雖惜之而不能留也。以君之才往贊戎政，其必有以自見於有事之日者矣。抑定鼎之初，所置十二衛、四十八衛，皆天下精兵，皇祖所以仆楚舉吴，廓清海甸，收閩越，取中原，拾宋掇秦，制趙拔燕者。乃今部伍殘闕，至無兵可補。其廢壞之由與所以當修復之故，不可不思也。(焯眉)使早思之，其言豈小補哉！(啓夾)此段從之任發議。

《詩》曰："豐水東注，維禹之績。四方攸同，皇王維辟。"又曰："豐水有芑，武王豈不仕？詒厥孫謀，以燕翼子。"願君以爲居保釐之任者告焉。(啓夾)此段專就南京作收，見留都爲王業基本，不可不念。

(坰評)典雅。

送太倉守熊侯之任光州序

(説評)曲折。(年評)常見歐陽永叔、王荆公所撰丁元珍墓表暨祭文，最善迴護，爲文家所難，此文有之。(雲評)守吏之功不録，而爲將任罪。篇中極力爲熊侯洗雪以致怨於使者。文氣踈動，議論聳切，似西漢人訟冤諸疏。(倫評)陳其年曰："常見歐陽永叔、王荆公所撰丁元珍墓表暨祭文，最善迴護，爲文家所難，此文似之。"予謂不然。蓋當時於熊侯之舉措必有乖異，故先生言之，况南河之責一段爲之洗發極明。若云迴護，則曲筆也，念於先生何能焉？

昔儂知高反嶺南，(説眉)曲折。(元夾)引証入。有衆萬餘人，所過如破竹，吏民皆望風走。天子以謂縣官素不設備，而責守吏不以空手捍賊，宜原其情。故一切輕其法，凡失守者皆奪兩官。惟能任屬大將，使盡其材能之所宜，卒走智高，嶺南以平。(年眉)先從儂智高説來，以立一篇義例。(元夾)頓住。

國家太平日久，東南吴、越之區山川秀美，物産饒富，民老死不見兵革。吏以期會鞭笞，集賦税而已，不過三年，輒得京朝官以去。(**元夾**)與熊侯作反照，而下文升黜州縣之吏一段亦有根。故天下士集於吏部，皆指以爲樂土。一旦倭奴來海外，憑陵内地，則大江以南之州縣無不騷動。吏非素備，嬰城自守，惴惴不能保。當是時，朝廷雖有命將，而吏以罪罷去者時時有之。議者謂宜責守城之事於有土之職，而戰勝共武之服，有將帥在也。吏或失守，當如皇祐之詔。

今熊侯守太倉，太倉東邊海上，賊入境即犯之，如是者三年而城不陷，宜在褒賞之科，而爲使者所劾，落職爲光州固始縣幕官，吴中士大夫莫不嘆惜之。(**元夾**)叙清熊侯落職之由。昔嶺南之賊敢於攻城，而今海島之賊利於掠野，故城之能全者不難。(**元夾**)承前件説，極周匝。(**夫眉**)兩路擒縱。而太倉之城爲賊衝，其全爲獨難，而侯之賢尤著聞於人。(**元夾**)拖起下文，轉出下段。(**元眉**)前後叙事，中間著此一段大文字，烟波方闊。

侯爲人凝然有器度，雖倉卒擾攘之際能從容以不亂，羽書狎至而安閒自若，武夫悍卒見之，帖然不敢出聲，此亦才氣有過人者，而州民之所恃以爲安者也。(**元夾**)頓住。天下無事，使者乘勢作威福，以升黜州縣之吏，唯其意之所之，而民之好惡莫恤也。(**元眉**)再説太平時，作一振。若軍興之際，賞罰注措，一舉手摇足之間，而死生存亡於是焉繫，而猶以私意行之，不知其何以爲心？海上之役於今三年，百萬之師每戰輒衄，原野暴人之骨，川澤流人之血，東南之禍亦慘矣。(**元夾**)班固《兩都賦》中語。由其道而不變，吾不知其所窮也？(**元眉**)先生每論一事必展開局陣，曲折説透，所以昌大。

方賊之初至，有奸人爲間，(**元夾**)又叙清所以落職之故。挾大吏以謀賺城，登高指顧，(**元夾**)申叙熊侯被劾之故。萬目所見。

侯先其未發，使人擒之。大吏愧汗，開門夜走。若非侯破散其謀，賊必據太倉城，其禍當不止於今日矣。前年之秋，賊乘西風歸島嶼。餘黨數百人爲官軍所圍，假息南沙。或以爲窮寇宜開其一角，（元夾）叙事略回護。使者不從，檄侯與諸帥固守。迫歲暮，諸帥皆去，侯自度力不能獨支，亦解圍以歸，賊得乘船而逸。使者之所以劾侯以此兩事。夫南沙之責當有所分，若奸人爲間乃侯之所擒，而反謂侯薦其人於大吏。凡所刺舉以好惡變亂失實類如此。（夫眉）下筆如老吏之斷獄。

於是侯將行，其素所獎拔士州學生張元蒙等來告，謂予素知侯，不可無一言。吾聞侯待罪虎丘寺，日以登臨爲樂，窮五湖之勝。已而受帥府之檄，使還州募兵。州人父老前後歡呼，如見父母。而侯以罷官臨其州之人，自以無愧色。予乃區區若爲之自疏者，蓋以爲吾東南無窮之慮，（元夾）結出本意。所不能不致其怨懫之辭，實亦州人之志也。（元夾）結應。

（元評）叙事與議論兼行，有風雨離合之妙。此真得史遷之神髓，與昌黎《張中丞後傳叙》異曲同工。大文字，章法布置極細。

（夫評）此文甚妙，我初讀失之，越數月又讀，乃得之。忽然起手處增入三字，通篇之妙始出矣，古文不可輕易讀也。

（祖評）此等文具史筆，不可僅作贈送文字讀。

（垧評）感慨不盡，謹嚴。

贈陽曲王公分守太倉序

（雲評）每一題入先生手，有一段不可磨滅之論，鏗鍧炳耀於行墨間，書卷識力爲之也。（祖評）未能免俗。

陽曲王公爲郡之三年，遷河南按察司副使，治兵毘陵，尋詔以常、鎮舊並蘇、松，命公復還理所於太倉。公職任師帥，以文學飾吏治。至是，忽寄兵戎之任，而朝野無異議，若其素然者。常以謂人材之於世，其具有不同。苟以受命效職，不過文書、獄訟、食貨、兵戎、河渠之事，其治辦往往亦多可觀，然此特自秦以來所謂吏事而已。古之所謂大任於天下，要以讀書學古、識治務、知大體之爲先，有非俗吏之所能者。(**焯夾**)識此可以辨將相之器。是以不屑於文書、獄訟、食貨、兵戎、河渠之事，而可以無所不通。

公起進士，守河南某州，日與諸生講論文學，其佐大名亦然，三遷至吾郡。郡號人材淵藪，公獎進人士，孜孜不倦。當兵荒彫瘵之餘，能以寬靖無事而治。以此推之，將屯百萬之衆，可以知其不勞指麾而有餘裕矣。海内承平日久，一旦外夷内侮，豈武力之未競？所以治之之道未盡也。

昔任延爲會稽都尉，聘請高行，待以師友之禮。遣功曹奉謁修書記於龍丘先生，郡中士大夫争往歸焉。後爲九真、武威，所至立校官、興儒學，而徼外蠻夷保塞，匈奴、種羌，絶不敢出。儒者之於兵戎豈異事哉？(**鼒眉、孫眉**)引古人相類者爲証，亦膚淺之習。

公以壯年名位日進，身爲大吏，而問學如諸生，此古大臣宰相之事也。有光無所用於世，未嘗敢交州郡，而公特加優禮，雖孤栖江海之間，自以得所嚮依。自公在郡，歲一再見，已如朝夕見之矣。其在毘陵，歲不一見，如旬日見之矣，常恐一旦遠去。而今返駕於吴，蓋枯槁沉溺之中，津津然如有生氣。以有光之於公如此，凡士之於公可知也。今歲禮部會試及對大廷，魁天下者皆吴士，公長育作成之效已見於此。而明堂棟梁之材，公所甄識，猶或有未盡出者。自此將乘運而起，爲國家社稷無窮之計，豈區區吏事之所能及哉？

公提調所貢士王執法，以公之至太倉也，郡士大夫皆往爲賀。執法門下弟子，獨宜以文字贊述公之盛美。以有光有一日之長，又最知公者，推使言之，而爲序云爾。

送吴郡别駕段侯之京序

（**説評**）如海中望蓬萊靈氣，有無變幻不可捉摸。（**瑚評**）用意渾厚。

自東南有倭夷之警，朝廷於額外增設官吏無慮百數。今年撫院奏行裁省，悉送上部。别駕蒲州段侯以海防至，當行。時屬縣崑山缺令，侯方署其事。期年，民便安之，而不忍於其去。吾鄉之進士二十有四人，按故事有贈行之文，不以有光無似，辱使序之。

蓋天下之所須者，才也。才不足以當其任，與之百里之地，踖踖焉常若無所措。其握持膠固，自以爲能有所執，而大者往往廢弛頹靡而不自知。其明與力僅至於其小者，而敝蹇强戾，不勝其恣睢之習，民何以堪之？蓋孔子之門論爲政詳矣。取其果與藝與達者，宜若非政之所先，然非是三者莫能得乎人情也。故嘗論牧民者，譬之操舟，使之張則張，使之翕則翕，以能得乎風與水之情也。不然，未有不敗者也。

侯有通敏之才，於賦籍兵瑣一覽悉記，獄訟大小無不立决，而取捨操縱皆合於情，故自士大夫至閭閻之小民咸便安之。侯嘗令嘉祥矣，又倅淮陰矣，能以治兗者治淮，以治淮者治吴，風土習俗夫豈盡同？其達乎人情一也。故嘗論牧民者，譬之父母之生子，爲之擇乳母焉，其乳母或以他故去，而鄰母代爲之乳，猶乳母也，又復爲之别求乳母，則過矣。古之守令有假、有守、有攝，然久之即真也。郡丞常行縣事，亦何不可哉？而必選令，此亦法之過也。（**夫眉**）一句收得好。

侯，河東儒者。每至庠舍都講，諸生服其經學，而其門人多貴顯於朝者。（**夫眉**）以下瑣瑣碎碎打成一片文字。先是，數年間，崑山令缺，栗侯永禄、任侯環、李侯敏德、王侯如瓚，皆以别駕來署縣。惟王侯泰和人，而三公皆上黨同縣，崑山之人並稱其賢。侯今繼之，又賢也。今太守王公以盛德年少在任。公，陽曲人，而參佐以下大抵皆出山西，一時之盛非偶然者。蓋平陽、蒲坂，先王遺教，其君子有深思焉，豈非吾吴民之福哉？而繼侯署縣者别駕周侯，又絳州人也。

余固惜侯之去，喜崑山之人又得侯同官同地者。夫晉之君子，其施於吾民者遠矣。

（**夫評**）章法甚異，絶去關鎖照應套。

送陽曲王公參政陝西序

（**説評**）不是錦軸上金字文章。（**麟評**）遠慮大謀，文益氣昌力厚。（**鼐評**、**孫評**）贈行之文，以其地勢相發，亦近套。（**駒評**）深謀遠慮，萬世未圖，惜也言之而未有聽之者。（**祖評**）崇論宏議，特借題以發之，望溪先生謂爲近套，未敢許爲知言。（**經評**）審時度勢之言，具見先生經略如此。（**虞評**）極力推張關中形勝，寓慨都金陵之失，其旨甚微。

陝西省治故長安，周、秦、漢、隋、唐之所都。昔人稱其被山帶河，四塞以爲固，而自汧、雍以東至河、華，膏壤沃野千里。雖三河天下之中,王者之所更居,然古今建都之形勝無逾關中者。(駒夾)重挈。太祖高皇帝初定天下,嘗幸汴、幸洛,將幸關、陜,時以擴廓帖木兒、李思齊、張思道之亂,戎馬蹂踐,所過皆空城,千里無行迹,而金陵廟祏已定,遂爲帝都,亦其時與勢不得不然也。(焯眉)前一段先將陜省之形勝及秦政之任重虚虚引入。

永樂北遷,而萬世之業定矣。然以長安爲大省,建布政司,則前代行省之官,蓋周之師保萬民,寄任不輕也。(麟眉)猶注意於此。司有使,其貳爲參政,即前代之參知政事,宰相之亞也,(基眉)此不倫。拊循教化數千里之地,非獨漢京兆、馮翊、扶風之任也。(麟眉)關係,與結處呼應。(駒夾)説得關係。今天子哀憫元元,作興吏治,未及三載考績之期,特行黜陟之典。於是陽曲王公以按察司副使分司江南,遂晋是官。予素受教於公,輒附於古贈言之義以贊公之行。(夫眉)話頭大。

蓋王者以六合爲家,其根本在生民,非必其行在所當軫念也。長安浩穰,稱爲陸海。河山土地無改於昔,今之蹙耗甚矣。豈非任岳牧者之責乎?(麟眉)訏謨得要。昔鄭國渠、白渠兩渠之饒,衣食京師億萬之口。至唐杜佑,以爲大曆初所溉田比於漢减三萬八千頃。是時長安尚爲京師,而佑言已如此。誠如杜氏計,復此兩渠,勸農置官,嚴修障塞,積穀繕兵,以收漠南之地,漢、唐之盛豈不庶幾哉?昔宋慶曆初,是時天下全盛,范文正公請城東京,議者以爲迂,其後乃思其言。先朝丘文莊公亦以幽燕迫近胡虜,而漕河易噎,欲重山後之守,尋前元海運之法。今以關中百二之險,誠使膏壤千里,百姓殷富,而漢、唐河渭之漕故在於此,以爲國家之陪京,此萬世之慮也。(麟眉)結歸旨意。(駒眉)前呼後應,歸結到此。(夫眉)書生哪得知。(啓眉)參政非水利之官,前段特舉治渠一事以爲贈,其説疑近於迂,必須有此二証乃見其所言者實經國之遠謨。凡文章特發議論處必須有此强佐，乃能自壯其氣，而毅然直達其所言。否即不免有單薄之嫌，而所言者亦終餒而不達。(**焯眉**)知天下之根本在生民，則九州之中生民之所依賴、其廢壞殘缺而煩上之人興起整頓者觸目皆是，真有不能自已者矣。如其不知，雖目前極弊之政，熟視之若無睹焉，又何有於久遠之慮哉！

公早貴而好學，方有志於經世。而其治吴寬靖文雅，清廉慈愛，吏民歌思之。(**夫夾**)"寬靖文雅"八字文甚，"吏民歌思之"包括好，勝却俗人幾十百句。余不容以頌述，獨以迂愚之説，贊公仰答天子之寵遇云。

送童子鳴序

(**麟評**)前講不讀書之害，與後講讀書之益，意若不相蒙者，此正作家用意處也。(**祖評**)先生小品之佳者極多，以其善傳物切情也，皆當入選。(**經評**)人不讀書，而鬻書之人窮，亦必然之勢。(**虞評**)日與典籍居，便能開發性靈，事未必果然，學者以讀書爲業，亦何可不存是心耶？

越中人多往來吾吴中，以鬻書爲業。異時童子鳴從其先人遊崑山，尚少也。數年前，艤舟婁江，余過之。子鳴示余以其詩，已能出人。今年復來，吾友周維岳見余，爲念其先人相與之舊，謂子鳴旅泊蕭然，(**麟眉**)伏。恨無以恤之者。已而子鳴以詩來，益清俊可誦。然子鳴依依於余，有問學之意，余尤念之。

嘗見元人題其所刻之書云："自科舉廢而古書稍出。"余蓋深嘆其言。夫今世進士之業滋盛，士不復知有書矣。以不讀書而爲學，此子路之佞，而孔子之所惡。(**麟眉**)痛發不讀書之害。無怪乎其内不知修己之道，外不知臨人之術，紛紛然日競於榮利，以成流俗，而天下常有乏材之患也。(説眉)字字金玉。子鳴於書蓋歷能誦之，余以是益奇子鳴。夫典籍，天下之神物也。(麟眉)接入處筆超而勁。人日與之居，其性靈必有能自開發者。(説眉)當得佳紙一通書之贈書客。“玉在山而草木潤，淵生珠而崖不枯”。書之所聚當有如金寶之氣，如卿雲輪囷，覆護其上，被其潤者不枯矣。(麟眉)講書之益人，用意斟酌。

莊渠先生嘗爲余言，廣東陳元誠，少未嘗識字，一日自感激，取四子書終日拜之，忽能識字，以此知書之神也。(説眉)只拜白文爲當。(麟眉)引證精切。非書之能爲神也，古人雖亡，而其神者未嘗不存。今人雖去古之遠，而其神者未嘗不與之遇。此書之所以可貴也。雖然，今之學者直以爲土梗已耳。(侗眉)今參禪家有素不識字、悟後忽通經藏者，儒者何獨不然！

子鳴鬻古之書，然且幾於不自振。今欲求古書之義，吾懼其愈窮也。(麟眉)收應處筆意超然。歲暮，將往錫山寓舍，還歸太末，書以贈之。

(夫評)余嘗以讀古書勸後進，無有一人解者，讀此文益爲之慨然。

送狄承式青田教諭序

(麟評)此文全是一結得力。(駒評)一篇議論都從文成公身上生出，便覺軒翥之氣虎步龍驤，不是書生伎倆。有賓有主，敘次井井不亂。(雲評)意在闢陽明之教，而欲教諭爲國家儲有用之材。溯浙東道學淵源，以文成壓陣，爲青田士子大建旗鼓而振勵之。其文雍容頓挫，酷似曾文定。(虞評)文成公爲一代人物，文中寫得生氣凜然，千秋如見。

予與承式同舉於鄉，試於禮部，皆不第。而承式獨以禄養爲急，徘徊都下。送予出崇文門外，謂當得官浙中，因約余遊錢塘西湖，遠則在天台、雁蕩之間，欲爲東道主人，然又數不果。今年，始得處之青田。青田在萬山中，足以讀書談道，優遊自適。而浙東學者近歲浸被陽明之教，爲致良知之學。承式爲人敦朴斂約，不喜論説，而中有自得者。今爲人師，不容默默，亦將出其所有，以考論其同不同何如也。（**麟眉**）引起，用意隱然見良知家空言無當，緊射文成。（**夫眉**）煞住一句。（**祖眉**）起處未能簡古。（**陶夾**）此是教諭本職，序意尚淺。

浙東道學之盛蓋自宋之季世，何文定公得黄勉齋之傳，其後有王會之、金吉父、許益之，世稱爲婺之四先生。（**麟眉**）正接。益之弟子爲黄晋卿，而宋景濂、王子充皆出晋卿之門。高皇帝初定健康，青田劉文成公實與景濂及麗水葉景淵、龍泉章三益，四人首先應聘而至。（**麟眉**）歷叙中賓主井然。（**陶夾**）提出話柄。當是時，居禮賢館，日與密議，浙東儒者皆在。蓋國家興禮樂、定制度、建學養士科舉之法，一出於宋儒，其淵源之所自如此。（**麟眉**）此則固然，然使宋儒爲之，已必有不同者，不可不知。

近歲以來，處之科第至闔郡不見一人，或者遂目爲深山荒絶之區，而不知假令縣歲貢數十輩，豈盡謂之才賢得人耶？（**麟眉**）快論。以甌粵區區二百年，有文成公爲帝者師，不可謂之乏人也矣。（**陶夾**）用意用筆皆如劍之出匣。天下承平日久，士大夫不知兵，一旦邊圉有警，束手無策，徒望之勇猛强力之人。如此，則古所謂合射獻馘於學宫者，何事耶？文成以書生，當方谷珍起海上，毅然建勦滅之策；佐石抹元師擒殄山寇，卒以保障鄉里，挈全城以歸興王之運，其文武大略且未可以一鄉一國之士概之矣。（**焯眉**）兵刑禮樂之屬皆只一藝者，古人以爲日用之務。後世儒者不講，於君子之學體不全而用不具，至以兵戎大事拱手而聽諸武夫，天下事尚可爲耶？

承式入公之里，而與其子弟遊，能無慨然有感矣乎！夫山川之氣積二百年，當有發者。（**麟眉**）掉尾論正而氣足。况以先王之道，六經、孔孟之語訓迪之，（**麟眉**）對針良知家言。將見括蒼之士必有文武忠孝出而爲國家之用者矣。（**苞眉**）結反落大套，能省之尚更有餘味。（**孫眉**）結文落套。（**陶夾**）此從青田生意，屬望特深。

（崑山本與抄本同，今從之。常熟刻小異，當是初本。）（**祖眉**）元恭棄彼取此爲知言，文章高下固不以字之多少論也。述校。

（**夫評**）無酸態。

（**陶評**）議論極有原委，而屬望承式之意亦非詹詹小言。

送熊分司之任滇南序

（**雲評**）文亦有山重水復、柳暗花明之致，雋永殆不可言。

嘉靖四十一年秋，熊公以河南按察司副使太倉兵備擢雲南布政司右参政，州學生張端復，其先大夫思南守與公雅善，公嘗厚恤其家，且以受知於公久，以州人之懷公也，屬余爲贈行之序。

夫官與民利害相繫久矣，其官制簡者，其民必静；其官制繁者，其民必擾。而法嘗自簡而趨於繁。人情非好爲自用以訾毁前古，而必以已之所爲爲是。（**夫眉**）諷刺當日執政之失，特借題而發。特出於因循變易，不覺日與古異趨，至其聞古之道，未嘗不慨慕而欲追復之也。漢置郡太守，其屬有都尉典兵，禁備盜賊，亦時省罷，並職太守。（**啓夾**）官制簡。其後頗設刺史監之，或臨遣光禄大夫博士循行天下，然不常有。（**啓夾**）簡。而郡國寇盜，所遣大將亦絶少。今制：州郡之上命使日增，(**啓夾**)官制繁。以故職司不能有所展，往往監臨無慮數人，皆不過代郡行事而已。(**啓夾**)繁。江南爲畿輔，近年以來復以省司來制内部，非祖宗之舊，蓋權時之宜云。(**焯眉**)能慎於取人則守令賢，守令賢而何必監司。不能慎於取人則守令不賢，守令不賢而監司何必賢。監司不必賢，徒增守令之害而已。此理已明，而當守者往往不悟，何也？(**啓夾**)繁。

公初以進士守太倉，適有倭夷之寇，廷議以公寬仁直諒，遠邇畏愛，可當東南之寄。稍遷郡丞，遂以按察司臨制諸郡。議者以爲官制雖變古，而公以一人歷數官，皆民事兵馬之職，(**啓夾**)兼兵民是一意。而終始不離太倉之境。(**啓夾**)久於其地又一意。如漢加魏尚爲雲中太守、龔舍爲泰山、祝良爲九真，而張喬爲交趾刺史之比。自公居官任職，島夷不再侵，瀕海清宴，此前代刺史郡守之明效也。於是公在吴十有二年，始有滇南之擢。吴民咨嗟，以不能復留爲恨。余意廟堂以公資望既高，姑藉此以爲召入内臺之地，即滇南不可久矣。抑今制常以部院大臣循行天下，吴民望公再駕，如往時周文襄、夏忠靖二公，吾知滇之民不能與吾吴民争公也。(**説眉**)此一句甚入情，曲盡其妙。(**雲眉**)逸致蹁躚，頓忘前文之冗。

今天子二三大臣維新庶政，必因民所宜，雖官制不必盡合於古，而如前日之任公者，可謂得古之遺意矣。(**焯眉**)法制因革之際最妙是因民所宜。滇南雖去京萬里，而公楚人也，自巴、黔以西，無隔滇道者。今其地風土清淑，四時景候如春，而花草妍麗，中州無有。百姓安樂，葉榆、西洱之間，無犬吠之警。直卧以治之而已矣。《詩》曰："君子來朝，何錫予之？雖無予之，路車乘馬。又何予之？玄袞及黼。"又曰："樂只君子，福禄膍之。

優哉遊哉，亦是戾矣。”余日以望於公焉。（**孫眉**）引《詩》却無意味。

（舊刻删篇首七十四字，今從抄本補之。）（**祖眉**）舊刻所删當是定本。篇首太冗，大約此集所補類如此。篇首應從常熟本。

（**夫評**）收拾處亦與他篇不同。層層發意，層層自相照應。

送計博士序

（**説評**）删。（**元評**）震川贈送序諸文篇篇有真實道理，或切官，或切人，或切地，而言外諷動多妙，不比尋常酬贈也。（**啓評**）求道術者不外乎窮經，窮經者當勿泥於一家之説，通體大意如此。（**經評**）歷叙經學之盛衰，而尤感喟於應試之文，切中情弊。（**虞評**）官存而職廢，士風之所以不振也，典守者不得辭其責。（**焯評**）唐以後取士之法數變，至今一定於四子書義，而更不雜以他途，論者以爲最得三代遺意，謂其日講習於聖賢之義理，則凡修身爲政之道舉不出乎此耳。孰知一講習乎時文，而於修身爲政者愈遠，惟其視爲文與爲人二之也。其所以二之者，非不講誦之也，亦非講誦之有二也，則以所取乎修身爲政者，原無所事乎聖賢之義理，則聖賢之義理亦邃爲迂踈無用之説，只可爲時文之資而已。由此言之，即使擱置時文而講誦乎四子之書，究何益哉？

昔者先王以道術教天下，自周之盛時，《詩》《書》《禮》《樂》以造士，蓋其來已久，而後孔子修而明之。所謂“博學於文”者，博此而已；博而“約之以禮”，所謂“一以貫之”者也。孔子平日教人以講學者，非能舍乎是而别求所謂道也。其弟子身通六藝者七十有二人，可謂彬彬乎其盛矣。孔子既没，各以其所能教諸侯之國，世主亦知崇尚之，蓋於是時始有博士之官。遭秦滅學，其官猶不廢，漢得以因之。武帝表章六經，置五經博士。其後世加增廣，迄於東都，遂有十四博士，太常總領之。當其盛時，石渠、白虎之會，天子親制臨决焉。蓋秦、漢之際，六學殆幾於絶，然猶僅存而復著，天之於斯文若有陰翊於其間，而國家運祚亦賴之以維持，其所關係豈小哉？（**元眉**）叙事頓挫，俱本馬遷。

漢以後數百年間，朝廷之官世有變更，而唯博士獨常置。賈、馬、王、鄭之學大行於魏、晋之後，而梁之皇甫侃、褚仲都，周之熊安生、沈重，陳之沈文阿、周弘正、張譏，隋之何妥、二劉，皆以博士名當世。至貞觀《正義》之行，（**説眉**）"惟貞觀《正義》"一段正論，後生宜三復。則前代諸家不復兼存，而其説始歸於一。學者徒誦習之以希世，而唐之儒林衰矣。（**説夾**）唐之正義，世之集注也。宋之大儒始著書明孔、孟之絶學，以輔翼遺經。至於今，頒之學官，定爲取士之格，可謂道德一而風俗同矣。然自太學以至郡縣學，學者徒攻爲應試之文，而無講誦之功。夫古今取士之途，未有如今之世專爲一科者也。苟徒以應試之文而未能明其所以然，吾恐國家之於士，其用之者甚重，而養之教之者猶未具也。夫苟習爲應試之文，而徒以博一日之富貴，士之所以自爲者亦輕矣。知其所以講誦而求自得之，（**元眉**）講求六藝而歸於自得，是先生爲學宗旨，於此篇特揭出。則雖孔子之教不出乎此。夫天下學者欲明道德性命之精微，亦未有舍六藝而可以空言講論者也。（**夫眉**）數行中轉折極多，極有味。

柳州計君之來教崑山，以寬仁化導學者。未一年，用高第入爲國子博士。余嘆計君之賢，庶乎有志於舉博士之職者，爲序以贈之。

（**夫評**）治經止於一説，取士止於一途，勢不得不然，先生議論自好。

（埛評）蓋爲當時空談性命者而發，文與道固合一，然語太直截，終有病。

送蔣助教序

（雲評）典雅深醇，軼曾、王學記而上。

全州蔣先生教崑山六年，入爲國子助教，崑山之學者四百餘人從兩先生祖道郭門外，而請予爲文序之。

國家文治熙洽，宇内萬里，士無遐邇皆通明六學，彬彬然出爲王國之用。（啓眉）先說國家文教之遠。故先生來自嶺表，司教圻甸，今又進陟天子之成均，以其教於一邑者推之天下，可知矣。（啓眉）次説學官遷叙之法近古。

古者十五入大學，學先聖禮樂，而知朝廷君臣之禮，其有秀異者移鄉學於庠序，庠序之秀異者移國學於少學。諸侯歲貢少學之異者於天子，學於大學，曰造士，而後爵命焉。今州縣之貢舉近古遞升之法矣。而太學之官屬亦取郡邑博士之高第，夫豈亦因其意而爲之歟？三代教養之制不可復詳，而遺書之存者猶可以知其一二。自宋之大儒以《戴記》所載《大學》篇爲古大學教人之法，（啓眉）次説爲學之方。其説以古之明明德於天下者必始於格物、致知、誠意、正心、修身、齊家、治國，而後天下平，其爲格致之論條理甚析，而近世之説乃又有不然者。（説眉）學之在上在下，古今盛衰同異有故。（焯眉）讀此知先生於陽明之學亦已深知其非矣！然往往隱約言之，未見昌言以訟其非者，此數言可謂得其要領矣。夫學於太學而不知其所以爲教，則所以爲治國平天下者，果何道也？天下之士方讙然以争矣，至以前之所爲説者以應有司之求，而以其所自爲説者爲私門傳授之奥旨，而有司者無與焉，豈不悖於建學立官之意哉？（**啓夾**）説盡正嘉以來講學之弊。今世貢舉之格要以爲一定之説，徒習其辭而已。苟求其意，則六經聖人之言有非一人之説所能定者矣。（**説眉**）此言亦足以扶衰，爲單讀朱注者下一針。漢之儒者號爲專門，至於都授大會，異同紛紛，務求其是，而不主一偏，故有石渠、白虎之論，是乃所以一道德而同風俗也。（**侗眉**）正爲陽明理學而説。

天子憲天稽古，數十年來，郊丘、宗廟、明堂之禮多所裁定，而車駕親御太學者再矣。而予獨疑今之六館之條格猶牽於選愞之議，而月書季考非所以作成天下之人材，以仰體天子所以崇化厲賢之意，而徒得猥瑣流俗之徒習其辭者，以應有司之格焉；非所以興四方太平之原，制禮作樂，鎮撫四夷之具也。予，太學弟子也，故於先生之行而私以質焉。

（**夫評**）氣力厚，收得潔，掉尤難。

（**啓評**）總只逐層搜剔得到，無一處放鬆，便成絶妙文字。今人只是輕心，開口便要求好議論、大帽子話頭，便埋没了許多妙義。

卷十　贈送序

送同年李觀甫之任江浦序

（燦評）亦少發揮，只以一事言。（侗評）此篇以同門立論，次篇以同觀政立論，要是套數不可有二。（紓評）知其所生之道與取之之方是握大權者之所當知，責之縣官似乎不稱，然立言甚精。

凡進士，同年相善，而同門尤加善焉。同門者，主司分經考校，同爲一人之所取者。既於主司有師生之分誼，視他同年會聚尤數，亦時以德業相考，而知其志意之所極。如吾李君者，恂恂焉，可以知其器識之遠大矣，於是受命爲江浦令。故事，（基眉）"故事"好，今年復有。同門外補，其留京及未選者例當分撰文字以送之，而予得李君。夫爲文以送行者必有芬芳之辭，（説夾）世所謂"芬芳之辭"，乃穢詞耳。余固拙者之尤，且不能爲世俗之語，而於情終不能自已，乃遂勉爲之。（夫眉）韓文。

唯江浦爲京縣，然在大江以西。故六合隸於淮陽，高皇帝定鼎，特以六合分爲江浦，以爲兩縣，而屬之京兆。蓋以畿輔重地，不當爲一衣帶水所隔。而凡爲其令與其民者，朝夕有事京兆，渡江以爲常。余嘗北上出龍江關渡，經行其縣。縣朴陋，不類江以南。然自此而西北行，至滁州，涉清流關，爲建康要道。

而神州赤縣，其地固不爲輕矣。(**夫眉**)閒處皆有觔節。

獨以君之才宜得望劇，顧屈就於此。蓋今選人之法有與之難地以觀其才，亦有以其地之難而擇才之優者以畀之，則今江浦之命以及君者，豈不謂荒萊之土之所當墾治歟？彫瘵之民之所當嫗拊歟？京輔之邑之所當封固歟？夫今天下所在獨患民貧而上不之恤，財力大屈而斂之不已。能知所以生之之道與其取之之方，雖儉陋之邦，亦足以收富庶之效。

如江浦者，尤宜休養生息之者也。當天下初定之時，嘗徙民屯種和州等田矣，又數賜民田租矣，其意未嘗不在壯畿輔以重根本也。顧今天下縣邑疲病，何獨江浦？即江以南號爲天下膏腴，今亦近貧瘠矣。又將數年，殆不可爲。(**說眉**)轉折有大識力，有大情致。此今日守令者之責也。李君勉之，吾見三年報政，以治行徵爲天下最者，其在君矣。

(**啓評**)公送吴純甫序，稱其精於學，邃於文字，熟於事，此三句惟公可以當之。觀公送行諸序，考究吏治，於國家前代之典章如舉其家之故藏籍記。公亦嘗自謂於國家之利害、生民之休戚時有隱憂於其中。不具此副心胸，亦安能毅然命筆，縱横高下，一任其指揮，而卓然與古作者爲徒乎！

送同年丁聘之之任平湖序

(**說評**)余每戒人作應酬文字，然亦不須戒，只將此等文日讀百周，自不能作世間酬應之文矣，此學文聖藥也。(**雲評**)悱悱惻惻，痛哭流涕之文，讀書人關心民瘼如先生者蓋罕。(**升評**)先生論史事甚惻怛忠信也，實肫然有餘、油然其不容已，真古之遺則歟！故其爲吏也，能克副其言。而世之以文人目先生者，殆未窺先生之所存者矣。

進士同榜者，其始數百人常相聚。自春官進於冢宰，而後分送諸曹，各隨所隸以去，謂之辦事。今年賜第者三百九十有四人，既分曹，則余所同工部辦事者四十有六人，而五人者選入史館。今夏首選，凡若干人皆得外補。夫同年而又同部，宜日相聚以觀其德業。然每晨入部，升堂衹揖而退，卒無所事事，而當選者亡何又各得官以去。是所謂同榜者，亦若率相值而已，此余於諸同年未嘗不嘆其相聚之難也。是選也，龍陽丁君得嘉興之平湖。故事，同部送行，余次當爲序，故余道其於同年之情如此。（**祖眉**）序同年之情，與結語照應，不可省。

嘉興本古會稽吴郡之地，唐時猶隸蘇州爲縣。其後乃割於吴，然風土民俗猶一也。余故吴人，敢以其所知者告之。（**説眉**）開拓。凡今之選爲令吴中者，人之憂之，未嘗不以賦税之難。夫以天下財賦悉在東南，欲其辦集，誠難矣。田租之入率數十倍於天下，然父子祖孫二百年來以爲當然，固無望其減，而獨畏其日加也。（**夫眉**）其言絶痛。歷三紀以來，民間未嘗放赦，而水旱之災，蠲貸之令亦少矣。又經島夷焚剽之後，海上之戍不徹，而加編海防，歲增月益，江、淮以南益騷然矣。軍府之乾没動數百萬，此皆生民之膏脂也。凡爲大吏，其勢與民日遠，一切以趨辦爲能，民之疾苦非有關於其心也。若爲令者，則民皆吾之赤子，朝夕見之，亦何忍使之逮繫鞭笞，流離殭仆而不之恤也？（**祖眉**）仁人之義。夫額供之數固民之所樂輸者，其他水旱流冗、荒萊奸蠹之所積逋與今權宜一切之征求，謂宜有調停委曲於其間，此令宰之所宜留意者也。

余歷觀前政，（**夫眉**）不當作文字讀。有不以催科爲事，而事亦未嘗不辦集，往往爲大官以去者。而其急於催科者，其功名反或不逮。然則獨以催科爲東南之吏告者，其流禍於生民多矣。《傳》曰："如保赤子，心誠求之，雖不中，不遠矣。"莊子論解牛曰："彼節者有間，而刀刃無厚；以無厚入有間，恢恢乎其於遊刃有餘地矣。"夫如是，天下事夫何憂其難！余固爲吾丁君告，亦並以爲諸同年之吏於東南者告也。

（**夫評**）憂賦税之難，天下事何憂其難，此一節之起結也。道同年之情爲諸同年告，此一篇之起結也。文章如風水，須層層包裹爲上，若一層則淺薄不中用矣。

送同年光子英之任真定序

（**年評**）從地勢上發揮，最有姿態。（**麟評**）只一拊循意，乃能如此雄快。（**侗評**）波瀾壯闊，亦得山川之助。（**雲評**）寄意遥深，議論筆力雄偉頓挫，是韓吏部嫡派。（**鼒評**、**孫評**）此文與當時時勢頗不相合。（**紓評**）文縱論河北形勝，灑灑洋洋，高舉似有拔山之力，乃落到一推官身上又似一微塵。一推官何能爲？亦重在拊化耳。文負奇氣，一瀉直下，如土委地，讀者當知其脱禦歸結之妙。

余讀史，觀項羽救趙，諸侯兵軍鉅鹿下者十餘壁，莫敢縱兵，諸將皆從壁上觀。楚戰士無不一以當十，楚兵呼聲動天，諸侯軍無不人人惴恐。韓信以兵數萬東下井陘，建大將旗鼓，鼓行出井陘口，與趙大戰，破虜趙軍，斬成安君泜水上。楚威振天下，（**啓眉**）"楚威振天下"五字當在上"人人惴恐"下，韓信破趙時，所將者關中兵及新下魏代所收之兵，与楚無與也。又上文理合有此五字方收束得住，而此處直接"破楚垓下"三句，文氣呼應尤靈。舊本錯繆無疑，今正之。及漢破楚垓下，以得淮陰侯，而淮陰之功始此，皆在今真定之境。（**麟眉**）先出眼目。嘗欲一至，觀其戰處，而不可得。(**説眉**)看此段文字與治獄關切在什麼。

真定本古中山國,趙武靈王胡服騎射,以北略地,其事固已偉矣。典午之南,劉、石、慕容、苻秦繼起燕趙,而慕容道明建國於此,固亦一代之雄也。唐自大曆、貞元以後,强藩不制,而成德一軍尤爲驍悍,天下視河北若回鶻、吐蕃然,蓋不爲王土者百年。宋因石晋失山後諸州,則真定遂與契丹爲境。其後金人陷兩河,二路尋亦不守,而國事不可爲矣。(**麟眉**)歷叙關係之重。(**焯眉**)前半歷叙真定爲古用武之地,以見其人驍悍而難制,總爲拊循教化伏案。

國家今爲畿輔重地,而太平二百年,議者以爲其悲歌慷慨之習已大變於古,而不知燕趙之人出於其性然者,獨以朝廷威靈,有所俛首畏伏,而終不能以帖然也。(**麟眉**)跌入靈警。蓋古所謂驍悍不可制者,其平時未嘗不俛首畏伏,及其一旦激於其所不可忍,而驍悍之性乃得而見耳。(**説夾**)"驍悍之性"四字爲作文原本,而"治獄"二字其意所在。(**焯眉**)後半以"太平二百年"作一折,轉出驍悍之性所以難制由激於不可忍,以見不得不拊循教化之意。

夫以中山之地爲古豪傑力戰之區,而奸雄竊據之所都。(**麟眉**)洗發。唐失河北,勢日陵夷。宋没兩路,國遂南渡。况今翼衛神京,爲萬世帝王之業,比古京兆、馮翊、扶風之地,非得良有司拊循教化,(**焯眉**)幾許叙次曲折,只要跌出此四字。無以使之安土樂業而壯國家之藩衛也。(**麟眉**)只此句是旨意。今使驛之所出,兵調之所加,坐派日增,民生蹙耗甚矣。而議者徒思重三關之戍守,煩邊徼之供億,謂燕、趙之民荏弱屏息而可怵者,亦未之思也。欒城韓山童之事可以鑒矣。今制,推府佐郡治獄,然常爲監御史之所委寄,而監御史實能制一方之命。(**麟眉**)搭上有法,此文之根柢也。(**啓眉**)上文議論太大,一郡推官似不足以當之,此二句乃斡入題内之法。余以是爲光君告焉。君與余同年進士，今選爲真定府推官者也。奧學通才，爲人聰明仁恕，犴獄之事，余無足以爲君贅矣。(**麟眉**)補筆妙。

(**焯評**)拊循教化非推府之本職，而篇中議論亦原不爲一人而發，故借監御史能制一方之命爲言，蓋告監御史之屬吏即以告監御史，告監御史即以使之告凡爲有司者也。

送同年孟與時之任成都序

(**説評**)奇文。(**侗評**)此文有三段：先治刑、次勸學、終得師，而末段尤在不經意處煙波至爲渺然。(**麟評**)此文截然四段，似不相蒙，要之脉理原一綫，俗眼自看不出耳。第一段因其爲推官，故告以古聖人論刑之旨；第二段即在成都上發出波瀾；第三段望其學古，即開手"好爲古文"已伏其根；第四段影其師趙先生，亦即與開手"兄事"等語相掩映。但其屹然止，嶄然起，絶不見承接過渡之痕，所以初閲驟難捉摸也。(**雲評**)意境之高，情事之切，格之堅，味之厚，先生晚年無意求工而文之工如此，徒目爲古澹蕭遠，皮相耳。(**元評**)宕往不盡。第一段論静刑是贈司理正文，後二段推説學古事賢，與静刑似離而實合，此章法之妙處。(**升評**)"風行水上，涣爲文章。風定波息，與水相忘"。此文足以當之。(**鼐評**、**孫評**)此文凡四節，不相聯屬，不可爲法。(**綸評**)此篇用意似不一綫。

安定孟與時與余同年進士，而以余年差長，常兄事之。余好古文辭，然不與世之爲古文者合，與時獨心推讓之，出於其意誠然也。(**夫眉**)真話。與時以選爲成都推官，余亦爲令越中，將别，無以爲與時贈者。惟推府爲郡司理，儒者能道，前世論刑之説詳矣。(**焯眉**)此一段司理。余讀《尚書》古文："欽哉欽哉，惟刑之恤哉。”此今世所用孔氏《書》語也。而伏生今文以恤爲謐，漢儒傳之。而太史公《本紀》云：“惟刑之静哉。”“静”即“謐”也。自古論刑取其要，未有“静”之一言爲至。**（説眉）**真讀書人語。此真聖人之語，余以是爲與時告焉。

余生吴中，獨以應試經行齊、魯、燕、趙之郊，嘗慕游西北，顧無繇而至。**（元夾）**著此一段，極虚實之妙。與時自安定往來長安中，又從太行山以來京師，今又官蜀中，**（焯眉）**此一段成都。行邛崍九折阪，覽劍閣、石門之勝，豈不亦壯哉！**（焯眉）**想“静”字、“壯”字定與與時性情意致有針對規勉處。昔王介甫初仕大名，爲司理，**（焯眉）**此一段又從司理生波。而韓魏公爲守。嘗告以“君年少，當讀書，不宜專以吏事”。而介甫實未嘗不讀書也，以此恨韓公爲不知己，而韓公之意則美矣。故余於與時，尤望於吏治之暇無忘學古之功。**（焯夾）**學古於静刑又進一層。**（雲眉）**以古文辭相契於吏治之暇，勖以學古得師，借韓公勉介甫作影子，而以趙先生結穴。前段於司理只進以《尚書》。下文甚硬樸，中間寫之任，以“慕遊西北”特設一波，頓覺神采飛動悠然。**（元眉）**借遊覽作波，開出學古一段。

孔子曰：“居是邦也，事其大夫之賢者，友其士之仁者。”往時張文隱公嘗爲余言，今時人材，惟趙孟静在史館難得。嘉靖二十九年，虜騎薄都城。公卿會内廷，趙先生獨申大議，至廷罵阿黨，風節凛燃，有汲長孺所不及者。京師人至今能道之。趙先生，成都人也。**（焯眉）**此一段又從成都生波。四段閑閑落落，若不相蒙，而細玩意義，自成章法。余故爲文隱公所知，而趙先生以是亦知余，顧無繇一見之。士之相知，豈在於見不見哉？然余懷之久矣。而羨與時之獲見先生也，而又以喜與時之得師也。**（元眉）**後二段與静刑意似離實合。其實先生意蓋謂静刑在乎學道，學道在乎能得師，用意一層深一層。(**焯眉**)得師於壯遊，又進一層。

(**説評**)此文有三奇:《尚書》一段奇，慕遊西北一段奇，末趙孟静一段奇。

(**夫評**)文分四大節，每節自起一意，前後絶不相蒙繞串插，却又渾成一片，每一節中又有無數波瀾。

(**啓評**)此篇特質樸高古，似朱韋齋送其表弟某生序。

送王子敬之任建寧序

(**祖評**)先生不喜良知之學，此文大暢厥辭矣。至云"莫知其所以然"，又云"不知求其本心"，固深契陽明之旨也。(**紓評**)重朱子不偏於朱子，斥餘姚亦但斥其徒之習好名高，駁良知亦但駁其名稱而已，實則陽明之學亦自有獨至處，故亦還他"獨有所見"四字，氣平語正。末仍歸重朱子，自合震川平日身份。

余始五六歲即知有紫陽先生，而能讀其書。迨長，習進士業，於朱氏之書頗能精誦之。然時虚心反復於聖人之本旨，則於當時之論亦未必一一符合，(**説眉**)具大慈憫。(**焯眉**)自是自己心粗，翻謂朱子不合。而或時有過於離析附會者，然其大義固不謬於聖人矣。(**説眉**)既附會，焉得不大謬於聖人。其於金谿往來論辯，終不能有同，後之學者分門異户自此而始。顧二先生一時所争，亦在於言語文字之間，而根本節目之大未嘗不同也。(**偉眉**)如講學尊德性、道問學强分存心、致知便是。其實尊德性亦所以致知，道問學亦所以存心也。(**焯眉**)金谿差處正在根本節目之大，朱子所以不得不争。(**啓眉**)最平允。

朱子既没，其言大行於世，而世主方主張之。自九儒從祀，天下以爲正學之源流，而國家取士稍因前代，遂以其書立之學官,莫有異議。而近世一二君子乃起而争自爲説,創爲獨得之見。天下學者相與立爲標幟,號爲講道,而同時海内鼎立,迄不相下。餘姚之説尤盛,中間暫息,而復大昌。其爲之倡者,固聰明絶世之姿,其中亦必獨有所見。(焯眉)獨見者,"無善無惡心之體"而已。(啓眉)闢姚江之學,此最平允。而至於爲其徒者,則皆倡一而和十,剿其成言而莫知其所以然,獨以先有當世貴顯高名者爲之宗,自足以鼓舞氣勢,相與踴躍於其間,此則一時士習好名高,(焯眉)四字正是金谿、姚江錯認分路處。而不知求其本心,爲"遯世不見知而不悔"之學,則流風之弊也。(陶夾)此段公案,此數行遂爲判定,後之論陽明之學者率不外此。(擇眉)先生意不滿姚江,而又力不能折之,故爲周旋之論如此。

夫孔氏之門,學者所爲終身孜孜不怠者,求仁而已。其後子思爲尊德性、道問學之説,而高明、廣大、精微、中庸、新、故之目,皆示學者爲仁之功,欲其全體不偏,語意如皋陶所稱直温寬栗之類也。(焯眉)直温寬栗等只氣質與德性偏正之辨,若存養致知,自是學者内外兼體功夫。語意毫不相似。獨用揭此以立門户,謂之講學,朱、陸之辯,固已啓後世之紛紛矣。(説眉)先生何苦及此。(偉眉)講道德節極是,此通儒之見。卓識。至孟子所謂良知、良能者,特言孩提之童自然之知能。如此,即孟子之言性善已盡之,又何必偏揭良知以爲標的耶?(焯夾)揭良知正渠操戈大作用處,"何必"二字下得恁輕。(陶夾)一語破的。今世不求博學、審問、慎思、明辨、篤行之實,而囂然以求名於天下。聚徒數千人,謂之講學,以爲名高,豈非莊子所謂"聖賢不明,道德不一,天下多得一察焉以自好"者也?(説眉)將博學、審問數語返思之,必無此文矣。(侗眉)觀太僕之言甚不喜講學,然獨尊魏莊渠,何也?夫今欲以講學求勝朱子,而朱子平生立心行事與其在朝居官,無不可與天地對者。(**雲眉**)太陽當空,陰翳盡消。講學之徒,考其行事,果能有及於朱子萬分之一否也?(**説眉**)冤殺前人。奈何欲以區區空言勝之!(**説眉**)此論甚正。(**雲眉**)真學者之言。

余友王子敬舉進士,得建寧推官。余固慕游朱子之鄉而未獲者,忻忻然願從之而不可得,因告之以凡爲吏,取法於朱子足矣。(**擇眉**)此則明明與姚江作對矣。間謁紫陽之祠,以瓣香爲余默致其祝。俾先生有神,知數百載之後亦有余之自信不惑者也。(**焯夾**)正恐自信太過,不能無惑耳。

(此文係崑山刻本,常熟本另是一篇,蓋既作論道之文,臨餞别時又叙情款耳,今並存於後。)

(**偉評**)平允之論,論陽明亦確,後儒之以戟手謾駡爲能者,求之明儒中,誠未見也。

(**祖評**)此先生論學之文,非尋常應酬之作也。望溪不選,蒙所未譬。

(**陶評**)前論朱陸最持平,中間論陽明之徒尤切尤暢。

送張子忠之任南昌序

(**麟評**)於極爛熳之文,當看其綫索嚴密。(**駒評**)平常道理,寫來却極絢爛、極精實,以其切南昌發論,不可移易故也。條鬯分明,爲吏之道盡於此。

張子忠之令南昌也,孫了奇、趙元和與凡同事於禮部者二十有六人,於其將行,相與餞之,而屬序於予。凡序之爲,處者送行者之詞也。予又辱與子忠善,因不敢辭。

蓋昔夫子與其門人論政,載於《論語》之書甚詳。雖其爲言不一,然皆爲政之道,(**駒眉**)"道"字通篇骨子。而於爲政之事未嘗及之，而求其一言以盡之者，曰“君子學道則愛人”而已。(**麟眉**)先提出。(**駒夾**)根柢此一句。(**年眉**)全篇以“君子學道則愛人”一語作主。(**夫眉**)得大頭腦。今世之所患，不知道而不能愛人。夫不知道而不能愛人，其爲嵬瑣恣睢之徒固不足言。至其有所樹立、號爲能吏者，不過徒事聲迹之間，一時赫然煒然，衆人以爲美，而天下之元氣日以耗，而有不自知者，世亦何賴於此？故學道而能愛人，不當復論其水土之風氣與夫時之變化，而無所不可。辟之水，能流而已，至於爲灘、爲澾、爲瀾、爲波、爲潛、爲滸、爲沱、爲洵、爲沙、爲瀆、爲汧、爲汜、爲淪、爲涇，惟其流之所至，不能預期也。君子能爲道而已，至於爲栗、爲立、爲恭、爲敬、爲毅、爲温、爲廉、爲塞、爲義、爲平康正直、爲强弗友之剛克、爲燮友之柔克、爲沉潛之剛克、爲高明之柔克，惟其道之所至，不能預期也。夫非特令於楊、粤之間宜也，令於齊、魯、燕、趙、秦、晋之間亦宜也。雖至於入爲九卿、爲天子之宰相，宜也。(**年眉**)文亦極洸洋澎湃之奇。

今南昌三司治所，大吏鎮壓於其上。可以抗，而或有所當承；可以隨，而或有所當執，且又獨無所以感動諷諭之乎？(**陶夾**)句法、調法無一不佳，不獨語意圓成，不落邊際。士大夫登朝著與其居於鄉者繼踵接武，裁以法，逆於情；通以情，骫於法；又獨無至公大義，且於道德之重者，不可隆南州高士之禮乎？其民好訐以訟，懲其狡猾矣，獨不可使吏治蒸蒸不至於奸乎？財賦不若吾吴之繁重，而上供之不可廢，搜其隱匿矣，獨不可恤其災害而蠲以與民乎？地介江、湖，盗賊多有，殲其魁傑矣，又獨不可使聞教令而解散，安土樂業，如渤海之政乎？

昔太祖高皇帝建都金陵，與僞漢争天下，諸將血戰，堅守豫章以挫其鋒，迄成底定之功，今忠臣廟在焉。然二百年來，强藩不軌，蠻夷竊發，江、湖之盜無處不有。而議者以今日三陲多警，唯江右晏然，以是爲子忠喜，是猶以劇易利害言也。吾所言者，道而已矣。(**麟眉**)借一大波瀾跌轉道字力厚。

吾聞安成有鄒祭酒，吉水有羅諭德，方居深山，講明聖賢之學。(**麟眉**)暗結道字，天然入妙。子忠試往而質之，必以吾言爲然也。

（崑山刻本篇首作序之由三十三字皆削去，篇中遂無照應。今從常熟本。）

(**昀評**)此種文漢人未能爲，直浸淫於宋儒矣。

(**陶評**)用筆如水銀瀉地，無孔不入，以其積之有本，故出之不窮。

送陳子達之任元城序

(**年評**)今之策守令者不可不聞斯言。(**雲評**)文勢標舉，欲擒故縱，欲抑先揚。(**坰評**)其命意本昌黎贈崔復州序。

陳氏在吾崑山，家世以科名顯。子達前年試南宫不第，欲就選。時有傳權貴人語，以某地某官相許者。子達曰："吾可以賄而求仕耶？即往而責償於其民，可耶？"遂拂衣以歸。今年試南宫，以一字失格，不得終試，遂復就選。適銓部政清，請謁不行。或有以中人爲地者，率置之蠻徼荒遠之區。天下士集京師，皆以爲朝廷清明，太平可望，而子達得爲縣大名之元城。

元城賦輕人朴，雖在三河之間，於今畿輔地獨僻遠，仕宦者得此以爲清高。子達因其土俗而無撓之，易以爲治。而余以爲今之爲令之難，非難於其官，而難於其爲其官之上者。(**夫眉**)打發開一句。自昔置令，以百里付之，故譬之爲人牧牛羊，爲之善其牢芻，擇其水草，時其緣放，而主人不問，觀其牛羊之羸茁而已矣。今以一令，而大吏數十人制於其上。牛羊之羸茁不問也，牢芻、水草、緣放之事不使之爲也。而煩爲之使，苛爲之責，欲左而掣之使右，欲右而掣之使左。以牧一人，而伺其主十人，而主人各以其意喜怒之。凡吏之勤苦焦勞，日夜以承迎其上，無餘事也。故曰令之難非難於其官，而難於其爲其官之上者。

(元夾)説盡上司之惡、下吏之苦，當時已如此，今日更何如！

今天子委任元輔，作新吏治，而子達方有志於爲民。而爲其官之上者，庶幾或少變前之爲者，使之得盡其爲牧之事。余於子達之行有望焉，且以告其爲其官之上者也。

（按：緣，與紖同，文忍反，牛系也。《周禮》："封人置緣。"注："着牛鼻，所以牽牛者。"常熟本誤删此句。）

送毛君文高之任元城序

(燦評)天官設其參：大國、次國、三卿也。《傳》附其伍：大國、次國也。陳其殷，衆也，上士、中士、下士也。置其輔庶人在官者，府史胥徒也。建其長，即以貴得民者立其兩，兩卿建其正，六卿之長立其貳，六卿之佐。**(雲評)**先人贈人一文必有一意，必因人立意。此文爲陳令贈毛君，正所以告陳君也。謹厚人而以佐恣睢傲誕者，如何能濟？故諄囑之曰"不可輕"，又戒之曰"無自輕其官"，末復聳之神符，而卜其有異政，婆心熱腸，真君子之文、典型之文。

先王建官必有牧監、參伍、殷輔、長兩、正貳，而上大夫受縣，縣邑之長曰尹、曰公、曰大夫，其重古矣。蓋亦必有參伍、兩貳之屬也。至漢，仍秦制爲郡縣，縣萬户以上爲令，秩千石至六百石，减萬户爲長，秩五百石至三百石，皆有丞、尉，秩四百石至二百石，是爲長吏。百石以下，有斗食佐吏之秩，是爲少吏。是知令、丞、尉皆長吏也。夫令爲天子親民所爲臨軒顧問者，墨綬進賢兩梁冠，其選即爲州牧刺史。丞爲其佐，亦不輕矣。今制重内，故令輕，令輕則丞輕矣。而令又往往恣睢傲誕自輕其丞者，何也？凡縣之事，丞理其繁，而令得以簡；丞效其勞，而令得以逸。令過，丞規之；令不及，丞輔之，則令之於丞其可輕也？

予友陳子達，受命爲大名之元城，餘三月矣，而皖城毛君文高今往爲其丞。子達剛直不阿，遇事發憤，而毛君爲人謹厚，往以佐之，必和而能濟也。元城之民其有賴乎！余觀郡乘，自古游宦魏郡知名者不少，其在元城，欒廣以令，李若水以尉；仇覽，蒲鄉一亭長耳，而漢史傳之。毛君其亦可自輕其官也哉？（**説眉**）不爲無本之言，不爲不情之言。

君之先人樂善好施，晚歲無子，嘗捐貲修其縣之崇惠觀。（**夫眉**）以下不成文章，入於鄙俚矣。其上梁之日，縣令親爲酹酒於三清像前，曰："毛某善士，今喜舍鼎新此觀，願天予之四子。"先予之名，曰梁、曰棟、曰材、曰柱。後果生四子，命以其所命名，其事頗異。梁者，即文高也。信知古稱禱於神而生者，良有之。（**説眉**）入瑣事，一段文情杳渺。（**擇眉**）奇想。今毛氏之後世尚當有人，而毛君之爲丞，生有神符，其必有異政，豈可輕也哉？（**説眉**）結句似未盡其妙。（**焯眉**）爲儒者而説因果，徒以惑世之佞佛者，烏可訓也！

（**夫評**）多入修觀、縣令酹酒命名一段文字便不古雅，前半篇自不可廢也。

送南駕部吴君考績北上序

(侗評)議論絶大,特借吴君序發之耳。(麟評)天然層次。(雲評)籌馭軍制亂之略,爲廟堂之大機,不特爲南駕部言也。堅光峻響,電掣雷轟,此文何其酷似老泉先生。(駒評)一篇大議論,不作泛常贈送之言,而題極熨帖。明至嘉靖而後,將驕卒惰,師律蕩然,以致群盗四起,不可收拾,則以先生言爲蓍蔡可也。(啓評)不朽之作,而文氣亦直追秦漢。震川集序誌文最佳,諸序文中尤以此爲第一,弇州所謂"繼韓歐陽"者也。(鼒評、孫評)從職官生發,亦舊套,而此文則有關係。(焯評)國家之安不安由於兵,而兵機之得失由於統馭之人。能知其情,則機不失,而安者不至於不安,此意是客;臨事有制則能緝其機,而不安者可轉而爲安,此意是主:皆所謂績也。雖非已成之實效,而猶厚望其將來,謂必其素所留心者,固是文章從大處起議論,亦即以寓箴規之意,爲得古人贈言之體也。中段一意分作兩層説:前一層言營卒之噪由於平日不能知其情,既使之蓄久憤憾,勢必臨時,徒欲求其情,又使得狃之爲習,從情事之已然轉入將然,此就理勢虚論之,以明不制其機之不可;後一層緊承狃之爲習意,中論遼陽、雲中之撫而後安,即所謂欲求其情而慰勞之、無所懲者也,京營之群噪乃所謂不生於情而生於習、無所懲而效之者也,因言無所懲之釀禍如彼,有所懲之畏脇如此,從情事之不然轉入當然,皆借前事實証之,以明能制其機之妙。兩層波瀾議論,其虚實、開合、曲折、次第如此。

駕部吴君之先憲副公與吾郡陸生鳴鑾之先大夫同在嚴郡,有寮寀之舊,陸生是以得從君遊。君將以考績北上,陸生爲君請贈行之辭,且致君之意甚勤。余固鄙野之人,又不閑於世俗之文,(説眉)世俗之文豈可閑。其何以辱命?然聞君之高誼久矣，況其情之惓惓，烏得無言已乎？（**祖眉**）崑山本無“駕部吴君之先”“烏得無言已乎”九十九字，當從常熟本。

國家自永樂遷都，兩京並建，如古鎬、洛之制，百司庶府之在南者悉仍其舊，而稍省其員額。（**焯眉**）“南”字來歷。兵部尚書預掌留鑰，寄任特隆。（**焯眉**）從南駕部説起。而車駕清吏司得以揀選上十二衛之驍勇，翊衛皇宫，蓋古光禄勳之職。（**焯眉**）領入“績”字大意。領五營七署之事，所以佐大司馬，寓兵機於環衛之間，非特掌輿輦車乘、郵驛厩牧而已。（**麟眉**）提清職任作一層。（**駒眉**）突起議論。高皇帝以兵定天下，斂百萬之師於神京，國家晏然有泰山之安，（**焯眉**）安不安正是機之轉關處。於今且二百年。（**麟眉**）入得有勢力。邇者營卒群噪，極其猖狂，幾如元魏神策、虎賁、羽林之禍，朝廷紀綱所繫不小矣。（**麟眉**）虚挈一句得力。（**説眉**）有用之文。（**夫眉**）段段發議論，峻聳。夫兵，衆之所聚，（**麟眉**）重發。統馭者或不能知其情。人之情不能知，其蓄之之久，則憤憾而思有所一出，此固其勢然者。（**麟眉**）曲折處如屈鐵。於是欲求其情而加慰勞之，彼方自以爲得，而安於自恣。如是，則向之所謂情不生於情，而將生於習。彼以其一旦憤憾之氣而狃之以爲習，國家可一日恃之以爲安哉？（**駒眉**）發得透。異時遼陽之師嘗囂矣，撫之而後安；雲中之師又囂矣，撫之而後安，此邊疆之患、四肢之虞也。今京輦腹心之地惴惴如此，然又烏知不以異時之事無所懲而效之也？（**谷眉**）觀李思訓爲苗民質及此事，明之紀綱于嘉靖時已大壞矣，宜震川切切言之矣。如使又無所懲而效之，則吾未知其所止也！（**祖眉**）議論似眉山父子。（**啓眉**）上文泛論理勢，此方以時事實之。嘉靖三年大同兵亂，殺都御史某，遣御史曾銑撫之。五年遼東兵亂，遣某官某往撫之。卅九年南京諸營卒以核減老幼衣糧，群起聚噪，至擊殺兵部主事李某，尋復許原額乃散盡。其時兵驕如此，公所爲贈行序無一不按切時勢發論。天下之變，無不起於微。（麟眉）又接一層意，無此一層，則從前議論，人必以爲迂遠而忽之矣。唐中葉始於平盧一軍之亂，當時不折其芽萌，釀成至於五代一百六十年不可除之痼疾。（駒眉）引証有力。武宗時，澤潞擅命，李德裕請討之。而横水戍兵叛入太原，奉楊弁主留事。議者頗言兵皆可罷，德裕遽趣王逢起榆社軍，斬弁獻首京師，而澤潞亦平。德裕之爲相不盡滿人意，而臨事有制如此，故能使河北三鎮畏脅，而會昌之政稱美於世。蓋天下善者能制其機，嬴縮變化，無所不可。獨患因循不决，僥於目前之無虞，而制之不出於己，此所以可慮也。（啓眉）制之出於己者，賞雖薄而人思效命，宋太祖謂"吾以一縑易一敵人頭"，龜山以爲善用人命是也。不出於己者，雖厚而人不懷之，如汴州軍自劉元佐、李萬榮、鄧惟慕輩每加厚焉，而士卒益驕横不可禦是也。

陸生言君勤敏於吏事，凡監牧、舟艦諸蠹敝，多所厘革。而親王之國，兼兵工二部之務，沛然有餘。予以爲此得君之粗者。今兹北上，必能以天下之大機贊於廟堂矣，余何詞以助之哉！

（崑山刻本妄删八十餘字，今從常熟本。）

（夫評）片段峻整，議論聳聽。

（祖評）此文删去八十餘字尚更矯健，惜元公不能如《韓文考異》，詳載其異同也。

（啓評）送行文能用如此心胸，發出如此大議論，自昌黎以外吾未見有兩也。昌黎集中如送董邵南、文暢師、李益、韓重華諸序，自柳歐以下諸大家集中皆未之有也。此文命意制局幾欲與昌黎抗行，真可謂驚天動地之文。

（坰評）極有關係。識遠而氣渾。

（陶評）此文深識遠見，覩指知歸，與賈長沙、陸宣公諸人相伯仲，誰謂先生僅經生家也？

送周給事興叔北上序

（麟評）有道之士方能自重，以道存也。結語高絶，可知伯佐之流，其不輕出終是作用，烏足以盡自重之義哉！（雲評）因其人之自重不苟，而望其所建白以稱諫職，肅然如覩有道之容。（駒評）三代而後，人臣之能自重者少矣。漢唯孔明，宋唯富鄭公、司馬君實耳。立論嶄截，足以砭天下嗜利苟進之士，其波瀾峭折所不待言。（紓評）稱興叔之能自重，則不待言而已知其人品之貴，阨要之語在"言之易行，當思其言之難而後可"。所謂難者，斟酌盡善之謂也，可云中要。

今天下之用人與士之爲天下用與古異者，其求之與爲其求者皆非古之所宜有。蓋古之士，上之人知重之也，故士亦有以自重，而不輕於進，今世則自進而已。雖然，有至於今而不可易者，亦常有自重之義存乎其間，而後可以任天下之事。（祖評）絶大議論，絶大識見。蓋孔子、孟子之時，世已莫知尊用其道，而孔、孟固未能忘情於斯世，亦與之相驅馳，而終以不可爲而止，則孔子、孟子之所以自重者也。後世學者守其家法，雖至於千百年未嘗變也。孟子之於伊尹、孔子，蓋力攻當時好事者誣聖人以成其苟進之私，至於百里奚自鬻亦深爲之辯。孟子以爲百里奚之所就小矣，猶不肯自鬻以成其君。夫苟至於自鬻，雖五伯之業不可爲也。（麟眉）波瀾必以道理上生出方壯闊。由是言之，士之欲托於功名而苟冒以進者，雖自詭以有所成，亦誣矣。（麟眉）方斷得倒。（駒眉）斷得倒。（祖眉）善讀《孟子》。

臨安周興叔以進士爲令江南，入爲給事中。時宰慕其名，頗示意旨,欲邀致之門下,興叔即引疾以去。(駒眉)自重。先皇帝之末年,朝廷方舉遺逸。會新天子即位,一時雲集闕下,莫不驟致顯擢。興叔宜以時起,以觀天子之新政,而方且高卧自若。(駒眉)自重。國家故事,大臣之在告者非有召不得入,其非三品以上、凡在廷之臣賜告者皆自赴闕,而後天子命以職。二年冬,興叔未赴闕也,而除書獨下,於是乃應命而出。(説眉)大文字。興叔可謂得古自重之義矣。(侗眉)以不赴闕爲得"自重"之義,立言有體。

余官吴興,往來臨安,嘗訪興叔於西湖古寺中。讀書著文,山深徑迂,人迹所不至,臨安會城士大夫皆高尚其道。(麟眉)又用閑筆描書一層。今興叔之出,真能自重不苟然者。(麟眉)斷句亦不苟然者。(駒眉)結上生下。給事中爲諫諍之臣,(論眉)此上應"自重",此下應"任天下之事"。天子既嘉獎直言,人得以有所建論,每下之公卿大臣,亦不逆其言,每奏輒行。蓋遭時聖明,其言之易行如此。夫以其言之易行,當思其言之難而後可也。自古如賈誼、陸贄、王吉、崔寔、魏徵之徒,其言莫不有關於一代之治體。今天子承統繼阼,屬世道一變之會。天下治忽之機,與人心風俗之所趨,興叔獨居深山中,熟觀之久矣。(麟眉)打合。其必有不徒言者,以稱朝廷任屬之意。

某自念方徘徊於進退之塗,未知所裁,何足以贊興叔之行!顧平生受知最深,而樂興叔之道行也,(駒眉)結得住。因爲序之云。

(坰評)以"自重"爲主,以"道"字爲綫。

送余先生南還序

（**雲評**）一片渾灝之氣。（**經評**）兩意貫輸而成，波瀾回薄。（**虞評**）洞見本原之論，可書一通於館閣。

太史余先生以進士第三人入翰林，今年南宫試士，先生受命司考校，所取士三十人，天下以爲得人。未幾，以官滿一考，推封其父母，尋得予告還鄉。所取士於先生之南行也，謂宜有文以送之，以齒序，屬於余。

夫大人君子之得位也，觀其所施於天下；其未得位也，觀其所以養之者而已矣。今之館閣，其未嘗當天下之任也。夫自一命之微皆有職業，獨以爲輔相育材之地，於天下之事一無所縈其思慮。使之虚静純明，以居其德業，而博考古人之書。自聖人之經以至於諸子百氏之説、古今治亂之故，無不盡其心，則所以爲輔相者具矣。而後一旦畀之位以當天下之任，無不宜也，此國家所以儲館閣之意也。（**祖眉**）通首只此數語可存。

予至京師，見先生與吾郡王太史先生皆以年少登高第。（**夫眉**）請一客相陪方不寂寞。入則同館，出則聯轡。其氣冲然，如有所不足；其貌粥然，如有所不能。汲汲乎思有以進於古人，而不自知其地望名位之崇，可以爲大臣宰相之器矣。而吾余先生於其所取士，與之處，未嘗不郁郁乎其喜也。引而進之，惟恐其不可及也。所取士於先生之去也，惘惘乎其如有失也，其日遲先生之來也。夫士以一日之相遇，而定其終身之分。非特主司之求士欲得其人，而士亦欲得主司之賢以爲歸。韓吏部稱陸相之考文章也甚詳，而自幸在選中。以吏部之高視一世，顧亦自附於陸公，以爲其門人，可以無愧。

予久困於試，而特爲先生之所識拔，天下尤以此多先生，其感恩宜倍於尋常,茲不敢具述者。蓋爲序以送行者,諸君子之意也。

(**夫評**)得體。

送顧太僕致政南還序

(**庭評**)顧太僕爲先忠毅之外王父也,時以不得其職而去,有難言者,故通篇語意都在若隱若露之間,含蓄處最可玩味。(**擇評**)似有不便説出處。(**紓評**)言"纖毫不安"者,即不能盡言之謂,其云"志意之所在,不自言者",似亦有纖毫不安之意。其撇去班、韓、曾三家之言,大有見解。

士大夫於出處進退之際常自度於其心,非人之所能知,人亦不得而知之。夫其心有纖毫之不安,不可以一日居也;至其無所不安,雖召公之告老,周公猶諄諄留之。周、召二聖人在位,周公之爲召公,猶召公之自爲也,何嫌於不去,而必以去爲高潔哉?今世論士之去位徒以高潔而已,(**説眉**)挾天風海濤之氣。豈所以語出處進退之義,而爲知道者之所無以議爲哉?然使其心有纖毫於其中而去,乃亦其所以爲高潔者也。疏廣、受二子以年老辭位,漢史具述其事,韓退之又稱之,以爲《送楊少尹序》,亦以具見當時之人能知所慕愛二疏者。而二疏之所以去,孟堅不能言也,退之之於楊侯亦然。而曾子固之送周屯田,直以得釋於煩且勞以爲樂。夫士大夫致身國家,豈獨以能自釋於煩勞爲樂耶?班與韓、曾之文,世皆以爲不可及,吾猶以爲未能究出處之義,而自度於其心,非爲論之精者。(**説眉**)入時人手,此一段文字必蕪穢不可讀。(**侗眉**)太僕於致政之故究竟不自言,又何以責班、韓哉?顧之不自言,尤二疏當時也,即江東步兵豈真戀鱸膾蒓羹耶!(**麟眉**)壓倒古人之論,應開手提挈處。

余與太僕顧公少相知。公之爲給事中，放廢二十餘年，間與之言居官時事輒笑，未嘗自道。及在京師始叩之，知當時奉使勘蜀事，能爲朝廷不别疏骨肉，得大體。其請赦還大禮大獄諸得罪臣，止禱祠，尤時所難言。及起廢，四遷至今官，其在寺所建明多可紀。要之，居其職必欲以有所爲，不異往時爲給事少年鋒鋭之時，亦可以稱爲得盡其職矣。一旦引年以去，豈不謂之高潔哉？然其志意之所在，不自言者，人亦莫得而測也。

先是，吾吴致仕去者陽羡萬宗伯，而海虞陳奉常則以病告去，二公皆知吾者。公還，其以吾文示之，其必有當於其心者。**（元眉）**臨了又出一意方有烟波。吾所以論士大夫出處進退之際，韓退之、曾子固之所未及也。**（祖眉）**至論，然所以知之故，古人往往不能自言，以此論責之執筆者，過矣。昌黎文最得體可法。

（元評）議論精當，贈石川先生序亦有此意，不如此文更曲折有味。

（祖評）讀此亦可想見先生進退不苟處，誠不易一二爲俗人言也。辛酉又識。

送許子雲之任分宜序

（焯評）此篇大旨只是“居上以寬爲本”一句，蓋令爲親民之官，惟仁心爲質者爲能得治道之本也。反復讀過，覺愛民之意猶藹然溢於言下。**（雲評）**爲宰相告，非勉之也，牽一髮而身爲之動，文味最深永。**（祖評）**當分宜炙手可熱之時，而先生獨侃侃言之，即此可知其立言之不苟也。**（經評）**居上以寬爲本，三代之治也，安得縣之令如此。**（虞評）**居鄉與人、居官近實切理，説得娓娓，真有益於人文字。**（綸評）**此文譏切嚴相。

嘉靖癸丑之春，余與子雲北上，自句曲入南都。渡江時，北風猶勁，千里積雪。過清流關，馬行高山上，相與徘徊，四望而嘆息。至徐、沛間，水潦方盛，流冗滿道。私心惻然，以爲得作一令，寧使夫人至於此？（**説眉**）中有深憂，立言正大而和，此得於詩之深者。而子雲爲人寬厚有度，居鄉時人多愛之；行役所至，視頓舍食飲，不自取便利；四方之士與會逆旅中，飲酒别去，依依有情。予以是識子雲之賢。

蓋同行者四人，而子雲獨登第。明年，得袁州之分宜。議者以分宜爲今宰相之鄉，求其爲令者，咨訪數日，得子雲於四百人之中，子雲所以副其望者亦難矣。古稱江、湖之間，山水清遠，民俗敦茂，易以爲治，不知今與古何如？而獨知子雲所以居鄉與人者，以此心推之爲令，無不可也。夫宰相求治其縣而已，縣治而宰相之望慰矣，外是何求哉？（**擇眉**）微詞。（**夫眉**）微辭。今世民俗吏治益不如古，嘗願天子與二三大臣留意郡縣，慎擇守令，庶幾有反朴還淳之漸。

聞之長老云，往者憲、孝之際，禁網疏闊，吏治烝烝不格奸，蓋國家太平之業比隆於成康、文景之世者，莫盛於此時。今之文吏，一切以意穿鑿，專求聲績，庶務號爲振舉，而天下之氣亦以索矣。如豪民武斷、田税侵匿，所在有之；今則芟夷搜抉，殆無遺力。吏之與民，其情甚狎；今而尊嚴若神，遇事操切，略無所縱貸。蓋昔之爲者非矣，而天下之民常安，田常均，而法常行；今之爲者是矣，而天下之民常不安，田常不均，而法常不行。此可以思其故也已。（**元眉**）直刺宰相。（**夫眉**）得歐之神。

無察察之政者，有醇醇之德；無赫赫之名者，有冥冥之功。子雲之道近之。吾懼其以爲居官與平昔異，而稍變易其度，（**擇眉**）“易其度”謂爲奸相所用也。故於其行而勉之。且以爲天子之大臣非私一鄉，蓋舉子雲以風天下，使天下爲吏者知其意之有所在也。(**元夾**)恰好安頓。(**焯眉**)勸勉子雲是一層，因子雲而諷諭宰相、使慎擇天下之守令是一層，結出全篇主意。

(**坰評**)深厚。

(**元評**)因分宜令諷諭時宰，先生之惡嚴嵩，可謂正而婉矣。

送陸嗣孫之任武康序

(**説評**)刪。送人作令，却舉奉其親一段，亦别有性情。而文字未入幽奇，有蹊徑少味。(**祖評**)震川先生之德望文章，而於一第之得失斤斤如此，亦可慨已。

昔陸子潛先生在黄門，論奏多所建明，而文章一去吴中靡麗之習，要歸於古雅。以余之鄙拙，亟爲先生之所稱許，顧恨不獲一日從之遊。而其從子嗣孫於嘉靖十九年與余同鄉薦，數相從，試於南宫，又數屈於有司，相憐也。

長洲之陸，文學功業往往有聞於世，嗣孫號爲其家才子弟，宜得顯仕，而今年以親老謁選天曹，出宰湖之武康。太湖浸匯三州，湖州與吾郡皆瀕湖，壤界相連，即古會稽一郡之地。武康又其州下邑，僻在湖澳。嗣孫爲令於此，不離鄉郡，涖治之餘，得以奉其尊君泛舟三萬六千頃之中。(**夫眉**)武康去太湖尚遠，不得泛舟，且其句亦俗。曲隈迂嶺，尋仙靈之所栖；采芳擷甘，歌舞進觴以爲歡，豈不足自適哉？

夫人之所處，無問其所之，要以貴於能適其意。(**説眉**)不必説。意苟適，則凡所措置，精神丰采，事無大小，必得所處；其或不然，而徒鬱鬱以居，何異羈騏驥而檻鳳凰也？其能有所爲乎？今世仕者，其親在數千里之外，何以一日安也？(**説眉**)味短。嗣孫既得奉其親,而優遊徜徉湖山之間,吾知武康之政宜有以異於人矣。同年中如嗣孫者蓋少,又余之所感而嘆者也。

贈俞宜黄序

(**燦評**)不直不淡。(**經評**)吾邑譚公於嘉靖間東蕩西除,南征北伐,功業爛然,然不自以爲功。斤斤以戚繼光、俞大猷爲言,非甚盛德,何以臻此! 厥後紀載失實,人知有戚、俞而不知有譚者,可勝嘆哉! 今讀斯文,旁及於公,不禁低回久之。(**虞評**)賢不賢從名實上説,爲俞言之耶? 爲監司言之耶?

國家於州縣之吏多從布衣諸生選任,寄之以百里之命,未及三載輒遷去。而課其賢不肖,悉聽於監司,凡監司之所奏罷者固不論,至其所薦舉必極其褒美,雖古之龔、黄、卓、魯無以過。夫龔、黄、卓、魯,未必一歲而成,則今之薦者過龔、黄、卓、魯遠矣。然及其遷以去也,其爲州縣猶故也,而未有稱治者。如此,則吏之賢否果皆其實乎? 抑其爲名者之多耶? 而上亦以名求之而已,其於民果何益也?

予識宣平俞君,君爲撫之宜黄,獨其志汲汲於民,而無意於爲名,然而名亦歸之。至考其實,則惟以平恕爲心,而未嘗刻覈以求一切。宜黄在山中,數燬於兵。君爲縣草創,而能視如家事。自神祠、學舍、縣廨、橋梁之政,無不悉舉。凡此皆非今之所以爲吏課者,君獨汲汲爲之,無不辦治。至其爲政,又持平恕,則今之吏,吾於宜黄推賢矣。(**夫眉**)大家舉止。雖然,君亦有遇焉。

夫縣之士大夫爲士民之望,其知吾政尤明於監司,然苟非其人,未有不以私故撓法者。其求於有司者無已也,稍不如其欲，而毁隨之矣。宜黄之仕者蓋少，而今少司馬譚公獨能戢其家，而一聽於吏之治，其於有司無求也，故無怨焉，且又加敬，而爲之延譽。君於是曰："司馬公如此，吾於監司自今無得罪者矣。"至於比縣之吏亦以娼嫉傾排者多，以故毁譽不明，而監司亦無以得其實。吾友蔣子徵在臨川，與君相愛雅，故推轂之，君以此益得展其志。穀梁子曰："志行既通，而名譽不著，友之過也。"余以是又仰少司馬之盛德與吾友之賢，非獨宜黄之吏治獨善於今世云。（**夫眉**）又旁及二人之賢。

戊辰之春，與君同入覲。還共舟，因得熟語而備知之。渡江將别，書以爲贈。

（**夫評**）只是俗不得便是古文。

送福建按察司王知事序

（**説評**）引意高遠。（**啓評**）原本經術，故其風骨獨高。今人作文未嘗無好議論，然只是不根之游談，於此服震川經術之湛深，所謂觸處皆通、取之左右逢其源者歟！

天下之治恒係乎人情之達與不達。舉目前之近，人之所共知，獨蔽乎其上而有不達者，則四海之内，其所隱覆者何限？古者盛治之極，至於鰥寡無蓋，況於其人近在於目前者乎？今天下之官，一命皆總於吏部。以數人之耳目，欲周知天下士人之衆，則人才不能自達者有矣。其僥冒而莫爲之覺，遭誣而莫爲之理者，有矣。《書》曰："王左右常伯、常任、準人、綴衣、虎賁。""嗚呼休兹，知恤鮮哉！"夫常伯、常任、準人，固其重者。至於綴衣、虎賁，亦加知恤，此周之所以盛也。（**雲眉**）入手一段意境空明，不閲後段文，幾不解，所引《尚書》尤奇。

太倉王君以太學高第選爲上林苑録事，九載，升南京光禄署丞，尋有人欲得其處者，亦選爲署丞，以逼王君。是時王君先入署已三月，無除目，不受代。其人乃復從吏部得某州同知之檄予王君，乃去。而代者從後媒孽之，以考察當調，王君於是家居久之。以今年赴部，冢宰知王君之冤，（夫夾）“冤”字改“賢”字爲高，且又下文接得去。業已在調例，乃除爲福建按察司知事。知事於州倅品秩爲降，然衣豸衣，自郡守二千石皆與抗禮，於外省爲清階。蓋吏部之直王君者如此。（夫眉）“直”字下得好，上文“冤”字意自見。

王君家世科目顯貴，爲人有才藝。歷上林九載，以最，升爲太官。三月，以過謫。此人所以爲王君不直者也。而天子之大臣乃能知恤之，可謂不遐遺矣。（夫眉）總説一番好。太倉實吾崑山故境，而王君與余家世有姻好，今年其從弟一誠又與予同舉進士。用是，書之以寵其行，（夫眉）下一“寵”字看得自己進士太大否？且以嘆今世一命而能自達於上者如此也。

（夫評）尺幅中有萬里江山，此元人得意畫筆。

（堈評）峻潔不苟。

送北城副兵馬指揮使周君序

（説評）有得於文章偏正之旨。（侗評）只叙同鄉交誼忘分如此，於周君事甚略。文甚簡貴，今日不可行矣。

昔余初來京師，見前輩長者，言吾縣風俗之厚，時邑之縉紳在列位者至與大省埒。毛文簡公爲大宗伯，朱恭靖公、顧文康公皆在翰苑。然凡同鄉之士，自九卿下至六館學士與諸從事有秩者，在京師遇有鄉邑慶賀，皆聯名叙會，不以秩之高庳相别異，蓋謂余時之所見固異於前矣。今數年來，諸公皆已謝世，其居顯任爲京朝官者已落落無復往時之盛，而鄉曲之誼亦不能無少衰也。

今年，余幸登第，同時舉者三四人，皆相勉以厚道易風俗。而余友葛秋官誠源、張給事虚江，皆敦尚高誼，於鄉曲尤厚。於是周君漢卿以太學生調北城徼循之寄。諸公皆往爲賀，又徵余文爲送之赴任，而親友陸小樓亟來請，因爲序之。

君少有美姿，爲膠庠之秀。陞成均，歷事憲臺，官長與其同舍皆器之。**（燦眉）**太寥蕭。爲人温恭孝友，又諸公之所敬愛，非特鄉曲之私而已。是爲序。

贈戚汝積分教大梁序

（説評）此文甚似歐陽子。**（年評）**隨筆點染，唏嘘有致。**（侗評）**叙次歷落，煞有感慨，沈鬱頓挫，神似廬陵。**（雲評）**接寫開封平流一波，淡中設色，神采奕然。**（麟評）**通篇借廉甫伴説，正以兩人遭逢絶異，從此生出感慨作波瀾耳。

余少時與李廉甫游，廉甫與汝積尤親善，時邀余出郭造汝積。汝積方家居授徒，至則余三人相對無一語，但啜茗，至暮而返，意甚歡然。

後廉甫登第，余獲薦於鄉，而汝積在郡膠二十餘年始以貢計偕北上。是時廉甫以都御史自江陵還臺，余將試春官，意吾三人者復當相聚，而汝積已得開封之司訓以去，廉甫方病在告，余竟落落而歸。已而廉甫卒於鄆州。以余之無似，不足爲道，而汝積抱有用之才，淹抑至此，迨廉甫之没世，汝積方始出仕，則士之窮達早暮不可以一概論也。**（焯眉）**前半兩層，從三人之聚轉入三人窮達、聚散、存殁之参差,此叙事也。

(**祖眉**)以上善學昌黎,以下稍雜宋派。始余過徐州,問黄河道所自,舟人往往西指遡河入汴梁處。獨念大梁夷門、東苑平臺之故迹及前古帝王之陵寢、近世京邑之麗、藩省之富與夫黄河之壯,而不得一往。(**焯眉**)後半兩層,此一層以己襯發,從大梁設色,帶説分教。(**麟眉**)忽入此段,有神接法,真不可測識。今汝積旦夕遊焉,且以温良淳厚之器,以作成大梁之士,其亦有足樂者矣。

士所志於天下,其大者樹勳績於世,常患於不能遂,而或有累高致至之危。汝積居名都,日觀仲尼廟堂,陳俎豆,與諸生揖讓其間,講論六藝之文,昔人所謂擇官而仕,未有逾於此也。(**焯眉**)此一層對李發論,從分教設色,略帶大梁,此皆波瀾議論也。恨余與汝積南北乖違,不得相與共嘆,廉甫今日遂無此日月。吾徒居世,隨所在盡吾事而已,他尚何求哉?(**焯眉**)此一層結束,更見義理。

汝積所教縣中子弟以其師行未及有贈,會其子揚將至大梁,請余爲序,以補送行之闕云。

(**説評**)虚處虚,得其所寓;實處實,得其所據。不得其據與寓,而虚者浮,實者腐矣。丁丑日記。

卷十一　贈送序

送嘉定丞魯侯序

（**説評**）前叙嘉定王侯，後述丞魯侯，世上譽人文體便以爲了不相涉矣。用世眼讀奇文，將奇文入世眼，安能不喚奈何！（**擇評**）於無可説處説，奇文也。（**侗評**）趣。（**雲評**）贊頌在行墨之外，自然應結，瀟灑絶塵。（**元評**）就無聞上生出意趣波瀾，開合極曲，呼應極靈。不曾許可魯侯一語，而文之境與情俱佳。（**啓評**）圜轉處彷彿昌黎《送楊少尹序》。（**紓評**）丞者，無聞之官也。通篇拈一"聞"字，以自辨與侯之不相識，顧不相識而代爲文則嫌無因至前，故又取方侯爲陪客，而龔生又未之聞，則藉是出脱與侯之無素非輕蔑之也，用意極巧。末用雙鎖之筆，風味滋深，是學歐而有得者。（**昌評**）疏澹中宕出奇致。

吴之東南，其屬爲崑山、嘉定，壤地相接。界上之民往來兩縣間，能道其官之賢與否，或時各舉其令之長以相誇。往年，王侯儀尹嘉定。（**夫眉**）客。王侯賢，嘉定之民稱之，崑山之民亦稱之。余，崑山人也。嘗有按部者至，余從諸生出候郊外。王侯亦至，下馬與諸生揖讓，儀觀偉然，輿馬奕奕。（**元眉**）反陪。諸生夾道讓行，目屬王侯，蓋賢者易以聞也。（**元眉**）反跌。（**焯眉**）"賢"字是眼，"聞"字是綫。然於令則然，於丞則否。（**夫眉**）才出主人來。豈丞之賢皆不若令哉？勢位弗與令比也。

嘉定，(啓夾)提。天下之壯縣，著在圖籍，地方八百里。後割而爲州，猶存四之三。蓋古方岳大國之地，其令視公侯，其丞爲之僚，奚啻如古之上卿？余觀春秋間列國之大夫，往往以其名聞於諸侯。(啓夾)索性一縱。雖至京師，天子亦改容焉。今爲丞而賢，亦不易及民，雖及民而人亦不樂道之，委任之勢使然也。(元眉)已爲無聞出脱。

嘉定之丞魯侯將以考績去，縣學生龔有成來徵予文，以道其行。予於侯無聞焉，(元眉)折筆，却是主句。有成曰："侯，賢者也。"余知其爲賢者也。(元眉)轉。學生與丞不相涉，有成又敦飭之士，足未嘗履侯之堂，而以其文請，是重侯之去也。先是，吾邑丞方侯鋐者，有吏才，後去爲零陵令，小民至今思焉。(元夾)正陪。(擇夾)對换説，純是虚景。余以語有成，有成不聞，則予之不聞侯之賢也固宜。(元眉)絶妙回斡。

銓曹方務得人，苟格令所至，奪而去之，不顧其民之欲與否。昔吾方侯之行也，予曰："是必復來。"已而立乎境中，望侯之車馬，而不來矣。今子之侯之行也，子勿復言也，子將立子之境中，望侯之車馬，而不來矣。(説眉)奇妙。(元眉)仍以此作陪襯，恰好雙結。

(夫評)深得以客形主法，無一句不是古文。

送周御史序

(瑚評)看他首尾俱用詩點染，極飄逸之致。(祖評)題當從崑山本作《周御史保障江南頌序》，如皇甫士安之序《三都》之編。(虞評)叙議間行，居然儒者經世之言。

士之居官非以享爵禄、操利勢，使人奔走承奉之爲榮。惟其所至有惠澤及於人，使其民愛戴之如父母，令名垂於無窮，此其所以爲榮也。《詩》曰："彼都人士，狐裘黄黄。其容不改，出言有章。行歸於周，萬民所望。"言君子能以道得民，民愛慕其德，咏歌其衣服、容貌、言語之美，其還歸於周矣，而萬民猶望之也。

嘉靖乙卯，侍御餘姚周公被簡命來按吴中。故事，御史巡行天下郡國，率一歲還報。公滿歲且去，而吏民伏闕上書願留者數千人。詔聽復留，於是幾及三載，始改命提學於南畿。蓋巡按御史無再歲者，其奉特旨，自國初以來如公等比，三四人而已。**（祖評）**説經失師法，要此冒語可省。公在吴，每行縣還，百姓扶老携幼，填溢街巷，使車不得行。嗟乎！仕而得民之愛慕如此，可以爲榮矣！**（焯眉）**此段只虚叙民之愛慕。

國家貢賦仰給東南，異時承平無事。不幸遇水旱，有司猶不肯議蠲貸。而自頃歲島夷爲寇，兵興，賦調滋繁矣。然盗逾度大海，輕行内地，數千里間剽掠一空。歲復大旱，民嗷嗷無經宿之儲。當時議者猶以國計爲辭，而海上用兵所急者財賄，聞蠲賦之語往往相顧而笑。**（焯眉）**以下乃申發民所以愛慕之實，文章氣局始大。公獨慨然上奏，盡停蘇、松歲入數百萬。以死傷垂盡之民，而措之衽席之上。自寇之入，人皆憂將之不選、兵之不練、賦調之不給而已。若如議者拘攣之見，非惟税無所出，將盡驅東南之民以從賊，朝廷豈徒失數百萬石之賦而已哉？**（説眉）**後事可鑒。**（元眉）**曲折頓宕，神似史遷《封禪》《河渠》《平準》諸書筆力。

昔人有言，古之大過人者能於擾攘急迫之中行寬大閑暇長久之政，此天下所以不測而大服也。使世之君子能持此説，夷狄之患庶乎可免矣。**(焯眉)**此段又是補叙。公爲政寬大不擾,受命分閫,皆先進老臣,輒裁之以法。所謂天下兵聚海上,狼、廣、粤、僰之人,繹絡城下,無不斂戢,民不知兵行之害,此皆卓然可稱者。

公去吴之明年,士大夫多紀述之,而河南布政使雍里顧公因民之志作頌一首,以謂古詩《三百篇》,作者皆不自爲序,而有待於卜氏之徒,故屬其序於鄙野之人云。**(焯眉)**結出作序之由。

(崑山本作《周御史保障江南頌》,後段小異,且有頌辭,今從常熟本。)

(元評)黄河九曲,不比溪沼微瀾,由其力厚而勢盛也。

(夫評)文有關鎖照應,而不見關鎖照應之迹。

(祖評)入贈送序類非是。崑山本頌序皆先生代作,當入頌類,當是代顧作。

贈熊兵憲進秩序代

(説評)條貫。

鏡湖熊公初舉進士,受命守太倉州,稍遷爲吴郡别駕,尋升太倉兵備僉憲。今又奉璽書,有憲副之擢。自筮仕迄今爲方面,幾及一紀,官凡三遷,而不離太倉治所。**(焯眉)**起段總提立案,此下一段從太倉發論,分兩層説。太倉,舊崑山沿海之地。前代備禦日本,惟慶元、澉浦、上海置戍,無言太倉者。自淮陽王建海運,則泛海之役皆自此始。萬斛之舟雲屯風飄,接於遼海,當時屹爲巨鎮。國家罷漕事,設兩衛,百數十年間海外無事,惟沙丁鹺户時或跳梁,然不逾時撲滅。而三吴生聚,反依大浸以爲天險。**(焯眉)**前一層叙次太倉,迤邐而來,委曲明析。

嘉靖初,言者欲罷新建州,請置兵備分司,朝廷留州而置分司。先是，浙省有水利僉憲，兼領吴中水利，今則並歸於兵備。自建兵備而後，日本之患作矣，蓋若有前兆焉者。寇之始至，實公爲州之日也，(**焯眉**)後一層叙次公之於太倉，却純以議論行叙事。能以承平狃習之民而捍蟻附之衆，城守之功爲最，而言者欲以微文致罪。然州人愛公如父母，故奪衆議而留公於吴。及秉憲節以來，日率拊循之民，而督之以疆埸之事。威行惠孚，指麾如意。楖帆鐵艦飄忽而來，潰於南而殲於北者，誰之功也？朝廷知公聲望日隆，東南之寄無以易之，故有今日之擢，而余獨以爲吾民之幸焉。

天下皆言久任之利而未有行者，蓋其勢有所不能也。(**夫眉**)以下獨發議論。公雖爲州人所愛，即徵擢以去，闔郡之民伏闕請留，亦未有能從者。(**焯眉**)以下一段從不離太倉發論。今事勢相維，公乃又爲郡、爲憲司，屢遷而不易其地，至十數年。勢位日崇，無異於爲州之日，其治於民可謂習矣。(**説眉**)立言清緩可誦。漢侍御史賈昌與州郡討賊，歲餘不克，時議遣大將發兵。李固以爲發兵州郡可任，但選有勇略仁惠、能任將帥者以爲刺史太守，可責其成功。遂用張喬、祝良二人，卒平嶺外。今太守無兵權，而武將不與民事。唯公兼兵民之任，李固之議庶其在此。余論國家所以待公者蓋合於古之道有二，用是深爲嘆息。(**焯眉**)歸功國家之能用公，立言得體。且公内撫瘡痍，外嚴扞禦，島夷阻隘，不能内薄，久知爲寇之無利，亦將自戢矣。

余昔承乏汴省，而公今官亦系銜於汴，有先後寮宷之義。邇者屏處林隈，公不鄙夷，咨訪不倦，情分日深。於公之遷，輒不自揆，用不腆之辭以爲賀云。

(**夫評**)俗調中古文。

送嘉定縣令序

（説評）文有谿而不可删。（夫評）此文體裁極新。（經評）委婉頓挫，使人中怦怦而不能安，大類永叔。（虞評）俱就沛着筆，極有分寸文字。

太學生張沛來自嘉定，道其令某侯之賢，（焯夾）虚。曰："天子有詔徵侯，侯今且行矣。沛欲有所言而未能也，願有聞於子。"予觀古循吏傳，雖異世猶慨慕嘆惜，惟恐其紀載之不詳，况與之生同時而風聲相及者乎？（焯夾）襯。吴爲東南大都，而嘉定邊海，疆土最廣，號稱壯縣，吏是者非强明仁恕不足以爲治。然前此數有賢令，弘治以來，廟食者多矣。（焯夾）陪。今侯又賢如此，豈其地然耶？固予所慨慕而嘆惜者。（焯夾）應。

而沛言侯之治行，其大者有三，曰："往者颶風大作，海水飛溢，平地數尺，瀕海之民蔽流上下，死者千數。侯甫下車，恤其餘民，俾有寧宇，其賢一也。（焯夾）賓。一二小醜，負險逋誅，出入洪波，肆行鈔掠。嘉定去海不半日可至，無堅城勁卒之捍而不見侵犯，其賢二也。（焯夾）賓。歲饑民貧，逋負日積，使者督責，相望於道。父死而誅其子，兄亡而逮其弟，笞掠瘐死，流離困頓，所不忍言。侯能操縱有法，賦辦而民不驚，其賢三也。"（説眉）時體也。（擇眉）三事究竟無一實事。

予以爲沛所言者，其二者一時之變，其一則此方之民無窮之患也。（焯夾）分清賓主。侯既能恤之於爲令之日，今去爲天子耳目之官，天下之事何所不可言者？（焯夾）跌出箴規大旨。東南財賦之區，國家取之將二百年矣。譬之人，少壯有力，嘗勝百鈞之重；迨夫羸老疲敝，猶以前日之任驅之，未有不絶脉而亡者。今三限之法責之一時，數年之負併於一歲，可謂不遺餘力矣。

侯何不一言天子，盡捐數十百萬以予民乎？此逾於增戍益漕以厚西北之防者萬萬矣。沛也以此言於侯可也。(説眉)有此一段，便非錦軸之文。(焯夾)切喻。

送崑山縣令朱侯序

(雲評)起段持重如挽百鈞之弓，與前篇筆力並敵，韓豪畫帶，班掾風矩，不僅歐曾。(紓評)以言送縣官，萬不能舍公事而言私情，公事者何？民瘼也。江南外强而中幹，唯習於其土者知之，故於朱侯之將行諄諄言之，以言官足以達民之隱也。文中無語不有關係。

江南諸郡縣土田肥美，多秔稻，有江海陂湖之饒。然征賦煩重，供内府，輸京師，不遺餘力。(焯夾)賦重一層。俗好媮靡，美衣鮮食，嫁娶葬埋，時節饋遺，飲酒燕會，竭力以飾觀美。(焯夾)俗奢一層，二者皆民貧之由。富家豪民兼百室之産，役財驕溢，婦女、玉帛、甲第、田園、音樂，儗于王侯。故世以江南爲富，而不知其民實貧也。(焯夾)通篇立論只爲此一句。其俗選愞，畏避科徭，以保身全家爲念。(焯夾)緊要處。故其事天子之命吏尤恭順，號爲易治。而吏於其土者必進士之才良者得之，然率不過一考即遷以去。(焯夾)轉入去之速，是不能變俗之由。數十年來，江南之俗與其吏治如此。(説眉)此一語不輕下。

嘉靖丁未，南昌朱侯舉進士，得吾崑山。庚戌，朝京師，治行爲天下最。其秋，吏部之徵書至，於是將行。崑山之民樂侯之賢，而恨其去之速也。侯以通敏之才，知民之俗而不逆其情，故其民尤易治。(焯夾)三句承侯之賢。雖然，俾假以年歲，(焯夾)此一轉承前去之速。寬以繩束，與當世之士大夫切摩治體，講求方略，深知其積習之故而力變之，於以推於旁郡，民之敝可振也。（**夫眉**）只數語耳，挽上開下，大有筆力。（**焯夾**）此一段議論意重在變俗，後段則兼寓減賦意。（**焯眉**）此一層惜其既往，是客。

天下之患，譬之於人，貌美而中病，飲食言語猶人也，其外魁然，而實有不可測之憂，（**焯夾**）承起段申論。（**擇眉**）使先生生今日，其言更當何如！（**雲眉**）突設一喻，接軸無痕，繳束前文，筆力俊脱。今江南是已。以數千里彫瘵之民，當奢逾之俗，上奉無窮之求，而更數易之吏，如吾民何哉？（**焯夾**）俗奢賦重，民之利病也。一方之利病關乎天下，所謂根本也。甚言江南之事之當憂，以跌起"望"字意。（**焯眉**）此一層望其將來，是主。國家漕輓數百萬，貢賦所出，天下根本，大可慮也。（**夫眉**）拍得緊。有光等與於南宫之試，親見天子黜幽陟明之典，所以風勵天下者。退而考侯之治，而知其所以然。於其行也，恨其不可留，猶以江南之事望焉。（**説眉**）如今成一惡套。（**焯眉**）望者，望其以減賦、變俗、救民之貧入告于君而已。（**夫眉**）宕得開。

《詩》曰："樂只君子，民之父母。"言君子爲民父母之心，不忘於朝著之間，其崇論竑議足以固基本、垂休光也。又曰："我馬維駒，六轡如濡。載馳載驅，周宛咨諏。"皇華之使臣於行道之際尚欲得民之利病而咨訪之，以告於天子，况侯親民而深知其弊者？於是爲耳目獻納之司，有可以贊廟謨而裨國論，必不能忘吾江南之民矣。（**夫眉**）無一筆泛，無一筆懈，而引《詩》處風度尤佳。

（**坰評**）似南豐。

送吴縣令張侯序

(**説眉**)無味。(**侗評**)既云應試於郡城,又云不出於學校,是何人也?且此文絶無佳處,不必存。(**啓評**)此序蓋代張自新作者,讀公《張自新傳》可見,若他人則又不足以當此。(**祖評**)此先生少作,倜儻有奇氣,風格已如此,其主持一代文運,非虚也。(**仁臨佚名評**)此篇筆愈曲而氣愈直,知己之感充溢乎肝鬲,故言之而不覺其淋漓盡致若此,然非有真氣不能也。

今之爲吏者以才智自馳騁,趣辦於簿書期會之間,若此可謂能其官矣,而未及乎愛民也。(**焯夾**)賓。温良子愛,知人疾苦,務於葆息而安全之,若此可謂愛民矣,而未及乎待士也。待士之禮,其軼已數千年,自兩漢循吏,有稱於是者蓋少。(**焯夾**)可知非世俗之禮。今世之士一出於學校科目,國家品式具備,吏奉行之,低昂上下,委之自然之繩墨。(**焯夾**)襯。禮之所加以爲其所固宜,而吏無特以待士言者。其間時有所崇奬延進,必其人已有名聲足以自見。(**焯夾**)又一襯。不然,雖子思、孟軻之學,吕望、伊摯之能,許由、伯夷之高,亦氓隷之而已矣,奴虜之而已矣。噫!士生於今之世,不出於學校科目,無名聲以自見,豈不悲哉?(**焯夾**)跌。

某東海之鄙人也,屏迹於田畝之間,以其耕漁之暇稍誦習古人之書。(**焯夾**)對學校科目。有所感發,亦復摹仿古人言語以爲文詞,而未嘗敢以示於人。(**焯夾**)對名聲。而當世之利病、生民之休戚、士大夫之賢不肖,雖非所及,而時或有動於中。嘗聞吴邑侯張先生之賢,自吴而風海,海濱皆曰:“是今之能其官者也,是今之愛民者也。”(**焯夾**)襯。而某無因以望見焉。今年,以老親之命應試於郡城,先生見之於途而哀憐之,呼與之語,而索觀其文,爲之進於有司。而其意猶歉焉若有所不足者,嘅焉若其力有不能自致者,惻惻焉若有不忍棄者。(焯夾)三句極摹得士之禮之出於至誠,所謂"若己有之,其心好之,不啻若自己口出"者也。(基眉)此處太淡,與"千載之上"不稱。夫士之處勢,固世之所氓隸而奴虜者也。非出於學校科目,有聲名以自見,又無相遇之素,而先生待之如此,惜施於某之非其人也。(焯夾)借自謙作跌宕。假令之世,其賢有萬於某者,先生所以待之者可知矣!

適先生以考績至京師,某固猶在於氓隸奴虜之間,無以爲國士之報。於其行也,士民多誦其德美,某獨致其私於己者。蓋先生之用意乃出於數千載之上,持以事明天子,真大臣宰相之事也。(焯夾)又即待士之誠而極推其品量之大,意義一綫到底。

(此文得之汪計部茗文藏本,題稱《送貫泉張先生序》,文稱某而不名,據自序不出於學校。今按:先太僕年二十爲博士弟子,若以未弱冠之年,非宫墻之士,於鄰縣令長之考滿輒爲文以贈行,近於上交之諂,太僕不爲也,當是代人作,莊識。)

贈張别駕序

(説評)亦非應酬俗格。(年評)以情字生情,覺和平可聽。(雲評)神致摇曳,行墨間惻惻動人,此何異哀號籲天爲民請命耶!可與後送蒲君文參看。(升評)深於詩者之言,可以怨。(虞評)借題發揮,不獨爲崑山張令言之。

張侯自尚書秋官郎出判蘇州,會其屬縣崑山之令闕,來署其事,未逾月,(焯夾)三字是眼。新令且至。吾黨之士爲會於玉山之陽,邀侯爲一日之歡,蓋莫不戚然於侯之去者。(焯夾)引出"情"字。

噫!人之相與,有歷歲月之久未必其相愛也,(焯夾)眼。作波折跌出“有情”。豈徒不能相愛，有厭其歲月之久而去之唯恐其不亟也。（焯夾）眼。若侯之不鄙夷吾人，與吾人之所以愛侯者，可謂有情矣。（年眉）文亦情事娓娓。吏之來皆四海、九州之人，無親知之素。（焯夾）此下申發“有情。”一旦以天子之命卒然而相臨如是者，豈法度威力之所能爲哉？夫亦恃其有情以相愛而已。今或自謂其能制百里之死生，法度威力之可以爲，視其人漠然，而獨行其恣睢之意，則今世之俗吏類如此也。（焯夾）反托。侯爲人慈愛愷悌，可以望而知其情，（焯夾）轉合。故不逾月而縣之士民無不愛且慕焉。

嗟夫！吾縣之人力耕以供賦貢，曲事天子之命吏，蓋亦無所不至。雖駢死敲扑之下，未嘗敢有疾怨之心，獨於是非之實亦有不能昧者。（焯眉）明於是非之實而其情始真。（焯夾）以下展開局勢，從愛侯者一面反跌有情二。或時僅見於里巷之歌謡，蓋孔子之删詩三百篇，美一而刺九焉，所以導民之情，宣之使言。（夫眉）崑山至今尚稱難治，先生爲邑人回護。若《十月之交》《雨無正》，雖幽厲之虐不能絶也。今大吏或相與比於上，不曰吏之無良，然且詬詈吾人，以爲風俗之薄惡。（焯夾）激射“有情”字。夫二百年仁孝忠厚之俗，（焯夾）跌宕。奚至於今而獨惡耶？（焯眉）以民爲無情，正是吏之無情。

方侯之視事，（焯夾）此下叙侯所以有情之實。即有倭寇之警。賊自濱海深入百里，絡繹城下。侯以安静鎮之。雖在倥偬之際，不肯因循舊弊，以擾於民。自前年賊至，而縣常先時塞門，又嚴縋城之禁。小民斗米束菜悉爲吏卒所苛取。近郊之人扶老携幼，望門而呼。城上莫有應者，獨坐視其宛轉於鋒刃之下。（元眉）描畫盡態，較之流民圖更慘。且日鉤取疑似之人，以爲賊諜而屠剞之，蓋冤苦無訴之民有不獨死於賊手者矣。（焯夾）有情之實都從對面襯出,即所謂舊弊也。(焯眉)摹寫無情之極,使人髮豎。如前之爲,今歲皆無之,(焯夾)一句打轉。則賢人君子之所至,豈必其歲月之久! 如時雨之霑溉於物,豈有涯哉? 夫然後知侯之所以非今之俗吏。(焯夾)收應前段。而期月之間,吾人愛慕之深如此,(燦眉)應前愛慕。則夫知吾縣風俗之不薄者,(焯眉)收應後段。(燦眉)應前薄惡。亦莫如侯。(燦眉)應起處。(元眉)一筆收拾,通篇無滲漏。余故樂爲道之云。

侯名牧,辛丑進士,山陰人。

(元評)文有風人之旨。

(夫評)作家之文。

送攝令蒲君還府序

(説評)不爲無用之言,兹文爲準。(侗評)爲崑山長氣,大有地步。(祖評)與張别駕同意,而筆墨較簡净,有史法。(虞評)就一縣數令指點,更無可躲閃處。

梓潼蒲君以太學上舍選授吴郡幕官,會崑山闕令,使者檄君來攝縣事。未幾代至,君當還府,縣之士大夫送之。

君爲言崑山之俗易治,(焯夾)一句頓起主意。民有争訟,可以數言而决,無深隱不可測之情。惟賦税號爲繁難,(焯夾)略挑。能釐整其法而取之以時,亦不至於病民,而巨室大族無驕悍難使之害。君之言如是。(焯夾)總一句立案。先是,(焯夾)展開。崑山數更令,令輒以其俗爲不善。(焯夾)反跌入。惟南海盧侯寧,(焯夾)急轉。爲令未期年而調去,盧侯蓋不得志於此者也。至其去爲他縣及遷官於朝,未嘗不稱崑山之美,士大夫以此服盧侯之平恕。其後上党任侯環、李侯敏德、山陰張侯牧,皆以别駕來署縣。(焯夾)又一陪。三君者,或以廉静、或以通敏、或以寬厚,皆有德於民者也。(焯夾)遥對作章法。故三君之去,其稱崑山之美如盧侯。(焯眉)再應合。今曰難治者,謬也。(焯夾)總一句束住。

嗟夫!民之望於吏者甚輕,苟不至於虐用之,而示之以可生之塗,無不竭蹶而趨奉之者。今則不然,徒疾視其民,而取之惟恐其不盡,戕之惟恐其不勝。(焯夾)申前反跌句。民俛首不敢出氣,而閭巷誹謗之言或不能無。(焯夾)所以見謂難治之因。如是而曰俗之不善,豈不誣哉?

蒲君爲縣僅兩月,庭中常無事。及新令之至,民夾道觀者,皆曰:"願得如蒲君,足矣。"故曰縣易治,宜蒲君之有是言也。(焯夾)收應。余故樂爲之書,且以告凡今之爲令者。

(説評)通篇以蒲君之言爲血脉,而托思自遠,立言有體,傑作也。

贈司儀楊君序

(祖評)題甚無聊,文却有體裁。(虞評)只一"榮"字反復推勘,遂得如許曲折。

吴之屬邑崑山最大,異時割縣之東以建州,則濱海膏沃之壤、敦樸之民多歸太倉,而縣以貧敝。嘗有言於朝,欲省州還之縣,事寢不行。(説眉)無端。

楊君又居州之最西,今猶與縣爲界。蓋自建州至今僅六十年,雖爲州,常不自忘其故,其民皆曰某縣人云。崑山俗號曰玉山,故君自號玉溪。君家世力田,雄於其里。嘉靖戊午,奉例至京師,得楚府司儀以歸。沈生大受以其妻之兄弟乞贈言於予,蓋道君之所以榮朝廷之賜也。(説眉)轉入轉奥。

予聞而善之。(夫眉)自此起似蘇文。爵者,天子之所以馭天下之貴。天下之患在於不知爵之爲榮,夫不知爵之爲榮則天子之權輕,而天下之事莫與爲也。(焯夾)大議論,皆只空中發揮。(擇眉)以正論爲微詞,讀之使人不覺其諷。士受一命之寄無不自貴,(焯夾)以下都從反面作跌。而氣勢赫奕,望之可知。天下孰不知爵之爲榮也?夫此非能真知爲榮者也,藉此以加於人,謂爲己之能而已矣,不知爲君上之賜也。故詡詡焉恣其欲而已,國家之利害、生民之休戚不問也。上之所以爵吾,其誰思之也?若是,則古謂之素飧,謂之竊位,而豈所謂榮者乎?是故苟冒貪競,而天子之爵愈輕。由此言之,士誠知一命之榮,則有不可苟者矣。(説眉)一楚府司儀本不足言,却發出許大關要。(焯夾)一意作數層,曲折而不複沓,不平板,不雜亂,須玩其盤旋蹴蹋之勢。

楊君登田里爲王官,然未有真禄秩也,視世之受命者,其責爲輕矣。然君獨自以爲得之之榮,而不敢輕上之賜也如此。使世之有爵者皆如楊君,則天子之權重,而天下之事孰不竭力以爲?而中國無事、四夷不交侵矣。(焯夾)議論仍歸空中去。

(侗評)想楊君當時必沾沾自喜爲榮,故借此發一段議論,雖賀之,亦有微詞矣。

(夫評)此篇頗似蘇文,可惜前半篇俗調未除。

送顧公節北上序

(説評)有體。(雲評)因題立制,動有典則,不爲無稽之談,孰謂應酬文字率爾無根據也?(瑚評)自堯以降,賢人率多子弟世臣之重於國,其來舊矣,况講帷之裔乎!裔裔皇皇,斯文其無愧耶!

漢世祖命桓榮説《尚書》,甚善之。每朝會,公卿間敷奏經書,未嘗不加賞嘆。當時儒者尊寵莫過於榮,其後累葉皆以榮任,並至顯仕。他如魯陽、蔡陽,咸以授經封侯傳世,漢之崇儒重道軼於前代矣。

今天子嗣位之初,太保顧文康公昔在經幄。公音吐弘亮,奏對詳明,每當進講,天子竦聽。時上方鄉學,御製《敬一箴》《五箴注》,皆自公發之。嘗以冬月講《洪範》,未終篇,雖祁寒不爲撤講。其後公每進一官,聖諭未嘗不以講讀舊勞爲言。蓋上之好學、崇禮儒臣,終始不倦如此。公之冢孫以公蔭,奉符璽幾二十年,位至卿少。而公節以公曾孫,復以經筵恩入胄監,今將謁選天官。蓋國家之於任子,其法視前代稍狹,惟獨加惠於帷幄之臣,況公尤上所眷注者。公節兹行,天子見公姓名,思念舊學,肯以常調處之乎?

公節年壯有意氣,顧自以輔臣子孫,當以恩澤進,不欲與書生争一日之長。(**擇眉**)此義當與《春秋》譏世官義並存。今天下所在列位皆科目,獨禁近環衛持囊簪筆,多勳戚與公卿大臣之世胄。一日天子臨朝,左右顧視,無非所謂親臣、世臣者,祖宗之用意深矣。公節行矣,其亦無忘前人,而以忠孝事君也哉!

(**麟評**)後幅少精采。

送國子助教徐先生序

(**説評**)公於科目文字爲能,與俗異者,故言之卓朗如此。(**麟評**)凡良法美政,末流鮮有無弊者。經義取士,人無不以焚書而罪燧人氏,究竟取火者何罪哉!讀此可以息腐儒之口,快絶。

海寧徐先生與余相遇於禮部,歡如平生交。别去十餘年,先生隨調州縣,厭簿書之冗,乞改教松江。松江去吾邑一舍,先生在官四年,而余不知也。會以試事至吾邑,始得復相見,道故舊。而先生已有國子之命,且行矣,程生大猷乞文以爲贈。

竊謂科舉之學相傳久矣,今太學與州縣所教士皆以此也。夫取天下之士列於庶位,以共濟斯民,宜無用於今世之文者。然而國家損益百代之制,固以爲無出於此,蓋欲學者深明聖人之經意以施於世而已。(**麟眉**)挈出,醒豁。至於久而天下靡然,習其辭而不復知其原。士以譁世取寵,苟一時之得以自負,而其爲文去聖人之經益以遠。(**麟眉**)流弊一層。蓋自今天子御極以來,輔臣每以文體未復爲言,詔書屢下,風厲學者。有司不知所本,務變其末流,此所以愈變而愈不能復也。(**麟眉**)"不知所本"一層是主。

夫科舉之所爲式者,要不違於經,(**説眉**)以"不違於經"爲式,一語中的。非世俗所謂柔曼、骫奊、媚悦之辭以爲式也。昔張文寶知貢舉,所取進士,中書有覆落者,下學士院,令作貢舉準格。(**麟眉**)一意作兩層書。學士李懌笑曰:"余少舉進士登科,蓋偶然耳。使余復就禮部試,未必不落第,安能與英俊爲準格?"當時以爲得體,歐陽公特著之《五代史》。今以柔曼、骫奊、媚悦之辭以相誇,(**基眉**)此已見前。而以得者驕其未得者,以此爲格,此歐陽子所以嘆也。(**侗眉**)其言甚是,今人一登高第便自矜其文,謂可程百世,可笑也。(**夫眉**)科舉文之弊如此。

南陽成誼叔欲應舉,而郡先輩無爲進士業者,誼叔乃曰:"《四書》《五經》,吾師也。文無過於《史》、《漢》、韓、柳,科舉之文何難哉?"(**説眉**)後學宜篤信此言。誼叔竟以取進士,爲當世名卿。嗟夫!誠使學校之官修明經史,而略其末流,使士不求準式於《五經》《四書》《史》《漢》之外,天下士風庶幾少變,而人才可觀矣。(**麟眉**)一筆收盡。先生嘗以經義倡導松江之士,余故以斯言祖其行。聞今官於太學者多余同志之士，其併以吾言告之。

（文從鈔本，與常熟刻小異。）

（**未刻稿説評**）此亦童蒙金鏡。丙辰九月，兀者書。

（**夫評**）讀此可見先生科舉之文傳世獨遠者，取一第獨遲，無足怪也。

送柴都事之任浙江序

（**焯評**）起段兩層就題面，不過從浙江説起，敘到都事而已。就運意立論，則前一層從承平轉入海寇，是專爲後"可用之才"一段伏案，説到行省務劇束住，便已順吸起後層。後一層再從行省大臣折落從事之才賢，又爲後之"砥礪立功"勸勉意伏案，到末句收轉浙省，又便回抱上層，於此可以觀文章敘次綫索之緊密。（**説評**）此題入今人手，作何等語句。（**昌評**）於時勢官制皆有研究，不爲空言，先生文多如此。

吴、越之地瀕大海，天下無事二百年，宴然靡犬吠之警，百姓反若依海以爲固，不如三邊歲有烽燧之侵。揚州葆疆，古之所謂天地之中，莫能過也。承錢氏據土、宋室偏安之後，皆以錢塘爲國。而皇家定鼎建業，浙爲首藩，都邑之盛、物産之殷富，天下稱杭州云。

自頃承平日久，海防廢弛，島夷乘風迅入寇，則杭常被其患。乃自獨松嶺入四安，以趨金陵；自華亭、澉浦，則軼於蘇、常之境，而江、淮之間無不騷動。杭於寇最逼而首當之，故建督府，調天下兵四集其境，則行省之務劇於往時百倍矣。然自使以下，有左右參政、左右參議，實前代平章政事、左右丞、參知政事之職，皆方岳大臣，總攬大綱而已。凡行省諸務不得不責之於從事，非其才賢莫克以任也。故從事而能其任，則使以下常逸，而省之事無不舉；從事而未能其任，則使以下常務，而省之事或不能無廢墮。（**焯眉**）極言所職之重，皆從小中見大，亦即詩家所謂尊題格也。唐制，皆大臣自辟，而後命於天子。或者以冗從視之，不可也，況今浙省時事之艱乎？

吾邑柴君秩以太學上舍謁選天曹而得此官，君平日未嘗出門，與人居，終日恂恂然。昔寇犯鄉邑，君獨率諸少年登陴，下視圍城之賊，連發數矢，皆應弦而倒。人始知君有可用之才。今内外文武大臣孜孜求才之日，士稍有以自見者多得不次之擢，此君自砥礪立功之日也。

君之先大夫黼庵公爲南京兆，會太廟災，與兵部侍郎顧公珀、太常穆公孔暉同時罷去，議者惜其不能盡其用，公之厚德宜有發於其子孫者矣。（**燦眉**）以先人爲掉尾。（**焯眉**）末又從"用"字推本言之，固是文章之生波處，亦正以見義理之深厚。

送陳子加序

（**燦評**）以三人離别爲主意，亦本韓歐。（**苞評**、**鼒評**）此等文俗人視之似淡泊，而真至有味，乃太僕集中最勝者。（**祖評**）淡處渲染極有情，應酬文字宜以爲法。

昔余讀書鄧尉山中，於郡西太湖邊諸山無所不陟。惟獨其北陽山大石，聞其勝，舟行時過之，而以不得登爲恨。

大石傍有陳翁居之，生平不知城市官府，其容頎然有太古之色，而其子子加乃以文學俊秀遊郡邑，薦於鄉書，然子加之誠篤猶翁之風也。子加與同縣殷一清每出入必俱，一清之誠篤猶子加也。每計偕,二人者必同舟,而吾邑陳子達與相善。蓋三君皆以嘉靖己酉膺薦,數詘於南宫,而予之被詘尤久。每下第,還三千里,三人者舟相先後。予時與子達同舟,時相呼過從也,歲歲逾淮渡江而别。(**說眉**)真極,文自高。

今年,天子欲親貢舉之法,思得敦樸有道之士,則一清、子加宜褎然首選,而竟落第。余幸叨薦,而子達就調元城,一清方待舍選,子加以乞恩教饒之浮梁。余與三人俱在京師南熏街,寓舍相近。雖一時聚會,然自此當離析。雖子加與一清無時不俱,而今亦異鄉矣。念欲如往時下第,舟先後,相呼過從,不可得也。(**說眉**)吟嘆深微。

於是陳翁年七十,子加之乞恩爲禄養以此。(**燦眉**)收陳翁。子加特赴浮梁,過吴歸拜其親。余以是序而送之,且以爲翁壽云。

送王博甫北上序

(**說評**)删。(**燦評**)以世裔及貢法爲主意。

吾崑山雖吴之偏邑,而人才在前世知名者不少,如范至能、衛清叔,其遺迹至今往往可尋,然欲求其子孫,有不可得者,士大夫之家能使詩書之澤久而不絶者蓋寡矣!(**說眉**)遠。

宋左朝請大夫王彦光先生有名紹興之世,迄今而其後裔猶存。(**燦眉**)追叙王氏之先。當國初,朝廷重貢士之選,州郡學每歲入貢,廷試入太學選,與進士等,高者多爲九卿。朝請之後,按察司使俊伯以貢爲監察御史,高皇帝命署都御史事,親題其名於殿柱。其後歷官陝臬。俊伯孫秀水博士,以布衣游京師,當憲廟時,客樊都尉所,與館閣諸公賦詩倡和,以博士歸老於家。如吴文定公、王文恪公，皆與交善，多爲其家文字。博士年九十餘，(説眉)"博士年九十餘"一段縹緲。與予外高祖夏太常有姻。予少時，博士以篤老尊行，邀予至舍。出其孫拜之，即博甫也。(燦眉)入博甫。

博甫爲諸生久，家日益落，又不利科試，迄今乃以年資入貢。予昔嘗貢禮部，試奉天門，時張懋恭行歲貢舊法，頗有選爲尚書屬及御史者，然流俗終以賤簡，未幾，法復變。今少師徐公每言貢法當復祖宗之舊，尚未有行。而博甫適徐公當國之時，必有峻拔如乃祖俊伯之爲者。不然，亦當爲郡佐縣尹，或調博士，如乃祖秀水之爲者。博甫於王氏不絶如綫之緒，又將起而振之。夫賢者之後，至數百年而後人猶有知者，視其餘諸公泯没不傳，則余於博甫之進，爲王氏幸多矣。於是博甫戒行，縣大夫爲之勸駕，博士先生與諸生爲祖道，而予爲之序。

賀戚總戎平倭序代

(説評)删。(燦評)出經入史之文。(谷評)直寫得如狄襄武夜破昆侖關光景，乃知後世未嘗無可序之事，一入俗手便如木偶，人厭之，無氣耳。(紓評)題本尊重，行文無句不凝。(昌評)宏壯稱題。

國家受天明命，奄有萬方，日月所出入之處莫不賓貢，其浮海而來者出於載籍之所未有。倭夷始雖狂狡，卒未嘗不惕息扶服而請獻焉。頃歲，乃敢陵斥州縣，浸淫疽食，濱海之區爲其所傷殘者沿絡萬里。蓋承平之久，禁網闊而武備弛也，(焯眉)起叙倭夷從服轉叛，是頭。天子當宁太息者十年於兹矣！疇咨海内，妙選守境武略之臣。於是定遠戚公以世胄任驅馳，積功兵間，遂奉璽書，受專閫之寄。

先是，兩浙之氛稍息，而蜚集於閩海莆陽之境，剽掠殘弊，郡邑爲之丘墟。去冬復來，攻圍仙遊，相守逾月，危城幾不能保。公提兵振旅，呼吸之間，百萬之衆一時崩藉，遂解重圍。閩人懲往歲之害，人人惴恐，自以公再造之恩，歡呼鼓舞。而餘賊奔潰温陵，公方追奔，期於殲蕩而止。當是時，宜黄譚公以中丞居提督之任，而南明汪公爲廉訪使，運籌協贊之力爲多，宜其成功之易矣。

余忝東南鄣侯之寄，捷書亟聞，私心慶倖，不能自已，是用馳使往賀。（焯眉）中從天子轉入戚公，正叙平倭之功，説到往賀，是腹。蓋江、淮、閩、浙，首尾之勢，閩海寧息，則江、淮亦無騷動，非獨古者鄰境相慶吊之禮也。余昔嘗見公談兵，固已窺其胸中之奇。又自以虚庸，繆當重寄，懼不教之兵不足以應敵，方求貙劉之禮，尋古握奇、八陣之法，數千里遣使，有咨於公。公時已調集浙兵，即命使者介馬自隨。夜二鼓，統兵三萬過新嶺，寂然無聲。黎明，遂破賊巢。其神速，古之名將弗過也。（擇眉）只此三四句，寫出南塘用兵如神之概。使者歸言其狀如此。其號令精明，被羽先登，身當百死，皆所目見。噫！世謂當今無得，蓋伏而未見也。

天子神聖英武，詔書數下，飭勵邊帥，凡任疆圉之責者莫不人思效命，而有卓然如戚公者出焉。王靈所加，海宇清宴，將書勳太常，被河山帶礪之盟。後之考論中興元功者，非公其誰哉？是爲序。（焯眉）後再從往賀補叙平倭之狀，歸重天子之聲靈，收到垂功無窮，是尾。

（祖評）雄深雅健，此柳州學《史記》文字也。

司訓袁君督學旌奬序

今制：御史監郡，奉詔條無所不問，尤莫先於察吏治得失，登賢顯能，去其治行無狀者，然率一年更之。蓋其職以巡行糾察爲事，馳驅咨諏，懷靡及之志，計一歲中部内之賢不肖亦可以周知之矣。自頃島夷入寇，江海之間數被侵掠。御史餘姚周侯時按蘇、松，於兵戈倥偬之中拊循勞徠，甚得民心。民詣闕保留之，至三年，始被命督學南畿。夫三年之間，其於所部吏知之尤宜詳也。

邇者周侯既得代，之留都，甫視事，即下書郡邑，旌奬賢能，吾縣學博士宜春袁君獨首被之。近年以來，州郡所監臨御史無慮五六人，他御史旌奬常易得，惟巡按御史，自非爲治有聲迹卓異者，率不易得，其得之者不逾歲而徵書至。今周侯臨部既久，復爲督學。督學位望，又在諸御史之上，其於教官臨之尤專，則旌奬之尤不易得。侯之所以有取於君者宜非苟然，而君之所以得此於侯爲甚難，宜乎人之望之而以爲榮也。（**焯眉**）前段叙見奬於周侯之重。於是泰和王侯以郡丞署縣，幸御史之檄，以羊酒彩幣至學行事。諸生四百餘人以爲此盛典也，不可以無序，列狀來請於余。

余以昔倭賊内訌，孤城幾陷，君與化州張君率兩齋之士登陴禦守。時縋城請兵，斬馘殪敵，多出於諸生之中。又勸勉士大夫捐金出粟以給守卒，城賴以全。諸生被掠無歸，栖之學舍，遍於廊廡之間。上其名於督學，賑恤之。常時有司仍踵敝風，於學校多所簡外。君知其情有所屈，必反復言之，無不得直。士或貧居郊野，經歲不至，亦不以介意。至於人情事變，立談之間無不洞悉。由此言之，非獨爲儒官，施於吏治亦有餘地矣。

蓋御史所以奬之者如彼，而諸生所以稱之者如此。（**焯眉**）後段叙所以見奬之實。

夫官無崇卑，以得行其志爲樂。袁君之能獲於上下，其於仕豈不裕哉？予是以書之。

贈醫士張雲厓序

（**説評**）讀前半篇，絶非先生不苟立言之舊，删之無疑。（**苞評**、**鼐評**、**孫評**）文甚典則。（**瑚評**）贈醫士耳，却從周公治天下説來，局面何等大！中感慨一番亦妙，收句淡古之極。（**祖評**）震川熟於史法，故立言有體裁，亦與武斷率率者異也。（**虞評**）言短韵長。

技術之事微矣，自司馬子長傳扁鵲、倉公，自後爲史者概取神奇詭怪之説以附於正史。予頗疑其非經世之要，欲爲後世立史法，削去《方伎傳》，庶幾不詭於聖人。（**説眉**）《史記》經李唐便升老子首列傳而退伯夷，論者欲改篇次者甚多。今歸先生爲知文者，而亦以《方伎傳》爲史所當削。吾慮千年後《史記》都非舊本矣。若如許，後人亦何苦著書！文亦卑。

然觀《周禮》，周公所以治天下者無一事之不備，至於醫師，特令上士爲之，下迨於鳥獸亦有醫，以是知百家伎藝皆聖人之所創制，民生之不可一日無者，其爲經綸參贊之功至矣。今世醫亦有官，而四方之爲醫者不少，求如史傳之可紀者未之或聞。其或有稱於一時，考其實，不迨者多矣。嗟夫！世道之變，豈獨士大夫學術之不古，而伎術亦然，可嘆也哉！

嘉靖己亥，吾族之諸父有病危者，醫士張雲厓起之，圖所以爲謝，因命予述雲厓之能。予於雲厓所治病狀未詳，不能依《太倉傳》例。而獨聞雲厓世爲武弁，其家在京師，而雲厓爲醫，自軒、岐以來百七十九家之言靡不洞徹，談論滾滾，治人生死立效。正德間，巨璫用事，(**説眉**)若無正德巨璫一段，此文爲苟作矣。頗以權力致天下之伎能。當是時，雲厓遊其門，四方之言醫者莫能難也。其後事敗，雲厓不與其禍，來居淞江，後乃遷吴門，所至皆有利於人。噫！若求其可紀者，或者其在斯人也。(**夫眉**)文貴潔浄，入一句俗調不得。

贈弟子敏授尚醫序

(**説評**)字字奇。

吾家自唐宣公以來以文學應制科，常爲天下第一，世有顯仕。國朝懲元氏之玩，法令嚴急，士大夫懼罪，不敢出仕。長陵之世，吾祖先以人材舉，猶不敢應命。迨累世承平，則皆以高貲雄鄉里。子弟多臂鷹騎馬，出入馳騁爲樂，不思仕進。

吾曾祖始以諸生登科，爲吏齊、魯之間。先皇帝御宇，余與憲副弟始登進士。然余試南宫久，憲副一試即得之。是時大宗伯王公，諸進士旅見者四百人，公獨進憲副前，問道余姓名，曰："非爾之族乎?"蓋以余之族姓單，而吴中之歸無二祖也。隆慶三年，(**説眉**)細讀前段文字，始知"隆慶三年"四字之妙，不知文字者以爲入題耳。余自邢州入賀，而柏泉叔方爲大鴻臚，賜告還。余弟子敏奉部牒官尚醫，蓋於是而吾之族屬知仕進之榮，而子敏以下諸弟方治進士業。(**擇眉**)只叙歸氏族譜，更不言子敏云，何其鄙之之甚矣。

昔海虞章大理，其父爲侍御，而大理兄弟三人皆舉進士，爲大官。唯二子不第，亦以資爲官。先是，章氏治宅，畚土，獲五鱔。其後侍御五子皆横金帶,協於五鱔之祥,海虞人至今稱章氏之盛焉。(説眉)於題爲無端,而文特妙。吾叔之諸子殆將似之,以此爲尚醫賀,且祝諸弟媲美章氏。而石塘弟以太學上舍同在京,其樂有家門之慶,與余同也。因爲之序。

贈大慈仁寺左方丈住持宇上人序

(祖評)贈方外不用彼教中語,自是韓柳家法。道宇大慈仁寺一方丈住持耳,贈序無可言者。追序建寺之始,並悉其祖師之顛末,中包一小傳及贊,其章法尤變化。

大慈仁寺在京城宣武門外,西寺蓋孝肅皇后以其弟爲僧故,爲太后時建此寺。憲宗皇帝兩製碑記,順奉母后之志也。

余舍於寺左方丈,見其長老,云祖師名吉祥,姓周氏。爲兒時好出遊,嘗出不復歸家,家亦不知其所在。太后自未入宫,師已與其家不相聞。久之,去祝髮於大覺寺。然常遊行市中,夜即來報國寺伽藍殿中宿。太后意亦若忘之,忽夜夢伽藍神來,言后弟今在某所。英宗亦同時夢,夢覺,相與言皆同。即日遣諸小黄門,以夢中所見神言求之,至則見師伽藍殿中,遂擁以行。小黄門白,入見,帝后皆喜。后問所以出遊及爲僧,時爲泣下,因曰:"何如今日爲皇親耶?"吉祥不願也,復還寺。后不能强,厚賜之。英宗晏駕,太子即位,后爲太后,出内藏物建大慈仁寺。報國寺,故小刹也,今爲大寺,其西伽藍殿猶存云。

孝宗時,太后爲太皇太后,爲立護敕碑,碑所載莊田無慮數百頃。師以左善世示滅,帝遣官致祭。師時所招僧至數百人,迨後慶壽寺燬,僧亦來居於此。僧衆矣,惟今道宇獨其九世世嫡也。(祖眉)聯絡有法。贈道宇只此與結語耳,豈能成文?可悟立言之體。隆慶元年，余入覲，來見道宇，尚披髮。後三年來，則道宇之師已化去。道宇以年少荷重負，得部劄，爲左方丈住持，於是京城内外凡爲其教者皆來爲道宇賀，而道宇之徒師昂爲之請序於余。

余謂祖師脱屣皇舅之貴而樂世外之教，孝肅皇后在慈宫，二聖隆孝養，恩賜無所不至，而祖師澹寂自若。英廟以來，外戚恩澤侯者不能數世，祖師之賜莊猶存，衣食寺中數百人。此有以見一時富貴之不能久，而澹寂者之長存也。(**祖眉**)史筆。(**燦眉**)史公筆意。道宇神氣清明，卓爲禪林之秀。吾知祖師之傳不墜，遂序之以爲贈。

贈菩提寺坤上人序

(**夫評**)不是古文。(**祖評**)此坤上人壽序，入壽序類。

予昔年讀書吴郡西萬峰山中，舊有大藏經在佛閣下，間往觀之，因得盡見所謂五千四十八卷者。而《妙法蓮華經》《維摩詰》諸上品皆略究其大旨，(**説眉**)惜乎不究此學。雖數萬言，不過一二要言而已，而支辭漫説若此之富，故知佛教之東來，此佛之衰也，摩騰、竺法蘭之徒之罪也。(**擇眉**)不學佛者能爲此言否？學佛者能爲此言否？自是數喜與其徒論説空理，求第一義諦，又欲廢五千卷。而後止安亭，居崑山之東境，有菩提寺，其長老名德坤者，予數見之，亦以是語之云。

嘉靖辛亥，予因悼亡，爲延僧誦經，取其疏觀之，往往懺罪求福之語。蓋布施持戒之説下矣，而又如是，失逾遠矣。因以爲亡者之心與佛之心一而已。即輕舉遐覽，乘雲御風，逍遥於兜率之天，豈有所謂三道六趣云者？於是悉取其語而更之，直著此心，達之空王而無作。使世間果有佛，即其理如是。（**祖眉**）真澈悟。長老唯唯，率其徒誦數十晝夜，予蓋怳然真見珠宫貝闕生天之處矣。（**鼒眉**）荒唐。

念長老之勞，無以爲報。會是年八月二十三日，其初度之辰，里人相率以花果供養，且持文卷謁予爲文以序其事。予不能文也，因思《法華經》第一卷千萬億種供佛及僧，則不腆之辭，爲亡者供佛及僧可也，遂序其所以與長老之説。又嘆吾里土瘠民貧，歲荒賦急，流冗日多。菩提寺建自孫吴，於今數千年，佛土莊嚴，廟宇如故。長老之能守其法可知也。於是長老僧臘五十，世壽七十矣。是爲序。（**焯眉**）是亦流冗之徒也。

（**夫評**）歐、曾必無此文，子瞻亦無此文。歐、曾嚴，子瞻妙也。

卷十二　壽序

（**麟評**）公作壽序固與俗不同，然録至七十六首，亦太濫矣。豐草先生删去幾半，所見極高。（**祖評**）壽序應酬之作居多，舊刻置外集爲是。（**啓評**）震川諸壽序中間必有一二語作骨，其烟雲波浪率皆由是而生，其變化處至不可方物，而得力處殊不在多。此所謂宇宙在乎手、變化生乎身者耶。

方御史壽序

（**説評**）化俗爲雅。（**雲評**）先生謂可肩隨歐、曾，似此等固摹韓之作。（**焯評**）爲侍御之孫之舉，因以爲侍御壽。事須有兩層，看他分明處及融合處。（**鼒評**）酬應之文無如太僕雅馴者，然終不宜多作。（**升評**）一波三折，其思深以遠。

嘉靖庚子九月戊戌，侍御方君時鳴之誕辰也。先十有一日，侍御之孫元儒試南畿，以禮經第一人薦。（**焯夾**）先叙侍御之孫一層，爲作序議起伏案。既撤簾，有以侍御之孫言者。是時兩學士及京兆以下皆喜，曰："侍御之孫也與？"（**焯夾**）頓宕。或又言："侍御之子先是亦舉於鄉矣。"（**焯夾**）生出陪襯作章法。復相與嘆息稱道不已。（**啓眉**）與夏淑人序同一感慨，此更渾涵不露。（**焯眉**）從孫及子又及諸人之喜與嘆息稱道，都是文章生情處。

侍御初與兄太常公同以進士起家，仕正德、嘉靖之間，爲名御史。（**焯夾**）追叙侍御一層。彈劾不避豪貴，風威凛然，兩都爲之側目。既而以大禮議齟齬不合，遷廣東僉憲，投劾以歸，於是優遊林壑，聲迹不及於朝者餘一紀矣。（**焯夾**）折宕。而朝之士大夫猶知侍御如此，其爲侍御之孫喜者如此，其不忘侍御者如此。(焯夾)轉合。蓋自侍御去位,後之爲御史者難矣。(焯夾)再作跌宕。(擇眉)引而不發,似指分宜而言。世運風俗翻覆推移之際,非予之所能知,顧獨喜侍御雖不遂於世,(焯夾)再轉合。而其子若孫駸駸乎向用,足以推其志而行之也。(説眉)雖有蹊徑,氣亦沉。(焯夾)兩層併合一層。時崑之士同舉者七人,而予亦濫廁其間,皆與元儒同學相好。玆又同年,歸自南畿,稱觴於堂,而屬予執筆序之。(焯夾)收侍御之孫一層。

夫侍御氣貌偉然,稱天下壯健男子。福德之遐,學士薦紳談之者侈矣。(焯夾)收侍御一層。予故不論,獨序元儒賓興京府,一時士大夫之所傾意,而侍御愛國之心托於其子若孫以施於世者如此云。(焯夾)收併合一層。(啓眉)結有窾坎鏜鎝之之音。

(啓評)一起有無窮之慨,接句却就世運風俗上説去,又恐所以推遷之故猶有觸礙,特將"非予能知"句架住,下文説到子孫向用處正極爲侍御稱慶,末句忽又漾入無際。

(偉評)此係先生少作,然已大雅不群如是。

(元評)高簡。

御史大夫潘公七十壽序

(雲評)前半叙事,提掇有力,中設一喻隨手結應,末三段引漢人,益復澹宕。

上海潘公初以大司寇遷爲御史大夫,(焯夾)伏禍福。上有老成端肅之褒,(焯夾)伏德字。凡所奏興革庶務輒賜報可。會歲旱,命察舉京朝官奏上,甘雨時至。(焯夾)德。其明年,天下官朝覲京師,公所舉劾案免者,天下皆以爲宜。時公年始逾六十,方嚮用,(焯夾)襯筆,伏壽考。而即告老以歸。(焯夾)伏自足。杜門讀書,習導引,御藥餌,以治氣養生爲事。今年,公年七十,伯子允哲登進士第。先是,仲子允端以進士爲南職方,而伯子於是受上蔡之命,請於朝,得緩赴任之期,還歸爲公壽。同年進士林樹德、喬懋敬屬有光爲序。竊嘗屏居田里,聞公之名久矣,不敢以譾陋辭。

夫人生之所難得者壽考福禄,然壽考福禄,竊譬之猶物也,人身猶車輿也。壽考福禄,世有之矣。而載之實難,故載勝於物則全,物勝於載則傾。世之多取不自足,而以無德敗者相踵也。(焯夾)反跌。公之一身無間出處,人莫能以訾議之,且履盛而即止,(焯夾)自足。以保懸車之榮,而以厚德元老隱然稱重於東海之上。(啓夾)以上三層言其德。二子濟美,克享遐齡,豈不宜然哉?(焯夾)能載。(啓夾)此二句言其福。

昔韓安國爲御史大夫,天子以爲國器。其後稍疏斥,鬱鬱,欲罷歸而不得也。(啓夾)與“履盛即止”句反。疏氏父子爲太子傅,乞骸骨歸,獨共具飲食,請族人賓客,爲放達而已。(焯夾)對厚德。(啓夾)無可称者。萬石君老於家,子孫皆爲二千石,僅以孝謹稱於郡國。(焯夾)對秩重。(啓夾)有可稱而不以厚德元老見重。而三人者皆著於後世。以公今日視之,則今人誠有過於古人者。特世無子長、孟堅之筆也。有光辱公子同榜之末,又以二君之請,僭爲論之如此,且以爲公萬年景福之祝云。

(鼐評、孫評)太僕每好引古人爲比,想亦以應酬多,無處生發耳。然實套話,不可學。

山齋先生六十壽序

(説評)震川先生此一種文字宜盡去。(麟評)極高雅議論,却在極卑俗中翻出。(祖評)此首殊不俗。

嘉靖二十七年正月六日,山齋先生六十之誕辰,先生既却賀者。或謂予:"先生之謙德宜爾也,然而喜且賀者,吾徒之情也,可以抑而不宣乎?"《老子》曰:"仁者送人以言。"敢以言爲賀,可乎?

夫先生豈終老於山林者哉?(焯夾)此句領起一篇主意。自先生之解組而歸,今逾一紀,閉門著書,足迹不交官府。每使者察郡縣,問遺逸,未嘗不以先生爲舉首。(焯夾)此句下即闡明首句,從山林轉入不終老。其名既以聞於天子,熟於士大夫之口,而不即用者,豈其遇合之難?(焯夾)折。抑將以老其材而有所大任於此也?(説眉)時調。(焯眉)以下發明所以不終老之理,大意以盛衰之數與德望之重決之,分兩層說。(焯夾)爲碩果伏案。

吾吴爲東南一郡,而崑山又郡之一邑,然號爲仕宦之邦。嘉靖紀元以來,先是,毛文簡公以大宗伯迎天子於湖湘,繼而玉峰朱公爲大冢宰,周康僖公爲大司寇,玉巖周公爲少司寇,蔡公爲通政使,莊渠魏公、矯亭方公皆爲太常,柴公爲京兆尹,顧文康公以文學掌内制,進内閣,至少保,其他臺省法從之臣彬彬不可勝數。既而諸公稍稍謝去,(焯夾)轉。今在中朝者無一人焉。(焯夾)衰。(焯眉)前一層從盛轉衰,内又分兩小層,一賓一主,是叙其已然。

先生,康僖公之子也。(焯夾)接落,與前段爲賓主。當公在位時,先生官已至大理丞,駸駸乎少列矣。(焯夾)盛。其後父子相繼而歸。(焯夾)轉。今存者,先生之外三四人而已,(焯夾)衰。

而以德望重於鄉邦者又不多見也。(焯夾)此句又是盛衰轉關處,所謂碩果也。山川靈淑之氣不爲衰歇,(焯夾)折。而盛衰消長之數則有然者。(焯夾)自盛而衰,束住。

《易》之《剥》曰:“不利有攸往。”(焯夾)衰。其上九曰:“碩果不食,君子得輿。”(焯夾)終。《復》曰:“出入無疾,朋來無咎。”(焯夾)盛。其初九曰:“不遠復,無祇悔,元吉。”(焯夾)始。《剥》之“不利有攸往”,至上九而終。《復》之“朋來無咎”,以初九爲始。然天必以前之終者爲後之始,故以“碩果不食”遺之。(焯夾)故以一身轉盛衰之機。由此言之,則《剥》之上九,即《復》之初九也。先生於諸公間年甚少,氣甚鋭,天其以是爲不食之果乎?(焯夾)立於衰,以知其盛,結歸老其才而大任本意。(擇眉)此必窺見此老宦興不衰,故其言如此。先生之所存者在天下,而予也鄉邦之人,故其言如此,然亦不獨爲先生賀而已也。(焯夾)收轉以言爲賀。(焯眉)後一層從衰轉盛,歸併一人之身,是決其必然。

(麟評)總來深厚而味腴。

溉山周先生六十壽序

(苞評、鼐評、孫評)震川壽序皆雅馴,而言之有物者少,獨存其事有關係者。(雲評)魁壘頓挫,骨法蒼雄。(焯評)起訖敘壽,中間另自發論,别自一體。

溉山先生以嘉靖乙丑正月八日爲其六十之誕辰,王恭人與先生同年,其誕以十一月廿二日。將於獻歲並舉壽觴,里中親友以爲盛事。而余等方與計偕,所宜先之,乃即履長之日豫往稱觴,而推余爲之序。

蓋先生之自河南罷還也,爲言官所論。甌寧李尚書在吏部，言如河南左參政周大禮歷有聲迹。（**焯夾**）有才。又年力方强，不如言者所論。（**焯夾**）浮薄少年不能識。會時宰與李公相失，遽以中旨罷之。（**焯夾**）不用。（**擇眉**）直書其名，古人之法如是。蓋嘗以爲天下每有無才之嘆，以有才而不用，或用之而不盡其才，與夫用之而違其才：是三者，天下所以無才也。（**啓眉**）本意在楊尚書一段，入首却先用李尚書引起，文字方茂密可觀。（**焯眉**）前段叙罷還實事而嘆其有才不用，以見嘆無才者之謬。

先生罷之明年，日本寇東南，江、淮、閩、粤之間所在騷動，（**焯夾**）需才一。而胡亦仍歲犯遼、薊，（**焯夾**）需才二。楚、粤山洞之盜間起。（**焯夾**）需才三。（**啓夾**）時非無事之時。天子當寧太息，思得勘亂戢寧之才。（**焯夾**）无才之嘆。（**啓夾**）朝廷亦未嘗不需才爲用。天下之士亟進亟罷，而時有以庶僚驟陟大吏者矣。（**焯夾**）用非其才。（**啓夾**）只就用違其才一邊説，意有餘於言外。時蒲坂楊尚書在本兵，方爲天子所倚毗。獨薦先生有英才奇略，負萬里長城之望，不爲無知先生者矣。（**焯夾**）李楊二尚書之言爲其才可用之據。而猶未有舉吏部之章，以冢宰詔王廢置之文，（**焯夾**）挽抱前段，綫脉緊密。明當時用事者之失，以起先生者，使人有兀然空老之歎。（**焯夾**）以空老代不用字，犹是爲壽序之點綴。（**焯眉**）後段從不用追想其才之可用而終不能起，使懷才者徒有不用之嘆，因援引昔事以起不用才之真可嘆，"嘆"字是一篇感慨用意處。（**啓夾**）句特横逸，讀之眸光四射。（**啓眉**）此則有才而不盡其用者也。

漢永和中，李固嘗上疏言朝廷聘高陽樊英、江夏黄瓊、廣漢楊厚、會稽賀純，待以大夫之位，海内忻然。（**啓夾**）此節即承上句"老"字説下，蓋空老則疑於無用矣，故又足此一段。及厚等免歸，一日朝會，諸侍中並皆年少，無一宿儒大人可備顧問者，誠可嘆息。如固之奏，此豈少年浮薄者之所能測識哉？吾黨諸公於先生不欲爲鄉里頌禱之常辭,(**焯夾**)打轉爲壽。(**啓夾**)此句作文主意。故余言如此。《詩》曰:“樂只君子,邦家之光。樂只君子,萬壽無疆。”(**焯夾**)還他壽序結體。蓋祝君子以興起在位,爲邦家之光而饗無疆之壽也。(**焯眉**)通篇只嘆其不用,結處仍祝其用,又是斡旋題面之法。

(**夫評**)氣亦歷落可喜。

(**啓評**)此與十四卷《良士堂讌序》同屬一題,彼爲其兄弟所請,則專叙其家慶。此爲計偕諸公所作,則云“不欲爲鄉里頌禱之常辭”。公文移步换形之法類如此,讀者可以識爲文之體例矣。“不欲爲頌禱常辭”是作文之體,楊兵書薦先生一段是作文之根。無此一段依據,漫以“勘亂戢寧”相許,庸愈於無稽。

默齋先生六十壽序

(**説評**)如聽樽俎間語。(**麟評**)極高雅議論,即在極卑俗中翻出。(**祖評**)此首殊不俗。(**紓評**)震川集存壽文無數,均不得已應酬之作,余均不録,獨此篇不以製文賀壽爲然,其下叙默齋事亦鮮諛辭,頗可存也。

吾崑山之俗尤以生辰爲重,自五十以往始爲壽,每歲之生辰而行事。其於及旬也,則以爲大事。親朋相戒,畢致慶賀,玉帛交錯,獻酬燕會之盛若其禮然者,不能者以爲耻。富貴之家往往傾四方之人,又有文字以稱道其盛。考之前記,載吴中風俗未嘗及此。(**焯夾**)非禮。不知始於何時,長老云行之數百年,蓋至於今而益侈矣。(**焯夾**)非禮。

嘉靖三十四年九月之朔,憲副默齋孫先生之生辰。先生之生以前丙辰，至於今乙卯，甲子一週。於是縣之人爲其禮者尤以爲重，而徵其詞於余，若其禮然者。（擇眉）重言以申明之。予不文，不能道其慶賀、獻酬、燕會之盛。獨以謂人生百年之内，其變故多端，而於歲時叙事相感，親朋聚會杯酒，談説生平、感今懷昔之意爲多。（説眉）感慨。（麟眉）翻身跌入，忽開異境。余與先生同里閈，有通家之誼，自少已能識先生。先生年甫弱冠，先大夫客游不返，旅殯蒼梧之野。（焯夾）變故。（祖眉）此等終是語累，不如用本色語爲妥。徒步走嶺外，（焯夾）害。無資裝傔從之携，崎嶇萬里，負骸骨以歸。（焯夾）孝。寡母幼弟相依爲命，有人所不能堪者。（焯夾）害。及舉進士，（焯夾）榮。釋褐，爲刑曹，會御史言事，下詔獄。先生守官不阿，（焯夾）忠。與大吏争論，幾蹈不測之禍。（焯夾）變故。天子仁聖，不忍加誅，竄之懷遠、夜郎之地。於是自縣令遷轉，不數月輒改官，歷閩粤、巴蜀、荆湖、齊魯之間，足迹幾半天下。（焯夾）榮利。天子躬視獻陵，藩臬郡縣之官多以乏供致重辟。先生時爲湖廣僉憲，獨免於罪，且膺寵錫。又再遷，得江西憲副以歸。（焯夾）榮利。（説眉）叙述多好。

夫六十年之間，榮辱利害之途追而道之，（焯夾）叙事相感。有不勝其感慨者矣。（麟眉）先作一束，再入此一層。（擇眉）何其入情。今先生遺榮辭寵，卜築於玉山之陽，有園池田廬之美，有子孫之賢，而筋力康强，絶無衰老之態。追念自此以前真如夢幻，（焯眉）談説生平，感今懷昔。自此以後，山林花鳥之樂，知其無窮也，是又不可以賀乎！（麟眉）總束綰，深厚而味腴。（焯眉）從無禮中開出有可作序之道來。於是書之，而平生奇偉忠孝大節可考見焉。

姚安太守秦君六十壽序

（祖評）能去陳言。

昔孝宗敬皇帝承累世熙洽之後，益以深仁厚澤，一時人才登用，皆有重德偉度，歷三朝，饗承平之福。（啓眉）此段世運人才兼説，重在世運上。若吾錫山秦端敏公以弘治癸丑登第，至嘉靖二十三年以壽考終。位至一品，自起家登朝著，富貴五十餘年，豈非盛世培養之厚？（焯夾）承深仁厚泽。抑人才之得於天者皆應其時，若公之所禀與時合而致然歟？（焯夾）承重德偉度。天下之勢自厚而趨於薄，如寒暑之易候，有不覺其然者，（啓夾）《易》所以有履霜、羸豕之戒，此等語極平常，然非深於經術者不能道。然推其故，必有人以爲之始者。（啓眉）此段從世運轉入人才。昔人論東漢梁統爲時名臣，獨以增重律法一言，而天之報梁氏尤慘，真仁者之言哉！（焯夾）反證。余每慕前世盛德長者，欲考其所設施，如端敏公者，方將就其家，問其行事，往往過其縣，慨想其人者久之。（説眉）此等語句只作文字讀過，失却前輩立言之旨。（焯夾）過接。

今年，余入覲，還訪其孫汝立，因得見公子二千石君。其器度猶有前人風流，蓋以嘆盛德之世未艾也。（焯夾）應得於天一層。君用端敏公恩爲都督府幕官，陟守姚安，謝事還。承前人遺業，以詩書教其子，二子皆彬彬向於文學。入其室，而先公之典刑猶在。用此言之，則孝皇作人累葉承平之福，豈獨其一時臣子饗之？而又及其子孫者如此。（焯夾）應培養之深一層。（啓眉）的真子固之文。此段從人才轉入世運。

余門人朱某客於君所，數道其賢。汝立又好古，與余往還。於是君以甲子之初度，秦氏内外之戚及邑之人往爲君壽，介某以來乞言。余以是推本端敏公之三世，蒙前代承平之澤，子孫世饗之源遠而流長也。(焯夾)合兩層總結。(啓眉)結仍歸本世運之隆厚。

(祖評)此文識解特卓，故醖釀亦深，與尋常應酬之作不同。

福建按察使楊君七十壽序

(説評)近於世之壽文矣。(啓評)通體從地脉生情。(焯評)只就句曲山靈發揮議論，想是楊君無可稱説耳，此亦應酬善討便宜之法也。

予少時有事金陵，常經句曲之間，觀其山川之勝。其地有茅山，自茅山而南，連嶺疊嶂，東出吴興之天目，至羅浮以極於南海。(基評)天目羅浮相隔太远耳。以金陵之形勢，而不得此山，雖紫巖、天闕之迴合，疑亦淺薄易盡而無以固東南之王氣。由此而言，龍盤虎踞之説亦得其近者也。故道家以爲洞天福地，蓋雲陽氏始居之。禹禪會稽，後世傳禹穴焉。古之得道者往往乘雲氣、御飛龍於此。茅君最後出，而山以此名。其後葛玄、葛洪、許邁、陶弘景、楊義和之流，世皆以爲得道仙去。雖其説怪迂，非儒者之所道。要知天地山川之氣，神靈之所降集，理固有然者。

按察司楊君，句曲人。以進士歷今官，致仕家居。今年七十，予友葛理卿介其鄉之縉紳諸先生使者來請祝壽之辭。蓋予識其山川矣，而獨恨不識其地之人。觀此山之蜿蜒磅礴如昔時，意其必有陳安世、茅季偉之徒往來茅嶺洞室之間，而無從得見之也。理卿言先生以康强之年爲大官，駸駸乎嚮用而未已。一旦謝去，長往而不顧，其貌豐腴而氣愈盛，其年殆未可量。以予觀之，非學道者不能也。

道書曰:"句曲地肺,土良水清,可以度世。"予亦將因理卿以從先生於此山之間。先生之年壽方與茅君諸人等比,(夫眉)牽扯無味。區區人世之所云壽者,夫何足以爲祝乎?是爲序。

通政立齋王先生壽序

(説評)無遠味,宜删。(雲評)一氣盤礴,極風水相遭之妙。

士大夫致身於朝,所當得爲者人臣之事,富貴壽考皆命也。盡性而已,命何與焉?(焯夾)從分轉合。雖然,有可以盡其人臣之事者,非富貴壽考有所不能,故曰:"樂只君子,遐不壽考。"明君子非無疆之壽,無以行其愷弟而爲邦家之光也。然則富貴壽考,命也,(焯夾)合。亦所以盡性也。故古之君子不禦福,(焯夾)承接。然非有求焉。世之急於徼福者,(焯夾)從合轉所以合,不求是無心於合。其所爲常違人臣之道,(焯夾)反襯。而不知夫福之來也不驟。(焯夾)來之不驟必有所以合者,折出養字來,不驟是一篇之主。若行千里之塗,優遊容與,累日不止,而其至之不覺然。(焯夾)喻。且求得於旦暮之間,馳騖而無所極。其力既已不勝矣,此爵禄榮名所以多患害而失養性命之原也。(焯夾)養字是所以不驟之實。(焯眉)不求是俟命,養是盡性,養之已至而福自來,盡性即所以立命也。(基眉)佳論。

今天子御極改元之明年,策士於廷,立齋王先生與今少傅華亭徐公十數人者年最少。(焯夾)陪。徐公及第,入史館,餘多在清華之選。而先生爲大行,稍遷郎署,(焯夾)不驟。出爲湖廣僉憲,(焯夾)不驟。陞參議,得賜歸養,居田里者久之。同進者多至公卿,先生始以少參入朝,(焯夾)不驟。而徐公已在内閣矣。於是一再遷,有南京通政之命,尋以外艱歸。至是服闋,待命於家。

(焯夾)不驟。其歲冬十有一月既望,先生六十初度之辰也,里中士徵言於予,以爲先生壽。予惟先生徊翔仕路四十餘年,若無意於進者,(焯夾)不求。而今亦已躋卿少之列。(焯夾)來。獨以登科之早,見謂淹滯。(焯夾)折。然可以知其紆徐不驟,而富貴壽考將來所受之大也。(燦眉)應前"不驟"一段。(焯眉)前段叙"不驟"正面,發明"俟命"一段。

初,先生爲冬官屬,魏恭簡公爲祭酒。居京師,數稱其能守法。(焯夾)養字一證。及官楚,以寬靖任職。丙申之歲,先生以僉憲上計天曹。予時計偕,附其舟行,得朝夕見。見先生孱然儒者,身若不勝衣,言若不出口,略無矜氣與態色焉。(焯夾)養字二證。及入部試,一吏持几隨其後,逾時而出。考功嘆其文,以爲非有養者不能。(焯夾)養字三證。以予之得於先生者如此,爲不可及矣。而後知夫恬愉安静者,(焯夾)養字歸宿。一時若爲遲鈍,要之於久,回視夫翕然取一時之快者,相去遠矣。(焯夾)跌宕。(焯眉。)此段叙"養"字正面,發明所以"不驟"之故,申明"盡性"一層。

先生同進,今自徐公以下落落可數,(焯夾)收應中間叙事一層。而淪没者不知其幾。殆隆冬窮歲,百卉略盡,而長松巨柏方有參天之勢。(焯夾)又一喻,遥應。蓋上將倚先生爲卿輔,予故以人臣之事頌之焉。(焯夾)收應起論一層。

同館諸進士再壽立齋王先生序

(啓評)前篇就通政一身之履歷上發議,此爲國子諸進士作,專就"吾黨"兩字發議。

國家倣前代通進進奏銀臺司之制爲通政使司,領天下章奏。自永樂建北,其後諸司之在南者並存而省其員額,故南通政使司不置使,而獨有通政,然實卿輔之儲也。立齋先生爲其官,而以先大夫之服家居。即吉者久之,方竢召命,適會其年六十之誕辰。余季父以里中諸君子之意俾予爲文以贈,而國子學同館諸進士以吾黨尤不可缺然,秦君起仁復以贈言見屬。

予惟崑山在吴郡東,瀕海,論者以爲山窮水匯,靈秀之所鍾,故人材之出常甲天下。今上改元更化,二十年中號稱特盛。毛文簡公爲大宗伯,朱恭靖公爲大冢宰,而顧文康公入内閣,參侍幃幄。三先生以掄魁進,而大司寇周康僖公以下位九卿者猶有數公。已而諸老相繼淪謝,自文康之後寥寥矣。此循環往復消息之數,非偶然也。於是間歇者又二十年,而先生舉進士。適諸老之盛時,中間敭歷外服,侍養家居,今復駸駸在卿輔之次。蓋向之由盛而衰者,公爲之後;今之由衰而盛者,公開其始。古之君子與天下之賢材以事其君,未有不愛其同類,至其同鄉之人尤情之不能已者。故爲之先者望其後之興,爲之後者願其先之達。(**倫眉**)醇厚之語,今之鄉當於先達後興何如乎!

蘇子瞻以間世之才,平生於蜀之人尤爲惓惓。其《與范舍人書》,稱蜀自相如、王褒之後,以及當時諸賢,相繼登朝,以文章功業聞天下,眉山一縣其舉於禮部者歲至四五十人,以爲君子無所私愛,而於父母之邦非如行道之人漠然而已。(**説眉**)引同鄉一段亦别有開拓意。今天將貽先生以眉壽,俾爲諸公先,庶幾乎踵是以起者,其雲蒸龍變不可測度耶!因書之以爲先生壽。

少傅陳公六十壽詩序代

(**説評**)集中不可有此文。(**擇評**)代宰相壽宰相,不可以議論波瀾勝也,文章之體如是。(**夫評**)是首揆壽,次輔文。

少傅松谷公以八月某日爲嶽降之辰,今隆慶之四年庚午爲甲子一週。中朝士大夫豫相戒,將以其日致慶禱。公聞之,悉謝却不敢當。而翰林諸君獨皆有詩以爲壽,而請序於余。

公起蜀中,登進士,歷官禁近。侍今天子於潛邸,以經義輔導啟沃。上既正位宸極,遂以舊學之臣入贊密勿。爲疏以獻,皆正始格心之論。至於條列天下之事詳明剴切,可施於世。每奏入,上未嘗不虚己嘉納之。其爲人忠誠悃愊,人望之者,不言而莫不竦然起敬。日預大政,於朝廷機務匡贊爲多。天子端拱,國家尊榮,海内嚮風,生民所以受其福者,外廷莫得而知也。(**焯夾**)跌起。(**焯眉**)此一段先爲"德"字伏案,德所以獲壽者也。

今年甫及耆,(**焯眉**)折入壽。擬於古之大臣。高年期頤,東面受饋,爲天子之國老者,視公尚在壯盛之年。(**焯眉**)波折。正當寧之所倚毗,天下之所仰望。德與年而俱進,如日升月恒。(**焯夾**)帶入德字。則諸君子之壽公者非以公爲既老,而實以禱公將來無疆之壽也。夫壽命於天,亦天下之人所可以皆得。(**焯夾**)又折。然有德而壽,乃爲夫人之所願望,古所謂"壽考不忘""萬壽無疆",其詞悉歸於頌君子之德而已。(**焯眉**)從壽轉合德。況天子之大臣,澤被於天下,天下誰不愛慕而欲其壽哉?(**焯夾**)挽合前段。

余讀《尚書》,周公之所以告召公,稱商之六臣,以爲"天壽平格,保乂有殷"。(**焯眉**)以下德壽合説,引六臣、三后,是以爲壽諸公及叙壽者作陪襯也。夫六臣者,惟其德格天,而天與之壽。故殷之所以配天而多歷年所，以六臣之壽也。康王命畢公亦云："三后協心，同底於道。"唯時成周建無窮之業，亦有無窮之聞。周之諸公皆佐人主，致太平，同心一德，是以澤被生民，四夷咸賴。人主既永膺多福，而諸公亦享壽耇。

顧以余之寡德，叨被知遇。獲與今三四公同居論道之地，自懼其力之不逮，而公之盛德固所慕愛。方日孜孜，以求媲同寅協恭之盛，如商之六臣、周之三后，俱躋遐壽，以助成國家億萬年無疆之休，余亦庶幾與有賴焉。是爲序。

顧夫人八十壽序

（**麟評**）李羅村云："少保家得此文一篇多矣，何用餘文爲？"公文固非俗筆所及，然在集中却是下駟。（**雲評**）此等文只是句句得體，典重稱題。末幅意致特跌宕，先生與沈敬甫劄云："不知於曾子固何如。"（**啓評**）讀書各有所見，如一部《史記》，古今人稱美者累千百言未已，吾獨謂妙處只是層理清晰。此雖一人之私論，未知有合與否，然吾讀震川文往往遇之。（**鼒評、孫評**）太僕作婦人壽序無非俗徑，是知君子不可易其言也。（**祖評**）冠冕文字，諸作中較爲得體。

太保顧文康公以進士第一人歷事孝、武二朝，今天子由南服入繼大統，恭上天地祖考徽號，定郊丘之位，肇九廟，饗明堂，秩百神，稽古禮文，粲然具舉，一時議禮之臣往往拔自庶僚，驟登樞要。（**焯夾**）爲後朝三宮、侍翟車伏案。襯。而公以宿學元老侍經幄、備顧問，（**啓夾**）眷注隆。從容法從三十餘年，（**啓夾**）不遽用。晚乃進拜内閣，參與密勿。會天子南巡湖湘，恭視顯陵，付以留鑰之重。（**焯夾**）居守大事。蓋上雖不遽用公，而眷注隆矣！

至於居守大事，天下安危所繫，非公莫寄也。夫人主之恩如風雨，而怒如雷霆，有莫測其所以然者。士大夫遭際，承籍貴勢，恩寵狎至，天下之士，誰不扼腕跂踵而慕艷之？及夫時移事變，有不能自必者，而後知公爲天下之全福也。（雲眉）頌揚文康，正所以著一品夫人之福，昧者輕其喧賓奪主。（焯眉）前一段叙論顧公，先叙而後論。（擇眉）二語明是諷世廟恩威不測。

公薨之後九年，夫人朱氏年八十，冢孫尚寶君稱慶於家，請於其舅上舍梁君乞一言以紀其盛。蓋夫人自笄而從公，與之偕老，壽考則又過之。公之德順而厚，其坤之所以承乾乎？夫人之德静而久，其恒之所以繼咸乎？故曰天下之全福也。（説眉）公那作此語！（焯眉）通篇只叙一"福"字。常以陰陽之數論，女子之致福尤難。（焯夾）跌。自古婦人不得所偶，有乖人道之常者多矣。况非常之寵渥，重之以康寧壽考乎？（雲眉）數語通身筋脉，非此則前後不相稱。（啓眉）文康公相業亦無可稱者，故但以其受福言之。然於此亦可以見致福之道：驟至者不足慕，而漸積者乃克有以承之。與王通政序文相發。（焯眉）中一段點題，即聯絡上下段，乃文章過脉也。初，公爲諭德，有安人之誥；爲侍讀，有宜人之誥；進宫保，有一品夫人之誥。上崇孝養，册上昭聖皇太后、章聖皇太后徽號。夫人於是朝三宫，親蠶之禮，曠千載不見矣。（焯夾）與前稽古禮、侍經幄對照。上考古事，憲周制，舉三繅之禮。夫人陪侍翟車，煌煌乎三代之典，豈不盛哉！（焯眉）中一段論叙夫人，先論而後叙。

有光辱與公家世通姻好，自念初生之年，高大父作《高玄嘉慶堂》。（焯夾）映襯。公時在史館，實爲之記，所以勖我後人者深矣。其後公予告家居，率鄉人子弟釋菜於學宫，有光亦與其間。丙申之歲，以計偕上春官，公時以大宗伯領太子詹事，拜公於第。留與飲酒,問鄉里故舊,甚歡。天暑,露坐庭中,酒酣樂作,夜分乃散,可以見太平風流宰相。(**麟眉**)文康相業絶無可稱,前云天下全福,此云太平風流宰相,想見古人直筆。自惟不佞,荏苒歲年,德業無聞,多所自愧,獨於文字少知好之,(**焯夾**)歸結處。執筆以紀公之家慶,所不辭云。(**説眉**)此一段文字佳,便棄不得。(**夫眉**)得体。(**祖眉**)結妙在不露。應酬文字中具有史法,非先生不能作。(**焯眉**)末一段是所以作序波瀾。

御史大夫潘公夫人曹氏六十壽序

(**雲評**)經術之文,壽文至此,亦云茂絶千古。

上之四十年秋,上海潘公以南大司寇入爲御史大夫。公歙歷外服,至是一二年間,特被顯任,天下有以知上意之所簡注。其歲冬十月某日,公配曹夫人六十之誕辰。於是,海邑之士瞿君某等十有六人,與公子允端,俱赴試南宮,遂將奉觴於公之堂,而以夫人壽序見屬,有光不敢辭。

惟昔周之盛時,周公、召公與虢叔、閎夭、散宜生、泰顛、南宫適之徒,相與弼成文、武之業,用致世於隆平,實基本於《周南》《召南》,天子諸侯相與成天下之化者如此其遠也。(**焯眉**)閨門爲王化之本,是通篇議論總領處。而《鵲巢》之夫人,豈即召公之配歟?故曰國君積行累功以致爵位,夫人起家而居有之,如鳲鳩,乃可以配焉。今天子叙彝倫以建皇極,(**焯夾**)伏。蓋嘗頒慈宫之訓於海内,舉北郊親蠶之曠典。(**焯夾**)基本。内則順叙,陰教修明,始自椒寢,至風被於田野之婦人。(**焯夾**)化成。況在位之臣莫不宜其有家,濟濟肅雍,漸濡於王化之深者。宜乎今御史大大之夫人爲諸君子之所頌禱,雖比古《鵲巢》之夫人,其可以無愧。

夫上之施澤於下，至綦賤而止；下之歸福於上，至綦貴而止。至治之隆，而《魚藻》《裳裳者華》之詩作，則萬物各得其所，鳥、獸、魚、鱉皆不夭其性。故"惠篤叙，無有遺自疾，萬年厭於乃德，殷乃引考"，則公卿大夫其永壽考可知矣。（**焯眉**）文章從大處起議論，非迂廓之謂也。議論有本而文章得體，自能大而不廓。天壽平格，則君子偕老，共事宗廟社稷可知矣。故《關雎》之德，王者之風也。（**焯夾**）基本。《麟趾》之應，后妃之福也，（**焯夾**）化成。后妃之壽可知矣；（**焯夾**）主中賓。《鵲巢》之德，諸侯之風也。（**焯夾**）基本。《騶虞》之應，夫人之福也，（**焯夾**）化成。夫人之壽可知矣。國家比隆成周，仁德下追於鳥、獸、魚、鱉，則天子於是享萬年之壽，公卿皆元老。耇造德降，而聞鳴鳥，其流澤及於其家，此錫極保極之明驗也。（**焯夾**）應建極。豈獨二三鄉邦之慶？固天下之慶云。

（**祖評**）填綴經語，非震川得意之作。

顧夫人楊氏七十壽序

（**夫評**）先生與友人帖云："曾見顧恭人壽文否，不知與曾子固何如？"

漕涇之楊爲海上大族，其子弟之賢俊者，（**焯夾**）陪襯。予往往於南宫識之。夫人歸於崑山，爲中憲大夫桴齊顧先生之配。中憲少貴，官自禁林爲御史，督學京畿。（**焯夾**）伏有家富貴之常，是賓。已而不得志，出守邊郡。罷歸，日閉門讀書，性簡伉，少所當意，（**焯夾**）折宜字，藏順字。獨於夫人爲宜。（**焯夾**）伏順婦道行，是主。（**焯眉**）叙事處且只説夫順、婦宜、子孝，絶不露順慈意，所謂前不宊也。去中憲之世於今二十餘年矣。夫人三子皆非已出，(**焯夾**)折孝字，藏慈字。而今雍里方伯以壯年致政，與仲、季二君恂恂孝養，子婦歡然無間，如中憲在時，而家勢隆盛。(**焯夾**)伏慈母道行，主。夫人自歸顧氏，爲婦爲母四十年，享其福禄榮華，(**焯夾**)總上兩層。此亦生人之難者矣。(**焯夾**)跌起。(**焯眉**)以爲婦、爲母之享其福禄跌起順慈道行，是從對面一層伏案。"此亦生人之難者矣"是縮脚語，蓋本意正爲有家富貴不爲難，而能使順慈道行爲難也。今年嘉靖三十二年十二月二十四日爲夫人七十之誕辰，雍里公兄弟與内外宗黨稱觴上壽，以予辱在姻末，俾得而序之。

夫三代王者之化，《關雎》《麟趾》《鵲巢》《騶虞》之世，可謂盛矣。(**焯夾**)發端。(**擇眉**)使今日序女壽，必以《小星》《凱風》之詩爲非所宜引矣。故壽文已不古，而爲之於今日尤不古也。然其詩猶曰："嘒彼小星，三五在東。肅肅宵征，夙夜在公，寔命不同。"言婦人秉志壹誠以事其夫，夙興夜寐，無有懈怠，而所能得於其夫與否，蓋不敢自必而繫於命也。(**焯夾**)正論，借解詩語。(**擇夾**)通篇以"命"字作綫。(**焯眉**)發論處才轉入所以宜孝一層。太史公曰："人能弘道，無如命何！"妃匹之愛，君不能得之於臣，父不能得之於子。(**焯眉**)秉志壹誠，夙夜不懈，是順之實，所謂盡性也。命固不敢必，然誠壹不懈之至，未有不能得於夫者，是順之道行，即所謂至命也。非通幽明之變，烏能識之？穀梁子曰："人之於天也，以道受命；於人也，以言受命。"故君子大受命，而世之學者以爲命非所言，要以爲所得爲者而已。不知充其所爲以遂萬物之宜，而全天地之性，必至於命而後已。命之所不至，性之所不盡也。(**焯夾**)大道理。(**焯眉**)篇中本兼婦母説，而發論處不及母者，婦可言受命，母不可言受命也。要之，爲婦能順者，其爲母必能慈，舉其一而義自該也。

以夫人之賢德，而使如《終風》之“莫往莫來，悠悠我思”，《凱風》之“有子七人，母氏勞苦”，則順婦慈母之道亦不行矣。（焯夾）篇總要語，却從反面點出。（元眉）跌。君子之樂頌人賢也，樂其得所也。故予所以論夫人者，雖有家富貴之常，而實以爲順婦慈母之道行也。（焯眉）順慈正賢德之實，而叙事不言順慈正面，只言道行者，亦是從對面襯托之法。因以識古《關雎》《麟趾》《鵲巢》《騶虞》之義，（焯眉）收應。以爲天下之道非一人之爲，（焯夾）轉合起段。而君臣、父子、兄弟、夫婦各得其所，而王化成矣。君子之言性命者蓋如此。（焯夾）收應。《詩》曰：“樂只君子，萬壽無期。”敬爲夫人頌焉。（焯眉）夫宜子孝固須母婦之順慈，而順慈道行亦必彼之能各盡其道而後各得其所。性命之理到此乃盡，文章曲折亦到此乃盡，所謂後不竭也。

（説評）此等文格亦能陷人於時俗。

（元評）此文先生自比南豐，固非誇也。純雅之文。

丘恭人七十壽序

丘恭人，某省通政諱經之女。始，丘公生三女，父母愛之，曰：“吾女必皆予貴人。”（説眉）從嫁女生一支。（焯眉）先叙丘，提出“必予貴人”句，作一篇之綫。有聘之輒不予，皆至於長，卒皆予貴人。（擇眉）謔而近虐矣！恭人其一也，是爲前廣東按察使司副使王公濟美之妻。丘公蓋與司馬質庵公同官御史，司馬，憲副之從祖。丘公以是意歸鄉王氏，自苕、霅間嬪於海上，越五百里，（焯眉）次叙丘與王聯合之因。由嫁女必欲與貴人也。時憲副已在南部，其後歷官江右，最其後逾嶺。恭人常從，共其禄養，憲副受誥勅，遂有恭人之命。（焯眉）又次歷叙王之貴，以上是丘"恭人"二字正序。

予家故與王氏有連，知其家世爲詳。（焯眉）以下從王之貴展开，上推其祖，下及其子，極言其貴之久，是暗從"貴"字中落出"壽"字。自唐御史胊封之後，至分水、明州而來崑山，司馬與憲副之祖某官兄弟同舉進士，自是科第蟬聯不絶，及憲副殂謝之後，諸子皆彬彬向學，一誠以戊午復薦於鄉。蓋故家大族歷世久遠，枝葉扶疏，不能無旁落不齊之數。自恭人之歸憲副，今老矣，獨見王氏之盛如一日也，（焯夾）金針暗度。鄉里皆稱丘公善嫁女云。

恭人以某月日誕生，至嘉靖四十年，恭人年七十。諸子謀所以爲壽，（焯眉）點清"七十壽"，三字正序。介縣學生孫君某來請頌禱之詞。予爲道恭人之事如此，因論之，以爲丘公以女予貴人可得而知也，恭人享其福禄壽考至於今七十年，丘公不能知也。其有子若孫能趾美前人，丘公亦不能知也。（焯眉）後段發端謂貴可知，壽而永享其貴不可知，是承上兩層作一翻跌，然後轉出貴與壽之所自，其本固自可知，併爲欲"予貴者"抬高身份，是乃立言之體也。（擇眉）極言其愚。

然吾聞恭人貞靚慈孝，初及憲副，至寡，撫其前孤與其所出，有鳴鳩平均之義，其子事之亦無異所生。恭人之德如此，其享福禄壽考宜矣，然則丘公其有以知之矣。（啓夾）此句兜裹緊，得坡公用筆之妙。"有娀方將"，"纘女維莘"，雖自古王者之盛亦有所自，（啓夾）道理闊大，不止是局面寬展。故稱恭人之壽而本於此，（焯夾）後推其本。庶幾乎王氏子子孫孫勿替引之。（焯夾）仍還貴字去路。以是爲頌禱，其可乎？

顧孺人六十壽序

(瑚評)葆真全節，在於富貴之家尤難。諷誦數遍，不特孺人之孅見，文康夫人之孅亦見矣。**(雲評)**題頗難着筆，文特莊起，其論似寬而緊，中間母女鑄成一片，而末以節操結，含蓄藴藉，眼高於頂，精神大於身。**(啓評)**此與趙段堤記同一小題大做之法，他人安得有此胸次。

孔子曰："斯民也，三代之所以直道而行也。"孔子之居鄉，自以爲無所毁譽於人，獨其所以是是而非非者不可得而廢，不惟當世之名公卿大夫，至於莒人之妻、泰山之婦人，亦與其門人私論而志之，以爲三代之民所以是是非非者如此，夫豈獨《春秋》之義爲然？**(擇眉)**以此發端，豈顧平日素無賢名，故自明其言之非諛乎！**(祖眉)**起太迂，文多不得立言之體。**(啓眉)**震川文只落筆處一二語便定一篇之局，自後雖波瀾百變，而皆不離其宗。蓋篇篇如此，故能隨方布陣，而無一成之轍迹可尋，其妙在"切"字。**(焯眉)**首段引端，大意只是自明其所序之實而可傳。

余少好觀古事，**(焯夾)**襯。嘗有意於考論其世。而廢置草野，無史官之任。然時有慕於古之作者得因事立言，以著其是是非非之迹。是斯民之所以直道而行者，庶幾他日有裨於史官。**(麟眉)**作壽序乃從如此意思發來，所謂大家數。看此段用意用法之妙，便悟古人文字不可及。

顧孺人者，太保文康公之女，上舍朱君子求之配也。上舍早世，孺人守節垂四十年，今年六十，里中士大夫徵予文爲壽。孺人以幼艾兢兢未亡人，能保其身，至於六十而爲壽，其亦可稱也已！**(焯夾)**虚立此句，以下兩層發明可稱之實。**(啓眉)**造端措意全在上半篇，以後只一筆寫去。

自予爲童子,讀書盧兖州家。盧氏子弟數稱上舍之才俊,不幸短折,而趾美於其弟少宗伯。(焯夾)旁襯,即伏案。而予之從祖母實孺人之姊,故知文康公夫人之事爲詳。(焯夾)正襯。公起諸生,官禁近三十餘年,迨入内閣,推封一品夫人,未嘗見其喜愠之色。凝然獨處,言笑不聞。文康公是以敬之如賓,而孺人之資性彷佛如其母云。(焯夾)孺人資性之美却從母夫人映出。(焯眉)從母夫人映出孺人,固是烘托之法,亦要將其母一層轉出更難更勝一層來,又即文章議論波折也。

由是言之,女子以才智自見者,要非其德之美。(擇眉)觀此二語當是一庸庸無所識之婦人。若夫沉默簡重,居適意之地,如夫人之受多祉,及所遭之不幸,如孺人之葆真全節,其於坤道之順一也。(焯夾)以"如"字、"一"字開出"尤"字。當文康在館閣,孺人實依母氏,居京師邸第。(焯夾)對襯。親見夫人朝兩宫,佐皇后親蠶,宴錫繁褥,備極榮寵。宗伯方爲黄門,家勢隆貴,而能以芬華盛麗之間獨全純白縞素之質,於桃李艷陽之時凛然松柏歲寒之操。視夫寒女窶婦,生長澹泊之中,無所見而能不亂者,爲尤難矣。(焯夾)反襯。(啓眉)就前意更翻進一層作結方不單薄,所謂餘波猶怒。豈非余之所欲得而論之者哉?孺人之嗣子某以孝謹稱,能成孺人之志者,因併書之。(焯眉)如其母一層是資性,尤難一層是志操。資性禀於天,志操成於己。天可移,己不可奪,故欲得而論處尤在此。

夏淑人六十壽序

(祖評)不當作應酬文字看。

武宗皇帝之世,佞幸藉權侵撓朝政,天下抗直之士排闥叫呼，指切是非，誦言於朝。上終無罪言者之心，卒寬解之，以養直臣之氣，而士多以保全。(**焯夾**)以垂麻妻子對照。故其時雖群小簸蕩，而天下之公議常伸，國家之紀綱不壞，此其所以延萬年之曆於無疆也。(**焯夾**)爲壽字對照。(**焯眉**)立案一層。(**陶夾**)事本如此，不獨善於立言。

吾鄉刑部侍郎周公時以御史言事，爲奸黨所仄目，陷於危害者數矣。(**焯夾**)伏"與其危，享其榮"。天下壯公之節，而幸公之卒有以自全。(**董説**)亦峻。晚年列於九卿，進貳司寇，蓋將大用而公薨矣。(**焯眉**)敘次一層。有光未獲登公之堂，最後與其仲子士淹、季子士洵游，常論公之世，而言當時之事如此。(**焯夾**)過接。又獲拜夏淑人於里第，觀其懿德令範，以知公之行於朝廷與其所以行於其家者有本也。(**焯夾**)聯合。

丙午之歲，淑人年六十，九月二十三日其誕辰也。諸與其子遊者相戒以往，跪拜進觴。有光因慨然思公之遺德，而念今之去公之世未幾也；居公之位，食公之禄，未嘗乏人也；能不媮合苟容、摧折於萬乘之威而盡言天下之事者，幾人哉？(**焯夾**)此句客。以其身試不測之區、卒保其要領而垂麻其妻子者，又幾人哉？(**焯夾**)此句主。(**焯眉**)跌宕一層。(**陶夾**)言簡意深，感慨不盡。公之間關海道也，淑人嘗與其危。其登陟臺府也，淑人常享其榮矣。今又以公之所遺者以教其子孫，以樂其餘年，豈非上之賜而國家之厚恩也哉？(**啓眉**)觀其筆力回斡之能，真可謂神通廣大。(**焯眉**)收繫一層。有光既以語諸同事者，遂書之以爲淑人壽。

(丙午歲，嘉靖二十五年也。自大禮大獄之後，天威益厲，群臣進言者多得罪，故有"摧折於萬乘之威"及"保其要領"等語。府君文往往感慨時事，讀者須論其世，莊識。)(**擇眉**)不能論其世，非能讀先生文者矣。文意固自顯然，可不必註，後一篇亦然。

（**陶評**）直是一則史論，不圖於婦人壽序中得之。

朱夫人鄭氏五十壽序

（**説評**）公欲裁成《宋史》，讀此文，惜此志未遂而公殁。

太常卿朱公初以南畿少尹家居，有白金文綺之賜。戊申冬入覲，寵賚有加，有太常之命，又賜飛魚一品服，馳驛還鄉。予嘗讀其家所藏書，皆天子使中貴人傳語，恩旨丁寧，錫予優渥。雖今位在九列、從容侍從之臣得是者少矣。崑山僻在江海之間，然自昔以文獻稱於天下。士大夫登朝籍，鼎貴相望。至於簡自帝心，寵賜稠疊，天子親爲召大司馬至迎和門，命敕符乘傳還鄉，衣朱紅飛魚服過里門，長老嘆駭焉。公爲太常卿之年，年五十，里中人士往爲賀。其後二年，夫人鄭氏年五十，里中人復往爲賀。予友某等先期來告於予，請爲文以致頌禱之意。（**雲眉**）起法亦肅穆有體。中段蓋縮頓，逸力餘弦外，擬之於射，第見其引滿而巧不可傳。

予尚識公爲舉子時也，及舉進士，爲行人，爲給事中，聲華煒然。觀其意氣，直欲將百萬之師射獵青海，勒功燕然而還。（**擇眉**）此言其妄，非言其壯也。中爲用事者所阻，然未有蒙被恩賚於去國之日赫然殊異若此者。（**擇眉**）到底不言所以蒙恩之故。夫人鄭氏自宋華原王以來，鄉里衣冠代不乏人，而才德與之相配，家門隆盛，子孫滿前，其壽可賀也已。

予聞公居家，喜方藥，精於内學。往者天子親問玄帝論詩之旨，其事甚秘，不可得而知也。（**擇眉**）此處明明説出，能使讀者不覺其刺，此之謂微而顯。（**基眉**）此蓋譏之。世傳赤松子服水玉，止西王母室中，隨風雨上下，炎帝少女追之，亦得仙去。果如所云，則人間百年之期奚足爲夫人祝哉？因書之以致諸君子之意云。

（按太常以方藥得幸，故文但言其被恩寵，絶不及其它，末復有神仙之説，先太僕之不假借如此，莊識。）（**擇眉**）豈但不假借而已。

（**雲評**）餘波托仙意，於母壽爲宜，亦不必以爲譏諷也。

宋孺人壽序

（**雲評**）就閩地横空發論，歸重學渝。壽母不多着筆墨，而呼應聯絡，中間脉縷甚細。

翰林學士莆田黄公之母鄭宜人年九十有六，（**焯夾**）題根。其女兄弟先後皆及九十。（**焯夾**）陪。其一合浦丞宋君配也，宋孺人明年年九十矣。物之美者莫難於聚，故並蒂歧穗爲草木之佳祥，（**焯夾**）陪襯。今黄氏諸女何其多壽也！（**焯夾**）總一句束住。（**説眉**）亦奇。（**擇眉**）奇。

夫閩，山海之奥區。（**焯夾**）展開波瀾。隔於甌越之中，天地之氣閟而不發者數千年，（**焯夾**）折。故今閩之物産博大豐碩、離奇怪特。荔枝、龍眼、海物之珍，溢於大官。（**焯夾**）陪襯一層，客。其爲儒者，振末緒，扶絶統，遠與洙泗相接。（**焯夾**）二層。而明經抱藝之士集於春官者常數百人，（**焯夾**）三層，客中主。掇危科、躋膴仕，著文章勳業於天下，往往而是。蓋淳和清淑之氣盤礴鬱積，（**焯夾**）頓住。得於人者是不一類。彼其耆艾長年、癯然山澤之間，非世所載，而與谿花野鳥、娱玩四時以全其天年者必又多也。（**焯夾**）四層。跌宕。然如黄氏之女皆以上壽萃於一門，胡可得耶?(焯眉)轉合。此一段都是空中樓閣。

合浦君有子,爲崑山縣學諭。學者愛之,皆言更前之爲教者數人,(焯夾)旁襯。未有如宋先生之德淳而氣和者也。(焯夾)應。推本其所自,固有以哉。(焯夾)歸頓。宋孺人之生辰,學者皆以爲宋先生賀也。(焯夾)映合。夫愛其人者必愛其人之親,愛其親者必願其壽考而康寧。已願而得之矣,其喜可知也。則昆之士樂爲孺人壽者,夫豈出於外哉! 於是請余序其所以然,而列書其賀者之姓名於左。

李太淑人八十壽序

(説評)將此等文反復看,便悟作文三昧。(麟評)純以情致成文,愈淡愈率而愈真,而味未始不極濃腴也。(焯評)壽在中丞殁後,故通篇俱從存殁發論。

李太淑人以子中丞貴,再受封誥。中丞奉使楚、蜀,太淑人就養荆州。問安視膳,朝夕不懈,雖一日出必告,荆州人稱之。會召還朝,留佐御史臺。尋予告歸,忽有安山之訃。太淑人治其喪,爲乞祭葬贈典,恩榮至矣。然獨以高年葬送其子,(焯夾)頓跌。中丞之没,不能無遺憾也。(焯夾)起脉處。其後六年,年八十,太淑人益康强,而顧淑人與諸孫共養愈謹,(焯夾)旁襯。則猶中丞之存也。(焯夾)四渡。將受賓姻之賀,太淑人獨戚然不怡,蓋降服損饍久矣,謝不肯當。而諸孫請之不已,女之婿管承時來告其誕辰在今二月九日。余方有邢州之役,已戒行,爲少留以爲太淑人壽。(焯夾)即爲義重作引。(焯眉)前半是叙壽,故從不能無憾轉出可以無憾。

余於中丞少親善也,中丞於交遊間獨奇余。(焯夾)伏義重,一層。余久困不得志,(焯夾)另是起脉處。中丞第進士,去爲大官,爲人言未嘗不推先之。(焯夾)二層。以余之謬,然或傳其文,用之以取科第,多陰用而陽毁之,亦或語不道,(焯夾)跌。唯中丞推賢於余。(焯夾)三層。(麟眉)洗發。古謂進賢受上賞,蔽賢蒙顯戮,孟氏謂蔽賢不祥,則中丞之爲大官固宜。(祖眉)語太着迹,"古謂"以下二十八字似可節去。昨歲過華亭,林少宰猶言往時李中丞鎮清源,過之相稱道語。(焯夾)四層。少宰固知予,尤以中丞言爲重。太淑人知余於其子平生交,所亟稱者也。(焯夾)接上四層。又少爲文會,往中丞家,飲食必豐潔,太淑人所手調也。(焯夾)加重四層。(麟眉)带入有法。余今得以升堂拜太淑人,義重於中丞之存日矣。(焯夾)收應上數層。(焯眉)後半是自序其作序之情義,故從存日之知己説到没後之義重,本一事而壽者與爲壽者兩面,議論若不相蒙也。蓋今日之壽,天之所以嗇於其子而豐於其母,中丞可以無憾。(焯夾)轉合起段頓跌一層,結脉處。(麟眉)始終感其文字相知。(焯眉)二句是挽結上半篇。

昔年梁上舍爲顧文康公夫人壽,請序於余。中丞在上舍所見之,謬賞云:"少保家得此文一篇多矣,何用餘文爲?"(祖眉)可見此文是震川得意之作。余不敢當此言。(麟眉)始終感其文字相知。今爲太淑人壽,念無中丞之賞,而衰老鈍拙,雖置之百篇之末且以爲不可,而通家故人之情則已獨至矣。(麟眉)結語情深。(焯眉)末一段又是申結下半篇。(説眉)妙筆。

(説評)往余懶爲文字,而同事或苦請作序記,間有立説者云:"若輩何苦覓寶雲作文,寶雲但道自家話耳。"此立説者真愛我矣,而於文章之道太憒憒也。

(祖評)拙樸見交情,然多率直處,恐良工之璞耳。

（偉評）壽序如此淡折固奇，作命婦壽序尤奇，逼真史公傳贊也。

許太孺人壽序

（説評）以作記爲文字眉目。（焯評）歸之嘉慶堂，顧爲之記，似不相涉，恰得顧《記》稱許氏，因及給事，並序到孺人之就養東住，再追叙許之壽母堂，歸爲之記，遂成天然章法。

予嘗論許氏二百年來爲崑山舊族，（焯夾）先立此句，是題根。昔我高大父以予初生之年作《高玄嘉慶堂》，顧太史九和爲之記，稱承事郎許鵬遠者，其弟鳳翔，即今吏科右給事中伯雲之曾祖也。兄弟皆以貲爲郎，家世豐饒。至給事起科第，官近侍，得推恩封其父母。而太孺人板輿畫鷁，之官就養，當世榮之。

先是，給事之祖奉其母，有壽母之堂。給事以故宅作新堂，仍其名，予嘗爲其堂記。至是二月二十三日誕辰，而明年則當七十之年。吾吴中之俗重壽誕，年至艾始爲壽。客爲文，具儀物，奉觴堂上，主人迎延，作樂歡宴，以是爲禮。自艾以往，則其禮每加，給事以此不敢菲也。

鄉進士王子敬與太孺人之孫上舍君爲新姻，且當計偕，懼及事而禮有闕，乃於今年先事修奉觴之敬，以祝太孺人七十之壽。（基眉）更俗。夫古者有祝皆先事也，於禮不亦善乎！令妻壽母萬有千歲，眉壽無有害，豈非古之先爲祝者乎！自今日以祝太孺人七十至於百年其可也。子敬之先君子與封給事同州公同里巷，相好也。嬉遊過從無虚日，雖風雨晨夕，一餐必相呼。（焯夾）又起波。蓋三十餘年前，太孺人能記憶也。今見其子與其孫又爲相好，奉觴爲壽，不以自喜乎！人世百年之内，追念往昔，可感者恒多，可以慰且喜者蓋少也。（焯夾）議論跌宕。舉太孺人之於今日所見無不可喜者，此人生之所難。而給事之能樂其志，尤不可及也。是爲序。（焯眉）以"相好"引出"自喜"，從"自喜"引出"樂其志"，此後段波瀾綫脉也。

（焯評）前半從歸與許生情，就作序者言也。後半從王與許生情，就祝壽者言也。

太倉州守孫侯母太夫人壽詩序

（祖評）此首在壽序中不失古文詞體裁，自是先生本色。

普安孫侯初爲令右扶風，扶風人爲生祠，立石頌其德，以最爲太倉州守。（焯夾）引。時海上用兵，兵屯戍絡繹其境以萬數，賦調加廣，歲仍饑饉。侯措畫有方，勞徠不倦。（焯夾）立案。民甚德之，江以南數千里間稱吏治之循良獨曰孫侯，無與比者。

侯始至之日奉其母太夫人以俱，州人皆知太夫人之生辰。其日，吏民大會，願爲太夫人壽。平時侯自奉其身，不以絲毫煩民，（焯夾）折。獨於是無所讓，取其所爲頌禱古文詞、歌詩者，悉受而庋置之，州人遂以爲侯誠有愛於此也。（焯夾）跌。逾年，又當太夫人之生辰，其爲古文辭、歌詩益盛。吾聞侯之在州務爲簡易廉静，於世俗之所侈大者一切不以爲意，顧獨以無用之虚詞煩州之人哉？（焯夾）又作折宕。侯蓋亦自喜其有庇於州之人，（焯夾）挽抱。知州之人無所致其愛而不忍距逆其意，（焯夾）此句開出後半議論。且以是爲足以爲太夫人榮也已。（焯夾）收合。夫古之君子爲民上，有父母之道，非以自尊奉，厲威嚴，日從事於文書法令而已。其實如家人之相與，饑寒疾苦無所不知，而悉爲之處。有患則與之同其戚，有喜則與之同其慶，其民之報之亦如是。(焯眉)仁者之言,亦醇儒之言。《豳》之詩曰:"朋酒斯饗,曰殺羔羊。躋彼公堂,稱彼兕觥,萬壽無疆。"當此之時,上下之間可謂歡然矣。今之爲古文辭、歌詩者,固以見州人忠厚之至,而侯之不距逆其意,其於州之人尤有情也。故嘗以爲,國家設官,具法令而已,而必選其人。夫以父母之道治其民,此豈法令之所及耶?蓋其意亦以此望之而已。若孫侯,豈非行古之道者哉!

太學上舍王君某,太倉衛人,知好文學,懼後人之軼其詞,乃裒爲卷而俾余叙之,時嘉靖四十年六月某日。(焯眉)反復咏嘆,含蓄無窮。

(此文從抄本,與刻本異。)

朱太夫人六十壽序

(説評)公集中此種文宜亟删。(雲評)此等文思澹而味腴,所謂太音不諧於衆人之耳。(焯評)自發論至結只"自得""不自釋"兩層意,而開合折宕,回環變换,極委曲之致。

宛陵進士朱應秀一松,其先君二峰先生嘉靖十三年歲貢。時朝廷行選貢法,故先生以壯年預選,蓋未及廷試而卒,遺夫人與稚子九歲至始孩者四人。夫人年方二十九,不御膏沐,矢志自衛,有《柏舟》之操;撫抱諸孤,長育成就,有《凱風》之劬。蓋又三十有一年,應秀登嘉靖四十四年進士,夫人於是年六十矣。

應秀與余既同第,又同冬官試政。每相見,若有所欲言而不能者。久之,乃以母氏之壽爲請。夫應秀之爲進士也,其亦有所自得乎?其有所不能自釋者乎?(焯夾)開出兩層議論,一賓一主。凡爲士,自初束髮,爲其父母即望其顯榮。應秀今已得之，足以慰母氏之志，夫豈有不自得者乎？

夫人父母無恙，生有膏澤之潤而行乎夷坦之塗，一日而得富貴，宜無不自得者。獨應秀思先人之早世，母氏之劬勞。《詩》曰："風雨淒淒，雞鳴喈喈。"又曰："風雨如晦，雞鳴不已。"**（祖眉）**震川引《詩》往往不類，此猶可以斷章取也。更前之所歷，戚戚有動於中，此其所以不能釋然也。**（焯夾）**主。而罔極之德何以報之？是以汲汲欲爲夫人之壽，又思得爲古文辭者傳述之。人見應秀之於此類若自得者，**（焯夾）**順跌。不知其求以解其不能釋然之懷者如此。**（焯夾）**正束。自此而往，應秀之仕日顯，夫人之壽日增，而不能釋然之懷當日甚。**（焯夾）**又倒跌。吾未知能有以解應秀者，姑謂世俗之望其顯榮者，今得之，或可以慰夫人而已矣。**（焯夾）**偏作反結，含味不盡。

李氏榮壽詩序

（説評）佳，當思其所以佳。**（夫評）**高潔典重之文，集中不可多得。**（虞評）**盡力放倒，淵茂深永。

余讀《王制》，觀虞、夏、商、周養老、燕饗食之禮，年紀之次，及深衣、燕衣、縞衣、玄衣之制，何其備也！至天子於太學，執醬而饋，執爵而酳，公卿奉杖，大夫進履，其隆重如此。**（經眉）**此禮習而不察久矣，不可不爲言之。故曰三代之盛王，未有遺年者也。年之貴於天下久矣，然而無爲壽者。**（焯夾）**爲壽一折。《豳詩》稱"躋彼公堂，稱彼兕觥，萬壽無疆"，自此而詩之稱壽不一，顧亦相祝頌之詞，如史之所稱爲壽者云耳，非以年之每進一紀，爲燕會以爲壽也。迨後世壽節慶賀始於朝廷而及於公卿，然爲文以稱其事者亦無之。**（焯夾）**爲文又一折。余嘗謂今之爲壽者，蓋不過謂其生於世幾何年耳。(焯夾)承爲壽。又或往往概其生平而書之,又類於家狀,其非古不足法也。(焯夾)總兩折束住。(基眉)然則此序何必做?

余居鄉,見吾郡風俗大率於五禮多闊略,(焯夾)從風俗之遍天下再作一折。而於壽誕獨重其禮,(焯夾)爲壽。而又多謁請文辭以誇大之,(焯夾)爲文。以爲吴俗侈靡特如此。(焯夾)吴俗一層,實。而至京師,則尤有甚焉。(焯夾)京師一層,虚。而余同年進士,天下之士皆會於此,至其俗皆然。(焯夾)天下一層,又實。雖余之拙於辭,諸公謬以爲能而請之不置,凡爲之者數十篇,而余終以爲非古不足法也。(焯夾)總二層,又束一句。雖然,亦以爲慰人子之情,姑可矣。(焯夾)只一句轉。

歲九月,余以選當外補最後,同年魏郡李巳子復,復以二親之壽爲請。蓋諸公之爲之詩者多矣,余獨爲其詩序,於其尊君與太孺人之潛德懿行,故未暇論。(焯夾)補出此句,以見通篇所以不實叙之故。(擇眉)始終不曾説本題一句,其傲如此。尊君,州學生,積學久次,將貢京師,年六十;太孺人年五十九。子復裒所得詩聯爲卷,因郵致之於其家云。

(夫評)一掃塵俗,卓然名家。

(鼒評、孫評)太僕壽文皆其不得已於請囑而爲之者,然自非元明雜家所爲及。

卷十三　壽序

吏部司務朱君壽序

（**説評**）公蓋以科目之文本不足憑，讀書萬峰一段亦有滄波浩渺間意。（**倫評**）先生亦借此發揮胸中之憤懣耳。

陳時子行之赴試也，其姑之夫吏部朱君實官南曹，亟稱子行之文。已而，果中魁選。子行不以有司之取者爲榮，而以君之知之者爲德。是年冬十月某日，君之誕辰，留都士大夫咸爲之壽，於是子行歸而乞言於予。

予昔讀書萬峰山中，萬峰蓋君之所以自號者。（**焯夾**）突起一波。其山下瞰具區，倚拔水際，西南七十二峰矗立於蒼波浩渺之間。中有高堂古木，橘柚千章，梅竹茶茗，崇岡連被。問之，知其爲君之圃，而頗訝主人之不來者幾年矣！（**焯夾**）跌起。（**擇眉**）諷得婉而摯。然留都曹務清簡，士大夫閉門高卧之外相與遊覽賦詩，又稱觴爲壽。（**焯夾**）此句只對説。此布衣野老之所樂者，（**焯夾**）轉合。而仕宦者兼而有之，其不亦多乎？此士大夫所以樂爲君壽者也。（**啓眉**）此段從南曹發議。（**焯眉**）此段是安頓士大夫爲壽句，何等俗事，看此一襯一轉，却何等高雅，此文心之所以妙也。

而予又有感於（**焯夾**）三字着意，蓋另是一番感慨也。子行之言。（啓眉）此段從亟稱子行文發議。夫科舉取士，不能不爲一定之品式，而亦非品式之所能拘也。（燦眉）收應事前之文。俗人僥倖於一日之獲，其於文義尚有不能知者，囂囂然自謂已能，欲以規繩天下豪傑之士，亦可耻矣。（焯眉）此段本應前知己之感發論，而其論却又高出一層，總不肯作尋常語耳。（擇眉）每言及此，必作憤詞，實見倖獲者之不堪，故不平由中而發。昔五代時張文寶知貢舉，所放進士，中書有覆落者，下學士院，作詩賦貢舉格。學士李懌曰："予少舉進士登科，蓋偶然耳。後生可畏，來者未可量。假令予復就試禮部，未必不落第，安能與英俊爲準格?"聞者多其知體。歐陽永叔特以此一事爲懌立傳。今君之於子行，要爲有得於歐陽子之所云者。（擇眉）故引極相反事以嘲其言之偶中。予故特書之，且以爲壽。

同州通判許半齋壽序

（説評）無味。（麟評）少高論，少異致。

予居鄉無事，好從長老問邑中族姓。能世其家業、傳子孫至六七世者，殆不能十數。世其家業、傳子孫綿延不絶，又能光大之者，十無三四焉。

若許氏之世，吾能言之。自其先諱慶暘者從嘉定稍徙至崑山，實生文衡，文衡之子曰德芳，比再世以勤嗇致富，而子弟皆知修學好禮。其子鵬遠以賑饑出粟，授承事郎，而從子鴻高由太學上舍歷官平定州同知。承事生思耐翁，爲京所吏目。而同州君則思耐翁之子也，亦自上舍選倅名州，致政家居。久之，而其子伯雲以進士釋褐，爲分宜令，方著聲迹，有遠大之期。蓋自國初至於今，許氏之居於鄉者其名可數，耕有田，藝有圃，居有屋廬；其老者，鄉里社會，飲酒伏臘，未嘗不在。享承平之福者垂百年，而得大發於伯雲。所謂能世其家業、光而大之者，非耶？（**説眉**）入路明白。（**雲眉**）提頓呼吸，筆力盤喬。

同州君爲人倜儻，善自娱戲，官古馮翊、西華之地，然不能爲吏繩束。一旦拂衣歸，從布衣野老，陸博投壺，擁女子，鼓琴鳴瑟，酣宴竟日。自伯雲不爲官時，常自樂也，然今之時與許氏之上世異矣。使伯雲不爲官，寧能使其親保有其樂耶？同州君雖善自娱，非其子之爲官，寧終能有以自樂耶？鄉人是以爲君榮，而以伯雲爲能養志也。（**雲眉**）宕漾而蘊藉，盛衰升降、貧富貴賤之説窮焉。（**倫眉**）極感慨淋漓之至，此可以觀世風也。

嘉靖丙辰月日爲君之誕辰，蓋甲子一週矣。時伯雲自分宜入覲。予與同縣之士試於南宫者若而人，與伯雲俱會於闕下。比覲罷還，而伯雲亦以便道歸省。衆謂予不可無紀，而沈成甫、戴與政來致其請。予謂吾等方從君有鄉社之樂，而伯雲回首有白雲之感。既爲之賀，因稱養志之義以慰之云。

龔裕州壽序

（**説評**）無味，公哪有此文？

孔子曰："仁者壽。"夫仁者豈能必壽哉？以其能静而得壽之理也。人生百年，以區區之形日與外物爲角，夫苟役役然馳騁眩騖於富貴之途，以其所輕累其所重，若是者，雖至黄耇，其道促矣。夫苟不役役然馳騁眩騖於富貴之途，以其所輕累其所重，若是者，雖不至黄耇，其道長矣。（**倫眉**）此漆園吏之所以嘆也。（**焯眉**）道促道長之説善矣，顧其所謂"重者"，未知何指耳。

龔先生受命守裕州，有大夫之秩；家富田宅，有封侯之奉。

銀朱黼繢之華，未始異於世，而得園、綺之高焉。温淳甘旨，腥醲肥厚之養，未始異於世，而得松、喬之適焉。環湖而居，魚鳥上下，田夫野老，歌呼而笑傲，當郡邑喧囂之間而得武陵桃源之趣焉，先生其不役役者歟！（説眉）哪入此等惡趣！（陶夾）此無他，静故也，而壽之理在其中矣。君子之論人取其近，先生其得仁者静而壽之理歟！

予之内弟温甫與先生世通姻好，來請予文爲祝。予嘗論今世有所謂壽文者，非古之制，不過謂生於世幾何年耳，奚以文爲？至論先生，乃可以著之於文而爲壽者也，書以歸之。

（陶評）此係爲壽套詞，而調自高簡不俗。

徐封君七十壽序

（啓評）因子言而識東樓翁，所謂"遊其父子之間，相知之素也"。以是爲文，即以是爲文之段落，杜詩"一雙瀏鶩對浮沉"，可以擬其文境。（焯評）通篇以福、德兩層意間錯成文，而福字一層意顯，德字一層意隱，以其有不可顯言者也，細體味之自見。

余往來嘉定，與其賢者遊，（焯夾）伏"德"字。而識子言，於是時固已奇其文，（焯夾）此句另爲結處伏案。每言之於人。因遂識東樓翁，慷慨樂易人也。已而子言舉京兆，計偕北上，翁實携之以行。余時遇於彭城，遂於僦車共茵而載，歷齊、魯、燕、趙二千餘里，走風雪塵埃中，歡然忘其行役之疲。余蓋察知翁父子有福德，享富貴者也。（焯夾）伏"未艾。"

其後子言登第，以天官屬直内閣，尋改大宗伯屬，領祠事。余至京師，每見輒嘆其議論之進。（焯夾）"賢"字接脉處。是時天子隆郊祀之禮，子言殆所謂"侍祠神語，能究觀方士祠官之説"

者矣。(**説眉**)曲折如怪松。(**焯夾**)微詞。至語及其職事,未嘗不有志於古之守道以守官者也。(**焯夾**)此句是"賢"字用意緊要處。而東樓翁居家,日治園圃亭榭,與士大夫飲酒爲樂。子言間迎至京師,則諸公貴人日來歡宴,退而莫不嘆翁之賢,而又稱其有子。已又得誥命推封,既貴顯矣。(**焯眉**)以上"福""德"兩層隱隱並列,到此處暗從"德"字一層折入"福"字。然子言在部曹,鬱有清望,議者以爲蘭臺秘閣之選。頃以外補爲郡,莫不惜之！會東樓翁方七十,子言將之荆州,過家上壽,以余游其父子間相知之素,屬使爲序。

夫予知子言有不釋然於此行者矣！然以方剛之年,出粉署爲二千石,得歸榮其親,於人子之願殆未易得也。吴中士大夫登朝者不爲不盛,然能逭禄養,少矣！已逭禄養而至大官益少。今惟長洲錢工部德徵位至九列,海虞嚴學士敏卿爲館閣,而二公之親皆康强無恙,得封如其子之官。此不獨吴中所無,而世亦未之多見。今以子言之年與其才望,名位豈在二公之後?(**焯眉**)此又鈎轉德字一層,煞出福字。余以是知東樓翁之福禄蓋未艾也。子言能自馳騁於文辭,其於江山故宅、雲雨荒臺之間必能追蹤屈、宋而上之,爲《南陔》《白華》之篇以抒其仁孝之心。(**焯眉**)仁孝之心隐然與守道、守官對峙,此文章大頭腦處。余之朽拙何能爲役?(**夫眉**)震川生平爲文與王弇州相抵牾,此種手筆何爲乎來哉?更有不及弇州處。猥以斯序見屬,愧而不敢辭云。(**倫眉**)甚矣,人子之能逭禄養爲甚難也。閲此,余亦黯然抱痛。(**啓眉**)以屬序收。

(**夫評**)爲新安富賈作文是大苦事。

甯封君八十壽序

(説評)真封君之文。(啓評)從舉子進士生情,便通體只就舉子進士著筆,並不雜一句閑話,而行墨間烟雲萬狀,真有氣蒸雲夢之觀。(鼐評、孫評)即叙其鄙陋之情以爲文,而言外有遠致。

凡同舉於鄉及同舉於南宫者皆有兄弟之好,其喜而爲之相慶固宜。况爲其親者則猶吾親也,推敬老之義,夫人皆近於親,而况於爲吾兄弟之親乎?嘉靖乙丑,天下士對策於皇極殿前,同賜第者三百九十有四人,而廣德甯鈳大受之尊府於是年年八十。諸同年會於大受之邸,遥致其祝。蓋吾同榜之爲其親壽者自大受之尊府始。

今制,舉於鄉與進士未及一等耳,而世以進士爲榮;未第於南宫,儽然猶諸生也。不特人之情爲然,雖其父母之情亦然。大受之尊府翁於前是科以其數試不第,亦已厭其爲舉子矣。臨行,戒之就選。是年大受落第,而銓部頗通乞請,大受不欲也,復以舉子還。翁殊不喜,曰:“吾春秋高,汝雖不爲進士,且得一官,烏紗角帶以歸,吾即瞑目。但見子之爲官,不以子爲舉子也;即他日爲進士,吾瞑目後,但知子爲舉子,不知子爲進士也。”(説眉)直書其事,亦以見甯老之無志,無志則爲進士,封君亦封君耳。須見作文者言表之旨。大受受教,局蹐不知所爲。

今年大受登第,而翁適及耄年,可謂能見子之爲進士矣。以翁之情如此,則大受所以自欣慰者何如?諸同年之所以爲賀者其容已乎?翁天性孝友,倜儻有大略,鄉里敬服之。有紛争者,就之一言而决,退莫不帖然。嘗爲大第,燬於火,又爲之,加大。亦非世之没溺於名利者,即其欲子之爲官,蓋其爲人風概如此。(擇眉)"風概"二字可發一笑。因爲序之,使之持至廣德以爲翁壽,翁又見諸進士爲翁壽而喜也。(擇眉)恶甚。(啓眉)分外之巧。

白庵程翁八十壽序

(年評)壽新安大賈,文偏能如此瀟灑,無肥牛大□氣。(雲評)此等非先生應酬不經意之文,據几疾書,淋漓滿紙,所謂心忘其手、手忘筆者。

新安程君少而客於吴,吴之士大夫皆喜與之遊。(啓眉)古人文不但篇中構撰之語無一字浪下,即人名稱謂之間亦各有宜,當不苟説也。如韓愈一人耳,裴度與李翱書則曰"昌黎韓愈";翱與陸傪書則云"吾友韓愈";趙德爲其文序,擬爲聖人之徒,則直曰"昌黎公";而柳子《送僧浩初序》則特變其文曰"儒者韓退之"。凡此皆有不可移易之妙,亂用即非。如此文,起句不曰"白庵程君",而曰"新安程君",亦其例也。都太僕先生愛其淳樸,題其所居曰白庵。君在吴既久,吴人益信愛之,無貴賤稱白庵云。今年八十,其子永絺、永約,孫應春,迎君還蓀田,將聚族而爲君壽。(啓眉)古人作文一字未嘗苟下,且可以得其變化從心,所謂觸石膚寸、不崇朝而雨遍天下之妙。如此文"聚族"二字便開出後半如此一大段文字,若他人必曰:"聚族二字亦恒語,不問何題,吾且隨手漫用之耳。"婿吴君某曰:"吾翁千里而歸,不得文以行,非所以將順翁之意,則黄山、靈嶺亦笑我矣。"(鼒眉)俗狀。於是謁予,請所以爲壽之辭。

古者四民異業,至於後世,而士與農、商常相混。今新安多大族,而其地在山谷之間,無平原曠野可爲耕田,故雖士大夫之家皆以畜賈遊於四方。倚頓之鹽,烏倮之畜,竹木之饒,珠璣、犀象、瑇瑁、果布之珍，下至賣槳販脂之業，天下都會所在，連屋列肆，乘堅策肥，被綺縠，擁趙女，鳴琴跕屣，多新安之人也。程氏由洺水而徙，自晋太守梁忠壯公以來世不乏人。子孫繁衍，散居海寧、黟、歙間，無慮數千家，並以詩、書爲業。君豈非所謂士而商者歟？然君爲人恂恂慕義無窮，所至樂與士大夫交，豈非所謂商而士者歟？（**陶夾**）應上相混。

君今行矣，於是與其妻子、兄弟若族之人，與夫親知故舊，論説生平，其所歷天下名山大川、大都之會有幾；其所見四方賢公卿大夫、名人才士有幾；遁世長往、懷道藴術之士有幾；生長休明全盛之日，迄今百年，風俗世道之升降，上自朝廷，下至田野，耳目之所見聞，其變有幾；屈指百年之内，中間與其妻子、兄弟若族之人，與夫親知、故舊相見之日有幾也，其亦有所感也！（**擇眉**）固是諷詞，亦是實語。（**陶夾**）"白頭宫女在，閑坐説元宗"，絶世文情，却只用一筆寫出。夫少而遊，老而休，於是得與其妻子、兄弟若族之人與夫親知、故舊、相與，相見而飲飫，其喜可知也已。則夫爲其妻子、兄弟若族之人與夫親知故舊，其喜又可知也已。

（**燦評**）本《貨殖傳》。

（**鼒評、孫評**）用成語太多，亦古人所無。

（**夫評**）爲新安富賈作文，是大苦事。

（**陶評**）奇宕類大蘇筆法，與上篇又别。凡此皆應俗之文，而俗手自不能到，故録之以爲世則。

張曾庵七十壽序

世之論人壽以百年爲限，然修短之數得之於天，不可以齊。得數之長者，百歲爲老矣，彭祖之百歲豈非嬰稚之時耶？得數之短者，歲月爲稚矣，殤子之歲月豈非垂老之時耶？

予畸窮於世，故嘗居閭里間，從先生長者遊，自少識張曾庵先生。白皙而豐頤，美鬚髯，蓋先生是時年已五十，容甚少也。又十年，先生六十，其氣完，其容無異於初見之時，不知十年之加也。今年，先生年七十，亦無耉老之色，其美鬚髯，髮漆黑，自若也。（**基眉**）無味。先生未嘗知世所謂服食煉形之法而得數之長如此，則今之七十者亦猶嬰稚之時耶！

吾吴中之俗尤重生辰，自五十以往，當其生辰即爲壽。前年先生猶爲博士弟子，激昂蹈厲，諸少年莫敢攖其鋒。雖諸少年亦以爲先生少，故無爲先生壽者。今先生忽自謝其博士而老於家，其高第弟子某乃往爲先生壽。壽已，則相與求予之一言以序其事。噫！子之先生未可以壽也。子之先生讀聖人之書，自以爲得其藴，每酒酣，輒爲人説書意，掀髯指畫，左右顧視，旁若無人，當世宿學莫能難也。與人交，洞見底裏，規人之過至於泣下，豈非所謂直道君子者哉！

往予至京師，見有衣玉帶、乘白馬黄金絡，前後呵擁，其人白皙豐頤，美鬚髯，儼然子之先生也。嘆曰："何其類吾鄉之張子也？（**説眉**）此等遠引，非其得周秦古文法脉者不能下一字。（**擇眉**）此戲也，非諷也。張子六舉於鄉，而今猶布褐而趨於博士之庭。雖然，今十餘年矣，不知其人果安在？而子之先生所自得者何如也？吾又安能舍子之先生而羡彼爲哉？"（**啓眉**）此段文虞山嘗述之以爲歸文休壽，見《初學集》中。文休，震川孫也。皆曰："善，請遂書之，繼自今歲歲爲先生壽，必誦子之言矣。"

晋其大六十壽序

（説評）文章元氣猶在。（祖評）徵引雜沓，初看似不辭，然細玩之，其辭有哀焉，固先生所云顛倒不能成字也。此文舊選乙之，今復録入集中，以其是作者真面目、真性情，非牽率應酬比也。（焯評）愛之而欲其生，是爲壽正意，因以愛之而不能使其生自傷，是文情寄託處。

孔子曰："愛之欲其生，惑也。"愛而惑焉，而欲其生，惑也；愛而不惑焉，而欲其生，情也。"吉蠲爲饎，是用孝享。禴祠蒸嘗，于公先王。君曰卜爾，萬壽無疆"。非欲其萬壽耶？"我非敢勤，惟恭奉幣。用供王能，祈天永命"。（夫眉）腐而迂。非欲其祈天永命耶？此愛之而欲其生者也。然古之人無有以虚辭説人者。（元眉）恰有此轉法。人之所欲，天必應之。"曰予攸好德，汝則錫之福"。富貴、壽考、康寧，天也。人皆歸之於天，箕子獨以爲人之所錫。固以冥冥之中，茫茫之表，無所謂天者。人貴之則貴，人富之則富，人欲其壽考、康寧，則壽考、康寧，此祈天永命、萬壽無疆之説也。箕子之言天精矣。（祖眉）大悖經旨，震川不深於經，往往有此臆説。武王夢帝與之九齡，文王曰："古者謂年爲齡，齒亦齡也。我百，爾九十，我與汝三焉。"武王之壽，文王之所錫也。（焯夾）証上锡字，却别有關係。（元眉）恰有此佐証。（夫眉）用筆頗拙。（啓眉）此段議論是震川獨得之見，詳首卷《洪範》。蓋自漢唐以來至宋元諸大儒，以《尚書》名家者從未及此，而震川獨於此有以得夫箕子之心。至於晋君之壽，其子婿皆來請序，適有感於孔子"愛之欲其生"一語，而又當喪子之後，恨與齡之無術，遂舉平日之所得於《洪範》者並《詩》《禮》所載，不覺連類而極言之，其文勢比他作亦倍加洶湧。蓋是歸震川嘉靖己酉中應晋君子婿二人之請，爲晋君壽者,非他人所可借而昧者。乃或竊取其語以入他文,余故爲論之如此。

晋君年六十,予之仲弟爲君之子婿,而君之子日亨以姨之子從予學,皆來請予爲壽。夫欲君之生者多矣,不若君之婿。雖然,又不若君之子,以君之子壽君,君其有不益壽者乎?予有愛子之戚,方與日亨論《洪範》之義,以文王能與武王之壽,厚自責以爲不慈之極,故以孝子期日亨,必能壽君也已。(**説眉**)此數句如湘江之雲,空靈杳渺,若驟讀過之,只是請文字套話耳。文字果不易爲,亦果不易讀。(**元眉**)以哭子之時而壽人之親,即哭子便是生發。前路特作遠勢以赴之。解得此法,尺水可興波也。(**焯眉**)通篇情意關合處在此。(**基眉**)此真無語。

抑予少有四方之志,既年長,無用於世。常欲與親知故舊,歲時伏臘,問遺往還,(**焯夾**)數句對爲壽本面説。飲酒社會,務盡其歡,康强壽考皆在百歲之外,父子兄弟白首相追隨,(**焯夾**)二句對自傷一面説。爲太平之不遇人。(**焯眉**)所謂生人之樂也。而邇來屏迹荒江,足不履户外,田夫野老罕見其面。(**焯夾**)反應往還盡歡。君與予有連,亦曠歲不見。忽忽不意君便爲六十歲人也。君壽宜賀,而予精神恍然,髡彼兩髦,(**擇眉**)两髦乃父母俱存之制,蓋少壯時也,似誤用。泛泛其景,(**焯夾**)反應白首追隨。益不復知有生人之樂矣。(**焯夾**)生事反結。既勉强爲日亨書之,又爲謝所以不能往賀之意。(**祖眉**)此段却娓娓入情,當知前半皆感憤無聊之辭也。

(**説評**)沈痛如魯公祭侄文書法。

(**元評**)立論雖屬寄託,然却有至理,非深於經學者焉能及此!

濬甫魏君五十壽序

（説評）好首、好腹、好尾。（啓評）間架峻整，而情味特濃，興寄復遠，讀之慨然。（祖評）諸序中之最佳者。

余始爲魏氏諸倩，而濬甫年小於予。時尚垂髫，見余，握手甚親。（啓夾）最親。及濬甫自真義遊學城中，時時來過其女兄，即留飲，相歡也。當是時，恭簡公家居講道，四方學者多聚星溪之上。公於其家子弟尤所屬意，而吾舅光禄公闢家塾，延致名儒。濬甫遵矩矱無所失，（啓夾）知之深。而於進士之業皆能工習。濬甫升太學，一再試秋闈見罷，遂不復往，而獨顓教其子。今二子學皆已成，庶幾可以紹恭簡公之業。濬甫年未至而輒已，余嘗嘆惜之。

明年爲嘉靖四十一年，濬甫年五十，以正月二日爲初度之辰。其子婿沈堯俞以余計偕北上，（偉眉）即以"計偕北上"生波。先期請余文爲壽，至期張設之，蓋以余最親，又知之深也。然余見濬甫之少，又見其子之成立，又老而爲壽，而吾舅姑與濬甫之女兄已隔異世，則余之所感多矣。（啓眉）"所感"二字開下半篇。度濬甫華堂燕坐，子倩奉觴，賓朋雜沓，笙歌滿耳。則余方孤舟栖泊於江、淮之間，自此蒙霧露，凌霜雪，又三千里。持空然無有之軀，欲以獻吾君，豈不愧濬甫？而欲爲濬甫可得耶？（燦眉）即於"北上"生此一段助色。（焯眉）中間一段叙爲壽正面，先回抱題，前兩層作一番感慨；再承"至期張設"與"計諧北上"，兩面情景對寫，又作一番感慨，情致遂極淋漓跌宕。（説眉）世喜作酬應之文，將此等文一日百迴看過，十年許方可爲文。（陶夾）即從計偕上生出情文。

古者"五十曰艾，服官政"，又十年，始爵命爲大夫，則士之效用於世、任天下之事者適濬甫之年。而濬甫苟自安逸，非恭簡公之教。漢李固薦樊英、黄瓊云:"一日朝會,見諸侍中並年少,無一宿儒可備顧問。"則老成之人實國家之所須,重年少而忽耆老,豈世道之福耶?余以是惜濬甫之自止,而又以嘆余之無所用而不知止也。是爲序。(**焯眉**)中段文情妙矣,而義理不甚高。後段竿頭再進,使地步闊遠,立言之體然也。

(**夫評**)所載壽序多不佳。

(**祖評**)筆筆曲妙,在淡而有情。

(**陶評**)微婉頓挫,文情絶佳。

周秋汀八十壽序

(**説評**)此文宜删。(**啓評**)物各有分,侵之則夭,順之則壽。故安其分則百疾不作,雖朝菌蟪蛄未嘗不壽。苟戕以斧斤,雖大椿以五百歲爲春秋,亦終爲夭死耳。蓋物短者不能强之使長,長者却可促之使短。故能順而無害,乃可以言壽,此莊生之旨也。(**盛百二評**)不立乎巖墻之下,修身以俟之,雖顔子之三十二歲不失爲考終,此吾儒存順復寧之精意也。莊子專就此發揮,非能别出一義。

吾崑秋汀周先生今年壽八十,鄉大夫士多爲歌詩文章祝之。先生之子通判君設廣席,大會賓客。余輩九人者辱交先生父子間,得坐下坐,目瞻盛舉,心竊慕之。

客有洗爵壽先生者,問曰:"先生之壽有道乎?"先生曰:"有。老子曰:'逸則壽。'又曰:'知足之足,常足。'(**倫眉**)"知足之足,常足。"《老子註》云:"人皆有至足者,能知至足之足,則無所不足矣。"蓋造化鈞畀萬物,小大厚薄,各有品限。故安其分則心泰,泰則百疾不作,故壽。愚者弗察,覬覦生焉,得失觸焉,心擾而害隨之,惡乎壽?故吾見人之富,不多其財,而薄田敝廬足於陶朱;見人之貴,不侈其爵,而青氈絳帳榮於金紫;見人有時名,不高其聞,而陶情詩酒,放懷歌舞,老焉益壯,若得終身。吾不知有餘在人、不足在我,嬉嬉然若與得意者等。吾之壽或者在此乎?”客未對,余笑曰:“達哉,先生之論也! 其有得於莊子逍遥之旨乎哉! 其曰大鵬萬里,鷦鷯一枝,各適其適,不相企慕,則羨欲之累可以絶,累絶則悲去,悲去則性命安。是故壽於人則爲彭祖,壽於物則爲大椿。達者能得之,則先生其人也。今而後呼先生爲逍遥公,可乎?”(**倫眉**)有至味存焉。先生聞之喜,卒爵而歌,頹然就醉。

余因拾問答之辭,合而爲序。

周翁七十壽序

(**説評**)奇文。(**啓評**)震川文其大意總在落墨一兩行間,後只從此而紬繹之耳。此文亦只盡於開端三十字,如此起則中後自合作如此布局、如此命意,必不可移。

周翁,予弟子建之内祖也。歲己亥,翁年七十,十月某日爲其生辰。子建傳其舅之意,請予爲序。

翁之先自嘉定白鶴村徙居崑山之蔡婆渡,其族之貴者曰僉憲君,别居城中,人猶呼僉憲爲渡船周家云。翁饒於貲,中更官府科徭,能勤苦自力,凡再殖。其家自上世高曾以來率不逾下壽,翁得年如此而未艾,非意之所望,此其子孫姻戚所以尤慶之深也。

予爲序之云爾,(**説眉**)妙在“予爲序之云爾”六字,司馬遷方能爲之。(**啓眉**)用意固在後半,然只叙事處已非他賢所能及,看他不滿百字,而其人之世系、履歷已無不該,又無過實之語,欲再減削又不能。若他人要到此地位,不知費幾許錘煉之功矣。此只信筆寫去,意盡便止，又絶不露筋骨，豈非神勇！因與子建論，以爲壽者，人子之所欲得之於其親，不待形之言，而古之人無有以爲文者。至於詩人祝頌之語，始曰眉壽、曰壽考、曰萬年、曰萬壽云者，亦因其德之所取，而致其愛慕無已之情，無有專以爲壽之文者也，（啓眉）唐侯喜有德宗皇帝降誕節獻壽文一篇，載《唐文粹》三十一卷。壽節慶賀始於唐，爲文稱壽亦始於唐，但其時士大夫家未有行此禮者。北宋時，士大夫爲壽往往以儷語作序，綴今體詩一篇，謂之致語。元時始有壽讌之序，至明乃有帳詞，或直仿贈送文爲序。宋之季年始以詩詞儷語相投贈。（啓眉）宋人集中所謂致語者是也。先有詩，復有壽序。及今世更益以所謂序者，計其所述，不過謂其生於世幾年，而至累數百言不止，不知此何用者也？而壽者之家其又必須此，不得，不以爲樂也，豈真有求於古之文哉？以是爲古文而已矣，凡今世之務侈其名而不要於理多此類。（夫眉）遠。子建志乎古者，予是以及之。（啓眉）作古文無論古心古道，即就文氣而論，亦須有古義，試讀此二句，覺得喉間磅礴否？蓋予之序可無作，而予言不可廢也。（啓眉）能發此種議論者方謂之古文，要之，所慨多矣，是豈獨壽文一事哉！（焯眉）即以不必作序爲序，古人文字往往有此一種。

（夫評）贊周翁處少，述與其弟語多。

（啓評）作三段序事，筆致老潔無枝。細讀之，一字一句都不可增減，此所謂煉丹成黍粒之候也。

戴素庵先生七十壽序

（雲評）竟體無一閑筆，文之密不在班孟堅之下。（夫評）述情道舊之文。

戴素庵先生與吾父同入學官爲弟子員，（陶夾）前後以其父伴講。同爲增廣生，年相次也，皆以明經工於進士之業，數試京闈不得第。予之爲弟子員也，於班行中見先生輩數人，凝然古貌，行坐不敢與之列，有問則拱以對。先生輩亦偃然自處，無不敢當之色。會予以貢入太學，而先生猶爲弟子員。又數年，乃與吾父同謁告而歸也。（**倫眉**）叙次處宛然如覩前輩儀型。

先生家在某所，渡婁江而北，有陂湖之勝，裕洲太守龔西野之居在焉。（**説眉**）入西野一段宕甚。（**陶夾**）中間又請一客。裕州與先生爲内外昆弟，然友愛無異親昆弟，一日無先生，食不甘，寢不安也。先生嘗遘危疾，西野行坐視先生而哭之，疾竟以愈，（**焯夾**）反襯壽字。日相從飲酒爲歡。（**倫眉**）裕州太守亦難得。蓋龔氏之居枕傀儡蕩，遡蕩而北，重湖相襲，汗漫沉浸，雲樹圍映，乍合乍開，不可窮際，武陵桃源無以過之。西野既解纓組之累，先生亦釋弦誦之負，相得於江湖之外，真可謂肥遯者矣。其後西野既逝，先生落然無所向，然其子上舍君猶嚴子弟之禮，事先生如父在時。（**倫眉**）裕州子更難得。故先生雖家塘南，而常遊湖上爲多。（**麟眉**）作素庵壽序，却細説西野友愛，已是奇絶。此文細寫龔氏之居，文心幽渺至此。

今年，先生七十。吾族祖某，先生之子婿也，命予以文，爲言先生平生甚詳，然皆予之素所知者也。因念往時在鄉校中，先生與家君已追道前輩事，今又數年，不能復如先生之時矣。俗日益薄，其間有能如龔裕州之與先生乎？而後知先生潛深伏隩，怡然湖水之濱，年壽烏得而不永也？（**焯夾**）可知中一段專爲結束句，非閑序也。先生長子某今爲學生，而餘子皆向學，不墜其教云。（**麟眉**）收應首段，忽與中段拍合，結構神化，不可端倪。（**倫眉**）讀此序令人追想，尤令人感慨。

（**夫評**）總從歐出。

(祖評)收筆滅去痕迹,最可法。

(陶評)中間寫次如畫,前後寄慨尤深。

張翁八十壽序

(説評)篇中"居崑山之大慈"爲江流發源,"范文正公"下一段文瀾極奇宕。

張翁居崑山之大慈,(焯眉)先叙大慈。予嘗自安亭入郡,數經其地,有雙洋蕩,多美田。翁以力耕致饒足,而兄弟友愛,不肯析居殖私財。時時入城從縉紳先生游,樂飲連日夜而後歸,士大夫愛尚其風流。其伯子子振事翁尤謹。嘉靖三十五年正月二十七日,翁生之月日也。於是年八十,子振將爲宴會,召其親戚故人以爲翁壽。而予友盛徵伯、任允恭游翁父子間,子振因二君請予文序之。

予嘗論士大夫不講於譜牒,而閭閻之子一日而富貴,自相誇尚,以爲門閥,吾吴中無百年之家久矣!(鼒眉)文義不貫,恐有闕誤。崑山車溪之張氏,(焯眉)追叙車溪。其源甚遠,予家有故牒,譜其世次。而范文正公爲當世名臣宰相家,然自監獄公以下,相爲婚姻者凡十有四人,而與宋宗室婚者一人,其科第仕宦不絶於世,亦往往爲神以食於其土。自宋皇慶間始占名數於崑山,至於國朝天順、成化之間,幾二十餘世,四百年而不改其舊。故承事郎夏公娶於張,爲夏太常之冢婦,實生吾祖母,予少時猶及聞張氏之盛也。

蓋至於今,而車溪之張日以浸微,而翁始居大慈,(焯眉)挽轉大慈。豈所謂"有嬀之後,將育於姜"者,(祖眉)如此引經,可云不類。類有數耶?予每至車溪,停舟而問之,百圍之木,數頃之宅，里人猶能指其處焉。若翁者，人亦不復知其車溪之張氏矣。(焯眉)又聯合車溪、大慈。予以故家大族德厚源遠，能自振於式微之後，又以吾祖母之外家尚有存者，而喜翁之壽而康也，故不辭而序之。(畇眉)感慨情深，壽文變調。(夫眉)此等話頭多不佳。

孫君六十壽序

孫君以弘治七年甲寅十月十二日爲誕生之辰，嘉靖三十四年乙卯，於是年六十矣。其子某爲徐氏婿，徐某方受學於予，爲言其子之意，以爲飲酒宴會未足以爲親歡，必求予之文。(啓眉)以"文"字作骨。

予謂文者，道事實而已，其義可述而言足以爲教，是以君子志之。(焯眉)凡爲文者試諷此言。若君之壽，使書之云生於世幾何年，可乎？從而頌禱之曰耆老、曰耄、曰耋、曰期頤，可乎？生於世幾何年，是人之所同也。自七十至於百年，是人之所常有也。雖然，君子之爲情也近，使其父母生於世幾何年，自七十至於百年，不亦爲人子者之所樂耶？(啓夾)又生出一"樂"字。《豳風》之詩，周公爲其君稱先王之業，而道其豳國風土之舊。(啓夾)展拓。其言不過耒耜蠶桑、治田墐户、食瓜斷壺、獻羔祭韭之微，皆今世田野里俗之事。又曰："十月獲稻，爲此春酒，以介眉壽。"又曰："曰殺羔羊，躋彼公堂。稱彼兕觥，萬壽無疆。"當十月歲將暮之日，不過爲酒以介眉壽，殺羔羊以稱其無疆之壽而已。(姚鼐)發議必與其人其事相肖。古之人其相與樂也，以壽爲祝，蓋使天下樂生而不厭，此太平之美事也。(侗眉)如此生波，幾於絶迹天行地，而文乃濃至沉著如此，豈非神勇！(鼐眉)此有陳古刺今之指。

孫君自崑山稍徙郡城,頗以畜賈致富。天下承平歲久,賦繁役重,吴人以有田業,累足屏息。君能超然去其故,而即其所以爲安者,故能及時以爲樂。所居在闤闠都會之地,而其子方儒服而從縉紳士大夫遊,較之史所稱鄒魯之士去文學而趨利者異焉,是則可書也已。(啓眉)可書者,義可述而言足爲教也。仍收到文字上去,與篇首求文語自然相應。震川文極浩瀚,却無一漫衍旁出之詞。某又言君之孝友,父殁後,嫁其孤姊妹三人,諸所爲多厚德。以方論君壽,事不盡述云。

(説評)今酬應答人之文必用君之孝友作一大支便俗,作文須辨此等輕重,關心術人品不小。

(燦評)此爲壽序之體。

楊漸齋壽序

(説評)尚有氣魄。(麟評)痛快,文筆筆渟蓄有餘味,此先生之長也。

國家制州縣之官,皆親民之職,所以宣布天子惠養元元之意。其取之不一途,而選授必以才,要使之人人自盡其力,固不以其不任而苟試之也。

自進士之科重,而天下之官不得其平矣。夫委之以任而責其成,當論其人之才不才與其事之治不治,不當問其進士非進士也。而今世則不然,非有朝廷顯然一定之命,而上下相習以爲是當然者,非一日也。(麟眉)快絶。天子重念遠方之民,歲遣御史按行天下,以周知其吏之賢否。而御史所至,汲汲於問其官之所自。苟不肖也,進士也,必其所改容而禮貌之,必其所列狀而薦舉之也,而銓曹之陟者恒於是。既而罪迹暴著,而加之罪罰矣，猶若難之。苟賢也，非進士也，必非其所改容而禮貌之，必非其所列狀而薦舉之也，而銓曹之黜者恒於是。既而功顯實著，而加之賞矣，猶若難之。是以暴吏恣睢於民上，莫能誰何。而豪傑之士一不出於此途，則終身俛首，無自奮之志。間有卓然不顧於流俗，欲少行其意，不勝其排沮屈抑，逡巡而去者多矣。**（説眉）**蹊徑平，無甚幽渺可誦處。**（麟眉）**筆妙。**（雲眉）**縈紆鬱悶，言之累噓。

吾邑楊漸齋先生以鄉進士選調台州府推官，先生之考平陽君號爲有風烈。而先生承家學，少有令名。以先生之才，宜不出於他人之下，其於理冤釋滯寧有不盡其心者？而一與御史不合，曾不得少安其位也。雖然，於先生何愧？先生今老於安亭，年已七十。**（麟眉）**入得敏妙。賦詩飲酒，與田夫野老相追逐，其樂豈有涯也？余獨惜夫天下常有遺才，而習於所偏重者不覺其弊，皆以爲是當然而莫知所以救之，豈非世之君子之責哉？**（麟眉）**收歸本旨，一氣卷舒如意。**（啓眉）**所慨原不爲楊。

先生以八月八日爲誕辰，予弟有尚，先生之外孫婿也，來索此文。予之曾大父與平陽君同年交好，而予於先生亦在姻婭之末，不得以不文辭。然不敢爲漫衍卑諂之談，以爲世俗之文非所以事先生也。**（説眉）**結可感。

（坰評）壽序中感慨時事，極高雅。

六母舅後江周翁壽序

（説評）可爲親戚文字之準，無一字可上世間錦屏，此之謂正。**（啓評）**震川文只是一個精切而有條理，人徒以寬博目之，不知震川者也。然震川之精切又不如唐荊川文筋骨盡露，使人驟閱之，若不知爲精切者，此所以獨成其爲震川之文也。然則徒以精切目之，抑亦未足盡震川也。雖然，得其深者但見其精切，而不見其寬博也，此可爲知者道耳。

有光少不能事先孺人，迨外祖之春秋高，又不能養，至今每念外家，不勝《凱風》《寒泉》之思。先孺人同祖兄弟十有二人，今皆以零謝，而唯六母舅存。隆慶二年，於是年八十矣。當六母舅之生辰，有光方會朝京師，不能從諸兄弟於其日爲壽。其秋，自吴興還，閉門不出者數月。今將有邢臺之役，而外家諸弟來告："六母舅之壽，不可無子文也。"然河南兄之序美矣，有光何以復贅！

昔吾外曾祖世有惇德，生丈夫子四人。外祖最少，與諸伯祖並列第千墩浦之上。（**焯眉**）敘次甚曲，須尋其綫脉之清。屬時承平，家給人足，兄弟怡怡然相樂也。先皇帝之初，諸祖相繼淪謝，而外祖最高年，然皆苦徭賦蹙耗矣，而河南兄以進士起家，則周氏之隆盛特加於前。然同祖昆季多不振，惟獨鍾於本支。中憲公以河南之貴受誥封，而六母舅保有世業。蓋四祖之家惟伯祖故第巋然獨存，至於今壽考者，六母舅一人而已。而子子夔年亦六十有二，尤能孝養。吾外曾祖之子四人，而外祖最少最壽。伯祖之子亦四人，而六母舅最少，亦最壽，豈亦有數然耶？（**焯眉**）以上家世及壽雜敘，到此只束歸"壽"字。

夫人生百年如旦暮，此亦過者之論。先孺人長母舅一歲也，以今追先孺人之世，歲月遥遥，何其久也！短促者既如此，而長永者又如彼，百年之内，彭殤之數可同日而論哉？有光亦何能無感也！（**説眉**）一篇有一篇之髓，此文之髓在"有光少不能事先孺人"一句。六母舅居鄉，鄉人有訟，不之官府而之其廬，其化服鄉人，有陳寔、王烈之風。雖河南兄之隆，事諸父而以文稱之，非諛者，顧有光何以復贅？然河南兄祝其八十，今八十有一矣。（**鼒眉**）“河南”句無根突入，非退之“閑于草書”之比。自八而一，以至於無窮，則吾文宜續河南之後者也。

周弦齋壽序

（**啓評**）純是歐公風度，其法度精密亦純得之歐公，彷彿如讀《張堯夫墓表》，此朱子論擬騷之詞，所謂無心而冥合者也。

弦齋先生居崑山之千墩浦上，與吾母家周氏居相近也。（**啓夾**）通體從母家生發。異時周氏諸老人皆有厚德，饒於積聚，爲子弟延師，曲有禮意。（**啓夾**）即緊承周氏説下。而先生嘗爲之師，諸老人無不敬愛。久之，吾諸舅兄弟無非先生弟子者。

余少時，見吾外祖與先生遊處及吾諸舅兄弟之從先生遊。今聞先生老而强壯如昔，往來千墩浦上，猶能步行十餘里。（**鼒眉**）去下三疊，則情致邈然矣。每余見外氏從江南來，言及先生，未嘗不思少時之母家之室屋井里森森如也，周氏諸老人之厚德渾渾如也，吾外祖之與先生游處恂恂如也，吾舅若兄弟之從先生遊齗齗如也。今室屋井里非復昔時矣，吾外祖諸老人無存者矣。舅氏惟長舅存耳，亦先生之弟子也，年七十餘矣。兄弟中河南行省參知政事子和最貴顯，亦已解組而歸，方日從先生於桑梓之間。俛仰今昔，覽時事之變化，人生之難久長如是，是不可不舉觴而爲之賀也。

嘉靖丁巳某月日，先生八十之誕辰。子和既有文以發其潛德，余雖不見先生久，而少時所識其淳樸之貌如在目前。吾弟子静復來言於予，亦以予之知先生也。先生名果，字世高，姓周氏，别號弦齋云。

前山丘翁壽序

（**祖評**）亦無聊之作，却説得有情便不露。（**綸評**）先生文此等閑淡處皆得自《史記》，先生於《史記》此等皆黄圈。

吴郡太湖之别爲澱山湖，湖水溢出爲千墩浦，入於吴淞江。當浦入江之處地名千墩，環浦而居者無慮數千家。而延福寺中浮圖矗立雲表，（**焯夾**）閑中伏筆，是通篇議論所自生。舟行數里外，望之鬱然，若有祥雲瑞氣浮之。（**焯眉**）先叙翁所居處，却借延福寺設色。予少時之母家，時過其下，而浦上著姓往往能識之。今其存者少矣，而予弟某乃爲予言丘翁之壽云。（**説眉**）澱山湖一段爲煙雲，往見名畫家曰："吾畫裏自有正路。"問何謂正路，則曰"看雲耳"。

千墩有山名爲秦柱峰，培塿小丘耳，俗謂之山，而在翁所居之前，因以前山自號。翁年五十餘即付家事其子，日遊延福寺中，與緇素之流爲方外之交。每造精廬，談笑飲酒而已，家之有無不知也。予未識丘翁，想見之而愛其人，（**焯夾**）與"能識"作章法照應。以爲人生百年之内無可竟之事，終於馳騖而無所止。（**焯眉**）細玩篇中言外無數感慨處藏得昌黎《王承福傳》一篇意思在，其實有所指耶？抑空中發論耶？而翁以未老而傳，（**焯夾**）此句是眼。雖其家事亦無所問，况於人世之榮名乎？（**焯夾**）波瀾。使翁在公卿大夫之位，寧肯冒寵利而不知休乎？（**焯夾**）跌宕。使翁得休處之地，寧肯覬覦中朝，求起廢而更進乎？（**焯眉**）次叙翁之爲人，亦借延福寺點襯。

史稱萬石君歸老於家，子孫爲小吏來謁，必朝服見之。有過失，爲便坐，對案不食。雖燕居必冠，以孝謹聞於郡國。而陸賈家居，出槖中裝賣千金，分其子爲生産。常安車駟馬，從歌舞,鼓琴瑟,侍者十人,過其子,給酒食,極歡。兩人志操不同,史皆稱之。使丘翁貴顯於世,蓋陸生之徒也。(**説眉**)只以陸生比擬,自簡遠。

嘉靖三十五年八月二十日,翁六十誕辰,其姻黨因予弟來請其壽之文。予固有感於少時所熟遊處,(**焯夾**)收應起段。爲之慨然,而又樂道其人,(**焯夾**)收應中段。故論而序之。

戚思吶壽序

(**祖評**)筆圓轉而理深至,此種文字真令人不厭百回讀也。

戚思吶先生居城南隍壑斷岸間,非車馬迹所至,喧囂之音隱隱水外,而蕭然有林野之趣。先生雅志離俗,儲藥於室,藝菊於圃,彈琴讀書。集鄉村之子弟,教以揖讓容與,應答灑掃,彌老而不倦。過其門,歌誦之聲鏘鏘也。

始,吾祖爲社會,先生在焉,吾祖常稱戚先生長者,又于几案間見戚先生詩。當是時,余髪始垂,會中諸老皆已皤然。今余年日長矣,諸皤然者自若也,往往有及百年者。而先生亦八十矣,余是以深喜諸公之難老而吾祖輩之多壽,時道説之。

論者有以爲富貴壽考,天之所慳,而兼有之爲難。是以龐眉皓髪之叟必在於山林泉石、枯槁沉溺之間,而華衣鼎食、厚享纍積者多摧折於中年。以余徵之,殆非事實,而要其理有不可誣者。蓋物取多則焦然不寧,有紛紜叢垢之集而無恬愉静逸之休,是不知旦暮之變、寒暑之移而惴惴於百年之途者也。譬諸飲食,知味者希,君子之言壽所以必歸之先生之徒歟!(**倫眉**)此種識見學問從老莊得來。先生之子學以才藝馳聲郡校,將及於有司之薦。彼夫忽焉而驟至者,吾又知其不足以動先生矣。

陸思軒壽序

予友季子昇與陸君思軒同學相善，君於是年六十，子昇屬予爲壽之文。東吴之俗號爲淫侈，然於養生之禮未能具也，獨隆於爲壽。人自五十以上，每旬而加，必於其誕之辰召其鄉里親戚爲盛會，又有壽之文，多至數十首，張之壁間。而來會者飲酒而已，**（啓夾）**笑駡盡情。亦少睇其壁間之文，故文不必其佳，凡横目二足之徒皆可爲也。**（倫眉）**可發一笑。**（吉眉）**此種語不宜學。**（啓夾）**奇談。**（基眉）**可笑。予居是邑，亦若列禦寇之在鄭之鄙，衆庶而已。故凡來求文爲壽者常不拒逆其意，以與之並馳於横目二足之徒之間，亦以見予之潦倒也。**（擇眉）**勉强周旋一句。**（祖眉）**鄙夷不屑之意時露於筆端，自是文者習氣。

雖然，子昇之爲陸君豈泛而求之，予亦豈泛而應之耶？陸君居縣之華翔村，往年太僕桐城趙子舉來崑山，嘗至其地。見其土田肥美，江流環繞，問知予家舊業而後失之，子舉力勸予復其故，而未能也。**（説眉）**忽及舊業，亦别。蓋吴淞江水灌溉之利爲大，華翔居江之要，宋置新江驛於此。新江即吴淞江，古所謂婁江也。雖然，同學而異造，同賈而異售，同工而異巧，同稼而異獲，將存其人耳。君居華翔，獨以善穡稱，歲不失其公家之奉，而以其贏自給。雖當師旅饑饉之年而寬然其有餘。古所謂孝弟力田者也，所謂善良敦樸者也，所謂周於于利、凶年不能害者也，子昇其以是取之與！

先是，君之子豫卿謁選在京師，求嚴學士敏卿之文以爲壽，煌煌乎玉堂金馬之制作，鄉里有榮焉。然嚴公之文所聞異辭，欲道君之實者宜有待於予言矣。雖然，予視君之貌尚少也，則君今之爲壽太早，子昇之請亦太早，姑以是倍之爲百二十。**（擇**

眉)故作戲語,不過極言其多事。於是,子昪來屬予文,予可無辭。而予與子昪、陸君相與嘯歌田里,以效華封人之祝。(**倫眉**)結句無謂,且"華封人之祝"非所云"横目二足之徒"所常道乎?先生云"予豈泛應",恐此篇亦仍是泛應而已。

(鈔本作"效華封人祝今天子萬年之壽,其可乎?"今從常熟本。)(**啓眉**)不説明"今天子"三字,則所謂祝者,將誰祝耶?常熟本意求古勁,適見猥俳,當從鈔本爲是。

侗庵陸翁八十壽序

(**説評**)此法亦屢用。(**麟評**)稱壽之文至此方爲超脱。

由吴之葑門東出皆湖蕩,又東爲沉湖,沉湖之東爲甫里。余嘗泛湖中,水波浩渺,遥望西山如一抹,湖上人家隱見煙雨中。(**焯夾**)閒中設色。(**陶夾**)隱秀如畫。舟人指點,故冢宰陸公之居在焉。(**焯夾**)先出陸。陸氏之來已久,自冢宰公至於今,百年間科名相繼。(**焯夾**)襯。蓋水澤之隩區,東南靈秀所發,而鍾於其家。至如山澤之癯,含淳抱質,如璞之玉,若侗庵翁者,尤難得也。(**祖眉**)叙次類帖括,層次自好。(**焯眉**)題前出落。

翁,冢宰家子弟,遊成均,以舍選爲幕官,其於市朝之迹未嘗不涉也。而自幼至老,不知世間有機事,人以侗庵稱之,(**焯夾**)次出侗庵。蓋當其名云。(**焯夾**)叙爲人。吾觀於翁,(**説眉**)"吾觀於翁"下一段文字似筆力稍衰。而知天地太古之氣、性情之理猶未盡散於亂惑之中。(**焯夾**)拓展議論。(**麟眉**)當理便不腐。使世多如翁者,則朝廷之事清而有司之務寡矣。(**陶夾**)蒼樸入古。

翁夫婦兄弟皆高年,三子鼎立。而先是其孫舉於鄉,而兩外孫亦同舉，(焯夾)應科名作襯。以此卜陸氏之後日昌而翁之福履日綏也。甲子春，十有三日，爲翁八十之誕辰。(焯眉)叙壽。其婿張君具豆觴，即翁之所以爲壽，因道翁之美，而請余爲之序。

余少時嘗之虞山下老子之宫，有檜，蓋蕭梁時物也，(陶夾)此段題外出奇，意思與筆力俱横絶。余始識翁於此。(説眉)老子之宫有檜一段幽異。是時翁年尚少，同遊有三四人，婆娑古檜之下，相與太息，以爲此樹自天監至今一千二十有八年，來觀遊者不知幾世幾人也！今同時遊者皆化去，而翁獨高年壽考，信知萬物之得於天，其短長之相懸絶，念之不能不撫然也！(麟眉)與前幅相映射，蓋亦道理關通也。不知何日當復從翁爲海虞之遊，相與共數此檜至今又不知一千幾百年矣！(焯夾)進一層。願因張君爲約，翁其許我乎？(焯夾)突起奇波。(焯眉)餘波作結。

(谷評)酬應之文至此已入化境，絶無踪迹可尋，宜爲後人膾炙也。

(陶評)前幅着色畫也，末段借老檜寄慨，盤空夭矯，無限風神。壽文，俗題也。魏叔子從題外生發議論，最爲出奇；震川則只就題中渲染，自覺入化，所以又高一格。

望湖曹翁六十壽序

(燦評)然此序亦未嘗叙人德行。(偉評)曹翁得此文遂與連處士並傳，文則盡法歐陽子。

昔歐陽公稱連處士居應山，應山之人其長老教其子弟，所以孝友、恭敬、禮讓而温仁，必以處士爲法，曰："爲人如連公，足矣！"其矜寡孤獨凶荒饑饉之人，皆曰鄉之有連公，有所告依而生。非有政令恩威而能使人如此，所謂行之以躬、不言而信者也。余於曹翁亦云爾。翁之先故爲大家，翁少孤，而其業圮。翁克自振立，撫教其弟子，見舉於鄉。不數年間，其業逾大，擬於素封，其稱於閭里又若連公云。

吾爲令長城，外甥王夢元來省。前年冬，嘗爲余乞翁爲壽之文，至是復來請，曰："此翁里人之志也，翁今年六十有三。今於六十則已過，於七十則方來。里人祝翁之壽，自六十以至於百歲，每一紀則爲大會，蓋六十其始也，故請記其始而追書之。"

余爲述翁之德，比於連處士，而愧無歐陽子之文。然歐公特述處士之行於身後，處士不知也。予稱翁之善以祝其壽，使爲善者自喜，且亦無用求知於後世之人，而以與其鄉人子弟飲酒笑樂，同聲唱和，稱其爲善人而祝其壽，不愈於歐陽子之稱連處士乎？（偉眉）此尺水興波也。翁家在澱山湖，余數泛湖中，嘗望見之，而不獲一造。今長城瀕太湖，望翁家可信宿而至也。方爲吏事所拘，東望能不悵然矣乎！（偉眉）文須不盡，此爲得之。

錢一齋七十壽序

（説評）一經歷，又出入文康公門下客，而寫得古淡如許，只是無一惡俗稱頌語耳。

嘉靖四十四年，余舉進士，在京師，而吾邑一齋錢翁適至。錢氏有名籍在薊州，其子德彝爲京學諸生。而翁年七十，以十二月十六日誕辰，將告歸，以召其親戚鄉黨，而請余文爲讌序。

初，翁遊京師最久，輕裝却傔從，騎行往返，常不及二十日。翁以太學生遊顧文康公之門，公甚親信之。而爲人謹厚不泄，不因氣勢有所私利，人以緩急告，即未嘗不盡心爲之排難解紛。

始以選調旗手衛經歷捧部檄出使，會同時出使者例貶官。而翁當之河西，不欲行，遂自劾去。及文康公歿，而翁自是少至京矣。獨今歲一至，而騎馬陸行，馳驟如飛，人見之，殊不類七十歲人也。**（説眉）**“獨今歲一至”數語佳。人才如翁，使之當事真可任，宰相知人不謬。今老而康强，其壽未可既。吾邑人才如翁，後來豈易得哉？**（啓眉）**此等句子最好，文字既周密，又有古氣，昌黎《送殷侑序》亦然。

或曰，錢氏世有壽考，蓋以爲陰德所致。翁祖贛州文學壽八十四，父春林君壽八十二，里人稱贛州嘗攝守事，活死囚四十餘人。一道士被釋，以金爲謝，贛州却之。道士園有竹千竿，截其尤巨者爲爐，旦夕焚香禱祝，臨行以爲贈，今錢氏竹爐猶存。**（説眉）**綴竹爐事尤妙。余今觀翁之壽必能過於前人，而果以爲有陰德，其世當有興者，翁尚能及見之。

夢雲沈先生六十壽序

（説評）非先生文之至者。**（雲評）**出入仙佛，非援儒而入墨也。淑言極諦，領其趣，可以參未發之中。**（焯評）**不敢蠹食穹壤，而思少裨益生人，可謂有志之士矣。然古人不忘溝壑，正是惜生處。故雖至於勞精敝神，弛驅盡粹，而愈見此身之不忍棄。若以裨益生人爲不自惜，則聖賢功業皆外假，宜轉而歸命於腎藏不衰、骨體壯堅，爲爲己之學也。此篇所論都是氣化上事，又多雜外道之言，於“仁者壽”之理毫無領會，不足存也。

淞江之上有隱君子曰夢雲先生，沈氏，其達生適嗜、玩世不羈之士乎！友人朱君某以先生六十來徵文爲壽。竊承下風久矣，蠹食穹壤，敢妄意少裨益於生人，雖有身而不自知惜也。聞先生出入三世之書，及今而腎藏不衰，骨體堅壯，（啓眉）皆《内經·元紀》篇語。殆必得之深者，願因而請質焉。（啓眉）通篇以"耶"字成文，蓋皆請質之詞。

天以六氣臨地，地以五位承天。應天之氣者，五歲而右遷；應地之氣者，六期而環會。五六相合，而七百二十氣爲一紀，倍之而千四百四十氣，凡六十歲爲一周，是非先生之年耶？（啓夾）先將現在年壽按住。周而復始，如環無端，天地自然之運也。是胡天地之運無終窮，而吾人壽敝天地者，未之見耶？（啓夾）提筆，開下半篇議論。豈不以天，氣也，無形也；地，形也，無情也。即天地而較之，地滯於形，已不能與天並其久，況有情之物與天地較耶？氣有盈縮，形有盛衰，天地之運不長得其平，況滋蕃長育乎其間者，顧悉得其冲，不觸其乖耶？脉法曰："天地之變，無以脉診。"謂其順相承也，循環以相生；逆相勝也，循環以相救。不能不勝，未有勝而不復。勝復之作，不形於診也。是故天地之運，悠久而無疆耶？人之有形也，不盡值其氣之冲；五藏之氣乘之出，而喜、怒、思、憂、恐之情不能一一中其節，其相勝之氣又安能如天地之相救而能復耶？是故周而復始，如環無端者，其天耶？由八歲而八八，浸實而浸虚者，其人耶？人不得與天地並，不可並者，陰陽之體耶？可並者，變化之用耶？（啓夾）關鍵轉捩處。變化之爲用，在天爲玄，玄生神；在地爲化，化生五味；在人爲道，道生智。善攝其生者，殆所謂以道而神御者耶？抑有餘，不翼於勝；助不及，不贊其復。喜、怒、思、憂、恐，一而莫之能亂。天之勝也，其復以天；人之勝也，其復以人。復以人，人亦天也。上古之真人與太極同質而無敝，豈誑我耶？

先生之從子果從余游，稱先生骨清而神朗，意豁而氣和，行其胸襟，不與世縛。少年嘗遇異人於月下，恍然覺悟，物外煙霞之想,寤寐尚其依依。果爾,先生之養非人所能窺,其壽亦非人間之數可得而計,奚一再周之足云耶? 經曰:“善言人者,必有徵於己。”先生之濟物博矣,將無於其身而徵之耶? 將無於其身而徵之耶?

碧巖戴翁七十壽序

(**説評**)嚼蠟。(**燦評**)好。(**雲評**)洸洋恣肆,神似漆園。(**焯評**)細玩此篇之旨,是自以終身懷憂世之志而不遇固與不知憂而自適者對較,一面以能樂頌翁,一面却以失其樂自寓感慨之意,議論極婉轉深曲。但聖賢憂世、樂天並行不悖,故功業即在性命中,不分兩層。如篇中云云,有所成則先天下而憂者尚得後天而樂,苟無所成,則徒以憂而逆其性命之情,是功業在性命之外矣,要非儒者之論矣。篇中言樂字分三種看:荒淫之樂是題前反襯一層;無所憂而自適之樂是頌翁題面一層;因所遭而不遂其憂世之志、反不如自放以順其性命之情之樂,是自寓本旨一層。高下固自不同,然與憂世即在樂天中一層相去正懸絶矣。

人之情皆有樂與不樂,(**陶夾**)“樂”字貫通篇。二者因所遭而異。又有不然者,則繫乎其人。其人能自適,即其樂恒然,雖有所不樂,不能易也。“蟋蟀在堂,歲聿其暮。今我不樂,日月其除。無已太康,職思其居。好樂無荒,良士瞿瞿”。唐之俗,其人安於不樂,故欲其樂,終不可得也。“東門之枌,宛丘之栩。子仲之子,婆娑其下”。陳之俗,其人安於樂,故欲其不樂,終不可得也。夫以憂深思遠、儉而有禮,爲有堯之風,視幽公之荒淫棄業、亟會歌舞,固不可同日而語。然世之君子姑舍此而論,吾人生世誠無幾,獨戚戚不自聊,乃非所以順性命之情。故雖唐之儉，君子譏焉。**（啓夾）**跌宕風流。

古有莊周之徒，常思自放於天壤之間以爲達。**（燦眉）**語句俱鍊意，此種文吾所喜也。彼誠有見，謂當世之事一切皆中吾之心，吾以有爲應之，雖百年之内，足以有所成，則吾亦可以少自苦，而庶幾所至有涯而不辭也。今以人之身涉於無涯之中，極一世之心力終不能有所覬，則亦何苦役役舍吾之可樂以易彼哉？**（説眉）**無見於道，故其言如此。且天地日月、風雲山水、四時花鳥、稻粱醴膳、宫室莞簟、父子昆弟、夫婦朋友，人之生有此耳。**（陶夾）**奇恣之文，在先生集中爲難得。能自樂者，其人之生常以百歲能當乎人之數百歲，以其於天地獨見其高厚，日月獨見其昭朗，風雲山水獨見其變態，四時花鳥獨見其靚麗，稻粱醴膳獨知其味，宫室莞簟獨知其安，父子昆弟、夫婦朋友獨知其有情。彼不樂者百年之内惛惛罔罔，而又何知哉？**（陶夾）**東坡詩云："無事此静坐，一日成兩日。若活七十年，便是百十四。"况加以樂耶！

余少時有志於古豪傑之士，常欲黽勉以立一世之功，既老不遇時，始益悟人世之倏忽。即年少得志，躐取卿相之位，至於今日亦不必能以有所立卓然如古之人者，其摧敗必且爲世之所指議，予亦何羡哉？

予鄉碧巖戴翁少而知樂，至老，飲酒虞戲如一日。余意翁之觀天地日月、風雲山水、四時花鳥、稻粱醴膳、宫室莞簟、父子昆弟、夫婦朋友，必有異乎人者也。**（陶夾）**只一筆應清。於是翁年七十，縣中諸進士與其子與政同事者，皆往從翁飲酒甚樂，請予文序之。噫！諸君子從翁一日樂也，然且有當世之憂，安能以余言爲然！姑爲之序之。**（擇眉）**名論。

（陶評）詞旨偏宕，文氣亦酣暢異常。

（啓評）震川之於經術真有左右逢源之樂，隨筆寫去，皆自然關會，而又必有新意動人，此非口耳剽襲之所能也。

杜翁七十壽序

（説評）澹逸。

杜翁居郡城中，敦尚禮義，教其子讀書，數延名賢與之遊處。三子皆自刻勵，爲學官弟子。予友陳子行嘗館於其家，是時子行試南畿，爲首選，一時之人争詣子行之門求爲弟子，恐不能得，獨杜翁乃能延致其家。子行見予，數稱其賢。而子行之兄子達讀書南禪寺中，性剛直，於人少所往來，獨與翁父子親善。其見予，稱翁之賢如子行也。（説眉）閑。

予未識杜翁，往歲與子達同赴南宫，從郡中行，過杜氏之門，少憩焉。已謝其主人而去，子達乃告予，此向所稱杜氏者也。而子達不先言，翁竟亦不知予，然予於陳氏兄弟得翁之爲人悉矣。今年翁七十，時子達尚寓南禪寺，數見翁之子，言翁以五月日爲其誕辰，求一言以爲壽，而予於子達不能辭也。

《記》曰："凡養老，有虞氏以燕，夏後氏以饗，殷人以食。"凡老者所宜得在於安與飲食之而已。杜氏之奉養無闕，而三子恂恂不違其志，此非所謂燕而能饗與食者乎？《記》又曰："七十曰老而傳，八十、九十曰耄。""百年曰期頤。"老而傳者，何也？人生自少壯，皆求所以自樹立。至於七十，無可爲矣，而必有可傳者。翁以詩書禮義貽其子，非其可傳者乎？夫年至七十，古人以爲難。而人子之心孰無壽考萬年之祝？然無可傳，不能無愧於其父；無燕與饗食之，不能無愧於其子。兼是二者，此子達之所以爲杜氏賀也。

叔祖存默翁六十壽序

（説評）性情中流出。（焯評）起段兩層，只虚虚作引，却逐字逐句都是綫脉："昔"字句總領全段，"自"字下以工部尚書湖州判官引到素節翁也，世次先後是綫脉一；從唐宋引入洪武，代時遠近是綫脉二；前層從榮貴轉益微，後層從避難轉當興，盛衰往復是綫脉三；而著姓强宗，神明之胄聯絡相應是綫脉四。可知無一閑語夾雜，大家落筆如是，莫草草看過。

昔我歸氏自工部尚書而下纍葉榮貴，迄於唐亡，吴中相傳謂之著姓，今郡城西有歸王墓云。宋湖州判官以來益微不振，以宗强爲鄉里所服而已。素節翁當洪武時，避難，携妻子轉走巴、黔之間，所至有神人擁護相導之，得以無死。人以吾歸氏爲神明之胄，世當有興者，然至今未之見也。素節翁有七子，吾曾王父爲世嫡曾孫，而存默翁實曾王父再從弟之子也。

始，素節置别業於縣東南三十里所吴淞江之上，地名緑葭浜。時諸子弟以宫室裘馬馳騁縣中，而季氏獨分居緑葭浜，以耕田爲業。迨今五六十年間，吾王父僅僅能保其故廬，延詩書一綫之緒。如百圍之木，本幹特存而枝葉向盡，無復昔者之扶疏。而七子之宗，存者無幾矣。今吾存默翁獨能自持於艱難困阨之餘，異時季氏之宗與翁聚居者，目所及見猶有十餘人，唯翁一人在耳，是十餘人之中而得翁一人也。若七宗之子孫則數百人，惟翁一人在耳，是數百人之中而得翁一人也，豈不可貴而可賢哉？（焯眉）中間出落叙次共作四層陪襯，極開合曲折之妙。

有光自惟年八九歲時，聞故鄰盧兖州家有譜系、遺訓。而曾王父先計偕在京師，時館閣諸老，如宜興徐文靖公，長沙李文正公，同郡吴文定公、王文恪公，所爲文章甚衆，後遂獲序次歸氏族譜。顧今垂老不遇於世，無以庇其九族，有葛藟之感。見吾存默翁，不能不爲之喜也。素節翁至吾王父皆年近百歲，則壽自吾家所有，於存默翁無容祝禱之矣。（**焯眉**）可貴，可賢，而爲之喜，正以此祝其壽，轉入壽字，乃反云無容祝，此跌宕之妙。

高州太守欽君壽詩序

（**説評**）一篇以得失離合爲情寄，無世上同年文字惡語。（**祖評**）從夢登第着筆，文味亦薄。

高州太守致仕欽君與余嘗同試建康，嘉靖十九年，君爲順天府貢士，而余貢應天。是時吾郡登南榜者士二十七人，而北榜惟君一人。報至，遂爲二十八人，一時以二十八宿擬之。

故事，兩京同歲薦者亦爲同年，而君登嘉靖二十九年進士，選爲都水主事，三十二年分司隘船艢。余自京師下第過之，歡然有故人之情。其後君遷虞衡郎及出守高州，致仕家居。余家去郡城一舍而近，然余少入城市，遂隔絶不相知，以爲君猶在高州也。四十年，余在京師，君之子止信懋孚方遊太學，數過余，云君是歲年六十，求朝貴詩聯爲大卷，將歸爲壽，請余序之，余許之而未果。

今年，余方試南宫，懋孚來過，爲言夢余登第，而余果得第。夫以一第不足爲重，而懋孚别三年矣，非其意之所及。又前歲不夢而夢今歲，人之出處非偶然者，亦豈以君同年之情感於夢寐者如此！會懋孚復以前序爲請。夫君之子蘄余第於夢寐之間，而余蕲爲壽君於詞章之末，以爲非人情，因遂書之，而嘆君之徜徉自恣於世外而余之馳騖而不知止也！（**焯眉**）以南北榜同舉之人由曹郎既爲太守,且年六十致仕家居矣,而先生猶於此歲試南宫方得第,在他人必有無窮牢騷感慨之語,乃先生一不之及,而第云“嘆君之徜徉自恣於世外,而余之馳騖而不知止也”,豈非學養甚優者哉!

(啓評)餘波渺然。

卷十四　壽序

朱母孫太孺人壽序

(年評)南豐爲文最能説詩,先生亦然。

吾崑山僻在東海之濱,爲吴下邑,而山區水聚,天地之精氣蜿蜒回薄而會於此,故士之登朝著、躋膴仕者常倍於他州。至於耆艾長年,履期頤之福,閭巷之老、閨門之女子多有之。嘉靖癸丑、甲寅之歲間,以七十稱慶者數十家,以仕宦過家、爲其親七十壽者亦不下三數家。世稱七十古所稀,况於富貴壽考兼之,而在於吾邑如是者相望,豈非一時之盛哉?(焯眉)兩層陪引,次第。(説眉)"吾崑山"一段入時。

朱君恭之以進士起家,爲浮梁令之三年,上計京師,天子擢爲尚書冬官郎,將赴南都,浮江東下,來省其母。於是士大夫循鄉俗之禮,如前數十家之爲賀者。又以恭之仕宦而歸,太孺人年又七十也,賀尤不可以後。雖然,予以恭之官南都,於其家不越五百里。畿甸之内,昔之人所欲乞鄉郡以便養而有不能得者,恭之不求而得之,此所尤宜賀者。(焯眉)亦作兩層應。

夫士以其身爲國,而使之忘其私,非人情也,先王之制未嘗然也。既富方穀,必也有好於而家,用其人之力,而忍絶其私耶?古者卿大大皆仕於封内,銜使命於四方,則有越境之行,然亦不逾時而復,而不遑將母,先王所以恤之者至矣。

今海内爲一,仕而去其父母妻子。宦轍所至,窮日月之出入,於是乎奪其私以爲國,有不能於兩得之者。今恭之將行矣,所以壽太孺人者非特一時鄉里之榮而已。去而之南都,風土之樂猶吾邑也,膳羞、被服、宴飲之奉猶吾邑也,南都之士大夫來爲壽者猶吾邑也,恭之可謂兩得之也。使天下之士仕於内外皆如恭之,是所謂各適其性而無復《行葦》《裳裳者華》之思矣。(**焯夾**)題後推廣一層,以盡其旨。以孝爲忠,孰能禦之哉?孰能禦之哉?(**焯眉**)用意全在下半篇,夾叙夾論,諷諭深遠。

顧母陸太孺人七十壽序

(**燦評**)此意同上篇,又增"尤有異者"一段文助色。(**瑚評**)叙述太孺人前後遭際,盛而衰,衰而復盛,許多感慨,而歸重於能教其子,真忠厚和平之什。

凡士之讀書應舉,以登進士爲榮。其登進士,服官受采,以銜天子命,過鄉閭壽其親,而姻戚賓友迎延滿堂,日爲供具,飲酒歡宴爲樂,此今之所誇以爲富貴者,盡世俗以然。顧子行於是得之,而尤有異者。(**焯眉**)先以世俗之榮樂富貴引出"異"字。

始,子行之先君事武皇帝,爲刑科給事中。是時佞寵盈朝,天子日從趙李之徒,不復御椒寢,而前星未耀,公疏論其事。及今皇帝嗣服,首進八疏以贊新治,其疏在史館宜有之。公之爲給事也,先亦由進士,爲行人。蓋去君之時今幾三十年,子行復起進士,爲行人,過家,而鄉里姻戚賓友彷彿見其先人時事,有下淚者。而太孺人始事給事,給事爲諸生,以及於貴顯,中更艱苦辛勤矣,蓋又三十年,而復見其子如其夫之貴,此其所以爲尤異者。(**説眉**)文必有沉著處,"子行復起進士,爲行人"一段是也。(**焯眉**)次叙顧之榮樂富貴異於世俗處,陪出後不足異一轉,却先將疏論其事、疏贊新政二事立在前面,見顧之重如此處,原不在榮樂富貴,爲後段懿德對照,則文章地位便高,所謂從大處起論也。

顧氏世家海上,公乃徙崑山之南千墩浦之上,而公之族稍稍從以來,散居浦之東西,而公與其從父兄一時並爲黄門,氣勢翕赫,終不少藉以陵轢其里人。是時公在京師,太孺人獨以舅姑老,不能從,留養之。其後太孺人寡居,獨持門户矣。(**焯眉**)"獨持"句是篇中血脉緊要處,見孺人之德不盡由從公之德,隱然彼此相對。伯子子繩讀書,入太學,而子行最少,兄弟恂恂友愛,無彼我之間,蓋太孺人之爲教者如此。昔歐陽公爲許氏園記,以爲許君以制置七十二州之有餘,治數畝之地爲園,不足以施其智,而於君之事亦不足書,唯許氏之孝弟著於三世矣。海陵之人過之,未嘗不愛其人也,則夫前之所云亦夫人遭際之適爾,不足以爲異。(**啓夾**)俯仰有神,望而知爲歐陽子之文也。唯太孺人之懿德施於子行之兄弟,所謂騈枝連理、同巢共乳之瑞,於此見之。而富貴、壽考、康寧之福,歸於太孺人者將未艾也。

太孺人二子,一女爲今進士沈君子善之配。其外孫堯俞從予遊,以十月二十七日爲其誕辰,來徵予文爲壽,予爲序之如此云。

張母太安人壽序

(**焯評**)辟艿是艱辛,大致能艱辛是德,有德故得數彌長,極尋常道理意思,經先生手叙次布置便自不凡。

張母太安人之寡居也,其子秋官尚書郎甫七歲。家甚貧,不能自存。太安人辟苧以爲食，且遣就傅，夜則躬自督誦，母子共燈火，熒熒徹曉。太安人苧獨精，售輒倍價，太安人亦自喜爲之，常辟苧，無晝夜寒暑。以一女子持門户，備歷百艱。（**啓眉**）《史記》文每多分外出力之句，讀之層出不窮，使人鼓舞愜意。公本得《史記》之深者，故其文往往神似。

如是者幾年，秋官舉進士，爲主事。幾年，有太安人之誥。又幾年，致仕歸養於家。又幾年，爲嘉靖二十年，太安人年八十矣。於是膺命秩，又得其子之侍養，甘脆之珍、華綺之飾，無弗致者。鄉里以爲榮，而太安人敝衣厲食，辟苧自若也。秋官有小過，詬責之如年少時，談者以太安人可以附於古之列女。（**説眉**）半篇都舉辟苧，有古風度，惜後漫。

太安人初度之辰，鄉進士鄔克忠輩二十餘人如張氏，舉觴爲壽，相與誦太安人之美，因及其所以爲壽之説。有光聞之，古之善養生者務尊其生而勿攖之，時其興居之節，適其奉養之宜，而内不傷其七情之和，若處子嬰兒然，故得全其天年，不中道夭也。太安人之所以勞其生者，去其養生之説遠矣。其艱辛彌甚，其得數彌長，莊周所謂"受命於地，唯松柏獨也"，太安人之謂也。古者尊老，非直尊其年而已，有德焉。若太安人者，可以壽矣。

馮宜人六十壽序

（**焯評**）從母家説起，專爲甥舅伏脉，却先借浦上民家及延福寺浮圖閑閑引入陳君家，是無中生有法。

予母家在吴淞江南千墩浦之内，浦上民居數百家。有寺曰延福，中有梁天監時所建浮圖，矗立至雲表，常在數里外往來望見之，犍爲太守陳君德振家其下。予年數歲時從舅氏過其家，則君之先大夫尚少壯，使二童子延予坐。童子者，今亦不能記其爲何人矣。（**説眉**）二童子不記何人，乃有文思。時君尚縣學生，亡何，遂鄉進士。而君之母太宜人寔先妣之姑也，故予與君每見必執甥舅之禮。（**焯眉**）以太宜人引起宜人。

庚戌之歲，同試南宫，君以病卧逆旅，不能入試，予時時候之。及予南還，君謁選天官，時冢宰夏公試君第二，檄守嘉定州。（**基眉**）時天官之權如此重。嘉，古犍爲郡，有峨眉之勝，於今天下州稱一二。夏公奇君之文，故處以是州，云欲以變蜀之文體。君果能以自見，未期歲，有治聲於蜀中，而以外艱還，不究其用。免喪，方上道，遽疾作長逝，今忽忽已五六年矣。而君之婿張應仕以宜人之壽請序於予。顧念今昔，有不能不慨然者矣。

然有可以爲賀者。宜人從君起田畝，早歲見夫君取高第，雖蹇阨於南宫垂三十年，晚以知遇釋褐，得守名州，往返蜀道，涉岷江，經瞿塘，宜人常從得見天下名勝。（**焯眉**）看此數句，才見以前大半篇原非題外閑文。蓋吾之邑貴顯者多矣，身歿未幾，以藏鏹叢怨，妻子乞哀於道旁。君之取於利則薄矣，而以壽考康寧貽於宜人以及於子孫者，何可窮也？予亦宜人之甥也，故不辭而爲之序。

陸母繆孺人壽序

（**説評**）禪宗所云以病爲藥，此文有之。

繆孺人爲指揮使陸長卿之室，長卿者，故冢宰水村公之母弟也。昔寧藩之亂，事連冢宰，長卿與母太夫人皆歿於京師。

孺人，無錫人也，歸長卿未幾而遭家難，時年二十有四，迄今嘉靖三十有六年，於是年已六十。其孫婿嚴生垂慶與余家有姻，來請其壽之文。

余謂爲壽者不過致其禱祝之辭，則爾之所能言，謂若飲食、燕飲、婚姻、子姓、會聚之盛，則陸氏之所自有。至於女子之行不出於閨門，將取其常事列之，亦非文之所取，又何用於余言乎？雖然，余聞繆孺人遭家多難，盛年寡居，著《柏舟》之節。"終温且惠，淑慎其身"，《燕燕》之所美也；"及爾顛覆，既生既育"，《谷風》之所嘆也；"予所拮据，予所捋荼。予所蓄租，予口卒瘏，曰予未有室家"，《鴟鴞》之所怨也。此固陸氏子所宜述者，以此爲孺人壽，其可乎？（**焯眉**）只數句已了却繆孺人題面，後半忽追叙冢宰當年威權貴顯一段，而歸到負其兄勢甚赫奕也，此中便隱寓《春秋》直筆，却仍轉到物盛而衰，衰久而復，以孺人當及見作收煞，斡回題面。大開大闔，真文章之雄也。

冢宰以書生起家至通顯，嘗將百萬兵，自山東追巨盗過江，殲之於狼山。師還過吴，所將天下精兵皆在吴門，鄉人縱觀嘆息，長老至今傳之。（**説眉**）此事本卑不足道，而行文偏以取勢。及掌銓衡凡十年，士大夫輻輳其門。當是時，長卿負其兄勢，甚赫奕也。一旦掇危禍，蹈不測之淵，賴天子明聖，終保全其家。然如寒林巨木更嚴霜之後，生意幾盡矣。物盛而衰，衰久而復，此天道之常。冢宰詩書之澤尚綿綿不絶，今三十餘年，子孫必有能復其始者，孺人當及見之。（**焯眉**）一結有勖勉意，有不泛及意。

陸氏子曰丕者，余從祖姑之夫。曰欽若、恒若者，皆余姻友也，生其並以余言示之。

張母王孺人壽序

（説評）大文字。

上海張莊懿公之孫繩武，其室曰王孺人，能以孝慈儉勤成其家，教諸子皆已有立，而次子仲謙亦既舉於鄉矣。今年孺人六十，以某月日爲其設帨之辰。其外弟秦君光甫將往爲壽，而請序於予。

蓋孺人於光甫爲其舅之子，而莊懿公之子婦爲尚書旅溪朱公之女，實孺人之姑而光甫之姑子也。孺人姑婦於光甫皆爲女兄，以重親故，比他族尤歡。（焯眉）叙重親曲折而簡净明顯。光甫嘗有家難，親舊稍自引去，孺人恩恤之不異平時，光甫是以不能忘。及仲謙、光甫皆試春官，又相愛也。

秦氏，崑山名族，然光甫乃上海來徙，去孺人之居百里而遥，而時節問遺慶恤未嘗乏絶。夫古稱睦於父母之黨以爲孝，而教民以三物，有孝友、睦姻、任恤之行。其不能者刑以糾之，而不姻之刑與不孝同。《尚書》九族之稱、《爾雅》三黨之號，親親之義同歸於厚焉。天下之勢常自近而遠，而君子以厚道教天下，每由其遠以思其近。故族兄弟之别非一，本之父道則其始一人而已；外兄弟之别非一，本之母道則其始亦一人而已。（焯眉）事有鉅細，理無大小，宜有此發皇。先王教天下以孝，而忍自貽其薄乎？故君子觀孺人之施於秦氏而可以知其家風。（焯眉）推本所自，尤得立言之體。松江去吾邑不遠，然豈所謂百里而不共俗者歟？吾蓋有嘆焉！

今少保徐公之夫人，旅溪公之外孫女也。光甫之往京師，夫人執甥舅之禮甚恭，以此知兩尚書故家之遺風如此。光甫之往爲壽也，宜有萬世景福之祝。而予獨著二姓往來之好，本孺人之厚德,蓋序其所以然者當如此云。

王黎獻母楊氏七十壽序

(元評)爾雅。(焯評)凡稱人者必使其人之可亲愛,亦必信而有徵。發論處可於小中見大,使道理闊遠。入叙處不論事之大小,惟得其情實之爲貴,一切浮泛公家言,不足道也。

聞之:"愛親者不敢惡於人,敬親者不敢慢於人。"古之君子修其孝弟,内以事其親,外以友於鄉人,其心一而已矣。吾以其所以愛吾親者推之以友其人,而友道行;人以其所以友於吾者推之以愛吾親,而孝道達。蓋至於今之世,先王之禮無復有存者矣。而末俗之所尚,相與爲壽,以爲能孝愛其親,古無有也。(擇眉)凡世俗習行之事,不本於古者,皆如此推求出義理來,推得去便可沿而不革。若更推求不出道理者,守禮之士宜斷然不爲之耳,不必顧世眼驚也。

雖然,壽人之親者,豈非所謂愛吾親者推之以友其人,而友道行歟!壽吾之親者,豈非所謂人以其友於我者推之以愛吾親,而孝道達歟!古有養老之政,退修之以孝養也。民知尊長養老,而後能入孝出弟。民知入孝出弟、尊長養老,而後教成。今世所謂爲壽者,若禮然而不容已,推是心也,豈不能修其孝養歟!羅氏之獻鳩、司徒之保息、行葦之忠厚,豈不由此而出歟?"爲此春酒,以介眉壽","肆筵設席,授几有緝禦",古豈異於今歟?

王黎獻之母七十而爲壽,其與之友者之壽之也,而問於予曰:"今世之所行若是也,合於禮乎?"予是以論之如此。黎獻菽水以養,能得其母之歡心。而母亦能成其子之志,令與邑中賢豪遊,門外多長者車轍,時時爲具飲食,有陶母截髮之風,蓋與之友者之稱之如此。其壽以戊申十一月朔,孺人之誕辰,進觴於黎獻之家者若而人。壽黎獻之母如壽其母也,其爲黎獻之友者如此。噫!可以觀古之教矣!(**啓眉**)此句迴縮有情,通體緊密而靈動。於是乎書。

沈母丘氏七十壽序

(**説評**)刪。

吾觀於古者,王教修明,内外順治,閨門之事皆可歌咏而傳道之。有如執懿筐、治絺綌、抱衾裯、星爛而起、春日微行、登岡阜而采卷耳、遵水墳而伐條枚,此婦人女子之常,而事之至微者矣。(**祖眉**)太泛。然而幽閒貞静之德隱然寓於其間,而足以章明王者之化。(**焯眉**)摘叙纖末,和柔勤慎之概恍然如睹。是後女子之於史傳罕可紀述,必其感慨激發、非平常之行乃能垂芳烈、著美名於後世。不獨三王之治不復見,抑亦後之人喜異而忽其常也。

予友沈伯庸之母丘碩人,平生不出一畝之宫,辛勤拮据、俛首於女紅者今七十年,固夫人之所謂平常之行。(**焯眉**)"常"字是一篇之主,能盡其常之謂德,指其德而稱之謂賢。吾不能求夫赫赫者以稱碩人,然推其道而充之,豈非所謂盛德?而王者之化,其何以過於此?予於碩人之行要未能悉,而獨與伯庸交。伯庸偉然直諒君子,知其有賢母也。伯庸抱奇,久不遇於世。予與方思曾皆伯庸之友,又皆不遇,則嘗以相憐。既而同舉於鄉,則又以相慰,自是三人者有喜事恒相慶也。

碩人於九月某日誕辰,思曾告予,相率隨伯庸以拜於其家。

予於是爲之叙，以道碩人之所以賢。

王母顧孺人六十壽序

（説評）删。（啓評）凡叙事隨事直書者必須安還他一兩個小歇頓，否則便與市肆帳簿無異。（焯評）自危而安，自惧而幸，妙喻警切。

王子敬欲壽其母，而乞言於予。予方有腹心之疾，辭不能爲，而諸友爲之請者數四，則問子敬之所欲言者。而子敬之言曰："吾先人生長太平，吾祖爲雲南布政使，吾外祖爲翰林、爲御史，以文章政事並馳騁於一時。先人在綺紈之間，讀書之暇，飲酒博奕甚樂也。已而吾母病痿，蓐處者十有八年。先人就選，待次天官，卒於京邸。是時執禮生十年，諸姊妹四人皆少，而吾弟執法方在娠。（擇眉）病萎蓐處何以生子如是之多？比先人返葬，執法始生，而吾母之疾亦瘳。自是撫抱諸孤，煢煢在疚，今二十年。少者以長，長者以壯，以嫁以娶，向之在娠者今亦頎然成人矣。蓋執禮兄弟知讀書，不敢墮先世之訓。而執法以歲之正月冠而受室，吾母適當六十之誕辰。回思二十年前，如夢如寐；如痛之方定；如涉大海，茫洋浩蕩，顛頓於洪波巨浪之中，篙櫓俱失，舟人束手，相向號呼。（啓夾）爲"大"字加染，爲"涉"字極寫。及夫風恬浪息，（啓夾）與"洪波"相反。放舟徐行，（啓夾）與"篙櫓"相反。遵乎洲渚，（啓夾）與"茫洋"相反。舉酒相酬。（啓夾）與"號呼"相反。此吾母今日得以少安，而執禮兄弟所以自幸者也。"

噫！子敬之言如是，諸友之所以賀與予之所言亦無出於此矣！"恩斯勤斯，鬻子之閔斯"。子敬兄弟其念之哉！（啓夾）只一句結，高絶。（昌眉）慨深而神遠。

（陶評）文情跌蕩，格致亦佳。

陳母倪碩人壽序

（啓評）近時名人評震川藝有云：“非疾讀、緩讀，反覆數十過，猝乍也，難領其妙。”此文乍看平平，數過之後便不能舍。

嘉靖十四年，予讀書邑之馬鞍山，陳君仲德爲之主人。其待予有禮，所謂“公執席，妻執巾櫛，舍者避席，煬者避竈”，陳氏有焉，予嘗愧之。當是時，陳君家饒財，（焯眉）饒財是篇中眼目。兄弟相友愛，公私之事悉力無所推避，嘗所推於其弟者，千金不惜也。推本其故，蓋其内之賢有以致之如此。

明年，予應貢入太學，遊兩京，過齊、魯、燕、趙之郊，所至必問其風俗，（啓夾）得之於聞。而與其地之人遊，（啓夾）得之於見。然後而知山野敦樸之老如君者，爲可思也。（啓夾）俯仰回旋，讀之意遠。蓋其文愈盛，其實愈衰；所行愈遠，而所見愈不足。雖然，退而返其鄉，猶是也。（啓夾）此句茫然得妙。豈其數十年之間風俗之變耶？抑其人之孝友重義皆不如陳氏耶？抑陳氏之内之賢者果有以異於人耶？（啓夾）内之賢難説，故前段從陳君兄弟相友愛推出；此一段跌重處，又順用兩層襯起，此文法也。先是，陳君兄弟亦以謝世，獨二母與諸子居。而陳君之室倪氏於是年七十，其子太學生簡，即從予馬鞍山者也，來請予文，以爲母壽。（啓眉）内行不外聞，難以直説，看他用許多襯法委曲引入處。（焯眉）盡禮於師，兄弟友愛，只此便舉世難之，真足令人低徊感嘆。

予思陳氏之厚，求之於今而不可得。（啓夾）此句就陳君兄弟説。而簡之母與陳君同起家，（啓夾）此句乃説到簡母。能相夫以成其友愛，而致其和樂，非其内之賢者耶？（**啓夾**）點題。今數十年來，吴民困於横暴之誅求，富家豪户往往罄然，而陳氏之力有不迨於其先人者。（**啓夾**）文勢低昂起伏。然其母之賢與簡之恂恂孝謹，不隨俗而變者，是其所以爲家之肥者也。（**啓眉**）若無"不隨俗"一句便是直口布袋，又所謂弄死蛇，文所以貴波瀾意度。此句兜裹前文，極淋漓感慨之致。昔予主陳君雖稱其厚，而亦厭其積貯之爲累。使遂刊落，而俾其子一意於詩書之好，而從事於清遠閒淡之中，簡之學當日有得矣。（**說眉**）正人之言，存此以愧世上壽序。（**啓眉**）補足此意，文更周密不懈。（**焯眉**）以其"賢"壓倒"饒財"是篇中大旨。雖然，至今而可也。古者養老之禮、燕飲之節，莫不有孝弟仁義之道於其間，非徒飲酒獻饌而已。故曰君子欲觀仁義之道，禮其本也。吾觀簡也學日至於近，而異於世俗之所爲壽其親者，於是乎可以書矣。（**啓眉**）吾於震川不但服其文，抑亦服其人，議論平正而用意周摯，如此乃可謂醇篤之士。（**焯眉**）結處寓勖勉於奬借之内，是立言之體。

朱碩人壽序

朱碩人爲尚書旅溪之女、張莊懿公之子婦。（**說眉**）記考。碩人生長富貴，公舅並爲六卿，兩族光顯矣。既而與其子太學君客京師，又得今少保徐公爲之子婿，而女封至一品夫人。碩人既已承藉貴盛，及其季年，又發祥於其女子，而往者其孫仲謙復舉於鄉。今年躋八十，少保與夫人問遺饋贈，歲月有加，鄉人是以榮之。（**啓眉**）此段敘其富貴。（**焯眉**）先叙富貴之足以爲榮。

余友秦進士光甫之姑，旅溪尚書之夫人也，碩人於光甫爲女兄。（**啓眉**）此下兩段叙其德。先是，光甫之先人嘗以詿誤幾毁其家，親族往往棄去，而碩人恩勤備至。故光甫每稱碩人之德，其于仁孝藹然也。光甫又言，碩人在公卿家，不能爲閭巷女子治生纖嗇之事，獨其平生莊静，推其孝慈以洽於九族，豈非所謂盛德者耶？（焯眉）叙盛德必於光甫之稱者，避不出於閫之嫌，且亦以明信而有徵，亦立言之體。由此言之，人之居富貴，能享之終始不替也，（啓夾）"終始"二字該括前文公、舅、子、孫等話。非獨天命，亦其盛德有以當之也。（啓眉）且先將盛德意作一虚按，其下再加洗發，極有次第，太僕文慣用此訣。（焯眉）次叙盛德之所以能享富貴。世謂婦人以能治生爲賢，然如先王之教，亦使足以供婦事而已。若如巴寡婦、蜀卓氏之徒，直貨殖之流，何足道哉？（祖眉）議論太過。（焯眉）又反襯一層。《詩》曰："于以采蘩，于沼于沚。于以用之，公侯之事。"又曰："被之僮僮，夙夜在公。被之祁祁，薄言旋歸。"可以想后妃夫人幽閒貞静之容矣。（啓眉）此段即前文"不能治生"一語翻出，妙在前文且只概言盛德，且不説盡，故能於一意中翻出兩層，而文亦有虚實相承、疏密相間之妙。震川最精此訣，如《曹節婦碑陰》亦用此法，其他更難遍舉。（焯眉）又徵引一層以足前意。

歲之某月日，碩人降誕之辰，光甫來徵余文以爲壽。昔少保嘗家居，或以余文相示，特繆加獎誘，以爲可與進於古人。今逾一紀，余落然無所遇，而公方在日月之際，使人有異世知己之嘆。因光甫論碩人事，益知公内德之助。昔《詩》與《春秋》稱公侯夫人，必言姬姜，其原本於碩人，尤不誣云。（焯眉）忽結到少保公及其内助，已離題矣，却一句打轉。

朱君顧孺人雙壽序

朱君官於閩者三年，壽六十，而其内顧孺人先君一年生。

其子上舍某、縣學生某欲爲孺人六十壽,而不敢先也,遲之以竢今年,而徵予爲其夫婦雙壽序,以致之於閩。

吾鄉之俗五十而稱壽,自是率加十年而爲壽。凡壽之禮,其饋贈燕飫必豐,又徵其學士之文詞詩歌,傾其國之人無不至者,此固居於其鄉者之宜。若夫仕則有王事焉,且又不當以稱老,固宜無及於此矣。然古之君子在位,而能宜其人民,則百姓歌思而祝頌之,不獨贊其令德愷悌,必祈以壽考。(**焯眉**)居於鄉宜爲壽,仕而宜其人民尤宜爲壽,兩層是題前立論。而黄耇眉壽之形容想見於車馬衣裘之間,可謂盛矣。由此言之,仕而爲壽尤宜也。(**焯眉**)此段應前一層,却謂仕於閩猶之乎居於鄉,是翻進一步法。(**啓眉**)此段從"官"字生情。

吴與東甌在三代時賓於蠻夷,吴有太伯、虞仲之風,其後頗與中國之會盟,至秦已爲郡縣;而閩懸隔東海,元鼎間,横海、樓船兩將軍軍出武林、白沙、石邪,始建東粤。迄今數千年,俱爲天子内地。文物之盛,無異鄒魯。凡閩人之仕於吴與吴人之仕於閩,猶東西州也。(**啓眉**)此段從"閩"字生情。君優遊臺幕,非有民社之責,而妻子兄弟歡然以官爲家,歲時飲酒上壽,如不出里閈之間,豈不真可賀哉?(**啓眉**)仍與首段"居鄉"句映帶生情,故妙。若無此句,則前路所鈔史漢文成野話。須看意脉所注,不得專以詞采揮霍爲能。抑君之政事足以宜其人民,而紀於閩之士大夫者,閩之人皆知之,無俟於余言也。(**焯眉**)此段應後一層,却謂宜於人民不足言,而其家世與其外内之才賢尤足於誇於閩,又是翻進一步法。(**啓眉**)此段從"致之於閩"一"致"字生情。

獨惟君與孺人家世令族,君爲大冢宰玉峰公之從弟,孺人爲侍御之子,而太保文康公之從子。弘治間,吾邑毛文簡公與冢宰公相繼魁天下,間二科,而文康公又魁天下。崑山小邑,數年間掄魁繼出。孝宗皇帝嘗寧嗟異,至以吾邑里俗之讖傳於宫中。(啓眉)所謂"説到有興頭處便歌唱起來"。更歷兩朝,三公皆位台鼎,而冢宰以厚德元老至今巋然爲鄉邦之望。朱、顧世爲婚姻,而其子弟之才俊與其女子之賢,此尤足以誇於閭之人矣。於是乎書。

徐氏雙壽序

天下承平,以法制抑折豪傑之氣,及其久也,剗磨殆盡,靡靡然無復能任事之人。一旦求其材智勇力之士,(焯眉)材字是主。遂至無一人出以應之。是非天下之乏材,由所以養之馭之不以其道也。(説眉)忽起一大段議論,不知者例作壽文冒頭。(倫夾)凌空發論。(倫眉)突然出此議論,大奇。

予少識徐輔卿,嘗學《禮》於予友方思曾。思曾亟稱之,然而未嘗言輔卿之材也。數年以來,輔卿爲博士弟子,而居於郡城。吴中士大夫皆稱輔卿而慕與之交,至於御史及郡太守嘗欲求民之疾苦,必進輔卿而與之言,無不當其心,則吴民往往陰受輔卿之賜而不知者矣。而或以爲,士之家食,未護進用,宜無事於此。此言一出,非所以待天下之才,而務以抑折其氣,如輔卿者,要爲有用於世而不可少也。(焯眉)入題無痕。輔卿家居,長者日過其門,又能以其餘力治生,貲用益饒,故奉養其親甚歡。凡爲士者汲汲惟其父母之禄養爲念,雖其父母皆然。輔卿未仕,而鄉里蓋以爲愈於禄養之榮且安也,其賢於人遠矣,可不謂之才乎!况將來之富貴方迫之而不可却也。(啓眉)此等句是明朝人文字,元人便不肯如此説。

於是友人王萬全與邑中之素善輔卿者來請予文爲壽,予謂其親之饗有賢子，而獲壽考以保其福禄者，將必有厚德閟而莫能知也，而獨於其子之顯著於人者序之云。

王氏壽宴序

(夫評)震川實善爲壽序，然只此數首佳，此外文愈多愈卑冗，不足觀矣。

王氏之最長老母曰孫碩人，今年八十矣。於其生之月日，諸子姓祝於堂下者若干人，外姻之來祝者若干人，三世之交遊來祝者若干人，皆願碩人之壽自今以往至於無算。又願天下太平，雨暘時若，歲以有年，縣官無苛政急賦，閭里安居，以娱碩人之老。又願其孫若曾孫發揚詩書之業，用於王國，以報本朝二百年生育之恩，碩人及見其榮也。**(啓眉)**祝辭古樸渾茂而有餘理。祝已，其子有功、有親退而與諸賓爲宴。少長詵詵，以獻以酬，既醉既飫，咸相謂以爲此王氏之盛，不可以無述。

予案王氏居崑山之度城，不知其幾世矣。其家古檜老栝蒼然鬱然，尚皆百年物也。度城在漎山湖旁，有數十家之聚，惟王氏居之，無他族。昔有王豫修先生，修身潔行，將及於仕而早世。生平惟以忠孝大節自許，崑山人至今稱之。其子南陽克遵其訓，爲隱德君子，碩人其配也。

吾觀吴中無百年之家者，倏起倏仆，常不一二世而蕩然矣。王氏保有先世之詒，雖時移事易，稍稍侵削，而亦不至於貧；讀書數十世，雖仕不遂，而不至於易其業。碩人俯仰八十年間，顧盼於興廢之際，維持保守之艱，其賢有足稱者哉！若乃爲碩人祝者，前之詞則既美矣，予又何以加焉？

良士堂壽讌序

（**説評**）亦非世俗文字。（**啓評**）此與瀫山先生序同屬一題，而文之體格截然不同如是。十二卷壽序云"吾黨諸公於先生不願爲鄉里頌禱之常詞"，此序則云"長兄淞南與弟子嘉、子材，自喜其家之有此慶"，可以知作文命意造局之法。

昔吾外曾祖居縣南吴淞江之千墩浦，生吾外祖兄弟四人，世有惇德，而家最爲饒，高閎大第，相望吴淞江之上。外祖於兄弟中最少，而伯祖之子孫往往有入太學、仕州縣者。然在正德之末，並以賦役所困，幾至流徙。而瀫山公以伯祖之叔子中憲公之仲子，適以其時舉進士，而吾外氏幾墜而復大振。蓋以瀫山湖以北、吴淞江以南，數百年無顯者，而鍾於是。吾外曾祖四子，而孟氏之支獨盛。從舅中憲公及晏恭人生受誥封，光寵矣。公自郎署守列郡，進陟藩臬，駐節南海，參政中州，起書生，不二十年至大藩，可謂榮貴矣。負用世之才，不苟隨流俗，年且未艾，謝事以歸。卜遷山居，闢園圃，蒔花竹，可謂樂志矣。

吾外祖雖生長國家隆盛之時，迨於季年亦遘彫瘵之會，而公兄弟蒙賴恩澤，家獲洽裕，耕田讀書之外，力政不過其門。而諸子詵詵，有榮進之望，吾外祖時殆不能及也。（**夫眉**）復説一番，得歐之神髓。明年嘉靖乙丑，當甲子一週，而王恭人亦與之同年生。乃以正月八日，公降生之辰，長兄淞南與弟子嘉、子材爲讌會，而自喜其家之有此慶也，使余序之。

余少依倚外家，爲諸舅所憐，公又束髮相慕尚，顧無以當外氏之宅相，而公能昌大其家。恭人並受榮祉，被服祁祁，又亡妻南戴之族也，余亦何情以爲辭？而淞南之命不可虚，且以歲暮遐征,不及預於讌會之末,得以文字獲置俎豆之間,與有榮焉。良士堂者,制詞中褒稱中憲公之語,今取以名所居之新堂也。(抄本作《吴橋周氏壽讌序》,與此文小異,今從常熟本。)

(**夫評**)字句尚有未净刷處,然已入廬陵之門廡矣。

狄氏壽宴序

(**經評**)頓宕。(**虞評**)寥寥數行,波瀾蕩漾無限。(**昌評**)雅峻。

嘉靖甲辰,予友狄尚文試於禮部。既落第,欲隨禄仕,留京師者逾月,然非其志也。又旦暮念其親,竟拂衣以歸,時東明君年已六十矣。

尚文拜於堂下,顧諸弟而喜曰:"吾不能進取以爲父母榮,就令進而有得焉,當在數千里之外,寧能爲一日之歡乎?"是歲十月前晦一日初度之辰,尚文率其弟稽首上壽,鋪筵几,備揖讓,曰:"吾賓客不欲多,惟知游而已。脂膏滫瀡不能具,惟觴酒豆肉而已。"(**基眉**)滫瀡視酒肉何如?於是會者不過數人,酒不過數行,賓主忻忻,歡笑竟日,此可以爲儒雅之會矣。

昔者孔子之於禮蓋盡心焉,蜡,祭之小也;射,藝之末也;鄉飲酒,一鄉之禮也,聖人無所不用其觀也。生辰爲壽之儀不出於古,亦足以寓養老教學之道。而俗以誇詡競於富貴,文至而實不足。狄氏之爲壽異於世之爲者,其可以觀也。於是乎書。

唐令人壽詩序

（**燦評**）此意同上篇，又增“尤有異者”一段文助色。（**啓評**）此與十三卷中戴碧巖序並以“樂”字成文，而用筆各極其妙，此篇則更以質勝。

吴俗重生辰，每及朝，親黨咸集，置酒高會以爲樂，然惟富貴之家爲盛。南雲子爲其内唐令人之壽，乃多貴人長者皆造其廬，自大司寇周公以下悉有贈章，摛詞敷篇，燦然盈室。所以得此，必有由然也。

南雲子初嘗有名於學宫矣，以跌宕自罷去；嘗饒於貲矣，以不事生産傾其有。乃優遊林壤，嘯歌自適，日求其所以樂，則又於歲時伏臘之外爲此會，不戚戚於所遇，而又及時以自娱，可謂難得者也。南雲子稱令人之賢，極口至不容道。觀南雲子於外，則令人之稱其内者可知矣。南雲子又不嫌於自稱也。昔林類百歲，被裘拾穗而行歌不輟，自以無妻子爲樂，孔子不能難也。雖然，彼蓋自解云耳。使又得百歲妻，與之並而歌於畦也，不尤樂乎？

令人初夏得病阽危，南雲禱於神。夜夢菱花瓦盤，初得其一，已又得其一，合之宛然成對。令人病果愈，南雲子是以愈喜。（**啓夾**）其樂可知。令人年六十，凡贈詩若干卷。是爲序。

邵氏壽詩序

（**説評**）郡守文壽布衣，事亦異。（**祖評**）壽叙盛於明代，前此無之，此種文字當以歸先生爲例，故全録之。

長洲邵守中年六十矣，事其祖母，有李令伯之風。爲人敦樸,無城市浮靡之習。三子鏞、錫、鈛皆遊郡膠。錫嘗游於兵備憲副王侯之門,於是守中以某月某日生辰,王侯以詩祝之,自是聞而和之者繼踵。諸子謀壽之梓,而鏞來過予婁江之上,俾予序諸首。(**啓眉**)從壽詩原唱生情。

夫憲使以外臺之重,秉節治戎,體統尊嚴矣。王侯爲郡守,已能崇尚文雅,接引士類,以故郡中俊乂多集其門。其爲人好自脩飾,至其尊禮賢士夫,輒能忘其貴賤之分。既陟憲司,能不改其素。其施於守中,鄉里布衣如平交,此其尤難得者也。

吴爲名郡,前守有稱於史籍,風流儒雅如韋應物、白居易之徒,邈不可及矣。國朝江夏魏杞山脩養老之禮,鄉飲既畢,躬自餞送郭門之外;安陸姚克一尊禮巖穴,每却騎從,造士衡門;近天水胡世甫以詩文集諸郡士,隆下交之禮,此其班班可稱者。自餘真所謂陛戟而進,旁車而趨,"涉之王沉沉者"矣。今日之所見,若太原,何可得哉!抑守中能得此於侯,亦其有以致之,宜諸子以爲寵而傳之也。(**啓夾**)收到守中身上只此一語。是爲序。

卷十五 記

見村樓記

（**説評**）只"游宦""幼子"四字上發出後面文字，曲折。（**年評**）尺幅之中，煙江萬頃，小文字不易如此跳蕩也。（**麟評**）追感往昔，勉勵將來，確是爲故人子作記。（**侗評**）叙述感慨自然，波瀾神似廬陵矣。（**元評**）先生評《史記》有云："如本説此處飲酒，乃説何處閑游景致。如作游山記，本説此處景致，乃云前有某山，後有某水等，乃爲大家文字。"又云："如兩人説話，堂上忽撞出一人來，即挽入其内。"解此方知先生此文之妙，方可讀先生文集，方可窺古作家之意趣矣。（**祖評**）爲延實作記而追想其先人，亦從字生發，而命意極深至，讀此益見先生於李公交情之厚也。（**範評**）震川希心歐曾，如《見村樓記》中段煙波設色處最佳，然如"余能無感乎"句，音韵輕促，不逮歐公。（**鼐評**）淡折，中乃極奇險。（**昌評**）從閑處生情，點綴映帶，歸文特色。

崑山治城之隍，或云即古婁江。然婁江已湮，以隍爲江，未必然也。吴淞江自太湖西來，北向若將趨入縣城，未二十里，若抱若折，遂東南入於海。（**雲眉**）見後"俯隍水"句，始知起數語非閑筆，古文之難如此。（**元夾**）伏。江之將南折也，背折而爲新洋江。新洋江東數里，有地名羅巷村。亡友李中丞先世居於此，因自號爲羅村云。（説眉）寫水一段奇妙。（元眉）史公叙法。（焯眉）出“村”字，意徑曲折。中丞遊宦二十餘年，幼子延實産於江右南昌之官廨，其後每遷官輒隨，歷東兖、汴、楚之境，自岱岳、嵩山、匡廬、衡山、瀟湘、洞庭之渚，延實無不識也。獨於羅巷村者，生平猶昧之。（焯眉）折入“見”字。（麟眉）折入奇警。

中丞既謝世，延實卜居縣城之東南門内金潼港，有樓翼然出於城闉之上，（焯眉）出“樓”字，即以應前作點襯。前俯隍水。遥望三面皆吴淞江之野，塘浦縱横，田塍如畫，而村墟遠近映帶。延實日焚香灑掃，讀書其中，而名其樓曰見村。（説眉）讀先生此等文，真欲焚香下拜。余間過之，延實爲具飯。念昔與中丞遊，時時至其故宅，所謂南樓者，相與飲酒論文。忽忽二紀，不意遂已隔世。今獨對其幼子飯，悲悵者久之。（擇眉）所謂文生於情。（年眉）情事如話。（亮眉）此處若不知有方氏一事者，乃顯後之奇妙。（元眉）此見村樓之的襯。城外有橋，余常與中丞出郭造故人方思曾。時其不在，相與凭檻，常至暮悵然而反。今兩人者皆亡，而延實之樓即方氏之故廬，予能無感乎？（年眉）益有波瀾。（鼒眉）淡折，乃極奇險。（元夾）又一層波致。中丞自幼携策入城，往來省墓，及歲時出郊嬉遊，經行術徑皆可指也。（翁同書眉）方李皆深友也，不可有輕重之詞，而不能無盛衰之感。其詞抑鬱，而其旨則跌宕昭彰矣。此散碎情事，古人綽略過去，不暇細書，先生則全力爲之而不厭也。（綸眉）梅以延實之樓即方氏故廬，此藏而復露也。然方思曾自居郭外，此樓自在城内，所謂方氏之廬或其别業。文藉以紐合兩人耳，無它奇也。

孔子少不知父葬處，（鼒眉）又落套。有輓父之母知而告之，予可以爲輓父之母乎？（綸眉）往往以婦人自比，雖以文爲戲，亦雌聲也。延實既能不忘其先人，依然水木之思，肅然桑梓之懷，愴然霜露之感矣。(燦眉)句法不古。(麟眉)講正意只數語,他手必鋪衍許多。(焯夾)結出見字正意。(綸眉)熙父好《史記》,而造句乃如此! 殆時文爲之纍也。(祖眉)三句太排,亦時調。自古大臣子孫,早孤而自樹者,史傳中多其人,延實在勉之而已。(説眉)妙,語煩便不妙。(雲眉)仁義之人,其言藹如。(鼒眉)與通篇意脉無關合處。(祖眉)一結自不可少,而望溪摘其與通篇意無關合,何也?(焯眉)前叙"見"字處尚在彷彿間,後半於感嘆中寫出指點神情,與前"生平猶昧之"句照應,使人於言外領取。

(焯評)此等文具有至性,讀之使人感涕。

(麟評)以正論結,能令全文聳拔。

(侗評)結更厚。

(祖評)隨地生情,讀之令人深聞笛之感。

(升評)如聞雍門之琴。

(垧評)淡而腴。

見南閣記

(升評)無謂有謂,有謂無謂。

嘉靖十九年,余爲南京貢士,登張文隱公之門。其後十年,沔州陳先生爲文隱公所取進士。余爲公所知,公時時向人道之。先生繇是知余,而無從得而相見也。其後十五年,先生以山西按察副使罷。家居久之,而余始與先生之子文燭玉叔同舉進士。在内庭遥見,相呼問姓名,甚歡,知先生家庭父子間道余也。因與之往來論文,益相契,間屬余記其所居見南閣者。

先生家在雲夢間,而沔、漢二水繞之。先生於其居爲花圃,中爲小閣,沔之勝可眺也。蓋取陶靖節"悠然見南山"之語以爲名。(**元眉**)了題義,起波。每與玉叔讀書論道之暇,携之登閣遠覽。而沔去江南諸峰絶遠,實無所見,姑以寄其悠然之意而已。

一日,天新雨,清凈無雲,與玉叔凭欄,忽見諸峰湧出,樓觀層疊,峥嶸靚麗,久之而後散,而實非江南諸山也。(**説眉**)奇。(**擇眉**)此景險絶。余聞登州有海市,而往歲華亭海上,從金山忽見海市,前此蓋所未聞。(**元夾**)證之今。而史稱衛州既徙,而故時城堞、樓櫓、浮圖之影皆於日中見之,(**元眉**)《金史·五行志》:"正大七年十二月,新衛州北三里許,有影在沙上,如舊衛州城,寺塔宛然,數日乃滅。"神理變幻不可知。(**元夾**)證之古。夫海旁蜃氣象樓臺,廣野氣象宫闕,雲氣各象其山川,殆有是耶?(**王彦子眉**)與《五行志》迥别而理可通,然君子慎言之。登州海市出於春夏,而東坡以歲晚禱海神,一日而見之,(**元夾**)又一層證佐。賦詩以自喜云:"重樓翠阜出霜曉,異事驚倒百歲翁。"又云:"潮陽太守南海歸,喜見石廩堆祝融。"今之所見又非海市石廪比也,先生父子必能賦之。(**侗眉**)實無所見,忽有所見,有此幻景,助其文情。

余於陳氏兩世師門之誼,又重以玉叔之請,且又因以自通於先生,而爲之記云。

(**元評**)此無中生有之法,記體中自闢一格。

真義堂記

(**説評**)文忌實,此文却以實妙。(**紓評**)文叙水道了了然,自是從酈道元《水經注》得來。又往往感今追昔,處處回顧,其沉吟感慨處不亞六一風神。

崑山治之西有地名真義,(**焯眉**)提清"真義"名目。(**啓夾**)詳其里居。其水曰真義浦,其里曰真義村。太湖之水繞郡城婁門東出，經崑山入海。自昔湖瀼相連，茫然巨浸。疑古之所謂三江、五湖，或有在於此者。其後通漕築塘，水迹之非其故久矣。真義在今所謂致和塘上，今之塘，蓋即古之江也。其浦則自巴城湖南來，並其村之東而南入於塘。巴城以西有包湖、傀儡蕩、鰻鱺湖，諸湖相灌輸，或束或放，乍大乍小。（**陶夾**）八字如畫。而陽城湖最大，從西北望之，水與天際，真澤國也。（**元眉**）叙得明暢。（**焯眉**）叙得詳明曲净，真不減週覽圖志。

世傳梁天監時於此置信義縣，而後人失傳，遂以"信"爲"真"。或謂天監所置即真義，以"真"爲"信"，蓋爲宋昭陵諱也。前元時，其地爲金粟道人所居，極一時園池臺榭之盛。（**焯眉**）以上是詳其里居。（**啓夾**）述其里中故事。四方名士如張翥、柯九思、楊維禎、李孝光，皆館於其家，號爲玉山佳處。（**焯眉**）此段是里中故事。予嘗訪其遺趾，求所謂碧梧、翠竹、蓬萊、百花之坊館，不可得而見，未嘗不慨想其人。又嘆其高標絶俗，如冥冥飛鴻，而猶不免自掊擊於世俗也。（**陶夾**）情文並茂，歐公之遺。

予之外高祖太常卿夏公嘗求顧氏之處，買田築室焉。（**啓夾**）借此渡入魏氏。（**庭夾**）綫。然公自居城中，歲時一至而已。最後魏氏復盛於此，其田廬童僕未知與往時顧仲瑛何如也？（**庭夾**）迴繞。而余從舅恭簡公講明河、洛之學，海内之士往往來聚星溪之上；（**啓夾**）著魏氏之所以興。（**庭夾**）與玉山遥應。吾舅光禄典簿東溪先生能將順其兄之志，以慈孝愷悌稱於鄉里。故真義雖村落小聚，而名聞四方。（**元眉**）《左傳》叙韓之戰，總束上文云"故秦伯伐晋"，此處束法便是。總束有力。

嘉靖甲辰，舅氏分析諸子，而仲子濬甫築新居於故宅之南，而名其堂曰真義。舅父母嘗往來過諸子家，就其養。未幾，二親繼謝。尋以倭奴侵掠内地，時湖上煙火不絶，獨濬甫之堂無燬。於是尚僦居城中,欲俟寇平,將還其舊。(焯眉)此是堂之近脉。而旦暮西顧,未能忘也,因求予作堂記。予故詳其里居,以補圖志之所未載,又爲稱述其里中故事,著魏氏之所以興。(焯眉)二句總收。(陶夾)收束通篇。

濬甫遊太學,屢試不第。然其爲人循禮法,能守恭簡公之家教。二子方學進士業,不日有騰騫之望。濬甫年甫四十有六,而二孫皆已勝衣,能趨拜,可知其後之繁衍昌大,而吾外舅厚德之報未有涯也。(啓夾)收應。(鼒眉)何故必終以俗態。

(元評)委曲周匝,波瀾不窮。

(陶評)折重恭簡公講明河洛之學,以壓倒金粟道人,尤妙在閒閒徐徐,不露圭角。

遂初堂記

(説評)識高。(雲評)先生文行神如空,行氣如虹,只是筆筆提得起。(鼒評)此文括盡漢唐以後名臣遭遇,此古人所以必達可行於天下而後行之也。(經評)抑揚進退,一片虛景。(虞評)人於仕宦者應有同情。(倫評)通篇只是推原尤文簡公心迹,使見當時堂之所以名"遂初"者非泛然無謂。(昌評)姚云:"奇情高識。"又云:"此文括盡漢唐以後名臣遭遇,此古人所以必達可行於天下而後之也。"以議論行之,而文氣特爲空逸。

宋尤文簡公嘗愛孫興公《遂初賦》,而以"遂初"名其堂,崇陵書扁賜之,在今無錫九龍山之下。公十四世孫質,字叔野。求其遺址,而莫知所在,自以其意規度於山之陽,爲新堂,仍以"遂初"爲扁,(侗眉)此匾至今尚在,而堂已燬,後人無復之者。余以百里之遠,有志而未逮也。以書來求余記之。

按興公嘗隱會稽，放浪山水，有高尚之志，故爲此賦。其後涉歷世塗，違其夙好，爲桓温所譏。文簡公歷仕三朝，受知人主，至老而不得去，而以遂初爲况，若有不相當者。（**紓眉**）“若有不相當”句，讀者似疑斥駁“遂初”二字未協，不知此文家故爲虚唱之筆也。其文引《尚書》，後寫大臣之志無貪禄戀位之心，確有一種歸田之隱願，以文忠志事襯出文簡，通篇主意抱定一“志”字，則“遂初”二字有着落矣。昔伊尹、傅説、吕望之徒，起於胥靡耕釣，以輔相商、周之主，終其身無復隱處之思，古之志得道行者固如此也。惟召公告老，而周公留之曰：“汝明勖偶王，在亶乘兹大命。惟文王德，丕承無疆之恤。”當時君臣之際可知矣。後之君子非復昔人之遭會，而義不容於不仕。及其已至貴顯，或未必盡其用，而勢不能以遽去，然其中之所謂介然者終不肯隨世俗而移易。雖三公之位、萬鍾之禄，固其心不能一日安也，則其高世遐舉之志宜其時見於言語文字之間而有不能自已者。（**焯眉**）先從志不忘高尚一層跌出高尚，又從勢不得遂其高尚一面折出志仍不忘高尚，曲盡情理。當宋皇佑、治平之時，歐陽公位登兩府，際遇不爲不隆矣。今讀其思潁之詩、歸田之録，而知公之不安其位也。况南渡之後，雖孝宗之英毅、光宗之總攬，遠不能望盛宋之治。而崇陵末年，疾病恍惚，官闈戚畹干預朝政，時事有不可勝道者矣。雖然，二公之言已行於朝廷，當世之人主不可謂不知之，而終不能默默以自安，蓋君子之志如此。（**侗眉**）能道文簡心事，今日士大夫偶一家居，則望長安西向而笑耳，豈有能尋遂初賦者哉！（**雲眉**）賓主硬收，含蓄無限。（**焯眉**）人之高尚與否視乎志，而其志之高尚與否又視乎其位之能安與不能安，如此推究才見得古大臣心迹分明。

公殁至今四百年，而叔野能修復其舊，遺構宛然。無錫，南方士大夫入都孔道，過之者登其堂，猶或能想見公之儀刑。而讀余之言,其亦不能無慨於中也已。

（坰評）紆徐沖淡。

壽母堂記

（説評）此之謂典雅。

正德間,吾崑山許登仕能孝養其母,其母趙孺人者年九十,因名其堂曰"壽母",黄博士應龍爲記。（啓眉）黄博士即吴純甫所從學古文者也,見廿五卷《吴純甫行狀》。登仕之孫,今吏科右給事中子雲,在京師迎養太孺人於邸第,而壽母之堂其扁已撤,於是給事之子汝愚仍其舊名,請予復爲之記,且以致之京師云。

惟許氏世居縣之馬鞍山陽婁江上,有田園租入之饒,而以衣冠世其家,嘗延鄉先生沈通理爲師。時葉文莊公與張憲副節之兄弟皆未第,往來其家。（焯眉）借堂中人作映襯。自洪武至今,其故居無改,而此堂之建計亦在始初卜宅之時。蓋吾縣雖二百年無兵火,而故家舊族鮮有能常厥居者,如許氏蓋不多見矣。（焯眉）此段記堂。堂之名特以時易,今又且再,而皆以壽母,則今之太孺人復當如前者之壽考期頤,而給事雖不及登仕君耕田畜牧、朝夕遊嬉,不出門閭之外,然身在日月之際,而無失晨昏之禮,母子之樂不減前人,此尤世之所難得者。（焯眉）此段記壽母。

昔晉獻文子成室,張老頌之。君子以爲善頌禱,而《斯干》之詩爲新宫賦也。其詞稱兄弟之好與生男女之祥,而其盛及于室家君王,然未有言及其母者。獨《閟宫》之詩云:"天錫公純嘏,眉壽保魯。魯侯燕喜,令妻壽母。"是《詩》之頌侈矣,而不忘壽母,魯之爲禮義之國固如此。（焯眉）此段徵引從堂折入壽母。

夫相宅作室，實家國子孫盛衰隆替之所繫。今許氏之堂奉百年之母者再世，可謂盛且久矣。而以“壽母”爲名，則張老、《斯干》之祝蓋有所根抵，是宜書之以告吾鄉之人也。

（坰評）雅潔。

卅有堂記

（紓評）論理之文最患陳腐，中間就“有”字生意，舉一“求”字爲“有”之敵，一涉於求則所有者便不可問。語以質樸出之，却成有道之言。

沈大中以善書著里中，里中人争客大中。大中往來荆溪、雲陽，富人延之教子，其言楊少師事甚詳。**（吉眉）**“楊少師”句前後皆無關應，不知何意。〇楊少師當指楊凝式，其謂沈大中書法所宗歟？然語究不明。己未八月朔又記。性獨好書，及爲歌詩，意灑然不俗也。卜築於城東南，取昌黎韓子“辛勤三十年，乃有此屋廬”之語，名其堂曰“卅有”。

夫其視世之捷取巧得、倏然而至者，大中不爲拙邪？其視世之貪多窮取、缺然日有所冀者，大中不爲固邪？**（焯眉）**以翻跌起波。嗚呼！彼徒爲物纍者也。天下之物，其可以爲吾有者皆足以爲纍，歉於其未有而求之，盈於其既有而不饜。**（倫眉）**見道之語。夫惟其求之之心生，則不饜之意至。苟能不至於求也，故當其無有，不知其無有，一旦有之，亦適吾適而已矣，玆其所以能爲有者也。**（焯眉）**空中論“有”字一段正是記其名堂之意之善。

大中之居本吾從高祖之南園，弘治、正德間，從高祖以富俠雄，一時賓朋雜沓，觴咏其中，蛾眉翠黛，花木掩映，夜深人静，環溪之間弦歌相應也。鞠爲草莽幾年矣，最後乃歸於大中。夫有無之際，其孰能知之哉！純甫吴先生雅善大中，爲之請記。予觀斯堂之名，有足慨者，遂爲書之。（**庭眉**）借感慨爲文章設色，絶非凡艷可比。

（**元評**）前寫名堂之意，後復一波相映發，位置恰好，濃淡得中。

容春堂記

（**説評**）事足存。（**祖評**）題頗佳，文未稱。

兵溪先生爲令清漳之上，與監郡者不合，例得移官，即拂衣以歸。占園田於縣之西小虞浦，去縣治二里所。蓋自太湖東，吴淞江蜿蜒入海，江之南北散爲諸浦如百足，而小虞浦最近縣。乘舟往來，一日可數十回。園有堂，啓北牖，則馬鞍山如在簷際。間植四時之花木，而户外清水绿疇如畫，故先生名其堂曰“容春”。自謂春於天地之間，雖陰山雪嶺，幽崖寒谷，無所不之，而獨若此堂可以容之者，誠以四時之景物、山水之名勝，必於寬閑寂寞之地，而金馬玉堂、紫扉黄閣，不能兼而有也。

昔孔子與其門人講道於沂水之濱。當春之時，相與鼓瑟而歌，悠然自適，天下之樂無以易於此。夫子使二三子言志，乃皆舍目前之近，而馳心於冠冕佩玉之間。曾點獨能當此時而道此景，故夫子喟然嘆之。蓋以春者衆人之所同，而能知之者惟點也。（**雲眉**）文境雅靚，讀而味愈生。陶淵明《歸去來辭》云：“木欣欣以向榮，泉涓涓而始流。善萬物之得時，感吾生之行休。”淵明可以語此矣。先生屬余爲堂記，因遂書之。（**雲眉**）應結自然，文成而法立。

余之曾大父與兵溪之考思南公成化甲午同舉於鄉,(啓夾)世契。是歲王文恪公爲舉首,而曾大父終城武令,思南公至郡太守。余與兵溪同年生,(啓夾)相知。而兵溪先舉於鄉者九年。庚戌歲,同試南宫,兵溪就官廣平,甫三載已倦游,(啓夾)出處。而余至今猶繫六館之籍。故爲此記,非獨以兩家世契,與兵溪相知之厚,而於人生出處之際蓋有感云。(雲眉)遠致。

自生堂記

(説評)奇文。

予友盛徵伯與余少相善,而吴純甫先生與予爲忘年友,徵伯游其門,與顧給事伯剛等輩四五人尤爲同學相好。數十年間,純甫既謝世,諸公相繼登科第,徵伯獨連蹇不遇。爲人亢直負氣,不肯少干於人,用是日以貧困。(焯眉)先爲徵伯占地位,中段才不低俗。去歲,倭夷犯崑山,徵伯家在東南門,所藏誥命及先禮部篇籍之遺悉毁於兵,屋廬蕩然。予既力不足以振之,獨伯剛篤故人之義,館之齊門之内,所以賑恤之甚厚。

始,禮部官留都,無事,喜方書。徵伯少皆誦習,年長多病,方益精。其女婿鄭生傳薛氏帶下醫,擅名於時。徵伯兼得其書,故於醫學博通。(説眉)叙徵伯以醫名,如許委曲温厚。嘗授徒海上,方數里之内無病死者。徵伯不爲藥劑,但書方與之,其人輒瘉,來謝。予家有病者,徵伯輒療之。或病而徵伯不在,多死。今年徵伯居齊門,所療甚衆。一婦人已死,徵伯爲湯灌之,便覺身動,能舉手至胸。須臾,病良愈,郡人皆以爲神。徵伯亦喜自負,曰:“吾不復授徒矣,將以是行於世。”因誦扁鵲之語云:“越人非能生死人也,此自當生者,越人能起之耳。”遂以“自生”

名其堂。

予一日過郡城，徵伯語以其故。嗟夫！越人之言，（**祖眉**）妙在不説醫，此雅俗之辨，亦立言之體宜爾。吾少時與徵伯相戲，謂治天下者當如是耳。（**焯眉**）到此又見道理開拓，亦是自占地位、立言不苟處。予是時年少放誕，慨然以古皋、夔自命，徵伯復時時誦古文詞，稱説純甫之言，今皆窮老無所遇。余方馳騖不止，徵伯乃能於讀書之暇，用其術以活人，此余之所嘆也，遂書之以爲其堂記。

（**説評**）偶然舉一語，偶然發一論，偶然成文，此天下之巨麗極觀也。

（**垌評**）簡遠有味。

可齋記

（**説評**）非漫語。（**侗評**）一篇講書文字，却與可齋甚切。（**瑚評**）發明聖人心事，可補注疏所未及。（**紓評**）此文非有簡析之筆容易走入高頭講章，讀者須玩其前後照應處。

余友陳敦書爲屋於郡城之隅，而扁之曰"可齋"。嘉靖四十一年春，敦書與余同試春官，數來過余，命之爲齋記。（**夫評**）入得好。

念昔與敦書同舉於鄉，考官張文隱公以孔子命題，余一時之論殆未能盡，嘗欲爲敦書質之。孟子曰："孔子，聖之時也。"孔子"可以仕則仕，可以止則止，可以速則速，可以久則久"者也，孟子所謂"可"者，言孔子因時應變而不滯云耳。聖賢之於天下，非能爲一定之迹，遭時之所宜而亦不容不異。孔子之聖，於春秋之世亦必有以自處者，非謂仕止久速，泛無所適，而特任其所之。余謂孔子既出而不隱，則可以仕、可以久者，孔子之心特其不可以仕、不得已而止，不可以久、不得已而速耳。速與止，非孔子之心。孔子所自處者仕與久也，故自謂異於逸民，而"無可無不可"。"無可無不可"者，乃聖人出而應世，與物委蛇之道，非謂其不可而隱也。(**焯眉**)概論時中之道，則仕止久速原無可不可一成之見，所謂用舍無與於己、行藏安於所遇也。然如此則有道見，無道隱，直聽之時可矣。東西南北何爲者？不知聖人又自有旋乾轉坤之責任，時數之能挽不能挽，造化主之，而不得不盡其挽之之力，却自聖人主之。無可無不可中，此心到底有個存主處，非竟聽之時數之適然而已，是則所謂斯文在兹、有不容已者。讀《論語》"沮溺丈人"等章及《孟子》論孔子處，知此篇之果能發其義也。

天佑下民，作之君師。自堯、舜、三代，聖人無不在位者，孔子之自待可知矣。要之，伯夷、伊尹、柳下惠，此三子者，伊尹於孔子爲近。伊尹五就湯，五就桀，自亳入夏，既醜有夏，復歸於亳。孔子去魯，斥乎齊，逐乎宋、衛，困於陳、蔡之間，十四年而反魯。其任天下何以異哉？但世無成湯，則伊尹必不能如孔子之出，此其所以不及孔子者。孔子蓋自以文王之文在兹，有不容已，而自大賢以下，若曾、閔之徒，則固未嘗使之仕也，其於逸民亦無譏焉。嗚呼！士生於後世，苟非聖人，則可與不可之間宜知所審矣。(**夫眉**)妙論。敦書以予言有發《論語》《孟子》之義，請書以覽觀焉。

(**夫評**)自成議論，文亦入古。

(**祖評**)從同試春官借命題發論，終不免取徑太紆。

耐齋記

(**説評**)删。文有蹊徑,不足存。(**瑚評**)賢不肖相去只争耐不耐之間耳。三耐中辱爲難,久亦不易。賢人而在下位,皆有感於斯篇。(**雲評**)如環無端。(**經評**)能耐不能耐是解嘲語。(**虞評**)足破俗情。(**紓評**)題極無聊,觀其擺脱處極爲活潑。

萬安劉先生來教崑山學,學有三先生,而先生所居稱東齋。先是,兩齋之衙皆在講堂東偏,近乃徙之西,頗爲深遠清閟。先生至,則扁其居曰"耐齋"。(**焯眉**)先寫"耐字"正面。

予嘗訪先生於齋中,於時秋風颯然,黄葉滿庭,户外無履迹。獨一卒衣皂衣,承迎左右,爲進茗漿,因坐語久之。先生曰:"吾爲是官,秩卑而禄微,月費廩米三石,具饘粥,養妻子,常不給,爲耐貧;(**陶夾**)點次佳。上官行縣,吾於職事無所轄,往往率諸生郊迎,至則隨令、丞、簿拜趨唯諾,爲耐辱;久任之法不行,官無崇卑,率以期月遷徙速化,而吾官常不遷,爲耐久。有是三耐,吾是以名吾齋。"予既别去,一日,使弟子沈孝來求齋記。

昔孟子論士不爲道,至於爲貧而仕,惟抱關擊柝爲宜。夫舍學者之職業而爲抱關擊柝,蓋亦有甚不得已者矣。惟近代學官與書院山長之設以待夫士之有道而不任職者,蓋爲貧與爲道兼行而不悖,此其法足以優天下之學士,爲特愈於前世也,故當時號博士官爲清高。雖然,求爲清高而其間容有不能耐者。(**陶夾**)一折妙。夫使其不能耐,則雖博士官不可爲矣;使其能耐,如孟子所謂抱關擊柝可也。揚雄有言,非夷齊而是柳下惠,首陽爲拙,柱下爲工。士之立身各有所處,夫使其能耐,雖至於大臣宰相可也。(**陶夾**)滑稽尤妙。因書其説,使孝歸而質之先生云。

(雲眉)結語不測,中具萬言。

雙鶴軒記

(説評)得一結亦便奇。

余往年游金陵,識張氏諸賢於雞鳴山。余鄙率,知稱人之字,不知張君之號爲鶴洲也。余家去華亭一舍,往往識其賢士大夫於數千里之外,而居家未嘗相往來,豈九峰、三泖能隔絶人如此耶?故人陸宗道來,致張君之意,求記所謂雙鶴軒者。

華亭故産鶴,土人於海上捕取養之。上海下沙有鶴巢村,所産鶴號爲仙品,故秀州之地與水多以鶴名。而張君初自號鶴洲,一夕夢東坡先生語之云:"子名鶴洲,不如雙鶴之祥。"其意若望張氏當踵前世科名顯於世者。東坡嘗稱鶴之爲物清遠閑放,超然於塵垢之外,詩人以比賢人君子隱德之士,而夢中之意乃若爲張氏切切於世俗之榮名者。坡公以文字變幻,要不可測度,如爲王氏《三槐堂銘》,謂:"修德於身,責報於天,取必於數年之後,如持左券交手相付。"則其於今之"雙鶴"云者,亦必有説矣,恨不得從張君親質之。

初,君之考舉進士,至都憲。而君以太學上舍屢試不第,選調陝西都司幕官,未幾投劾歸。今其子孫彬彬然邦家之秀,鶴夢之符庶其在是!抑張君乃能感坡公於夢寐之間,亦豈易得者?公嘗云:"延州來季子、張子房,皆不死者也。"愚於公亦云。

(未刻稿説眉)結一段縹緲雲山,描畫不就。

(説評)文要看層數,如此一結更深遠。學文須悟此層數,乃能料簡古今之文,才識邪正。

雪竹軒記

（**説評**）似東坡得意之文。（**侗評**）文似東坡公小品。（**雲評**）雪竹爲先生妻侄，求一記久不報。及作此文，第序其平生，一字不及雪竹，若不經意者。然異日爲撰墓誌特工，故知雪竹之愛無謂，無須穿鑿也。（**元評**）"雪竹"二字無可着筆，才着筆便俗矣。故通篇只以情事串合，而馮山人之風致概可想見。（**坰評**）因題意枯窘，借山人自言及請記本末作波瀾，可備一格。

馮山人爲予言："吾甚愛雪竹，故人以雪竹呼吾，因以名吾軒，請子記之。"予不暇以爲，而山人求之數歲，或以詩，或以書，日月一至。予以山人所以得於雪竹者，山人自知之，（**元夾**）一筆揭過。豈有假於予之言？是以曠歲而不荅也。（**倫眉**）求之數歲，以詩以書，是通篇布置綫脉，篇中有虚應處，有實應處。（**基眉**）不想熙甫有此妙語。

山人少喜爲詩，詩出，而上海陸文裕公亟稱之。先是，山人居崑山之安亭，及予來安亭，則山人已遷上海界中，與安亭隔一江。予嘗過永懷寺，愛其古桂，坐久之，問寺中所往來者。僧曰："地僻，絶無人，惟有馮山人時時過江來，獨吟桂樹之下。"（**元夾**）畫出山人兩目。予後數見之於張通參之座，通參與湖州劉尚書爲社會，二公皆稱山人爲篤實君子。（**侗眉**）落落自佳。

去年，山人年老矣。與通參游匡廬、武夷，還而示予紀遊詩一編。予戲曰："馮先生之雪竹必求之匡廬、武夷間耶？"今年，予買田青浦之嵩塘。山人與予書曰："吾近卜築盤龍，與嵩塘近，子來觀我雪竹。"予性懶，不能謁青浦令，爲其所怒，所買田幾爲奪去，予亦削迹兹土矣。

山人復遣其子來，曰："吾前告子雪竹軒，復移盤龍也，吾年老於此。子許我記，幾年不能得，今吾旦暮死，惟欲得子一言，是吾心也。”予問山人起居，其子曰：“去年與通參行郡中，老人目不能了了，道間有古井，無石欄，（元夾）如畫。不覺，越過之，幾墜，自此不復出。”每自嘆曰：“匡廬、武夷，不可復至矣，雪竹則何所無之？”其子去，又數數書來。會予方北上，思欲一造山人之竹所而不能矣。因書之以告别，且使揭之楣間，爲雪竹軒記云。（祖眉）呼應太密，便類帖括。

（元評）叙次欲活，非神明於古法者不能。

清夢軒記

（説評）虞山汰此文亦當，然先生説夢處自近道。（侗評）以夢講學，大有老頭巾氣。

余友王子敬於其居之西構爲書室，而題其額曰“清夢軒”，請余爲之記。

余讀《無羊》之詩，疑説詩者之未得其旨，此蓋牧人之夢焉耳。牧人夢中所見，羊角牛耳，濈濈濕濕，降河而飲，或寢或訛。而牧人且簑笠負餱，爲之取薪蒸，博禽獸以歸，則以肱麾牛羊而來。以牧人之愚，而夢中之景象如此，故嘗謂人心之靈無所不至，雖《列子》所稱黄帝華胥之國、穆王化人之居，而心神之所變幻亦當有之。顧莊周、列禦寇之徒，厭世之混濁，恍洋自恣，以此爲蕉鹿蝴蝶之喻，欲爲鳥而戾於天，爲魚而没於淵，其意亦可悲矣！（陶夾）此段極之於奇，如華嚴樓閣，彈指即現。

人之生，寐也，魂交也，夜之道也；覺也，形開也，晝之道也。《易大傳》曰：“範圍天地之化而不過，曲成萬物而不遺，通乎晝夜之道而知，故神無方而《易》無體。”夫唯通知乎晝夜之道，則死生夢寤之理一矣。子思曰:“喜怒哀樂之未發謂之中,發而皆中節謂之和。中也者,天下之大本也;和也者,天下之達道也。致中和,天地位焉,萬物育焉。”喜怒哀樂不亂其心,故虚明澄澈,而天地萬物畢見於中。古之聖人端冕凝旒,俛仰之間而撫四海之外,如牧人之夢,而清廟明堂、郊丘廬井、俯仰升降、衣服器械,出乎其心之靈,自然而已,而何所作爲哉?(**陶夾**)此段歸之於正,即陽明“致良知”之説。子思曰:“戒慎乎其所不睹,恐懼乎其所不聞,君子之慎其獨也。”孟子曰:“夜氣足以存。”此非清夢之説乎!

子敬敏而好學,駸駸有志於道,慕近世儒者,以夢寐卜其所學,故以名其齋。予是以告之以子思、孟軻之説也。

(此文錢宗伯汰之,今仍存。)

(**陶評**)其理醇乎其醇,不意於等閒中發出,恐他人夢想亦不能到也,是謂儒者之文。

櫟全軒記

(**説評**)無味。(**年評**)滑稽之雄,甚類《莊子》。(**紓評**)“櫟全”義本出《莊子》,然文須闡發“全”字之義,中間處静觀動、居逸窺勞數語,於所以得全之數總括無逸。

餘峰先生隱居安亭江上,於其居之北構屋三楹,扁之曰“櫟全軒”。君爲人坦夷,任性自適,不爲周防於人。意之所至,人或不謂爲然,君亦不以屑意,以故人無貴賤皆樂與之處,然亦用是不諧於世。君年二十餘舉進士,居郎署,不十年爲兩司。是時,兩司官惟君最少,君又施施然不肯承迎人,人有傾之者,竟以是罷去。

會予亦來安亭江上,所居隔一水,時與君會。君不喜飲酒,然會即談論竟日,或至夜分不去,即至他所亦然。其與人無畛域,歡然而情意常有餘如此也。君好山水,爲郎時奉使荆湖,日登黄鶴樓賦詩飲酒。其在東藩,謁孔林,登岱宗,觀滄海日出之處。及歸,則慕陶峴之爲人,扁舟五湖間。人或訪君,君常不在家。去歲如越,泛西湖,過錢塘江,登子陵釣臺,游齊雲巖,將陟黄山,歷九華,興盡而返。(**焯眉**)鋪寫全中,得處一層虚一層實。

一日,邀予坐軒中,劇論世事。自言:"少登朝著,官資視同時諸人頗爲凌躐。一旦見絀,意亦不自釋。回首當時事,今十餘年矣。處静以觀動,居逸以窺勞,而後知今之爲得也。(**焯眉**)三句收束前段。(**陶夾**)正理參透。天下之人孰不自謂爲才,故用之而不知止。夫惟不知其止,是以至於窮。(**焯眉**)以下發論反襯前意。漢黨錮、唐白馬之禍,駢首就戮者何可勝數也?二十四友、八司馬、十六子之徒,夫孰非一世之才也?李斯用秦,機、雲入洛,一時呼吸風雷,華曜日月,天下奔走而慕艷之。事移時易,求牽黄犬出上蔡東門,聽華亭之鶴唳,豈可得哉?則莊生所謂不才終其天年,信達生之至論,而吾之所託焉者也。"(**焯眉**)徵引才之不中,一層逆説,一層順説。(**祖眉**)即題發論,容易落套。叙其人之生平,此處及所自言收到"櫟全"作結,須玩其布置妥帖處。(**陶夾**)一拍便醒。

予聞而嘆息,以爲知道之言。(**焯眉**)轉歸正論,此是文章把柄處。雖然,才與不才豈有常也?世所用楩梓豫章也,則楩梓豫章才,而櫟不才矣;世所用櫟也,則櫟才,而楩梓豫章不才矣。君固清廟明堂之所取,而匠石之所睥睨也。而爲櫟社,君其有以自幸也夫!其亦可慨也夫!(**侗眉**)此論更勝。(**祖眉**)此處妙。(**谷眉**)放筆句句爲櫟全二字反照,非浪使才也。(**倫眉**)余願置身才與不才之間，而君竟以櫟自全矣。結竊嘆世之縱横仕路者猶馳騖而不知止，其之未聞道也夫。（陶夾）篇終接混茫。

（祖評）玩其轉接無痕之處，比宋元諸家尤細，亦古今之殊。治古文辭者當從此種入門便不墮膚廓一派，且不至有傖父面目矣。

（陶評）用意用筆俱如風水相遭而文自生，結處尤爲超曠。

悠然亭記

（瑚評）孤情遠韵，可與陶公詩並傳。（畇評）已見大意，先生集中第一等文。

余外家世居吴淞江南千墩浦上，表兄澱山公自田野登朝，宦游二十餘年，歸始僦居縣城。嘉靖三十年，定卜於馬鞍山之陽、婁水之陰。憶余少時嘗在外家，蓋去縣三十里，遥望山頽然如積灰，而煙雲杳靄，在有無之間。今公於此山日親，高樓曲檻，几席户牖常見之。又於屋後構小園，作亭其中，取靖節"悠然見南山"之語以爲名。

靖節之詩類非晋、宋雕繪者之所爲，而悠然之意每見於言外。不獨一時之所適，而中無留滯，見天壤間物何往而不自得？（焯眉）此便是所以悠然處。余嘗以爲悠然者實與道俱，謂靖節不知道，不可也。公負傑特有爲之才，所至官多著聲績，而爲妒媢者所不容。然至今朝廷論人才有用者必推公，公殆未能以忘於世，而公之所以自忘者如此。

靖節世遠，吾無從而問也，吾將從公問所以悠然者。夫"山氣日夕佳，飛鳥相與還。（祖眉）"夫"字過硬，應改"靖節詩云"。此中有真意，欲辨已忘言"，靖節不得而言之，公烏得而言之哉？

公行天下，嘗登泰山，覽鄒、嶧，歷嵩、少間，涉兩海，入閩、越之隩阻，兹山何啻泰山之礨石？顧所以悠然者特寄於此！《莊子》云："舊國舊都，望之暢然。雖使丘陵草木之緡入之者十九，猶之暢然，况見見聞聞者也？"（**燦眉**）引《莊》語亦少鎔鑄融鑄。予獲侍斯亭而僭爲之記。

（常熟本削去篇末引《莊子》語，今從崑山本。）（**説眉**）削之更佳。

卧石亭記

余聞四十年前，大末之人有來爲吾縣者曰方棠陵先生。棠陵海内之士，遊何、李諸人間，以詩文名，其爲縣令風流文雅，有惠愛於人，至今人思之。

嘉靖某年，徐君以選貢自大學上舍調爲縣主簿，則大末之人也。君一見而問棠陵，庶幾吾民其有望耶？君構亭於齋之隙，扁以"卧石"。曰："吾少時喪吾親，嘗廬墓，墓在浮石山。今宦遊於此，雖吴越比壤，杳然松楸在千里之外，風木之感不能頃刻忘之，是以名吾亭。"

余考圖志，西安之北有石丈餘，水大至不没。白樂天詩云："浮石灣前停五馬，望濤樓上得雙魚。"（**鼒眉**）引律詩入古文自東坡始，開陳眉公輩陋習。（**孫眉**）引律詩入古文，此自東坡始，其實不雅，開陳眉公輩陋習。君所卧豈此石耶？君今參與民社之事，不得復卧石矣。抑仁人孝子之心一也，古之仁人，殺一草一木爲非孝。今吾民之疲瘁已甚，内有賦役之重，外有蠻夷之擾。君皆有事焉，能推其仁心，是所謂一舉足而不敢忘父母也，其棠陵之鄉之人也耶！是以爲之記。

滄浪亭記

(**説評**)無意趣。(**麟評**)跌宕有韵,太僕文之别調。(**駒評**)跌宕感慨,潔凈而有不盡之味,此等與歐曾並馳可也。(**經評**)慷慨有餘哀。(**虞評**)詮次與議論俱逸絶。(**紓評**)步武全仿歐公,極俯仰沈吟之概。(**昌評**)文能自起波瀾。

浮圖文瑛居大雲庵,環水,即蘇子美滄浪亭之地也。(**麟眉**)提清。亟求余作滄浪亭記,曰:"昔子美之記,記亭之勝也,請子記吾所以爲亭者。"

余曰:"昔吴越有國時,廣陵王鎮吴中,治南園於子城之西南,其外戚孫承佑亦治園於其偏。迨淮海納土,此園不廢。蘇子美始建滄浪亭,最後禪者居之,此滄浪亭爲大雲庵也。(**焯眉**)自園而亭,自亭而庵,序次中看其紀律。有庵以來二百年,文瑛尋古遺事,復子美之構於荒殘滅没之餘,此大雲庵爲滄浪亭也。夫古今之變,朝市改易。(**麟眉**)發感慨波瀾壯闊。(**元夾**)開。嘗登姑蘇之臺,望五湖之渺茫,群山之蒼翠,太伯、虞仲之所建,闔閭、夫差之所争,子胥、種、蠡之所經營,今皆無有矣。(**元眉**)借此作波,既不寂寞,又不龐雜。庵與亭何爲者哉?(**元夾**)合。(**陶夾**)尺幅中波瀾壯闊。雖然,錢鏐因亂攘竊,保有吴越,國富兵强,垂及四世。諸子姻戚乘時奢僭,宫館苑囿極一時之盛,而子美之亭乃爲釋子所欽重如此,可以見士之欲垂名於千載之後,不與其澌然而俱盡者,則有在矣。"(**麟眉**)折入處不難其筆力簡勁,而難其意味無窮。(**雲眉**)悲壯淋漓,咫尺有萬里之勢。(**焯眉**)後半議論波瀾,作兩層感慨,前一層闊遠,後一層切近,自成賓主開合之勢。(**啓夾**)此是所以爲亭之意,妙在不説破。

文瑛讀書喜詩,與吾徒游,呼之爲滄浪僧云。(**麟眉**)略叙文瑛。(元眉)結穴處必有旨趣方不孟浪。

(雲評)層折頓挫,神味逼真歐陽子。

(畇評)不爲釋子説法,而從子美起,方見儒者氣象。

(倫評)自園而亭,自亭而庵,序次中有紀律。

(元評)神味雋永,界畫嶄然,是曾子固文字。煙波淡森。

(偉評)可與子美記相埒。

(陶評)議論亦人人所有,而氣韵特高。

花史館記

(侗評)串合花史處未免扭揑。(焯評)觀世如史者,於吾耳目之所接,如觀前代之善惡,是是非非,瞭然於心胸,而後有以自檢於吾身。觀史如花者,看百代之善惡是非皆如親見此花之妍媸,與親試栽培此花之術之得失,而後有以自省於吾心。作如是觀,才於性分上事有所關涉。若云觀天地間事上下兩千餘年,猶如四時之花之開謝於吾前,是僅指其廢興盛衰而言,此自是氣化上事,觀與不觀同耳,故近世達人之見只與庸俗一流爭較高下,於君子之道毫無當也。以先生之高明猶不越此,可慨也夫!

子問居長洲之甫里,余女弟婿也。余時過之,泛舟吴淞江,遊白蓮寺,憩安隱堂,想天隨先生之高風,相與慨然太息,而子問必挾《史記》以行。余少好是書,以爲自班孟堅已不能盡知之矣。(説眉)謂班孟堅不知《史記》是正論,後一段文字尚有蹊徑,少意味。(陶夾)快論,篤論。獨子問以余言爲然,間歲不見,見必問《史記》,諸不及他也。會其堂燬,新作精舍,名曰花史館。蓋植四時花木於庭,而庋《史記》於室,日諷誦其中,謂人生如是足矣,當無誉於世也。(祖眉)二語是一篇之骨,否則便如帖括中小題家數矣。

夫四時之花木在於天地運轉、古今代謝之中,其漸積豈有異哉? 人於天地間,獨患其不能在事之外而不知止耳,静而處其外,視天地間萬事如庭中之花開謝於吾前而已矣。(**説眉**)余少亦作此語。(**擇眉**)是微言,是高論,是真語、實語,讀者參之。自黄帝迄於太初,上下二千餘年,吾静而觀之,豈不猶四時之花也哉?(**陶夾**)又轉一意。吾與子問所共者百年而已,百年之内視二千餘年不啻一瞬,(**祖眉**)超悟語。而以其身爲己有,營營而不知止,又安能觀世如史、觀史如花也哉?(**雲眉**)花、史二字鑄成一片。(**谷眉**)將花、史二字融成一片,豈非入神之筆?(**祖眉**)挽筆無痕。

余與子問言及此,抑亦進於史矣,遂書之以爲記。(**雲眉**)惟静者能領此言。

(**瑚評**)花耶,史耶? 是一,是二? 其曠退方是花史館主人。

(**元評**)花與史本不相涉,此特寫得融洽,而寸幅中無限低徊。

(**陶評**)花、史二字本無情理,文鑿然爲之牽合,而又絶不費力,故爲高手。

杏花書屋記

(**紓評**)謂公以科名望其子孫,是冀其世世享德,爲國宣力,此種回護方見所望之不俗,善於文者固善於擇言也。

杏花書屋,余友周孺允所構讀書之室也。孺允自言,其先大夫玉巖公爲御史,謫沅湘時,嘗夢居一室,室旁杏花爛熳,諸子讀書其間,聲琅然出户外。嘉靖初,起官陟憲使,乃從故居遷縣之東門,今所居宅是也。公指其後隙地謂孺允曰:“他日當建一室,名之爲杏花書屋,以志吾夢云。”

公後遷南京刑部右侍郎,不及歸而没於金陵。孺允兄弟數見侵侮,不免有風雨飄摇之患。如是數年,始獲安居。至嘉靖二十年,孺允葺公所居堂,因於園中構屋五楹,貯書萬卷,以公所命名揭之楣間,週環藝以花果竹木。方春時,杏花粲發,怳如公昔年夢中矣。而回思洞庭木葉、芳洲杜若之間,(**元眉**)周列子語,却好收拾。(**祖眉**)略施粉澤,殊不俗。可謂覺之所見者妄而夢之所爲者實矣。登其堂,思其人,能不慨然矣乎?(**侗眉**)人生如是,能不惘然。

昔唐人重進士科,士方登第時則長安杏花盛開,故杏園之宴以爲盛事。(**元夾**)從此生出議論。今世試進士亦當杏花時,而士之得第多以夢見此花爲前兆,此世俗不忘於榮名者爲然。公以言事忤天子,間關嶺海十餘年,所謂鐵心石腸,於富貴之念灰滅盡矣,乃復以科名望其子孫。蓋古昔君子愛其國家不獨盡瘁其躬而已,至於其後,猶冀其世世享德而宣力於無窮也,夫公之所以爲心者如此!(**庭眉**)偏於極俗事轉折出大道理來,乃見作家本領。

今去公之殁曾幾何時,向之所與同進者一時富貴翕赫,其後有不知所在者。孺允兄弟雖蠖屈於時,而人方望其大用,而諸孫皆秀發,可以知詩書之澤也。《詩》曰:“自今以始,歲其有;君子有穀,貽孫子。於胥樂兮?”吾於周氏見之矣。

(**元評**)俗題尋出第一等議論,與歐公《晝錦堂記》同一機軸。

題玉女潭記

（年評）有言外意，極得體。（麟評）史君好神仙怪奇之説，故即以其事破之，可謂諧妙。

陽羡山水奇勝，稱張公、善卷洞及玉女潭，其名皆托於神仙。余讀《山海經》，昆侖之山、廣都之野、軒轅之丘、不死之國，以爲此不過如齊諧、鄒衍之徒之説者。然今天下名山在於中州，往往多仙人之遺迹，豈其事皆信然歟？（年眉）澹蕩欲絶。

溧陽史氏自漢杜陵壯侯以來數百年，世謂之史侯家。由溧陽至玉女潭四十里，史君於其間爲之�莽焚茅，伐石疏土，人力既殫，天工始見。由潭以往得二十四景，名而揭之，如所謂仙館、佛窟、瑶臺、琪樹、鶴坡、鼉峽之類。好事者聞而慕之，不得至，如望見之焉。

天下太平，天子明聖。史君爲中朝貴臣，而乃自逃於山澤之間，點綴蒼碧，緣著怪奇。使後百年，便以史君爲仙人也。由此言之，余殆疑所謂仙人之迹者，皆遯世長往之士有所托而爲之，亦史君類耶？（麟眉）一筆收應明了。（焯眉）結得縹緲。

（元評）亦是借題諷世，而筆意淡折，有遠神。

婁曲新居記

（説評）平遠。（年評）中間用馬文淵、班定遠二事極生色。

婁曲新居者，吾縣在婁水之曲，沈先生故以名其居。始，自吴有國，其東門曰婁門，震澤之水由是東入海，故水爲婁江，古婁門外馬亭溪是也。溪上復城，越王餘復君之所治，因之爲婁縣，王莽曰婁治，吴有婁侯，而或謂之瞜城。江入海口爲劉家港,“瞜”與“劉”聲近訛。吴大,瞜蓋在北野,禺䅲東所舍云。沈先生世縣人,年七十矣,未始出於婁曲也,而以名其居,蓋自謂終老於此云爾。(焯眉)此段記委曲。

昔伏波將軍平交趾還,言:“吾弟少游,哀吾慷慨有大志,曰士生一世,取衣食裁足,乘下澤車,御款段馬,爲郡掾吏,守墳墓,鄉里稱爲善人,斯足矣。致求赢餘,徒自苦耳。當吾在浪泊、西里間,下潦上霧,毒氣薰蒸,仰視飛鳶跕跕水際,念少游平生時語,何可得也!”班定遠在西域,年老,乞哀求還,不敢望到酒泉郡,“但願生入玉門關”。(燦眉)引古太煩。二人者,君子蓋悲之。(侗眉)收束馬班一段。

嗟夫!人生百年之内,爲日有幾?欲窮萬里之道,日馳騖而不知止者,何也?先生蓋自叙其少時艱難之迹,曰:“吾晚得地於郊外,安而樂之,名其圃曰南園,其館曰星槎,其堂曰卅有。”曰:“吾而後庶幾其有之,已又鬻他姓,於今始卜於縣之南街。親朋往還,里俗淳厚。有宅一區,有屋數椽。有花有竹,濁醪一壺,黄虀數莖,焚香賦詩,自喻桑榆之樂,物無能易之。傳謂逆旅無常,爲遷徙之徒,兹則庶乎可免矣!”

余讀其辭,蓋有隱居之致,而有感於昔之人發憤伉志、争功名於萬里之外,乃至白頭顧念,忽有首丘依風之感,因以嘆夫漂漂者何所極也!(年眉)淡甚,悲甚。遂書之以爲記。(焯眉)此篇中後多填用現成事、現成語,其聯絡挽合處着句無多,自然融洽一片,此妙自《中庸》後惟《史記》有之。

寶界山居記

(説評)作山水文字要實,又要靈。(燦評)記此爲第一。(紓評)震川南人,南中山水歷之最詳,雖未至寶界,然由太湖上諸山推之，寶界即在其中。文之勝處在“挾湖爲勝”四字，重言之，則寶界之瀕湖決不能外。文末追嘆摩詰，大有餘味。(**鼐評**)起勢甚開張。

太湖，東南巨浸也，廣五百里，群峰出於波濤之間以百數，而重涯别塢，幽谷曲隈，無非仙靈之所栖息。天下之山得水而悦，水或束隘迫狹，不足以盡山之奇。天下之水得山而止，山或孤孑卑稚，不足以極水之趣。(**元眉**)見公之懷抱。後幅議論已伏於此。(**焯眉**)好議論！吾更下一轉語："天下山水之奇趣，得出處有道之人而後契。人或濡足腥膻，不足以壯山水也。"太湖漭淼澒洞，沉浸諸山，山多而湖之水足以貯之，意惟海外絶島勝是，中州無有也，故凡犇涌屏列於湖之濱者皆挾湖以爲勝。(**苞眉**)起勢甚開闊。(**雲眉**)懸腕雙鈎，湖山如畫。(**孫眉**)起勢甚開展。(**陶夾**)妙折奇致。

自錫山過五里湖，得寶界山，在洞庭之北，夫椒、湫山之間，仲山王先生居之。先生早歲棄官，而其子鑑始登第，亦告歸。家庭間日以詩畫自娱，(**元夾**)伏。因長洲陸君來請予爲山居之記。

余未至寶界也，嘗讀書萬峰山，盡得湖濱諸山之景，雖面勢不同，無不挾湖以爲勝。而馬迹長興，往往在殘霞落照之間，則所謂寶界者，庶幾望見之。(**燦眉**)妙。昔王右丞輞川别墅，其詩畫之妙至今可以想見其處。(**焯眉**)出處不失是才與湖山之趣稱，不然，腥膻既濡，雖巨浸不能浣也。前後議論足相配。仲山之居，豈减華子岡、欹湖諸奇勝？而千里湖山，豈藍田之所有哉？摩詰清思逸韵，出塵壒之外，而天寶之末，顧不能自引决，以濡羯胡之腥膻。以此知士大夫出處有道，一失足遂不可浣，(**雲眉**)靈山縹緲，文外有神。如摩詰，令人千載有遺恨也。今仲山父子嘉遯於明時，何可及哉！何可及哉！(**瑚眉**)於山水寄託中忽出莊語，使人讀之凛然。(**倫眉**)方極幽閑之致，忽發如許感慨，足見古人爲文必有關係。(**鼒眉、孫眉**)引古人作証，究竟落套。(**元夾**)轉捷。

(**元評**)從詩畫想出王右丞作陪，而以失足遺恨不如嘉遯之高作結穴，大家文字總無浪費筆墨也。其前後議論暗相照應，尤見神理之妙。

(**祖評**)結處用王右丞相形，殊無意味。此牽率應酬之作，可汰。

(**陶評**)首段論山水之勝，妙折奇致，結處嗤點摩詰，餘韵悠然。

南陔草堂記

(**燦評**)意生於題。(**雲評**)文中有詩，味之無極。(**瑚評**)爲《南陔》補亡，經術湛深，漢儒、宋儒别據一席。(**吉評**)於此益見存稿時删節之妙。

予友陳吉甫卜居於縣城之東南門須浦之上。蓋自門南出，爲走松江之道，江之南北村民有徵召會集，必由於此，故爲市頗囂雜。(**説眉**)東氏無所辭其陋。而吉甫之宅在浦西，予家舊居東南門，所謂河西者也。而浦所自出，爲縣之隍。婁水循是而東，至太倉入海。舟行晝夜，叫呼不絶，吉甫家負隍而並浦，獨蕭然有林野之趣。於其居之後爲堂若干楹，前臨小池，有亭榭花石。池南有幽徑，西出則平疇曠然。堂之西爲圃，多竹樹花果。又有堂若干楹，吉甫以爲娱親之所，故以南陔名焉。

予讀《詩・小雅》，至於《六月》之序，以爲自《鹿鳴》至《菁菁者莪》二十二詩，蓋先王之所以治天下者盡在於是。“《小雅》既廢，則四夷交侵，而中國微矣”。然是詩必以《南陔》爲之本。（**焯眉**）以下從《南陔》發論，義極閎闊。人無孝友之心，則君臣、兄弟、朋友何由而得其叙？和樂、忠信、廉耻、禮義，何由而得其道？法度、蓄積、師衆、征伐、功力，何由而得其度？福禄何由而綏？陰陽何由而得其理？賢者何由而得其所？萬物何由而遂？爲國之基何得不墜？恩澤何得不乖？萬物何得不失其道理？萬國何得不離？諸夏何得不衰？此四夷之所以交侵而中國微也。故鄉飲酒禮、燕禮，皆鼓瑟歌《鹿鳴》《四牡》《皇皇者華》，然後笙堂下奏《南陔》《白華》《華黍》，蓋外盡君臣而内反之父子之際，而王道備矣。漢儒掇拾於秦火之後，亡逸此篇，至今遂以笙奏，有聲而無辭，而不知古詩三百篇，孔子皆弦歌之，以求合韶、舞、雅、頌之音。若本無其辭，而何以有《南陔》《白華》《華黍》之篇名？今世所傳《新宫》《采齊》《狸首》《驪駒》及《三豳》《三夏》《九夏》之類，其辭逸者固多也。束廣微補亡之篇，庶亦近之，而用意止於晨羞夕膳之間。求之於詩，《卷耳》《采蘋》諸作雖閒淡而意深遠。至如《陟岵》《蓼莪》，有幽遐罔極之思，束氏不能及也。（**説眉**）中一段太像劉向。（**侗眉**）鋪叙冗遝，震川之纍筆也。（**祖眉**）議論未免帖括氣，鋪排詩、叙過繁故也。（**焯眉**）所見者大於此，觀讀書之識。（**擇眉**）此辯極確。

吉甫之尊人與家君同學，既老，又同與社會。在社中，終日忻忻，飲酒必醉而後去。而平生有孝友之行，吉甫又能承奉之。則凡登其堂者如聞鐘鼓，如聆笙瑟，而可以知《南陔》之詩不亡矣。予是以推《小雅》之意義而著之。（**焯眉**）逸亡、補亡、不亡，此文章波瀾迴合處。

（**經評**）得問之言，不是强詞奪理。

(**虞評**)説《詩》處七通八達,徹上徹下,先生邃於經學,故其言往往如此。

莪江精舍記

(**年評**)淡處似歐陽,然大段從昌黎《馬少府墓誌銘》來。(**經評**)其志哀矣,而文悽愴悲慨,足以壯之。(**虞評**)史遷風神。

吾鄉嚴氏居吴淞江大直浦東,世以貲雄,至都事君兄弟用選秀入成均爲弟子,而廉卿嘗與余同試春官矣。余弟亨甫爲都事君婿,故余識啓貞於垂髫之時。都事君偉儀觀,美鬚髯。而啓貞少已豐碩,與客應對揖讓如大人長者。見者往往稱之,曰:"生子何必多!如君一子,已可知嚴氏有後矣。"(**焯眉**)鋪叙嚴氏三世作業。

都事君謝世,啓貞受堂構之任,愈能大其家,而不幸早夭。其孤潤方在孩稚,母諸孺人以育以訓,至於有成。今去啓貞之世忽逾一紀,且冠受室矣。諸孺人者,寧邑令貞伯女也,其持身有衛共姜之操,其教子有歐陽太夫人之嚴。潤仰承慈顔,是恃是怙,足以自解。(**焯眉**)轉入。而念其先人早棄,諷誦《蓼莪》之詩,日日以泣。遊行江上,痛流水之逝而不返也,故以莪江名其精舍。(**年眉**)叙得有情有色。客有憐其志者求記於余,且請爲解之。

余以人之情皆有所止,至於悲傷之過,人得以解之。孝哉,嚴子!獨爲其親而悲哀,而可以人解之乎?雖然,亦有所止也。"三年之喪,二十五月而畢。哀痛未盡,思慕未忘。然服以是斷者,爲送死有已、復生有節也。"故曰:先王制禮,不可過也。余憫嚴子日誦《蓼莪》之詩,將復生無節乎?子其繼若祖考之志,思慰母氏之心，求所謂立身行道，揚名於後世者，是乃所以爲無窮之情也。

余昔過嚴氏，初見都事君，飲酒雍雍，歡燕竟日。再過之，則啓貞已爲主人，而余友徐直言在其家塾。止余宿，明日别去，即今之所謂精舍者。往年，嚴子來爲其外氏陸家宰家求祝釐之詞，始識之。蓋二十年間，而觀於嚴氏三世，有足慨者，又嘉嚴子之志，而爲之記。

（綸評）衺韓。

菊窗記

（説評）豁達無餘味。**（麟評）**亦只精於襯墊之法，由其所見高，故文瀾壯闊如此。**（擇評）**可略。

去安亭二十里所曰錢門塘，洪氏居之。吴淞江之東爲顧浦，折而北，洪氏之居在其西，地平衍無丘陵，而浦之厓岸隆起，遠望其居，如在山塢中。

昔仲長統嘗論："使居有良田廣宅，背山臨流，溝池環匝，竹木周布。舟車足以代步涉之勞，使令足以息四體之役。養親有兼味之膳，妻孥無苦身之勞。良朋萃止，則陳酒肴以娱之。嘉時吉日，則烹羔豚以奉之。躊躇畦苑，遊戲平林，永保性命之期，不羡入帝王之門也。"**（燦眉）**寫現成語三四行，則韋柳所無也。**（焯眉）**只看此論便純是嗜欲，其必不能甘淡泊已灼然可知，更何俟異日之濡迹而後嘆其有愧於冥鴻哉！大率今洪氏之居隱然如統《樂志論》云。而君家多竹木，前臨廣池，夏日清風，芙蕖交映，其尤勝者。君不取此，顧以"菊窗"扁其室。蓋君嘗誦淵明之詩云："酒能祛百慮，菊能制頽齡。"又云："我屋南窗下，今生幾叢菊。"

夫以統之論雖美，使人人必待其如此而後能樂，則其所不樂者猶多也。（**麟眉**）議論與文章關鍵無不高掣。（**擇眉**）予讀范書，亦爲此論，與先生合。（**倫眉**）震川下語往往見道。卒爲尚書郎，濡迹於初平、建安之朝，有愧於鴻飛冥冥矣，爲昌言何益哉？淵明"采菊東籬下，悠然見南山"，"笑傲東軒下，聊復得此生"，可謂無入而不自得也。今君有仲長統之樂，而慕淵明之高致，此予所以不能測其人也，將載酒訪君菊窗之下，而請問焉。（**麟眉**）任筆悠然不盡。君名悦，字君學。

本庵記

（**擇評**）可略。

客曹楊君伯厚名其讀書之舍曰"本庵"，因其友張師周來請爲之記。余問其所以爲名者，蓋今少保司馬公爲曹郎時生君於邸舍，而先少保公以御史視鹺事於江都，聞得孫而喜，乃曰"吾居揚州而此子生"，因命之曰揚州民，且謂："吾家再世榮禄，厚福之來不敢居，令此子長得爲耕農，足矣！"（**説眉**）少保命名之意可恥。嘉靖四十一年，君登第，而主司以爲"州民"非所以爲稱，乃更之曰"俊民"。君不能逆主司之意，而又不敢忘乃祖之命，故名其庵曰"本"者，以爲不忘其先少保云。

夫所謂本者，猶言始也。凡物之生皆始於本，故以本爲始也。昔林放問禮之本，孔子告之以禮之本主於儉。夫禮生於心，孔子不言而言儉，從其始而求之，未有不得其心也。（**焯眉**）禮生於心最是混話，仁、義、禮、智，孰非具於心者？然使曰心者禮之本，便不成説話，心性分界看得籠侗，最易走入異端窟裏。《傳》曰："天地者，生之本也；先祖者，類之本也；君師者，治之本也。無天地惡生，無先祖惡出，無君師惡治。”聖人之所謂本者，皆言其所始也。人能思天地之所生，則不至於違其性；人能思先祖之衍其類而生我，則不至於戕其身；人能思君師之所以治，則不至於遺君而倍師。故有子志之曰：“孝弟也者，其爲仁之本與！”言君子之爲仁以孝弟爲始，則可以得其心也。

君日侍少保公，承顔色養，不離於左右，孝弟之道不勉而至，然且思先少保之在江都之日，其所存遠矣。少保公方掌邦政，以才德爲天子所倚毗。君學魁多士，雍容南宫，奕世濟美，當世以爲難得。及余觀其一命名之間而猶不忘其本如此，而後知君家之所以貴顯者蓋有以也。是爲記。

野鶴軒壁記

（**經評**）似柳子厚柳州諸小記。（**虞評**）字數寥寥，意境無窮。（**鼎評**、**孫評**）蕭散有致。

嘉靖戊戌之春，予與諸友會文於野鶴軒。吾昆之馬鞍山小而實奇，軒在山之麓，旁有泉，芳洌可飲。稍折而東，多盤石。山之勝處俗謂之東崖，亦謂劉龍洲墓，以宋劉過葬於此。墓在亂石中，從墓間仰視，蒼碧嶙峋，不見有土，惟石壁旁有小徑蜿蜒出其上，莫測所往，意其間有仙人居也。（**王彦子眉**）“仙人”易“隱者”佳。

始，慈溪楊子器名父創此軒。令能好文愛士、不爲俗吏者，稱名父，今奉以爲名父祠。嗟夫！名父豈知四十餘年之後，吾黨之聚於此耶！（**倫眉**）今有稱令爲明府者，名父之稱，人罕知之，不知震川亦何所據也。

時會者六人，後至者二人。潘士英自嘉定來，汲泉煮茗，翻爲主人。予等時時散去,士英獨與其徒處。烈風暴雨,崖崩石落,山鬼夜號,可念也。(抄本詳八人姓名,自可不必,今從常熟本。)(**説眉**)八人姓名何以見其不必?

保聖寺安隱堂記

(**侗評**)此文只爲寺記年月帳薄耳,亦何足重?

長洲東南五十里,地名甫里,天隨先生之故居在焉。今爲保聖教寺,而《郡志》又有白蓮講寺,然甫里無二寺。蓋白蓮,保聖之别院也。《志》云:"寺創於唐大中間,熙寧六年僧惟吉重修。"又謂:"惟吉於祥符間創白蓮寺。"今里俗所指以爲白蓮者僅在西廡,其後即爲天隨先生祠。區宇非廣,不當别稱爲寺也。(**啓眉**)此下若便接"寺西北有安隱堂"一段便成鈍筆。震川與其徒論文嘗云:"譬如地,須高高下下乃真得長。"間以此一段,使保聖寺、安隱堂前後隔絶爲二,正見斷續離合之妙。

余少時過甫里,拜先生祠,遊行寺中,尋古碑刻,殆無存者。惟元統二年法華期懺田記,輪管懺司知事比丘有親從政文選所立,此石存耳。成化二十二年,時國家累世熙洽,京師崇寺宇,僧司八街剃度數萬人,醮祠日廣。左善世璇大章住持大興隆寺,方被尊寵。而璇,故里人陳氏子,初爲寺比丘,得請,馳驛還省其母,因迎養於寺之愛日堂。明年,從四明普陀歸,是歲八月,重修此寺,又明年五月落成。明年,還京師。凡爲殿堂七,廊廡六十。初壞殿時,梁栱間有板識紹興、寶佑之年,故知以前修創蓋不一,而無文字可考也。

寺之西北有安隱堂,異時僧每房以堂爲别,如安隱比者無慮數十房。其後日圮,今東偏無僧寮矣。主僧法慧懼且盡廢,而慧之徒又絶。先是,安隱之房分爲二派,慧乃與同堂之徒復合爲一,誓相與共守之,而請余爲之記。自成化二十三年丁未至今嘉靖四十三年甲子,蓋又七十有八年矣。璇之修創宜有記,而復闕。慧以爲寺之興或有所待,而文章終不可無,故汲汲求其寺之故,欲余有所記述,其志非特區區一堂而已。余既無所於考,獨璇事於所聞較著,是以識之,且以爲彼非托於此亦不能以傳也。

夫文章爲天地間至重也,自大中訖今七百十有九年,世變多矣,而寺嘗存。蓋無廢而不興,而文章之傳獨少也,慧其知所重也哉!

汝州新造三官廟記代

(侗評)儒者之言當如是矣。

汝水自天息山東流入汝南之境,自城北折而東,復繇東而南。濱河居者曰竹竿巷,蓋因竹竿河而爲名,實商賈之所湊。異時水泛溢,岸善崩,一旦居民街市盡没於水,往來者無所取道。崇府承奉樊君捐貲市民地與屋,縮之若干步,以讓行者之途。自是復通行,而居民街市繁會如故。乃創三官廟以鎮之,中爲神殿,左右兩廊,右轉而東爲神庫,爲神廚。又爲屋數楹,使學道者居之。殿甚巨麗,三神像及諸侍從莊嚴靚飾,儼然帝者之尊。重門周垣,以臨水上,汝人皈依焉。經始於隆慶元年之秋,落成於三年之夏。君以奉使再過邢州,以予爲其郡人,又故相知,請爲之記。

予以河水壞民廬舍,至没其通行之道,此有司之所當軫念。今有司既屈於其力之所不能,而又以煩民之爲難。君乃肯捐己貲以佐國家有司之急，而拯民之溺，其亦可謂賢矣。按三官者出於道家，其説以天、地、水府爲三元，能爲人賜福赦罪解厄，皆以帝君尊稱焉。或又以爲始皆生人，而兄弟同産，如漢茅盈之類。（**啓眉**）道家謂帝君唐貞觀間人，與三藏法師同母。蓋兄弟四人，一爲釋，三皆得道云。其説詭異，蓋不可曉。然人之所奉則其神必靈，如史載秦所祠祀多不經，亦有光景動人民，故能致其昭格。雖古聖人建天地山川之祀，皆興於人，意不過如此。（**基眉**）輕率。今特以出於道家，故儒者莫能知其説。抑君之爲是，其造福於此方之民蓋不少也。（**王彦子眉**）直當辭而闢之，略回護不得。（**鼐眉、孫眉**）此語恐未確，聖人知鬼神之情狀，豈如二氏詭誕以欺俗哉！

君名準，字某，郾城人，讀書爲文，好賢禮士。又能約束王國中諸校，莫敢犯法者。汝南士大夫樂與之遊云。

卷十六　記

重修闕里廟記代

（**説評**）删。虞山不收此文，深得作者之旨，元公不及。（**啓評**）删。（**鼐評、孫評**）前半雖平，確有典則，後半轉狹隘不稱。（**紓評**）余常言學孔子者師其道，非但敬其廟，果能昌明夫子之道，即不廟可也。文取一“近”字，以近聖人之居則易於觀感，以下由“近”字縮入求仁爲近，則修廟一事竟成絶大之關係。此文之善於擇言者，即叙事亦甬皇可觀。

隆慶三年，闕里重修先聖廟成，某官某以書幣走京師，來請記於麗牲之碑。先是，嘉靖四十二年，衍聖公某以廟之圮告於巡撫都御史張某，方行相度，以用之不贏而止。及是年，巡撫都御史姜廷頤，巡按監察御史羅鳳翔、周詠與藩臬諸君，會議捐嶽祠之香税與司之贖鍰，得一千六百。其役人則用州縣過更之卒，而以兖州府通判許際可董其役，知府張文淵時督視之。經始於仲夏，歲盡而訖工。輪奂規模，視昔若增。左布政使某、左參政吴承燾、副使吴道會皆首爲贊議者也。

唯先聖生於尼山，講學於泗上，殁而葬於此。其地初名闕里，後亦曰孔里。先聖之殁，弟子廬其冢上而不忍去，魯人從而家者百餘室。而魯世世相傳，以歲時奉祠，諸儒講禮、鄉飲、大射於其間。漢高祖自淮南還，過魯，以太牢祠，其後人主登封巡狩無不過而拜祠。我太祖高皇帝龍興海内，干戈未戢，亟命遣祭，紹封子孫，修飭其祠宇。列聖承統，世世增修。今天子隆慶之元年，御正殿傳制，遣官告祭，而車駕臨幸太學，親釋奠，命儒臣坐講，賜三氏子孫有加。海内慕學之士喁喁嚮風，聖人之道益以光大。則魯之有司與其有事兹土者，今兹之舉固所以虔奉先聖，亦以宣明聖天子之德意，不可以不記。

夫今夫子之廟學徧於天下，而深山窮徼皆知誦法其書，其在天之靈無所不之也。然《孟子》曰："近聖人之居若此其甚也。"《荀子》曰："學莫便乎近其人。"蓋孔子歿數百年矣，學者至觀其廟堂、車服、禮器，諸生習禮其家，有低回而不能去者，固以想像於遠不若景慕於近之爲切也。抑諸君子知虔奉聖人矣，亦豈徒事於其外乎？昔者子游聞諸夫子曰："君子學道則愛人，小人學道則易使也。"夫不知學道，則施於喜怒哀樂無一而當其則，必不能有望於安上治民而移風易俗也。顔淵問仁，夫子告以克己復禮。及請其目，夫子則曰："非禮勿視，非禮勿聽，非禮勿言，非禮勿動。"以顔子之資，猶"請事斯語"以終其身。故"問爲邦"，夫子以夏時、殷輅、周冕、韶、舞告之。以顔子而夫子使之治天下國家，以爲不可一日而離於禮樂法度之中，此即克己復禮之義也。後之學者於視聽言動，己之身不能治，何以謂之學道？故觀感於聖人者求仁爲近，求仁以學顔子爲近。余嘉是役之成也，敬述所聞，以中告學者云。

（此文錢宗伯不選，今仍存。）（**説眉**）存之何意？又冠十六卷諸記，豈尊題耶？

顧原魯先生祠記

(**説評**)删。前述隱君子一段則發揚幽潛,尚欠沈苦,此先生不逮意之文也,可删。(**瑚評**)自古幽人奇士,或不待人稱而顯,原魯先生得震川先生之文而名不朽矣。(**元評**)層層折入,如流丸之在地而止於甌臾,文之最妙者也。

前元之季,崑山有隱君子曰顧原魯先生,居於海濱,讀書學道,不求聞於時。端居一室,憑几而坐,所當兩臂處遺迹宛然。手自批注經史,後其家懼禍,悉燬不傳,然而海濱之父老至今能言之。(**庭眉**)先生著作亦間有存者,予得其《家事大略》一册,頗可遵行。四傳而至其孫啓明,今爲太倉人,稍徙至郡城。有子存仁,舉進士,爲禮科給事中,得推封其父。尋以言事忤旨,被謫居庸關之外。久之,得還吴。給事既被廢家居,尤喜考論先世故事。而郡太守歷下金侯城頗采父老之言,又以封君之敦尚誠樸,足以風勵末俗,乃檄令列祠於郡學,若州之鄉賢祠。復於齊門外卧佛寺之東偏建祠,而以封君從祀,以爲近其家,可以歲時致祠事焉。給事謂余具知始末而請記之。

余惟古之人遭時際會,佐世主,功施於天下而垂名於竹帛,後世之所稱述往往爲此。至於巖穴幽栖之士,雖長往不返,亦必因時主側席之求,弓旌玉帛,賁於丘園,世始得以稱述其名。若夫許由、卞隨、務光之徒,以與人主以天下相揖讓,此宜其彰彰較著矣。而谷口鄭子真、蜀嚴君平,皆修身自保。楊雄少從君平遊,已而仕京師顯名,數爲朝廷在位者稱此二人,故能耕於巖石之下而名震於京師。(**説眉**)語不稱題。由此而言,非此數者,雖没世無稱也。(**元眉**)文格從班孟堅《王貢兩龔鮑傳序》脱化而來。而又有不然者,古之君子修身學道,寧憔悴於江海之上而不顧，彼非有求於世者。（**元眉**）總上起下。然約而愈顯，晦而益彰，逃名而名隨之，傳記之所載不可勝數。無求於世，而世亦不容不知之，此奚必有所待耶？若原魯先生没於海上，至於今二百年，而其幽始發，則士之修德礪行者，何憂後世之不聞耶？（**元眉**）歸到風教之勵方有關會，前路許多層折在此結穴。郡太守表章之意微矣。（**啓夾**）兜裹完密。

祠凡爲堂寢廡門若干楹，經始於嘉靖三十年十月某日，落成於嘉靖三十二年十有一月某日。是爲記。

常熟縣趙段圩堤記

（**説評**）絶奇，有識有筆力。（**年評**）借題發論，最有關係。（**麟評**）於小小題目發大議論，見先生學問心術矣。（**侗評**）議論亦有關係。（**駒評**）小題大做，此等議論惟深於經術者能之。（**雲評**）小篇煞有關係。（**升評**）尺幅中包得一篇班固《溝洫志》。興利不難，苟非其人，吾恐利未興而民已被其害也。管子曰："下令如流水之源。"得其要矣。（**啓評**）小題大做，聲滿天地，諸記中此爲第一。前半叙事處字字密致，後更煙波萬疊。

虞山之下有浸曰尚湖，水勢湍激，岸善崩。湖壖之人不能爲田，往往棄以走，有司歲責其賦於餘氓。（**焯夾**）此中有愁苦哀號在。而趙段圩當湖西北，尤窪下，被患最劇。宋元時故有堤，廢已久。前令蘭君嘗與築之，（**焯夾**）能不格于因循積習。弘治間復淪於大水。嘉靖丁酉，予宗人雷占爲己業，傾貲爲堤。堤成，填淤之土盡爲衍沃，而請記於予。

嗟夫！自井牧溝渠之制廢，生民衣食之地殘棄於蒿萊之間者，何可勝數？有司者格於因循積習之論，委天地之大利。斯民愁苦哀號，側足於尋常尺寸之中，率拱手熟視，不能出一議，而漫謂三代至於今，其已廢者皆不可復。（焯眉）今天下率是類也，讀之慨然。（麟眉）議論大，文勢雄。

夫未嘗拖晷刻之功而徒諉曰"不可復"，（麟眉）起筆作折。予疑其説久矣。（麟眉）婉語輕頓，勢斷而意實起下。（駒眉）發出大論。觀雷所爲，其力易辦而功較然者。（麟眉）總一筆，跌出事在人爲方有力。然更數十令，獨蘭侯能之。至蘭侯之業敗，已又四十餘年爲沮洳之場，莫有問焉者，何也？天下之事其在人爲之耶！事有小而不可不書者，此類是也。（啓夾）議論既絶，尤妙無一句説煞，其聲噌吰鏜鎝，如波濤萬頃，振蕩無際。（説眉）精采。（年眉）絶大議論，絶大經濟。（麟眉）結高簡。

（元評）程朱之理，歐曾之文。

唐行鎮免役夫記

（年評）通述賢有司，却又爲桑梓作聲價，文字極有身份。

（雲評）王文肅稱先生文"一唱三嘆，無意於感人，而歡愉慘惻之思溢於言外"，信然！信然！凡書情述事之文篇篇具此意。

蘇州至松江，由姑蘇驛過吴江之境，凡四驛而至，此驛道也。别自婁門東沿婁江，又東南折而入於黄浦而西，此緣海之道也。出葑門東走，則行湖泖之間。其避湖泖之險者則多從吴淞江南出大盈浦，經唐行鎮。異時官舟之牽挽役諸州縣，唐行之夫不知何自而起。舟所過晨夜追呼，百家之市殆無寧居，凍餓僵死於風霾雨雪之中者相屬。太守臨安方侯知民之不便，據法令罷免之，鎮之父老相率來請紀於石。

或者以爲賢太守奉宣條教千里之内，父母之道、師帥之責在焉。加之今日上有賦斂之繁,外有蠻夷之事,太守視事以來,風采日新,惠利之政家有聞而邑有述,當有卓犖大者,若斯之類將不勝書。(**元眉**)寓諷。雖然,或者亦知父老之意乎?政之不便於其人無大小,如人之有病,唯病者自知之。醫能療焉,亦惟病者而後知醫之爲德也。若然,則父老之於侯,其情至矣。吾又以嘆吾吴中之俗仁厚而馴良,稍煦之以恩,而其易感也如此。(**啓眉**)讀此可悟文章用意之法,震川文往往意有餘於題外。

國家威靈震薄海外,亦時有土俗驍悍,不得意則叫囂相挺以起。有司不敢驚,拊循之而已。往者大農以經費不足,督天下賦,吏緣以爲姦利。吴民父子兄弟駢死敲扑之下,而莫有疾怨之心。以是知天下有變,吴民必不敢爲亂,以其愛上,忍詢而易使也。彼不之恤而肆其恣睢之意者,亦何心歟?(**説眉**)具此心事方可爲文,石不能言,而世浪以惡俗譽人之語辱之,真可痛哭。(**夫眉**)冷刺只用一句,愈冷愈痛。(**焯眉**)兩兩相形,孰梗孰馴?顧拊循者在彼而恣睢者在此。吁!此其爲今之有司也歟!

(**元評**)曲卷。仁義之人,其言藹如。

吴郡丞永康徐侯署崑山縣惠政記

昔永康徐公守吴郡,當武宗皇帝之末年,逆藩竊發,畿甸騷動,翠華南幸。吴,江南要郡。調兵食,城守儲偫,以待乘輿之至。公不動聲色,郡中晏然,公有寬大之政。先是,秩滿當代,吏民上書乞留,詔以河南右參政復治郡,近世未嘗有也。後遷江西左參政,官至工部侍郎。

自公去郡三十餘年,冢孫丞侯以太子家主簿出判吴郡,清廉聞於郡中。滿歲,復遷今官。是時東南有倭奴之警。侯治凡海之事，防遏有法，海波不興。會諸屬縣令缺，侯輒出視，所至拊循其民。近者閱月，遠者一歲，民莫不懷慕之。郡之縣有七，侯殆遍歷其五。前年冬至崑山，迄季春還郡。又以事數入郡，不顓居縣。其所施於民，可以爲吏師法者往往可紀。（**説眉**）寫得如此細潤，一片情緒盤折，此調合杜子美詩。

庫子爲縣守藏，令廉則無擾，不廉輒費不貲。當侯時，分毫無取，民乃不知爲此役。白銀火耗一兩，折閲多至三分。侯以京庫折白輕齎、鳳陽馬役解扛、京庫鹽鈔、練兵義役多寡，參停取衷，定爲一分。粮長解運之外又有小差額外之徵，悉令蠲除。火耗、小差、羨餘無慮千計，吏白以爲當得者，（**啓眉**）"白以爲當得"，崑山本作"自以爲當得"。侯無私焉。又粮長解運，官閉門默定。或貧富不相讐，富者得規免，而貧者傾其家。已定，無所復控訴。侯悉召至庭，使互相舉應得等第，一夕而定，無不怗服。至於催科之害，民駢死杖下者不可勝數。比侯之至，縣庭寂然不聞鞭笞之聲，而賦亦自辦。又捐俸以助修學宫及諸神祠之傾圮者，多有出於格令之外。（**倫眉**）難。大抵吴民賦調之繁，自昔患之。嘗數更其法，而弊日生。識者以爲不在於法，而患吏之不廉。吏廉矣，法雖未盡而可以無弊。（**焯眉**）有治人無治法，從來如此。如侯之恤庫役、公撥解、省火耗、蠲小差，推此類行之，民未有不甦者也。

念昔工部以仁惠拊吴，吴民至今思之。見侯之至，如公之復來也。侯繼踵《甘棠》之迹，睹其所茇，而忍芟夷其遺民乎？《詩》曰："無曰予小子，召公是似。"以此知古之封建世家至今無不可行也。（**説眉**）杳渺。晉周訪三世爲益州，四十餘年，功名著於寧、益。侯年方富，而寄任日隆，必能光大前烈，吾吴民之怙賴遠矣。（**焯眉**）小中見大。侯之還郡也，國學進士陳志道等二十四人相與列其事，俾余記之，固以侯於吾黨恂恂然有愛人下士之風。然寔因民之志，非有私也，用以告後之爲政者云。

(此文參用常熟本。)(**説眉**)“参用”二字千古刻書人大病，當拈出垂戒。

崑山縣新倉興造記

崑山舊玉峰倉在西門之外，漕輓之積在焉。每歲税入，漕卒悉至於此領兑，民間所謂西倉也。濟農倉在南門之内，常平之粟在焉。歲之豐凶，以爲發斂，民之所謂南倉也。(**啓眉**)首記仓之因革源委。《縣志》云：“二倉蓋巡撫周文襄公所改創云。”然濟農之庾，其空已久。(**焯眉**)倉之所以改在此四字，此文通篇用意，感嘆處亦都在此四字。頃者倭奴之警，乃以城西之積歸之，而濟農倉遂改爲玉峰倉。(**元夾**)妙在此處叙明原委，伏後一段議論，先生文法往往如此。(**啓夾**)其用筆精細絶倫，如工畫者，雖睫上之毛、指上之螺紋，都歷歷可數。

鶴慶彭侯以進士知崑山，因倉故址加恢拓之。東至於公館若干步，始以囷廩攢植，致鬱攸之變。於是懲艾前患，興造新倉。中爲官廳，左右互列，凡若干楹，一歲四十一萬四千五百石之糧悉儲於此。蕞爾小縣，可謂“如茨如梁，如坻如京”矣。(**庭眉**)此《春秋》之筆，但直書其事而其意自見。是役也，以民之掌税者，量其所掌之多寡，區别以賦工。以故上不費於官，而下不及於民，浹旬而役用告成。觀者嘆息，以侯之才敏，而吾民之易使也如是。(**啓眉**)末段議論。抑古者垣窌倉庾之設以治年之豐凶，凡萬民之食、待施惠、恤艱阨、養孤老而已。(**庭眉**)此篇用意都在言外，真仁人之言也。國家因前代常平義倉之法，有四倉之制，而歷世經紀豫備，見之綸音者不一而足，而因仍廢墜已久。彭侯承兵荒之餘，詔書趣辦，義不得不先公家之急。雖有愛民之心，宜亦未及乎此，而濟農之名不可以没也，是用併識之。

侯名富，爲縣清廉勤勩，敏於造事，即此亦可以概見矣。是歲嘉靖四十三年，歲次甲子，某月日倉成，九月某日記。

（元評）記新倉而着意在濟農舊制，文固有本末也，體裁應爾也。妙在詳略得宜，婉直互用，面面周到，非先生孰能之！

長興縣令題名記

（説評）大文字。**（侗評）**事奇，叙次亦古。**（升評）**半山、子固之間。**（元評）**俯仰揖讓，有李習之、歐陽永叔之態。**（啓評）**《史記》之文。**（昌評）**姚云："峻極，先生文於感慨不平處輒用縮筆，不使光芒發露，往往皆然。"

長興爲縣始於晋太康三年，初名長城。唐武德四年、五年爲綏州、雉州，七年復爲長城。梁開平元年爲長興，元元貞二年縣爲州，洪武二年復爲縣。縣常爲吴興屬，隋開皇、仁壽之間一再屬吾蘇州。丁酉之歲，國兵克長興，耿侯以元帥即今治開府者十餘年，既滅吴，耿侯始去。而長興復專爲縣，至今若干年矣。**（夫眉）**簡潔。遡縣之初建爲長城若干年矣，長城爲長興又若干年矣。舊未有題名之碑，余始考圖志，取洪武以來爲縣者列之。

嗚呼！彼其受百里之命，其志亦欲以有所施於民，以不負一時之委任者，蓋有矣。而文字缺軼，遂不見於後世。幸而存者，又其書之之略，可慨也。**（年眉）**有波磔。**（啓眉）**作三層感慨。抑其傳於後世者既如彼，而是非毁譽之在於當時，又豈盡出於三代直道之民哉?(**年眉**)又深一層。

夫士發憤以修先聖之道,而無聞於世,則已矣。(**啓夾**)氣勃勃不能自已。余之書此,以爲後之承於前者,其任宜爾,亦非以爲前人之欲求著其名氏於今也。(**焯眉**)立志者只自求不負而不爲名,此是其人道理所當然。而名不見於後世之可慨,又是天下公共道理所必然,二者各自爲義,並行不悖。

(**年評**)懷古情深,何乃頓爾至致。

(**夫評**)先生在長興以貶去,故篇末頗有不平之鳴。

(**啓評**)人但知震川文學《史記》,但見有感慨處便謂學《史記》,不知震川文之妙在意理稠疊而摺皺分明,此其所以爲真"史記"也。此意不特讀震川文者不知,即讀《史記》者亦未必盡知也。

太僕寺新立題名記代

(**説評**)删。存之備故實,而爲先生千古計當删。(**年評**)有典有則,碑版之文。(**元評**)規模宏遠,議論詳贍,體法整密,班孟堅而下惟曾子固能之。他文疎宕,如李廣之軍行無行伍;此文乃精嚴,如程不識之軍必正部曲。要各有攻守之法,但隨境出之耳。

太僕寺,秦漢皆掌輿馬。天子出,奉駕上鹵簿,用大駕則執馭,然其屬有龍馬五監、邊郡六牧,則馬之事無不統焉,漢以後官掌大抵不異。國家自洪武六年定制,獨置太僕寺於滁州,始去奉車之職,而顓掌馬之事。三十年,置行太僕寺。永樂初,改北平行太僕寺爲北京行太僕寺,十八年,特稱太僕寺。洪熙初,復稱北京。正統元年,始定稱爲太僕寺,寺卿一人,少卿二人,丞十二人。列聖相承,時有損益。至隆慶己巳,其員額少卿三人,丞三人。所掌驗烙巡牧,勞逸人殊。藏府京營,歲月輪代。某初到官,頗爲推究,非初立法之意,乃因循隳廢而致然也,因條上其事。(**焯眉**)便見留心處。(**陶夾**)先生初到官,即有建明,可見儒者之不迂疎。

略云:舊設少卿二名,一巡京營及各邊騎操之馬,一巡近京州縣寄養之馬,皆領敕歲代。寺丞十二員,分管畿輔八府、山東、河南之馬。後復增少卿一員,省丞爲六員。今又已虚其丞之半,丞少,不足以更事,而又偷息其間。欲乞重三丞之選,與少卿一體協同,以均勞逸,重責成。又驗烙發寄本非二事,舊制,巡驗俱屬一卿,今欲以二少職掌,亦如兩丞東西分管,職兼驗養,各以丞佐之。春秋仲季,並出近京州縣,赴俵之馬,就近印發,一便也;都會輻輳,得免擁聚,二便也;國門嚴重,潛杜呼譟,三便也;兩卿分轄,事半功倍,四便也;卿巡未逮,分任寺丞,五便也;遇有緩急,就近調兑,六便也;上免朝參,下謝交托,殫力王事,七便也;營軍養户,躬相授受,遊販奸胥,不得規避,八便也。奏上,天子以其章下兵部覆奏,報可。於是驗牧並行,卿丞配佐,載於甲令。某又以寺宇敝壞,奏一新之。(**啓眉**)用趙充國屯田議體。(**焯眉**)區畫籌量井井秩秩,足覘底藴。士君子出爲國家任事,雖一職一官,皆可見其施設,此非徒藻飾文辞者所能辦也。

故事,諸省寺皆有題名碑。始卿邵康僖公鋭、張公舜臣,重爲立石。今歲久石窮,無隙鑱書,於是李君義起與廳簿應崇元願捐貲以竪新石。而丞張君進思、郎君大倫、王君淑咸曰:"幸今日正名與諸卿埒,亦請立石。"於是相率屬某記之。

某竊惟聖天子改元更化之日,率作興事,開廣言路。群工戒飭,百度振舉。而微臣稍條上一二事,詔書無不俞允。此正臣等精白一心,夙夜匪懈,以助成德意,興萬世之太平者也。(**年眉)醇茂，是漢文。(陶夾)人臣榮幸，莫大於此。邇者歲災流行，大江南北，河海嘯溢；畿輔邊關，雨雹遍野。夫雨水冰雹，皆陰類也。其應主戎馬生郊之象，潢池盜兵之兆。臣等職領師菀，而國馬傷耗，武備衰減，其責尤重且大。夫三關九塞，用馬之地也；畿輔州邑，牧馬之地也；大江南北，財賦之區，駒馬之地也。是故驗烙則憂種馬無駒，兵政之寓農，何以復祖宗之初額？巡牧則憂芻牧非人，緩急之備用，何以禦匈奴之長技？京營則憂四驪未比，何以奠百二之神州？藏府則憂九年未蓄，何以備邊圉之孔棘？自古僕卿在九列，國家雖去奉車，少離親密，而任益專重。今因仍積弊之後，尤有難者。況兹廨宇官職，丕變維新，臣等凡備列題名之石者，其可不思所以協乃心力，以祗承明天子之制哉？臣某拜手謹記。(焯眉)任無大小，人臣憂國之志一也，可知會計當牛馬茁壯長，便是聖人經濟，此雖是文章發皇處，要其心思固已弘遠矣。(倫眉)古雅。

(元評)典實。

(陶評)嚴重雍容，真大手筆。

長興縣城隍神靈應記

(焯評)聰明正直之謂神，屑以轍、靴、畫船爲意，無論鄙陋不足爲神，而以夢請之，尤不經甚矣。況欲護其媚己者，遂至降禍於人，神可以如是横行哉？先生明理之人，乃作如此惑亂之言，於世俗之文何尤？(經評)敬鬼神之一端也，詮次描寫咄咄逼人，尤愛其禱雨一段，極探奇攬勝之妙。(虞評)神道設教。

凡他郡縣城隍之神，民奔走賽祀特盛，長興則否。余至之日，像塑剥落，侍從跛倚壁間，祠門外右即爲溷湢。前有司月朔望一至，未嘗問焉。然神儼然靚居，無淫瀆者，則余以爲長興城隍之神獨尊於他縣也。(**説眉**)忽不入題處甚得古文正格。(**夫眉**)好議論。

余頗爲葺神居之圮壞，繪飾塑像，除前之穢。然神像特偉麗尊嚴如王者，祠前古柏二株，蒼翠挺直可愛。其左一株，右紐如絞索，尤奇，真栖靈之地。(**説眉**)閑。余於縣數决大獄，即心開，類神有以告之。每閭里有姦，輒不時發，故余於事神尤虔。(**垌夾**)先虚接。

會大旱，自五月至於六月不雨。(**垌夾**)詳叙。縣有方山，自太湖西南望最爲雄高。上有黑龍湫，冬夏水不竭，民言先時禱雨多應。余遂往至山下，欲上山。民皆叩頭言："山陡險不可上，先至此禱雨皆望祀，無登者。"余曰："爲禱雨來，畏險非誠也。"又曰："赤日烈甚，無草木之蔽，徒步上下近三四十里，暍不可登也。"余曰："爲禱雨來，畏暍非誠也。"遂披荆棘而行，或側徑僅置半武。過小龍洞，洞亦有湫。又上，乃至大龍洞。兩石罅上闔下開，如佛龕，高可四五丈。湫廣數尺，其中甚清涼。因拜祭，有物蜿蜒俎間。山既益高，則盡見陽羨諸山涌出如層波疊浪，而東北望太湖如鏡，隱隱見姑蘇之臺。(**説眉**)此數句於文章爲神化，若不入此奥，不能讀古文，亦决不當漫作文字。(**垌夾**)忙中偏着閒笔。已下，方盛暑烈日，天無纖雲。還至神前，拜致所取龍洞之水，方出廟，大雨如注。四境霑足，緑疇彌望。萬衆歡呼，以爲神之報答如響也。(**垌夾**)小住。(**基眉**)少味。至秋中又旱，余復至山禱，已下半山即雨。雖不能如前霑足，而玄雲靉靆，四野時有雨至，是歲竟免旱災。(**夫眉**)序禱雨事有法。(**垌眉**)以上兩段説靈應處在虚。

會余改官，欲去縣，明日將辭於神。幼子夜夢神與之言：

“吾皴與胡靴敝,又無船。”時余繪神像,蓋圬者以神下體近几,故仍前漫漶,欺余不見也。至明,問之道士,果然。又吾鄉神祠上常有畫船懸梁,余問:“此神廟何不類吾蘇州有畫船懸?”道士對曰:“故有之,今壞不懸也。”余遂捐貲,令復繪神下體與懸畫船。(埛眉)此段説靈應處是實,然猶賓意。

余尋往臨安,而郡倅有惡余者,計得縣篆,即日以兩戈船冒風雨夜至縣,欲擿拾以爲罪,見人輒搒掠,縣中大驚。一日,倅忽夢神指其胸。明日,瘍發於胸,死矣。(埛夾)此是主。(吉眉)叙及此書,轉覺胸次之隘。先生有知,必不以余言爲謬。

余欲爲勒石於廟,會行不果。然自離縣,常往來於懷。噫!使人皆得逞其一時之凶暴以害人,則人道滅矣,賴神明之昭然者如此!君子之守道循理,遭世之洶洶,其亦猶有所恃也耶!余既書此,因貽後之代者。倘與余同志,必爲勒石於祠下,以著神之靈驗焉。

(埛評)此文由虚而實。

張氏女貞節記

(年評)老靠。(侗評)正以其遭害乃見其節義耳。

張氏女,湖州歸安人,都御史孟介之孫,瑞州通判弘裕之女也。少許聘烏程學生嚴大臨。大臨,工部尚書震直之曾孫也。

嘉靖七年,人臨以儒士試浙闈,還遘疾。明年,疾甚且死。瑞州往來診視,歸語其妻。女聞之,閉門,悉斂平時所製女工凡裝送衣物焚之。家人見閣中火起,驚問之。女曰:“吾已無用此矣。”語聞嚴氏,姑遣嫗往覘之。女私謂嫗曰:“病不可爲,當歸汝家,没吾世而已。”舅姑感動,遣人往迎,父母難之。湖州太守梁君、縣令戚君,高其義,皆致書瑞州,勸成其美。而大臨已卒,張氏服其服往哭之,遂居次不還,是時大臨年二十,女年十九。

嚴氏因爲置嗣,及長娶婦,而嗣子亦卒,遂婦姑相守。歸嚴氏今三十六年,年五十四矣。余昔嘗著論,以爲女未嫁人,爲其夫死,或終身不改適者,非先王之禮也。(説眉)提得妙,事自有正變,文章自有因革損益。曾子問曰:"昏禮,既納幣,有吉日,婿之父母死,則如之何?"孔子曰:"婿已葬,致命女氏。曰:'某之子有父母之喪,不得嗣爲兄弟,使某致命。'女氏許諾而弗敢嫁也。婿免喪,女之父母使人請,婿弗取而後嫁之,禮也。"(綸眉)此别有解,注疏家未達耳。言婿免喪而弗取,則可以嫁也。曾子曰:"女未廟見而死,則如之何?"孔子曰:"不遷於祖,不祔於皇姑,不杖不菲不次,歸葬於女子氏之黨,示未成婦也。"未成婦,則猶不繫於夫也。先王爲中庸之教,示人以人情之可循。女已許人矣,免喪而弗取則嫁。未廟見而死,則歸於女子氏之黨。其不言婿死而嫁者,此曾子之所不必問也。

雖然,禮以率天下之中行,而高明之性有出於人情之外,此賢智者之過,聖人之所不禁。世教日衰,窮人欲而滅天理者,何所不至?一出於怪奇之行,雖不要於禮,豈非君子之所樂道哉?微子、箕子、比干三人者,同爲紂之近戚,其所以處之者不必同,而孔子皆謂之仁。若伯夷、叔齊,舍孤竹之封而隱於首陽,未有禄位於朝者也,於君臣之義分亦微矣,而耻食周粟以死,孔子亦謂之仁。(啓夾)比例切。嗟夫!世之論人者,亦取法於孔子而已矣。(説眉)先生此段文字却合於《易》。

(元評)論有根據。

(亮評)太僕著《貞女論》,言守貞非古禮所許,其説甚辨。而又嘗記張貞女事,以爲高明之姿非凡情所同,卒以夷齊之未仕爲臣而餓死者爲例。蓋聖人制禮爲夫人不及之，而其心有大不安者也。苟未至乎心不安者，則是禮也，寧深設之以寡天下後世之過。故有過乎禮，而其心始即安者，其行創於賢智之心，而適合乎聖人有是心而不敢設之禮。以孔子所以仁伯夷，而歸氏援以例貞女者，其後説之可據也。

吴山圖記

（**説評**）文得其要領，自佳。（**偉評**）淡折。（**昌評**）往復旋折有致。

吴、長洲二縣在郡治所，分境而治，而郡西諸山皆在吴縣，其最高者穹窿、陽山、鄧尉、西脊、銅井。而靈巖，吴之故宫在焉，尚有西子之遺迹，若虎丘、劍池及天平、尚方、支硎，皆勝地也。而太湖汪洋三萬六千頃，七十二峰沉浸其間，則海内之奇觀矣。（**焯眉**）以上説吴山。余同年友魏君用晦爲吴縣，未及三年，以高第召入爲給事中。君之爲縣有惠愛，百姓扳留之不能得，而君亦不忍於其民，（**焯夾**）二句爲下半立柱。由是好事者繪吴山圖以爲贈。

夫令之於民誠重矣。令誠賢也，其地之山川、草木亦被其澤而有榮也；令誠不賢也，其地之山川、草木亦被其殃而有辱也。君於吴之山川蓋增重矣。異時吾民將擇勝於巖巒之間，尸祝於浮屠老子之宫也，固宜。而君則亦既去矣，何復惓惓於此山哉？（**焯夾**）頓住百姓一層，折入君亦一層。昔蘇子瞻稱韓魏公去黄州四十餘年而思之不忘，至以爲思黄州詩，子瞻爲黄人刻之於石，然後知賢者於其所至，不獨使其人之不忍忘而已，亦不能自忘於其人也。

君今去縣已三年矣,一日與余同在内庭,出示此圖,展玩太息,因命余記之。噫!君之於吾吴有情如此,如之何而使吾民能忘之也!(**焯夾**)又從下層挽轉上層,迴環之妙。(**啓夾**)曲折有味。

光禄署丞孟君浚河記

吴淞江承太湖之水,蜿蜒東下三百里入海,左右之浦如百足。江自甫里折而北行,至崑山全吴鄉,東爲渚浦,又爲帆歸浦,斜折而南,入於渚浦。(**啓夾**)二浦皆在左。江復東,(**啓夾**)自甫里復東。而浦之南出者其東爲張浦,又東爲顧仙浦,又東爲諸天浦,又東爲同丘浦,(**啓夾**)四浦皆在右。又東爲新塘,皆南入於渚浦。(**啓夾**)"南"恐應作"北"。若爲塘、爲漊、爲涇、爲浜,凡在其間者,此光禄署丞孟君規其鄉所浚之水,江東南岸之地也。(**元眉**)分明如畫。(**焯眉**)首段記河之形勢。自新塘東,則江又南折,非孟君之鄉矣。君居家好義,歲捐貲以爲民興利。至是大旱,又捐貲盡浚諸水之在其鄉者。當此時,邑民告饑,而全吴半鄉獨豐熟。其父老感君之義,請記其事。(**焯眉**)次説孟君浚河之功效。

夫三吴,江海之介。而群山之水又犇注於其間,爲大浸,所謂太湖也。太湖分迸而出以入於海,若以人力溝防疏導,則無不治之田,而水旱不能爲患害。蓋湖水自西而下,而海之潮自東而上,清流不能勝濁泥之滓,故水不可一日不浚也。(**焯眉**)推不可不浚之故。嘉靖初,朝廷嘗遣大吏來治,今四十年不治矣。(**倫眉**)在震川時已然,而今更何可復問也!古之三江,其二不可考,今惟吴淞一江仰接太湖之水。古者江狹處猶廣二里,今自下駕以來僅僅如綫,而茭蒲葭菼生其中,下流入海之蹌口不復通矣。

千墩、新洋、黄浦，皆亂流也，水道何由而順乎？故江左右之浦在東者但見止水蘊藻，而姑蘇以東、秀州以北百里間，其田皆不耕。吾恐又數年，江日涸而西，而湖水益横流，東南之民將不食也。孟君居一鄉，能興其鄉之水利，則夫受司牧之寄者獨可以辭其責耶？**（焯眉）**此言不浚之害，以責成於受司牧之寄者。**（元眉）**一篇歸宿。

君名紹曾，字守約，以太學上舍爲大官丞。所浚河三十有四，二萬七千六百九十四丈，爲工四萬九千六百，用穀十有三萬九千觔。是用勒石，以告來者。

（元評）記一鄉之浚河，而水之利害盡見，以胸有成竹，故言之鑿鑿乃爾也。

松雲庵楊主簿墓田碑記

（祖評）簡而明，良吏本色，文與事自足傳。**（倫評）**此劉公盛德事，而歸公能令永久之，皆足傳也。

蒼梧楊君際可以歲貢入太學，還調長興主簿。爲人高簡，日閉門吟哦，有崔斯立之風。嘉靖三十六年六月二十日至，後五年正月二十一日卒。蒼梧去鄣數千里，楊君又無子。時南海劉君介齡爲縣，哀其遠而喪不能歸也，葬之城西二里五峰山之麓，爲祭田，使松雲庵僧守之。余至縣，楊君家人流寓於此，與僧争田。予謂劉君本置祭田爲楊君守塜，家人若得而有之，亦可得而鬻之也。訊之，果有謀此田者。因斷歸僧家以嗣劉君之志，且令刻之石以垂永久。

張氏女子神異記

(説評)質而采,簡而濃。(焯評)反風滅火,大雨如注,雷雹暴至,經暑三月不腐,不可不謂之神奇,不可不謂之天所護也。乃必附之以極鄙俚必無之説,反足以誣之,而文亦穢雜,不足貴矣。若去"前三日"至"有聲"廿七字,"賊子"至"血流"十一字,"群鬼"至"來逐"九字,何等正大明顯,寧不足信世而傳遠哉!(雲評)句句精潔,一字不可增减,直逼太史公。(啓評)潔而峻,馬遷之筆也。(虞評)傳奇如見,俗子往往不信,是不信天地之大、古今之遠也。

嘉靖甲辰夏五月,安亭鎮女子張氏年十九,姑脅淩與爲亂,不從。夜,群賊戕諸室,縱火焚尸,天反風滅火。賊共舁欲投火,尸如數石重,莫能舁。前三日,縣故有貞烈廟,廟旁人聞鼓樂從天上來,火出柱中,轟轟有聲,縣宰自往拜之。時大旱,三月無雨,士大夫哀祭,已,大雨如注。賊子籲天拜,拜忽兩腋血流。(雲眉)許多筍縫泯然無迹,叙事入神。

縣宰命暴姑尸壇上,禁其家不得收。家夜收之,雷雹暴至,群鬼百數啾啾共來逐,遂棄去。及官奉檄啓視女子,時經暑三月不腐,僵卧膚肉如生,頸脅二創孔有血沫。仵人吐舌,謂未有也。噫!亦異哉。

觀古傳記載忠烈事多有神奇,今日見之,益信。於是知節義天所護,然不能護之使必無遭害,何也?悲夫!(雲眉)一句中具《離騷》二十五。

(雲評)邵武朱斐瞻士琇論古文以"寫得出"爲妙,"出"字極有意思。譬之觀魚,不工文者如魚在水中,波紋蕩漾,縱了了,終覺模糊。其工者如魚釣入手,首尾鱗鰭纖悉畢出,此妙惟史遷得之。此文甚簡,而字字精神涌現,蓋具此妙。廿八日閲。

(坰評)公極得意之作,用筆高簡,直逼龍門。似李習之。

卷十七　記

世美堂後記

（**説評**）巖頭告雪峰"從自己胸襟流出"，此亦文章之訣也。（**年評**）文絶真可誦。（**雲評**）畫贊稱唐人"景暖風暄、霜嚴冰净"語，恨畫不到。余謂此記不啻如畫矣。墓銘狀傳皆不必，故集中無之。（**焯評**）此直借題作一篇賢配行述耳，然須看其前後關目處仍是堂記。（**紓評**）叙瑣事筆筆不俗，亦栩栩如生。其巧於叙悲，尤得自《史記·外戚傳》。

余妻之曾大父王翁致謙，宋丞相魏公之後。自大名徙宛丘，後又徙餘姚。元至順間有官平江者，因家崑山之南戴，故縣人謂之南戴王氏。翁爲人倜儻奇偉，吏部左侍郎葉公盛、大理寺卿章公格，一時名德皆相友善，爲與連姻。成化初，築室百楹於安亭江上，堂宇閎敞，極幽雅之致，題其扁曰"世美"，四明楊太史守阯爲之記。

嘉靖中，曾孫某以逋官物粥於人，余適讀書堂中，吾妻曰："君在，不可使人頓有黍離之悲。"余聞之，固已惻然，然亦自愛其居閒靚，可以避俗囂也，乃謀質金以償粥者，不足，則歲質貸，五六年始盡讐其直。安亭俗呰窳而田惡。先是，縣人争以不利阻余，余稱孫叔敖請寢之丘、韓獻子遷新田之語以爲言，衆莫不笑之。(説眉)疏。余於家事未嘗訾省,吾妻終亦不以有無告,(侗眉)一語筆致慘澹。但督僮奴墾荒萊,歲苦旱而獨收。每稻熟,先以爲吾父母酒醴,乃敢嘗酒。獲二麥,以爲舅姑羞醬,乃烹飪,祭祀、賓客、婚姻、贈遺無所失。姊妹之無依者悉來歸,四方學者館餼莫不得所。有遺憫不自得者,終默默未嘗有所言也。以余好書,故家有零落篇牘,輒令里媪訪求,遂置書無慮數千卷。(説眉)無垂不縮,無往不收。

庚戌歲,余落第出都門,從陸道旬日至家。時芍藥花盛開,吾妻具酒相問勞。余謂:"得無有所恨耶?"曰:"方共采藥鹿門,何恨也?"長沙張文隱公薨,余哭之慟,吾妻亦淚下,曰:"世無知君者矣,然張公負君耳!"辛亥五月晦日,吾妻卒,實張文隱公薨之明年也。(説眉)以張文隱並提,從"世無知君"一語來,君子求知於學士大夫之真能知者不可得,求知於閨房之秀尤不可得。(倫眉)先生有如此令妻,真可爲讀書之一助也。

後三年,倭奴犯境,一日抄掠數過,而宅不毁,堂中書亦無恙。然余遂居縣城,歲一再至而已。辛酉清明日,率子婦來省祭,留修圮壞,居久之不去。一日,家君燕坐堂中,慘然謂余曰:"其室在,其人亡,吾念汝婦耳。"余退而傷之,述其事,以爲《世美堂後記》。

(坰評)一味質樸,愈淡愈悲。

重修承志堂記

(説評)决不虚証一事,前輩作文皆爾。自應酬之俗體出,而筆墨不可問矣。(焯評)此篇疊記禽鳥、花木、占夢諸禎祥,將其前人積累之所致耶?抑即爲公一代文章之宗主之先徵也?

吾家舊宅在宣化里者,吾大父亦不知其何所始,第云高大父於成化初始創承志堂,時大父方齠齔,上梁之日,有二鶴翔止於梁上,觀者千人,皆以爲吉祥壽考之徵。大父爲太常卿夏公孫婿,夏公親題其額曰"承志堂"。

其後,高大父又自别創宅於須浦之上。吾生之年,高大父夢有人謂曰:"公何不作高玄嘉慶堂?"高大父覺而喜,曰:"城中必得孫矣。"城中蓋指今舊宅大父居也。已而吾與伯兄皆生,高大父遂以次年創堂須浦,顧太史九和爲之記,然吾大父猶自居城中。

先是,堂前嘗有虹起屬天。又大父闢西園,好植薔薇。須浦創堂之前年春,花盛開,花中復有蕋,作重疊樓子,週圍滿架,五色燦爛,所未有也。西園南有井,雖大旱不竭。(**説眉**)亦異。人亦以爲井泉甘美,能益人壽,以是大父與世父及先君皆饗高年。

隆慶二年,吾自吴興還,因返舊宅,支撐傾陊,完葺破漏,明年二月,僅還舊日之觀。歐陽公《題王太師畫像》云:"畫已百年,完之又可得百年。"吾修此堂,亦謂尚可及百年也。第年往歲徂,德業不聞,無以副前人命堂之志。且以去吾祖父之生存不至十年,依依仰止,豈勝怵惕悽愴之情云!

(**説評**)若此文入俗手必滿紙祥瑞,今絶不見其迹,此神淡也。

重造承志堂左右夾室記

(**説評**)細讀此等文字,則悟以文章名世全不在揮毫時,思之,思之。(**鼂評**、**孫評**)凡震川所作之文雖無深意,必質直有味,非應酬之文可比。

余既修承志堂,而左右室壞不可支,爲撤而新之。

其左蓋吾大父爲世父與先君延師友講習之所,時王汝礪先生居師席，而朱布政觀、張僉憲寬，皆從王先生，而二公更爲世父與先君師，時與先君同學往往亦有貴者，其後世父復授徒於此室。余今亦方與學者講論六藝，以修先業，故名其左曰"論室"。其右則余先君喜恤貧士，故友張自新子賓嘗假以授徒於此室，先君爲館穀之，終歲不厭。子賓雖亡，當時從學如沈孝，猶從余遊，能談少年時事。又以爲先君賓禮賢士之所，故名其右曰"賓室"。

顧余仕宦不遂，既老而貧，無昔人開府節鎮之榮貴，而妄爾改作，此余之所以已成而爲之愧嘆也。（年眉）忽爾掉尾，不勝渺然。

（年評）極摹南豐《齊州二堂記》。

（焯評）小小营構，體勢秩然。

陶庵記

（年評）論陶處獨取其髓。（麟評）前以子長襯，後以邵子陪，中間提出孔子、顏淵、子路，須知先生命意處。後段以陶公節義歸本，性情學問最得。惜所見有病，故下語過高，不切實，學者亦不可不知。（瑚評）陶公氣概之高，語言之妙，古今罕儔，求之聖門，當在狂者之列。先生贊以樂天安命，自是定評。（經評）一氣直説，自具曲折縈洄之致。（虞評）論陶處特具只眼。（昌評）先生平生爲文無悲苦愁恨之言，蓋能自道其所得矣。然以易代更姓爲蚍蜉聚散、不足以當大節，則亦殊有語病也。

余少好讀司馬子長書，（焯夾）引起。見其感慨激烈、憤鬱不平之氣，勃勃不能自抑。以爲君子之處世，輕重之衡常在於我，（焯夾）乃所謂道也。决不當以一時之所遭而身與之遷徙上下。設不幸而處其窮，則所以平其心志、怡其性情者，亦必有其道。（麟眉）折入。何至如閭巷小夫，一不快志，悲怨憔悴之意動於眉皆之間哉？（**説眉**）讀書以平淡爲宗而不尚氣，此先生之志也。（**年眉**）見道之言。（**麟眉**）其道正自不同，須推動耳。蓋孔子亟美顔淵而責子路之愠見，古之難其人久矣。（**焯夾**）着此一層，上一段文勢方不单薄。（**麟眉**）玩其轉落，然極用意，不若他處只借作轉落也。已而觀陶子之集，則其平淡冲和，瀟灑脱落，（**説眉**）只讀此八字足矣。悠然勢分之外，非獨不困於窮，而直以窮爲娱。百世之下，諷詠其詞，融融然塵查俗垢與之俱化。信乎，古之善處窮者也！（**焯夾**）應難其人。（**麟眉**）略頓。推陶子之道，可以進於孔氏之門。（**麟眉**）全文旨意。（**元眉**）從司馬子長引出陶子，勢如破竹。而世之論者徒以元熙易代之間謂爲大節，而不究其安命樂天之實。夫窮苦迫於外，饑寒憯於膚，而情性不撓，則於晋、宋間真如蚍蜉聚散耳。（**麟眉**）有語病。（**鼒眉**）害義傷教。

昔虞伯生慕陶，而並諸邵子之間。予不敢望於邵，而獨喜陶也。予又今之窮者，扁其室曰"陶庵"云。（**麟眉**）倒找關合，妙。

（**侗評**）守節易，固窮難，餓死事小，非確論也。

（**元評**）通篇抒寫懷抱，庵名一點便足。

（**陶評**）軒輊俱得，先生之爲人具見於斯。

畏壘亭記

（**年評**）峭處不如柳，然自雅。（**侗評**）便似莊子。（**苞評**、**鼒評**）不衫不履，神韻絶高。（**經評**）寫自得之趣，具見室家和平之像。（**虞評**）淡蕩。（**紓評**）寫景幽蒨，木段數語飄忽凄悄，鈍根者雖窮力學之，不能肖也。（**昌評**）歸氏之文，文家之韋陶也。於唐宋八家外獨闢一境，倏然自遠。姚姬傳云："不衫不履，神韻絶高。"

自崑山城水行七十里曰安亭，在吴淞江之旁。蓋圖志有安亭江,今不可見矣。土薄而俗澆,縣人争棄之,予妻之家在焉。予獨愛其宅中閒靚,壬寅之歲,讀書於此。宅西有清池古木,壘石爲山。山有亭,登之,隱隱見吴淞江環繞而東,風帆時過於荒墟樹杪之間,華亭九峰、青龍鎮古刹浮屠,皆直其前。亭舊無名,予始名之曰畏壘。

《莊子》稱庚桑楚得老聃之道,居畏壘之山,其臣之畫然智者去之,其妾之挈然仁者遠之。擁腫之與居,鞅掌之爲使。三年,畏壘大熟。(**燦眉**)每引古則連片幾行而下,此公文之小疵也,引古長則文必不净鍊。畏壘之民,尸而祝之,社而稷之。而予居於此,竟日閉户。二三子或有自遠而至者,相與謳吟於荆棘之中。予妻治田四十畝,值歲大旱,用牛輓車,晝夜灌水,頗以得穀。釀酒數石,寒風慘栗,木葉黄落,呼兒酌酒,登亭而嘯,忻忻然。誰爲遠我而去我者乎?誰與吾居而吾使者乎?誰欲尸祝而社稷我者乎?作畏壘亭記。(**説眉**)收處覺氣不舒。

(**元評**)亦無甚奇處,然讀之便想見先生高躅。

思子亭記

(**偉評**)沈痛之極結爲無聊之想,遂成至文。(**祖評**)風骨姍姍,小品之佳者也。(**昌評**)此等最易入俗派,不可學。此文在太僕不爲不工,然易入俚俗,絶不宜學。退之《祭十二郎文》亦易入俗,不可學,此又遜之遠矣。姚姬傳云:"此震川得意文,而實可笑。"

震澤之水蜿蜒東流爲吴淞江,二百六十里入海。嘉靖壬寅,予始携吾兒來居江上,二百六十里水道之中也。江至此欲涸,蕭然曠野,無輞川之景物、陽羨之山水。獨自有屋數十楹,中頗弘邃，山池亦勝，足以避世。予性懶出，雙扉晝閉，绿草滿庭，(**鼒眉**)熙父時有此等俗氣。最愛吾兒與諸弟遊戲穿走長廊之間。兒來時九歲，今十六矣，諸弟少者三歲、六歲、九歲。此余平生之樂事也。(**説眉**)起得妙。

十二月己酉，携家西去。予歲不過三四月居城中，兒從行絶少，至是去而不返。每念初八之日，相隨出門，不意足迹隨履而没，悲痛之極，以爲大怪無此事也。蓋吾兒居此七閲寒暑，山池草木、門堦户席之間，無處不見吾兒也。葬在縣之東南門，守冢人愈老，薄暮見兒衣绿衣在享堂中，吾兒其不死耶！(**侗眉**)凡人悲痛之極，常荒唐於鬼神。太僕亦未免此，然其情詞亦可哀矣。(**鼒眉**)辭不明白，事不分明，當正出其子以何時死何地也。因作思子之亭。徘徊四望，長天寥廓，極目於雲煙杳靄之間，當必有一日見吾兒翩然來歸者。(**鼒眉**)轉法，乃兒戲。於是刻石亭中，其詞曰：

天地運化，與世而遷。生氣日漓，曷如古先。渾敦檮杌，天以爲賢；矬陋癴躄，天以爲姸。(**鼒眉**)稚。退之貌醜心妍，却不見稚。跖年必永，回壽必慳。噫嘻吾兒，敢覬其全！今世有之，死固宜焉。聞昔郗超，殁於賊間。遺書在笥，其父舍旃。胡爲吾兒，愈思愈姸？爰有貧士，居海之邊。重趼來哭，涕淚潺湲。王公大人，死則無傳。吾兒孱弱，何以致然？人自胞胎，至於百年。何時不死，死者萬千。如彼死者，亦奚足言！有如吾兒，真爲可憐。我庭我廬，我簡我編。髧彼兩髦，翠眉朱顔。宛其绿衣，在我之前。朝朝暮暮，歲歲年年。似耶非耶？悠悠蒼天！(**黄宗羲眉**)無聊之極結爲怪想。余於迎兒之殤，坐卧恍忽，作此言辞，豈意震川先已描出。(**陶夾**)悲極。臘月之初，兒坐閤子。我倚欄杆，池水瀰瀰。日出山亭，萬鴉來止。竹樹交滿，枝垂葉披。如是三日，予以爲祉。豈知斯祥，兆兒之死？兒果爲神，信不死矣。是時亭前,有兩山茶。影在石池,綠葉朱花。兒行山徑,循水之涯。從容笑言,手擷雙葩。花容照映,爛然雲霞。山花尚開,兒已辭家。(**鼒眉**)此震川得意之文,而實可笑。一朝化去,果不死耶?(**升眉**)愚雖未有喪子之痛,亦未知世間有子之樂。然讀此數語,輒爲心傷。漢有太子,死後八日。周行萬里,甦而自述。倚尼渠余,白壁可質。大風疾雷,俞老戰慄。(**陶夾**)奇突之思,顛倒之筆。奔走來告,人棺已失。(**鼒眉**)敘中不祥,令人不解。兒今起矣,宛其在室。吾朝以望,及日之昳。吾夕以望,及日之出。西望五湖之清泌,東望大海之蕩潏。寥寥長天,陰雲四密。俞老不來,悲風蕭瑟。宇宙之變,日新日茁。豈曰無之,吾匪怪譎。父子重歡,茲生已畢。於乎天乎,鑒此誠壹!

(**陶評**)篤摯之情,而行以蒼辣之筆,騷情史味兼而有之。

項脊軒志

(**未刻稿説評**)絶構,此文真能令弇州面赤。(**説評**)此等文字非世間大套文集所有。(**庭評**)此篇志軒庭更變始末是一事,志閣中人喜悲又是一事。兩事錯雜,敘來頭緒似紛,細按之完然,布置應爾,真古文妙境也。(**苞評**)去其半脉絡乃通,滓穢盡洗。(**麟評**)散碎叙述,處處令人凄然,真蠶室遺技也。(**擇評**)似西漢人叙瑣事。(**祖評**)此首望溪先生所芟甚當,但非其真者矣,不録。(**鼒評**)此太僕最勝之文,然亦苦太多。(**亮評**)借一閣以記三世之遺迹。大宛之迹肇自張騫,此神明其法者也。(**夫評**)文不入古,然自可愛。(**孫評**)此太僕最勝文,然亦苦太多。去其半,脉絡乃通,滓穢盡洗。(**紓評**)此文余已有長評在《選評古文辭類纂》中,今一言蔽之曰:"情深者文勝。"言情之文唯家庭瑣事最難着筆,常熟讀《史記·翁須傳》及《漢書·趙皇后傳》,則自無不達之情。(昌評)姚云:"小説家。此太僕最勝之文,然亦苦太多。"歸氏此文肇源史公《外戚世家》,惟史公文絶高古,褚先生補者亦然,歸則時有俗氣。

項脊軒,舊南閤子也。室僅方丈,可容一人居。百年老屋,塵泥滲漉,雨澤下注,每移案,顧視無可置者。又北向,不能得日,日過午已昏。余稍爲修葺,使不上漏。前闢四窗,垣墻周庭,以當南日,日影反照,室始洞然。又雜植蘭桂竹木於庭,舊時欄楯亦遂增勝。借書滿架,偃仰嘯歌。冥然兀坐,萬籟有聲。而庭階寂寂,小鳥時來啄食,人至不去。(燦眉)寫其静。三五之夜,明月半墻,桂影斑駁,風移影動,珊珊可愛。(焯眉)非至静不能領此。(鼐眉)删掉,换爲"倐然自得"。琢句太多,然亦傷雅。(元眉)《史》《漢》叙事到繁碎處,上面必有一提。此文中間随束随起,亦提筆也。(綸眉)"三五之夜"五句俗。然予居於此,多可喜,亦多可悲。(麟眉)以轉筆爲提挈。(元夾)束上起下。(雲眉)二語上下文筋脉。

先是,庭中通南北爲一。迨諸父異爨,内外多置小門墻,往往而是。東犬西吠,客逾庖而宴,雞栖於廳。庭中始爲籬,已爲墻,凡再變矣。(説眉)絶續離合,類《左傳》文字。家有老嫗,嘗居於此。嫗,先大母婢也,乳二世,先妣撫之甚厚。室西連於中閨,先妣嘗一至。嫗每謂予曰:"某所,而母立於兹。"嫗又曰:"汝姊在吾懷,呱呱而泣。娘以指扣門扉曰:'兒寒乎?欲食乎?'吾從板外相爲應答。"語未畢,余泣,嫗亦泣。(雲眉)情事活現,令我淚涔涔下,文之出於至情者,其感人如是。每閲是文,輒取周孺人事略覆讀之,每讀必悲泣不自任,蓋余與先生有同恨耳。(祖眉)望溪評先生文喜芟節,然大家文可抹不可芟,如此文中一段,删之似較索然味薄矣。讀先生文固不可在字句間求之。(元夾)叙得逼真。

余自束髮讀書軒中，一日，大母過余曰："吾兒，久不見若影，何竟日默默在此，大類女郎也？"比去，以手闔門，自語曰："吾家讀書久不效，兒之成則可待乎？"頃之，持一象笏至，曰："此吾祖太常公宣德間執此以朝，他日汝當用之。"(**侗眉**)予幼讀書時，先大母亦然，何其類也！(**雲眉**)活現，令我淚涔涔下。瞻顧遺迹，如在昨日，令人長號不自禁。(**未刻稿説眉**)此一段情文深至。

軒東故嘗爲廚，人往，從軒前過，余扃牖而居。久之，能以足音辨人。軒凡四遭火，得不焚，殆有神護者。(**啓眉**)此下若直接"吾妻來歸"一段，便排比不成文字。且家事瑣屑，悉數無了期矣。間以此段，是文家斷續離合之妙。乙丑三月初七夜，曾與亡友萬循初言之。時將入禮闈，自循初而外，同寓者莫不憎余之多言也。循初名光泰，秀水人。項脊生曰："蜀清守丹穴，利甲天下。其後秦皇帝築女懷清臺。劉玄德與曹操爭天下，諸葛孔明起隴中，方二人之昧昧於一隅也，世何足以知之？(**鼐眉**)此等比喻亦俗。余區區處敗屋中，方揚眉瞬目，謂有奇景。人知之者，其謂與埳井之蛙何異！"(**麟眉**)突出奇語，文氣大振，直是不可測識。(**侗眉**)此文叙次瑣屑，情事真摯，反嫌此段議論插入不倫。(**鼐眉**)不倫不類，自與前後脉絡不貫。(**元眉**)自負不凡，通篇少此一段不得。

余既爲此志後五年，吾妻來歸，時至軒中，從余問古事，或憑几學書。吾妻歸寧，述諸小妹語曰："聞姊家有閣子，且何謂閣子也？"其後六年，吾妻死，室壞不修。其後二年，余久卧病無聊，乃使人復葺南閣子，其制稍異於前。然自後余多在外，不常居。庭有枇杷樹，吾妻死之年所手植也。今已亭亭如蓋矣。(**麟眉**)以一樹作結，寓無限感慨。(**未刻稿説眉**)能識雲林子筆墨之妙者，則知此文。兀者説。(**雲眉**)黯然銷魂。(**祖眉**)後一段亦學六一梅聖俞詩叙。

(**元評**)零星叙述，自有間架。

（**祖評**）此文以《史記》義法述世俗語，非先生不能作也。望溪創爲義法，深得古人用心，而此文妄爲删改，殊不可解。

（**倫評**）一篇小小文字，語極瑣碎，絶無畦畛可尋，而循折不窮，於語言之外竟有一片至情繚繞筆端，絶妙好文字也。

（**焯評**）細讀此文，見先生爲學之深静、至性之敦厚、蕴抱之不凡與遭際之沉淪、志趣之恬淡。雖自負甚大，而毫無矜躁浮露之氣，可謂君子儒矣。

秦國公石記

（**説評**）寫二石甚幽麗。（**經評**）就石抒寫興衰成敗之感，俛仰不盡。（**虞評**）摹寫風神奕奕。（**焯評**）其人軼不傳，其石無識者，是一篇大致，人與石對照作章法。

宋太師秦國衛文節公涇，淳熙十一年進士第一人，參知政事。文章議論有裨於當世，《宋史》軼不傳。公，吾縣人也，縣人能紀之。

當韓侂胄用事時，公隱居十年，於所居地名石浦，闢西園，纍致太湖石甚富，至今往往流落人間，然皆爲屠沽兒酒肉腥穢，可吊也。獨其在學宫者爲四方過客之所欽仰。（**陶夾**）特請一客。余居安亭江上，往來陸家浜，舟中見冢間大石，問知爲秦公故物，埋草土中，無識者。先時，吏部侍郎葉文莊公亦石浦人，其家子弟運致於此。因購之葉氏，載以二百斛舟，沿吴淞江而下，置於堂東。

學宫石，世以爲名品，以余觀之殆如雕鏤耳。此石旋轉作人舞，而形質恢偉，類靺師所率之夷舞，（**鼒眉**）此等比喻亦俗。若以甲乙品第，當在學宫之上。嗟乎！公，吾鄉之先哲。余朝夕對之，如對公矣。前十年，於閶門劉尚書宅得一奇石，（**陶夾**）又請一客。形如大旆,迎風獵獵,仿佛漢大將軍兵至闐顔,大風起,縱兵左右翼,圍單於,驃騎封狼居胥、臨瀚海時也,**(年眉)**忽作此陡健舉。久僵仆庭中,今立於西垣云。**(年眉)**結處忽作一勢,横厲不可及。**(侗眉)**此石更奇,文勢得此增壯十倍。**(焯眉)**兩石對照,又自作章法。**(啓眉)**皆《史記》衛霍傳中語。

(陶評)短幅中有高山深林、龍虎變化氣象,先生集中此種最高。

夢鼎堂記

(説評)疏此事而删其文則善。

凡州縣治其後皆爲夾道,而官之長貳之私宅别爲一區。惟長興治後迫於城,故令之宅無周垣門廡,燕居之堂與前堂簷相接也。余來爲縣,屬久廢之餘,爲修經閣鼓樓、左右廊廡,起吏舍、倉庾,成橋梁,築月城水門,一歲中略具。而燕居之堂穿漏傾圮,復加完葺之。雖前除不敞,而堂中若加恢廓,如人外處迫隘之形而中不失寬綽之度,因得休暇觀古圖書於此。

會有事於貢院,一日,夢寢庭中有函牛之鼎,其旁有破裂處,方命修補之,覺而以告諸同事。適長興之士試而得雋者三人,衆皆以爲鼎足之應。未幾,而南都報得雋者又一人,或又以爲補鼎之驗也。夫占者之云,其果云爾已乎?蓋鼎,三代之傳器也。聖人取以爲卦,其辭曰:“君子以正位凝命。”又曰:“主器者莫若長子。”此其爲王者之事矣。然又以象三公者,何也?誠以天下非人主所能獨運,而所藉者輔相也。故鼎,天子飾以黄金,諸侯以白金;三足以象三台,三足一體猶三公承天子也。以主烹飪,不失其和。金玉鉉之,不失其所。公卿仁賢,天王明聖之象也。讀《鼎》之辭，可以見君臣一體之義，而人臣輔相之道備矣。故又曰："大亨以養聖賢。"明天子當以聖賢置之三公之位，不宜使在下僅出其否而已，而制其毁譽進退於不知者之人，使之皇皇焉慎其所之也。（祖眉）議論過闊，與前半不稱。（焯眉）諷諭之旨，堂皇正大。

余少時有狂簡之志，思得遭明時，興堯舜周孔之道，嘗鄙管晏不足爲。今老矣，無能爲矣！台鼎之兆，其以望諸二三子，因取而名斯堂，且以俟後之繼余而來者云。（焯夾）感慨中仍自見和平。

順德府通判廳記

（説評）亦澹。（燦評）有一事可作客主証佐，便率筆寫一篇，殊乏工鍊，即以此題此文付柳子厚，一改作當何如奇峭耶！（侗評）官是贅員，題名亦止二人，大可發笑。（雲評）風味蕭然，頓逼崔二十六藍田廳壁矣。（升評）合《陶庵記》觀之，先生本領蓋在二公伯仲間。（祖評）此先生有樂天文在胸中，而後爲此記便落科白。（經評）太平之官以無事爲得職，豈第馬政哉？但先生則不盡其用，可慨矣。（虞評）語曰："天下本無事，庸人自擾之。"（昌評）言之無一毫不自得，其襟懷真似樂天。

余嘗讀白樂天《江州司馬廳記》，言自武德以來，庶官以便宜制事，皆非其初設官之制，自五大都督府至於上、中、下郡，司馬之職盡去，惟員與俸在。余以隆慶二年秋自吴興改倅邢州，明年夏五月蒞任，實司郡之馬政。今馬政無所爲也，獨承奉太僕寺上下文移而已，所謂"司馬之職盡去"，真如樂天所云者。而樂天又言："江州左匡廬，右江、湖，土高氣清，富有佳境，守土臣不可觀游，惟司馬得從容山水間，以是爲樂。”

而邢，古河内，在太行山麓，《禹貢》“衡、漳、大陸，並其境内”，太史公稱邯鄲“亦漳、河之間一都會”，其謡俗猶有趙之風。余夙欲覽觀其山川之美，而日閉門不出，則樂天所得以養志忘名者，余亦無以有之。然獨愛樂天襟懷夷曠，能自適，觀其所爲詩，絶不類古遷謫者有無聊不平之意，則所言江州之佳境亦偶寓焉耳。雖微江州，其有不自得者哉？（**元眉**）愈轉愈深，妙。

余自夏來，忽已秋中，頗能以書史自娱。（**元眉**）居官如此，求之古人亦少。顧衙内無精廬，治一土室，而户西向，寒風烈日，霖雨飛霜，無地可避，几榻亦不能具。月得俸黍米二石，余南人，不慣食黍米。然休休焉自謂識時知命，差不愧於樂天，因誦其語以爲廳記。使樂天有知，亦以謂千載之下乃有此同志者也。（**説眉**）土室户西向，南人不慣食黍米，愈瑣碎愈妙。（**元眉**）結醒。

（**瑚評**）先生自謂差不愧樂天，想其胸中實有所得，不是效顰古人，謬稱知己。噫！同調者，獨先生已乎！

（**焯評**）此篇作二層陪引，三層接合，逐層轉變。第一段官職盡去，是言其同。第二段從容山水、閉門不出，是從同轉出異。第三段不必佳境亦自得，土室亦足自娱，又從異轉出同。要之，同志是主，第一段以同官引出同志，是淺深之次。第二段以不同感染跌出同志，是開合之分。

（**升評**）朱弦疏越之音，太羹元酒之味，惟土室中乃有此佳文，比他人玉堂所得多矣。

（**元評**）跌宕。如纍九層之台，一層高一層。

（**垧評**）比擬格。

順德府通判廳右記

(**説評**)此文至處當有鬼神護之。(**升評**)空山無人,水流花開。我無爲而民自化,家無事而民自富。何獨馬政,雖以宰天下可也。(**夫評**)吴江計甫草至順德,追憶震川嘗佐此郡有廳記兩篇,即策蹇往求遺址,不可得,乃入署旁廢圃中,西向炷瓣香再拜,流涕被面。見者以爲狂,僕夫匿笑,計了無怍色。

國家之制,郡有守,有佐貳,佐貳則常因有事而增其員。順德府故有通判一員,其後復設一員,責以馬之政,而隸其職於太僕寺。自國初使民户養馬,議者謂雖行之而善,猶不免襲宋熙寧保甲之敝法,未爲馬之善政,而先以疲畿内之民。其後此法亦益敝,不可復振。而有官或以擾民,反若贅疣然。(**夫眉**)從馬政擾民起見,不似一味牢落騷屑,真作家,作家!

隆慶二年秋,余自吴興來遷,今少司徒趙公以巡撫在浙,過辭之。趙公乃郡人,爲言:"此官於今唯以無事爲得職。"余嘆其真長者之言。余病不能來,明年五月始至。趙公自司徒出董淮漕,時尚在家。見之,其言如初。於是余居邢之三月,益有味其言之也。蓋河北之民困久矣,不當復擾以馬之事,(**陶夾**)二語見所以宜無事之故。第奉行文書之外,日閉門以謝九邑之人,使無至者。簿書一切稀簡,不鞭笞一人,吏胥亦稍稍遯去。余時獨步空庭,槐花黄落,遍滿階砌,殊歡然自得。(**説眉**)字字妙。而趙公又亟稱前判王君之賢。(**元眉**)轉筆又開出下半篇,所謂舟行若窮,忽又無際也。余既閑無事,欲考前官姓名以識於壁,因問王君行事,無知者。惟一老卒能言之,謂:"王君於馬政不孰何,閑居不捶楚人,頗似吾君侯。若求其有所建明抉擿,無有也。(**陶夾**)亦是以無事爲得職。而郡人至今稱官之有遺愛於民者莫逾王君。”余又自喜,顧何以能比迹前賢?抑王君之居此者九年,而余以疎愚,度不能容於世,而老病侵尋,不久且告去矣。

王君名雲衢,字道亨,山西高平人,以國子上舍來調。嘉靖二十八年至,迨嘉靖三十六年始遷潤州丞以去。余,蘇州崑山人。其諸前賢之名闕於所不知,故不書。(**夫眉**)通判多矣,獨書王君,其餘不書,無可書也。“前賢”之“賢”字不若“人”字之穩,當僭易之,不知是否。

(**元評**)以無用爲用,論亦深切,而文境絶佳。中有經濟之學,而氣韵生動,如行雲流水不可捉搦。

(**陶评**)表王君即以實自己也,命意命筆都非尋常所有。

家譜記

(**侗評**)太僕每好語怪,亦左氏、史公之習。(**麟評**)見地既高,論更婉轉曲鬯。(**焯評**)傷族之離而欲爲譜以合之,所以爲譜者,示之以一本之誼而使之思而已。思則合,不思則離。“思”字是總要,“離”“合”字是關目。(**祖評**)此先生中年所作,議論極醇厚,惟文律稍漫耳。(**紓評**)文之侃直毫不假借,論兄弟同趨於離,是人心中印板文字,不可竄易。震川獨慷慨言之,由家庭情事推闡及於天下,言壞之由於一人,成之亦由於一人,抱負絶大,不愧儒者吐屬。收處言所以爲譜,含蓄不盡,亦悲慨無窮,讀之令人氣厚。

有光七八歲時,見長老輒牽衣問先世故事。蓋緣幼年失母,居常不自釋,於死者恐不得知,於生者恐不得事,實創巨而痛深也。(**説評**)悽痛。(**雲評**)絶有關係之文。

歸氏至於有光之生而日益衰,源遠而末分,口多而心異。

自吾祖及諸父而外，貪鄙詐戾者往往雜出於其間。率百人而聚，無一人知學者；率十人而學，無一人知禮義者。（**陶夾**）四語古今同嘆。貧窮而不知恤，頑鈍而不知教。死不相吊，喜不相慶。入門而私其妻子，出門而誑其父兄。冥冥汶汶，將入於禽獸之歸。平時呼召友朋或費千錢，而歲時薦祭輒計杪忽。俎豆壺觴鮮或静嘉，諸子諸婦班行少綴。乃有以戒賓之故而改將事之期、出庖下之餕以易薦新之品者，而歸氏幾於不祀矣。（**麟眉**）風俗之弊，今竟莫知其非矣。（**雲眉**）令我毛髮爲竦，太息久之。（**基眉**）不必，且亦何忍道？

小子顧瞻廬舍，閲歸氏之故籍，慨然太息流涕曰："嗟乎！此獨非素節翁之後乎，而何以至於斯也？父母兄弟，吾身也；祖宗，父母之本也；族人，兄弟之分也。不可以不思也，思則饑寒而相娱，不思則富貴而相攘；思則萬葉而同室，不思則同母而化爲胡越：思不思之間而已矣。（**陶夾**）親切指點，語語如取諸肝膈，讀此而不動心者，非人也。人之生子，方其少時，兄弟呱呱懷中，飽而相嬉，不知有彼我也。長而有室，則其情已不類矣。比其有子也，則兄弟之相視已如從兄弟之相視矣。方是時，惟恐夫去之不速，而孰念夫合之之難，此天下之勢所以日趨於離也。吾愛其子而離其兄弟，吾之子亦各念其子，則相離之害遂及於吾子，可謂能愛其子耶？（**麟眉**）就人情易曉處説得切至。（**焯眉**）此便是近思之道，説得最親切。（**雲眉**）足以警發聵聵。（**陶夾**）理有固然，勢所必至。

有光每侍家君，歲時從諸父兄弟執觴上壽，見祖父皤然白髮。竊自念，吾諸父兄弟其始一祖父而已，今每不能相同，未嘗不深自傷悼也。然天下之事壞之者自一人始，成之者亦自一人始。（**麟眉**）方轉出爲譜。仁孝之君子能以身率天下之人，而况於骨肉之間乎？（**焯眉**）從離轉合，見慨然自任之重。古人所以立宗子者,以仁孝之道責之也。宗法廢而天下無世家,無世家而孝友之意衰,風俗之薄日甚,有以也。

有光學聖人之道,通於六經之大指。雖居窮守約,不録於有司,而竊觀天下之治亂、生民之利病,每有隱憂於心。而視其骨肉,舉目動心,將求所以合族者,而始於譜。故吾欲作爲歸氏之譜,而非徒譜也,求所以爲譜者也。

(麟評)通篇發明所以爲譜意,只數行轉出爲譜,結末一點,全旨躍然。

(倫評)藹然仁孝之言。

(坰評)氣息深厚。

(陶評)大旨本老泉《族譜亭記》而言之加暢。

卷十八　墓誌銘

（夫評）王元美曰："熙甫誌傳碑表，昌黎十四，永叔十六。又最得昌黎割愛脱賺法，銘詞小不及耳。昌黎於碑誌極有力，是兼東西京而時出之。永叔雖佳，故一家言耳。"

南京車駕司員外郎張君墓誌銘

（燦評）先敘家世，此之謂序。前代人有於題下著"並序"二字。今人以此爲誌，而韻語爲銘，亦非也。後有韻語，則散文爲前序；無韻語，則散文即誌銘也，誌銘同。（説評）堅栗。（雲評）此等文嚴潔精密，可敵盧陵《尹師魯誌》。（元評）"深醇雅健似司馬子長"，先生自評此文云爾，置之韓歐集中亦推上乘。（淵評）公與沈敬甫手帖："張駕部墓誌已尋得，雄深雅健似司馬子長，崔蔡不足多也。誦此言當否。"（祖評）此文公自比柳州，見與沈敬甫札。

君諱棫，字子培。其先出自鄘伯，宋之南遷，由關中來徙，居太湖包山，後徙嘉定，遂爲嘉定人。曾祖墦、祖鎧，家世力田。父沄，歲貢入太學，不肯禄仕，教授鄉里。君少墮井中，覺有神人扶舁之，得不死。天資絶出倫輩，年二十，舉南京鄉試，考官以試題得罪，盡罷是年所舉士。後得旨入太學，間一科乃得會試。又六年始中進士，授福清知縣。

縣古東侯官，依阻山海，徵召不時至。君廉明仁恕，豪右怗服，符下争趨，無敢後者。先是，常熟陳君明近爲福清，民愛之，蓋三年又得張君，二君皆吴産，閩人以爲美談。甌寧李冢宰罷，家居,君獨不往謁。李公憾,以爲輕已。丁外艱,服除。李公復爲冢宰。例,起服官試吏部,試已,自持案出。君獨不肯持,留一案於堂下。李公以問堂吏,知爲君,益怒,遂調孝豐。

孝豐鄣郡,山地險惡,數反,以故置新縣。君以德懷柔之,田有不均,丈量以寬貧户。其豪相戒曰:“明府善政,不可撓也。”礦賊數百人爲亂,君檄止調外兵,獨部署縣人捍禦,賊皆散走。時倭夷鈔兩浙,州縣皆相效築新城,樓櫓堆堞相望。孝豐獨不肯,曰:“縣皆山,賊何以至? 奈何困吾民也!”縣中清静無事,時時登天目山,攀蘿緣磴,躋其絶頂,慨然賦詩,有高世遠舉之志。陞南京兵部職方司主事,大司馬南昌張公器重之。南京歲造馬快船,畿輔及江西、湖廣積逋料解八十餘萬。朝廷以空名敕降兵部,兵部歲遣其屬公廉者,上其名,齎勅以往。至是,君以選行。始至一郡,却饋遺,於是兩省望風肅然,無敢以私奉君。君至則與其君長議所便,惟恐傷民。凡歷三十餘郡,周行數千餘里,觸冒毒暑,還至巴陵而病。歲已暮,過家謁母,時已升駕部員外郎,欲移告,不及而卒,時嘉靖三十九年正月二十八日,享年四十有三。

君嫡母李氏,性嚴,少所假借,君奉其母邵氏,與其配李氏事之甚謹。財産悉以讓其弟,葬其父,族人許易墓地,已治塋兆室屋而悔之。君即移他所,無怨言。有貧士與君舊識,至孝豐,謁入,迎延上坐,衣服垢穢,人所不堪,酌酒賦詩,竟數日,復資送之。故所善馬思學、殷子義,以道義相重,比君貴顯,待之愈厚。及卒,兩家妻子皆爲流涕。自楚還,舟中蕭然,獨有文書數簏,未上兵部。太倉兵備副使熊公來視其喪,篋中有金二十餘兩,財具棺斂而已。嗚呼!君可謂賢於人遠矣。(**雲眉**)嗟嘆之聲溢於楮墨。

子元焕尚幼，不能治喪。弟楚奉太夫人之命葬於横涇先塋之左，以殷君所爲狀來請銘。予故善君，泣曰："予何忍而不爲銘？"銘曰：

關西逖祖世大梁，名與伊洛道相望。太湖山中暫飛槍，聿來東海著南翔。蓄潛玄懿生鸞凰，兩宰山縣如桐鄉。尚書七兵使命將，清風颯颯吹瀟湘。性資寬弘復清强，仁孝藹然厚懿常。生齡迫促志徒長，皇天不佑喪厥良。刻銘幽石固其藏，悠悠千載餘芬芳。

（**燦評**）古人有單用有韵之言，其題亦曰墓誌銘，就如韓公《試大理評事胡君墓銘》單用銘，無誌字；《殿中少監馬君墓誌》則無銘字，亦可稱誌；韓公於《考工員外盧君墓銘》無韵語，亦稱銘也；《貞曜先生墓誌》有韵語亦止稱誌，無銘字也；《崔評事墓銘》散文、韵語並施，又稱銘，無誌字，是其例也。

（**元評**）先生於諸體皆佳，尤擅長碑板之文，以其熟精於馬、班書故也。此篇全用史公筆意，蓋神氣血脉都得矣。

（**孫評**）銘辭音調太順，似七言詩，非體也。

中書舍人李君墓誌銘

（**雲評**）意象似淺，至"憲卿爲中丞"，乃覺此文深厚矣。

君諱允，字成甫。少傅、太子太傅、禮部尚書、武英殿大學士南渠公之仲子。本姓吕氏，系出正惠公端，其後自河南再徙餘姚，以黄籍誤書"吕"爲"李"，因姓李氏。（**基眉**）將就得可笑。君高、曾祖皆用少傅公貴，贈少保、太子太傅、禮部尚書、武英殿大學士，妣皆一品夫人。母朱孺人生君於京邸，七月而卒。

君少失母，又多疾，祖母楊太夫人、嫡母夏夫人，保抱嫗撫之。稍長就學，少傅公尤加意訓督，蓋痛其母之早亡也。以縣學生升國子。嘉靖三十三年秋，北虜入塞，邊吏以兵驅之，虜大懲艾去。天子以公贊廟謨功推恩蔭一子，君爲中書舍人。未幾，授階從仕郎，滿考陞徵仕郎，贈母朱氏爲孺人。嫡母在而所生母得贈，蓋特恩也。

爲中書五年，大官供酒膳，侍殿班，書金册，遇萬壽節，有白金文綺之賜。三十八年，上册封荆王、吉王，武安侯爲使、君爲副使以行。祇事不受遺，宗藩敬之。尋請告，歸餘姚養疾，葬母於曹娥江之黄山。空方築堅，爲建祠，而養其外祖母，且置後。施恩母黨，亦自痛其母之早亡。於是滿告，辭少傅北上。是冬風雪異常，衝冒寒威。十一月，陛見還職，病增劇，以二月壬辰卒，實嘉靖四十四年也，年三十有二。配邵氏，邵武知府某之女，封孺人。君尚未有子，正月，他姬生一子於家，少傅公名之曰彭孫。報至，君病已亟，發書而喜。

君天性孝友，爲人偪偪自將。長兄元、弟兑，並爲中書舍人。兄弟三人同省，當世榮之。君不幸早殁，而爲人才賢，不能無傷少傅之心矣。於是將歸葬於山之原，卜嘉靖某年月日。長中書以某官某之狀來請銘，銘曰：

成甫孑孑，修羽早頡。少傅仲子，承於休祉。錦衣内廷，競爽濟美。賢如子淵，壽亦如此。天厚其始，不厚其止。亦有遺息，繩祖之履。

（雲評）通篇大意只盡力培植乃郎讀書一語耳。前叙後論，文格嶄然，即叙正面亦只三數語，真有神遊象外之妙。

外舅光禄寺典簿魏公墓誌銘

(**説評**)一篇以區域爲脉。

公諱庠,字子秀。其先李翁居吴葑門之莊渠,依其姨母,因從其夫姓,爲魏氏,而居崑山之真義。大父諱鐘,生二子:諱奎,字孟文,恭簡公之父也,恭簡公諱校,仕至太常寺卿,知名於世;諱璧,字仲文,公之父也,娶趙氏,宋周恭肅王之裔。

公以貲入太學,選授南京驍騎衛知事。胡端敏公在南部,見之嘆曰:"魏知事修謹,真不忝子才弟也。"子才,恭簡公字。端敏與恭簡故善,是以云。居官八年,日騎馬清都街,從其賢士大夫游。衛幕閒冗,事莫足以爲也。會仲文翁病,上疏乞休,遂以光禄寺典簿致仕。

始,仲文翁已有田數百頃,公守成無所恢擴,而家日以大。四方士來造恭簡公,退即公所飲酒,視館致飱,禮無不備。有乞貸不能償,常折其券。故李氏之在莊渠尚以百數,恭簡公歲廪米有差,公則效而行之。真義亦名航頭,面婁江,而東繞大浦,多湖瀼,田肥美,居人數百家。吴俗苦重役,上户常巧免移之,下户無能存者。公獨自占其役,以是家家得休息,至今航頭號稱殷盛。太史公云千里之内賢人之富者,公其可以當之矣。

公爲人清秀,望之恂恂然。人或曰:"魏君若寒士,必當終朝清列,今坐數十囷廪,累之矣。"自太守二千石以下莫不聞其賢,加奬嘆焉。(**説眉**)寒士信不易。顧孺人年十四,家盡亡,來歸於公。仲文翁夫婦憐之如己女,孺人亦曰:"翁媪,吾父母也。"公赴官,獨請留養,而以他姬侍往。子女非其出,愛之均一,内外雍睦無有間言。元末有高士顧阿瑛居此里,魏氏其富與埒,而孺人姓與小字適符焉。(**説眉**)似司馬遷。

公卒於嘉靖三十三年五月初四日，年六十有八。孺人卒於嘉靖二十五年八月二十五日，年六十有二。子男五人：希明、希哲、希直，孺人出；希正、希平，側室出。女五人，適鄭若曾、歸有光、姚員，孺人出；適顧夢穀、晋驌，他姬出。孫男女十七人，曾孫男女十一人。恭簡公之世欲復姓未果，而嗣子鄉進士續，先從李姓，及公子希直中鄉貢，在禮部，具牒復其姓，今皆爲李氏。諸子孫婿受恭簡公之業，多在成均及郡邑序，其娶嫁盡吴中大族貴官也。墓在高墟，始攢，實以嘉靖三十三年月日大葬。有光娶公之仲女，痛其賢而早殁，所以致其無已之情者，惟公與孺人之壽考是祈，而今已矣。歲月遠矣，嗚乎痛哉！銘曰：

《易》理以大，恭簡昌之，世以有聞。惟仲文翁，精善利道，萬畝治畇。公克承之，恭簡是師，咸遂其仁。方數千里，德澤所浸，於古宜君。其世蔓延，其鮮其茂，共此荄根。有巍高丘，皇考之旁，新築玄宫。**（麟眉）**“宫”字本不合墓銘韵，先生蓋從柳子厚《孝門銘》例。日月吉良，既固且安，以福仍云。

鴻臚寺司賓署丞張君墓誌銘

（説評）奇文。**（祖評）**秋闈尺牘中語，不可入古文辭。**（紓評）**簡約。

嘉定之南有地曰南翔，張氏世雄其土，迨適耕翁力田積居，家至不訾。翁長子早卒，次生君。少學進士業，入大學，一試秋闈不利。然翁家既饒，以貲奉其子遊京師。君又才雋，諸公貴人皆樂與之交。以選爲四夷館譯字生，除鴻臚寺序班。鴻臚所選用，其屬多綺紈子弟，**（説眉）**讀後一段文字便悟此語不虚設。君於其間侃侃自將，寺中號爲閣老序班。每朝會，臚句傳，多舉不如儀者，輒引去治罪。久之，乃陞爲司賓署丞。奉使至邊犒軍，歷太原、雲中、雁門。兵官皆戎衣，執櫜鞬，負弩矢迎導，從士數百人，儀衛甚盛。以登五臺山，觀清凉寺，人以君爲榮。(**擇眉**)一生奇遇。

既竣事南還，丁外艱。服除赴官，逾月又以内艱還。時海上有倭奴之警，君家最邊海上，數跳身遁。嘗以天子仁聖，稽古右文，制禮作樂，殆歷三紀，天下和洽，四夷鄉風。日月之所照莫不賓貢，奇琛瑋寶，呈表怪麗，絡繹於館候，無歲無之。(**祖眉**)雖近時，頗亦生色。君時在司賓，親見其盛矣。一旦窮島小夷懸度大海，來爲侵盗，使江淮千里之間靡然騷動。每言及，常憤悒，(**説眉**)一鴻臚司賓署丞發出如許大關要。數爲大帥運籌策。帥亦奇君，數從君問計。會君亦已服除，賊勢稍解，將治裝北上，尋病不起，時嘉靖三十四年九月二十四日也，年止五十六。(**麟眉**)忽然感觸时事，便攙入暢寫，極空靈，却極切實。筆力尤奇偉，直欲與韓侍郎争席。(**雲眉**)岑寂中忽有如此奇情異采，妙只就司賓設色，可謂片雲行雨、尺水興波。此段文字班掾之骨、昌黎之神。君之奉使也，以二親老，在京師殆逾十年，因晨夜馳歸省之。已而連丁内外艱，中間一至京師，坐不及安。比服除，京師貴人數以書促之，竟不能至而卒，人以是惜之。(**説眉**)洗發。

君諱梓，字子道。曾祖某，祖某。父某，是爲適耕翁，以君貴，封鴻臚寺序班。母某氏，封孺人。子男一人，善鳴。女二人，長適嚴治，次適丘權，皆某孺人出也。側出子　人，二元，尚幼。張氏先未有顯者，自君始登朝著，而從父弟懋最後乃登進士焉。善鳴以其年十月十二日葬於某原，來請銘，銘曰：

吁嗟張君志高騫，執法殿陛何肩肩！象胥之職常優閒，從容日見《王會篇》。歸來滄海波濤連，毁瘠苦甴歷二艱。永矣長逝無北轅,用之不盡彼蒼天。留其餘者遺後賢,我爲銘詩刻其玄。

建安尹沈君墓誌銘

(麟評)寫抗直不屈意奕奕如生,再叙平生清苦一段益覺渲托,使精神十倍。(雲評)録其抗直,綜其辛艱,骨法蒼嚴,直追韓筆。(紓評)寫建安應變之方及其抗健之態,直爲良吏寫真。銘詞仿昌黎,亦駸駸入古。(昌評)叙事字句皆法韓公,世徒賞其雜記小文,不知其金石文字典重如此。

君姓沈氏,諱壁,字惟拱,自號如川。曾大父諱昱,大父諱朴。考諱壽,中弘治八年南京鄉試,未仕卒。君年二十餘中正德二年南京鄉試,遂父子相繼以《易》學名。君之試也,同考官得其卷,以爲絶出,持以示他教官。會持卷者坐口語,所取卷悉落第。君卷獨在他教官所,以故得薦。於是試禮部者四,乃就鄱陽教諭。未上,以母喪歸,服除,改建昌之南豐。南豐學者得君之絛,争自奮勵,起爲進士,蓋南豐曠三十年無登進士者矣。久之,陞建安知縣。

君爲人抗直,(麟眉)一總虚挈起。所事大吏以爲儒官,多假借之。及爲縣,見趨走庭謁,上下候伺顔色,自以爲不能,欲謝去。上官由是知其人也,卒强留之。楊文敏公之族籍纍世貴顯,撓吏治,前令莫能誰何。君一繩以法,豪右皆怗怗。汀漳饑,布政司檄州縣市糴轉輸之。君曰:"民旦暮且死,必得米,是索之枯魚之肆也。第解銀,而米商隨之矣。"即解銀,米商果隨之,他縣糴者皆不及事。(麟眉)有經畫。其不逆上官意、求便於民,多如此也。御史行縣,未至十里所,停舟欲拷掠人,索獄具不得，方盛怒，同官皆纍息。君抗言曰："即至治所而不得，則令罪也，奈何責之中途？且此亦非拷訊之地。"（麟眉）辭直而婉，自令上官愧屈。御史卒自愧屈，曰："令言乃是也。"無何，御史來刺蘇州，詰其屬曰："沈建安非汝嘉定人乎？汝曹皆學此人，不患不爲良吏也。"（夫眉）總處有精神。三載，將入覲，過家，遂留不往。監司方列狀薦之，聞而嘆曰："咄咄，沈君負我矣。"

君少孤，與寡母幼弟妹相依倚，煢然也。既得舉，家益貧。太孺人春秋高，之鄱陽爲禄養，而前教諭未滿，君方待次，太孺人客死，竟不得禄養。還又遇盜，掠之湖中，幾不免。及爲吏尤清苦，終以不屑意而歸。蓋生平備歷辛艱，而其志意不少屈云。（麟眉）總結。（啓眉）不書葬地，於銘詞見之。君卒於嘉靖二十六年二月二日，其葬以明年十二月一日，春秋六十有七。先孺人袁氏，後孺人李氏。子男六：升、晋、泰、鈺、金、銓。女四，孫男女七。鈺曰："吾先人宦不遂，其所存有以異於人，不可以不傳。"以其友李昭所爲狀來請銘，銘曰：

靡靡而趨，謂之捷也。孑孑而居，謂之拙也。亦有不然，以直爲説也。彼逆與順，猶一呋也。噫！惟項涇之源，有古君子之墳。（麟眉）古韵鏗然。

（夫評）不落套數文字。

樂清丞沈君墓誌銘

（説評）大文字。

嘉靖十年，朝議以州縣歲貢循年資非祖宗制法意，乃敕天下學校掄其才者，而沈君在選。久之，貢法復變，用事者稍抑之。君方試吏部廡下，風颺卷，爲墨所污，試遂殿，得樂清丞以去,逾年卒於官舍。其子衍慶等歸其喪,權厝焉。後六年,祔於天平山祖塋,而請銘於予。

予生後君,然嘗同在學宫,會食博士堂中。貢法行,予亦與其選。時東南之美咸在留都,日夕聚白下。君居其間,言若不能出口,酒酣怡然,人多樂與之遊。君在吏部,予亦試春官,方聚邸舍中,聞選榜出,在坐者皆嘆息,以爲君屈。君歸治裝,予又送之於家,在城西絶岸間。方令工製新衣,衣以出拜,視其色初不以官爲意也。(**倫眉**)閑,叙極有情致。今因其子之請,蓋間五六年,悽然如復見君矣。(**説眉**)愈轉愈妙。

君諱大梁,字景和,别號卓齋。其先居吴縣竹橋,又由陽羨轉徙崑山。高祖方,贈大理寺評事;曾祖魯;祖存,城武縣知縣;父濤。君爲人孝友,同母兄大楠三爲二千石,不忍其母萬里就養,自以菽水之養奉,太夫人安焉。(**夫眉**)極學韓,不書其兄之名,其人必不足稱者,先輩文字之嚴重如此,二千石何有哉! 事其寡姊終身不怠,於其妻不以其病失夫婦之歡。爲攝令,賑歲饑,禦漳寇,罷衙前支應,有稱於温人。君生於弘治八年正月二十七日,卒於嘉靖二十五年三月十六日,春秋五十有二。妻胡氏,繼王氏,子男七人。沈氏世宦,而君又多男子,以才雋稱,當有以大君之家者。銘曰:

紉薜荔兮,時所棄也。絆騏驥兮,行不至也。人之恚兮,己施施。承纍纍兮,有以遺之。(**啓夾**)銘詞隔句用韵。

葉縣丞蘇君墓誌銘

(**説評**)前後只三事,寫得如許妙。(**祖評**)筆力簡勁,似王臨川。

君諱隴,字文玉,姓蘇氏。宋末有諱文祥者自揚州徙蘇州之嘉定，文祥生子富，子富生文亨，文亨生士牧，士牧生彝，彝生寅，是爲君之考。初，文祥以畸身來處海上。其後子孫繁盛，稍稍析居，多爲富室。蓋蘇氏至於今而衰，惟君以寬厚，不苛於利，然獨能保其家。

嘗爲弟代輸逋負數百石，弟死，以禮殯葬之。（**夫眉**）爲弟償逋下即接"弟死，以禮殯葬之"，似以其弟爲不宜殯葬者，然此辭病也，故以"哭之尤哀"四字易之。娶尚書龔公弘之女。（**夫眉**）入在此處妙。尚書爲都御史，治漕河，奴乘勢折辱州縣官。官以爲尚書親子弟，屈體事之。及君往省其婦翁，所過深自斂約，人無知者。嘗至一縣，坐郵亭，適此奴侍立，人驚告其令，令始備禮送迎，其爲長者多此類。

由太學生一爲河南葉縣丞，即引疾謝去。（**夫眉**）手筆高絶。葉縣民爲官養馬，例歲一易。賣者索高價，買者竭貲產，不勝其害。君令平價出銀，顓使富户任其役，歲不易，惟易其羸者。縣有文臺山洞，群盜依阻其中，數出剽劫。君簡丁壯爲民兵，以火藥具攻之，賊遂殲焉。葉縣人尤稱此二事，曰："丞，小官也，而能庇我。"

嘉靖十九年，君年六十有三，以五月二十五日卒。子男二：九河，先卒；九疇，太學生。女四：嫁劉似、陸瑶、徐似、葛汀。孫男二、女一。二十年十二月九日，從葬馬涇西。銘曰：

蘇自江都，逾江而來。後嗣沄沄，更起而頹。惟蘇君賢，久而愈培。蘇君在葉，撫民如孩。庇其牧政，家有牝騋。克奮其武，遂硩文臺。雖官之冗，亦展其才。日出之處，月浦之隈。蘇君此藏，千載勿開。

（按："硩"音"哲"，擿墮也，《周禮》："硩蔟氏覆夭鳥之巢。"常熟本凡難字輒改，故作"殲"字。又常熟本於先世諱及諸婿名皆削去,按婿不載可也,先世名不可削也,今從崑山本。)

(**夫評**)文愈簡愈高。

(**昀評**)言簡而事核,蘇君何幸而得此文。

撫州府學訓導唐君墓誌銘

(**説評**)往讀宋四靈詩,多以主簿、縣丞小官名號入詩,而轉覺其雅,歸先生諸墓誌亦爾。(**年評**)鋪叙處獨采其大節,不蔓不支。(**鱗評**)唐君有才而不見用,故反復爲之扼腕太息,文極淋漓慷慨。(**元評**)有生色。(**偉評**)摹寫逼真,極有生氣。(**紓評**)寫唐君特一書生,而憑城却致生氣凛然,每叙一事則加論斷之語,此仿歐公《新五代史》之例。至述夢處語近迷離,則於銘中出之,較不涉妖異。

予友唐君道虔以貢待選京師,居二年,得撫州訓導以行,未至濟州二十里,卒於舟中,時嘉靖三十五年六月十八日也,得年五十有六。其弟欽訓以是歲十一月二十九日葬嘉定縣何家港之先塋,來請銘。

君姓唐氏,諱欽堯,字道虔。其先蜀人,宋時有以道者爲太醫院提舉,從康王渡江,因家浙之紹興,其後世世爲醫官。元元貞中,永卿爲平江路醫學教授,始占名數於嘉定。二世至守仁,以賢良方正薦於鄉,爲樂清主簿。又四世,君之考埣爲博士弟子,早卒。(**説眉**)思此數語所以佳。

君少孤,贅於沈氏。然事母孝,家雖儒素,甘旨常具。(**鱗眉**)大節。(**陶夾**)此段先叙其内行無疵。爲學生,所得廩米必以歸其母。嘗就試海虞,忽心動,亟歸。母方遘危疾,禱於縣之神以求代,疾良愈。每至歲旦,必焚香拜廟以答神貺。於沈翁歡如父子。沈氏所出一子時雍，其二子時叙、時升，皆庶出。比君之歿，而沈翁撫恤之必均，人以是賢沈翁，而益知君之所以事翁者。弟欽訓少時，教育之，爲之婚娶，兄弟友愛無間言。

君丰儀峻整，望之倫然。既聲譽遠出諸生上，試常第一。然不喜末俗剽竊之文，而好講論世務，遇事發憤有大節。（**麟眉**）總挈。（**元夾**）提。（**偉眉**）二句總論，以下條件言之。凡叙事之文，綜其人一生事迹之前後、大小、劇易，而以作者之意别爲布置，前後、詳略輕重自成一篇章法，不係其人行事先後也。荆川提明類叙二字，鑿開混沌，以觀諸史諸大家皆然。今人不講於此，按年綴次，段段界限，不成章法矣，此真古文家一夢覺關也。如此文前叙家行，次序鄉黨中建白設施大節，末叙交情。就其中一段大節又各以類相叙，倭奴事未必在爭烈婦之後，取其以類叙次，段段本生而已，願與明者商之。（**陶夾**）另提大節。嘉定瀕海之縣，然爲令者治行歷歷可紀，其親賢樂善，有宓子賤之風，（**孫眉**）數語冗繁不穩。無不敬禮君，就以咨問，而得君之裨益爲多。（**夫眉**）以下七事皆實。令遷去，有復來守郡者猶思君，致之賓館，使其子從之游，人以爲守客，饋以金，君叱去之。同舍生李炤被誣，君率諸生與御史争，卒得白。（**麟眉**）再將争李炤事洗發，以自己親見指點生氣，此氣非深於文章詳略之妙者不解。縣中有張烈婦，爲賊所殺，獄未明。君至學官都講，爲具析其所以，縣乃取張氏小女奴問之，其賊始得。或怵以利害，不動也。（**麟眉**）遇事發憤。海水溢，沿海流漂數千家，歲復大侵，米價騰踊，君爲泣，請米賑之，民以全活。（**麟眉**）留心世務。

倭奴犯境，君方計偕，行至吴門，聞警即還。言於大吏，權假邳、廬兵爲援。賊薄城下，君仗劍登陴，親冒矢石。一夕，賊繞城三面鼓噪，惟西南隅寂然。君疑之，即躍馬以往，見賊方自林麓中迤邐出，將濟河。君命連弩射之，賊惶駭走，竟解圍去。（**麟眉**）機警。先是，城中無儲。（**元夾**）掇頭。君以縣邊海上，賊必首犯，請易漕粮以銀，奏留十萬之粟，以是城久圍而民以無恐。（麟眉）先見。時狼款兵被調城守，君出私財厚撫其豪長，人人得其歡心，以備倉卒可指麾也。君雖不用於世，其所論議施設及於人，則皆有位者之事也。（元夾）應提句。使世之君子如君之爲，亦可以不曠於其官矣。（麟眉）總頓。（元夾）總上。（夫眉）收住。

予與君同郡，嘗同爲諸生。（陶夾）再抽出贊嘆。（夫眉）又提出一事來贊嘆。見君所争李炤事，御史與之反復問辨，欲窮之以辭。（元眉）抽前李炤一事申説。君抗首高論，辭氣慷慨。時諸生群吏會者數千人，皆竦聽嘆息。予以爲使君生兩漢時，其風節即此可以顯名當世矣，而世莫能識也。（麟眉）諸事中此一事尤見風節，足以扶持世道，故文提出論之。君在京師，予試南宫，數見君，常有戚然不樂之色。予欲留君語，君時常與其客偕，不果。後予南還，聞君撫州之除，數遺書李瀚，問其還信，且曰："道虔平生嶽嶽，爲郡文學，得無不可其意？然往江湖間，尋荆國、象山、草廬、邵庵之遺迹，與諸生飲酒賦詩，意氣當益豪也。"瀚久不報，而以訃音至，可痛也已！（元眉）追叙情事，極悲凉可涕。

瀚與君交厚，爲著其行狀，予頗采次其語。君平生所爲《易説》及詩文數十卷，藏於家。而欽訓示予以所答友人問疾書，言夢中事尤奇怪。（麟眉）留此作銘，絶奇。銘曰：

吁嗟唐君，有秩其容。爰來於京，弗試其庸。念不一釋，以卒愮愮。言夢陟皇，風雨之從。雲景杳靄，穆然寶宫。日月光曜，天晊□□。濟濟翼翼，虞廷百工。卜人占之，宜卿宜公。胡以遽然，周也亦空。凡今之人，誰不顯融？君無一命，惟世之痌。君則已矣，寂寥新封。滔滔大運，曷既其終。

〔□□，諸刻及鈔本及唐氏石刻皆作“星同”，二字不可解，必誤也。（**祖眉**）天暒星同，本《漢書·天文志》，元恭逞臆妄改，空爲鈍翁所嗤。今推致誤之由，韵書“暒”與“星”同，此必偶注二字在旁，另有正文二字。鈔寫者見“同”字與上下韵叶，遂將此二字作正文，而反遺却正文二字。一本誤，則諸本皆誤，唐氏文到即勒石，不暇致詳耳。今亦不敢擅改，姑闕之，莊識。〕（**啓眉**）錢竹汀云：“‘日月光曜，天暒星同’，蓋用《漢書》‘天暒而見景星’之文，孟康以爲赤方氣與青方氣相連，赤方中有二黄星，青方中有一黄星，凡三星合爲景星也。校震川集者謂‘星同’二字不可解，斷以爲誤文。‘星同’者，三星同色也，何不可解之有？殆未曾讀《漢書》矣。元恭之不學如此，宜其見嗤於鈍翁也。”（**祖眉**）言景星與日月同光耀也，元恭校誤。

（**陶評**）嚴整明暢，氣韵灑然。先生諸墓誌皆謹嚴，然邊幅稍窘。惟此文略加發揮，閲之令人暢然滿志。小簡以張駕部墓誌深純雅健似司馬子長，予不敢信，若此則近之矣。

（**夫評**）銘不及志文。

（**孫評**）唐君大節可載者多，此等瑣事轉不雅。

（**祖評**）銘辭補述答友人問疾書中語，得體裁。

永平張封君墓誌銘

（**説評**）無字不妙。

君姓張氏，諱鳳舉，字騰霄，雲南永昌人。永昌，故金齒也。洪武中，凉國公平雲南，永昌初未置郡，徙京民居之。張氏世家金陵，今二百年爲金齒人，其縣曰永平，其世系事狀在别記。

君少力田，自奉菲薄。性介特，爲巧黠者所嗤笑，然不爲意。雖貧，而尤喜賙人。子德化，隆慶二年試禮部不第，試吏部，時天下謁選者數百人，德化試第一，爲中書舍人。德化貧不能自給，猶節縮禄廪，寄遺以爲養。

於是德化在中書二年餘，永平有上計吏來京，云君已歿，而無家問。德化悲痛，疑，不肯以爲信。計吏云："以某月離其縣，過舍人門，見皆衣縗。又知其歲正月，君出赴鄉飲，人言老舍人殊衰憊，至扶以還家。亡何，聞有疾，疾少間，能自扶起。人又曰：'老舍人亡恙矣。'間一月，竟死。死作遺令，撿篋中文書爲數封，各有記，以竢舍人歸。"且言其月日時，皆有據驗。**（祖眉）**閑碎處學柳州。德化號踴發喪。**（擇眉）**傳疑傳信，史筆宜然。蓋君以隆慶四年三月庚寅卒，年七十有五。**（啓夾）**卒日用如此書法，奇。配劉氏，慈而能教。德化初借人書讀，孺人脱簪珥爲買書，奉祭祀尤潔誠。孺人以嘉靖某年某月卒，年若干。孺人先葬於寶珠山，德化卜於某年某月，葬君於薩佑山，去孺人墓若干里。以予同在中書，泣請銘。銘曰：

張自江東，初爲遷民。匪僑而安，蕃厥子孫。皇風遐暢，禮俗恂恂。後有逸老，訓迪嗣人。入掌絲綸，命爲天子邇臣。既及禄養，順化還真。博南山高，蘭倉水分。悠悠荒外，載我銘文。

昭信校尉崇明沙守禦千户所正百户晁君墓誌銘

（説評）整潔。**（雲評）**沉着處力透紙背，見本領。

君姓晁氏，諱相，字民弼，其先廬州合肥人。父諱聰，祖諱貴，曾祖諱寧。高祖諱通海，是爲國初以從軍功始授鎮海衛崇明沙守禦千户所正百户者也。通海至於君凡五世，世其職。予視晁氏之黄，其初起七跟隨邵六元帥，以是功子孫世世不絶。而邵六元帥者，今不可考其人矣。蓋興王之際三十四功臣，"富貴淫溢，亦多隕命亡國"，耗焉。衛所之世襲常不替，所謂長沙著於令甲而稱忠，有以也夫！

君少通《毛詩》，爲縣諸生，御史試高第，與於廩食。再試秋闈不第，會襲父職，曰："我世武也，競於文以求庸，夫乃非其分乎？"於是戎服以待有司之命。歲大饑，請轉六邑之粟以餉軍，軍無庚癸之呼。江北鹺盗發，奉檄往擒之，流賊南潰，以千兵扼京口閘，事平，有白金之賜。此其居官之可紀者。其子挺宣既壯矣，乃曰："吾好文也，而以武終其身，夫乃非其志乎？聖人在上，海波不揚，武夫無所效其軀，吾其可以已。"遂老於婁江之上，築室藝圃，飲酒賦詩以終焉。安人顧氏，刑部郎中進階朝列大夫謐之女，年十九而歸君。有賢德，通《孝經》《論語》，治家有法，子婦儀其德焉。

君卒嘉靖十二年六月二十七日，得年五十八。安人卒於其明年九月初一日，得年六十一。子男三，長即廷宣，襲百户，以捍海功，有都督白金銀牌之賜。次廷寵，鎮海衛學生，皆安人出。次廷憲，縣學生，側室沈氏出也。女二，百户揚州官舍林憲、鎮撫包守正，其婿也。孫二：中用，縣學生；中立，廷宣子也，廷寵無子，以中立爲子。嘉靖三十年十二月，今葬崑山東北塘涇字圩之新阡。銘曰：

維晁氏先，爲百夫長。載其閥閱，以克世享。介而乘舟，出没海波。大浸稽天，莫之誰何！施於孫子，不懈於位。乃營菟裘，吉壤是遂。偕其伉儷，飲酒栽花。終藏於兹，永違海沙。

（按，"富貴淫溢，亦多隕命亡國"，《漢書》成語。舊刻"富貴淫溢"四字在"不替"之下，必錯簡也。今正之。又按，邵六元帥即邵榮也,後以謀叛誅。)

(**陶評**)起段感慨處逼真史公風神,中間迴環兩語,自成章法。

例授昭勇將軍成山指揮使李君墓誌銘

(**説評**)淡妙。(**祖評**)極似半山。(**啓評**)神似《史記》。

歙李氏之譜蓋出唐之末裔,永寧仕南唐,爲寧國判官,宋景德中始爲歙人。崇吉知福州,九世至雄縣知縣蘆,蘆生社鼎。社鼎客海虞,娶殷氏女,生君而歸歙,久之不至。女抱其子,織袵以生。比父還,君已生八年矣。因携至歙,教以書文,而父尋没。丘嫂疾之,君悉讓分而出。稍長,客嘉定。嘉定南南翔,大聚也,多歙賈。君遂居焉,亦時時賈臨清,往來江、淮間,間歲還歙,然卒以嘉定爲其家。長子汝節,遂以其縣學生薦於禮部,而諸子皆遊縣學。歙,山郡,地狹薄,不足以食,以故多賈,然亦重遷,雖白首於外,而爲他縣人者蓋少。

君固樂南翔風土,而其爲人有惠愛,雖南翔亦惟恐其不留也。里有争訟,君居其間,必右貧者。時時散金以周貧交及妻族之不能婚娶者。臨没,命其子曰:"吾父兄弟二人,汝等幸自給。兄子單薄,不能不念,特爲之分以贍之。"兄子,其少時出君者丘嫂子也。

初,朝廷興大工,臨清有營部廠。君在臨清,輸財以助磚,授成山衛指揮使。已而嘆曰:"國家有事,民輸委,分也。"所賜章服拜受而已,未嘗御焉。(**説眉**)寫得如許意度。嘉靖某年月日,葬於嘉定第二塘之原。君之子汝節,予教安亭時所從學者也,予以故知君。銘曰:

於赫唐宗,今爲庶士。維歙之譜,自遠有出。有美成山,義輸之職。恩賁天臨,不衣其襚。東海洋洋,新宫永閟。千里黄山,英魂所跂。考德列銘,以著攸始。

(偉評)極平淡中自作波瀾,自有章法。

明故例授蘇州衛千户所正千户陳君墓誌銘

君姓陳氏,諱端,字仲德,世耕于崑山馬鞍山之陽。君之考泰始能殖其貲,晚歲有田千畝。而生三子,君與其仲璋皆少,其季尤少也。而君之考既卒,里中人相與言曰:"陳君辛勤至老,今遺其子,其子皆不更事,行且見其家廢矣。"乃復相與計,以重徭困之。君兄弟益自奮,一人往役於縣,一人居鄉課農,歲有所積。而君性長厚,務盡歡於其弟,嘗所推讓千金,不論也。以此兩人交致其力,人亦多此兩人者。爲市田宅,而君田歲多浸没。君爲溝塍陂池甚備,又浚楊林、風塘、五界諸水,議役田,通乞貸,凡以便於民,亦卒以得民之力也。

君諸子既遊太學,君亦挾其貲之京師,遇例授蘇州衛千户所正千户。歸而頗以自娱,益治宫室園池,爲富人之樂。而不幸已矣,時嘉靖某年月日,年五十有二。娶倪氏,子男二人:簡,太學生;第,弟璋出也,君以其多子,養爲己子。女五人,適朱可觀、張良楨、顧袍、王楠,其一許某。以卒之明年,葬其舍傍之先塋。簡受學於予,於是來問銘。銘曰:

世芬華以顯榮兮,君力耕以並馳。亦夫人之能兮,奈何以相嗤。彼鳴玉而衣寶兮,又豈其宜?嗟玉峰之嶙峋兮,君生於斯。千秋萬年兮,常在兹。

(説評)世習爲諛墓文字,請百遍讀歸先生諸作。六月十六日。

卷十九　墓誌銘

抑齋先生夏君墓誌銘

（説評）吾讀太史公諸紀傳，不覺其爲文字，直是一片情話，歸先生得意之作亦無不爾。（紓評）爲人銘墓，無偉行奇節者極難着筆。然文體能净潔，措語不苟，即成佳作。

君諱集，字思成。曾祖諱昶，太常寺卿；祖諱鉞，承事郎；父諱景清，太學生。太常公以善書受知長陵，在内閣三十餘年，文雅風流稱於當世。其子孫富貴，多綺紈之習。

君生時夏氏猶盛，其後中微。君獨守寒素，爲諸生。兄弟有争産訟，官訊其狀，判歸君。君曰："兄弟以争，而吾獨何忍饗之？"固辭不受。御史試高等，當補廪，忽遘疾，曰："吾病不能事事，何可虚受學官廪米耶？"遂以病告，使其次補之。姊寡，撫教其甥盛化。化後成立，爲縣學生。聚徒數百人，鄉里稱君之高誼。

君屢試不第，即移疾不出。扁所居曰"抑抑齋"，學者稱爲抑齋先生。君少以多病遂精醫理，爲人診治不責其謝，貧者至，遺以菜米，人以故多懷之。太常公賜墓至今百餘年，宰木森然，君率子弟歲時封植之，以無傾圮。

有光祖母，承事之女，而君之姑也，世父及先人與君爲親中表兄弟。有光少爲學生，猶及見其皆在學宫，相隨雁行，逡逡然，可以見盛世長者之風。先人長君五年，皆以是年卒。悲夫！世愈囂競，而前輩遠矣。君卒嘉靖壬戌正月庚子也，年七十有三。配王氏，應城縣知縣永之孫女，有慈儉之德，後君四年八月丙子卒，年七十有八。以隆慶庚午十二月甲寅，葬祖塋之右，王孺人祔。子男三：紹貞、從吾、從昌，皆學生。女五，孫男七，孫女六，曾孫男三。族子褕狀君行事，而來請銘。銘曰：

百里之縣，公卿代有。富貴而文，夏公最久。生是名家，尚有典刑。佩服儒者，誦法六經。於維夏公，帝錫之墳。陪以四世，稱其後昆。

王府君墓誌銘

(紓評)辭寧王婚事爲文中絶大關係，行文極磊落紆徐，自是神閑氣定。

王氏，河南安陽人。元季有諱安貞者知崑山州，始爲崑山人。君諱可能，字體中。大父封永康知縣，諱詁；父雲南右布政使，諱秩，君其第四子也。雲南公兵備江西，擣華林、大帽諸山賊有功，寧王心憚之，深相結納。嘗呼公幼子入，抱置膝上，許以郡主妻之，公遜辭以免。其後邀君爲宴，張樂陳百戲。君時年十五六，美姿容，王欲得君婿甚，君佯爲不喻其旨，謝歸，故不及於禍，人以是多君之識。

公既歿，君以縣學生遇例告入太學，忤御史，輒即棄去。乃益勤苦，持先人門户，里舍時節慶吊往還未嘗失禮。構屋婁江上，堂宇奕然，其纖嗇言治生者不及也。比更變故，日侵削，家凡五徙，而意氣自若。性好佳山水，歲載妻子入越，遊西湖。

初,伯兄事生産,每咨君,必盡其計畫。其季遊閒喜賓客,君常參與歡宴,於兩兄間皆得其心,而《鶺鴒》急難死喪之義尤備。平生不媕阿隨人是非,尤能容人之過。人有火其田廬者,吏收寘法,竟爲乞免。常語公居官時事,抵掌激昂,蓋其中有自負者。惜不用於世,無所見之。嘉靖四十二年七月壬辰卒,得年六十有七。娶金氏,子男六人:執玉先卒;執璋、執璧,皆學生,金孺人出;執瓚、執瑁、執琮,諸姬出,執瓚先卒。女二人,適縣學生朱應望、陸尊道。孫男四:紹堯、紹舜、紹禹、紹文。孫女三人。以其年十二月癸酉葬縣東南之蔡巷,金孺人祔。

君既病,命其子屬其從子執禮曰:"吾見世之爲銘志者率以美行飾其人,顧亦何當?而使死者長愧於地下?惟歸子文質,幾得其實。吾死,汝爲狀,必請之銘,可無憾。"銘曰:

維昔王公,仕宦有聲。秉憲揚楚,實庀其兵。碁山流寇,辭婚逆王。天子嘉之,命殿於滇。功庸方載,不永其年。公實有子,而賞不延。負其才用,終死丘園。書此玄石,俟後之賢。

馮會東墓誌銘

(**麟評**)只好吟、好遊二事,其人固自足誌矣。銘詞尤理長而韵古。(**祖評**)文極有逸情,銘未稱。(**虞評**)詮次瑣細,無不入妙。終始不荅,不至與韓昌黎《新修滕王閣記》同意。(**紓評**)雪竹一山水中人耳,本無甚可紀。其徙居海上,又病目不與人酬接。文乃引楊、陶二君之盛節,因雪竹而推重海東之俗,無中生有,自見匠心。

會東居崑山之安亭,好吟詩,往來吴淞江上。濱江有禪寺,會東時時獨坐古桂下，吟不輟，人多笑之。（説眉）突入。會東常以客授自給，一日，過上海陸文裕公，時五月，有朱橘垂顆。公忻然曰：“聞馮雪竹久矣，請爲賦詩。”會東即口占，語逼唐人，公大稱賞之。雪竹者，會東别號也。（説眉）此事入時人手尚可讀耶？（麟眉）伏。

會東性瀟灑，好遊觀山水，而力不能。有士人游者，顧挾會東以爲重，頗游吴越諸山及匡廬、武夷，至輒有詩以傳。（麟眉）紐筆。久之，病目不出。文裕公子思禹以江上别業贈會東，（麟眉）伏。會東父子力耕其間。後日本寇掠，會東乃走上海城中，潘録事爲分宅居之。（麟眉）伏。海邑士大夫自文裕公所賞固已奇會東，及是争迎延之，然會東以目病辭不出。張都御史邀爲社會，會東一造其門，謝之而已。（麟眉）伏。秀州俗文雅愛士，自會稽楊廉夫、天台陶九成，勝國時僑居，甚樂其風土。會東見重海邑，蓋其遺風也。（麟眉）另提一筆，收應奇妙。（説眉）段段空靈。

嘉靖四十三年十二月某日卒，年七十有九。娶唐氏，子男六：適、遷、遂、逵、述、遜，今惟遷、遂存。女嫁黄良輔，亦前死。遷、遂皆有詩名。會東臨終屬遷曰：“吾死，必乞歸君銘吾墓。”以余素與善，又余妻王孺人與會東母兄弟也。遷使人之京師，因陸都事來請銘，蓋以某年月日葬某地，會東往時所自營壙也。銘曰：

詩人之作，匪以詞豪。性靈所出，其道亦高。古之至人，全德葆真。蓬纍而行，卷殼而處。必得其類，於是焉止。（基眉）“止”不韵，吴中人乃韵之。江水沄沄，有餘清芬。後或識之，會東之墳。

周孺亨墓誌銘

(**説評**)其言道似不如陽明之脉正,而文自佳。(**麟評**)有志於學,而又能篤信師説而不變,即其人之生平可知矣。詳其大而略其細,非先生莫能爲也。文極宛轉。(**元評**)叙周孺亨,而當世學術異同及浮慕者之弊已見其概。大家文字不論長篇短章,皆有平遠之勢,非一丘一壑所能盡也。(**祖評**)文體極類南豐。(**紓評**)凡銘誌及傳略不宜以議論起,此篇一眼注定道學入手,叙道學源流由孔、孟、程、朱入魏莊渠,而孺亨又莊渠之高弟,蓋叙而非論也。其稱孺亨意與陽明左,不欲斥駁陽明但尊魏氏,其不足王學處意在言外,是銘誌中之别調。

昔孔子脩明六經及與人問答《論語》之説,無非教人全其性之理,以治其君臣、父子、兄弟、夫婦、朋友之際,是其所以爲道也。(**麟眉**)從"道"字説入。孔子既没,天下爲道術者雜出,學者馳騖以趨世主之所好,孟子脩其説以明於世。顧其流益浸淫而不可止,自人生服食器用以至於經綸天下之業,無一出於道。蓋歷千有餘年,世與道離而爲二。

宋之君子始以明道爲己任,以至於今,其後出者相望。(**麟眉**)轉。然非有名位,不足以爲倡。既有名位以爲倡,非獨其志義篤信之士從而和之,雖所謂榮禄之士,慕高名者,亦紛紛焉求入而附之矣。(**陶夾**)明代紛紛趨道學,近世紛紛趨考据,皆所謂一丘之貉也。至要之於其久,倡者既没,和者隨息,所謂慕高名者澌然盡矣。唯獨其志義篤信之士久而不變也。若余友孺亨,豈非其人哉?(**麟眉**)用意盤折,有沉欝之氣,跌出孺亨勢重。(**元眉**)嬉笑怒罵,托出周孺亨,分外生色。莊渠魏先生於正德、嘉靖之間,以明道爲己任,(**麟眉**)眼目。是時海内慕從者不少,後二十餘年,能自名其師者幾於無人。孺亨篤信之如一日,(麟眉)眼目。不幸不用於世,世亦不知其人。(麟眉)一筆總括生平行事。其所以飭躬厲行,脩其孝文忠信於家,至於没身而已者,此所以爲先生之徒者也。

孺亨姓周氏,諱士淹,字孺亨,世爲太倉人。父諱廣,南京刑部左侍郎。其上祖考皆隱不仕,以刑部公追封如其官。孺亨嘉靖十六年舉於鄉,試禮部輒不第。初,刑部公爲御史,上書武宗,忤佞幸,再貶竹寨驛丞。孺亨年十三,隨居沅湘間,已奮志於學。三年還,適先生退居星溪之上,遂從之遊。日端拱,不妄發一語。或謂刑部公宜飭其子勿爲道學。公曰:"天下大重任,令兒自負荷,君何必云云?"(麟眉)今天下皆此輩議論,刑部公真賢父哉!(元眉)玉巖公之爲人,即此一語可見矣。先生之學始得之餘干胡敬齋,大要以主静爲功,葆合冲和,蓄極而發。(麟眉)惜所學不的,吾謂莊渠負孺亨耳。嘗謂"上天之載,無聲無臭",惟濳龍爲近之。而與同時講道者論終不相合。是時天下尤尊陽明,雖荆溪唐以德始事先生,後復嚮王氏學。惟孺亨稱其師説,終不變。(麟眉)結歸不變。(元眉)語氣抑揚,不失纍黍。

余少爲先生家婿,獲聞緒言,顧迷謬無所得,而先生晚年屬望之意特惓惓焉。先生之没,余獨於孺亨心師之。嘗質以所見,其不合者十二三。後讐定先生遺書,孺亨之指發爲多。嘉靖四十一年,與孺亨同計偕北上,(祖眉)"計偕"等詞頭不如易質語爲古雅也。行過徐沛,至夷陵,孺亨病還,余愴然有顧影無儔之嘆。孺亨竟不及家而卒,是歲二月三日也,年五十有九,其弟士洵以其明年九月九日葬尉遲村刑部公之墓。夫人毛氏先卒,孺亨請余爲銘,未及葬,及是以毛夫人祔。夫人無子,以弟士洵之子邦模爲嗣。銘曰:

道之窮也，世莫以庸。匪窮於其躬，其又奚恫？（**祖眉**）銘亦古，逼真六一。

（**祖評**）先生文醇雅似南豐，簡貴似臨川，而紆徐委折得之六一者爲多，此作瓣香尚在歐、曾二家間。

（**陶評**）有慨乎言，實中當時講學家趨風慕勢之病。

太學生周君墓誌銘

（**虞評**）有感於通議公而於此誌發之，須看其斡旋回合之妙。

君姓周氏，諱士淳，字孺初，世耕太倉司馬涇之上。（**夫眉**）極閑之句，有筆力，有味。曾大父諱海，大父諱文，俱皇贈刑部右侍郎。（**鼒眉、孫眉**）"皇贈"字雖唐文中有之，究不雅。父諱廣，仕至通議大夫南京刑部右侍郎。通議公娶張淑人，家甚貧，常至乏絶。淑人夜燃燈火，紡績達旦以給食。嘗有客至，爲買肉，盡以供客，君方孩抱，索之而啼。公食不下咽，含哺佯入以哺君。張淑人早世，公會試北上，携君以行，逆旅見者莫不憐之。公得子最早，蓋年十六而生君，故與共貧苦之日爲多。方公爲御史言事，貶嶺海十餘年。君與繼母夏淑人留崑山，日闋無儲，外憂嚴父寄身蠻瘴，内顧慈闈菽水之養，艱難尤甚。及公位望通顯，終不改儒素之道。

仲弟士淹從莊渠先生遊，君時時往從之，聽其議論。自幼傳公《易》學，而於《詩》《書》《左氏》《戴記》，亦能旁涉。北遊太學，三年告歸，延同志之士閉門諷誦而已。嘉靖二十二年九月十八日卒，年五十有四。配徐孺人，嫁時已不逮其姑，而事夏淑人孝謹。公嘗曰："此吾共辛勤兒子婦也。"春秋已高，侍夏淑人，暑月，重衣汗浹，執婦道甚恭，甘旨不先獻不食。夫亡時，諸孤方童丱，拊教之皆成人。嘉靖三十五年十月十二日卒，年六十有三。子男二，邦柱、邦臬皆弟子員。女三，嫁朱景濂、張鳳翼、鄭志清。孫男三，女一。君之卒也，以時月不利，權厝以俟，至是與徐孺人合祔新塘里侍郎之兆，在崑山尉遲村北，嘉靖三十六年二月初八日也。(**説眉**)作兩段敘。

余嘗讀侍郎所上疏，當正德中，皇嗣未生，天子不御椒寢，日在豹房。西方喇嘛僧以妖術眩惑，假子錢寧之徒貴振天下，(**擇眉**)爾時已有此名。而山東群盗流劫中原，蔓延江漢間。當是時，天下諰諰然有不測之憂。而升遐之日内外清謐，卒以啓中興之治者，緊公等數十人能以直言昌於朝廷也。余晚獲與其子仲季交，得考論其世。至是，閲君之家狀，推其平生艱難困苦之迹，所以貽其後者至矣。(**祖眉**)一句挽入，筆力絶似昌黎。故論公卿家子弟如君者，庶幾不墮其世云。銘曰：

直哉周公，匡我武皇。之死靡悔，再斥窮荒。孰共其荼，宛宛公子。依然素風，厚禄止此。敝化奢麗，厥世云何。告爾孫子，其貽孔多。

(**夫評**)誌妙，銘亦妙。

(**陶評**)此君無甚出色處可紀，末忽綜核其父時事作感慨，濡染淋漓，是何意態雄且傑！

太學生葉君墓誌銘

(**雲評**)語近瑣屑拖沓，須知正是史家寫生處，今世知之者蓋罕。

景泰、天順之間，有名臣曰葉文莊公，其事具國史。而其敦孝悌、厚風俗，以施於鄉者，崑山之父老類能言之。公之殁至於今且百年,縣人無不曰文莊公者。蓋邑之爲公卿顯人多矣,久乃莫能知其子孫。而公門第無改,子孫不廢儒學,所傳圖書數千卷猶閣藏之,部帙宛然,封鐍如故,可以見公之所以貽於後世者。然非其子孫之賢,亦莫能然也。(**麟眉**)誌故家子孫,追述其厥祖,於今成一套頭矣!公意却重在名臣遺澤不斬而賢子孫克守。上段歸結此意,一句陡轉,筆力千鈞。文莊公諱盛,官至吏部右侍郎,是生鄉進士諱晨,晨生衡州府同知諱夢淇。衡州先以公廕入太學,選台州府通判,其後稍遷,卒於衡州云,君之考也。

君諱良材,字世德,爲文莊公世嫡曾孫。而君母王氏,兵部右侍郎諱倬之女。君内外家皆貴顯,而雅尚儒素。少長學校中,與寒士游處,略不見其有異,至讀書爲文章,獨不肯後於人。提學御史張鼇山以君名臣後,親至學爲行冠禮,而字之曰世德。其後御史光州盧煥校君文,以爲不屬草,頃刻數千言,其辭漫衍無窮而不出於律,尤賞異之。自是他御史試必甲等,至大試輒不得。蓋知名於黌序者垂三十年,始用歲貢計偕,進試於廷,分隸南太學。又不及選調以歿,人以是痛惜之。

君爲人至孝,以衡州君卒於官,不得親含殮,歲時祭享倍切哀痛,而事王夫人謹甚。王夫人性嚴,君年逾四十,少有過誤猶長跪,終夫人之世無敢專行一事。視群從昆弟恩若同生,而生平未嘗問其家之有無。時從知友飲酒,自放山水間,終日忻忻。自其少時頗以自負,思一日馳騁於當世,以跐前美,竟以坎壈,亦無怨尤之色。故所與邑弟子偕爲文者無幾何時皆至大官,君猶與其徒爲文自若。間閣筆自語云:“吾生辛酉,與吾同月日生者今爲某官矣。”又曰:“吾家自高曾以來鮮至中壽,今年歲侵尋,殆不能如吾志也已。”語已,則又與其徒相視而笑。蓋君意不能忘,然特用以爲戲,亦終無所介於心,其天性夷曠類如此。(**夫眉**)閒處忙。卒於嘉靖三十二年八月十三日,年五十有三。

娶周氏,刑部尚書康僖公諱倫之女,性婉順,不好侈靡。君每夜讀,孺人爲女紅,常共一燈火至徹曉。生子恭焕,方十五日而卒於台州官舍,王夫人甚悲之。卒時嘉靖二年二月初七日,年二十。繼娶沈氏,吴江人,父某,以貲雄於鄉里,事王夫人餘二十年。竭力孝道,家所不足,至脱簪珥以給,而躬自儉薄。嘗孕而不育,撫諸子若己出,而於妾媵皆能仁愛之,君亦數數稱其賢。卒時嘉靖三十年四月十二日,年四十有四。男子子二人:長即恭焕,鄉進士;次恭炌,縣學弟子員。女子子一人,適諸有昱。孫男二人:儉封、儉圭;女三人。文莊公賜葬在溢瀆之原,去縣二里所。世世列葬,而君當以孫從王父,故周孺人先以其卒之明年十二月四日葬在昭次。至是,穿故穴,與兩孺人合焉,實嘉靖三十四年十二月日也。先期,恭焕、恭炌以友人俞允文所爲狀及君自著周孺人狀來請銘。余故知君者,其可辭?銘曰:

士不待於時耶?文莊公非遭時得位,何以稱於天下爲名臣?士必得於時耶?佩玉鳴琚炫煌於一世者,何身歿而名湮?而後知彼有所恃者,雖困蹶而常伸。吁嗟乎!君不愧其志,歸從文莊公之居,以俟於後之人。(**畇眉**)遠韻悠揚,非人所能。(**祖眉**)銘辭逼真八家。

(**夫評**)文頗生動有氣。

(**祖評**)此類爲誌文神品,唐宋以後誠不多覯。

(**陶評**)前後以文莊公作關鎖,正大簡嚴,附叙兩孺人卒葬,尤有法。

沈貞甫墓誌銘

（麟評）生平最相知人，故寫得低徊感嘆，文情分外佳絶。銘詞言短意長，尤與文相稱。（年評）一篇交情文字，稱許處尤不苟。（雲評）離合頓挫，得昌黎誌銘變調之妙。於文訣爲以議論行叙事，於畫訣殆不以貌而以神。才叙文情，忽復感喟，痛癢相關處咨嗟涕洟。其文如幽澗急湍，曲折回薄。（鼒評）叙情事亦酣恣，震川叙情事較歐公尤深致，以境不同也。（偉評）貞甫得傳，斯文之力也。文則竟是廬陵，神似，非形似也。（元評）情韵絶似歐公。（啓評）震川與沈敬甫書，自言"此作却有意，不可草草觀也"。（虞評）嗚咽感慨，讀之可爲涕泣，是對知己文字。（紓評）通篇略事，而言情悲惋無倫，純從昌黎馬少監一誌中得來，文之駕空勝者惟震川得昌黎之秘。

自予初識貞甫時，貞甫年甚少，讀書馬鞍山浮屠之偏。及予娶王氏，與貞甫之妻爲兄弟，時時過内家相從也。予嘗入鄧尉山中，貞甫來共居。日遊虎山、西崦上下諸山，觀太湖七十二峰之勝。嘉靖二十年，予卜居安亭，安亭在吴淞江上，界崑山、嘉定之壤，沈氏世居於此。貞甫是以益親善，以文字往來無虚日。（麟眉）以上感叙平生。以予之窮於世，貞甫獨相信，雖一字之疑必過予考訂，而卒以予之言爲然。（麟眉）轉入悲感意切。（陶夾）此段寫其信己之篤。蓋予屏居江海之濱，二十年間，死喪憂患，顛倒狠狽，世人之所嗤笑，貞甫了不以人之説而有動於心，以與之上下。至於一時富貴翕赫，衆所觀駭，而貞甫不予易也。嗟夫！士當不遇時，得人一言之善不能忘於心，予何以得此於貞甫耶！此貞甫之没，不能不爲之慟也！

貞甫爲人伉厲，喜自修飾，介介自持，非其人，未嘗假以詞色，(**夫眉**)與前相映帶，一反一正，文之必不可少者。遇事激昂僵仆無所避。尤好觀古書，必之名山及浮屠老子之宮，所至掃地焚香，圖書充几。聞人有書，多方求之，手自抄寫，至數百卷。今世有科舉速化之學，皆以通經學古爲迂。貞甫獨於書知好之如此，蓋方進於古而未已也。不幸而病，病已數年，而爲書益勤。予甚畏其志，而憂其力之不繼，而竟以病死。悲夫！(**麟眉**)叙述處亦道宕。(**雲眉**)一唱三嘆，與前段神氣一片。(**陶夾**)此段寫其讀書之勤。

初，予在安亭，無事每過其精廬，啜茗論文，或至竟日。及貞甫没，而予復往，又經兵燹之後，獨徘徊無所之，益使人有荒江寂寞之嘆矣。(**陶夾**)仍結到自己身上。貞甫諱果，字貞甫。娶王氏，無子，養女一人。有弟曰善繼、善述。其卒以嘉靖三十四年七月日，年四十有二，即以是年某月日葬於某原之先塋。可悲也已。銘曰：

天乎，命乎，不可知；其志之勤，而止於斯！

(**雲評**)文情最深，文味最永。

(**夫評**)歐文之最嗚咽者。

(**陶評**)此先生諸誌中最悲痛之文，每讀一過，輒欷歔不能自已。予窮於世久矣，安得此人而友之耶！

陸允清墓誌銘

(**年評**)誌經師墓文，尤雅率可誦。

余初未識允清，前年，允清客授吾里始見之。而余性少出，不能數至其館。獨允清之門人丁允亨時時邀予過其家，迎允清與共飲。一日，允清忽來見，别去，遂還太倉。余方有中秋泛海之行,舟過其城下,欲訪之不果。不數日還,則允清逝矣。悲夫,余不獲與允清友也!

天下之學者莫不守國家之令式以求科舉,然行之已二百年。人益巧而法益弊,相與剽剥竊攘,以壞爛熟軟之詞爲工,而六經聖人之言直土梗矣!(**陶夾**)先生此意言之屢矣,而制舉之法至今不變,何也?允清之於經蓋學之而求其解,於中有所不能自得,雖河洛、考亭之説,輒奮起而與之争,可謂能求得於其心者矣。至於當世之務皆通解,而言之悉有條理。由此言之,使允清獲用,其有所施豈遂同於今之人哉?以允清之不遇,孰謂科舉之能得士也?江南人多延允清爲師,允清獨以師道自居,雖其門人有貴者,不肯少降其禮,流俗之人以爲異,而允清行之自若,人尤以此重之。少貧,奉二親與其世母、女兄,恩義甚篤,日闋無儲,未嘗不怡然也。性剛介,而亦無矯亢之行,故所至人皆愛敬。死之日,無不垂涕。

初,允清一日與余燕會,慨然曰:"昔許靖有高名,蜀先主不欲用之。法正以爲靖浮稱播海内,君若不禮此人,天下將以爲君不好士,先主卒用靖爲司徒。"允清意謂時不能興貴名士而兢隆利勢也。余謂丈夫得志則龍蛇,不得志則蚯蚓。當伏藏閉涸之日而覬有顯揚拔擢之榮,必無幸矣。"君子遯世不見知而不悔",可也。(**陶夾**)讀此慨然,予其以此爲歸宿之所矣。允清深以余言爲然。(**元眉**)義意略采《漢書·楊雄傳》。(**祖眉**)神似六一。

允清名寰,居海虞之横涇,後徙雙鳳,又徙沙頭,皆故海虞境,今爲太倉州人。而允清又自言其先世居尹山,尹山在吴江縣云。允清卒年五十有一,娶劉氏,有二女:長適楊道立,其幼未許聘。所著文集若干卷,經書解若干卷;《老子》《莊子》《參同契》注各一卷。卒之後百有十一日，葬於某山，實嘉靖三十九年某月日。允亨治師喪，恤其家，復爲之請銘。銘曰：

千尋干雲匠石睨，幽蘭無人含芳麗。順化而往寧爲沴？其志之存奚用世？弟子徵詞勒玄碣。

（**夫評**）空中立論，空中生情。

（**祖評**）弇州云“熙甫誌墓文絶佳，惜銘詞不古”，蓋謂此類也。

（**倫評**）叙兩人交情純是一片至性，此朋友之所以列於五倫也。

（**元評**）寄慨深切而行文甚宕。

（**陶評**）此先生未遇時作，所謂借酒杯澆塊壘也。然予讀後幅龍蛇蚯蚓云云，氣爲之平而志彌爲之篤矣！科舉之文，嘉靖間號稱極盛，而先生已嘆其弊如此。使生今日，而見今人之文之學，吾不知其嗟嘆更何如也。

周君墓誌銘

（**説評**）一起一結，一虚一實，皆奇而法。（**雲評**）前文誌其子之痛，末段另綴一事著其人之賢。無銘詞，即以論贊爲銘。（**夫評**）層層結構，跌宕生姿。

君以嘉靖某年月日卒。先是，其子詩試禮部，下第還。會大司成奏言：“監學法久壞，天下士雲會京師，一旦不爲有司所録，往往去，居家自便，六館幾空，非所以爲太平之觀。乞下所在長吏敦遣至京，修舍法以幾化成之效，有不如詔者罪之。”（**基眉**）此奏何意？制曰：“可。”於是詩在南雍，間歲不歸，不見君之殁，君殁又不以疾，可痛也。（**擇眉**）此必有故自盡，故諱之如此。

若見殺或失足水火，何妨直書。

君之配先十年卒，詩與其弟諫、訓、謨啓攢，與君合葬於縣郭外小虞浦之原。請銘於余，泣且言曰："先人少遭閔凶，孤露無依，寄於吾外家，與先妣誓志自立。從里師學，無所成；爲農賈，又不能就。已而入縣書獄。詩時爲童子，縣令見其文而愛之，以是待吾先人不與他從事比。然其教子不爲一切，優遊而已。先妣獨嚴迫，不少假貸，嘗曰：'吾爲生良苦，汝宜自勉，吾見某某皆以貧賤發迹，汝能自立，無忘吾言。'先妣尋卒。先人井臼之事身自爲之，前此不問也，蓋不欲使兒輩與聞，懼用志之分。詩所與遊者年皆與先人若，先人益和光如己友，蓋游吾父子間者歡然無間也。念吾祖之早歿，每祭輒潸然淚下，嘆處世之難，不敢少自宴逸。比詩護舉於鄉，始用自適。而詩方卒業太學，待試於禮部，幾斗升之禄，而天之降割遂至於此！自念家故微，先君、先妣勤一生之力，俾有田廬，使詩兄弟得專志於學。視前世以孤童自奮者，不及詩遠矣。而不一日養，尤可痛也。(雲眉)聲淚迸下，寫得沉痛。(夫眉)又生一波瀾。願夫子賜之銘。"(雲眉)聆其言字字泣。按其友沈孝狀云云，詩語良然。

君諱寰，字民服，年四十有九。孺人姓金氏，年三十有八，葬以甲子正月日也。嗚呼！人子之痛何有窮乎。(夫眉)綴此一句，全篇生動。

余聞君爲從事時，巡撫都御史嘗捕人，誤以同姓名繫南京司寇獄，論死。其父老矣，且無子，訴於縣。君爲言縣令，即日上狀白其冤，取其人還，其所全活類是。(麟眉)獨抽一事作煞尾，別一格。稽之於古，後當有興者。是爲銘。

李君墓誌銘

（**祖評**）此等文無可著議論處，而文特佳。（**昌評**）此篇似介甫。

鄉進士李憲卿之父曰李君，（**夫眉**）有筆意。諱玉，字廷佩。祖某，父某，母某氏，世耕崑之羅巷村。

君始入城中，爲杜氏婿。學書不就，爲縣掾，亡何又謝去。見其子脩然玉立，聰明異倫，撫而嘆曰："吾數十年謀所以爲吾業者而不得，吾家良田其在此也！吾耕之種之，而食其實矣。"於是日令與邑中賢俊遊，所以優給之者良至，不令纖毫經憲卿心。嘗家困於輸役，君力爲營搆。人見憲卿衣必潔，食必腆，經、書、史必備具，以爲其饒裕得自寬，不知其實不紓，雖憲卿亦莫知也。嘉靖甲午，憲卿中鄉貢高等。明年，而君以病卒。

歸有光曰："世俗競騖於其所欲得，而日强其力所不能。其可以得爲者，漫焉而無省，敝敝於一生之勤，心疲業廢，趨死而後已，亦可悲矣。"李君淳厚人也，視夫騖疾以趨利萬不及一，而能量其所不能而遽止，挾其所能而專以無怠，而卒有以享其成。人謂李君之受數畸薄，幾及於顯融而委去之。予之論則不然，李君之壽靳於五十，假令憲卿不第，其寧以無死！今及有以見之，玆乃所以食其勤子之報也。（**夫眉**）空發一段議論。君生於成化丙午，其葬也以卒之年某月日。子即憲卿，孫男女各二人。銘曰：

朱瀝之丘，君所止。委祉於後，即其身。孰生與死？

詹仰之墓誌銘

（説評）閑心閑眼，總之，千古文章一“閑”字盡之。（年評）天馬脱轡、空行絶迹之文。（夫評）以議論成文。（偉評）竟是半山。（鼒評、孫評）銘用兮字，與不用韵，皆震川别調。（綸評）韓公《鄭儋神道碑》後係不用韵，亦銘類也，用“兮”字則昔人多有之。

仰之姓詹氏，諱高。年二十餘自休寧來客於崑山，客四十餘年，年六十二而卒。夫仰之所事者，機利也，其於文章非能學而知之也。顧生平好之，甚於知之者，至忘其所事，迨於死而後已。世之論者必知之而後能好，而仰之之好甚乎知，豈其出於性然耶？爲賈與爲學者異趨也，今爲學者，其好則賈而已矣，而爲賈者獨爲學者之好，豈不異哉？

初，仰之從予友吴秀甫遊，秀甫死數年矣。仰之且死之歲，亟來見予。予與之談秀甫之爲人，恍然如生，相與爲淚下，然其意欲有所求者而不言也。一日，仰之沐浴，整衣冠，召其所與厚者與之訣，料檢其篋中文字數十卷付其子，遂卒。予悲仰之之志，會其子岩秀、昆秀以其喪歸休寧。問其葬，曰某年月日某原也，因與之銘曰：

詹氏出於詹侯，其後有詹父、詹嘉、詹何、詹尹。而唐宋間有奉忠公五大將軍，以忠勇秩於祀典。今爲休寧五城之詹，然近世貴顯者蓋少也。雖然，賢如仰之也，而予爲之銘，夫亦烏用貴顯者耶？（説眉）妙不可言。（元眉）銘中鋪叙世次，自是一格。

（夫評）有直處，有婉處，故情深而文潔。

（祖評）先生此文近荆公，公自負不淺。

（元評）簡而有法。

朱肖卿墓誌銘

（説評）奇文，人不易知。（雲評）族人爲歌板師，乃翁冒外家姓、好俠、走馬、射雕，肖卿復欲肖之，難爲墓誌矣。獨以果讀書好古、復姓以葬親重之。兼大書其妻之世系以重之，史筆，□有銖黍必争，碑版文不易言哉。（昌評）有奇倔之致，銘亦稱。

君世家安亭鎮，其地於崑山、嘉定兩屬，故君爲嘉定人，亦爲崑山人。安亭有二沈氏，昔時有沈元壽者，慕宋柳耆卿之爲人，撰歌曲，教僮奴爲俳優，以此稱於邑人，即君之族。君之考曰朱翁，朱氏之外孫也。君以故亦冒姓名曰朱傳，而字肖卿云。

始，朱翁好俠，見惡人必摧困之，而右助其良者，里中人莫敢忤朱翁。朱翁老而無子，年六十餘矣，連舉君昆弟三人，君其仲也。翁初自傷，已得子，則喜甚。三兒髮稍長，日挾以出，走馬射雕村落中，蓋自誇説其有子也，然翁竟及其子之成人以卒。

君貌頎然，黑而髯，任氣役人，欲學其父，然不如其父時。其父時安亭號爲富庶，正德以來，户口日耗，田荒不治，故家僅有存者。君以大户奔走兩縣無寧居，故雖强力，莫能振。君卒於嘉靖十九年月日，年五十有二。娶陳氏。男子子三人：果、善繼、善述。復沈氏。女子子二人，適某、某。沈果以是年月日葬某原。果讀書好古，其妻宋太師王文正公之二十二世孫，予妻之妹也。予是以往來安亭，而嘗與果遊。於其葬也，爲之銘。銘曰：

維昆東境，昔稱繁盛。吏失其政，人以疲命。小大倀倀，奔走四迸。君於其間，二目炯然。怒氣填填，欲奮而顛。吁！奈何乎天！

（祖評）銘與文並佳，在唐人中則柳州之亞。

歸府君墓誌銘

（**説評**）此文之妙，近代惟鹿門先生知之。（**年評**）湛深經術之文，不意於墓誌中得之，此則唐宋八家所無也，必傳何疑。（**麟評**）公於此等事生平所極留意者，故寫得十分精彩。（**雲評**）只就治田一節發出如許偉論。（**鼒評**）震川此等文境，實歐王所未闢。（**元評**）使他人爲此誌，得前半之古潔已足矣，焉能復有後幅之大議論耶？（**倫評**）大議論，不意於小小墓誌發之，益見先生學術醇深。（**昌評**）議論堅樸，氣勢甚雄，震川銘誌，此爲第一。姚云："叙爲田處極酣恣，似《貨殖傳》。"又云："作文如小兒放紙鳶，只要綫堅牢耳，雖放致數百丈，無傷也。若本無綫，雖數尺之高，亦不可得。"又云："震川此等文境，實歐王所未闢。"

府君姓歸氏，諱椿，字天秀。大父諱仁，父諱祚，母徐氏。嘉靖十五年正月初八日卒，年七十一。娶曹氏，父諱永太，母高氏，嘉靖十年三月十九日卒，年六十八。子男三：雷、霆、電。女一，適錢操。孫男五：諫，縣學生；謨、訓，皆國學生；讓，幼；女三。曾孫男六。以嘉靖二十六年十二月庚申日合葬於馬涇實瀆涇。

按歸氏出春秋胡子，後滅於楚，其子孫在吴，世爲吴中著姓。至唐宣公，仍世貴顯，封爵官序具載《唐史》。宋湖洲判官罕仁居太倉，其别子居常熟之白茆，居白茆已數世矣。由湖州而下，差以昭穆。府君，我曾大父城武公兄弟行也。（**麟眉**）世系須詳。

府君初爲農，已乃延禮師儒，教訓諸孫，彬彬向文學矣。府君少時亦嘗學書，後棄之，夫婦晨夜力作。白茆在江海之壖，高仰瘠鹵，浦水時浚時淤，無善田。府君相水遠近，通溪置閘，用以灌溉。其始居民鮮少，茅舍歷落，數家而已。府君長身古貌，爲人倜儻，好施舍，田又日墾，人稍稍就居之，遂爲廬舍市肆，如邑居云。晚年，諸子悉用其法。（**啓眉**）集中第十六卷有《趙段圩堤記》，爲歸雷所築，椿之子也，可以見椿通溪置閘之方與諸子遵用其法之效矣。（**陶夾**）以兵法部勒，非有大才者不能。其治數千畝如數十畝，役屬百人如數人。吴中多利水田，府君家獨以旱田。諸富室争逐肥美，府君選取其磽者，曰："顧吾力可不可，田無不可耕者。"人以此服府君之精。（**麟眉**）刻畫得太史公之神。（**鼒眉**）敘爲田處極酣恣，似《貨殖傳》。

蓋古之王者之於田功勤矣！（**麟眉**）陡起議論。下至保介、田畯、遂師、遂大夫、縣正、里宰、司稼，設官用人，如是悉也。（**陶夾**）等閑發出大議論，妙在以唱嘆出之，不似他家急言竭論無餘地也。先生文品之所以高。漢"二千石遣令、長、三老、力田及里父老善田者，受田器，學耕種養苗狀"。時趙過、蔡癸之徒皆以好農爲大官。今天下田獨江南治耳，中原數千里，三代畎澮之迹未有復也。議者又欲放前元海口萬户之法，治京師瀕海萑葦之田，以省漕，壯國本。玆事行之實便，而久不行，豈不以任事者難其人耶？或往往嘆事功之不立，謂世無其人。若府君，豈非世之所須也？（**麟眉**）一句收合。銘曰：

昔在顓頊，曰惟我祖。綿綿汝潁，蹙於荆楚。迄唐而昌，鳴玉接武。湖州來東，海魚爲伍。亦有别子，居白茆浦。曠然江海，寂無烟火。孰生聚之？府君之撫。府君頎頎，才無不可。實甽畮之，終古潟鹵。黍稷薿薿，有萬斯畝。曷不虎符，藏於玆土？

（**説評**）嘗仰屋作妄想，募得佳艇子勝一架，書、筆、硯、煎茶具並備，又同載得可語人，高秋好風日，浪遊吴興幽僻無人山水絶境中。久之,復自笑,此已大滿意。然或所携書卷缺却歸震川墓誌銘一本,亦未免清福不足之嘆。六月大風客去後記。

(麟評)常痛天下日趨於貧,而救貧無奇策。只令世咸知力本之爲貴,講求耕牧之道,深識稼穡之艱難,自然去華務實。節用愛人,開源節流,如是十年,庶乎其可也。然必得其人以任之。"若府君,豈非世之所須也?"讀結語令我慨然。

(陶評)此公實有可傳,而此文表章亦不遺餘力,妙在一唱三嘆,意度極佳。

(夫評)自開壇坫之文。只贊他善農一事而已,更不及别事一句。

(鼒評)作文如小兒放鳶,只要綫堅牢耳,中放至數百丈,無傷也。若本無綫,即數尺之高亦不可得。

(元評)叙議精密,詞色古雅,此等誌文昔人所少。

(坰評)一農夫寫得如許關係。

卷二十　墓誌銘

趙汝淵墓誌銘

（**麟評**）巨室世家傳世久遠，三代以後所最難，况帝王苗裔乎？故歷詳其譜系，是特從其重者而言也。叙次之峻潔，又不必言。（**説評**）非漫語。（**雲評**）峻潔之至，真史筆也。國門懸賞，一字千金。（**偉評**）峻潔，可與半山並驅争先。（**倫評**）通篇只叙帝室譜系，全無一事可以爲汝淵誌者，此歸先生之文不爲飾美，於昔人所爲諛墓之作異矣。（**昌評**）簡峻絶倫，此太僕摹《史記》爲文者也。

宋熙陵九王子，其八爲周恭肅王元儼。恭肅王生定王允良，定王生安康郡王宗絳，安康郡王生南陽侯仲鑛，南陽侯生處州兵馬鈐轄士翮，士翮始遷嚴陵。士翮生保義郎不玷，又自嚴陵徙浦江。不玷生三觀使武經郎善近，善近生武翼郎汝侱，汝侱生崇傒。自定王以後，至崇傒始失其官，爲士庶。崇傒生必俊，必俊生良仁，始自浦江徙吳，今長洲之金莊也。良仁生友端，友端生季永，季永生同芳，同芳生瓛，瓛生四子：濂、潛、深、濱。潛者，汝淵諱也。

汝淵於兄弟次在二，授室於崑山真義里朱氏。汝淵年六十有六，卒嘉靖四十二年十二月某日。朱孺人年五十五，卒嘉靖三十八年正月某日。生子男一人，世貞。孫男四人：和平、和順、和德，皆夭，最後生和敬。孫女一人。其葬以隆慶二年十二月某日，墓在長洲之某鄉。

宋自青城之難，王子三千餘人盡爲北俘，其散處四方，僅僅有存者。若周王之後，以詩書世其家，故譜系頗可考。（麟眉）總一筆，見命意處。其在長洲，同魯其賢者也，同魯於汝淵爲再從父。（麟眉）賢者，故不略。汝淵夫婦孝敬，修士人之行。（麟眉）不落其行。世貞方將以進士起其家。（説眉）如此大文字方了得題目上幾個字，故近代無意趣文章充棟，而無一字可讀者，只是不曉得題目耳。（元夾）簡括有分寸。世貞於予先妻魏氏，内外兄弟也，（啓眉）觀其逐層脱卸之妙，極費周折，而了不見有組織之痕。故屬予銘。銘曰：

宋失維城，宗淪於朔。哀哉重昏，鼎折覆餗。不仁之殃，迨其九族。存者孑遺，逃竄而延。惟恭肅王，當世稱賢。宜其孫子，百葉以傳。宜君宜王，今爲士庶。亦修於家，魚菽以祭。曷以銘之？不愧其世。

（雲評）一彈再三嘆，慷慨有餘哀。

（祖評）何義門先生評《元豐類稿》，謂先生此文出於《試秘書省校書郎李君墓誌銘》，蓋劉子元所謂貌同心異者也。南豐之文，弟以李君無事迹，故序其數千年世次成文，何説得之矣。此作只從周恭肅王序起，與遠溯皋陶、李耳者固大有别也。銘辭云“宋失維城，宗淪於朔”，又云“宜君宜王，今爲士庶”，其體例蓋太史公《陳涉世家》，爲墓文變體。虞山云：“李羅村行狀，趙汝淵墓誌，雖韓歐復生，何以過之！”可謂知言。

（元評）參之太史以著其潔。

金君守齋墓誌銘

（**説評**）俗體去之萬里。（**麟眉**）世道衰微，爲善者多格於勢而不遂，往往自家庭始。沐齋乃有此令弟，宜先生之嘆息而稱道之也。（**紓評**）此篇志守齋，乃純爲沐齋寫照，其不至喧賓奪主者，每提沐齋必及守齋，藕斷絲聯，自關筆妙，銘亦岸異。

余少聞嘉定之漳浦有君子曰沐齋先生，（**麟眉**）從沐齋説入，便見作文主意。未及見而先生早世。後識其子於魏恭簡公之門。及居安亭，安亭去漳浦十里，與賢者之居相近，其芬馨若將可挹，而先生之從子太學生喬從余遊，得時時語其家事，喬父守齋君於是葬有日，來請銘。

按狀：金氏自縣之南翔徙漳浦，五世而至處士諱鑑。鑑生蒞，蒞生三子：長諱洲，是爲沐齋先生；其仲諱瀚，即君也。金氏耕漳浦十七世，世益大，而沐齋先生遂邁志爲儒者，與海内諸名士廣東湛甘泉、浙右蔡我齋、山東王純甫、江西夏敦夫及恭簡公遊，君爲力田治生以資其宦學。（**麟眉**）一篇提綱。先生舉進士，調永康令，尋改國子助教，復爲高邑令。所至清廉，無絲毫取於民，衣服器用，君悉從其家送至官所。自永康入覲，唯須知册役官夫四人，事畢，所存册笥架亦還其縣。其在京師，終日杜門，一書不予人，平生食無兼味。或曰："先生非有待於其弟者也。"人以是兩賢之。（**陶夾**）善於立言。

君與兄少同學，其師欲笞君，兄即悲泣，師每爲之止，其爲兄所愛如此。（**麟眉**）至性不止於事兄。父可田翁性嚴，有所不樂，君即長跪終日，雖風雪僵凍不敢移膝。翁晚年有所愛庶子，君即自搆别業於祖居之北，千金之産甘於遜讓。或疑其不能無憾，而君歡如也。初，子喬未生，即以沐齋先生之季子爲嗣，名之曰崳，撫愛如己子，而崳亦不知其非君出也。居常對人語，其感兄之德、稱兄之賢至不容口。世道淪斁，爲善者兢兢懼不能免。况先生之卓行，君不惟不艱阻之，又成遂之，可不謂之賢矣乎！（麟眉）良可嘆幸。君春秋六十有三，以嘉靖三十七年五月六日終。夫人顔氏，二子即崳、喬。孫六人：應鵬、應龍、應鷺、應元、應麟、七郎；孫女一。其後七年，葬於漳浦西之新阡，爲嘉靖三十四年三月一日云。銘曰：

均爲同氣，孰嚙冰雪以居耶？孰混污萊以壁耶？孰于于以閑安耶？孰齗齗以疲瘁耶？孰波馳以啜其精耶？孰坎止以食其糲耶？孰將百年之計耶？孰將千古之慮耶？吾不能知。知是墳者，先生之弟耶！

（陶評）通篇以沐齋作文骨，立言得體，銘詞尤佳。

（坰評）借賓形主格。

王邦獻墓誌銘

（説評）作海市觀可也。（年評）每愛王荆公爲人作墓誌，多不甚説其人之生平，只虚虚相悲弔，先生此文亦然。（祖評）序事得太史公神髓，不當於字句間求之。

王君以嘉靖三十三年八月四日卒，享年六十有八。其明年十二月七日權厝於度城之先塋，而以某年月日葬。予與王氏有姻好，其孤繼忠又予友也，來請銘。予辭不獲，乃序而銘之。序曰：

君姓王氏，諱瑭，字邦獻。其先居崑山之澱山湖，二百餘年矣。有壽峰者，元季兵亂，播流六合，吴平之後復返其居。壽峰生福，福生子昭，子昭生安，安生瓛，瓛生鄉進士鑑。鑑生漳，君之考也。初,進士君拓落有大志,生平以經世自許,嘗大書忠孝二字於堂壁。故王氏忠孝堂,鄉里至今傳稱之。進士君一上春官,以病卒於京邸。君弱冠補博士弟子,已自感慨,思繼其祖之志。正德、嘉靖之間,東南之民困於糧役,蠹耗盡矣。自儒者皆躬自執役。君一任其僮奴,至於不自給,終不以廢學。凡六試於南都而卒不第。君少有筋骨之疾,晚而加劇。年且六十矣,從諸生謁御史,跰躃行也。衆庭拜,獨伏地不起,御史使兩生挾以行,然其氣不爲衰止。久之而後謝去,則時時視其祖壁間書,泫然流涕。

嗚呼!上之所欲求於下者,忠孝而已,而未必得也。下之所欲事於上者,忠孝而已,而未必遇也。王氏在沮澤之間,父子祖孫以此相命,至於白首不遂,闇闇以没世,可悲也已!(**倫眉**)空中結撰,感慨淋漓於紙墨之外。(**陶評**)意亦人人所有,獨愛其着語不多而自炯炯拔俗。君爲人仁恕,多所施予。人或負之,而不以爲懟,其形病而貌甚和。予與之處,可謂有意乎其爲人者也。(**雲眉**)語淡而思深,每於不甚着力處迸出一段精光,耐人吟頌。

君母沈氏,城武知縣存之女。娶任氏,無子。同母弟杲生二子:繼忠、繼孝。君撫教之如一,而以繼忠爲嗣。繼忠娶張氏,生二孫:文昌、文光。初,進士君用《詩》舉,君治《易》,而二子今以《春秋》爲博士弟子。銘曰:

牧之良,奥生牂。田之瘨,窔生鶉。維忠與孝後有馮,三世儒生今其興。

(**夫評**)銘雋極,文亦有態。

(**陶評**)叙次潔而議論老,若此等文直逼歐王,非他家所有。

李惟善墓誌銘

（麟評）書其一事。（昌評）二篇皆極精練，此銘尤工。

李瀚以嘉靖二十九年月日葬其父李君，先期爲狀，來請銘。曰："君姓李氏，諱元，字惟善。高祖諱保，曾祖諱虎，祖諱宗。父諱英，縣學生，母袁氏。君以嘉靖二十七年十一月十三日卒，年六十有九。配張氏，子男三：澈、瀚、瀗。澈、瀗皆前死；瀚，縣學生。孫男二：一鵬、一鸞。女一，適宣應楫，縣學生。曾孫男一，紹先。李氏世居嘉定守信鄉，君以贅故居新涇。涇四十年前爲荒野，今起爲市，商賈湊（夫夾）入此三字妙。焉。瀚卜葬，去其居若干步，望張墓。"狀如是。

余昔嘗志張翁，言翁淳樸，無世俗機，得婿李君任家督，日飲醇酒，無所問。李君之才能豐其業，而取張氏族子潮爲己子。已生三子，皆姓張氏，而瀗復爲潮子。聚是二姓，歡無間嫌。及翁年老，乃以潮後張氏，而歸其三子之姓。其始潮在諸子列也，今謂爲舅。（雲眉）瑣事也，乃關民族之大，故不可以不書。（夫眉）序得簡勁曲折。"涇以渭濁，湜湜其沚"，李君之謂矣。《春秋》樂道人之善，是宜書之不一而足。銘曰：

吴淞東流練水出，岸眩大海沃赤日。土岡陁靡聚千室，樹成吉具雜黍稷。有美丈夫從孟姞，新涇之原生攸宅。考終卜藏惟墨食，左爲翁阡森鬱鬱。兩丘相望無愧色，載詞於石永不泐。（夫眉）七字銘本韓。

陳君厚卿墓誌銘

（紓評）叙煩碎事如披市儈簿記，乃能不棘人目，末綴以正論，則愈見其有關係，非瑣瑣也。

君姓陳氏，諱圩，字厚卿，世居嘉定之黄浦東海上。父諱廉，字汝界，寶源局大使。生君兄弟四人，而君最少。母黄氏，先亡，而父亦已老矣。（説眉）得體之變。同縣馬梁，其妻李氏，陳之出也。意憐之，抱以爲己子，然馬翁自有子。而君娶張氏，生一子殤，嘆曰："翁，吾父也，必得翁孫以爲子。"會馬翁子婦有娠，張孺人日候司之，乃生女。曰："吾德翁，即男也，當子之，無用女也。"婦又有娠，生男。孺人寢處馬氏室中，男生彌月，即負以歸。夫婦愛之甚，冬月嘗以身藉之，不令著蓐卧。比就外傅，僮奴悉遣隨，而身自桔槔。張孺人爲人嚴毅，其子行步稍斜，必呼訓飭之，日督書課。而君性寬，常曰："兒富貴有命，不當瑣瑣喋聒，令人不自怡。"然孺人中情深愛，每出一二里所，未嘗不垂涕也。

君平生好義，先世遺産悉讓其兄，盡，復賙給之。外父母老而貧，養之終身，又撫育其孤孫二人。人有持官銀百兩，聞縣呼召亟去，遺旅舍中。君後至，獨留守，俟其人還而付之。爲人乞貸，已而負之。君爲代償，其後有求復與之，終不言前負也。初，君以産讓其兄，（元眉）承上起下，極周到。後馬氏有分，復不受。白黄浦轉徙南翔，已又耕新涇之上。新涇近海，會颶風作，海水流漂，嘉定東門外彌望波濤無際。君自南翔行至新涇，不識徑術，忽浮忽沉，遂病。數年，且死，呼其子，索筆書曰："負某人物若干，又負某若干。吾死，汝必償之。"他人有負君者，不言也。取曆日指曰："某日，吾當去。"命奠告於先。至日，整衣而逝,嘉靖二十六年五月二十六日也,年六十有三。

張孺人後君十有四年而卒,實嘉靖三十九年十月初九日,年七十有五。卒之日,語其子曰:"昔汝父之亡,某人嘗侮汝。然此人,汝父故所善也,勿記其過。"又曰:"汝無忘馬氏所生,我死,當益厚事之。"蓋君夫婦之賢如此。非其子思彝來乞銘,予亦無由知焉。以此知世未嘗無卓行如古人者,獨其汩没於閭里而不暴見於世也。(**元夾**)總束一句。學者皆言爲後必同宗,然吾以爲聖人之制不獨任其天而已,不得已而有人爲輔相之功,所以爲相生養也。(**元眉**)自是名儒之文。"慈母如母",(**啓夾**)引據典確。《禮經》略著其文,而古書亡,不能盡見,可類推也。(**雲眉**)此出先生獨見,要當存此説於天地之間。若陳君之事,何其厚也!思彝生以此事之,死以此葬之而祭之,可矣。余爲銘,成思彝之爲子也。君始厝於新涇,今卜兆於縣東南依仁鄉之蘆涇,而以孺人祔。嘉靖三十九年十二月二十九日也。銘曰:

厥德孔厚,而靡孕字。天若靳之,人以力致。白鶂眸子,一氣相視。既慈既孝,有誠無貳。亦既有子,以視其隧。天實報之,庶固不墜。

(**元評**)叙事明暢,論斷確切,汪堯峰誌文多學此。

(**垌評**)事頗背理,而其人甚厚。

陸子誠墓誌銘

(**説評**)一篇從親戚得情致。

君姓陸氏,諱意,字子誠。居太倉州之東鄉,贈文林郎塾之子,嚴郡推官愚之弟。娶龔氏,龔氏居崑山之廟涇。孺人,山東布政使理之曾孫,武岡知州震之子。武岡有三女:長適兵部右侍郎王公倬之子都事愔，次適吏部左侍郎葉文莊公之孫夢泗。其季不出適，武岡以聘君而授館焉。陸氏世望族，故與諸家多有連。而武岡初倅閩之漳郡，携子婿以行。及改調還，而君感南中瘴癘，至家而卒，時正德九年九月九日也，年二十有三。而孺人復從武岡之治所，居長沙、零陵之間數年。武岡没，而後孺人以其子歸陸氏，蓋去君之世四十一年而後卒，時嘉靖三十三年月日也，年六十有九。

於是其子明謨傷先人之早世而母寡居鞠養教誨之勤，將合葬於太倉州花浦長涇之東源，而思圖其不朽。明謨少不能識君之遺事，詹事府主簿王君世德，君甥也，爲之狀。而王君時亦少，第言聞君之昆季皆稱之，爲陸氏之才子弟云爾。至述其從母，爲人慷慨，好施予，平生屹屹無女子態，可以爲賢矣。予之從祖母與武岡君同祖，而諸姑多嫁東鄉，故能知兩家族姓之所自。明謨既壯，嘗慨古人風節，尤喜吟詩。（**啓眉**）文之可以追配古人者在前二段，而其所以不及古人者此一段。然自俗眼觀之，必以此一段爲一篇要害所在矣。嘗欲删此一段，但增一句云："屬君甥詹事府主簿王君世德爲之狀，请銘於余。"而"族姓所自"以下并删去"明謨"至"吟詩"十四字，未知於法何如！而詹事家方貴盛，以清銜守南京故府，一日掛冠洪武門而歸，其中必有過人者。（**元眉**）借詹事點綴，亦昌黎法。予以其言可徵信焉，故爲之銘。銘曰：

適爲夫婦，不永其終。四十一年，言歸其封。一世之違，千歲之同。

（**元評**）不肯輕予一字，特善生發，此種意趣亦自韓歐變來。此文不著議論，正得規範，與古大家神似，但不可爲皮相者見耳。

王君時舉墓誌銘

君姓王氏，初名翱，後更諱羽，字時舉。世居海上，而以醫名家。少讀書論必求其解，不解不肯已，有能者輒就問之，以故治人疾多愈。然不自以爲功，或譽之，輒言："吾所以爲術，乃神農、黄帝之傳，神聖之道，顧非盡讀天下書，通於天地之化，以参合於人，不可以爲。今所爲者，乃徒剽取億出以幸中者也。"（**擇眉**）確論。（**雲眉**）卓論，想見醫理之精，即其所謂剽取倖中者，亦去今世人遠矣。及人有酬謝與否，未嘗望之。性誠篤方嚴，終身不近非禮之色。居里中，恒見憚。往往諸少年相群聚戲褻，君至，皆走匿，曰："朱文公來矣。"一日出門，見童子泣於道，問之，曰："朝入市失所持物，恐歸而見笞。"問其直幾何，與之代償。已而童子挾所償來還，曰："朝所失已得之矣。"君亦遂不受，童子泣謝而去。嘗自恨不讀書，見儒生文士必悚然却立，意其中莫測也，其愛慕如此！初，君之世父弟翹始數歲，世父將死，呼君屬曰："儒學難爲，不如授以汝術易了，令可爲生而已。"君後不用其言，教之儒。期年，翹以選爲郡博士弟子員。雖不遇，然以文藝稱於士林。（**啓眉**）集中誌墓文如馮會東、沈貞甫、周民服及此，皆不叙其先世，韓集中盧殷、李于二誌如此，觀者勿以爲異。

君卒於嘉靖三十四年某月日，享年六十有二。娶嚴氏，生子男女皆五人：男用賓、用卿、用才、用享、用文；女嫁某、某。孫男女幾人。而君之昆弟亦五人：翔、翀、翎，皆弟也。翔無子，以用享爲後。於是翹來請銘，曰："兄字吾如子，衣食教訓之四十年，翹無以報。兄歿時，會倭犯嘉定，又大疫。兄日未出即出診視人疫，侵染以死圍城中。而翹方走西南湖上，至死不相聞，以是爲終身痛。"蓋來請銘三年矣！銘曰：

世載虚華,本實爲尻。海瀕椎樸,士風亦澆。尚有古人,抱術以槁。吁嗟孝友,有墳其高。

蔣原獻墓誌銘

(説評)奇格。(祖評)措辭微覺有太露處,其近古亦在此。(紓評)通篇關鍵在一個"聞"字,煉之所聞如此,作者即就煉之所聞者發議,遂似確確可據。

君諱杲,字原獻,宋尚書禮部侍郎堂之後。其先宜興人,禮部知蘇州,徙家焉,因世居長洲之鄧巷里。曾祖達卿,祖諱集,父諱淮。而君之配馬孺人亦長洲之望族,家在甫里。君不幸早世,既葬矣。其後十有八年,而馬孺人卒,又十有三年祔於其夫之兆,禮也。

其子煉來請銘,曰:"煉也少,先人之葬事不備,無以列諸幽。今獲葬吾母,嘗所聞於吾母及先人之遊者,得其一二。先人養其二親,晨夕之饋不以溷諸兄弟。官有浚河之役,族貧者爲之代出力,諸所行事洽於閨門而及於鄉人。坦懷待物,尤爲人所敬愛。而吾母寡居十有八年,代吾先人上事父母,下撫諸幼,吾先人爲不亡也,皆不可以無誌。"

煉又以其家所得當代名公表志數十,若陳劉二祭酒、徐武功伯、李文正公、吴文定公,論次君之先世,往往孝友及文學發科,或爲循吏。而其居鄉者大率長厚,能以愛利及人,恤人之急如恐不及,賑貸或至千石。(麟眉)已上實叙,只於誌銘中帶過。其疾病也,鄉人禱於神以千計,歿而哭其喪,相屬於道,蓋數世如出一轍。而文定公論之,以爲"是豈有爵位在上,其勢足以安養乎民,而得此耶?彼爲一郡一邑,有愧是多矣"。(啓眉)得此稱引波瀾乃大,先生文每遇事有可入即挽入其内,大較是子長妙處。蓋蔣氏之行誼著於鄉里者如此。(麟眉)中段皆空中楼閣,只此一句收題,真善於布局者。

考其世自洪熙至於弘治六七十年間,適國家休明之運,天下承平,纍世熙洽。鄉邑之老安其里居,富厚生殖,以醇德惠利庇蔭一方者,往往而是,蔣氏乃其著者。至於君之世,有可慨者矣。(元眉)何等布置。(倫眉)論世一段尤令人低徊想像不置。然觀煉之所稱述,其行事猶有先世之遺風焉。(祖眉)規模太史公文字,妙在轉折處近情,非貌爲古者可比,然太露處亦即以此。君卒於嘉靖元年月日,年若干,葬以某年月日。孺人卒於嘉靖十八年某月日,年六十九,葬以嘉靖三十二年某月日,墓在王巷先塋之次。子男三:炎、煉、爕。女三。孫男五。炎已先卒,故葬與請銘者,煉也。銘曰:

青丘之旁,吴淞之汭。爰有君子,克昌其裔。不嗇其施,民之攸塈。鄉人父兄,笑語洩洩。朋酒斯饗,樂我豐歲。於惟帝力,伊誰之致?年往化徂,日月其逝。我銘斯藏,思爾之世。

(元評)誌一微者之墓,而可考見世運風俗之盛衰,斯爲大手筆。

潘用中墓誌銘

(祖評)諸銘文有太著痕迹處,此震川所以不能入昌黎之室也。

君姓潘氏,諱乾,字用中,嘉定人。祖諱煦,繇冶城遷東練祁之滸,所謂羅店者,有生産畜聚。考諱廉,以無訾省傾其貲。及君之世,靡遺焉。君年尚少,遭父喪,羸然卧苫凷中。責逋滿門,左支右吾,恬不爲驚,事以辦飭。由是三十餘年,清刻自將。掇拾奇羡,今年作寢,明年作堂,又明年治田廬,期於恢大其業,不促速爲之。羅店,嘉定巨鎮,商賈之湊,人多機利。君存心忠恕,恒以牟漁暴積爲戒,人亦不見其乏,卒又饒給云。

君爲人温良隱默,外内皆稱爲誠長者。初爲縣學弟子員,及其子士英亦爲弟子員,父子相隨之學宫。久之,君竟謝去。士英嘗病,君抱持哺飲食,夜渴,以津嗽之,愛之如此也。君患風痹,猶營家事。士英請少息,君曰:“恐汝廢學,吾生一日爲汝治家一日也。”如是五六年,以至於卒。

士英在學,每御史至,試之,嘗爲首選,而未第。然士英不戚戚,而以不及古人爲耻,從師問學,嘗出百里之外,因是可以知君之志意矣。

君卒於嘉靖十九年六月十有二日,春秋五十有六。明年十二月初九日,葬於脚襪涇之原。配沈氏;男,士英、士賢;女三人,嫁某、某。孫男二人。予辱與士英遊,爲之銘。銘曰:

與乎不自繇,其居畜也。泊乎若無求,其干禄也。敷澤其由,賁厥木也。安於此丘,惟君之穀也。

卷二十一　墓誌銘

陳處士妻王孺人墓誌銘

（麟評）公爲婦人誌傳皆不苟作，存此以爲世道之一助云。（雲評）誌道絶，銘詞以肅穆稱之。（谷評）"處士"二字尚沿俗習，宜題額曰"陳節婦"。

孺人姓王氏，陳處士諱可樂之妻。父諱士高，以歲貢入太學，三娶無子，元配某氏生女子子一人，故處士受室，成禮於王氏之廟。（夫眉）句典雅。太學君落魄不事生業，家徒壁立，獨喜飲酒，孺人治女紅以資其費，即賓至，酒禮羞膳無不得所欲。太學君卒，乃歸於陳。未幾，處士病瘵，生一子，周歲矣。且死，顧謂孺人曰："伯兄無子，可以兒與之。"（擇眉）意其改適也。孺人曰："養老字孤，吾事也。"因泣下，截髮以自誓。（夫眉）悲咽如見。時庚午之歲，大侵，道殣相望。孺人抱一歲兒哭其夫，且汲飪以承迎二親，甚艱難也，卒以孝養終二親之世，而喪葬之。命其子事其兄公，如夫之教，内外相依倚爲命，以迄於有成。（雲眉）健筆勁氣。

居無一畝之宫，在闤闠中，人罕見其面。尼媪往來富貴家，與婦人交雜膜唄，尤數從寡婦人遊，孺人一切謝絶之。晚年，目蝸晥朦朦然，甚不自得。醫至，却之，曰："吾手不能與人診視也。”蓋年二十四而喪處士，六十有二而卒，時嘉靖二十六年十二月十二日也，於是嫠居幾四十年矣。（**夫眉**）合旌典，何爲不旌也？

初，處士之曾祖諱翊，中乙榜進士，授膠洲學正，歷應山工府教授，嘗爲會試同考官，崑山之士以《易》學登第自應山君始。家世讀書清貧，節行可慕尚也。孺人子一人，唐，縣學生。孫二人：王道，縣學生；次王政。葬以嘉靖二十九年十二月十七日，在白馬涇隨字圩之新塋。其辭曰：

兩儀奠位，自初有民。陰陽會合，男女貞行。聖人因之，秩爲典常。法則天地，垂象咸、恒。王道陵遲，《關雎》刺興。鄭、衛靡靡，禮俗以傾。會齊於袄，天宇晦暝。孰知千載，是心猶明。懿矣淑婉，居然性靈。争芬昧谷，競節高冥。有赫管彤，於昭汗青。子政作傳，元凱翼經。無微不顯，靡幽不呈。鐫辭於石，以紹前人。

太學生陳君妻郭孺人墓誌銘

（**年評**）只用數語相纍欷，便沉吟無盡。（**麟評**）婦人勤勞治家、不忍自泯没之情寫得鳴咽流涕，真傳神之筆。（**紓評**）文叙婦人恒態歷歷如畫，其云操舟渡人而身没於水，自是戀生之癡語，然使人聞之而悲，是妙於寫生者。

孺人姓郭氏，長洲人，封鴻臚寺丞諱某之曾孫，處士諱某之孫，太學生諱受益之子。歸陳氏，工部都水司郎中諱天貴之子婦，太學生大雅之妻也。年四十有四，以嘉靖三十四年七月二十九日卒。太學君爲治葬事，遣其子良謨來請銘。

初，孺人始歸陳氏，太學日遊庠舍，不能治生産，幾無以自贍。孺人父母家在吴淞江上，田肥美，歲多收，爲捐嫁時衣被財物，買田廬，每歲之冬即往收穫。苦寒迨春，而面嘗皸瘃。凡賓祭、補紉、饎爨，一任其勞苦，時節縮而用其仂。（啓夾）瘦傑之句。纖麗之服、珍華之飾，屏去不御。親黨有邀爲宴會者，曰："飲酒非婦人事。"（麟眉）過人處。輒謝之。辛勤二十餘年，家用可以給，而夫君以年貲貢入太學，滿次謁選，當爲州縣官，不日有禄養。而教育其子爲進士業，亦既有成矣。（啓夾）蕩漾。一旦搆危疾，自知其不起，爲其子女從容敘述生平。（麟眉）略不及孺人言，靈逸有餘味。言始爲婦以至於今，其勤勞如此。若操舟渡江，舟中之人僅已登岸，而操舟者没焉，因唏嘘不自已。（倫眉）敘述辛苦宛然如畫。（陶夾）情事如見。（夫眉）嗚咽。家人度爲櫬須若干直，孺人聞之，即曰："吾不須此木，當若干直可也。"又曰："吾生自謂盡瘁於爾家，然不欲費，但得片石，求能文者誌吾墓足矣。"（説眉）女子求片石自傳，亦異。（啓夾）瑣事點綴，使性情面目如生，韓歐法也。（夫眉）又别生此一波。

予聞而傷之，孺人以女子有志於名後世，夫豈爲區區之名？即其平生之志有不容没没者。（麟眉）即翻出本旨矯捷。予讀《谷風》之詩，蓋夫婦之變也。其稱所以爲其夫者曰："就其深矣，方之舟之。就其淺矣，泳之游之。何有何無，黽勉求之。"至於旨畜以御冬，甚微細者，亦自言之亹亹不厭。千載而下，可以見爲人婦者之心也，其亦可悲也已！（祖眉）如讀張文昌、王仲初樂府。孺人生子男二人：良謨，長洲縣學生；良策，尚幼。女子一人，適李春陽，吴縣學生。孫男女二人。其葬在武丘鄉，卒之明年正月二十四日也。銘曰：

郭世巨族，居差方里。大臚貤封，亦以貴起。來嬪陳宗，實相厥美。致其畜藏，勤毖自喜。悲彼褕衣，不能爲婢。一世之志，迫於短晷。不承其享，貽後之祉。（**焯眉**）此銘韵多雜出。（**雲眉**）爲節婦撰銘如此，其莊以肅也。

（**陶評**）歷其苦而遺其甘，此婦可憫，故論之特暢。

顧孺人墓誌銘

（**雲評**）文外獨絶，如不勝情。（**紓評**）文末引孟嘗君事，震川有觸感其妻也，幸渾含不露。

嘉靖二十七年，沈君子善喪其配顧孺人，又明年舉進士，官鄱陽，孺人尚在殯。尋以中憲之喪還家，明年治葬事，以孺人祔於崑山縣横塘祖塋之次，寔三十二年某月日也。子善先期來請銘，其子堯俞從予遊，每念其母輒流涕，曰："吾母賢，非夫子其誰宜銘？"嗟夫！富貴壽夭，非所以論賢者，而賢者之志不在於此，然世恒以是爲幸不幸，相與爲悲喜，亦夫人之情哉！

沈氏世以詩書名家，中憲趾美前武，三爲二千石，而孺人之考給事兄弟起海上，一時同官黄門，並貴顯矣。孺人托於兩家，得子善以爲之婿，孰不爲喜？然孺人未及笄，屬給事捐館舍，哭泣悲哀，幾不能以生，後每追慕顧念，有終身之悲。而子善爲諸生，悒悒不得意，孺人與共勞苦，有雞鳴警戒之志。及遊兩京太學，遂魁畿甸多士。又再試不利，比及第，孺人幾及見之，而先以死。蓋富貴壽殀之數，雖父子夫婦不能相及者，此其所以可悲也。（**啓夾**）説來真有千古之痛。

孺人生而敏慧，數歲，爲給事製小冠，給事喜，爲冠以出見客，常以格言教訓，孺人輒能記，其後每稱以勖其子。爲人凝重，在父母側，不問不言，或竟日無一言，雖中憲嚴憚之。君所交遊，以文字學業相過從，即喜具食飲，令盡歡。苟非其人，雖杯茗不時至也。見其子夜讀書輒紡績,與共燈火,用勸率之。事祖姑太宜人尤孝敬,中憲之官,太宜人老不能行,嘗謂中憲:“有賢孫婦,即汝面汝目在吾眼前矣。”其賢如此,蓋子善宦學之助爲多焉。

給事諱濟,官刑科給事中。中憲諱大楠,官至惠州府知府。子善名紹慶,今爲鄱陽縣知縣。孺人生於正德四年七月十四日,得年四十。男子子二人:堯愉、堯典。女子子二人:婿王炳衡、王伯稠。後出女子子一人,妾出男子子二人:堯欽、堯文。昔雍門子以哭見孟嘗君,孟嘗君爲之增欷嗚唈,流涕不能自止。予銘孺人,蓋有傷心者。銘曰:

嗟夫!人之婉好,宜其壽考,胡遽以殀?其行獨,而不禄。嗟夫!造物者區區以此爲仇,夫孰能知其由?(**説眉**)銘有古韻。

潘府君室沈孺人墓誌銘

(**説評**)敦厚。(**苞評**)俚語不宜入古文。(**麟眉**)一女子持門户,训子能成立,且有明智,自是可傳。(**雲評**)志人婦之墓而自述悼亡,奇警可駭。須知一言情重,雙淚兩來,真境淋漓,肺腑欲語,文章到盡變處作者幾不自知,豈繩趨尺步家所曉!

予少善潘士英子實,子實自嘉定來崑山,居馬鞍山岩石之間。予亦時過子實,因獲拜潘府君,氣貌方壯盛也,喜飲酒,不屑事生産。而沈孺人者,清浦大族,清浦在縣東南海上黄浦之東,蓋俗謂之江東沈氏云。孺人去膏澤,攻勤苦以佐其家,又以其餘力爲高樓夏屋以居,而子實得自恣遊學。嘉靖某年月日,潘府君卒,其明年十二月葬於脚襪涇之原,予嘗誌其墓。府君亡,而孺人持門户如其存時。子實益復聚縣中俊彦,日與講肄。

某縣人往往取科名，貴顯於朝，或不幸因踣於時，亦以道義爲鄉人所重，皆子實之與也。（麟眉）以上見能訓子。人以是愈稱孺人之賢，而幼子士賢亦力學爲諸生。

倭奴犯境，子實家近海，最先被兵，遂奉孺人避居予安亭舍中，予家人皆得挹其慈範。明年，寇益深，子實去之澱山湖中，孺人命舟益遠去，之槜李，入其郛中。澱山湖王氏，予姻家也。是時從孺人行者皆獲免，不從孺人留者皆被害，其倉卒明智如此。（麟眉）大是難到。兵後，家悉燬，子實稍卜新居，始以不能具菽水養爲憂。於是計偕留京師，選授處之龍泉博士。龍泉山縣，學宫皆傾圮。因留妻子侍養，先之官，除館舍，欲迎孺人，而孺人竟病卒。（説眉）極瑣屑文字，偏妙，所謂親戚之情話也。蓋子實非苟仕者，千里就微禄以爲親也，而竟不能致居官一日之養，豈不傷哉！雖然，使子實早取科名，亦不肯趨時以爲大官。雖爲大官，亦必不藉此以爲親榮，則今子實之所以事孺人者蓋無憾也。（麟眉）以此意結，益與前縱子遊學意相應。

予銘府君至是二十年，乃銘孺人，而予與子實亦已老矣，其又不能無感矣夫！（啓夾）不言壽年卒葬之日，悉於銘詞見之。（元眉）世系爵里、生卒年月都於銘中敘出，此又一格。（祖眉）此等世故語省之爲妙。其辭曰：

沈氏江東世名族，黄門柱後兩賢擢。孺人父肄王父輔，世稱孝子善慶渥。府君諱乾用中字，士英、士賢二子續。女適金詡徐應元，張來之配先母覆。孫男女七曾孫二，胤嗣蟄蟄繁祉福。己未臘月日初五，七十有六齡非促。微文志墓襲前詞，明歲除日祔夫麓。（擇眉）以銘詞叙事，奇格。（啓眉）銘學《鄭夫人殯表》。

（元評）觀此誌知潘子實人品亦高。

周子嘉室唐孺人墓誌銘

震澤東出爲淞江，繞吴之境而南，故吴地多以江名。子嘉世居江南，唐氏居江北，皆崑山之鄙也，相去二十里。（説眉）大略文章真訣在一閑字，世未有不閑而文能高古者，亦未有不真不切而能閑者也。故孺人歸於子嘉，時參知公已登進士，子嘉以兄故諸生，時爲廉吏，禄養不贍，賴國家恩澤得以安其閭里，無呼召之擾。視先世雖以貲高里中，而數苦徭賦，今可以無事，遂與孺人耕田常數百畝。孺人日饁百餘人，歲時伏臘賓親之費，不使子嘉有言而悉自辦治，而事二大人極孝養。參知公宦游數千里外，有令兄弟，又有賢婦，得以無顧念。孺人産子，舅中憲公已病亟，聞之亦喜。

初，晏恭人卒，孺人哭之哀，又哭中憲公而病，尋卒。子嘉痛之，十七年而不葬，曰："不敢薄吾妻也。"（基眉）十七年不葬，何云不薄？又曰："始吾爲生之難，今稍裕，而吾妻不及矣。"於是以某年月日葬於千墩浦奈字圩之新阡。子嘉名大賓。男子子一人，之榮；女子子三人，適某、某、某。又男子子四人，女一人，繼趙出。孫男子一人。余與徐韜仲皆子嘉之姑之子，故請韜仲爲狀而余爲銘，子嘉謂皆外兄弟，可信其賢不誣也。銘曰：

孰爲之昉，不既其養。自我爲土，或居其上，其命也夫！今見子之長，黍稷禋祀，其永享之。

方母張孺人墓誌銘

鄉進士方範循道之母張孺人卒，將葬，乞銘於予。其狀云："張氏世居崑山之水墟村，曾大父諱奎，大父諱佩，父諱錦，母潘氏。父少習舉子業，長爲郡從事，不久棄去。所生女子五人皆聰明穎慧，而吾母尤凝重貞淑，頗習《小學》《列女傳》，能了大義。嘉靖初，吾父以御史議大禮不合歸，久之，先妣封孺人范氏卒，遂以禮聘焉。先是，范孺人方正賢淑，動協矩矱，人以爲女丈夫。吾母志操娟潔，動止有則，族黨内外咸謂有范孺人之風。期年生不肖，先君乃悉以前所樹産歸伯兄，而携吾母子構别室以居。吾母念先君所留鮮薄，懼弗給也。治生纖悉，僅僅取足。而恒宿儲甘旨，爲吾父徵姻合朋之需，吾父得夷猶於江山緑野之間，情閑意適者，實吾母之助爲多。不肖方向學，吾父謂吾母曰：'兒年少，勿以他好奪志，即遠大可期也。'庚戌之秋，吾父奄忽見背。吾母敬承父志，咨於伯兄，博訪名宿，延之家塾，饟幣饋遺必加豐腆，早夜冀有成立，以慰先人於九原。未逾年，則訟役交侵。吾母於是撫不肖泣曰：'汝父不欲以厚貽汝正爲今日，而人情若此，奈何？所賴以自立者惟能讀父書耳。即汝負先人之志，吾亦何以生爲也？'遂相與大慟，不肖因悚惕痛勵。值倭警，家産蕩焚。吾母復鬻簪珥爲延師費，不足，則又稍捐成業以資之。蓋自先君謝世，今十五六年，中經頓撼百出之苦，惴惴焉不敢一日之寧。惟是尊師教子則愈久而愈切，時從伯兄課試，有不愜輒令長跪，提以大杖。吾母既忿不肖駑鈍，又重憐之，即投杖，號泣竟日。每夜篝燈課讀，而躬自辟纑，雖隆冬冱寒，户外雨雪交作，猶凄然相對，不少假借。歲甲子，遘腹疾，三年不能起。丙寅，疾益甚。是冬值五袠之誕，子姓姻戚衣冠萃止，舉觴稱慶。吾母爲力疾强起，整衣登堂矣，而委頓不能勝。乃自嘆曰：'吾必死矣，然自汝父見背，遺汝，中更多難，吾撫之以至於今，吾即死，不愧汝父於地下矣。'越明年正月某日終，得壽五十有一。子男一，即不肖範。孫女一，幼，未字。嗚呼！他人之母,母耳。使範無母,其能一日自存也哉？範今僅得成立,能備一日之養,而吾母已不能待矣,此所以抱終天之恨也。”狀如是。

余交方氏三世矣。侍御諱鳳與其兄奉常公諱鵬同舉進士有名,時稱二方。侍御性豪爽,然於范孺人頗嚴憚之,後與張孺人别居,甚相愛,舍其平生所爲業,更自建立,故循道稱其母之辛勤者如此。其伯兄則長史築,范孺人出也。又所爲延塾師,如吾友桐城趙中丞子舉、秦進士光甫及海虞二陸,皆相繼登科第,而循道復中鄉舉,將踵二父以起。人稱孺人主中饋,極奉師之禮,故循道痛念其母異於他母,良然。(**基眉**)何解？循道事孺人尤孝,葬在縣治馬鞍山之陽,故祖墓而爲别域,實隆慶某年月日。噫,其可銘！銘曰：

懿矣慈母,又有孝子。卜從其先,惟墨食,遺後人祉。

張孺人墓誌銘

(**祖評**)與顧孺人誌結處同,但此首太繁,非體。望溪獨賞之,何也？

孺人姓張氏,太學生陸子徵之妻,武康令本枝之母,世爲長洲人。始,尚醫張公與子徵父如隱公皆出贅,居祥符里,以故張公以女予子徵。子徵名焕,與其弟燦子潛,兄弟皆有名吴中。子潛進士高第,入翰林,爲給事中。而子徵久不第。子徵爲人博雅,善著書,好遊名山水,意興所到獨自往來,不孰何家事。家事一任孺人,孺人亦以爲治生纖嗇,非丈夫所宜與知也。至於教子,孺人亦躬自督責,以故子徵得以遊閑,而諸子學皆有成。子潛給事中言事被謫都勻,而其孺人又病死。母胡夫人春秋高,每念其仲子得罪朝廷,竄萬里外。孺人獨共養,時以温言慰解之，胡夫人乃喜。

孺人初爲家甚纖，及本枝中鄉舉，仲、季二子並遊太學，乃喟然嘆曰："三子俱長，吾今可以無事事矣。"遂爲之析生，獨居一室，日唯焚香禮佛。又好觀《北史遺文》《隋朝故事》諸稗官小説家，數爲諸子言之。本枝迎養之官。孺人一日下堂，蹪，傷其左足而病，病良瘉。二子迎歸爲壽，尋以他病，遂不起，元年甲子之二月某日也，年八十有一。子男三：長即本枝，次培枝、翹枝，皆太學生。女一，適刑部主事查懋光。孫男四，某、某。女四。曾孫男女四。陸氏自冢宰公最貴，其族多著朝籍，其後出子徵兄弟。而本枝爲吏以循良稱，其聞喪而還也，吴興人惜之。

余與本枝同年，又同官，以是年之九月某日葬孺人於貞山，故奉子徵之命來請銘。銘曰：

陸於長洲，厥世遠矣。冢卿之興，纂貴而圮。黄門績文，爲時宗工。太學博雅，允宜其兄。唯是名族，宜有令母。令母頎頎，德音則有。當其治生，束之若急。及有代人，脱焉如釋。來遊武康，象服袆袆。觀子循政，式遄其歸。順化委蛇，八十一終。勒詞玄石，以詒無窮。

沈母張孺人墓誌銘

（**説評**）公自悲其妻，若此文出近人，世必笑其不切。

孺人性張氏，曾祖璠，祖錦，父沂，以貲雄海上，孺人年十七歸沈君坦。沈君自少不能治生，遇有賦調輒轉徙避之，孺人常椎髻單衣，步從其夫，至則與女奴共操作，終不以父母家有所覬望。沈君時大困，意不能無懟，孺人俛嘿而已。（**夫眉**）許多情事描寫得出。母老且病，兄鴻臚君梓在京師，孺人日夕侍湯藥不去側，母以是安之。平生無疾病，一日之後園，右食指爲棘所傷，血濡縷，遂至大疾，（擇眉）奇。（夫眉）事亦奇。嘉靖三十年十一月初一日也，年五十有一。殯殮不具，鴻臚君經紀其事，葬之吴塘之源，寔以其年十二月初八日。子男二人：大有、大成。女一人。

大有從予遊，予素知孺人之愛其子，每告歸，必問所習，大有對之辨析，即喜見於色。吾妻，沈之自出，呼孺人爲嫂，然年最少，孺人嘗在他所，未嘗相見。先五月，吾妻死，孺人獨曰："嗟乎，賢者固不能久生於今世？"因流涕纍日。（夫眉）節外生枝，化無情爲有情。予屏居安亭江上十餘年矣，自遭此痛，回首平生，惘惘無可向人道者。或譏以私喪逾禮，而不知實有身世無窮之悲，聞孺人之言而爲之屢慟焉。及是，大有來請銘，思其言尤悲，因序而銘之。銘曰：

嗟生之厚，而數之蹇。不忮不求，君子之選。生有令辭，是以銘於兹。

陸孺人墓誌銘

（雲評）銘甚硬樸，括盡誌中所載婦德，人並無奇，而史筆須傳。

孺人姓陸氏，朱君艮之妻，封吉安府推官諱苓之子婦。父諱桂，母王氏。伯父諱松，母朱氏，實吉安之女弟。孺人少時，伯父母無子，養以爲己女。欲爲朱氏重親，遂聘朱君爲贅婿。久之，致其槖於陸氏之族曰蕾者，曰："女不可以爲嗣，婿不可以爲烝嘗，必欲爲後，蕾也宜。"遂歸於朱氏。

吉安爲諸生，布衣糲食，廛以自給。及長子舉進士，選調吉安,得推封。及爲監察御史福建副使,吉安始卒。已又爲廣西廉使,爲河南布政使,而太夫人猶在堂。孺人終始孝養,(**啓夾**)孝。雖其兄弟亦賴之。年二十得寒疾,自以終不能有子。爲置他姬,(**啓夾**)不忮忌。生三女子,已又生三男子,撫抱若一。(**啓夾**)仁。生平無紛華之好,(**啓夾**)儉。無夷鬼之惑,(**説眉**)稱佛爲夷鬼耳,先生那有此失。於治生尤纖,(**啓夾**)勤。以此致饒給云。

嘉靖二十六年八月二十六日卒,得年五十九。男:邦教,娶歸氏,予從女也;邦禮,娶徐氏;邦治,未聘。女適縣學生周履冰、楊承芳、張復祖。以卒之年十一月壬寅權厝於祖塋,而以某年月日葬。履冰述孺人狀甚備,予爲采次其辭而爲銘曰:

三代詩書之所載,女子之行非有怪特奇畸,而在於仁孝勤儉,而無忮忌之資。雖今世固有之,世人不察而不知。有其知之,視予銘詞。(**祖眉**)銘亦韓歐,體甚佳。

張太孺人墓誌銘

(**夫評**)此文得景外之景、情外之情,銘辭尤悲慘。(**紓評**)移封一事,此家庭中難言之隱,不能以爲非,亦不足以稱是,文曲爲之説,且初出歸化之可以受封者,似足彌其憾矣,而又不果。能叙難達之情,此自關筆妙。

太孺人張氏,故户侯章君注之少室,歸化令若虚宗實之母也。章氏世海虞人,若虚曾祖珪,監察御史;祖格,大理寺卿。御史四子皆登朝,二季位至九列,而大理最賢。大理生注,以貲爲某衛千户。

始,崑山之東鄙曰安亭,有楊氏,亦名族。大理故與楊翁善，遂以户侯贅於楊氏，而楊女早亡。楊翁曰："女不幸，吾不可以失章甥。"遂爲章甥娶洪氏女，如其女。户侯以此卒居楊氏，然無子，以兄子棨爲後。太孺人在諸姬中獨後生子，即若虚也。已而户侯與洪孺人皆亡，太孺人抱其子日夜啼泣，遂喪其明，倚兄子爲後者，而户侯與兩娶皆葬安亭矣。若虚既舉於鄉，太孺人撫几，繞而行，喜不自勝。(**夫眉**)極喜處正是極悲處。及爲歸化令，不能之官，其孫太學生衡已能自主其家，太孺人遂與其孫歸海虞。比若虚之喪自歸化還，家人恐太孺人悲哀，不以告。竟太孺人死，猶以爲尚在歸化也。(**説眉**)凄風苦雨中讀之，那可想。(**擇眉**)歸元恭云："前未尝言若虚卒於任，忽云'比若虚之喪自歸化還'，當有闕文。"牧翁云："此正叙事有文之法也。"(**夫眉**)讀之真可下淚，文字之妙如此。又三年，太孺人以嘉靖甲子五月二十七日卒，年八十有三。

初，太孺人十五而歸户侯，久未有娠，他姬往往有娠不育。太孺人又十五年，年三十始生若虚。他姬豐氏新寡，其父母欲嫁之。豐姬怒，斷其髮，哭曰："奈何以女與人，食其茶，死，又易之茶，獨貴如此乎？"竟不能奪。(**夫眉**)句煉極。太孺人其後遂迎豐姬與共處。(**説眉**)知此一段文字位置之妙，則可與言文矣。兄子爲後者後倅永州，先以單縣最當封，永州請移封其本生。若虚方貢在春官，意望其兄。而永州以若虚能自得之也，及若虚久不第，頗以爲慚，已調歸化，曰："吾父母不得單縣封，當得歸化封矣。"然竟不得云。於是衡以隆慶元年三月初六日，葬於虞山拂水巖先生之側，若虚之葬在其北。余與若虚同學，又同舉。若虚娶陸氏，故王氏也，與余妻爲姑侄，故皆在安亭。同居王氏者數年，後離居矣，不得視其母子喪以爲憾。銘曰：

命也爲娣，又嫠而矇，傳世紹業乃其功，母之愛子望無窮。

石巉水落穿木叢，猿哀虎嘯霜山空，(孫眉)似詩句矣。生兮不歸死來從。

龔母秦孺人墓誌銘

(夫評)通篇只寫得一“家”字。

孺人姓秦氏，諱清，父諱璿；祖諱恭，贈刑部員外郎。其丈夫曰龔君河，字順之。順之父諱乾；祖諱紘，承事郎；曾祖諱理，山東左布政使，門人私謚爲清惠先生者也。孺人初歸時，舅祖方伯公已歿，舅以編户長鄉賦。正德庚午，歲大侵，縣官不爲蠲貸，盡責之長賦。舅罄其産輸不足，則盡室以逃。孺人之旁舍，追者至，時方有娠，天大暑，閉密室中幾暍死。順之常夜雨雪中行，身被塗泥，時就繫箠楚，血漬衣，孺人私取衣澣濯之，不使其舅姑知。順之時時出外，獨黽勉事其二親，撫教其兒。孺人本儒家女，其前世皆貴顯，數更困阨，能怡然安之。晝夜紡織不怠。性端肅，雖老，見男子常蔽茀。伯兄元氏知縣雷，修謹之士，每敬嘆之。

始，龔氏自宋殿中侍御史猗渡江南來，遇異人，得枯杏枝，教以“樹之復生，則止居焉”。殿中君至崑山畯儀村，殖其樹，果復生，居六世，而杏已大數十圍矣。稍遷至十里所，曰青墩，又五世而方伯始顯，故縣中稱龔氏之族最久。及順之之世，而青墩之故居始失之，乃遷徙無常處。

嘉靖三十六年四月乙巳，孺人竟卒於學宫之寓舍，年七十二。子二人：邦衡、邦伯。女二人，嫁王仁、高岱。孫，男二人、女二人，曾孫男一人。邦衡即孺人避旁舍所妊者也，少有雋材，爲縣學生，以《春秋》教授鄉里縣人，尤以孺人之不逮於禄養爲

恨。時殯於學宫,欲速葬,故以六月丁酉葬小虞浦之新塋。銘曰:

殿中南徙,歷四百春。畯儀之族,始大青墩。懿兹令母,來嬪自秦。有喬者木,百歲爲薪。生無處所,殁有高墳。勒銘幽石,以俟後人。

季母陶碩人墓誌銘

(**夫評**)文之妙在真,銘亦佳。(**祖評**)先生此文似不滿龍伯之爲人,於其文而嘆其母之賢且望子之切也。

季母姓陶氏,崑山某里人。年二十一,歸於同縣季君。生子男三人:鎬、龍伯、鉞,女一人適杭成樂。孫男四人,曾孫男女二人。年七十一而卒。

母少孤,鞠於其嫂,事嫂如母。及在季氏,撫其伯之孤如子。家常乏,以女工佐其費,至於充裕,母勤毖不休。龍伯讀書爲博士弟子員,諸公貴人愛其材,争折節與交,龍伯亦數數造請。或頗誚之,然龍伯以爲士負意氣,立崖岸,不可於人。非通世之資,終直行其意不顧。其遊諸公間,禮數往來必與之稱,門外常有長者車。客從季氏飲者日十數人,費皆取於母,母終不厭,龍伯以此益自喜。龍伯工於應主司之文,雖更試不第,人不謂龍伯拙,而謂其必自奮,故龍伯不以自沮,而母歲歲以望。(**擇眉**)何其諷之甚!

去年秋,母病,而龍伯婦支氏有娠。術者曰:"子丑之月,以喜衝,病有瘳乎?"母聞之悦,屈指顧支氏曰:"是已是已。"及支氏乳,而得病甚。母驚悸,撫膺曰:"吾婦賢孝,婦死,吾亦死。"頃之,支氏卒,母悲惋,逾月亦卒。噫,可傷也已!時嘉靖十八年三月己亥，遂以是年十一月庚申葬於白馬涇之新阡。龍伯請予銘，銘曰：

質之淑兮，又修能也。榮禄弗膺兮，年不待也。育子之憫兮，命奚在也？銘以藏之，永不壞也。

王母孫孺人墓誌銘

（元評）昌黎胡良公碑，荆公鄭博士墓表，皆通篇述書，不加許可，最是文家有分寸處。此篇述狀而前路作遠勢引入，亦一格也。（祖評）此等文最近情。（虞評）前半借虚爲實，後半化實爲虚，情事俱得。（紓評）題極平庸，入手至岸異。

太湖東北復溢爲諸湖以十數，其東爲澱山湖，最鉅。澱山湖東北折爲溪，復小匯爲度城潭。蓋湖水之觀大矣，水欲盡而復匯，其境無窮而益勝，此吾吴之所以爲澤國而饒於水如是。

昔有隱德君子曰王復齋先生，與其子南陽先生居於潭上，父子並磊落奇偉人。予之曾大父城武公雅善復齋先生，故至今子孫猶締婚媾之好。予歲時一至其家，多從中秋泛月湖中，或憩潭旁篁篠間，觀魚鳥之飛泳。主人爲擷嘉樹之實，采芳桂之英，瀹茗清談，指點山旁竹木之間二先生飲酒博弈之處，因登忠孝之堂，爲之慨然而嘆息。（雲評）閑中布景，淡中設色，縹緲幽艷。

潭東北蓋王氏之世墓，墓之迤南，則南陽先生葬於是，三十年矣。（説眉）從墓起，亦一格。嘉靖二十有八年十月十三日，其子有親始奉孫孺人祔焉。（雲眉）篇中筋脉，前後文都有綰攝。用法之細，草蛇灰綫；用法之變，移步换形。先期來請銘，而自爲狀，曰："先君諱懋德，是爲南陽先生。（元夾）綫。先母姓孫氏，即吾家度城之近地磧礇人也。外祖諱奎，外曾祖諱源。先祖諱某，是爲復齋先生，舉進士，試禮部，未第而卒，不及見吾先君之婚娶也。祖母凌孺人躬自督課，遣入縣學，爲弟子員。先母來未半載，祖母即付以家事。祖母性嚴厲，鮮當其意，先母能委曲將迎，常得其歡心，晚年遘疾，宛轉床笫，幾及三載。先母親調藥食，扶持起居，終其身不倦。中年得痰疾，爲先君置妾楊氏，生一女，愛之不異己出。比先君病卒，共處一室，食則同几，卧則同衾，楊氏亦奉事惟謹，如女之事母，此人家之所難也。自先君早世，吾母在艱難疾病之中三十三年，於乎痛哉！"其狀云爾。又曰："先母八十，吾兄弟爲壽，辱吾子爲文序之，吾子又誌吾從兄邦獻之墓。知吾家者唯吾子，且又能文，玆不可以辭。"予乃銘曰：

澱山之東，度城之堧。爰有王氏，世居其間。庭有古木，堂有遺編。碩碶之孫，雲樹其連。來嬪夫子，亦婉其賢。中途背捐，疾疢纏綿。獨閲春秋，八十三年。終從厥居，何後何先。白水瀰瀰，绿草芊芊。我著斯銘，積德之阡。家其大昌，子孫其延。**（夫眉）**來得紆徐曲折，斷取其子之狀又斬絶不蔓，末又拖一波。

（坰評）從先世交情説起，殊有逸致。

沈引仁妻周氏墓誌銘

（紓評）篇末叙其兄之無狀，愈見孺人之賢，難在齷齪事而能以温雅出之。

孺人姓周氏，崑山人。嫁同縣沈引仁爲妻，生子男三人：友、恭、孝。引仁亡二十三年矣，恭亦已早死。孺人年六十有五，生孫男女五人而後卒，時嘉靖二十一年四月四日。是月二十日，葬蔣涇之原，合引仁之兆。

引仁之祖爲王安道家婿，安道者，故縣中名醫也，繇此沈氏世傳其術。引仁少孤，孺人已歸，即當家。(**啓眉**)《史記·秦始皇本紀》"百姓當家則力農工"，此"當家"二字所出。杜甫《義鶻行》用"老拳"字，劉禹錫特引石勒事爲証，以爲後學爲詩即須有據，不可率爾道。今人讀震川文愛其平易，便謂中所用通俗語皆震川自撰。不知震川從不杜撰一字，皆有來歷。通全集觀之，欲求一語俚諺不可得，所以卓然爲大家有典有則之文。如王子敬文用"大銀臺"三字，便發憤動色而極言之，以此爲近來惡俗，豈復有躬自蹈之乎？時引仁醫未知名，甚貧窶，内有以養其寡母而外不乏者，孺人之力爲多。

其後引仁醫大行，家稍裕矣，而病渴，日食斗米、肉十斤，如是病者六年。醫既廢，贈謝絶無所得，於是益困。諸所須必於孺人，晝夜勤瘁，事引仁愈謹。引仁齒盡落，不能食，孺人嘗哺之。即欲食婦人所忌食者，亦哺之無難色。引仁卒，竟撫二子，至於有立。二子能養矣，孺人猶自勞苦，不遺餘力。引仁先有所貸負，年久，主者往往棄責，或忘之。孺人皆疏記，次第以償。比死，棺斂之屬，悉手自整具。二子至無事可以盡其心，惟悲哀而已。

初，引仁與其兄不相能。兄數苦之，嘗夜使酒，登屋大噪，盡去其瓦。其嫂即來謝，曰："兄狂乃爾，今毁瓦，吾爲葺之。"其嫂固賢婦人，而孺人又賢，每事相爲和解，故引仁兄弟卒大歡也。嗚呼！孺人之所能，可謂人之所難者矣。銘曰：

嗟沈君，藝惟醫。有廢興，命與時。惟淑媛，實相之。閱百艱，勤若斯。爲女則，視銘詩。

(**坰評**)賢婦人可敬。

魏孺人墓誌銘

(説評)絶調。(雲評)只叙姻情,曲折而輕省,末路悲咽,誦之凄斷。(啓評)無一語可移他處。

太常卿夏公㫤始事成祖文皇帝,歷官四朝,知名海内。公長子承事郎諱鉞,鉞子諱景濂;景濂子諱承恩,後更諱槼,字思紹,孺人其配也。姓魏氏,考諱璧,妣姓趙氏,宋楚王元儼之後。夏氏自太常公時富貴雄於吴中,其後寖弱矣。而孺人兄諱校,是爲恭簡公,官亦至太常卿,爲當世大儒;兄諱庠,仕南京光禄典簿。家富貴,幾與往時夏氏埒。孺人處内外兩家興廢之間,閉門獨處,寂如也。晚年,兄與父母兄嫂相繼淪亡,日忽忽不樂,遂得疾以逝,是歲嘉靖某年月日,年若干。將葬,予表弟夏煥來請銘。

初,予之祖母爲夏公之孫、承事之女,承事没後,外祖母張夫人依吾祖母以居,喪殯皆在吾家。祖母,思紹之姑也,故思紹與母許碩人尤往來親厚,雖孺人亦數至吾家。其後祖母謝世,吾始娶於魏。孺人,吾妻之姑也。不數年,吾妻復夭殁,自此吾與兩家漠然無所向。回念吾祖母之亡忽逾三紀,吾妻少矣,先孺人而亡亦幾二十年。今而哭孺人,安得而不哀也?(擇眉)不用一襯語,而聲淚俱下,天地間有此至文!

孺人生子男一人曰煥,女一人嫁某。孫男一人。某年月日,從其夫祔於崑山城之東原太常公之兆。銘曰:

女耶婦耶,兩太常家。居太常里,從太常墓。後千百年,其藏永固。

(垌評)入情。

葉母墓誌銘

（**年評**）短幅耳，煙波千頃，古今絶調。（**麟評**）其人奇，其所遭奇，故文亦益奇。（**雲評**）只寫子之悲，而母所遭之苦不必詳，想亦不可詳也。其祖母之僻錯，乃所謂頑嚚欲過阿智矣。（**啓評**）奇文！至文！文以奇勝，故入手遂用奇，遂至無一語不奇。此昔人所謂天地間有數文字。（**偉評**）其母之可悲處只以一事實之足矣，敘蓋有難言者，爲裕諱也。

葉裕居太湖洞庭山中，泛湖，徒步行二百里從余遊。（**麟眉**）便奇。然又不常留，數往來江海間。所至語合意，即止數日，飲酒高歌甚歡，即又去江海間，人皆以爲狂生。然與余言其母，未嘗不嗚咽流涕也。嘉靖三十二年五月十三月，母卒。且葬，來請銘，悲不能自止。予未爲銘，會有倭奴之難。裕亦去，三年不復見。予念裕平生好遊，連年兵亂，道途之梗，存亡殆不可知。（**麟眉**）插入此數語，方盡其人之妙。一日忽復至，則又請其母之銘，悲泣如故。蓋江海間以爲狂生，而不知其於孝誠如此也。（**麟眉**）關鎖。

洞庭人依山居，僅僅吴之一鄉，然好爲賈，往往天下所至多有洞庭人。至其於父母妻子之歡，猶人也。（**麟眉**）折入。而裕母其所遭異是，獨煢煢以終其身。（**擇眉**）純以意到筆不到爲作法，豈非得《史記》之神者！（**啓眉**）“煢煢”句妙，不鋪排而又借裕之所處言之，而其母煢煢之况可以想見。裕年逾四十尚未有室家，凡生人之所宜有者皆無之。裕自言初生時，祖母旦夕詛呪，拜其祖之主而字之曰：“葉士貞，何不以兒去？”（**麟眉**）奇事。（**夫眉**）亦是怪事。母患之，寄之外氏。時葉氏居在澄灣，其外家在湖沙灣，東西相望一里所。外母抱裕倚門，望西山夕烟縷起，裕思母，黯然淚下。(擇眉)能使千載而下讀者猶悲。(啓眉)此下抽一事言之,酸楚入骨,至文。裕每道此尤悲也。(年眉)淋漓縹渺,讀之欲絶。(雲眉)銷魂之筆,心骨爲悲,宜裕之悲請而先生之見憐也。(子眉)不止借景寫情得渲染,而文骨愈健,正乃坐實法。母姓陸氏,卒時年六十五。裕後娶沈氏,生子一人。予憐其意而爲之銘曰:

五湖洞庭,於是焉生,於是焉死。我爲是銘,其尚何恨,可慰幽靈。(年眉)銘亦簡潔。(銘辭崑山本顛倒失韵,今從常熟本。)(祖眉)崑山本末句不用韵,甚得古意,常熟本顛倒其辭以就韵,决非元本。元恭舍彼而取此,未許知言。(啓夾)當依崑本。

(夫評)文極悲咽,銘極占地步。

(坰評)奇文。

卷二十二　權厝誌　生誌　壙誌

中奉大夫江西右布政使致仕雍里顧公權厝志

（**説評**）雍里鬱不得志，文亦沉，勿使揚。憶少時相見范長老，坐間論古文。長老性詼笑，每論古今人輒雜以花月間語，中特嘆《左傳》而謂其有神。“有神”二字言文自妙，然必如震川作《雍里權厝志》神情而後可以爲神。（**雲評**）叙事詳整，末段抑揚茹吐之間，事外有事，文外有文。（**麟評**）叙事條暢。

公諱夢圭，字武祥，世居崑山之雍里，故以爲號。高祖諱良，曾祖諱恂，皆以文康公貴，贈光禄大夫、柱國、少保、兼太子太傅、禮部尚書、武英殿大學士。祖諱宜之，封山西道監察御史，文康公之兄也。父諱潛，監察御史，馬瑚府知府，進封中憲大夫。顧氏自中憲始登進士，文康公位至台輔，而公父子仍世登科，貴顯於時。（**説眉**）數語非耀其世。（**麟眉**）古人入仕，惟度身之所堪，不以官之崇卑、地之閑冗爲較。自士大夫不以國計民生爲念，始専以侍從一省爲清華，而以外任爲淹滯。末流之弊，何可勝言！顧公賢者不免，可以见世道升降之會矣！

公始入仕，年尚少，授刑部浙江司主事，改南京吏部稽勳司主事，遷驗封司郎中。會詔下求言，公上疏言六事，皆時政之要,而罷去中官鎮守,當世施行焉。高陵吕仲木、吉水鄒謙之,皆海内名流,同在郎署。一日會飲,吕公擷梅花謂公曰:"武祥如此花矣。"其見推重如此。(**説眉**)"其見推重如此",它家文字中陋語,在此文中偏妙。嘗與吕公泛舟清溪,公亦忻然自以爲得焉。(**元眉**)篇中段落分明,絶似班《書》,亦近永叔。(**祖眉**)著此等語,殊減文價,以其近《世説》《語林》中詞語,非史家體也。

擢廣東布政司參議,行部至遂溪,道暍,縣令跪獻茶瓜,公知令貪,不受,竟劾去之。海北有平江、青鶯、楊梅、樂民四珠池,詔書督采甚急。公上疏言:"海面珠池,先朝率十五六年或十年一采,始得美珠。邇者三年再采,珠已耗竭。蓋珠蚌之生息甚難,采愈數,得珠愈少,非積久不能美碩繁夥也。每采當用舟筏,兵夫萬計往來海中,因以爲盜,近年劇賊黄山秀蓋起於珠池也。蜑户觸犯瘴霧腥氣輒死,尤可憫念。海北頃罹饑荒,彫瘁尤甚。勞役不止,將有他虞,非國家之福也。(**麟眉**)大臣深計。乞敕停罷,養寶源以寬民力。"疏入,文康公見之,愕曰:"奈何爲此驚人事耶?"下部,寢不覆奏,而二郡卒買珠以充貢。(**麟眉**)文康相業可知。(**夫眉**)獨不爲文康地耶?文字有見一邊不見一邊者,此類是也。(**祖眉**)伴食宰相情狀畢露,文康固庸相也。

陶都御史諧議剿西山猺,空其地填以新民,引韓襄毅公故事爲比。公力言猺不宜盡殺,且新民畏其吞噬,而土兵厭猺山之荒落,必不可居,韓公於廉州流賊殘破之餘召新民填其空,而廉地皆平原,非今比也,陶公卒從公言。(**麟眉**)明。尋遷江西左參議,丁外艱。服除,陞山東按察司副使,改提學河南。訓士先以行義,作《諭高才生文》,汴人稱之。會郊廟覃恩,進階中憲大夫。是年,天子駕之安陸,道河南,一省官盡出迎,而公處守。有詔,宗室惟親王朝行在所。公榜詔旨於省門,宗王以下視常加斂戢焉。(麟眉)能。

陞福建布政司左參政。閩多連山竣嶺,公觸冒炎霧,行部千餘里。寇掠連江,自浙入壽寧。壽寧萬山起伏如波濤,官兵至,賊散藏人家,欻然無迹,兵去復出。公至,訊得所匿,盡捕之。其冬復有浙賊自車嶺入松溪,劫崇安、建陽。公至建寧,又得土賊,賊於是始平。大率閩人以爲囊橐,賊以故縱,公蓋得其要,非徒兵力所能竟云。擢本省按察使,陞江西右布政使,行至建寧,病作。上疏懇乞致仕,得俞旨。公在閩持憲無所撓,而高御史刻深,州縣官被按問無免者,朝論罪之。高知公已去,遂欲劾公以自解,奏寢不報,而高竟坐貶。

公爲人敦重,言不能出口。(説眉)沉著。所至闔户讀書,絶無他好,而自奉如寒素。孝友恭遜,鄉人稱其厚德。公在汴,文康公方柄用,人皆擬其竣擢,及閩藩之命,莫不嘆息,謂公不扳家勢以升也。然以年少登科,愛嗜文學,宜在清華之地,而久滯外省,非其所樂,嘗語所親曰:"北河櫂船者邪許之聲,曰腰彎折,此今人以喻兩司官者也。"(説眉)語似謔而深悲。(麟眉)以外省官爲薄,當時士夫習氣已如此。(夫眉)多微辞。其不能無望如此。雖位崇岳牧,以强年解組,優遊林麓,有子又皆才俊,能紹其業,人望之以爲不可及,然竟默默不自得以亡。(祖眉)先生亦不勝身世之感,語特凄婉。

嗚呼!世之能成其志者蓋少矣,其所遭際何可一概而論也!(夫眉)似有不滿文康處。如公者,豈不悲哉?(擇眉)是諷之,亦是惜之。公卒於嘉靖三十七年十二月二十三日,年五十有九。配皇甫氏,封恭人。子男二:允默、允熹。女一,許聘李延賓。孫男女四。以歲之不利,權厝於中憲公之域,在縣北之巴城。嘉靖三十九年九月三日也。銘曰:

巴湖灝灝，東奠高原。蕭森古木，哲人藏焉。爰卜山龍，穿中有戾。聿來從之，金井浮竁。考事撰詞，識其日月。悲則有餘，匪言能發。竢於再卜，惟龜墨食。徵文列位，昭垂穹石。

（**元評**）次第叙去，逐段皆有束句，先生云："爲文全要界畫。"此其繩尺矣。

伯妣徐孺人權厝誌

（**燦評**）無銘，此爲誌，誌即銘也。（**夫評**）不是膚套文字。（**基評**）率。

伯妣徐孺人以嘉靖二十一年權厝於須浦之原，曾大父城武府君墓域之外。伯父曰："有光，汝爲之誌。"於是小子涕泣頓首曰："纂述遺行，子弟事也，烏敢辭？"乃誌曰：

孺人姓徐氏，祖明，長壽縣教諭，父尚志，母朱氏。孺人之歸於我也，曾大父城武府君歿久矣，而高大父承事府君尚在堂。吾伯父爲嫡長曾孫，孺人爲冢婦，所事大人以十數，循謹柔和，婦道無曠，内外莫得而議之。是時遭世熙洽，家門隆盛，小大愉愉。孺人新來爲婦，而伯父爲縣學弟子有聲，方淬勵進取，孺人未嘗得一日樂也。（**鼐眉**）突如其來。中更賦役苛擾，門户萎薾，孺人長持勤儉，遂以勞苦終其身。所御衣，少時所御者也；所用器物，少時所用者也，亦不至於乏。性尤静默，歲遣二子入學，婦習女事。獨居一室，竟日不聞言笑，若無人焉，他婢妾有喧争者亦無所詬怒也。孺人母家與吾家鄰比，先是，朱孺人無恙，孺人諸姊妹時時過從會集。諸母恒嘆羡，以爲難得。孺人數有疾，常卧數日輒起，嘉靖十九年二月一日乃至於大疾，年止六十，於戲痛哉！（**説眉**）譬如山之有支，此數支皆空而妙合，此古法也。

初，先妣與孺人先後來歸，先妣少孺人七年，而先妣早棄有光，遥遥三十年矣。每見伯父母雙雙，意慘然淚下，（**吉眉**）用經語，不莊重。以爲吾兄弟無此悲也。今又復降割於吾兄弟，欲見吾伯妣，又不可得矣。（**擇眉**）不但至情，亦是立言之體。（**夫眉**）語不欲文，亦不欲多。伯妣生子二人：有嘉、有慶。女二人，孫男女五人。

鄭君漢卿壽藏銘

（**年評**）坦迤悲感，從歐陽永叔《峴山亭記》來。（**虞評**）節節生波，一片神行。

鄭君漢卿年五十九，爲壽藏，請予書其家世生年月日而銘之。"蘧伯玉行年六十而六十化，未知今之所謂是之非五十九非也"。漢卿寧以今之五十九之是耶？（**陶夾**）隨手拈出。蜚廉爲紂石槨北方，桓司馬爲石槨，君子譏之。趙太僕、司空表聖之徒，皆預爲壽藏，後世以爲達。若以爲"在上爲烏鳶食，在下爲螻蟻食"，則二子亦取譏於世矣，蓋有不可以一而論者。羊叔子登峴山而嘆，杜元凱自書其功於二石：一竪峴山之上，一沉漢水之淵，二子豈爲身後之名？而登高顧盼，周覽百世之後，嘆生人之速化，其意遠矣。（**説眉**）不知虚實偏正而漫爲文者，烟墨何罪！（**年眉**）淡甚，遠甚。

予少聞長老言吾鄉先達之高致，天下太平，士大夫棄官家居，以詩書文藝爲樂。吾外高祖太常夏公與漢卿之祖介菴先生生時皆有壽藏，數十年來，前輩風流邈不可復見也，漢卿其有意慕其祖之爲者與？（**年眉**）一唱三嘆，含蓄不盡。（**陶夾**）注在此句。

漢卿名吉,字漢卿,又自號怡山。其先汴人,宋華原王居中之後,南渡始家於崑山。祖諱文康,正統戊戌進士,乞恩歸養,遂不復仕,鄉里高之,所謂介菴者也。父諱畧,成化戊子舉人,遥授吉水縣丞。漢卿生弘治辛亥某月某日,娶某氏,生女嫁顧光裕;側室某氏,生子某、某。予爲漢卿書如此,蓋予知其意欲有所述而又不自言,予亦莫得而論也。(擇眉)玩弄其人於股掌之上。

鄭氏世傳帶下醫,有神驗。其家甚有方書,漢卿尤能變而通之,多所全活。然予問其治狀,亦不言也,曰:"活人自是醫者之事,且吾亦不知人之所以活。元凱非爲區區一時之功,吾何敢蕲爲後世之太倉公邪?"(雲眉)結筆不測,烟波渺然。

壽藏在圓明村某字圩之原,爲三穴,以十月日初度之辰封之,寔嘉靖二十八年。銘曰:

天地擴擴,日月循行。星辰粲列,萬物畢形。孰謂之有,目明則明。孰謂之無,目冥則冥。以死爲尻,以生爲脊。猗與鄭君,古之達識。嘯歌高堂,樂飲玄室。我爲銘文,刻於貞石。

(陶評)生爲壽藏,似達而實非達,此文爲之圓足,議論殊佳。

南雲翁生壙誌

(説評)曠甚。(祖評)生而誌,非古也,而文特佳。(紓評)觀震川之言,南雲有文無行之人,故震川但論其制舉之文,而不稱其行,至名與字亦逸之,但署其號曰南雲,且敦趣至十有二年而不應,决有不能應者在,顧以世父及父之交情,義在不能不應,言外見其不得已也。

嗚呼！國家以科舉之文取士，士以科舉之文升於朝，其爲人之賢不肖及其才與不才皆不繫於此。至於得失之數，雖科舉之文亦不繫其工與拙，則司是者豈非命也夫？（**雲眉**）至言極論，開人不敢開之口。

南雲翁者，少爲諸生，有聲於黌校之間，今老矣，猶能誦其科舉之文。時當正德之時，與翁同較藝於文場者往往至今官追九列，入爲三少，以與翁較其工拙，則未知其孰先而孰後也。使南雲當其時而得之，其爲貴顯詎可涯量，世孰得而輕之？豈非命也夫！南雲年甫弱冠，御史與之廩食。即不得一第，當循年資升國學，高不失爲縣令府佐，卑亦爲郡文學。而當時有司以小過例汰之，萬里之塗，出門而蹶，余獨怪夫當時之不能愛惜人才而屑越如此也！雖然，與南雲同時而得者，使其顯榮極於九列三少，而果瘝曠於職，苟冒於干禄，以負天子之任使，豈如南雲之脱然無所纍也乎？

南雲家饒財，自爲諸生頗自馳騁，喜音樂歌舞，其爲御史所汰以此。南雲既棄科舉之學，日從鄉先生長老爲社會。性不能飲酒，喜音樂歌舞益甚，以此傾其貲。顧猶忻忻愉愉，無日不然，蓋至是年七十有一矣，豈非所謂達生之情者哉？

翁初與家君同學，又與伯父同年生，故常往來余家。以予之譾陋，翁獨愛慕其辭，以爲可傳，求予誌其生壙者十有二年。予未能應翁之命，翁亦不怒，而請之益勤，謂予曰："人死後而有誌，是誌者生之所不能見也。吾得子之誌，是能見其死後，願子之誌吾壙也。"（**説眉**）此言亦風致。翁爲人有風致，可謂翛然於生死之際，則予之所謂命者，又不足爲翁道也。翁姓龔，名某，字某。南雲者，其老而自號云。是爲志。

（**説評**）南雲翁散朗殆如其文。

（垌評）筆意高遠。

（祖評）太僕諸作視昌黎尚未達一間，與六一、半山相頡頏，自兹以下，難乎嗣音矣。

姚生壙誌

（説評）作不相見之姚生壙誌，亦奇。（麟評）寥寥數語，極相知痛悼之情，讀之黯然。（鼒評、孫評）澹宕。

嘉靖十九年，姚生子英自嘉定來崑山，學於余友周士洵，是時生年十七，其秋試京闈不第。後二年，始復學於予。予一見其文，嘆曰："未有如生知予之深者也。"生居安亭東庵，病去不見者久之，以其冬十月甲辰死。

嗚呼！生未見予而知予，予於生無數月之聚，而戚戚然嘗念生，此莫知其所以然者。生之志與文宜不止此，其天耶？生有父母，其祖尚生，且老矣。憐生依依，旦暮望其有成。生數之他郡試，試未嘗不隨也。故生死，其父母尤悲。將葬，予無以寄其哀，使生之友李汝節買石而書之，納諸壙中。

（垌評）簡遠深摯。

亡兒䎖孫壙誌

（説評）慘苦不可竟讀。（擇眉）此篇殊冗長，不見作法，先生方寸亂矣！（雲評）痛毒哀憤，至性鬱結，而爲此狂呼怨詈之詞，亦《離騷》《天問》之意，《方思曾墓表》亦然，不得議其漫汗，爲近於冗而傷於誣也。（夫評）人之痛其子也如是夫！（鼒評）删去三分之二便可存。（祖評）删改過甚，失其真，而又實繁瑣，今不選。（孫評）此文多可笑，删其十七八遂中律令。而爲墓文縷縷陳述，使唐宋諸名家爲之，只存十之一二而已令人淒然欲絶矣。

嗚呼！余生七年，先妣爲聘定先妻，（**鼐眉**）古無此稱。（**綸眉**）“先妻”謂前妻也，《左氏》有“先夫”字。而以吾姊與王氏。一年，而先妣棄余。余晚婚，初舉吾女，每談先妣時事輒夫婦相對泣。又三年生吾兒，先妻時已病，然甚喜，呼女婢抱以見舅氏。臨死之夕，數言二兒，時時戟二指以示余，可痛也。蓋吾祖始有曾孫，故其母字之曰曾孫。余重違其母言，又以曾孫不可以爲諱，故名翻孫云。

時吾兒生甫三月，日夜望其長成，至於今十有六年。見吾兒丰神秀異，（**鼐眉、孫眉**）魏晋語，入古文即不雅。已能讀父作書，常自喜先妻爲不死矣。而先妣晚年之志、先妻垂絶之言，可以少慰也。不意余之不慈不孝，延禍於吾兒，使吾祖、吾父垂白哭吾兒也。（**鼐眉**）大非理體。（**陶夾**）語意鄭重，滿腔皆仁孝之思。吾兒之亡，家人無大小哭盡哀，今母之黨皆哭之愈於親甥，其與之游者相聚而哭。其性仁孝，見父母若諸母尚有乳哺之色；慈愛於人，多大人長者之言，故其死莫不哀。

始余憐吾兒，不甚督課之。或以爲言，余獨自念，如吾兒當自不待督課也。嘗試之三史，即能自解。諸生來問學者，余少出，令兒口傳，往往如所言。或入自外舍，輒就几旁展卷，視所讀何書。余閑居無事，學著書，每一篇成，即持去，忻然朗誦。與之言世俗之事，不屑也。（**陶夾**）何處得佳兒。一日，余與學者説書退食，方念諸子天寒，日已西尚未午飧。使人視之，則兒已白母爲具食矣。洞庭有來學者，貧甚，余館之，兒時造其室視食飲，殷勤慰藉，其人爲之感泣。余與妻兄市宅，直已讐而求不已，兒每從容言：“舅舍大宅而居小宅，可念，吾父終當恤之，他勿論也。”（**焯眉**）仁人君子之言。余誤笞一人，兒前力争之。余初不省,而後悔,笞者聞兒死,爲之大哭。(**鼎眉**)縷述,使唐宋人爲之,祇存十之一二便令人淒然欲絶矣。

余窮於世久矣,方圖閉門教兒子。兒能解吾意,對之,口不言而心自喜,獨以此自娱,而天又奪之如此,余亦何辜於天耶?歲之十二月,余病畏寒,不能早起,日令兒在卧榻前誦《離騒》,音聲琅然猶在吾耳也。會外氏之喪,兒有目疾,不欲行,强之而後行。蓋以己酉往,甲子死也。方至外氏,姿容粲然,見者嘆異。生平素强壯無疾也,孰意出門之時姊弟相携,笑言滿前,歸來之時悲哭相向,倏然獨不見吾兒也。(**鼎眉、孫眉**)格卑而語俚矣。前死二日,余往視之。兒見余夜坐,猶曰:“大人不任勞,勿以吾故不睡也。”曰:“吾母勿哭我,吾母羸弱,今三哭我矣。”又數言:“亟携我還家。”余謂:“汝病不可動。”即顰蹙甚苦,蓋不聽兒言,欲以望兒之生也,死於外氏非其志也。(**陶夾**)以上雜叙兒之生平及兒之死狀,輕攏慢撚。此下則急管繁弦、聲聲入破矣。妙在純以淡静之氣行之,不同他手之囂喧塵上,此先生文之所以可貴也。

嗚呼!孰無父母妻子?余方孺慕,天奪吾母;知有室家,而余妻死;吾兒幾成矣,而又亡。天之毒於余,何其痛耶!吾兒之孝友聰明與其命相皆不當死,三月而喪母,十六而棄余,天之於吾兒何其酷耶!當時足不逾閾外,而以旅死,其又何耶?術者曰:“外氏之喪,以甲寅呼癸巳。”吾兒,癸巳生也。青烏之書,佹瑣拘畏,常以爲不可信,其又足以移禍福於人耶?禹鼎淪没,九黎亂德,是何白日晦冥,邪鬼鴟張,神奸俶擾,王虺封豕,長爪巨牙,暴横於原野之間邪?(**鼎眉**)文氣散漫,詞意支離。何美好清淑如吾兒,使之摧折沉埋;必蒙倛而鷙盭者,乃享富貴而長世也?夫服仁義,稱先王,非獨世之所嗤笑,抑亦天之所嫉惡也!余煢煢世路,落落無所向。回視三穉,韓子所謂“少而强者不可保,而孩提者可冀其成立耶"？嗚呼！吾於世已矣。

按《禮》："公爲適子之長殤中殤，大夫爲適子之長殤中殤。"是適子亦殤也。而《春秋》"伯姬卒"，《傳》曰："此未適人，何以卒？許嫁矣。婦人許嫁，字而笄之，死則以成人之喪治之。"郎之戰，汪踦死，魯人欲勿殤，孔子曰："能執干戈以衛社稷，雖欲勿殤也，不亦可乎？"先王之禮爲之大法而已，至於因時損益，輕重之宜，一聽之於人，《檀弓記》《曾子問》諸篇可見矣，夫《禮》之精微不能一一而傳也。(**説眉**)可與言禮。余悲吾母之志，(**鼒眉**)强合無謂。而先妻於是真死矣，故字之曰子孝，而以成人之喪治之。蓋吾祖吾父之所痛，國人之所許，(**鼒眉**)突入。而先妣之志之所存也。孔子曰："延陵季子，吴之習於禮者也。"夫延陵季子之葬子，非古有也，而孔子之所謂合禮者也。余於吾兒欲勿殤也，其可乎！

死之四日丁卯，爲壙於縣之金潼港先高祖承事郎府君饗堂之東房。渴葬，未成葬也，書以志余之悲而已矣。嘉靖二十有七年，歲次戊申十有二月某日。

(**坰評**)質極。真樸沉痛。

(**陶評**)叨叨絮絮，情致纏綿，與昌黎《祭十二郎文》蓋異曲而同工。

女如蘭壙誌

(**説評**)正不是苟作。(**祖評**)只此已足，《翺孫誌》毋乃詞費？(**鼒評、孫評**)此等小文無依傍，絶高古。(**昌評**)姚云："此等小文無依傍，絶高古。"案震川壙誌惟此首爲佳，如《二二壙誌》《寒花葬誌》則皆有俗氣，不可不辨。

須浦先塋之北，纍纍者，故諸殤冢也。坎方封有新土者，吾女如蘭也。死而埋之者,嘉靖乙未中秋日也。女生逾周,能呼予矣。嗚呼！母微,而生之又艱。予以其有母也,弗甚加撫,臨死乃一抱焉。(**基眉**)太難。天果知其如是,而生之奚爲也?

(**垌評**)極淡,轉覺沉痛。

(**祖評**)簡古,餘三首皆不及。

寒花葬誌

(**説評**)好文被改壞。《未刻稿》"寒花葬記",非"葬誌"。"婢,魏孺人媵也"下有廿三字:"生女如蘭,如蘭死,又生一女,亦死。余嘗寓京師,作《如蘭母詩》。"那可削,得元公之誤如此。(**雲評**)忠於主母,疎於主翁,自小貞潔樸誠,倘其永年,安見以婢終哉！故曰:"事我而不卒,命也夫。"初媵時十歲,又曰"奄忽便已十年",計寒花死年近二十矣。嘆其可悲,非但悲婢,抑爲魏孺人悲也。寥寥瑣語,有意見在。(**鼒評**)震川能於不要緊之題,説不要緊之語,却自風韵疏淡,此乃是於太史公深有會處,非易到也。(**倫評**)震川直接八家,姚惜翁謂"其於不要緊之題,説不要緊之語,却自風韵疏淡,此乃是於太史公深有會處",不可不知此旨。張鮓江所賞諸篇不過歐曾勝處而已,有寥寥短章而逼真《史記》者,乃其最高淡之處也。

婢,魏孺人媵也。嘉靖丁酉五月四日死,葬虚丘。(**啓夾**)誌其葬。事我而不卒,命也夫！

婢初媵時年十歲,垂雙鬟,曳深绿布裳。(**啓夾**)此段盡其形。一日天寒,爇火煮荸薺熟,(**説眉**)《未刻本》"爇煮",无"火"字,此近所增。婢削之盈甌,予入自外,取食之,婢持去不與,魏孺人笑之。(**啓夾**)此段盡其神。孺人每令婢倚几旁飯,(**説眉**)"倚几旁飯”,舊作“傍几旁飯”,“倚”字是後人改也。即飯,目眶冉冉動,孺人又指予以爲笑。回思是時,奄忽便已十年。吁!可悲也已!(**啓夾**)一語感慨作結。

(**坰評**)瑣屑事叙得最入情。

卷二十三　墓表

（夫評）墓表佳者少。

亡友方思曾墓表

（説評）此文於道格不相入，誤後世學者，而行文亦直快無味，當删。（年評）一氣而下，如潮如海之文，較歐陽公《張子野墓銘》悲感略同，思理更勝。（麟眉）有所激而不得至於中庸之塗是主意；天之成材難是議論生發。凄涼跌宕，酷似歐公文字。（魁評）學荆公，爲文旋折有氣。（雲評）文亦有奇氣，如其人。（夫評）"思曾墓表描寫近真，生眼觀之何如？"（偉評）先生與王子敬小簡云："思曾墓表描寫近真，生眼觀之何如？"（虞評）成材之難古今一理如此。（紓評）震川晚達，雖不寫其牢騷，然恒爲他人抱屈，即以自寫其牢騷。佛學非其所嗜，然寫思曾不得已而入佛，仍爲不得科名之故，言外均爲之惋惜，不專屬意於佛學。文字圓環往復，情致至佳，悲慨亦甚。（昌評）層折似稍多，視歐王諸家皆不逮。先生與王子敬書云："思曾墓表，描寫近真，生眼觀之何如。"劉海峰云："學荆公旋折有氣。"

予友方思曾之殁，適島夷來寇，權厝於某地。已而其父長史公官四方，子昇幼，不克葬。某年月日，始祔於其祖侍御府君之墓，來請其墓上之文，亦以葬未有期，不果爲。至是始畀其子昇，俾勒之於石。

蓋天之生材甚難，其所以成就之尤難。（麟眉）起意聳拔。夫其生之者，率數千百人之中得一人而已耳。其一人者果出於數千百人之中，則其所處必有以自異而不肯同於數千百人之爲，(**麟眉**)筆筆折。而其所值又有以激之，是以不克安居徐行，以遽入於中庸之道，(**麟眉**)二語是骨。則天之所以成材者，其果尤難也。(**麟眉**)作一頓。(**倫眉**)三行文字只一氣注下。思曾少負奇逸之姿，年二十餘以《禮經》爲京闈首薦。既一再試春官不利，則自叱而疑曰："吾所爲以爲至矣，而又不得，彼必有出於吾術之外者！"則使人具書幣，走四方，求嘗已得高第者與夫邑里之彦，悉致之於家而館餼之，其人亦有爲顯官以去者。然思曾自負其材，顧彼之術實不能有加於吾，亦遂厭棄不能以久。

方其試而未得也，則憤憾而有不屑之志。(**説眉**)以憤而學道，真所謂俗説也。其後每偕計吏行，時時絶大江，徘徊北岸，輒返棹登金、焦二山，徜徉以歸。與其客飲酒放歌，絶不與豪貴人通。間與之相涉，視其齷齪，必以氣陵之。聞爲佛之學於臨安者，思曾往師之，作禮贊嘆，求其解説。自是遇禪者，雖其徒所謂墮龍、啞羊之流，即跪拜施舍，冀得真乘焉。而人遂以思曾果溺於佛之説，不知其有所不得志而肆意於此。以是知古之毁服童髪、逃山林而不處，未必皆精志於其教，亦有所憤而爲之者耶！以思曾之材，有以置之，使之無憤憾之氣，其果出於是耶？然使假之以年以至於今，又安知其憤憾不益甚而將不出於是耶？抑彼其道空蕩，翛然不與世競，而足以消其憤憾之氣耶？抑將平其氣，無待於外，安居徐行，而至於中庸之塗也？(**麟眉**)連用四轉，淋漓唱嘆，韓歐無過也。此吾所以嘆天之成材爲難也。(**麟眉**)忽然應轉，隨筆收住，妙絶，奇絶！(**雲眉**)發明入手一段意，一氣八九折，如入幽巖邃壑，清沁奥峭，字字緊遒。(**亮眉**)大老身退而中熱者多遁於禅，亦此意也。

思曾諱元儒，後更曰欽儒。曾祖曰麟，贈承德郎，禮部主事；祖曰鳳，朝列大夫，廣東僉事，前監察御史；父曰築，今爲唐府長史。侍御與兄鵬同年舉進士，侍御以忤權貴出，而兄爲翰林春坊，至太常卿，亦罷歸。思曾後起，謂必光顯於前之人，而竟不得位以歿，時嘉靖某年月日也，春秋四十。娶朱氏，福建都轉運鹽使司判官希陽之女。男一人，昇；女三人，皆側出。

思曾少善余，余與今李中丞廉甫晚步城外隍橋，每望其廬，悵然而返，其相愛慕如此。後予同爲文會，又同舉於鄉。思曾治園亭田野中，至梅花開時輒使人相召，予多不至。而思曾時乘肩輿過安亭江上，必盡醉而歸。嘗以予文示上海陸詹事子淵，有過奬之語，思曾凌曉乘船來告。予非求知於世者，而亦有以見思曾愛予之深也。(**祖眉**)述交情處與通首文氣不相類。思曾之葬也，陳吉甫既爲銘。予獨痛思曾之材，使不得盡其所至，亦爲之致憾於天而已矣。(**麟眉**)再結一筆，潆洄繚繞，餘味無窮。(**夫眉**)美玉何必無瑕。

通政使司右參議張公墓表

(**説評**)此等妙文字必得一俗筆墓誌或傳同列，世人方省其妙。(**夫評**)諺云“寸金不換丈鐵”，此文少加爐鞴，則字字精鏐矣。

公姓張氏，諱寰，字允清，世爲蘇州崑山人。曾祖諱用禮，贈奉政大夫、刑部郎中；祖諱積；考諱安甫，祁州知州，封奉直大夫，刑部員外郎。初，奉政有四子：積其長也；次和，中順大夫，浙江按察司提學副使；次穆，太中大夫，浙江布政司右參政，兄弟以文章節行稱於世，號二張先生；次種，濮洲判官。

始，英宗皇帝臨軒策士，中順兄弟同舉禮部，太中名第二；及入對策，中順第一。天子使小黄門密至其邸識之，以有目眚寘二甲第一。太中積官，當入爲都御史，會李尚書秉爲大理寺卿王概所排，太中在李公奏中，遂罷官。而兄弟四人惟伯與其季不爲進士，而伯實生奉直公，其季生大理評事申甫，又皆舉進士。奉直性高簡，不屑世故，爲祁州滿任即致政，詔嘉之，增秩以歸。蓋張氏子姓不甚繁衍，而世登科甲，二張先生最有名，而公父子仍紹其美，崑山之人以是榮貴之。(**説眉**)深重。(**夫眉**)序次家世純似歐。

公登嘉靖辛巳進士，明年，知濟寧州，至則減損户徭，拊循流亡。州水陸二驛並，水驛須冰冱乃給陸，以省其費。修學舍，揀生徒才俊者督課之，創方正學先生祠。時奉直公就養在濟，雅不樂公居孔道，晨夜飭儲偫候望。公遂疏乞改官，調濮州。濮於濟北境而僻，公益蠲去繁苛，出庫錢以賑饑荒。水囓州城，公新築增羊馬城。東郡有大賊，詔書名捕不得。公陰誘其豪，具得囊槖，逐捕斬之。巡撫都御史上其最，兵部以非邊功，格不行。

丁内艱，服除，補開州。州瀕河，河溢水退，多填閼之田。豪民兼併，以虚租影射下户，公命魚鱗比次以絶其姦。輯二州志，修衛公子路墓。陞刑部山西清吏司員外郎，尚書以公才，令攝浙江司郎中。獨循寬法，人以無冤。

居頃之，予告歸養。奉直公春秋高，愛公甚，常同卧起，頃刻不離，年八十有四而終。公居喪，廬墓有乳燕之祥。服除，授通政司右參議。司事清閑，散衙後即從名流賦詩。(**説眉**)“司事清閑”二語頓得活，他人下不得，明文章虚實整散之術乃悟此旨。會九廟災，詔京朝官三品以上自陳。而公秩五品，往見夏學士問詔旨,欲自陳。夏公謾應之曰可,蓋素不樂公,欲誤之也。公遂自陳,得致仕。以强年坐廢,論者惜之。其後撫按先後薦,吏部特表薦,皆不行。

公之歸也,惟以圖史自娱,臨摹法書,揮翰竟日不倦。好遊名山,初嘗從奉直公觀雁蕩,登天目,父子相隨,衣冠儼雅,浙人慕之。後益得縱意,渡浙江,南抵武夷,至匡廬,還觀石鍾、小孤、采石、九華、黄山、白巖,足迹幾遍東南。(**説眉**)此文從允清父子間得情致,從奉直公一段是腹起,歷叙祖、父便伏此脉。

先是,坦上翁與名士吴琉、陸昆輩爲湖社,孫太初亦與其中。坦上翁者,前工部尚書劉公麟也。建安李尚書嘗稱"見翁峴山,了無宿具,惟以乳羊博市沽。風雨瀟瀟,欣然達夜",高風可想,(**説眉**)入劉南坦小傳,大奇,乃司馬遷筆意也。而翁獨與公善。

公晚入社,而顧尚書諸名賢皆在。公春秋如期至苕上,社畢輒遊山。然以其人夷曠多愛,所至大吏迎將,人比之鄭莊千里不齎粮。自陽明殁後,學者稍稍離散,公嘗登其門。至是吉水鄒謙之、餘姚錢德洪,以師門高第,會講懷玉之山。公欣然赴之,欲以明年爲太嶽之遊,而遘疾不起矣,實嘉靖四十年正月二十四日,年七十有六。子男四人:恒慕、恒純、恒思、恒學。女二人,孫男六人,孫女四人。(**夫眉**)此一大段畢竟是明人通套文字,再洗剔一番方妙。

公爲人篤於行誼,事長姊終身孝敬不衰,置義田以贍宗族。少年有善,推獎逾分,以故多依歸之。(**夫眉**)此二事入在後,得體。陳主事者,分司濟寧,詿誤繫獄。公抗言使者,竟白其冤。楊太僕杖死朝堂,召故人賓客爲棺斂。所部三州經三十餘年,其人猶不絶問遺,其見愛如此。(**夫眉**)洗發有精神。人或當筵有所凌忤，但坐睡，少頃欠伸，即命肩輿去，終未嘗有所較也。晚歲惟務遊覽，在舟中之日爲多，（**說眉**）在舟中之日爲多，何樂也？往石樹兄欲集舟居古今人事，則允清亦可與。家事一無所問，人望之，蕭然有神仙之氣。歿後，郡人有設香茗降仙者，公憑乩，自謂已得仙云。（**焯眉**）此句當刪。

余少辱公見愛，俾與其長子有婚媾之約。公自懷玉還即見過，復置酒相召，欲以文字見屬，而不竟所言，但曰："此兒子輩事也。"不幸公尋謝世，於是諸子以嘉靖癸亥十月二十八日癸酉葬公於邑東南泙川鄉七保在字圩橫塘先塋之次，屬余書其墓上之石，余何敢辭焉？

懷慶府推官劉君墓表

（**年評**）離奇歷落，文筆間殊有仙靈氣。（**倫評**）劉君故豪於酒，亦無甚表現，故從酒人描畫，遂覺鬚眉欲動。一結寫其奇氣，有有餘不盡之意。

懷慶府推官劉君以嘉靖年月日葬於上海縣之方溪，後若干年，其子天民具狀，請余表於墓上。

劉氏之先自大梁來居華亭，曰亨叔。亨叔生仲禮，始徙上海。仲禮生慶，慶生四子：長曰銑，次曰鈍。銑坐法，被繫京師。鈍陰乞守者代其兄，令出得一見家人而歸死。鈍既繫，而銑歸紿其父母云："鈍死，已得赦歸。"鈍久繫而其兄不至，京師士大夫皆知其冤，爲饋食飲。久之，赦歸。家人驚以爲鬼物，母泣曰："兒餒欲求食，吾自祭汝，勿怖吾也。"鈍具言不死狀，乃開門納之。銑倉皇從竇中逸去，遂不知所之。（**說眉**）寫生死恍惚如見。（**啓眉**）叙次之細，如看李龍眠白描之畫。鈍生玉、璵。璵爲建寧太守。玉以其家衣物寄官所，不令有擾於民，璵卒爲廉吏。玉子兖，汀州通判。兖子兆元，字德資，即君也。

君自少舉止不類凡兒，及爲諸生，常試高等，嘉靖四年中應天府鄉試。先是，其所親有誣害君者，及君得舉，則又曰："吾固稱德資聰明，今果然矣。"君益厚遇之。

上海俗奢華，好自矜眩。君獨閉門讀書，雖兵陣、風角、占候之書，皆手自抄寫。時從野老散髮箕踞樂飲，不自表異。計偕還，渡江，登秣陵諸山，呼古人名，舉酒與相酬，不醉不止也。嘉靖某年，選調懷慶，先太守已遷去，會中使啣命降香王屋山。民苦供應，多逃亡。君攝守，能以權宜辦濟，使者告成事而去。君嘗慮囚，一女子呼冤，君察其誣，繫獄已二十年，遂出之。武陟富人以女許巨室，因借其資以致大富，而婿家後貧，遂結諸豪爲證，欲離婚。君責令歸其女，而疑富人家多女婢，即歸，恐非真女。乃問，有老嫗嘗識其女面有黑子，已而果非真女。君怒，欲按籍其家，竟以其女成婚。君爲人寬和，至持法，雖宗室貴人請乞，不能奪也。

尋以病去官，至淮陰道卒。臨卒於邑，曰："吾始與唐元殊飲酒歡呼，寧知有今日耶？我死於此，無親知故人爲訣。男未成，女未嫁，負用世之志而不施，命也夫！"唐元殊者，君從父在汀州，元殊同學相好。時偕游二老峰，皮冠挾矢，從僮奴上山，以酒自隨。酒酣，相視大笑，人莫能測也。後元殊過海上，時不見已數年，爲道平生，慷慨泣下。當炎暑，置酒，且歌且飲。酒酣，裸立池中，傳荷筒以爲戲。君既困於酒，且爲水所漬，竟以是病。一日，卧覃懷官廨，見一女子徙倚几旁，以爲其婢也，呼之取茗，恍惚不見。自是神情不怡，因請告還而卒。（**黄宗羲眉**）其精神在臨死一段，將生平好奇慷慨之致借此點出。（**説眉**）逆叙，有奇氣。(谷眉)事難序,須細看之。(祖眉)梨州先生評其精神在臨死一段,將生平好奇慷慨之致借此點出。時嘉靖某年月日,年四十有九。

君先聘陸文裕公女,後娶瞿氏。子男二人:天民、天獻。女三人,適太學生顧從德,縣學生張時雍、張秉初。天民自傷少孤,頗爲序述君遺事,俾余書之如此。惜其獨負奇氣,自放於杯酒之間,然所施設一二已無愧於古人。而不盡其才,可悲也已!

貞節婦季氏墓表

(年評)議論正大,文亦掩抑盡致,足以感人。(啓評)玩其階級轉換處,真六一之嫡傳。(擇眉)无事可叙,故全以議論爲文。(麟評)平正之理,通達之文,足以扶翊名教。(偉評)此篇論殉夫爲賢智之過,《貞女論》言"女子無以身許人之道",義極正大,文亦光明清峻。(虞評)無奇節可傳,而文自可誦,非深於經術者不能道其隻字。(紓評)所謂不知從一之義,再醮耳。爲貞女旌墓之文,乃以再醮爲反面語作比例,寧非唐突?觀他用"莫能止"及"順其愚下之性",言王道近人情,不貶再醮之婦,一眼禮重守貞之婦,文必如此立言方得爲得體。

嗚呼!男女之分、天地陰陽之義,並持於世,其道一而已矣。而閨門之内罕言之,亦以陰從陽,地道無成,有家之常事,故莫得而著焉。惟夫不幸而失其所天,煢然寡儷。其才下者往往不知從一之義,(啓夾)先分出此一層。先王憫焉,而勢亦莫能止也,則姑以順其愚下之性而已,故《禮》有異父昆弟之服。至於高明貞亮之姿,其所出有二:(啓夾)又分出二層。其一决死以徇夫,其一守貞以殁世。是皆世之所稱,而有國家者之所旌别。

然由君子論之，苟非迫於一旦必出於死爲義而出於生爲不義，是乃爲可以死之道。不然，猶爲賢智者之過焉耳。（麟眉）如此看，“義”字始真。由是言之，則守貞以歿世者固《中庸》之所難能也。（啓夾）如此跌出纔可謂之躊躇滿志。

婦之於其夫猶臣之於其君，君薨，世子幼，六尺之孤、百里之命，國家之責方殷，臣子之所以自致於君者在於此時耳。三代以來，未有以臣徇君者也，（夫眉）議論亦偏。以臣徇君者，秦之三良也，（夫眉）三良者，秦穆公要之死，豈願死耶！此《黄鳥》之詩所以作，而聖人之所斥也。（麟眉）比喻明白。夫不幸而死，而夫之子在，獨可以死乎？就使無子，苟有依者，亦無死可也，要於能全其節以順天道而已矣。（説眉）“三代以來”一段，不知文字大源者必謂没緊要説話。（麟眉）見理確便斷得定。

常熟之文村女子季氏爲同縣人蔣朝用之妻，少而喪夫，撫其孤世卿，比於成立。寡居二十有七年，以嘉靖某年月日卒。黎平太守夏君玉麟高其行，爲《貞婦季孺人傳》，獨稱其所以能教世卿者，爲有功於蔣氏。而未有墓石，蓋季氏之祔在虞山之陽邵家灣，其舅汝州守蔣氏之兆域也。予因世卿來請，因論著之，以表其墓上，使知女子不幸而喪其夫者，當以季氏之徒爲中道云。（夫眉）折衷至當。

（説評）戊午夏，評論歸先生近刻集至二十二卷，入吴中一年未之及。今歲十月復理，大雷雨之明日也。

卷二十四　碑碣

中憲大夫貴州思州府知府贈中議大夫贊治尹貴州按察司副使李君墓碑

（**夫評**）史體。（**坰評**）先叙死事，插議論一段，然後申叙歷官政績，蓋先其大者也。韓歐之文，備其法矣。（**虞評**）着意死節一事，而處處摹畫生色可愛。（**啓評**）此等文雖韓歐復生，無以過之。

嘉靖三十年，貴州麻陽苗爲亂。（**説眉**）提。先是，思州知府李君有銅仁之役，還郡五日，苗龍許保、吴黑等僞爲哨兵，突入城殺掠。君巷戰不勝，與其孫文炳皆被執，留郡二日，劫以歸寨。苗每執郡縣長吏必求厚贖，院司及守將亦幸朝廷不知也，率許之以爲常。君謂天子命吏爲賊劫質，是孰爲之開端者。（**元眉**）事理見透，故叙得明鬯，史公叙次每每如此。書告清平鎮將石邦憲："亟進兵，勿以我爲忌。"邦憲不應。（**擇眉**）書其名以正其罪。君乘馬出盤山關，至稍寨，崖高水深，遂自投下。賊驚，共拽之出，氣息僅續，棄之途而去。思人舁還，至清浪衛而卒。

麻陽之苗亂已數年，自辰、元、鎮筸、銅仁、石阡、印江，皆受其害。君初至郡，即被檄驅馳兵間，已又城銅仁。而郡故有關隘，守兵爲攝郡者所侵削散去，賊以是得驟至。（**元眉**）叙事中須申明原委，前段用提筆，此處用轉筆。事聞，詔贈貴州按察司副使，廕一子，命按察司僉事戴梗諭祭於家，賜葬融縣之高沙昌八嶺。（**説眉**）洗發。（**麟眉**）李君倉促被執，此段爲之補漏。

惟古之治馭蠻夷，得刺史太守勇略仁惠者，可不煩兵而自戢。今知府受一郡之寄，而日使舍所事，事軍吏之役，及事敗，未嘗不委以爲守者之罪也。（**偉眉**）兵民分而文武臣相争以功，相倭以害，權勢不相屬故也，先生此數語真洞悉情理之語。清平去思僅一宿程，而太守困於賊已數日，且彼殘苗六七百人耳，守將若不聞知，此何爲者哉？朝廷之恤死事者優矣，其於兵吏有軼罰焉。（**元眉**）直筆。（**啓眉**）古横絶倫，如見鬚髯戟張之概。

君諱允簡，字可大。其先貴州諸城人，元時有爲融州路巡檢使者，因家於今柳州之融縣。高祖子贊，封奉直大夫、協正庶尹、夷陵州知州。曾祖芳，進士，雲南布政司右布政使。祖序，進士，吏科給事中。考鏞，鄉試第三人，未仕早卒。季父鐸，教樂昌，君少隨之任，學成而歸。弱冠中鄉試，明年中會試乙榜，授潼川學正。未上，丁内艱。服除，改夷陵，攝荆門州。爲政清勤，民德之，陞知内江。公廉自持，士大夫乞請無所得。（**元眉**）虚。大旱，齋沐祈禱，徒步暴赤日中，令兒歌之曰："旱既太甚，治邑非人。寧禍其身，勿病其民。"（**夫眉**）妙於點染。極常語，自不俗。三日，霖雨大足。嘗於通津治石梁，御史題之曰"壽溪"。壽溪者，君所自號，御史以此旌其能得民也。

大學士茶陵張文隱公知君名，從銓部乞以爲其州守。内江民扳留之，不得，爲涕泣立石。君至茶陵，均猺賦，剔姦蠹，豪民爲之斂迹。皇太后梓宫祔顯陵，承檄給粮芻，所過無乏，有白金文綺之賜，最上當遷。張文隱公自往乞銓部云："願得展一年，俟黄籍成，茶陵民受十年之賜矣。"其見重如此。（**説眉**）寫得如許深婉。

陞雲南同知，攝守澂江。（**説眉**）倒叙。君既更治民，號爲精練，凡斷獄所上，監司以爲平允。豪有奪民田者，勒令歸主。不服，再訴於朝，下法司，皆如君論。滿去，滇民泣留立石，如内江時，尋陞思州。(**元眉**)有氣脉。君既不得在郡，亦以孤城多寇，遣其帑歸融，獨與孫文炳居。爲守餘三年，在郡六月而遇害，是歲三月初六日也，春秋五十。孫文炳之被劫者，後竟以重賄贖還之。(**元眉**)收應周匝。恭人吴氏。子男一人，祝。女五人。祝，鄉試舉人，今署新昌教諭。融於中州爲遠，然龍城於今爲仕宦之邦，至李氏世有科第，子孫蟬聯不絶，而君又以死事顯，雖中州世宦之家類此者僅僅有之。(**説眉**)咏嘆。祝有志行，痛憤君之殁，請銘於余。余不可辭，而爲銘曰：

黔中之境，連絡五谿。麻陽倡狂，馭不於機。如水滔天，失在漏卮。兵吏墮武，習爲謾欺。皎皎李侯，亶明其志。奮不顧死，以絶劫質。帝嘉精忠，恩詔優至。彼亦何人，天子之吏。以身爲市，生寧不愧！彼亦何人，邊圉所寄。聞守之死，曾不睨視！自古爲文，匪以其詞。在有所表，乃永傳之。融山荒絶，我實銘此。有石業業，其詞則熾。後千百年，可配柳子。

(**夫評**)誌文、銘辭淵淵有金石聲。

(**元評**)先生極用意之文，超軼諸家而追踪史遷者也。

何氏先塋碑

(**祖評**)此首鈍翁先生與元恭辯之詳矣，宜去銘辭録之。(**夫評**)有引據，不似泛然之作。

南陵何進士烇，晋孝子琦之後也。其先塋在其縣之西山，山亘數里，群峰環其外若屏，大水縈其前若帶，何氏世葬之。烇五世祖諱海，妣項氏；曾伯祖諱銘，妣孫氏；曾祖諱鋭，妣孫氏。

世以昭穆爲序，而虚其高祖之位。高祖萬户府君諱應龍，别葬界橋山。祖諱旺，别葬柏山嶺，而祖妣章氏葬先塋之右數十步。蓋葬三世，而祖妣異其兆焉。歷年圮廢，熢以嘉靖乙巳加修而封樹之，以書來請記於石。（**説眉**）頭緒繁，寫出簡秀。

予聞之：古者墓而不墳，後世始有墳矣；古不修墓，後世始有修墓者矣。夫《禮》之微難言矣。“之生而致死之，不仁而不可爲也；之死而致生之，不智而不可爲也”。然孝子之於其親，無往而可以致死者，故《禮》之微難言矣。後之君子知隆於墓事者，豈非古禮之變而近於人情者哉？《周禮》：冢人“用爵等爲封土之度，與其樹數”。觀其封則知位秩之高卑，觀其樹則知命數之多寡，所以使後世子孫之識之也。凡何氏之葬者悉山澤之敦龐淳固，以忠厚世其家而不顯於位，故無行事可紀，獨著其名諱死生以示其後之人云。

（此文崑山、常熟二本大異，崑本叙何氏先世之生卒年月及熢之歷官較詳，而文辭不如，今從常熟本。崑本有銘辭，仍存於後。）（**説眉**）既云獨著其名諱死生，則崑山本何可盡非？（**啓眉**）常熟本熢爲鄉進士，修封其墓樹而作者。崑山本熢登進士第，爲給事中，復墓旁侵地重來請記，蓋别是一篇。莊乃合而爲一，何異斷鶴脛續鳬足乎！又崑山本文特高出，當與昌黎抗行，而莊乃以爲不如，銘詞擅有移動，亦大失其旨。今當别録原文附之卷尾。又此一篇亦經後人删改，如終篇特云“著其名諱、死生以示後”，而前文所叙生平年月盡削之，亦何取乎？有是文乎？

大吉之姓，（**説眉**）“大吉”二字疑别有據。歸有胡何，厥原維一。何於四宗，特世多顯，封侯外戚。汜鄉蜀郫，慎濟陽宛，族以運撥。成陽陽夏，潁昌遂之，逾貴而溢。繼東海郯，廬江相望，雅道郁郁。晋興恩澤，著自廬江，文穆贊密。懿哉孝子，實維昆季，皆有名德。

戾於宣城，厥縣陽谷，子孫世茁。迢迢千載，奚前之遂，而後之塞。纍纍者墳，山高水深，厥藏孔謐。想其生時，黄髮兒齒，熙然古質。蘊積之久，是生黄門，逢時濬發。松柏丸丸，石虎馬羊，青葱崛岉。凡爾後世，有孝有忠，敬視斯述。

（按"大吉"字疑誤，據羅泌《路史》："歸、有、胡、何，四姓皆虞舜後。"此文連舉四姓，必引用《路史》，則當云"大舜之後"，或"有嬀之後"。何氏自前漢何武以司空封汜鄉侯，蜀郫人；後漢何進以外戚封慎侯，進弟苗封濟陽侯，皆宛人。武爲新莽所殺，進謀誅宦官，不克而死，漢亦隨以亡，所謂"族以運撥"也。三國何夔仕魏，封成陽亭侯。晋何會，陽夏人，以三公封潁昌侯。陽夏之何至曾而顯，故云"潁昌遂之"。曾日食萬錢，纍世奢侈過度，所謂"逾貴而溢"也。何無忌，東海郯人；何充，廬江灊人，而宋何尚之及何點兄弟亦皆灊人，所謂"廬江相望，雅道郁郁"也。何準之女爲晋穆帝后，而何充以尚書令輔幼主，謚文穆。所謂"晋興恩澤，著自廬江，文穆贊密"也。何求，求弟點、胤，世稱何氏三高，而點又有孝隱士之目，所謂"懿哉孝子，實惟昆季，皆有名德"也。宋神宗時，何正臣以刑部侍郎知宣州，宣城疑指此。陽谷未詳。莊識。）

葉文莊公墓地免租碑

（説評）大文字。"始不輸官租"下忽插"我國家正統己巳之變"數句，突兀奇偉，爲寫大事之法，尤難在"世謂于肅愍有旋乾轉坤之力"十三字，此全在識力生出筆力。**（雲評）**健潔，中一唱而三嘆。**（虞評）**租，小利也；免，大典也。樹議緊切醒透，可以勉，可以諷。

吏部左侍郎葉文莊公墓在崑山城南溢瀆之原，公以成化十年薨於位，朝廷敕葬如制，而墓地猶歲輸官租。嘉靖十六年，天子奉册寶上祖宗徽謚，推恩海内，詔前代帝王陵寢及名臣、本朝文武大臣敕葬墳墓所在，官爲修治，置守塚，復其人税，未除者除之。時比境常熟大理寺卿章公格墓用此制，而崑山獨否。(**元眉**)此事在他手必略之不叙，而實於國家制度有關。先生補叙於前極有意，不但伏後議論而已。至是，民葉奉言於巡撫都御史翁公，下其事於縣。知縣陳侯子佐移牒常熟，取章卿事以上巡撫。公曰："文莊公當代名臣，吏宜以丁酉詔書從事。"由是，文莊公墓地始不輸官租云。

我國家正統己巳之變幾成宋南渡之禍，世謂于肅愍公有旋乾轉坤之力。是時公在諫垣，一二日間疏至七八上，所以裨贊廟謨者實多，信乎臺榭之榱非一木之枝矣！其明年，皇輿旋軫。公封上匿名書，請爲河南之避，在廷之臣無敢爲言者，然斯論所謂"百世以俟聖人而不惑"也。自虜酋阿羅入黄河套中，虜種遂久居不去，爲陝西邊患。議者欲驅出之，而連城屬之東勝，田作其間。公奉命往相視，獨以道險遠勞費，又春遲早霜，不可田，請增戍守而已。至今上時，言事者鋭意欲復河套，既而天子震怒，皆誅死，而後知公所謂時勢之難者，卓見遠識不可及也。(**説眉**)無千古大眼目決不能著一書，無著一部書大眼目決不能作一文。公在廣，至今撫臣守其規模，如吴中之於周文襄公，而獨石宣府所築八城七百堡，爲邊人長久之利。公所至有所建明，而清明直亮，望重本朝，信一代之名臣矣。(**説眉**)一句收拾。

天子思股肱之臣，湛恩沾被於墟墓之間，而有司之廢格沮令如此。巡撫公祗奉明詔，修舉曠典，汲汲於師旅饑饉、日不暇給之時，其風誼尤可尚矣。賢人君子之没，遠者數千年，近者數百年，而光顯於世常如一日。蓋賢者雖殁，而後之賢者相繼而生，故能表章崇奉之，而精神意氣之續歷世而愈新，此世教所以不墮也。(**元眉**)文莊公與巡撫公一筆變收，周匝得體。(**陶評**)前半贊公，此贊巡撫。公五世孫鄉進士恭焕蒙荷天子之恩，感巡撫公之誼及縣侯之勤其事，因請書之於石以告於後人。

(**夫評**)序事議論，文俱入於古。

(**元評**)叙文莊公所以得爲名臣處，撮其大者言之，而後幅一一收拾無滲漏，尤爲得體。

(**陶評**)揚厲鋪張，妙在出以簡直之筆，所見能舉其大，故所論獨極其精。

安亭鎮揭主簿德政碑

(**説評**)熟讀此文，乃可爲人作德政碑。(**夫評**)碑文多佳，可誦亦可法。

安亭鎮在崑山東南偏，鎮以北三區石田，歲收於他鄉最下。往者周文襄公特爲優假，規畫縣賦，以歲布予之，務紓其力，民以樂業。其後縣官刬去歲布，斂以常額。會水利益廢不治，田高，枯不蓄水，卒然雨潦又無所泄。屢經水旱，百姓愁苦失業。然有司習聞其貧下，凡議寬恤猶先三區云。

正德末，吏於兹者頗爲急政，或告以“海壖去治回遠，界入四邑，東驅則西走。賦不時輸，非由田惡，直負依抗吏治耳”，於是務窮難之，始有收解等役，與他鄉比。諸捕繫拷掠，大户瘐死者數十人，民逃亡無數，田多荒萊矣。自是十餘年來，有司日憂三區之賦税不起，太守以上悉知其弊而未有以救也。

嘉靖乙未，歲大旱，野無青草，官督賦如常，民狼顧四走，將空其地。主簿揭侯言於太守文安王公、縣令同安楊公，爲借兑，約歲熟還之。履畝量視,諸不可墾者除其稅,立"圖頭法"。"圖頭"者,先是爲粮長一人掌稅,悉亡其家,今則圖各一人,事力省而易辨。又檢故事免其收解,永無所與。會二公皆有勤民之心,故侯言得施行。民稍稍安業,乃相與涕泣曰:"吾人自父子祖孫,百年以來生聚於此,幾不復以相保,乃今得有其室家,揭侯之賜也。爲立石,請紀侯之事。"

嗟夫!先王之道,量地以生人,必權其輕重而均一之。若吾縣之三區,殆宜如鰥寡孤獨而先之,彼暴横者獨何心耶?揭侯之職卑矣,朝有其心而夕效焉,且一時救敗之術僅僅止於力之所及,而民之胥悦如是,則夫瞋目以視、謂吾民難治者亦未之思也已。(**綸眉**)昌黎得意之筆。侯名夔,江西南豐人,元翰林學士文安公之族孫,以太學生來調,稱良主簿,多可紀者。

玄朗先生墓碣

(**説評**)奇文。余嘗語雙林秋遂,仲尼門人言:"大德不逾閑,小德出入可也。"此言一切人不可不謹小德耳。蓋大德不逾閑底人古今自是難,所謂逸民是也。秋遂己未春末相見水堂,言"近閲人,覺此旨深切,乃醒舊傳注之非"。(**雲評**)確論,兩面雙揭,大旨已燦然。(**元評**)熙甫爲碑誌各肖其人,如唐道虔英偉,文便英偉;周孺亨謹飭,文便謹飭;歸天秀精密,文便精密;元朗奇宕,文便奇宕;吴純甫雅淡,文便雅淡;李思州清勁,文便清勁。文至此幾如化工之肖物矣,而其源出於龍門。今觀《史記》,固未有不肖之者也。先生謂文章天地之元氣,又評《史記》謂敘事中有氣,益信。(**虞評**)玄朗人奇,此文描寫特盡。(**倫評**)作沈玄朗碣,而篇中都用吴純甫爲之叙次,玄朗傳亦純甫傳。(**紓評**)文亦常軌,須觀他步步停頓處神氣完聚。(**昌評**)寫狂士自放甚佳,惟所謂高行大節在於隱微幽獨之間者，宜約略見之，乃爲盡善耳。

嗚呼！士之能自修飾，立功名於世以取富貴，世莫不稱述之。若是而以爲賢，不知此亦其外焉者耳。苟其中有不然，雖暴著於一時，而君子奚取焉？蓋昔孔子之門，其持己立身，不以小節而不閑，其論可謂嚴矣。而於虞仲、夷逸之徒，（元夾）遠陪。其人皆放於禮法之外，而孔子未嘗不深取之，蓋知其存於中者不苟然也。（升眉）於無文字處着筆，大有弦外之音。

昔吾亡友吴純甫嘗稱玄朗之爲人，（元夾）從純甫落元朗。歷指平生之知交，而獨言玄朗有高行、多大節，以其在於隱微幽獨之間而不可誦言於人者，此玄朗之所以爲賢而人莫之知也。玄朗姓沈氏，諱金馬，字天行，後更諱世麟，字明用，而自號玄朗。少有俊才，爲文率意口占而成，與吴純甫、周于岐同里，（元夾）近陪。並知名，三人者相善也。（元眉）看賓生法。于岐宦達，位至大理寺丞。玄朗、純甫屢困於鄉闈，純甫晚乃得薦，其後一再試南宫，復不第以殁，然二人在學校中名聲籍甚。（説眉）此等運心非大手眼不辨，乃亦不易識。太末方思道爲崑山令，自負海内文學之士，而於玄朗、純甫深所推奬。然純甫後益矜奮，治名園，與其徒講學論文，邑之才俊多歸焉。（説眉）純甫、于岐、思道各寫得淋漓，可謂不速之客，文心甚幽渺。然妙尤在“其後一再試南宫，復不第以殁”及“邑之才俊多歸焉”二句，人知此故，則可與論文矣。無垂不縮，無往不收，固是筆訣，然又須知縮中之垂，收中之往也。

玄朗自放於酒，無日不醉，往往對人皆醉中語也。嘗持胡餅，獨往來山中。或時鬔鬙裸袒行於市，遇不可意即大罵。家貧，從縣令乞貸，令亦笑與之。有郡推官迎延爲師，玄朗日與飲酒，不交一言，歲終謝去，瓶罌堆積滿庭。督學御史與之有故，檄令讀卷，玄朗不屑意，故爲妄言却之，御史莫能致也。玄朗於書强記，其後絶不觀，而架上書數千卷，指謂純甫曰："吾神遊其間矣。"其寄興清遠如此。**(元眉)**描寫欲活。**(倫眉)**摹寫處鬚眉如動。

玄朗以嘉靖七年二月二十二日卒，年四十有二。有子一人曰大宗。玄朗之祖諱愚，字通理；其從祖諱魯，字誠學。兄弟皆有文名，葬在邑中馬鞍山。純甫一日與予過之，指曰："此玄朗家墓也，異時古柏甚奇，常鬱鬱蒼翠，以此代有文人。今忽枯萎，明用其不起矣！"已而果然。沈氏至今有仕者，獨玄朗負才氣以死，人猶謂之狂生云。嘉靖某年月日，附葬於朱瀝原之祖塋。純甫曰："我宜爲銘。"**(元眉)**仍收合純甫。及純甫北上，大宗送之滸墅，泣以請。純甫許以南還，竟不果。於是大宗以屬之予，蓋又二十年，始爲之書於墓上，此純甫之意也。嗚呼！純甫其亦可謂深知玄朗者矣。**(元眉)**《史記》叙聶政，末歸嚴仲子知人，此蓋學其筆法。

(元評)逸。

張季翁墓碣

(説評)海市蜃樓，不是人間結構。**(年評)**前段空起處得文章家無中生有之妙。**(雲評)**逼真歐陽子，而議論深醇過之。

古之言能孝者，生以致其養，死以致其哀而已。**(説眉)**"古之言能孝者"下一大段字字不切，字字妙。世人惟不悟此不切之妙，故著筆便不能妙。生以致其養，至於千鍾之奉，食飲饍羞百品味之物，以爲無加焉，然猶有啜菽飲水可以盡其情者。死以致其哀，至於朱绿龍輴題凑之室，以爲無加焉，然猶有歛手足還葬、蓬顆蔽冢可以盡其情者。凡皆先王所以盡性命之理,順萬物之情,而使人得而爲之者也。若人之行善不善不可以責諸其子,使爲人子務揚前人之善,而親之行不能皆善,則將有誣其親者矣。故不以概於禮,而禮之所得爲者,生養死哀盡之矣。雖然,此慮其親之有不善者也。(**燦眉**)此轉折有味,亦宋人之佳處。人不能皆無不善,故不以責諸其子。若其父有善而不彰,是非其子之情也,然則禮不止於生養死哀而已矣。(**説眉**)世間作文,難得者路正耳,將此種文爲文章準則,則路始正。(**倫眉**)以鳳翼爲其父徵傳叙數十篇特發此議論,甚迂曲。

余識張季翁之子獻翼,嘗造其室,與之飲食,而未及見翁,然聞其賢久矣。先是,季翁年六十,獻翼與其兄鳳翼徵諸文士爲傳叙數十篇。余聞之,疑季翁以生人之歡而豫死者之事,於是盡終矣,季翁其不久乎!明年嘉靖四十一年五月五日,季翁卒。然翁之行卒賴諸文以顯,故以爲翁之子能盡於生養死哀之外者也。於是請余碣其墓之左,夫諸作者詳矣,余敢著其大略。

翁諱冲,字應和,其先濠州人,國初始占名數於吴,數世爲富家。翁爲人孝友,以財讓其昆弟,刲股以療父疾。嘗游燕還,受人寄千金,爲盜所掠。金主聞被盜,頗來訊。翁紿曰:"金皆在。"盡以己資償之,而卒不言。養寡姊,代其户徭。翁好爲高髻小冠,短衣楚製,携吴姬,度歌曲,爲蹴踘諸戲,常在吴城西山水間。人以少年輕俠目之,(**説眉**)寫少年輕俠狀略煩,此損益入妙處,試思其故。而其大節乃如此。至以師史之業,而好聚古書,爲子致千里客,蓋皆彬彬有文學矣。子即鳳翼、獻翼,皆太學生;燕翼,府學生。葬在塘灣百花山,實四十二年三月六日云。

(**説評**)往閲淘華,苕中扁鵲也。曾語二事:一在三都西,陶氏治河魚疾,用熟地黄、丹皮三四味藥。店人見其方,失聲曰:

“此閔觀我方也,不然,何中病若此。”而不中俗人之眼。一在吴中一處治痰,都用腸胃治腹痛之藥。一老人見方則警曰:“何藥之不切病也。”夫知三都西藥店人中病之言,則知後一老人不切病之評矣。細參此段話,方讀得震川先生文集。

褚隱君墓碣

(紓評)文應人求,就其事略叙之,然自有駕馭之法。

前史有《孝友傳》,余嘗嘆之。世之善人君子,非其迹著於朝廷,莫可得見,至於巖壑草莽之中,没没者多矣,其得列於史蓋百之一二也。若榆次褚隱君者,其孝友篤行,非其子進登於朝,與當世之君子遊,亦何以稱焉?(説眉)“非其子進登於朝”二語,感慨深矣。

隱君世家榆次東白一里,考諱鑛,仁善好施,畜牧於沾之重輿山間,牛羊以谷量,人稱之爲東山翁。東山翁病且死,君籲天求代,賽禱山神祠,去其家數里所,十步一膜拜,見者憐之。又爲母持佛氏盂蘭經,十五年不輟唄誦,菓蔬有鮮,必進乃敢嘗。(説眉)二事皆俚俗事迹,而入筆便妙,此引情深渺耳。從父兩人無子,孝養之終身,已喪葬,立其祠。爲弟更娶後妻,及其避徭之旁縣,召還,分與之田宅。縣中有大役,吏請賄免。君曰:“吾有財,不佐縣官之急,而以私吏耶?”(説眉)語出常情而妙。歲租必先入。里人化之,無敢逋者。人有病死,先嘗盗禾,爲田主所笞,遂誣以毆死。君率衆白於官,爲直其事。歲饑,山莊千石穀皆以賑,饑民猶不逞,盗其窖中藏,其黨泄之。曰:“是不能忍飢而至是,不足問也。”然家自是乏。至人有求,必屈意赴之。平生重然諾,不與人分争。(昌眉)文中“分争”本《平準書》,一作“紛”,

非是。田宅財物必讓，而布衣蔬食終其身，嘗自號善庵。（**倫眉**）叙事極簡净。

榆次張先生曰："善庵孝友忠信，今時罕見。雖暫困，天將使之有後。"其後果然。娶李氏，繼娶秦氏，最後娶賈氏，皆有賢德。君以嘉靖三十六年八月日卒，年六十有一。葬於其縣之楊安祖塋之次。先二孺人祔。子男五人：鍼、錠、鈇、鉞、鐙。女一人，適杜庭元。鈇登嘉靖四十四年進士，在京師，具狀謁余書其墓石。銘曰：

在晋之逵，畇畇原隰。草莽廣薦，羊牛濈濕。有美伊人，仁服義襲。嶷嶷厥子，載覿其入。允矣國器，其究有立。前聞是追，公卿是爲。後將考始，其在於斯。

贈文林郎邵武府推官吴君墓碣

（**説評**）近比偶，其拈提力大乃在數制詞字。（**擇評**）此文何其率意應酬！（**啓評**）《震川集》中如此等作體格頗卑，黄梨洲以爲時文境象間或闌入者，殆指此等，當降置别集中，《馬政志》《宋史論贊》却當升諸正集。

嘉靖某年，天子曰："福建邵武府推官梁之父翰可贈文林郎邵武府推官，母李氏贈孺人。"命翰林儒臣撰敕命。臣梁拜捧感泣，爲焚黄於墓。而先是墓石未具，梁陞爲刑部山西司主事，於是始竪石於墓道。（**説眉**）文有膽。唯文林君之懿美，制詞所褒盡之矣。

君姓吴氏，諱翰，字某，世爲華亭人。君未有以顯於世，而幽潛之德久而自光，率性履貞於草野之間，而遂得達於天子而形於制詞，豈不謂之榮顯也？君之行蓋非有求知於世以徼爲善人之名，獨其性之所自得而已，而皆世人之所難爲者。（**雲眉**）凌空濡筆，若垂天之雲，非此則通篇文勢不振。

《詩》曰："凱風自南，吹彼棘心。棘心夭夭，母氏劬勞。"子之於其母孰無孝愛之心？而能敬爲難。君之母氏喪明，而孝養備至。有所譴責，叱令之跽，雖至竟日，母不命不起也。君之孝如此，制詞所謂"竭力盡歡"者，無愧矣。《詩》曰："脊令在原，兄弟急難。雖有良朋，况也永嘆。"兄之於弟，孰無友于之念？而亦不能不自顧愛。君之弟詿誤有司，匿之他所，而身被搒掠，遂脱弟於難而成就之，卒貢於禮部，爲郡文學。君之悌如此，制詞所謂"挺身急難"，無愧矣。《詩》曰："彼有旨酒，又有嘉殽。洽比其鄰，昏姻孔云。"人必自裕而可以及人，而君樂於施予，迎延賓客，瓶之罄矣，賑恤不倦；日闋無儲，尊酒不空。君之濟人愛客如此，制詞所謂"尚義樂施，履謙秉禮"，無愧矣。

凡此皆人之所難，君又非好爲之，特其性然。推君之志，雖無聞於世，亦非其意之所及。而天之報之，遂有賢子，政行於郡邑，名著於本朝，所謂立身揚名，於君爲不朽矣。余與君之子爲三十年交，因知之詳，遂不辭其請而書之。其世次生卒别有載，兹不具云。

泗水何隱君墓碣

(説評)一田間老亭長，入世上俗筆，得好一篇封君墓文。爲震川苦厭作田父，且道世上俗筆罪業，是震川罪業。**(昌評)**字鍾句鍊，此金石文字之正格。

何氏世居魯泗水，君諱珍，字伯荆。高大父清，曾大父名，大父聰。聰三子：瑄、璠，其季即君也。世修學，不仕則去爲耕農。伯兄爲令長子，而君與仲居田。**(焯眉)**大父下有脱誤，"令長子"不解。初,縣舉君有德,爲亭長,督鄉賦。賦入而人不告病,令旌其能,以鼓吹、飆搴、絳帛、金簇花,再至門犒之。後爲鄉飲酒賓者十有九年。(**説眉**)"後爲鄉飲酒賓",極俗事,此却有故。嘉靖四十一年正月某日,無病,年若干而卒。將卒,告其子凌霄曰:"汝兄弟三人,今唯汝存,又學問孝養我,至於今獲考終,吾懼重纍汝。吾死三月,即返我玄宅,毋久殯,且怛化。"凌霄如其言,三月而葬之某鄉之先兆。娶楊氏,嘉靖二十年十一月某日卒,年六十有六,慈和祇肅,能助君爲家,先君而葬,實合葬。三子:凌漢,次即凌霄,又次凌雲,早亡。二女適張某、毛某。庶子凌斗。三女,適陳某、喬某,其一未行。凌漢子學,凌霄子問,凌雲子慮。

陵霄初倅雲中,以行能高,徙倅魏郡,今大名。而余官邢,邢、魏兩郡之守倅數往來也,故余善凌霄。又嘗同有事京師,旦暮會闕下。(**説眉**)世人不悟文字理,便以爲閑話太多矣,思之。因爲余言其先人葬時不及埋銘,按令得以品官樹碣其墓,因拜請爲碣銘,余諾而未果。及是,歲將終矣,自大名遣人如京師來請。銘曰:

孰智而趨,山窮水殊,舟浮而馬馳?孰愚而居,耕農釣漁,生而壯而耆?終身不出孔子之鄉。銘以揭之,此古三老之良。

宣節婦墓碣

(**説評**)事出常情,文亦出常情。末云"生雖不辰,有此銘章",其自負若是。(**年評**)宣氏不得於其夫,而大節矯矯如是,故可傳,文亦先生之最有體裁者。(**擇評**)以孫陪宣,即太史公合傳法,亦以見宣之所爲尤難。(**雲評**)文道,而銘辭尤峻絶,贊節婦金劇玉勒,而於張樹田亦難逃口誅筆伐之間,聆其言外頗有恨聲也。(**偉評**)可爲四節婦合傳讀,文凡叙事不難於簡,難於簡而有韵。(**虞評**)賓主相間,詮次極錯綜變化之妙。(**倫評**)序宣節婦與孫氏相映帶，又連類及甘氏、張氏，此文最錯綜，兼有別致。（谷評）此震川與節婦弟書所謂“傳與不傳此是吾輩事”者，節婦得此文，何幸如之？

節婦姓宣氏，蘇州嘉定人，同知彔之孫，濮州通判效賢之女也。節婦少有異質，生數年，濮州病，侍立床下，終夜不去，如是者數日，人以爲奇。及爲張樹田妻，樹田與同里沈師道友善。師道妻孫氏，夫婦相愛，（元夾）伏。而樹田暴戾無人理。節婦歸見父母，父母對之泣。節婦曰：“此不足以傷父母，兒自是命也。”樹田病，節婦進藥，樹田泛之，罵曰：“若毒我乎？”節婦飲泣而退。及樹田死，節婦被髮號踴。人初見樹田狂虐，皆爲不堪，比死，則皆以爲喜。而節婦哭之極哀，非衆所儗也。（元夾）接上。是時沈師道亦死，孫氏與節婦兩人志意相憐，數遣女奴往來。比孫氏送夫喪，過河下，因求見節婦，以死相要。頃之，同日自縊，節婦有救之復甦，而孫烈婦竟死。（元眉）引孫氏相形，亦史法也。其後三年，父母謀嫁之。節婦見其家竊竊私語，覺其意，登樓自縊，時嘉靖十七年十二月二十日，年二十五。

予友李瀚，好義之士，每談節婦事慨然嘆息。至是，與節婦之弟應揖請書其墓上之石。夫捐軀徇義之士，求之於天下，少矣！（夫眉）著此一句冷甚。嘉定在吴郡東邊海上，非大都之會，數年間女子死節者四人：甘氏、孫氏、張氏、宣氏。（説眉）既有孫氏合傳，乃復有甘氏、張氏，作者何等心事！（夫眉）宣節婦固奇，又得孫氏相映發更奇。張氏得禍最烈，予嘗爲記其事。若宣氏，蓋又人所難者。銘曰：

沉沉幽谷，不見日光。葵藿生之，日向嚴霜。彼童之狂，以爲存亡。《绿衣》《終風》,自古所傷。生雖不辰,有此銘章。

(**陶評**)筆筆緊凑,與孫節婦並講,益見其賢,而孫節婦即附此以見,妙無附傳之迹。

王烈婦墓碣

(**説評**)文有不盡之悲。(**雲評**)龍睇虎嘯。(**紓評**)"大吏之死僅一二見",來甚突兀。罵人不少,妙在"世之君子不當其事,當其事或非其人",立時脱卸無迹,立言至爲得體。中間述烈婦訓妹語爲儒者所不能道。收束數語,言外見其遺憾。

余生長海濱,足迹不及於天下,然所見鄉曲之女子死其夫者數十人,皆得其事而紀述之。然天下嘗有變矣,大吏之死僅一二見,天地之氣豈獨偏於女婦?蓋世之君子不當其事,而當其事或非其人,故無由而見焉。(**擇眉**)曲折周旋,益見其憤世之深。(**元眉**)從大處起議,前篇結聚在篇末,此篇結聚在篇首。(**陶夾**)推原好。

嘉靖三十三年,倭夷入寇。余所居安亭有一女子自東南來奔,衣結束甚牢固。賊逐之至一佛舍,欲污之,不可得,乃剖其腹,腸胃流出。里人爲槀葬北原上,竟不知其姓名,余欲爲之志其墓而未及也。(**擇眉**)順手帶出,以見闡幽之法。(**陶夾**)有此一語,不啻志之。(**元眉**)宣節婦墓碣帶叙孫氏,並附甘氏、張氏,此文又附入無名氏一人。大家叙事愈潔愈閑,賓主互用,顧盼自如,馬班而後惟歐陽公《五代史》得此意耳。至如王烈婦之死,在姻親之間,今二十年而無一言以紀之。至是,其弟執禮始請書以勒石其墓。

蓋烈婦之夫周鎰早死,遺二孤,已而皆病疹。長者七歲而死,幼者疹愈矣,復病,病又經年,爲之廢寢食,百方求瘳之不可得，亦七歲而死，烈婦於是自縊也。（啓夾）無一字一句不妙。嗚呼，豈不悲哉！（啓眉）自太史公外，從古無此第二枝筆，妙在有神氣，有韵致，讀之使人感動。讀之竟如吴下説土語者，其妙不可思議。執禮稱："其在室好觀古書，父謁選，卒於京師，姊每哭之，聞者莫不凄然淚下。平時撫教執禮甚至。妹嫁而耻其姑之行，不肯執婦禮。一日姊妹相聚，語及之。姊曰：'妹過矣，曷若盡孝，使之自愧而不爲也？'又言：'他人於死生之際誠難，姊於是直視之甚輕。'蓋未嘗經意也。"真可謂赴死如歸者矣。（説眉）此數語都從"好觀古書"四字生來，以是知讀書學道，蓋無一人少得，亦無一時少得。

周鎰父諱土，工部都水司主事；祖諱燁，封監察御史，太倉人。烈婦父諱可大，太學生；祖諱秩，雲南右布政使，崑山人。其卒以嘉靖十八年十月初四日，年二十有七，葬在雙鳳里吴墟之原。

其明年，太倉州守上其事於巡按監察御史。奏下禮部，旌其閭。（説眉）以文章旌，旌閭小矣。國家依古格，旌表高其外門，（啓眉）"高其外門"以下六句全用《五代史·一行傳》中語。門安綽楔，左右建臺高一丈二尺，廣狹方正稱焉，圬以白而赤其四角。人之過者有所觀法，不然者以爲耻，所以扶翊世教，其意遠矣。（陶夾）古旌格如是，然今未有行者，何也？會水部君卒，其家寢其事，未有舉者，而鎰又不置嗣。執禮時時夢見烈婦，携其兒或長者，或幼者，蓋其精爽不亡云。（啓夾）讀者眼中皆認得此故，蓋不可解。（元眉）暗與首段相照應。此段出《五代史·李自綸傳》。（垌眉）收處奕奕有神，蓋深惜之。

（陶評）前後多爲映帶，彌覺風神灑然。

曹節婦碑陰

(**説評**)所謂有爲而作者。(**年評**)用合葬一事相辯論,遂令文有丘壑。原本結有數弱句,刪之更勁。(**麟評**)文亦斬然嚴毅,由其識見命意高超也。(**夫評**)枯寂題,遊閑作。(**啓評**)艾千子稱金正希文,謂其力"真能制題,使無剩義",吾謂此八字惟震川古文可以當之。如此文後幅分出不合葬之合於禮及一言而可以想見其節,作二義發揮,各有至理,可以想其制題之能。(**紓評**)揚骨灰於界浦,其語甚奇,文末即以是語以爲結束,亦奇甚。

長洲蘇寶之姑,(**元眉**)特系以蘇寶,以婦之行誼待寶而傳也。始年十八嫁曹君綬,二十七夫亡,寡居四十九年,以嘉靖庚子卒,春秋七十五,亡子女。寶以甲寅十二月二十四日葬於長洲縣戴墟妍字圩之原。予爲題其墓曰"曹綬妻蘇氏貞節之墓"。

寶又請書其碑陰,曰:"吾姑未死前三年,吾卧病,姑來視病。寶見姑老矣,因語及平生,歔欷曰:'男子壯年,何憂疾苦?今老且死,女不可不爲吾計!吾死,慎勿葬我曹氏墓。曹氏墓迫隘,自夫死後,其宗姓率火瘞,散漫荒莽間,遥遥五十年,不復知夫處矣。苟廁諸纍纍間,殆與誰比?去此一里所有界浦,其水清潔,死必燔我,颺灰浦中,令吾骨與此水同其清也。'(**麟眉**)意在自潔而復能不背於禮法,須表出。(**基眉**)此亦何説?寶是以營兹新兆,蓋今十有二年而克成。"噫,可悲也已!

《詩》云:"穀則異室,死則同穴。"《傳》曰:"合葬非古也,自周公以來未之有改也。""衛人之祔也,離之;魯人之祔也,合之。"孔子生而叔梁紇死,葬於防山。及孔子母死,殯於五父之衢。郰人輓父之母誨孔子父墓,然後往合葬焉。夫孔子之慎於葬母也如此,使無輓父之母,必不敢於防山,雖從古禮其可也,蘇氏蓋得之矣。(元眉)根據的當。

自古女子不幸失其所天,能守禮義,不見侵犯,見於史傳者不少。(説眉)大轉折。然必待備述其平日閨閫之素而後其節始著。若寶之稱其姑,一言而已,要之與古易簀結纓何以異哉?(麟眉)極褒。(祖眉)先生所云"與易簀結纓何異"者正在此,至"骨與水同其清",特言不得已而葬介浦耳,非本意也,結處斷乎可省。嗟夫! 五十年高風勁節可以想見,千載之下當知其人其骨與此水同其清也。(陶夾)極力洗發,不煩言而意已醒。(雲眉)兩行文字筆酣墨飽,筆歌墨舞。(祖眉)望溪云:"俗句,節去'五十年'十一字。"愚意結處照應亦近時,不如省爲大雅也。因表著之。

(元評)文格冷峻,與題稱。

(陶評)單表一事,柳子厚所云"參之太史以著其潔"也。

張通參次室鈕孺人墓碣

孺人姓鈕氏,其先淮陰人。父客吴中,始爲吴人。公諱寰,通政司右參議。其考諱安甫,祁州知州,封刑部員外郎。張氏世以科名顯於世,其最著者二張先生,皆無子。祁州府君惟生公一子,而公元配王宜人年逾三十未有子。府君以爲憂,遂爲公取孺人,時年十五。其後四年,年十九,生子恒慕。其後諸娣更生子,乃有丈夫子四人。府君以爲《螽斯》之祥兆於孺人,大加愛之。在尚書刑部,孺人留居家,爲其子延師,夜則篝燈紡績,躬督課之。比公歸,恒慕已壯大,問學有成矣。

初,府君性高曠,到官輒自劾免歸,而公宦亦不遂,而父子皆好游名山水,不問家事。孺人獨勤於治生,故於祭祀、婚喪、飲酒、伏臘之費,不至乏絶。公常出遊,一歲中還家率不過一二月,諸子更供養,至孺人所尤歡。(**説眉**)閑暇。人不閑暇不高致,文不閑暇不展拓,然世皆尚迫。孺人爲人婉順,於姑若諸娣間孝友無間。其治生纖嗇,而不信因果之説。吴俗,尼巫往往出入人家,孺人絶不與通。臨終言不他及,獨諄諄戒其子不得令男子與含殮而已。卒年五十有九,時嘉靖壬戌也。以卒之明年祔於縣東南沺川鄉横塘之先塋。

蓋古之女子不幸而爲側室,而其賢德終不可泯者,如《小星》之"寔命不猶",《歸妹》之"以恒相承",聖人皆書之於經。惟張氏世有文學,二張先生之没,郡中名士劉欽謨、楊君謙爲之表志,至於今傳之。恒慕愛尚文雅,有先世之風,不忍其賢母之没没於後世。既勒銘幽堂,又請於予,爲立石墓道云。(**説眉**)亦極难事。

卷二十五　行狀

吴純甫行狀

(說評)實叙。(年評)風調一出盧陵,冲雅處如幽蘭在谷也。(麟評)純是洗削之功,此等文乃先生集中最高者,非俗目所能辨。(雲評)亦跅馳不羈之才,中更摧折,本末完具,引掖後進,蔚爲名儒。要其胸次嶒嶸,不可一世之意自在也。不用於世,亦難爲世用,非徒晚而一第令人纍嘘。

先生姓吴氏,諱中英,字純甫。其先不知其所始,曾祖傑自太倉來徙崑山。(啓夾)直叙。祖璇,父麒,母孫氏。先生生而奇穎,好讀書,父爲致書千卷,恣其所欲觀。里中有黄應龍先生,名能古文。先生師事之,日往候其門。黄公奇先生,留與語,貧不能具飯,與啜粥,語必竟日還。(夫眉)先輩之風可想可慕。先生以故無所不觀,而其古文得於黄公者爲多。(説眉)純甫之父能致書千卷,又黄先生以古文名,而令純甫日夕就學,賢矣!先生童髫入鄉校,御史愛其文,封所試卷檄示有司,他御史至,悉第先生高等。開化方豪來爲縣,縣有重役,召先生父。先生以書謁方侯,侯方少年,自謂有文學,莫可當意,得書以爲奇,引與遊甚歡。其後方侯徙官四方,見所知識至吴中者必以先生名告之。

然先生意氣自負，豪爽不拘小節。（**麟眉**）一段叙其爲人，凡再變，筆力尤簡勁高古。（**元夾**）提。父卒，遺其貲甚厚。先生按籍，視所假貸不能償者焚其券。好六博、擊毬、聲音、婦人，擁妓女，彈琵琶，歌謳自隨，散其家千金。（**説眉**）“擁妓女，彈琵琶”，似復上“聲音、婦人”四字，然不復不佳，此有節在。久之，乃更折節，自矜飾，顧不屑爲齷齪小儒。篤於孝友，急人之難，大義落落，人莫敢以利動。令有迎館先生者，欲有所贈遺，見先生竟莫能出一語。先生之弟嘗以事置對，令閱其姓名，疑問之，乃先生弟，先生不自言也。與其徒考古論學，庭宇灑掃潔清，圖史盈几，觴酒相對，劇談不休。（**夫眉**）比黄先生何如？雖先儒有已成説，必反覆其所以，不爲苟同。（**説眉**）天下文章、事業皆壞於苟同。後生有一善，忻然如己出，亟爲稱揚。里中人聞之，輒曰：“吴先生得無妄言耶？某某者皆稚子，何知也？”然往往一二年即登第去，或能自建立，知名當世。而吴先生年老猶爲諸生，進趨學宫，揖讓博士前，無愠色。（**麟眉**）随带叙履歷，妙。（**説眉**）語亦宕。（**元眉**）畫出意態。年四十四，始爲南都舉人。先生益厭世事，營城東地，藝橘千株，市鬻財自給。日閉門，不復有所往還，令兒女環侍几傍，誦詩而已。（**元眉**）烟波好。少時所喜詩文絶不爲，曰：“六經聖人之文，亦不過明此心之理。與其得於心者，則六經有不必盡求也。（**麟眉**）所見走作。如今世之文，何如哉？”

嘉靖戊戌，試禮部不第，還至淮。先生故有腹疾，至是疾作，及家二日而卒，是歲四月某日也。距其生弘治戊申月日，得年五十有一。娶陸氏，早卒，無子。側室某氏生子男一人，原長。女三人，長適工部主事陸師道，其次皆許聘。予於先生相知爲深，十年前嘗語予曰：“子將來不忘夷吾、鮑子之義，吾老死,不患無聞於後矣。”於是先生弟中材使予爲狀,不可以辭。嗚呼!先生不用於世,予所論次大略,其志意可考而知焉。(麟眉)簡括。

(元評)純雅中有俊逸之氣。

李南樓行狀

(説評)見得此文高處方可學作文字。

李府君諱玉,字廷佩,號南樓。祖某,父某,妣某氏,娶杜氏。生一子曰憲卿,鄉進士,孫男女若干。生於成化丙午月日,卒於嘉靖乙未月日,享年五十。憲卿卜以卒之年月日,葬於新阡。先期衰絰踵門而告余曰:“不肖不敢没先君之行,將欲稍加撰次,求銘於里之長者。而哀荒無緒,每一舉筆,摧心裂腸,欲作復止。見吾子習太史公之書,願假手於子,吾子弗吾拒也。將爲子言其略,子其文之。求貢先君於地下,惟吾子焉賴!”余唯唯不敢辭。

憲卿嗚咽流涕泣曰:“吾李氏居崑山之羅巷村,百餘年矣!家世業農,未有顯者。先祖質庵生四子,先君最少,贅城中杜氏。學書不就,爲縣掾,亡何謝去。家居垂三十年,專以不肖爲念,延致師友,惟力所及。見邑中豪俊與俱即大喜,即不肖所與遊稍不勝,終不懌。不肖素孱弱多病,心獨憐之而口不言。爲人忠實無他腸,與人交洞見底裏,審取重諾,尤好面折人過。先祖考妣居伯父所,時時徒走出城往省之,或輿迎至家。值宴會,有不與,必凄然不樂。比其没也,斂葬之具靡不悉心營辦。所授田宅盡以與諸父,曰:‘生,吾不得盡其養;没,吾何忍受其産耶?且諸兄貧,亦自應得耳。’嘗掌區税,不忍於斗概間取主撮之羨。寧自受纍，乃其心所樂也。今年春忽病作，意頗自危。而不肖尚阻水清源，未即歸也。心懸謂：'吾子未至，病未即愈。旦暮見吾子來，吾念已慰，病當去五六矣。'因是令遍訪醫藥，不至爲痼疾也。詎意延緩逾時，病與日積。五月十日，不肖方抵家，色已非舊歲人矣。亟往郡中謁醫，已不可起矣。嗚呼，痛哉！先君以不肖之故聊欲營樹産業，俾不肖無所顧於衣食，屹不自暇逸。今日不肖獲上進，冀少息肩，而背棄矣。嗚呼！吾與子言若是者，吾悲而弗詳也。"

余聞而傷之。余始與憲卿遊，見其丰儀俊清，衣裳整潔，皎然不染坋埃。時相過從，談笑竟日，醴膳豐嘉，不索而具，憲卿一無所經意，乃知府君所以縱其子遊學如此。俗今以學生得雋者謂之有成，（**説眉**）以學生得雋些子事便謂之有成，此俗見，然得此一語提動便妙。只一語是大文字。憲卿以去歲發解南都，府君及見其成，亦足慰矣。抑其種之之勤，穫其實而不及於食，可悲也已！余惡夫世之撰事者弗核，故弗敢損益於憲卿之言，俾銘者考焉。

通議大夫都察院左副都御史李公行狀

（**説評**）一代有數文字。起結都以姿貌。（**燦評**）《史》《漢》之文。（**年評**）中段描寫采皇木處奇麗俶詭，絶類漢文。（**麟評**）文特雄奇。采辦事乃李公勞績之最著者，抑亦有關於時政得失之大，故歷叙其險遠疲病之狀，至引叢臺、阿房、建章、朝陽爲興，以寓諷喻，蓋先生之用意遠矣！宜爲牧齋所嘆服也。（**擇評**）李公董一時非常大役，又爲先生故人，故紀事以全力赴之。其文尤詳於采木之事，遂爲前古之所未有。東澗謂此文虽子長復生，亦無以過，洵然！（**雲評**）史之潔，班之整贍，殆於兼之。大將登壇，多多益善；大匠畫宫，盈尺中千門萬户畢具，宜徐巨源嘆爲韓歐所無。（升評）得太史公《平準》《封禪》書遺意，而委婉過之。（元評）叙官績獨詳於采木一事，蓋李公無奇偉功略可書，而采辦甚勤，又有關於國家雄侈之漸，故特細叙，使讀者知李公之生平，並可考見時事也。先生於李公最相得，然稱許處尺寸銖兩不爽，此可以知大家之法度矣。其布置處兼盲左、腐遷之勝，虞山謂韓歐握管不過如此，信哉。（祖評）集中第一篇文字。（偉評）此篇最爲整潔，絶似孟堅。（苞評、鼐評、孫評）所序事繁重，而氣能包舉，亦集中傑構，但首尾瑣屑語尚宜剪裁。（綸評）此等皆寓不滿之意。（昌評）此集中絶大文字，乃作者極意規畫太史公者，方望溪所云"事繁而氣能包舉，亦集中傑構，但首尾瑣細語尚宜剪裁"者。按此文營度甚工，首尾亦無見贅，其雜叙各節以行狀體不得不然耳，然亦極簡約矣。

曾祖茂；祖聰，贈通議大夫都察院左副都御史；父玉，贈承德郎、吏部驗封司主事，再贈奉政大夫、吏部驗封司郎中，三贈通議大夫、都察院左副都御史。公諱憲卿，字廉甫。世居蘇州崑山之羅巷村，以耕農爲業。通議始入居縣坊，獨生公一子，令從博士學。山陰蕭御史鳴鳳奇其姿貌，曰："是子他日必貴，吾無事閲其卷矣。"（元眉）閑中著色，爲通篇作引，左、馬家法。先輩吴中英有知人鑑，每稱之，以爲瑚璉之器。（祖眉）規模壯闊，絶似太史公《封禪書》。公雅自修飭，好交名俊，視庸輩不屑也。舉應天鄉試，試禮部不第，丁通議憂。服闋，再試中式，賜進士出身。明年，選南京吏部驗封司主事，歷遷郎中，吏在司者莫不懷其恩。居九年，冢宰鄞聞公、奉新宋公皆當世名卿，咸賞識之。

陞江西布政司左參議，江右田土不相懸，而税入多寡殊絶。（麟眉）事有關係輒不厭詳悉，此非他人所知。如南昌、新建二縣僅百里,多山湖,税粮十六萬;廣信縣六,贛州縣十,粮皆六萬;南安四縣粮二萬。三郡二十縣之粮不及兩縣,巡撫傅都御史議均之。公在粮儲道,爲法均派折衷,最爲簡易。蓋國初以次削平僭僞,田賦往往因其舊貫。(**説眉**)吴賦因張氏舊貫。論者謂蘇州田不及淮安半,而吴賦十倍淮陰;松江二縣粮與畿内八府百十七縣埒:其不均如此。(**雲眉**)忽插入蘇州,非閑筆也,此經濟文字,有關係處以議論,亦見虚賓主實之妙。吴郡異時嘗均田,而均止於一郡,且破壞兩税,陰有增羡,民病之。不若江右之善,而惜不及行也。(**説眉**)大作手,此爲文章之元氣。(**擇眉**)此段與李公無涉,因江右田粮而言及之,所以深著國賦之不平也。(**夫眉**)本記江右事,而兼入蘇松事。(**啓眉**)震川文只是一個認真,不肯輕易了事。

陞山東按察司副使,兵備臨清。先是,虜薄京城,又數聲言從井陘口入掠臨清。臨清綰漕道,商賈所湊,人情恇懼,公處之宴然。或爲公地,欲移任。公曰:"詎至於此?"境上屯兵數萬,調度有方,虜亦竟不至。師尚詔反河南,至五河,兵敗散,獨與數騎走莘縣,擒獲之。在鎮三年,商民稱其簡静。甌寧李尚書自吏部罷還,所過頗懈慢。公勞送,禮有加。李公甚喜,嘆曰:"李君非世人情,吾因以是識其人。"會召還,即日薦升湖廣布政司右參政。

景王封在漢東,未之國,詔命德安造王府,公董其役。又以承天修祾恩殿,陞河南按察司按察使。受命四月,尋擢巡撫湖廣右僉都御史。奏水災,乞蠲貸。親行鄂渚、雲夢間,拊循之。東南用兵禦日本,軍府檄至,調保靖、容美、桑植、麻寮、鎮溪、大剌土兵三萬二千,所過牢廩無缺。公因奏,土司各有分守,兵不可多調;且無益,徒糜粮廩。(**啓眉**)只十八字,曲盡調兵利病。其後土兵還輒掠内地人口。公檄所至搜閲,悉送歸鄉里。顯陵大水，冲壞二紅門黄河便橋，而故邸龍飛、慶雲宫殿多隳撓。奏加修理，建立元佑宫碑亭。是時奉天殿災，(陶夾)特提。敕命大臣開府江陵，總督湖廣、川貴采辦大木。工部劉侍郎方受命以憂去，上特旨陞公左副都御史代其任。(元眉)提清頭緒，即以伏下。

先是，天子稽古制，建九廟，而西宛穆清之居歲有興造，頗竭蜀、荆之材。(麟眉)叙此一節，辞繁不殺。然但覺其潔淨精采而不覺其冗長，真怪事也。公至，則近水無復峻幹，乃行巴、庸、僰道，轉荆、岳，至東南川，往來督責，鈎之荒裔中，於是萬山之木稍出。(雲眉)承上修建宫殿、碑亭來，特襯出采辦一事，筆力嚴重，尤嫌直瀉，此處提綱總絜，精神骨法神明於班掾矣，單摹史遷無此古色。然帝室紫宫，舊制環瑰，於永樂金柱圍長終不能合。(夫眉)史才。(王彦子眉)申相公王公碑少此婉摯。(陶夾)先叙此，以見其難。公奏言："臣督率郎中張國珍、李佑，副使張正和、盧孝達，各該守巡參政遊震得、副使周鎬、僉事于錦，先後深入永順、卯峒、梭梭江；參政徐霈、僉事崔都入容美；副使黄宗器入施州、金峒；參政靳學顔入永寧、迤東、藺州、儒溪；副使劉斯潔入黎州、天全、建昌；董策入烏蒙；參政繆文龍入播州、貞州、酉陽；僉事吴仲禮入永寧、迤西、落洪、班鳩井、鎮雄；程嗣功入龍州；參政張定入銅仁、省溪；參議王重光入赤水、猴峒；僉事顧炳入思南、潮底；王集入永寧、順崖；而湖廣巡撫右僉都御史趙炳燃、巡按御史吴百朋各先後親歷荆、岳、辰、常；四川巡撫右副都御史黄光昇歷叙、馬、重、夔；巡按御史郭民敬歷邛、雅；貴州巡撫右副都御史高翀歷思、石、鎮、黎；巡按御史朱賢歷永寧、赤水。(擇眉)詳歷諸臣名，皆誌其有功也。臣自趨涪州，六月上瀘、叙。而巨材所生必於深林窮壑、崇岡絶箐，人迹不到之地，(啓夾)一層。經數百年而後至合抱，(啓夾)二層。又鮮不空灌。(啓夾)三層。昔尚書宋禮及近時尚書樊繼祖、侍郎潘鑑，采得逾尋丈者數株而已。（啓夾）其難得如此。今三省見采丈圍以上楠杉二千餘，丈四五以上亦一百一十七，視前亦已超絶矣。（啓夾）所得者超絶從前又如此。第所派長巨非常，故圍圓難合。臣奉命初恐搜索未遍，今則深入窮搜，知不可得，而先年營建亦必别有所處。（説眉）"先年營建，亦必别有所處"一句宜細看，爲遇事之要。伏望皇上敕下該部計議，量材取用，庶臣等專心采辦，而大工早集矣。"（説眉）字字有繩尺，文之一損一益，必觀其大意所在。煩瑣盡列，亦見朝事。（夫眉）活活《史記》。

上允其奏，命求其次者。其後木亦益出，自江淮至於京師，簰筏相接。（説眉）得司馬遷筆意。（擇眉）此段筆力曲折周詳，似《史記·平準》《封禪書》文字。而天子猶以皇祖時殿災後十年始成，今未六七載，欲待得巨材，故殿建未有期，而西工驟興，（元眉）點綴土木侈心處，恰好作文章波折。漕下之木多取以爲用。三省吏民暴露三年，無有休息期，（啓夾）文勢如波騰湍涌。大臣以爲言，天子亦自憐之。將作大匠又能規削膠附，極般爾之巧，（啓眉）秋毫之玷不足以病淮濟之清，然讀者却不可不知，所謂"不若無者之快也"。今當抹去"極般爾之巧"五字，改增"以合程度"四字，於法爲得。而見材度已足用。公懇乞興工罷采，以休荆蜀民。使者相望於道，詞旨甚哀。而工部大臣力任其事，天子從之，考卜興工有日矣。（陶夾）此段意周詞密，鎔鍊最緊。其後漕數比先所下多有奇羨，凡得木一萬一千二百八十九章。公上最，推功於三巡撫，下至小官，莫不録其勞，（雲眉）總束心血攢策，如萬弩齊發，似頌似誇，吾疑《子虛》《上林》，托於譎諫。今不載，（元眉）簡而不漏，剪裁有法。（陶夾）史法。獨載其所奏兩司涉歷采取之地曰："四川守巡督儒溪之木，播州之木，建昌、天全之木，鎮雄、烏蒙之木，龍州、蘭州之木。湖廣督容美之木，施州之木，永順、卯峒之木，靖州之木，及督行湖南購木於九嶷；荆南購木於陝西階州；武昌、漢陽、黄州購木於施州、永順；貴州則於赤水、猴峒、思南、潮底、永寧、順崖；其南出雲南金沙江云。”（**麟眉**）既分叙，又總叙，眉目朗然。大抵荆楚雖廣，山木少，采伐險遠，必俟雨水而出。而施州石坡亂灘迂回千里。貴陽窮險，山嶺深峭，由川辰大河以達城陵磯。蜀山懸隔千里，排巖批谷，灘急漩險，經時歷月，始達會河。而吏民冒犯瘴毒，林木蒙蘢，與虺蛇虎豹錯行。萬人邪許，摧軋崩崒，鳥獸哀鳴，震天岋地。蓋出入百蠻之中，窮南紀之地，其艱如此。（**麟眉**）又總一段，極言采伐之艱，筆力排山倒海，可驚可怖。（**擇眉**）極力摹寫，垂戒之意深矣。（**雲眉**）極寫其艱，雷轟電掣，山哀谷鳴。其文氣沉鬱蒼深，亦復雄麗頓挫。故附著之，俾後有考焉。（**王彦子眉**）無一語贊頌李公，史公加一倍寫法。昔稱雍州南山檀柘，而天水隴西多材木，故叢臺、阿房、建章、朝陽之作，皆因其所有。金源氏營汴新宫，采青峰山巨木，猶以爲漢、唐之所不能致。（**夫眉**）文忌貪多。公乃獲之山童木遁之時，發天地之藏，助成國家億萬年之丕圖，其勤至矣。（**陶夾**）又比附於古以見其難，而文氣亦古懋。（**元眉**）議論有關係。是歲冬，徵還内台。明年，考察天下官。已而病作，請告。病益侵，乞還鄉，天子許之。行至東平安山驛而薨，嘉靖四十一年四月乙亥也，年五十有七。（**説眉**）此大士現文人身而爲説法。（**麟眉**）此段正史家用意處，非故作波瀾取好看也。（**偉眉**）深厚雋腴之筆，竟是孟堅地理志。（**雲眉**）懼其精盡於弓也，餘波入焉。昌黎稱柳州泛濫停蓄，深博無涯涘，此文得之。

公仕宦二十餘年，未嘗一日居家。山東獲賊，湖廣營造，東南平倭，纍有白金文綺之賜。而提督采運之擢，旨從中下，蓋上所自簡也。（**擇眉**）又總叙一段，語簡而事備。（**元眉**）總上。祖考妣皆受誥贈，母杜氏封太淑人，所之官必迎養，世以爲榮。

公事太淑人孝謹，每巡行，日遣人問安，還輒拜堂下。太淑人茹素，公跽以請者數，太淑人不得已，爲之進羞膳。平生未嘗言人過，其所敬愛與之甚親，至其所不屑，然亦無所假借。（**元眉**）前文皆叙官績，此處撮其生平大概。在江陵，有所使吏遲至，公問其故，言："方食市肆中，又無馬騎。"故事，臺所使吏廩食與馬，爲荆州奪之。公曰："彼少年，欲立名耳。"竟不復問。周太僕還自滇南，公不出候，蓋不知也。周公，鄉里前輩，以禮相責誚。公置酒仲宣樓，深自遜謝而已。（**麟眉**）度量過人處。（**祖眉**）此亦望溪先生所云瑣細者也。爲人美姿容，自少衣服鮮好，及貴，益稱其志。至京師，大學士嚴公迎謂之曰："公不獨才望逾人，丰采亦足羽儀朝廷矣。"（**元眉**）與篇首相應。所居官廉潔不苛，采辦銀無慮數百萬，先時堆積堂中。公絶不使入臺門，第貯荆州府。募召商夷，賞購過當，人皆懷之。故總督三年，地窮邊裔，而民夷不驚。（**雲眉**）生平艱巨之任在采辦，特以廉潔不苛結，辭尚體要，信哉！以是爲難。是歲，奉天殿文武樓告成，上制名曰皇極殿，門曰皇極門，而西宫亦不日而就。（**説眉**）接得渾古。天子方加恩臣下，叙任事者之勞績，而公不逮矣。（**陶夾**）補此以見成功之所以速。（**元眉**）留此作結局，爲一篇生色。娶顧氏，封淑人。子男五：延植，國子生；延節、延芳、延英、延實，縣學生。女四：適孟紹顔、管夢周、王世訓，其一尚幼。孫男七：世彦、官生、世良、世顯、世達，餘未名。孫女六。余與公少相知，諸子來請撰述。因就其家得所遺文字，參以所見聞，稍加論次，上之史館。謹狀。

（**元評**）此等大文字當看其布置得宜、血脉融貫，至詞氣之典質古健，不待言矣。

(夫評)此文極摹《史記》,次則韓文。若再削去數段並數句,真正精金美玉之文。須存原本参讀方知删本之勝於原本也。或曰傳宜簡,誌狀宜詳,删之似傳體,非誌狀體,其説亦是。但取韓文董晋行狀讀,詳簡之辨當自瞭然,不删脱不得"通套"二字。

(王澹淵評)《平準書》《貨殖傳》之間。

(陶評)叙次詳明,提束嚴整,剪裁有法,鎔鑄極工,是先生極意學《史》《漢》之文,蓋直合馬遷、班固爲一手矣。

魏誠甫行狀

(説評)是繩尺文字。**(麟評)**其人之品概及其性情、嗜好无不宛然在目,真神品也。**(虞評)**論次生動,而自具結構。**(曾國藩評)**震川性情淳古,每出一語,真氣動人。其發於親屬、叙述家常文字,尤質樸懇至,使人生孝弟之心,此真六經之裔也。**(紓評)**狀誠甫特一書生,然震川禮重其妻,故推愛及於誠甫。所叙雖瑣細,亦寓至情。

嗚呼！予娶於誠甫之女弟,而知誠甫爲深,孰謂誠甫之賢而止於此？蓋誠甫之病久矣。自吾妻來歸,或時道其兄,輒憂其不久,至於零涕。既而吾妻死八年,誠甫諸從昆弟三人皆壯健無疾,皆死,而後誠甫乃死,於誠甫爲幸。**(麟眉)**勁折。然以誠甫之賢,天不宜病之,又竟死,可悲也。

誠甫諱希明,姓魏氏,世爲蘇州人。始居長洲,後稍徙崑山之真義里。曾大父諱鍾,大父諱壁,以力穡致富,甲於縣中。是生吾舅光禄典簿,而誠甫之世父太常公以進士起家,爲當代名儒。

誠甫爲人少而精悍,有所爲,發於其心,不可撓。其少時頗恣睢,莫能制也。已而聞太常之訓,忽焉有感,遂砥礪於學,以禮自匡飭。(**麟眉**)其不可及在此。是時誠甫爲縣學弟子員,與其輩四五人晨趨學舍。四五人者,常自爲群,皆裒衣大帶,規行矩步,端拱而立。博士諸生咸目異之,或前戲侮,誠甫不爲動。每行市中,童兒夾道譁然,而誠甫端拱自若也。(**説眉**)能自行其志尚,必不顧兒童一笑。

誠甫生平無子弟之好,(**基眉**)何解?獨購書數千卷及古法書名畫,苟欲得之,輒費不貲。其樂善慕義,常忻忻焉,以故郡中名士多喜與誠甫交。每之郡,從之游者率文學儒雅之流也。(**説眉**)定不是世上酬應之文。去其家數里,地名高墟,誠甫樂其幽勝,築别業焉,枝山祝允明作《高墟賦》以著其志。(**説眉**)獨表祝允明一賦,見手眼。誠甫補太學生,三試京闈不第,以病自廢。居家,猶日裒聚圖史。予時就誠甫宿,誠甫早起,移置紛然。(**麟眉**)寫嗜好癖性宛然。予卧視之,笑其不自閑。誠甫亦顧予而笑,然莫能已也。雖病,對人飲食言語如平時。客至,出所藏翻閲,比罷去,未嘗有倦容。終已不改其所好,至於生産聚畜,絶不膺於心,固承藉祖父,亦其性有以然也。(**夫眉**)亦是平行文字,一起一結,大有筆力。(**祖眉**)全在瑣碎處著精神。

誠甫卒於嘉靖十九年十二月乙酉,年三十九。娶龔氏,裕州守天然之女。子男二人:長大順,太學生;次大化。女一人,孫男一人。

先妣事略

(**説評**)無一字移得别人家用。(**年評**)瑣屑零碎處叙得妙。零零星星,斷斷續續,其零星處學左氏,其斷續處學子長。(**苞評、鼐評**)此等文便直接韓歐,形貌不似而相同在骨法也。(**雲評**)瑣瑣屑屑,約略點綴,而母之賢、子之痛涌現毫端,涕淚滿紙。

事略至此，可稱神品。（**孫評**）此等文便直接韓歐，以形貌不似，而同在骨法也。此篇絶無依傍，遂可與韓王争長。（**虞評**）質而不俚，真得史遷之神。（**亮評**）熙甫撰《先妣事略》皆瑣屑無驚人事，失母者讀之痛不可止。誇者飾浮語過情，人人同，安知爲誰氏字乎？（**紓評**）此文紓讀至萬遍，和淚細批，見紓所選古文辭中，此不名爲文，直是一團血淚凝結而成。（**昌評**）方望溪云："此等文便宜直接韓歐，其形貌不似，而相同在骨法也。"

先妣周孺人弘治元年二月十一日生，年十六來歸，逾年生女淑静。淑静者，大姊也。期而生有光，又期而生女子，殤一人，期而不育者一人。又逾年生有尚，妊十二月。逾年生淑順，一歲，又生有功。有功之生也，孺人比乳他子加健，然數顰蹙，顧諸婢曰："吾爲多子苦。"老嫗以杯水盛二螺進，曰："飲此，後妊不數矣。"孺人舉之盡，喑不能言。正德八年五月二十三日，孺人卒。諸兒見家人泣則隨之泣，然猶以爲母寢也，傷哉！（**夫眉**）前人所不經道語。於是家人延畫工畫，出二子，命之曰："鼻以上畫有光，鼻以下畫大姊。"以二子肖母也。（**説眉**）愈瑣愈妙。（**王彦子眉**）此與"某所而母立於兹""能以履聲辯人"皆以微事得至文。

孺人諱桂，外曾祖諱明；外祖諱行，太學生；母何氏，世居吴家橋。去縣城東南三十里，由千墩浦而南，直橋並小港以東，居人環聚，盡周氏也。外祖與其三兄皆以貲雄，敦尚簡實，與人姁姁説村中語，見子弟甥侄無不愛。孺人之吴家橋則治木綿，入城則緝纑，燈火熒熒，每至夜分。外祖不二日使人問遺，孺人不憂米鹽，乃勞苦若不謀夕。冬月，罏火炭屑，使婢子爲團，纍纍暴階下。室靡棄物，家無閑人。兒女大者攀衣，小者乳抱，手中紉綴不輟，户内灑然。遇僮奴有恩，雖至箠楚，皆不忍有後言。吴家橋歲致魚蟹餅餌，率人人得食。家中人聞吴家橋人至，皆喜。(**年眉**)不屑零碎處叙得妙。(**雲眉**)勤儉景光,慈惠情性,一一活現,直是畫所不到。

有光七歲,與從兄有嘉入學,每陰風細雨,從兄輒留。有光意戀戀,不得留也。孺人中夜覺寢,促有光暗誦《孝經》。即熟讀無一字齟齬,乃喜。孺人卒,母何孺人亦卒。周氏家有羊狗之痾,舅母卒,四姨歸顧氏又卒,死三十人而定,惟外祖與二舅存。

孺人死十一年,大姊歸王三接,孺人所許聘者也。十二年,有光補學官弟子,十六年而有婦,孺人所聘者也。期而抱女,撫愛之,益念孺人,中夜與其婦泣,追惟一二,彷彿如昨,餘則茫然矣。世乃有無母之人,天乎！痛哉！

(**夫評**)文字要真。

請敕命事略

先人諱正,世爲吴中著姓。先曾祖諱鳳,中成化甲午鄉試,選調兖州城武縣知縣。先祖諱紳,縣學生,爲太常卿夏杲之孫婿。杲以文學爲一時名臣,詩書之業以故世有承傳。(**説眉**)夏太常一條見古人作文深厚。先祖家教尤嚴。先人早遊縣學,屢試不第。而有光後出有名,及舉鄉試,先人遂謝去。先祖於諸父有分,獨退讓處其薄。(**説眉**)於田園自處其薄,則於行己厚矣,故曰不患貧而患貧之小。奇。先祖以高年篤老,先人與伯父年亦皆逾七十,侍側日忻忻然,如少年兒子,皆不知其老也。(**説眉**)想見淳古。日閉門讀書,每自喜,以爲有所得。性坦率,未嘗與人有争。與里中結社,有香山洛社之風。社中人尤敬其德,稱其别號曰岫雲,言如出岫之雲無心也。

歲壬戌,有光八上春官,不第還。先人遂以是年卒,年七十有八。又三年始登第,而先人不及見矣,悲夫!以有光之困於久試,祖、父皆以高年待之,而竟不及。(説眉)震川先生所以慰其祖、父乃不在推封。及先人之方歿而始獲一第,曾不得一日之禄養,所以爲終天之恨也。有光仕宦既不遂,獨幸以建儲詔得推封,此亦可少慰人子之情於萬一。敢叙其大略,上之史館:

先妣姓周氏,世家縣之吴家橋。先外祖諱行,太學生,家世以耕農爲業。外祖始游成均,而後其從孫大禮始舉進士,爲河南左參政。先妣,河南之從姑也。先妣年十六歸先君,聰明勤儉,生伯姊與有光,先後僅一年。先妣比歿,有光與姊年七八歲,已教之小學及女紅甚習。常程課不少借,先人則怡怡然也。不幸年二十六卒。所生弟妹又三人,伯姊嫁河東都轉運使王三接,其在禮部時封伯姊爲安人。有光獨久不第,而先人春秋高,先妣墓木已拱,有無窮之感也,常默默自愧其姊云。(説眉)此語下得入情而妙。

先妻魏氏,光禄寺典簿庠之女,太常卿謚恭簡公校之從女也。(説眉)思其所稱。恭簡公爲當世名儒,學者稱爲莊渠先生云。先妻少長富貴家,及來歸,甘澹薄,親自操作。時節歸寧外家,以有光門第之舊,而先妻未嘗自言,以爲能可以自給。及病,妻母遣人日來省視,始嘆息,以爲姐何素不自言,不知其貧之如此也。嘗謂有光曰:"吾日觀君,殆非今世人。丈夫當自立,何憂目前貧困乎?"(説眉)若作今世人,不如歌薤露耳。事舅及繼姑孝敬,閨門内外大小之人無不得其歡。人以爲有德如此,不宜夭歿。而生一子,甚俊慧,又夭。僅存一女,天道竟不可知矣!

繼妻王氏,吴中王氏多自以爲太原之後,然實無考。獨先妻家譜系最明，遠有承傳。曾祖益，讀書吴淞江上，時海虞大理寺卿章公格及吏部左侍郎葉文莊公皆當世名卿，以文字往來，爲締姻好。屬再世壯男子死，家又苦役。先妻少喪父，妻母教之甚脩謹。年十八來歸，不失婦道，撫前子，愛甚己子。前子死時，哭之悲，病遂亟，其聰明慈愛蓋天性也。魏氏生時，有光方年少，爲諸生，及王氏方鄉舉，家益貧。歷歲歲北上辦裝及下第之窮愁，有光自嘆，生平於世無所得意，獨有兩妻之賢，此亦釋家所謂隨意眷屬者也。今蒙恩封贈，例當封妻前一人與最後一人，而恩詔乃許移封，今妻費氏亦願推讓王氏，則泉壤之下亦被希世之曠典矣。（後以例不準移封，仍封費孺人。莊識。）

予自臨安辭謝臺省，還過弁山，午飯後，舟中無事，因書此。當即遣人赴京受敕。雖簡略數語，下筆輒爲哽咽。人生之痛，無以加矣！

（説評）吾昨論范石湖詩以田園爲粉本，震川先生文字亦當以此等文爲粉本耳。

卷二十六　傳

歸氏二孝子傳

（**説評**）兩販私鹽漢得許表章，亦先生所以教孝。（**年評**）外樸而中腴，讀此等文真如食鍊果也。（**駒評**）全學《史記》，深情冷韻，當於行墨外遇之。（**元評**）質而不俚。（**紓評**）此篇亦曾見於《古文辭類纂》中，然寫伯威戀親之狀實自昌黎《琴操》得來。

歸氏二孝子，予既列之家乘矣。以其行之卓而身微賤，獨其宗親鄰里知之，於是思以廣其傳焉。

孝子諱鉞，字汝威。早喪母，父更娶後妻，生子，孝子由是失愛。父提孝子，輒索大杖與之，曰："毋徒手傷乃力也。"家貧，食不足以贍。炊將熟，即諓諓罪過孝子，父大怒逐之，於是母子得以飽食。孝子數困，匍匐道中。比歸，父母相與言曰："有子不居家，在外作賊耳。"又復杖之，屢瀕於死。方孝子依依户外，欲入不敢，俯首竊淚下，鄰里莫不憐也。父卒，母獨與其子居。孝子擯不見，因販鹽市中，時私其弟，問母飲食，致甘鮮焉。正德庚午大饑，母不能自活。孝子往涕泣奉迎，母内自慚，終感孝子誠懇，從之。孝子得食，先母弟，而己有饑色。弟尋死，終身怡然。孝子少饑餓，面黄而體瘠小，族人呼爲"菜大人”。嘉靖壬辰，孝子鉞無疾而卒。孝子既老且死，終不言其後母事也。

繡字華伯，孝子之族子。亦販鹽以養母，已又坐市舍中賣麻。與弟紋、緯友愛無間。緯以事坐繫，華伯力爲營救。緯又不自檢，犯者數四。華伯所轉賣者，計常終歲無他故，才給蔬食，一經吏卒過門輒耗，終始無愠容。(**説眉**)繡事友多於孝。(**雲眉**)他手須數十語乃得明白，何其簡而妙，史筆。華伯妻朱氏，每製衣必三襲，令兄弟均平，曰：“二叔無室，豈可使君獨被完潔邪？”(**陶夾**)賢哉婦。叔某亡，妻有遺子，撫愛之如己出。然華伯，人見之以爲市人也。(**説眉**)和平静正，此等文字真能令人古。

贊曰：二孝子出没市販之間，生平不識《詩》《書》，而能以純懿之行自飭於無人之地。遭罹屯變，無恒産以自潤而不困折，斯亦難矣！華伯夫婦如鼓瑟，汝威卒變頑嚚，考其終，皆有以自達。由是言之，士之獨行而憂寡和者，視此可愧也！(**瑚眉**)感慨在傳末一贊，世上讀詩書而賊天性者對此何以自容。(**雲眉**)贊亦逼真龍門。(**升眉**)華伯惟爲市人，乃有此懿孅。余求華伯之事於市人中，頗有其人，特不遇先生，遂就沈埋。市人之獨能不閉其天，洵厚幸哉！(此文參用崑山、常熟本。)(**説眉**)敗矣！豈有子孫刻其先人集而可言參用者，且一文安可參用兩也？可痛！可痛！

(**夫評**)傳妙，贊不見得。

(**陶評**)叙次明潔，贊語特精，華伯所叙皆友愛事，而稱孝子，殆所謂“惟孝友於兄弟”耶！

(**坰評**)二孝子行皆卓絶，吾尤奇朱氏賢。

張自新傳

（**年評**）寫畸人情狀如畫，眉髮栩栩欲動。（**麟評**）寫肮髒磊落之概面面曲至，筆筆如生。（**雲評**）鬚眉生動，所謂千載下凛凛有生氣者。（**祖評**）文亦直叙，而楮墨間勃勃有氣，此名手不猶人處。

張自新，初名鴻，字子賓，蘇州崑山人。自新少讀書，敏慧絶出，古經中疑義，群子弟屹屹未有所得，自新隨口而應，若素了者。性方簡，無文飾。（**麟眉**）提句作骨。見之者莫不訕笑，目爲鄉里人。同舍生夜讀，倦睡去，自新以燈檠投之，油污滿几，正色切責，若老師然。（**麟眉**）此方簡之過。髫齔喪父，家計不能支。母曰："吾見人家讀書如捕風影，期望青紫，萬不得一。且命已至此，何以書爲?"自新涕泣長跪，曰："亡父以此命鴻，且死，未聞有他語，鴻何敢忘？且鴻寧以衣食憂吾母耶?"與其兄耕田度日，帶笠荷鋤，面色黧黑。夜歸則正襟危坐，嘯歌古人，飄飄然若在世外，不知貧賤之爲戚也。（**麟眉**）既承父志，又順母心，爲人所難爲，此方簡大作用處。

兄爲里長，里多逃亡，輸納無所出。每歲終，官府催科，搒掠無完膚。自新輒詣縣自代，而匿其兄他所。縣吏怪其意氣，方授杖，輒止之曰："而何人者?"自新曰："里長，實書生也。"試之文立就，慰而免之。弱冠，授徒他所，歲歸省三四，敝衣草履，徒步往返，爲其母具酒食，兄弟酣笑，以爲大樂。

自新視豪勢眇然不爲意。（**説眉**）視豪勢眇然，所以能自立讀書。吴中子弟多輕儇，冶鮮好衣服，相聚集，以褻語戲笑。自新一切不省，與之語不答，議論古今，意氣慷慨。酒酣，大聲曰："宰天下竟何如?"（**説眉**）没頭腦出一語，寫得妙，有聲色。目直上視,氣勃勃若怒,群兒至欲毆之。(麟眉)絶非假豪邁一流,此乃方簡人声口氣象也。補學官弟子員,學官索贄金甚急,自新實無所出,數召笞辱,意忽忽不樂,欲棄去,俄得疾卒。自新爲文博雅而有奇氣,人無知之者。予嘗以示吴純甫,純甫好獎士類,然其中所許可者不過一二人,顧獨稱自新。自新之卒也,純甫買棺葬焉。(麟眉)又引鄉里前輩爲重。

歸子曰:"余與自新遊最久,見其面斥人過,使人無所容。儔人廣坐間,出一語,未嘗視人顔色。笑駡紛集,殊不爲意,其自信如此。以自新之才,使之有所用,必有以自見者。淪没至此,天可問邪?世之乘時得勢,意氣揚揚,自謂己能者,亦可以省矣。語曰:'叢蘭欲茂,秋風敗之。'"余悲自新之死,爲之敘列其事。自新家住新洋江口,風雨之夜,江濤有聲,震動數里。野老相語,以爲自新不亡云。(説眉)終作野語,妙絶。(麟眉)添頬毫,畫圓相,神手。(擇眉)從伍胥濤事脱化。(雲眉)紙上有聲,文外有神,奪胎坡公。(王彦子眉)神采飛揚。(啓眉)可惜"野老"二語近套。

(垌評)自新之行非中庸,公但悲惜之,其義未備,然文特工。

顧隱君傳

(紓評)文極修整。

隱君諱啓明,字時顯。世居崑山之七浦塘,今爲太倉人。相傳晉司空和之後散居浦之南者,其族分而爲三,故世稱其地曰三顧村云。宋末有諱中二者,兵燹之後盡喪其貲,有田數頃遺其子公廉。公廉生愚,好濂洛之學,讀書常憑一几,几有刓處,人以比之管幼安,是爲原魯先生。原魯生五子,其季爽贅居塘北,又爲塘北顧氏。爽生謨,謨生昊。昊生四子:寅以明經爲始興教諭,其次即隱君也。隱君有子曰存仁,舉嘉靖十一年進士,選調餘姚知縣,以最入爲禮科給事中。皇太子生,覃恩近侍,封隱君如其官。

隱君爲人敦樸,麤率任真,尤不能與俗競。平生不識官府,會里中有徭役事,隱君爲之賦鴻雁之詩,戾止於吴門。(**鼒眉**)無謂。君故生長海上,言語衣服猶故時海上人也,無纖毫城市媮靡之習。及貴,愈自斂約。就養餘姚,以力自隨,獨夜至官舍,縣中人無知者。敕受章服,閉門不交州郡。郡太守行鄉飲酒禮,到門迎請,終不一往。每旦,焚香拜闕,(**鼒眉**)更無謂。一飲一食,必以手加額曰:"微天子恩,不得此。"居常讀書,有所當意,每抉摘向人談説不休,曰:"吾不信今人非古人也。"故平生未嘗愛財,未嘗疑人。

季弟鍾早世,先屬意隱君子爲後,隱君固讓其兄子。在餘姚,見家人持官物,即槌碎,(**鼒眉**)何故槌碎。加訶責焉。雖流離顛沛之際,孜孜以濟人爲務。有乞貸,分貲予之。知其人必負,業已許之,不變也。或僞指隱君賺人金,隱君曰:"吾不知金,而金實爲我。"卒償之而不自言。(**説眉**)今人以受人賺爲耻,士君子以不自安其心爲憂。州大夫建綽楔,使人送其直,送者詭曰:"此吾贖金也,而非其罪。"隱君惻然,遽還之。里有某宅某墓地相鄰比,有某橋道未修,有某死未殯葬,以告,必得所欲。至其所自奉,布衣蔬食而已。瀕海多逋税,置役田以恤其里人。嘗曰:"海上吾故鄉,吾不能一日亡首丘之志。"故自號海隱居士。時時往廬於墓側,從始興君遊,年老,兄弟相樂也,竟自海上得疾以歸而卒。

初,隱君未六十,爲教曰:"古人葬以掩形,務從樸實,觀美何益?吾葬不拘忌,棺必油杉,有一不然,是爲逆命。"因乞始興君書之,勒石於墓。存仁爲禮科給事中,以言事忤旨,謫居保安州,保安州在居庸關外,自稱居庸山人。(**説眉**)亦以居庸山人爲榮。

贊曰:顧氏自丞相肅侯始著於吴録。司馬氏渡江,顧、賀、紀、薛,號稱世冑高門,蓋其來久矣。正德、嘉靖間,溱、濟兄弟一時起海上,並爲給事中,最後山人繼之,即所謂三顧族也。余少從山人遊,至貴顯終始不改其操,可謂純篤君子矣。及觀隱君行事,考論其家世,蓋有以哉。冢宰玉峰朱公以碩德元老爲之銘,可以不愧。而通参張先生之狀尤爲詳覈,余得而論次之云。(**説眉**)淡遠。

元忠張君家傳

元君既歿之三年,其子士淪葬之縣東南,以爲:"墓銘所以藏諸幽也,將欲發揚先人之德,莫如傳。昔太史公贊留侯云,見其圖,狀貌如婦人好女;其論田横則恨無不善畫者,莫能圖。今二子之畫無有也,而尚猶想見其人,豈不以傳哉?古之孝子色不忘乎目,聲不忘乎耳,心志嗜欲不忘乎心。士淪之見吾先人者,安敢忘諸?"遂以其所撰先人事數百言乞予爲傳。予讀而悲之,爲叙次其語,作《張元忠家傳》。

元忠名廷臣,字元忠,其先汴人。宋南渡,徙家於蘇州之崑山。弘治間,割崑山之東爲太倉,故今爲州人,而其家猶在崑山之治城。高祖能,新城知縣;曾祖注,潮陽訓導;祖鑾,封承德郎,刑部主事;父寛,舉進士,歷官至廣東僉事。

元忠生而敏慧,僉憲公奇愛之。初爲錢塘令,元忠方五六歲,携以之官。每僚佐宴集,必呼與俱。應對機警,禮容秩然,人咸異之。時有詐爲臺檄者,元忠從旁辯其誣,已而果然,縣中老吏皆驚慴。年十九,補學官弟子員,尋例貢太學,祭酒增城湛公亟稱之。未幾,中南都鄉試,學士内江張公尤加賞識。

元忠少尫弱多疾,藥餌不絶於口。又宦家子弟,然自力於學,早歲得舉。而尤能治家,其遇事强敏精悍,(**説眉**)"强敏精悍"四字爲骨,文體亦象之。總理操切,無所縱貸。僉憲公其始宦遠在外,迨其罷歸,獨日召故人賓客飲酒而已。故與僉憲公交者皆稱其有子,而自以爲不可及云。自初舉至其卒,凡六試南宫,不第,卒時年四十三。元忠爲人楚楚,門内外斬然。雖盛暑,燕坐未嘗解帶,與人語纚纚不止也。(**説眉**)傳腹語,乃在傳尾,其位置有思。

贊曰:予聞元忠之將死,縣有郁君善相人,元忠聞其在所親家飲酒,使人詗之,曰:"是必談我。"已而酒次,郁君果言元忠必不可起。明日,元忠召郁君,與對坐啜粥,談論竟日,其精强自持類如此。自以早歲發解,進士可必得,以其所爲家者施於吏事,優然有餘,而卒困蹶,此其所以有遺恨也。

章永州家傳

(**鼐評、孫評**)按傳所述不過明於吏事者,此得舉其祖事,於傳中語全無關涉,不過爲贊中外家作綫耳,無謂之甚。

君姓章氏,諱棨,字宗肅,世爲海虞人。曾祖珪,宣德中舉賢良方正,拜監察御史,論三楊學士,有直聲。生四子:儀,國子助教;表,廣西布政司右參議;格,南京大理寺卿;律,都察院左都御史。大理有高節,致仕家居。縣令楊名父以其清貧,買田給之,謝不受。名父爲構亭虞山上,獨時時邀與登覽,相對飲酒,名其亭曰"仰高"云。(**説眉**)閑。大理生沐,贈單縣知縣,君之父也。

君爲人孝友，入縣學，以德行爲博士所稱舉。嘗從鄉先生都御史陳公遊，後中南京鄉試，入南太學。是時增城湛公、高陵吕公，並以八座居留都，開門講道，學者雲集，君兩遊其門。屢上春官不第，選調單縣知縣。單瀕河而地窪下，每歲桃花水發，河南人夜過河，盗决堤防，民患苦之。君至，適盗决者水將泛，率丁夫伐木增椿，晝夜捍禦，卒以無虞。少年爲胥卒，趨走縣庭，候伺短長，規爲不法。或以爲言，君曰："是於我無顯迹，不宜豫逆之。"撫以恩信，皆感激思爲用。山東盗賊多逃入單縣界中，單人爲囊橐，積不能得。於是諸少年爲君耳目，盡獲之。院司所下逐盗文符無慮百數，君一日條具申報，上官以爲能。田賦法弊乃詢民所欲，而畝斂以錢，民便之，齊魯間皆推用其法。有胡兵自寧武關趨太原，聲言欲向山東。都御史議兵事，部署將帥，獨留單縣令轅門，會虜信不至而罷。

升安吉州知州。歲旱民饑，殫力賑救，多所全活。其民好訟，恒以理解之。有匿税者，爲案籍，人人閲之，鞭扑不用而逋負悉出。君嘆曰："此豈古頭會法也？吾以救弊而已。"州所治孝豐，迄君去一無所擾，其縣人至不知有州焉。遷永州府同知，永州在楚越間，號無事。太守日閉門高卧，以郡事委君，君亦優遊而已。上疏乞休，方治行而卒。此其弟宗實之所稱者云爾。宗實父涯，君之從父，初無子，以君爲子。晚得宗實，君撫而教之，今爲鄉貢進士。（**夫眉**）以收處爲起處。

歸子曰：大理公與予外高祖太常公有姻，予少時數從祖母之外家，蓋聞章卿云。及登虞山，求所謂仰高亭者，已蕪没於空烟翠樹間矣。於是識永州君，恂恂然君子人也。往予試南宫，君自安吉來朝，過予邸舍，歡飲，上馬去。予顧其弟言，君近形神不偕，久官勞悴而致然耶，抑有所不自得者？而竟死永州。悲夫！仕雖不遂，論其行事，可以不愧於先人矣。

戴錦衣家傳

（雲評）書法，其爲是官者須如是人。先生嘉、隆間人耳，終明之世，閲盡士大夫治獄之慘，而後知戴錦衣真天人也，斯人斯文並不朽矣。

戴錦衣者，父文潤，其先湖州之德清人，後爲安陸人。安陸，今之承天府也。文潤家州郭外，爲興府良醫，事睿宗皇帝。父戴隱君歿，文潤以毁滅性，郢中人以《孟子》之語題其廬曰“終慕”，故錦衣家有終慕之堂。（説眉）别一種點注。夫人徐氏，夫亡時年二十九，子經甫七歲，即錦衣也。家貧，克勵清操，以拊其孤，及錦衣貴，終不改其淡泊，故錦衣家有高節之堂。（説眉）視其所表，視其所存，此讀古今文法也。

今皇帝以親藩入繼大統，國中舊臣皆用恩澤升。錦衣年甚少，補環衛，積功勞至指揮使。錦衣之職於上十二衛最親貴，兼領詔獄。士大夫被逮者多見掠辱，少有全者。而錦衣恂恂然，爲人尤仁恕。凡被繫者，往往從其人問學，常保護之。御史楊爵、給事中周怡、員外郎劉魁，禁繫纍年。三人已赦出，相謂曰：“微戴君，吾等安得生至今日乎？”聶尚書豹亦在繫，甚稱錦衣之德。謝都御史存儒巡撫河南，以師尚詔反，錦衣奉駕帖往逮。行數千里，衣破弊，謝公以一縑贈之，却不受。錦衣今謝事家居，門庭寂然，其清素如此。（雲眉）仁恕外更以廉潔，稱其節孝之家。其在治獄不名一錢，可知文之用意精深，力餘弦外如此。錦衣名經，字伯常。

歸子曰:余寓京師南薰坊,錦衣時過從,示余以家所藏文字,爲芟其蕪而歸之質,作《戴錦衣家傳》。然余讀華亭楊奉常之論終慕,有旨哉!有旨哉!

洧南居士傳

(紓評)居士特一世家子之自愛不苟者,文却以矜莊出之,重年誼也。中有趣語,亦有誠切語。

洧南居士者,姓杜氏,名孟乾。(説眉)稱居士名矣!其先自魏滑徙扶溝邑,居洧水南,故以爲號。曾祖清,以明經任大同經歷;祖璿,贈户部主事;父紹,進士,官户部主事。居士少爲諸生已有名,歲大比,督學第其文爲首,而户部乃次居四。時户部得舉,人曰:"此子不欲先其父耳。"久之,竟不第。

貢入太學,選調清苑主簿,庀馬政,却禮幣之贈,數言利病於太守。(説眉)詩人倒有主簿。又欲開郎山煤,導九河,諸所條畫皆切於時,太守嗟異之。會創蘆溝河橋,雷尚書檄入郡選其才,得清苑主簿而委任焉。然苑人愛其仁恕,及聞居士之孫化中舉於鄉,喜相謂曰:"固知吾杜母之有後也。"陞瀘州經歷,丁内艱,服闋,改鞏昌。至則陳茶馬利病,太守器其能,郡事多咨焉。竟卒於官,年五十。

居士爲學精博,尤長於詩,所交皆知名士。平生尚氣輕財,收恤姻黨,字孤寡,不憚分産畀之。縣中有事皆來取決。伉直不容人之過,族人子弟往往遭撻楚,然未嘗宿留於中,皆敬服,而怨讟者鮮矣。

初,洧水東折,歲久衝淤,轉而北。居士力言於令,改濬以達於河。(説眉)洧南留心河渠尤深。扶溝人賴其利,爲之語曰:

“洧水淤,老幼啼。洧水通,賴杜公。”居士於家事不訾省,聞有善書多方購之,建書樓,且戒子孫善保守,刻石以記。(**説眉**)何必進士。所著有《洧南文集》《洧南詩集》《北上稿》《南歸稿》《西行稿》《五經韵語》《書經馴駁》,(**説眉**)以《書經馴駁》名,當是辨定古今文真僞耳,信讀書人!“馴駁”二字亦質奥不流凡。彙集醫方若干卷。

君既没,其從父弟孟詩狀其行如此。嘉靖四十四年,化中登進士。明年,爲邢州司理。隆慶三年,吴郡歸有光,化中同年進士也,來爲司馬,因采孟詩語,著之其家傳。

歸子曰:大梁固多奇士,尤以詩名。吾讀洧南詩,意其人必超然埃𡏖之表。及爲小官,似非所屑,顧必欲有以自見。乃知古人之志行所存,不可測也。視世之規規讓讓,無居士之高情逸興,雖爲官,豈能辨治哉?化中蓋深以予言爲然云。(**説眉**)感慨深。

周封君傳

周封君者,(**説眉**)真呼作封君!廣東按察司副使周美濟叔之父也。其先海虞人,後徙崑山之茆溼。祖父好道家言,人稱爲玄本公。封君自茆溼入居縣城馬鞍山陽。馬鞍山,里俗所謂玉山者也,故自號玉川云。

濟叔少時,封君口授以書。比數歲,遣從師學。暮歸輒燃膏,令從旁讀誦,夜分乃寢,率以爲常。及濟叔入郡學,念已自能進取,遂不復関省。日取醫卜、地理、星命書觀之,尤精小兒痘疹,决死生,晷刻不爽。晨起,焚香拜神。忌日、祭祀皆感傷悲泣。其爲人誠樸任真,子貴,猶淡食布衣,與人諄諄皆平生語,人尤以是敬之。自推命數,年七十九,適生日值其所生年甲子,喜曰:"吾當增壽一紀,可得八十九。"至期,設祭祠訣祖考,無疾而終。(**説眉**)封君本日者,而以自推命七十九一段作波。(**擇眉**)值者多矣,豈皆驗乎?

初,濟叔爲尚書秋官郎,封君就養在京師。秩滿受封,父子相隨奉天門謝恩,觀者嘆息。内侍引入禁苑,遍觀玉堂、神明、漸臺、泰液之勝。餉以内珍,曰:"封君謝恩者蓋少,况年逾八十、健爽如此者乎?"掖送出長安門而别。及濟叔出僉湖憲,封君尚隨居蘄、黄間也。比徙蜀藩,送至長橋,曰:"吾老矣,不能從兒行也,旦暮遲汝歸耳。"濟叔至官,奉敕督理黄籍,邅迴二載。及海南命下,即上疏歸養。下隴坻,倍道行,至家逾月而封君殁。(**説眉**)文字總患不得閑,不得閑者患不得細,不得細則患不得實,文至於實而古今之能事畢矣。(**燦眉**)以官蜀疏終養,結有不盡之思。(**擇眉**)險哉,幸哉!

歸子曰:濟叔嘗爲余言,在蜀時,按行所部,經邛郲九折阪,又登峨眉山,雲霞飛湧其下,下視東吴,何啻萬里。《詩》有之:"陟彼岵兮,瞻望父兮。""夙夜無已","猶來無止"。余論周封君事,蓋傷人子之志云。(**擇眉**)諷其父年高而不歸也。

(**説評**)此文略以地爲脉,得司馬法之深者。

東園翁家傳

東園翁馬勖者,字文遠,長洲甫里人。翁早孤,事其母甚謹,出入必告。初好内典,有賣餳者勸令讀儒書,遂通《詩》《易》、史傳。(**説眉**)何處得此賣餳者,然内典亦不易讀耳,讀何負人?洪武中,凉國公得罪,尸於市。翁時游京師,哀之,往觀嘆焉,幾爲邏卒所縛。大理寺少卿胡概巡撫蘇州，翁爲鄉老，胡卿對衆有謔語，翁諫，以爲非大人在上者所宜，胡卿乃謝之。邑民虞宗蠻以豪當簿録，時巡撫無行院，居瑞光寺，胡卿雅善其僧，僧特爲宗蠻請。胡卿曰："當問馬者。"胡卿重翁，不名而呼其姓也。（**説眉**）後"翠雲朵歌"一段得煙雲披拂之妙。僧乃私許翁百金。翁起便旋，摇其首。僧以爲少也，益之千金。翁竟不許，遂没宗蠻家。他郡送囚至，皆已論死。翁知有冤，不及白，意常恨之。臨安關吏苛留人，翁從胡卿入，抗言之，關吏誅死。（**擇眉**）國初鄉老其權如此！胡卿養鶴，市兒不知，擊死之，逮及其父母。翁以市兒爲家僮，携之入見，胡卿乃以死鶴予市兒。嘗爲胡卿規建書院，即今巡撫行院治所也。

翁與人有讐，會舉鄉老，其人慮翁居其間，置酒試翁，翁大言曰："是宜爲鄉老。"其人側耳於壁間聽，因喜躍出曰："翁不計吾怨。"遂與交好。翁蓋謂其才能堪之也，其不私類如此。（**擇眉**）翁之亦以才勝可知。

翁雖以鄉老時時從胡卿，而好讀書，築精舍於眠牛涇，遠近來賀，至以囷貯菓。（**擇眉**）其横亦可知。郡别駕張大猷登拜於堂，扁之曰"東園"，故甫里至今稱東園翁云。翁與徵士周谷賓、鄱陽令趙宗文交善，皆甫里人。谷賓，姚少師薦至京師，以跛辭歸；宗文，洪武間舉人材，辭以母老，永樂三年，翰林典籍梁用行薦爲鄱陽令，嘗爲翁作《翠雲朵歌》。翠雲朵者，東園石也。

翁三子：望、企、行。望子：杲、昻、杲。望嘗相其三子，曰："伯有錢而無權；仲蠶眼，有錢；季鵝行鴨步，當以萬計。"（**説眉**）"相三子"數語，語涉謔而婉有致。其後皆如其言。杲爲楊氏贅婿，不爲舅所禮。夫婦空手不持一錢而出，卒自奮，積貲鉅萬。馬氏蓋興於成化間，後諸子皆能繼其業，遂甲於甫里，爲長洲著姓。諸孫：淮，以太學生調官海南,還,七十餘,好學不倦;瀚,太學生,好尚文雅;用拯爲諸生,通史學。曾孫致遠,南京鄉貢進士。

贊曰:余論東園翁悉載用拯之詞,蓋以爲其家傳不得而略焉。用拯,余女弟夫也。余聞吴故有大理卿熊概巡撫,類以没人産爲事,吴民冤痛。今馬氏書謂“熊”爲“胡”,誤也。以概之酷,東園翁事之,觀死鶴事,其所匡救豈少哉?是必有陰德,宜其子孫之盛也。

(考《大臣年表》及《江西人物志》皆作熊概,何喬遠《名山藏》云:“宣德初,使大理卿胡概巡視應天諸郡。概豐城人,本姓熊,以從母適胡,因胡姓,官終右都御史,後復姓。亦載馬勛事,與馬氏書合。諸書記事從其已復之姓,先太僕據之,故稱熊概。馬氏書但知其撫吴時之姓,故稱胡概,皆不爲誤,莊識。)(**説眉**)此核亦不可少。

筠溪翁傳

(**説評**)高房山山水也。(**埛評**)寫筠溪翁高行如天半朱霞。(**升評**)此等文易落小説派,筆墨之外,能移我情,震川不可及處在此。(**昌評**)姚姬傳云:“傳筠溪翁,而意思所屬又不在翁,故爲微妙。”

余居安亭,一日,有來告云:“北五六里溪上,草舍三四楹,有筠溪翁居其間。日吟哦,數童子侍側,足未嘗出户外。”余往省之,見翁,頎然晳白。延余坐,瀹茗以進,舉架上書悉以相贈,殆數百卷。余謝而還,久之,遂不相聞。然余逢人輒問筠溪翁所在,有見之者皆云翁無恙。每展所予書,未嘗不思翁也。今年春,張西卿從江上來,言翁居南澥浦,年已七十,神氣益清,編摩殆不去手。侍婢生子，方呱呱。西卿狀翁貌，如余十年前所見加少，亦異矣哉！（**雲眉**）都非閑文。

噫！余見翁時歲暮，天風憭慄，野草枯黃。日將晡，余循去徑還家。（**雲眉**）峥嵘蕭瑟，滄蕩蒼凉。媪、兒子以遠客至，具酒，見余挾書還則皆喜。（**擇眉**）“遠客”句不達，當有訛。一二年，妻兒皆亡。而翁與余别，每勞人問死生。余雖不見翁，而獨念翁常在宇宙間，視吾家之溘然而盡者，翁殆如千歲人。（**雲眉**）胸有骨肉之悲，觸緒生感。字字凄咽，讀之殆不勝情。（**祖眉**）得此段，文情方覺斐然，引人入勝。

昔東坡先生爲《方山子傳》，（**祖眉**）此傳與東坡、季常同意，特爲點睛。其事多奇。余以爲古之得道者常遊行人間，不必有異，而人自不之見。若筠溪翁，固在吴淞烟水間，豈方山子之謂哉？或曰筠溪翁非神僊家者流，抑巖處之高士也歟？（**説眉**）奇文。（**擇眉**）竟不言其姓名，奇甚。（**雲眉**）縹緲。

可茶小傳

（**瑚評**）以孝施之於醫，其活人必多，俗所謂愛親者不敢惡於人耶！（**坰評**）其文可傳，其人可敬。

可茶爲秦越人之術，醫者稱工焉。始，可茶有賢母，早寡，家貧，欲爲縣書獄。母曰：“爲是者多辱，苟貧不能業，獨不可賣蚊烟、凉箑遣日乎？”可茶願爲醫，其女兄之夫沈氏顱顖在練城，世有傳業。可茶日往記數方，還録之，又觀其製劑和丸，皆得之，乃爲醫。

方坐肆，有求療者，饋紅菱青葱。母喜曰：“是子醫必效，饋鮮菱者，如仙靈也。方言以家饒裕爲從容，是葱之兆耶？”（**擇眉**）

故入俚語，用以爲戲。可茶醫果日進，求者屨滿户外。可茶或自外歸，酒醉，母即怒責之。可茶善候顔色，母少有不樂，未嘗不長跪。母既責其飲酒醉，即終身飲未嘗敢醉，其他事受教戒皆如此。母所不嗜食物即終身不食，每至生辰，長齋數日。

中歲無子，欲買妾，母恐其家失和，意不欲買妾，即不買妾。寡姊有一子，因以爲己子，而養其姊三十餘年，至今無恙。其孝友如此。至於醫，貧者徒施藥與之，雖富亦不望報，以故縣中士大夫皆愛敬之。

嘉靖四十年冬，予兒子患疹。可茶爲撤己事，來自練城三十里，晝夜調視，兒竟獲安。不獨其技然，而其爲人慈愛，使人感嘆。余與可茶論小兒疹，前世稱陳文中"異攻散"，施於江、淮間，無不效。今醫家以爲不可用，時其危急，死而復生之，其所製劑多秘不言，以爲有神術。竊窺之，即陳氏方也。然可茶守丹溪之説，自謂恒得中醫，至自比李英公用兵，不大勝，亦不大敗云。可茶名卿，姓蘇氏。

贊曰：孔子稱"人而無恒，不可以作巫醫"。古之醫師疾醫，皆士大夫也。以可茶之孝，施之於醫，(**説眉**)"以可茶之孝，施之於醫"，此二語是文旨。其活人可勝道哉？

鹿野翁傳

(**説評**)讀此等文須見其不茍作。(**夫評**)才是古文。

鹿野翁姓李氏，名元壽。少工書，嘗書諸經、四書小本，楷法精善。三原王端毅公巡撫江南，見而愛之，呼爲李生，使侍舟中，無事輒令李生朗誦《大禹謨》《咎繇》篇，斂袵以聽焉。又嘗爲顧御史寫進本奏書，天子以其書爲善。

鹿野翁爲人淳篤，其訓子弟有法，而又善書，以是爲縉紳所重。邑中有文字，必經鹿野翁手，相爲推引，往往他州碑石多鹿野翁所書也。

歸子曰：余少聞邑東門有李元壽善書云，然余故不識元壽，元壽書，余亦未之見也。其子始出所藏文字，求余論之。夫書於學者事，末矣。而今人未有能追古人者，邑里之中如鹿野翁，其亦足稱哉！（**擇眉**）終不言其書若何。

卷二十七　傳

王烈婦傳

（**年評**）叙次不多語，然令烈婦至今如生。（**麟評**）於王烈婦前先寫薛烈婦、彭烈婦嘗居其地，又細寫舍傍有薛冢等，心眼手筆的真太史公。入本事却又寫枯竹更青、芝生雙莖，贊中所謂“精通鬼神”也，正是極用意處，漫以爲瀾，全然無識。（**雲評**）甚有生氣，同時鉅公作假史漢者視此何如。（**啓評**）通體求一閑字剩句不可得，語語精奇，而又不見有刻削之迹，此等文純得力於《史記》。惟其目無韓歐，故足與韓歐並駕。震川諸烈婦傳以此爲第一，而《陶節婦傳》次之。（**經評**）摹寫細入。（**虞評**）先生序事文全摹史遷，描畫刻露，然所傳之人少，可傳之事不足以盡其技，故不多録，録此以例其餘。

王烈婦陸氏，其夫王土，家崑山之西盆瀆村。崑故有薛烈婦、彭節婦嘗居其地，舍傍今有薛冢焉。（**元眉**）牽叙。百六十年間，三烈婦相望也。自烈婦入土土門，其墓園枯竹更青，三年三生芝，皆雙莖。比四年，芝已不生，而烈婦死。世謂芝爲瑞草，芝之應恒於壽考、貴富、康寧，而於烈婦以死，是可以觀天道也已。（**説眉**）餘事先提，事奇，文亦奇。

時王土病且死，自憐貧無子，難爲其婦計，烈婦指心以誓，土目瞑。爲絶水漿，家人作糜强進之，烈婦不得已一舉，輒顰蹙曰："視吾如此，能食否？"俯視地，喀喀吐出。每涕泣呼天，欲與俱去。家人頗目屬私語，然謂新死悲甚，不深疑。（**麟眉**）襯托。更八日，其舅他出，家無人。諸婦女在竈下，烈婦焚楮作禮，俛首竊淚下，闇然向夫語。見漆工塗棺，曰："善爲之。"（**麟夾**）偏有此一筆，愈悲。徐步入房，聞闔户聲，縊死矣。（**雲眉**）舉止、情文、容顔、聲息、俯仰、步武、作用、時刻，盡四十二字，約而不失一辭，簡樸之至，而情事如睹。化工神筆，一字千金。（**麟眉**）簡絶，悲絶！麻葛重襲，面土尸也。（**説眉**）八字住得奇，有精采。（**麟眉**）叙得曲折而簡勁。（**麟眉**）簡絶，悲絶！（**元眉**）生色。（**基眉**）"面土尸也"，何解？

歸子曰：王士之祖父舊爲吾家比鄰，世通遊好。予髫年從師，士亦來，長與案等耳。不謂其後乃有賢婦，異哉！一女子感慨自決，精通於鬼神。其舅云："新婦故淑婉仁孝人也。"（**元眉**）補筆。（**啓眉**）真《史記》，蓋以情勝其實，震川所獨得，非可勉强也。嗟乎！是固然無疑。（**麟眉**）接得奇。然予不暇論，論其大者。（**麟眉**）補法妙，折捩勁峭，變詭入神。（**雲眉**）吞吐斷續，一筆一頓挫，一字一唱嘆。

（**麟評**）贊語逼真太史公。

（**元評**）文外獨絶，愈淡愈悲，愈簡愈遠，此文前虚後實，其接落頓挫處最有味。潔。

（**夫評**）妙於用筆。

（**啓評**）叙烈婦死事首尾六十字，其中有景、有情、有事、有聲、有色，間見錯出，如入化人之宫，如觀幻人之戲，令人心神駭眩，耳目顛迷，無以極形其妙。

韋節婦傳

（雲評）前叙，後稍加論斷，與王、陶諸傳又别，以贊語及其子名，澹宕出之耳。

韋節婦，九江德化人，姓許氏，爲同縣韋起妻。節婦歸韋氏八年，夫死。生子甫八月，父母憐之，意欲令改適，然見其悲哀，終不敢言也。夫亡後，有所遺貲，復失之。貧甚，幾無以自存，而節操愈厲。尤善哭其夫，哭必極哀。蓋二十餘年，其哭如初喪之日，以故年四十而衰，髮盡白，口中無齒，如七十餘歲人。

初，所生八月兒多病，死者數矣。節婦謂其姑曰："兒病如此，奈何？吾所以不死乃以此兒，今如是，悔不從死！"因仰天呼曰："天乎！不能爲韋氏延此一息乎？"兒不食，即節婦亦不食，歲歲如是。至六七歲猶病，後乃得無恙。既長，教之學，名曰必榮。已而爲郡學弟子員，始有廩米之養。自未入郡學，無廩米之養，非紡績不給食也。議者以謂節婦之所處視他婦人守節者，艱難蓋百倍之。至於終身而毀，其誠蓋出於天性，尤所難者。節婦既没，必榮以貢廷試，選爲蘇州嘉定學官。

贊曰：予嘗從韋先生游，問洞庭、彭蠡江水所匯處及廬山白鹿洞，想見昔賢之遺迹，而後乃聞韋夫人之節。然先生恂恂儒者，其夫人之教耶！（説眉）洞庭、彭蠡、廬山白鹿洞，此何與韋節婦？作者意趣可想。

（陶評）清氣往來，贊尤神妙。

陶節婦傳

（**年評**）諸節婦文俱潔甚。（**雲評**）字字入神，令人欲歌欲泣。世間節孝義烈文字，安得起先生於九原。（**元評**）此文先生自謂“從大風中作得，秉筆更似啮冰雪也”。又云“命善書者書之，可摹百本送連城，使天下知有此婦，且知有此文也”。嗚呼！以先生之筆不得居館閣，掌史事，爲朝廷大製作，而伏處荒江，僅僅爲節烈婦人作誌傳，亦可悲矣。附書於此，以見先生文集尚多未出之蘊云。（**啓評**）以殉夫事姑，錯綜組織成篇，此文震川自謂“從大風中作得，秉筆更似啮冰雪也”。（**偉評**）提明在前，下處處有根，此法之森然者。

陶節婦方氏，崑山人，陶子舸之妻。歸陶氏期年而子舸死，婦悲哀欲自經。或責以姑在，因俛默。久之，遂不復言死，而事姑日謹。姑亦寡居，同處一室，夜則同衾而寢，姑婦相憐甚。然欲死其夫，不能一日忘也。（**麟眉**）插句緊要。

爲子舸卜葬地，名清水灣，術者言其不利。（**焯眉**）反托。婦曰：“清水名美，何爲不可以葬？”（**麟眉**）伏。（**説眉**）説得此一語，定不是凡女子。時夫弟之西山買石，議獨爲子舸穴。婦即自買磚，穴其旁。已而姑病痢，六十餘日，晝夜不去側。時尚秋暑，穢不可聞。常取中裙廁牏，自浣洒之。家人有顧而吐，婦曰：“果臭耶？吾日在側，誠不自覺。”（**焯眉**）反托。然聞病人溺臭可得生，因自喜。及姑病日殆，度不可起，先悲哭不食者五日。姑死，含殮畢。先是，子舸兄弟三人，仲弟子舫亦前死，尚有少弟。（**麟眉**）玩其敘法。於是諸婦在喪次，子舫妻言，姑亡後，不知所以爲身計。（**焯眉**）反托。婦曰：“吾與若易處耳，獨小嬸共叔主祭，持陶氏門户，歲月遥遥不可知，此可念也。”因相向悲泣。頃之，入室，屑金和水服之，不死，欲投井，井口隘不能下。夜二鼓，呼小婢隨行至舍西，紿婢還，自投水。水淺，乍沉乍浮，月明中，婢從草間望見之。既死，家人得其尸，以面没水，色如生。兩手持茭根，牢甚不可解也。婦年十八嫁子舸，十九喪夫，事姑九年，而與其姑同日死，卒葬之清水灣，在縣南千墩浦上。(**麟眉**)應。

贊曰：婦以從夫爲義，假令節婦遂隨子舸死，而世猶將賢之。獨濡忍以俟其母之終，(**説眉**)贊言濡忍以俟其母之終，此是學問，不单任氣節，後傳所謂"非一時感慨者所同也"，皆妙語。其誠孝概之於古人何愧哉？初，婦父玉崗爲蘄水令，將之官。時子舸已病，卜嫁之，大吉，遂歸焉。人特以婦爲不幸，卒其所成爲門户之光，豈非所謂吉祥者耶？(**麟眉**)透論。(**説眉**)以得死爲吉祥。(**啓眉**)昔人論文順易逆難，此贊前二行語語用逆，故奇。

(**啓評**)太史公爲《吴王濞列傳》，首尾四千餘言。結云："初，吴王首反，並將楚兵，連齊趙。正月起兵，三月皆破，獨趙後下。"只用二十四字括盡。此文篇末亦只用二十餘字，真有一口吸盡西江之勢，昔人所謂命世之筆也。

(**坰評**)婦甚賢，必此文乃足傳之。

(**元評**)峻。

(**陶評**)節以孝著，其孝非尋常之孝，其節亦非尋常之節。贊最分曉，近方望溪作《宋氏二貞婦傳》，中有曰"五十年後，乃有貞女，爲門户光"，本此。

計烈婦傳

(**麟評**)叙事嚴潔。

計烈婦，柳州馬平人，平遠知縣王化妻。嘉靖四十三年，先是，南詔山賊流劫江西湖東西，殺虜憲臣，三省騷動者數年，已降而復叛去。王君受命爲平遠，平遠時新建，王君開除荒萊，招撫流亡，規造新邑。會田坑賊突起，將過江閩爲患。時初縣，城櫓未立。王君以其孥寄壽昌，與賊戰黄沙石子嶺，多有殺獲。已，復搗仙花峒，擒斬賊首。復與賊戰，爲其所困，賊因遣間至會昌曰："王知縣死矣。"烈婦聞之，即沐浴更衣，告天曰："吾夫爲國死，吾義不忍獨生。"（**麟眉**）叙死時光景，便見從容，伏意深遠。因指六歲兒曰："天乎！願保此一息，以延王氏血食。"以兒抱置妾懷中，磨笄自殺。（**説眉**）誤死，不誤不妙。"沐浴更衣"下數語，此處却减不得，故文亦無定法。有司以聞，王君亦以平賊功超拜廣東按察司副使。詔婦所在，春秋奉祠。（**啓眉**）叙事潔净之至，所謂"豐而不餘一言，約而不失一詞"。

初，王君父尚學，嘉靖二十九年爲兵部職方郎中。虜薄都城，王郎中力贊出兵，而丁尚書爲權臣所誤，不出兵，因以論死。王郎中當隨坐，丁尚書獨自引罪，以故得减死論。丁尚書在西市，見王君呼曰："爾父得無坐耶？果爾，可謂有天道，吾死不恨矣。"王郎中故在部中，守法，能敢爲，而王君有父風。（**麟眉**）叙王郎中全爲王君也。（**夫眉**）入王職方、丁大司馬事有法。

烈婦父某，潮州通判。弟坤亨，國子博士；謙亨，嘉靖四十四年進士，兩人皆在京師。謙亨與余同榜，而博士先教崑山，與余善，余故知烈婦事爲詳。蓋兩家詩書禮義之族，而烈婦天姿懿淑，其死非一時感慨者所同也。（**麟眉**）結出。要之，王君蒙峻擢，顯名於世，雖以立功，實亦因烈婦之死爲之增重云。（**説眉**）王君以烈婦增重亦情實。（**擇眉**）微詞。（**麟眉**）歸重烈婦有法。

沈節婦傳

（説評）爲置後則安，分田園則推不多取，此識清、神清、骨清。不爾，安有成？世未有不皎然於義利而能自立於天地間者。

沈節婦者，湖州安吉孝豐人，吴祥九之妻。節婦歸吴氏時年十六，而祥九年十八。間歲，祥九病劇，節婦割股以進，不痡，祥九竟死。節婦每哭輒死復生，見者皆爲流涕，終日不離殯所。比葬，設几筵，居幃中哭泣如初殯時。舅姑憐之，爲好言勸解，皆不答。久之，父母謀奪其志，即大慟，閉户，引刀截髮自誓。居三日，忽晨起出户，走數里，之祥九墓。山深無人，多虎狼。獨居塚間，哭不絶聲。諸大人從求得之，乃皆相謂曰："始謂婦少年難守，故計令他適。今其志如此，殆不可復强。"因爲置後，節婦遂安之。

祥九與其弟有分，節婦獨取田數畝，才足自贍而已，曰："叔子衆，吾不可以多取。"舅姑死，喪之六年，如禮。吴氏大族，其尊與舅姑等者，事之如舅姑。蓋年十八而寡，至七十二而終。爲祥九後者，弟之子曰惟一。隆慶二年冬，其從子維京倅蘇州，爲予言其事。

贊曰：予聞沈節婦不獨其志行也，至推分其叔，抑亦退讓逡逡有禮矣。余官雉城，往來苕溪。欲溯苕水，上天目山，過訪孝豐吴氏，會遷不果。（説眉）遠。蓋其家富貴，多巨公長者矣。至如節婦之高行，亦安可少哉？亦安可少哉？（擇眉）甚言富貴者皆不足道。（偉眉）贊語稍露，史遷真面目。

蔡孺人傳

（紓評）震川熟於《史記·外戚傳》，故狀婦人中瑣屑事靡不有神韵，而於節烈之母尤加意。

蔡孺人真真，福州太守朱公豹之妻也。父蔡翁，多女而無子，因語蔡媪後毋舉女。及蔡媪有娠，父夢異人授之玉玦十五。至十五月而生女，以爲奇，乃舉之，即蔡孺人也。孺人生而端重，寡言笑，能讀《孝經》《列女傳》。及歸朱公，朱公時爲諸生，貧，孺人躬操作以資給之。朱公父母在堂，兄弟五人皆同爨，孝睦之舉洽於閭里。朱公爲御史，受誥封，被服布素，如其夫爲諸生時。

始，朱公舉進士，令奉化，再調餘姚，其後爲二千石，皆以清廉著聞。福州廨中有鶺鴒二，其子察卿愛弄之，欲持歸。孺人曰："爾父未嘗持官物，二鳥亦官物也。"竟不許。（説眉）不持官中鶺鴒歸。朱公卒時，察卿九歲，其女七歲。孺人泣語人曰："女，吾出，然終爲他家婦。此子若不立，何以承朱氏宗祊？"（説眉）參差子與女，二語亦自好，語出獨見，自然可傳。故於察卿教之甚嚴，每夜篝燈火，令從旁誦讀，時或加笞，已復流涕，中心實憐愛之也。出入必令老僕隨之，戒毋與輕俠游。

朱公前妻有瞽女，孺人爲取婿，終身養之。女死，復收恤其孤。嘗寄人黄金，其家遭變，倉卒不知其鎰，但以枚數，使二嫗舁來。及歸時，或勸鎔之而藏其羸，孺人不許，遂完歸之。察卿已成立，孺人曰："吾死，可以下見汝父矣。"孺人年五十，奉佛道齋疏十有六年。臨死，召戚屬，分釵衣辭訣。謂察卿及其女曰："吾死，毋遽哭我以怛化。"俄頃，整襟而逝。

歸子曰：余至上海，過察卿所，讀其先世遺集。自元仲云先生以來三百年，世有文學，而朱公所至官著風節。及觀蔡孺人之事，海上稱詩書禮義之家，有以哉！察卿復攻文，有孝行，不愧賢母之教云。

（**麟評**）傳文謹潔，贊語純作逸宕之勢。

俞楫甫妻傳

（**燦評**）先仗作贊之根，不爾，傳體當叙事直起。此即蔚宗先有論在前叙，即太史公亦有之，如《孟荀列傳》，其例也。

俞允濟楫甫妻周孺人，生而令淑明敏，其死，楫甫哭之悲甚。女子死，不以色愛，而使丈夫悲之，未有如孺人者也。（**說眉**）提得明動。

孺人祖倫，刑部尚書康僖公；父鳳鳴，大理寺左寺丞，母顧氏封宜人。孺人少通《孝經》《小學》，欻見奇警。大理公曰："吾得生男子如此女足矣。"有以錦綺來市，心欲之而不敢言。大理公知之，謂顧宜人曰："婿家貧，女須荆釵布裙，無用此也。"孺人慚，後常却袨麗不御。

初，楫甫父璋與大理同進士，卒官評事，宦不遂。而周氏父子官顯，門户赫奕，而楫甫近衰落。孺人恬然，不知爲尚書家女。（**說眉**）世未有尚書家女而能盡婦道者，世未有尚書家女而不可盡婦道者，知與不知之辨也。（**啓夾**）一總。以下分叙。姑病，日侍湯藥，喪之盡哀。楫甫有兩兄，同居三十年，娣姒間絶無嫌間。楫甫從父官嶺南，觸瘴霧，獨遺一女子還。孺人育養齎嫁，尋死，復爲治葬具。治家，儲偫米鹽，賓客張具，必盡其能。見里媪慰竘，未嘗以色加。時縣胥以税粮爲奸利，巧設方，故以疑誤人，謂之改兑。楫甫亦惑而從之，孺人曰："此雖獲少赢，後必悔。”未幾事敗，楫甫甚不樂。孺人曰：“事豈可復悔耶？第償之而已。”（啓眉）又特抽一事言之，見其明識過人。大理既歿，家大有疑事，顧宜人輒就問其女，蓋推其明識也。卒年四十三。

贊曰：余聞楫甫稱其婦如此，問其姻戚，良然。女子賢異於丈夫，而行顧不外聞，人以是輒不信。余嘗再失婦，有楫甫之悲，而不能以告人。其悲也，獨自知之而已。昔雍門子吟，而孟嘗於邑，事固有相感者。悲夫！悲夫！

（説評）作文字須自作此文字，作文字須不作此文字，作文字須不但作此文字。須自作此文字者，達意也；須不作此文字者，紀實也；須不但作此文字者，託遠也。

卷二十八　譜　世家

歸氏世譜

（**年評**）繁簡合宜，得叙事法。（**祖評**）二首皆法荊公《許氏世譜》，其關鍵處總自《太史公書》來者也。（**鼒評**）體裁不失。

歸氏其先胡子，國於汝陰。魯昭公十四年，胡子始見於《春秋》，而昭公母夫人，歸氏也。當是時，荊楚憑陵中夏，暴横江、淮間。胡小國，不能自立，與江、淮、沈、頓，相隨服屬於楚。嘗從楚伐吴，敗於雞父，其後亦時從諸侯侵楚。定公十五年，楚子滅胡，以胡子豹歸。太史公以其微，不爲世家言，（**王彦子眉**）不立世家，即世家史才。故莫知其得姓所始，於古帝王功臣何祖也。（**説眉**）著書心眼要在千載已下人。（**陶夾**）絶好風神，妙在不鑿。胡既亡，子孫散在他國。或以國氏，或仍歸姓，歸姓歷秦、漢、魏、晋，至於隋無紀。

唐天寶中，崇敬舉博通墳典科，對策第一，爲史館修撰。代宗幸陜召問，極言生人疲弊，當率天下以儉，富國乃可以用兵。大曆初使新羅，贈遺無所受，當世傳其清德。崇敬治禮家學，尤爲諸儒所服，纍遷翰林學士，兵部尚書，封餘姚郡公，謚曰“宣”。子登，事後母篤孝，舉孝廉，復以賢良對策拜右拾遺，抗論裴延齡。及爲起居舍人，十五年不遷，澹如也。順宗時爲皇太子諸王侍讀，獻龍樓箴以諷。憲宗每咨政理，登所對，中外傳以爲讜言，官至工部尚書，封長洲縣男，謚曰"憲"。子融，元和中進士，歷官翰林學士、御史中丞，劾奏湖南之進羡錢者，官至兵部尚書、太子少傅，封晉陵郡公。會昌中少儒者，朝廷禮典多本融議。融五子：仁晦、仁翰、仁憲、仁紹、仁澤，皆舉進士，至達官，仁澤以第一人至列曹尚書觀察使。子藹亦舉進士，拜侍御史，爲朱全忠所怒，貶登州司户參軍，同光初爲尚書左丞、吏部侍郎、太子賓客，致仕。藹子係復舉進士第一人，官至禮部侍郎，而後至於宋，無紀。

元有曰暘者，至順初舉進士，同知潁州。年少精敏，能擊斷。河南有大賊，殺行省官爲亂，劫暘守黄河口。暘守死不從，由是名聞天下，拜監察御史。入朝，順帝加獎，賜以上尊，纍官刑部尚書、集賢學士、國子祭酒。蓋自秦至於唐而得宣公一人，傳子至孫，自唐至於元而得集賢一人，以歸氏數千年來所紀者如此，亦可慨矣。（陶夾）至此一總。

或曰："盛德必百世祀。"原歸氏所起者微，故其後莫顯。夫史之闕久矣，唐、虞之際十有二人者，垂、益、夔、龍，不知所封。咎繇之後，英、六無譜。咎繇、垂、益、夔、龍，豈其微者哉？或曰："歸氏自亡國後世居於吴，未嘗遠徙，故吴中相傳謂之著姓。"然自宣公纍世貴盛，爲吴人，而集賢寔居汴梁，不知汴梁是何别也？今他處亦頗有歸氏，而惟吴中爲多。（陶夾）横插兩説作波折。

吴中之歸皆宗宣公，有光之所可知者始自湖州判官罕仁，罕仁而上十五世至太子賓客藹，其譜失亡。罕仁生道隆，居崑山之項脊涇，今太倉州也。道隆生廉訪使德甫，德甫生子富。子富以洪武六年徙崑山治城之東南門，子富以下崑山之族可得而詳焉。其别者居吴縣,或居太倉,或居嘉定,或居湖州。其在長洲者居婁門,或居沙湖,在常熟者居白茆。

(**祖評**)惟先生能學太史公淡處。

(**陶評**)此與下篇叙次並簡潔,間插議論,亦極有風神,大似《史記》中諸表序文字。此篇皆言其上世不可考,至譜亦失亡。

歸氏世譜後

(**説評**)譜不在詳,而貴有遺訓,詳必以質,質則核。(**年評**)簡而静,奇而不詭。(**祖評**)此首學老泉。(**綸評**)叙先世瑣事生氣勃鬱,無塵俗氣,未易得也。

吾歸氏之譜既亡,吾祖之高祖始志其里居世次,而曰:"高祖罕仁,唐太子賓客藹之十五世孫,宋末任湖州判官,以此知吾家本於宣公,而不得其世次名諱,不可譜也。"(**説眉**)作譜記一"謹"字爲宗。又曰:"曾祖道隆,自號居士。祖德甫,仕河南廉訪使。天下亂,失官,稱提領生。考子富,洪武六年徙崑山之東南門,此其所可考者,其他行事莫詳也。"(**陶夾**)通篇皆述其祖之言,而叙此三世,即以"吾祖"貫之有法。

吾祖之高祖諱度,字彦則,少喪父,而所生母亦已先亡。事嫡母甚孝,處兄弟有恩。弱冠,坐事亡命,走西南萬山中,經辰水、麻合山、烏江、紫梢、蠻峒數處,幾死,常有神人護之。自播州轉入丁山,丁山之神夜來與語,其貌甚偉,曰:"吾姓褚氏。"導以如巴中,巴人以爲神,相與敬愛之。居九年,赦歸,時洪武三十年也。將渡江,又有戴笠者,若云江不可渡,是日大風,諸渡者盡溺死,以此獨免。永樂中,以人材徵,辭不就。(**年眉**)叙事奇甚,學崆峒大傳筆法。初,高祖兄弟三人,高祖獨有七子,子孫最繁衍矣。高祖治家有法,年老益精明,每雞鳴,子婿方巾布袍,揖而受事,及暮復命亦如之。諸婦小有言,即曰:"兄弟所以失愛者,皆婦人之爲也。"使謝過乃已。作遺訓數百言,又爲書云:"吾少聞先考之言,吾家自高曾以來纍世未嘗分異,傳至於今。先考所生吾兄弟姊五人,吾遵父存日遺言,切切不能忘也。爲吾子孫而私其妻子求析生者,以爲不孝,不可以列於歸氏。"其所以訓如此,亦可以見吾歸氏之紀雖不詳,而家法相承之厚也。(綸眉)以家法相承之厚提契全篇。

吾祖之曾祖諱仁,字克愛,爲人剛毅,必行已之志,不爲勢力所怵,以高年賜冠服。吾高祖諱璿,(陶夾)此下從己稱呼。字文美,例受承事郎。生而奇偉磊落,然自尊奉,每飯未嘗不鳴鼓也。好飲酒,恒至達旦,賓客往往自失,亡去,高祖儼然無倦容。(基眉)奇。明有天下,至成化、弘治之間,休養滋息,殆百餘年,號稱極盛。吾歸氏雖無位於朝,而居於鄉者甚樂。縣城東南列第相望,賓客過從飲酒無虚日,而歸氏世世爲縣人所服,時人爲之語曰:"縣官印不如歸家信。"(説眉)大布置。高祖同時諸昆弟並馳騁,因爲武斷者或有也。(陶夾)插入議論,世運、家運俱津津齒頰之間。高祖與諸弟出常乘馬,行者爲之避道。其後縣令方豪,年少負氣,士大夫多爲所陵,然曰:"惟歸氏得乘馬,餘人安可哉?"高祖殁於正德三年,有光已生三年矣。(説眉)歸氏無震川後起,則以豪族聞,可不懼哉!子孫不可不學道自剋削如此。

吾曾祖諱鳳,字應韶。曾祖美姿容,恂恂愛人長者。治《尚書》,精誦,雖奏廁不輟。成化十年中南京鄉試,北上,人有居京師者,其家寄遺以百金,曾祖中途遇掠,盡以己貲與之,竟完金以歸其人。弘治二年,選調城武縣知縣,務休息其民。兖州太守龔弘,御史嚴明,少當其意,顧獨愛曾祖。然曾祖雖不喜爲吏，每公退輒擲其冠，曰："安用此自苦？"亡何，以病免歸。（**説眉**）觀先生所記載，意每在取與義分，此文字源也。曾祖母林氏，世宦族，祖鍾爲山東參政，有名。曾祖母歸歸氏，事上撫下，曲有恩禮，宗黨稱之。曾祖嘗夜卧，聞枕間有鍾鼓聲。及卒，柩上有聲如鸛，曾祖母未幾亦卒。（**鼒眉**）最似孟堅自叙先世。

有光受命於吾祖，而其述止此，時嘉靖之二十年也。

（**陶評**）此篇所述共六世，即分爲兩停，總以"吾祖"貫之，蓋作譜時祖正在堂也。中間插入一段極佳。

興安伯世家

（**年評**）手筆澹浥，是歐陽《五代史》列傳，不是司馬遷列傳。（**雲評**）叙軍功筆力馳驟，約略摹《絳侯世家》。（**綸評**）此等亦神似《五宗》《外戚》世家。（**昌評**）吴云："此等亦似《五宗》《外戚》世家。"以上三篇皆刻意摹《史記》者，神理、色澤、篇法，一一酷肖，而無造鑿痕迹。

一

興安伯徐祥，興國大冶人。初爲陳氏萬户，至正辛丑，江州附。隸傅友德軍，與從征黄梅、東勝，數有功。洪武八年，由西安護衛馬軍小旗除金吾左衛百户，從征松花江、黑山、乃兒不花、塔灘里，陞副千户。己卯，燕兵起，祥首議帥師奪九門，克居庸關，陞燕山左護衛指揮僉事，尋改左衛指揮僉事。援兵懷來，破雄縣，按兵月漾橋，追敗大軍於莫州，復敗之於真定，出劉家口，破大寧，敗齊尚書軍於鄭村壩。陞指揮同知，尋陞北平指揮僉事，破廣昌。庚辰，克蔚州，攻大同，大戰於白溝。攻濟南，陞指揮同知。辛巳，敗長圍軍於雄縣，敗大軍於夾河；大戰藁城，復敗之；攻順德，至彰德，破保定西水寨，敗援軍。壬午，破東阿、東平、汶上，至鳳陽，奪河南橋、小河壩、鳳凰山，與大軍戰於齊眉山。敗漕軍於靈璧，復敗大軍於營寨。取泗州、盱眙。渡江，入金川門。(**綸眉**)敘次功狀學《史記》。

是歲冬，封功臣。皇帝制曰："昔我皇考太祖高皇帝，峻德廣運，格於皇天。光天之下，用集大成。亦有熊羆之士、不貳心之臣，庸作股肱心膂，左右弼成。悉視功載，懋之官賞，列爵崇報，萬世有辭。皇考升遐，建文即位，自絕於天，改更成憲，屢造大愆，圖任側媚。咸劉宗親，禍延於朕。朕不獲已，以爾有衆，底天之罰。咨爾都指揮使徐祥，事朕藩邸，首獲奸凶。內奪九門，外攻居庸；追戰莫州、真定，應援永平，走遼東兵；從下大寧，捷於壩上；白溝大戰，遂取滄洲、威、深、夾河、藁城、西水、小河、靈璧。每有功能，克堪用武，輔成大勳。疇咨於衆，惟良顯哉！是用授爾奉天翊衛宣力武臣，特進榮禄大夫柱國興安伯，食禄一千石。子孫世世承襲，乃與爾誓。除逆謀不宥，其餘若犯死罪。爾免二死，子免一死，以報爾功。於戲！位不期驕，禄不期侈。其益遜乃志，弘乃量，以持乃禄位。朕無忌爾功，爾亦無忘朕訓。常以暇逸，思其艱難；常以富貴，思其貧賤。欽哉！惟克永世。"

永樂二年，興安伯祥卒，孫亨嗣。十一年，亨從駕北征，至紅山嘴，敗瓦剌於蒼崖峽。二十年，至渠列兒河、天城等地。二十一年，至陰山。二十二年，至半邊山西路，奉駕南還。宣德二年，與黔國公征交趾，失利。正統九年，征兀良哈三衛。出界嶺口、河北川，敗賊師，多鹵獲。賜誥券，進封興安侯。

興安侯常守關中，侯弟愷居京師。一日，天子集諸武臣及子弟馳騎，命懸本爵牙牌，奪得公者與公，奪得侯者與侯。(**説眉**)非盛世事。愷直馳豐城侯，奪其牌。豐城初不覺，既而請於侯,侯顧愷解還之,人多其不競。天順四年,興安武襄侯卒。子賢嗣爲興安伯。賢卒,子盛嗣。盛卒,從弟良嗣。

良祖母,故小妻也。良父既生,而其祖繼娶定襄伯女。及是,郭氏之孫與良争襲,朝議以郭氏初嘗適人,法不得爲正嫡。良竟得襲。良年五十,猶日於大中橋受雇爲人汲水,比都督府求爲興安伯嗣,乃謝其鄰而去。良僉南京中軍都督府事,奏請給其祖父母誥命;尚書楊一清議,以私親不宜干大宗,不許。嘉靖癸巳,良卒,子勳嗣。乙未,勳卒。先是,賢以跛足免朝參,革去半俸。劉瑾時,革去折色二百石,才得食禄三百石,折色五百石。迄良之世,不能復也。

祥季子麟,金吾衛指揮同知。洪武末,胡騎臨城,内外震恐。麟挺身出,閉午門,亦以功世官南京。

贊曰:予至南京,嘗館於興安伯家。觀太祖、太宗所賜鐵榜、板榜,其於功臣訓戒切矣。河山帶礪之盟,宜與國長久,而當時封爵存者十二三。興安雖式微,其世次頗可叙述云。(**祖眉**)神似史遷。(按諸刻及抄本叙事甲子,皆誤以燕兵起爲庚辰,以克蔚州爲辛巳,敗長圍軍爲壬午,破東阿至入金川門爲癸未,與國史皆差一年。未知爲其家文字之誤,先太僕仍之而未及詳考歟?抑抄寫者之誤歟?今據國史正之。贊語諸本各異,崑山刻本以興安伯勳齎金入京求嗣事作結,常熟本有"興安伯死,子幼,門第荒凉"等語。今皆不用,獨從家藏抄本。)(**説眉**)文字異同,正可參訂,斷斷不可改。事有貌是而實非者,此類是也。如庚辰歲誤,當夾注存疑,改之非也。凡校書當從一本,而附諸異同,此刻誤在亂。(**啓眉**)叙事甲子當從諸刻及鈔本,與國史不妨並存,亦傳疑之意也。

卷二十九　銘頌贊

爲善居銘

（説評）此等言句，不身歷風霜世故，讀之如嚼蠟耳。（麟評）極樸質，中自有餘味。（侗評）自爲生誌，可想見其爲人之高。

崑山之俗自昔號爲淳樸，（麟眉）起便質直。葉文莊公嘗稱："鄉先達自吏部尚書余公熂，盧兖州熊，林参政鍾，吕沁州昭、其子僉事旦，朱舍人吉，范御史從文七人者，其孝弟忠誠，足以爲鄉里表式，後生小子有所憚而不敢爲非。"（麟眉）引起。然當文莊公在時已憂老成彫謝，而典刑之日遠矣。況今去文莊之世又遠，鄉之亂俗者，如蘇明允之所謂"其輿馬赫奕，婢妾靚麗，足以蕩惑里巷之小人；官爵貨力，足以摇動府縣；矯詐修飾，足以欺罔君子，爲鄉里之大盗"者，往往而然也。（擇眉）似不指一人。（麟眉）用兩層意跌起"去文莊公時猶近"句。

予幼及見饒州通判陶先生，於文莊公時猶近。其人安貧自足，無營於世，卒窮困以没。嘗自爲生誌曰："曾大父始居崑山，五傳至予，更其舊廬。然自宦饒還，歲典衣以供薪粟，卒又易主。（説眉）"歲典衣供薪粟"，却筆下寫得出，不曾見有意人誇一生不曾典衣。少年讀書，時將此等言句較量，自然有個出身處。僦居三年，始定今居。自正德丁卯鄉薦，丁丑除授寧波府學訓導，己卯福建同考試官。嘉靖六年丁亥,九載秩滿,陞饒州府通判。上任甫三月,内含幼子夭折之戚,外受風寒跋涉之勞,病眩氣鬱,良久而呼吸僅屬。纍乞致仕,上官抑不以聞。爲御史劾,當改調,幸遂歸志。乙未秋得末疾,杜門不出,待終於家。自念居常無駭俗之行,遊宦無出衆之能,恐没後乞銘於人,少譽之過情,衹資識者談笑。(**説眉**)古人以過情爲耻,今人以不過情爲恨,故當投筆耳。最可駭而前此所無者,刻牋乞文一事。思之,思之。爲維持世教而乞文,則勝緣耳。乃備述履歷,刻諸壙石。(**麟眉**)只數語,非有德者不能道。昔漢東平王蒼嘗曰'爲善最樂',每愛其言,學而未能也。愧無以遺後人,而不敢不爲善,實吾之所遺也。"

予讀其辭,真質可愛,信乎其爲有德君子耶!(**麟眉**)非苟爲推許。先生没後十有四年,子秉端即其室,扁之曰"爲善居"。觀其所以能遵其乃考之訓,益見先生之所以遺之者厚矣。(**説眉**)爲人子能知其父之言,便足當知己。求知己於茫茫天地難,而求知己於一家尤難。如明允所謂者,身且未殁,積不善之殃,昭著目前,尚不覺悟,方猶眩耀於鄉里之人,不愧先生也哉?(**擇眉**)又似指一人。銘曰:

玉山之闉,婁江之垠。山明水秀,其民屯屯。自古先哲,抱樸含淳。彼何人斯,汨其彝倫。爲夔魍魎,白日見形。自彼小人,駭惑逡巡。流俗奔化,俱爲風塵。于車上舞,芬華日陳。維是令門,子孫循循。究其德音,厥考是遵。爲善最樂,我懷其人。

素節堂銘

天地萬物之初皆起於素,窮人情之欲好智慮,而趨於文。先王爲之禮,備其鼎俎,設其豕腊、酒醴、黼黻、文綉、莞簟、丹漆、彫幾之美，然必明水、疏布、蒲越、稾鞂、素車之尚。東漢之時崇用悃愊，三公皆敝車羸馬，布衣瓦器，其時天下多高節，後世莫及。晋泰始以後，競以侈靡放誕，致胡羯之亂，則士大夫之好尚顧可不慎與？

刑部尚書周康僖公懸車之日，建堂於崑山之里第，而榜其額曰“素節”。當公之時，國家已一百七十餘年，天下亦少文矣。**(説眉)**立言亦素。“當公之時，國家已一百七十餘年，天下亦少文矣”，此二語有深遠思致。今仲子太僕君尤以謹飭能世其家，嘉靖三十九年九月望日，余飲酒於其堂，追感公之志，而嘉太僕之善繼，爲之銘曰：

顯允康僖，弼我明時。歸老於家，素節以居。羔羊之詩，揭我堂廬。豈于其家，蓋著厥志。大臣之志，其以慮世。**(説眉)**非慮世安得爲大臣，非慮世安得爲文。維古之初，曷云其季！俗化日流，滔濫靡制。逡逡太僕，克茂厥祉。庶其萬年，貽爾孫子。

聖井銘

(説評)紹興君臣何與聖井？此得文字之源，非漫作者。**(侗評)**聖井、辱井乃出一家。

余讀《金史》，皇統二年，使“劉筈以衮冕玉册册宋康王爲帝”，“以臣宋告中外”。嗟乎，中國於是不得爲中國矣！紹興君臣，萬世之罪人也。昔晋永嘉之亂，其禍不異靖康。然江左世守正朔，歷五代至於陳亡，以其力不足與中原抗，而未嘗少屈也。孔子曰：“微管仲，吾其被髮左衽矣！”五代之君，其功豈在管仲之下哉！

陳高祖平侯景之亂，卒禪梁祚。恭儉勤勞，志度弘遠，江左諸帝號爲最賢。余來長城，遊下箬里，觀其故宅，相傳其始生時井中沸涌，出以浴帝。今其井尚如故，慨然而嘆。令人去蔽翳而出之，作亭於其上。銘曰：

帝王之生，靈感幽贊。觱沸水泉，浴帝始誕。流虹瑶月，應時則滅。惟不改井，於今不竭。我尋華渚，翳桑之處。寒泉古甃，如見其沸。赫赫陳祖，大業光燦。寂寞沛鄉，吾兹感嘆。嗟後之王，荒墜厥緒。麗華辱井，建康所記。

書齋銘

(黄宗羲評)震川之文一往情深，故於冷淡之中自然轉折無窮，一味奡兀雄健之氣都無所用也。其言爲文以六經爲根本，遷、固、歐、曾爲波瀾，聖人復起，不易斯言。今之耳食者便欲以震川爲根本，愈求而愈不似矣。**(麟評)**夷猶不屑，欲盡不盡處最佳，銘特雄渾。**(擇評)**此文較《醉翁亭》《凌虚臺》等篇孰高孰下，識者試平心論之。**(雲評)**心神專一，時太山在前而不見，疾雷破柱而不警，何有於兒童？雞犬朝市喧雜，聊以先生之齋如此，銘如此！今人有書堂静室而不能堅坐，擾之者奚爲也？吾持此論久矣，未能筆之。讀是文，字字使我首肯心肯。**(紓評)**狀書齋之近市，紛呶塵穢極矣。文一邊爲陋室寫照，一邊則自寫其懷抱，似淤泥之中而白蓮花亭亭静植，胸次之不凡，活畫一有道者之小影。銘詞尤屬儒先之言，與莊生所謂冥極者迥然不同。

齋，故市廛也，恒市人居之，鄰左右亦惟市人也。前臨大衢，衢之行又市人爲多也。挾策而居者，自項脊生始。無何，同志者亦稍稍來集，與項脊生俱。無中庭，以衢爲庭。門半開，過者側立凝視。故與市人爲買賣者，熟舊地，目不暇舉，信足及門，始覺而去。已乃爲藩籬，衷以脩扉，用息人影，然耳邊聲閧然。每至深夜，鼓鼕鼕，坐者欲睡，行者不止。寧静之趣，得之目而又失之耳也。(**説眉**)起一段細寫好。

項脊生曰："余聞朱文公欲於羅浮山静坐十年，(**説眉**)羅浮山静坐十年，不如一日真實讀《易》，讀《易》全書不如看用九一爻。蓋昔之名人高士，其學多得之長山大谷之中，人迹之所不至，以其氣清神凝而不亂也。(**麟眉**)發論高爽。(**陶夾**)不即轉，然字字妙。夫莽蒼之際，小丘卷石，古樹數株，花落水流，令人神思爽然，况天閟地藏，神區鬼奥邪？其亦不可謂無助也已。然吴中名山，東亘巨海，西浸林屋、洞庭，類非人世，皆可宿舂遊者。(**麟眉**)加渲托一層方湛足。今遥望者幾年矣，尚不得一至。即今欲稍離市廛，去之尋丈，不可得也。蓋君子之學有不能屑屑於是者矣。"(**麟眉**)倏然而合，疑有神助。(**祖眉**)離合轉折皆當細玩，無此段則文失之直致矣，望溪所删往往類是。

管寧與華歆讀書，户外有乘軒者，歆就視之，寧弗爲顧。狄梁公對俗吏，不暇與偶語。此三人者，其亦若今之居也。而寧與歆之辨又在此而不在彼也。項脊生曰："書齋可以市廛，市廛亦書齋也。"銘曰：

深山大澤，實産蛇龍。哲人静觀，亦寧其宫。(**啓夾**)四句起。余居於喧，市肆紛那。欲逃空虚，地少天多。日出事起，萬衆憧憧。形聲變幻，時時不同。蚊之聲雷，蠅之聲雨。無微不聞，吾惡吾耳。曷敢懷居？學顔之志。高堂静居，何與吾事！彼美室者，不美厥身。或静於外，不静於心。余兹是懼，惕焉靡寧。左圖右書，念念兢兢。人心之精，通於神聖。何必羅浮，能敬斯静。(**啓夾**)四句轉。魚龍萬怪，海波自清。火熱水濡，深夜亦驚。能識鳶魚，物物道真。(**麟眉**)立論過高，雖用程子語，却於西銘"理一分殊"

之旨未夢見也。我無公朝，安有市人。是内非外，爲道爲釋。内外兩忘，聖賢之極。（**麟眉**）承“人心之精”一段，引用精切。目之畏尖，荆棘滿室。厥恐惴惴，危階是習。（**啓夾**）皆上蔡語録中語。余少好僻，居如處女。見人若驚，噤不能語。出應世事，有如束縛。所養若斯，形穢心忸。矧伊同胞，舉目可惻。（**麟眉**）承“能識鳶魚”一段。藩籬已多，去之何適？皇風既邈，淳風日漓。誰任其責，吾心孔悲。人輕人類，不滿一瞬。孰塗之人，而非堯、舜？（**啓夾**）另拓一意，作結。（**坰眉**）銘極用意，末用西銘道理作結，更深厚。

（**雲評**）其文灑落超曠，奥美無窮，讀之如遊名山。銘辭理粹而氣宕，可使才人學人一齊俯首。

（**陶評**）銘語中“能敬斯静”四字是真正讀書人語，若必深山長谷而後可用功，則終身無用功時矣。吾願天下讀書人皆銘此文字於座右以自警也。余四十以前家無書舍，少時每於牀前竈側攤案讀書，家人紛雜往來，而予自不覺。長或讀書祠堂樓上，耳邊皆人語囂聲，而予自不聞。近年築桑园數間，以爲可讀書矣，而連年奔走南北，未獲安居，即去歲家居數月，而人事應酬，亦未獲享一日寧静之趣也。讀此文不覺有感，因書於其後。癸未夏日邁堂附識。

清泉銘

（**祖評**）先生實取諸懷抱，非抄録腐語，妄作大言者可比。

（**紓評**）無中生有，援古証今，袁司訓遂因此文以名矣。

崑山司訓袁先生，宜春人，名豐，字某。別自號清泉子，蓋其居地名馬嶺清泉云。予考袁郡圖經，有大袁山、小袁山，相傳漢高士袁京隱於其下，後人以名其山。又別有袁嶺，以爲袁閎嘗所隱處。閎，汝南公族，無繇至此。史稱其晦迹亂世，自投深林，其至袁嶺或當在延熹以前耶？世謂袁州之袁皆京之後世子孫也。今先生自托於清泉，夫安知數百年後清泉不復姓袁也耶？何豫章山水之多袁也？先生云："清泉發馬嶺，演迤而東，過其居之南，出虎狼東岡。岡之南爲石鏡雲峰，峰之東爲南峰。南峰隔清泉，道適與其居相對，而馬嶺在其西，往往有庵院林木，泉水流布，灌田數百頃。"予愛其清泉之名，爲之銘曰：

天一生水，地六成之。動溶無形，孰能識窺？泚泚之泉，見於山下。我儀其德，宿污以化。

几　銘

(祖評)寥寥數語，淡而彌深。

嘉靖三十六年丁巳上元於世美堂，以皇慶舊材作。

惟九經諸史，先聖賢所傳。少而習焉，老而彌專。是皆吾心之所固然，是以樂之，不知其歲年。

順德府几銘

(祖評)太僕有韵文字，此種爲極佳。

余爲邢州司馬，無所事事。署中無几案可以讀書，會大風拔木，城外倒柳無數。**(説評)**倒柳事可傳。因於太守乞得一株，以製是几。**(説眉)**銘序妙。銘曰：

問治天下，何異牧馬？挾册而狂，自同亡羊。噫嘻！非熊無夢，獲麟有書。吕望老矣，尼父吾師。

（**陶評**）銘詞有千秋自命之志，《致仕疏》所云“修漢二史，作唐一經”者，其志已定於此矣。

葉文莊公像贊並序

（**説評**）不是泛泛作像贊，故善讀前輩文字使人減筆墨。

文莊公之從孫女，王子敬之外姑也，故得此像於内家。子敬大父爲廣東參議時，布政使王公用兼、參議盛公思禹，皆公同縣人。見嶺南人語及公，往往流涕。而子敬外大父顧太守孔昭嘗以御史督學京畿，有口外試士懷公之作。其後欲圖公與孫秋官像，出入拜之。秋官，亦吾鄉之先賢也。子敬少聞此言，於是以公像示予，請代爲之贊：

孰傳斯像，蓋有所自。猗與文莊，妻之外氏。高風遺烈，嶺海塞垣。焚香拜之，二祖有言。

弘玄先生自序贊

（**麟評**）提出贊語在前，後只歷敘兩州事迹，而才賢之實與志有足悲意。如盂水方圓自成文，至此幾於不可方物。（**説評**）此文體碩。（**鼎評**、**孫評**）此文叙事亦佳，惜體制未合。

贊曰：“弘玄先生老而貧，日以著述爲事。出無輿從，一童子挾書自隨，步履如飛。間以所序生平示予者如此，可以知其志之所存矣。先生以國子上舍生倅霍邑、夷陵。今世爲官，耻不出進士，不肯爲盡力。人亦以非進士待之，雖有志，終不獲見。故予復述先生爲兩州之迹，其志有足悲者。使爲進士，豈非世之所稱才賢者哉？”（**麟眉**）提句有力。

初,山西旱饑,命先生賑河東芮、陸、猗、夏、蒲、解三十州縣,使一武官輦致銀數萬兩。而懷仁王府禄米久逋,王使人篡入府,已剖鞘出銀。先生使人言曰:"天子憐晋人飢,故空帑藏以活之。今民旦暮死,王奈何取以爲己奉?即天子聞,王何以處?"王大慚懼,完鞘還武官。至則出銀堆排卓上,吏兩旁立,稱停裹紙,各書其人姓名,壹不涉手,以次俵散。(**麟眉**)賢。民歡呼歌舞,晋人以甦。敕下行省,有羊酒文綺之賜。王府在霍城中,宗室常數百人來索禄米。乘垣騎危,呼曰:"今日不得米,飢死矣。"先生與之言,氣和而剛。諸儀賓或曰:"判官言是也,盍少去,待司符下,給我米矣。"宗室皆曰然,相牽携而去。霍有荒田三千餘頃,歲責逋賦里甲。先生發庾粟千石,予里甲代耕,歲大熟,收麥數千。監司詬之曰:"若何等官也,遂自擅命發廪耶?"然而鈎考籍記甚明,不能加罪也。至今霍無逋賦,且人得私其贏以爲利焉。(**麟眉**)賢。

夷陵三四月多火災,火發,有類若烏者,群飛銜火至他屋,處處皆焚,《山海經》所謂畢方者也,然非如鶴一足,赤文而白喙者,柳子厚《逐畢方文》蓋未嘗見,先生所見實烏也。先生夜夢一人,白袍烏巾,翹右足,旁有一人言曰:"此白將軍也。"旦日,民列狀請建火神廟。先生曰:"吾夜夢乃秦武安君耳。"先是,州有四綽楔,通衢四出,皆已燔。先生建三重樓,設鍾簴樓中,爲武安君像而祀之,火患遂息。豈白起數千年尚燒夷陵耶?然神怪不可究。知子産實沈、臺駘、黄熊之論,非誣也。樓上望西陵、石鼻、天柱諸山,層巒迭巘如翠屏,李太白所謂"巫山夾青天"者,可以憑檻得之。而飛帆蕩槳,出没於蓮沱漩島之間,極荆楚之勝觀矣。秭歸治楚臺山上,久雨,水壞石土,危城欲墜,議欲遷州。先生時攝守,爲之刊山麓,决沮洳，自陡波溝縱横而出之水，工費而人不疲，州遂不遷。（**麟眉**）才。《白將軍樓》《歸州街渠記》，皆先生自爲文。車駕南巡，省檄統領輦夫萬人。上居飛龍殿，每一念至，即如陵上。不以朝暮，聞砲聲輒發，輦夫皆集，無失期。諸貴人率來取役輦夫，先生小冠匿他所，諸貴人皆不得取。（**麟眉**）才。送駕至樊城，大鴻臚揭簿呼名，先生與郡太守以下皆先歸。有旨，事過界不問。會天子已至鄧，故免譴。（**麟眉**）僅得免譴。其後，有按察司官責先生以避事，官實後代，不知此時事。先生具言，統領輦夫時常懼不免死，官爲默然。（**麟眉**）夾叙間文皆成奇趣。

一日，被檄至施州治獄。施去江陵數千里，南出夜郎，平時於郡但以文書羈縻，無官長來見者，其帥以百鎰金置苞茗中饋，却之。（**麟眉**）賢。夜宿僧寺，蕭然賦詩，有"暗室如白晝"之語。都御史顧公璘聞而嘆獎之。夷陵故有黄陵廟，而城北夾河亦有風濤之阸，先生爲作黄陵行祠。按黄陵在今巴陵，所謂瀟湘之尾、洞庭之口，而歐陽公但有《黄牛峽祠》詩，故東坡述公丁元珍之夢及"石馬繫祠門"之句，勒石祠下，而先生云："特黄陵廟旁有黄牛祠耳。"蓋不知何年而變也。（**麟眉**）如此作結，以上諸才賢處一齊增色，而志有足悲意，亦悠然言外。

會陞開建令，不肯赴，僦舟還吴，以舟輕，夷陵人舁大石鎮之。先生意忻然，以自擬吴鬱林太守云。

（**陶評**）名爲贊而實序，以兩州之迹皆可傳也，中間寫樓尤軒翥。

王氏畫贊並序

(侗評)畫工逼真,洵神手也。

余妻太原王氏,嘉靖三十年五月二十九日卒。余哀念之至,恨無善畫者,因記唐人有云:“景暖風暄,霜嚴冰净。”此爲吾妻畫也。又流涕誦楊子雲之詞云:“春木之芚兮,援余手之鶉兮。去之百歲,其人若存兮。”後二月,門人許進士使其弟來畫,余口授之,許默然良久,爲作此畫。家人見之,莫不悲慟。以示諸姨,皆流涕。小姨以爲“真是吾姊,但不言耳”。然如余所稱楊子雲、虞伯施語,未能畫也。涕泣而爲作贊曰:

哀窈窕,思關雎。杳不見,乘雲霓。墮明月,遺輕裙。風蕭蕭,慘别離。來陳寶,景帝珠。何珊珊,是耶非?

〔“景帝珠”,**(説眉)**謂影於帝青之珠耳。不可曉,疑有誤。〕

(説評)戊午夏,讀此集未竟,入吴。己未秋,復寓水村,讀至廿九卷。印色乾枯,易朱以墨。十月廿四日記。

卷三十　祭文　哀誄

（倫評）乾隆庚戌五月五日讀竟，楊倫。

祭方御史文

（説評）此等文字大力量、大體格，今人不能作。（夫評）真。

嗚呼！庚子歲，有光與公孫元儒聯名薦書。是年九月，同榜之士使予爲文以壽公。予序公爲兩京御史時，猶見古所謂柱後惠文冠者，因略論數年間天下之事，詹事陸文裕公讀之，以爲知言，今俛仰又二十年矣。公孫蠖屈於南宫之試，予亦瓠落於東海之濱。當是時，公蓋相期以天下之士，而今何如也？嗚呼！富貴壽考，公則已矣。後生小子嘆歲月之如流，而長年者之不能待，所以不知其涕之無從也。尚饗！

祭顧方伯文

（説評）質重。

有光於公，少荷許與。乃以濩落，有負相知。昔卷衣之復，方當計吏之偕，不得致撫棺之情。今葬紼之發，適拘巫史之忌，不能供復土之役。然生辱委重，俾論序其文章。歿又僭逾，獲撰次其行事。穆叔有云，是三不朽。於以答公，亦無愧矣。敬陳泂酌，告訣堂筵。庶幾明靈，鑒此享侑。

祭外舅魏光禄文

（説評）亦怨亦幸，字不妄下如此。

有光七歲爲公之婿，不幸先妣早逝，中間多故，婚姻失時。以公之仲女之賢淑，周旋六年，遽從先妣於地下。藐然二孤，置之今妻之懷抱，以撫以育，辛勤萬端。而婚姻往來如先妻之存，未嘗有間，可謂邢遷如歸、衛國忘亡也，蓋死生之際難矣！重以不肖連蹇困頓，自辛丑以來，四殿南宫，鄉里親戚以爲嗤笑。公慰藉懇懇，未嘗不以遠大爲期！至於生平迂拙，不能與世俛仰。而數十年中屏居野處，隔越百里，造請或不以時。公未嘗責望禮節，幾微見於辭色也，公可謂淳德君子矣。

去年冬，雨雪中，公使人至江上，遺以綿炭。今年四月，人自公所來，言公聞吾妻病，方開龜視吉凶。又聞公疾革，數問吾妻，其見念如此也。不意間一月而公之訃至，吾夫妻相對泣下。然吾妻死者數矣，以是先令女甥星夜奔公之喪，而吾妻尋亦至於大疾。

如剡之痛，旦暮日新。加以形體羸弱，死殤相繼，疾病憂虞。比聞公之變，則又驚悼痛怛，以至於今，不勝哀苦。氣息奄奄，行五六步，忽自僵仆。獨念公之卒，逾二月矣。《禮》：有殯聞喪，"將往哭之，則服其服而往"。所以至於逾月者，病也。扁舟百里，勉强匍匐，以拜公之前。冀公一舉吾之觴而已矣。哀哉！尚享。

祭顧文康公夫人文

（**夫評**）有文有質，皇皇乎高文典册也。

嗚呼！女婦之職，不出閨中。及其崇貴，與皇家通。維文康公，大科奮迹。四十年間，遂躋崇極。富壽康寧，當世所少。夫人配之，與之偕老。

赫赫我皇，統壹聖真。考禮肄樂，制作紛紜。既秩殷典，百神咸侑。文康雍雍，在帝左右。猗與夫人，象服是宜。朝於兩宫，從后之居。太室穆穆，佐上册寶。金章玉牒，夫人是導。西苑膴膴，庀其蠶事。鞠衣翟車，夫人則侍。邈然千載，大禮曠墮。夫人際之，見所未睹。匹婦之微，一命爲多。有美夫人，如山如河。

生有誥命，一品之貴。薨有奏訃，賜之葬祭。潭山之原，從文康止。天子之賜，恩榮極矣。凡厥富貴，莫不有終。維我生人，誰能不恫！尚饗。

吊何氏婦文並序

（**説評**）只是鄉里人説話，無不妙。（**年評**）何其情思纏綿至此！或曰："此文公自哭亡妻耳。"（**擇評**）語不多，而叙次曲折凄惋。（**紓評**）劃臂療夫，此事吾亦見之。然震川篤於伉儷，隨在生感，故言之有情。

何氏婦，鄒平王教授周君女也。始，鄒平君教長興，婦與何生隨家長興。何生病，婦潛自割肱，合椒湯進之，良愈。鄒平君既遷官，生夫婦還崑山，一日婦病死。生與予亡妻有兄弟之戚，爲童子時，嘗來予家。予妻死，生亦不來。不意數年間，生亦有妻已死。見生言之，潸然淚下，爲文以吊之。

惟孝子之獨行兮，世或議其爲奇。苟毁身以全親兮，又何乖於民彜？斯前世之所傳兮，在人子固有之。至於今而創見兮，婦爲夫而自刲。夫與父其一道兮，夫孰謂其非宜？殘肢體以事君子兮，謂白首其相隨。胡淑婉之速化兮，忽自背而先馳。致夫君之彷徨兮，形枯槁而面黧。旦出門而難歸兮，夜涕泣於空帷。惟夫病之可念兮，尚無愛於玉肌。何遐舉而不顧兮，乃又遺之以離悲。自今其被疾而致羸兮，又誰爲之憂危？彼萬族之相托兮，各得其偶以嬉嬉。夫人生之有妃匹兮，固百年以爲期。何中道而自失兮，行忽嘆其仳離？予昔嘗歷此變兮，怳日遠而星移。憶何生之垂髦兮，悼往昔而傷咨。況同事而相感兮，不知夫涕淚之淋漓。

祭外姑文

(説評)世間文字墜地，第一大病是酬應之文，其間病中之病是祭與壽，將此種文字，换千家詩、千字文，與一切初學文字人讀。晨起每讀一百遍，一年以後腸胃中俗調可去盡，然後筆墨可使。**(擇評)**祭外姑，叙其母女之情最得體。**(夫評)**如元人畫，着筆不多而景象自深。

昔吾亡妻能孝于吾父母，友于吾女兄弟，知夫人之能教也；饘食之養未嘗不甘，知夫人之儉也；婢僕之御未嘗有疾言厲色，知夫人之仁也。癸巳之歲，秋冬之交，忽遘危疾，氣息掇掇。猶日念母，扶而歸寧。疾既大作，又扶以東。沿流二十里，如不能至。十月庚子，將絶之夕，問侍者曰："二鼓矣。"聞户外風淅淅，曰："天寒，風且作，吾母其不能來乎？吾其不能待乎？"嗚呼！

顛危困頓，臨死垂絶之時，母子之情何如也。

甲午丙申三歲中，有光應有司之貢，馳走二京。提携二孤，屬之外母。夫人撫之，未嘗不泣。自是每見之必泣也。嗚呼！及今兒女幾有成矣，夫人奄忽長逝。聞訃之日，有光寓松江之上，相去百里，戴星而往，則就木矣。悲夫！吾妻當夫人之生，既以遺夫人之悲，而死又無以悲夫人。夫人五女，撫棺而泣者獨無一人焉。今兹歲輤車將次于墓門。嗚呼！死者有知，母子相聚，復已三年也。哀哉！尚享。

祭妻祖父母文

（説評）公自傷其妻，文章真則正。

橘泉先生、趙氏夫人既葬之後三日，孫婿歸有光始獲奔祭於墓，泣而言曰：

嗚呼！吾妻之歸予蓋晚，而事公與夫人最久，於諸孫中特加憐愛。吾妻嘗言公、夫人所以勤閟以昌厥家者甚詳。癸巳之歲，吾妻遘罹屯疾，屬公、夫人之歸輦將駕，猶扶携至家。迨疾轉亟，一日九死，乃始舁歸。迢迢至家二十里，懼不能至而死於中塗，且以不得送其祖父母爲恨。今歲，吾舅始爲公、夫人啓攢即窆，忽忽七年矣。

於呼！人生離合，倏焉而來，倏焉而去。方其數盡，何有於壯，何有於老，同返於冥漠之鄉。高墟之原，公、夫人藏焉。馬鬣新封，草芽已茁。樵夫晝歌，猿狖夜號。公、夫人不能起，吾妻又不能歸。已乎傷哉，千古之恨！（**夫眉**）真。

謁宋文貞公墓文

(説評)奇文。(夫評)古文如此,妙矣,是矣!何必編纂古句、填寫古字以爲古文耶!(元評)淋漓悲壯,如聞伯牙海上之琴。

維年月日,具官歸有光謹以瓣香拜謁唐宰相宋文貞公之墓。

唐有天下三百年,惟貞觀、開元號爲盛治。賢相並稱姚、宋,而屹然正直之氣可與公媲者,獨始興文獻公而已。有光自初束髮知讀《唐史》,嘆天寶以後何其亂也!生民之禍極矣!使公與曲江尚在,匡持之,唐之國祚歷年豈可量哉?信乎,國以一人而興也!

今者備員兹土,下車之初,以吏事過南和,聞公墓在此鄉,而魯公碑刻尚存。因迂道齋宿縣邸,來致景仰之私。嗟夫!公之直道,有國者一日而無此,則相率靡靡,以馴至於亂亡而不覺,三季之後若同一軌。此予心之耿耿,徘徊於公之墓下而不忍去也。謹告。

祭楊忠愍公文

(夫評)四字斷句,有議論、有層折、有含蓄,全乎大蘇。(紓評)此文脱胎杜詩"不聞夏殷衰,中自誅褒妲"意,歸美世宗,自是人臣之分。不知世宗之護前,分宜雖誅,實不自引過,猶德宗之信盧杞,終始不悟。蓋分宜之文字,雖震川不能過,且其善柔便僻,巧取上旨,君臣相親如家人。吾思其每得一錢或且自陳於上,故世宗信之,言官論其貪黷,不復爲動。忠愍之死名附張經之後,世宗惡張經,遂一併勾決,尋雖悟之,然亦不承其過,思所謂"龍駕欻忽未及襃美",直爲尊者諱耳。

維年月日,具官歸有光謹以清酌庶羞之奠致祭於贈太常寺少卿謚忠愍楊公之靈,曰:

昔我世皇,繼天作后。多歷年所,疇咨左右。中歲好道,穆然在宥。有臣怙寵,咨爲姦宄。父子持權,瀆亂天下。一旦殘夷,天威不假。天下以此,感嘆先皇。神武雄决,蓋代之英。在古權姦,鮮不害國。今則自斃,繄皇不惑。天亦助明,與古異勢。社稷之福,可保萬世。

惟忠愍公,撲其方熾。誠款懇惻,辭引主器。冀以覺悟,憪不顧避。賊臣切齒,文致死地。臨命賦詩,時在俄頃。季子就醢,冠纓必整。叔夜彈琴,顧視日影。公何從容,造境愈静。亦維前歲,虜薄都城。犬羊虓呼,噬嗑生氓。廟議失策,以冀緩師。公亦抗疏,慨然論之。争國重輕,利害必明。抵掌鳴劍,志絶殊庭。時已犯忤,重被考掠。折指鍥骨,曾不畏爍。間關萬里,諤諤不已。志士求仁,必趣於死。先皇之英,亦自公啓。龍駕欻忽,未及襃美。天子明聖,思繼先志。恩綸首建,加官賜謚。俾延世賞,勵其後人。剖心封墓,天下歸仁。

嗚呼!自古正士,常見憎嫉。邪人害正,千古若一。方公侘傺,遠集何日?觀彼踥蹀,嘿嘿自吒。不忍大姦,因時發憤。遂震群耳,如雷之聞。雖彼黨人,稱公忠義。衆口相和,誰敢云異!房子之邑,公之所生。奕奕新廟,薦祀馨香。公言不亡,公有詩章。報恩皇家,猶有英靈。摛詞告祭,以寫吾誠。嗚呼哀哉!尚享。

告祭崑山縣山神文

(説評)得情得體。(夫評)瀟然出塵之筆。

某等少聞長老言,昔時方谷珍之亂,神有顯應,遥見山之草木皆兵,賊以畏懼而遁。然無文字可考,獨以民間每歲四月十五日爲賽會,奉神以王者之儀。比年官府間歲有禁,而秩祭如一日也。

自至元間迄今二百年,復見海水沸騰,吾民肝腦塗地。而有司嬰城以自守,境外無蚍蜉之援。民既無所恃賴,則所以日夜皇皇,獨依於神而已。願假神靈默佑,於冥冥之中殄此妖孽,使吾民復得安其田里。父子祖孫,世世如前二百年報謝於神,則神之休亦永無窮也。尚享!

御史中丞李公哀詞

嘉靖四十一年四月乙亥,御史中丞李公,先是以病請告還鄉,是日行次鄆州之安民山而薨。公爲人和易修潔,爰自登朝,敭歷内外二十餘年,未嘗有所摧挫,以至爲大官。會天子新建紫宫,載度弘規,及西苑、平臺、神仙、長年之殿。公連歲采運,大工迄成。召歸院中,登庸始峻,而遽殞逝,朝廷莫不痛惜之。大宗伯太常方將請恤典,定謚議,而喪還於吴。

余與公少親善,同志業。公治五經之餘,獨好司馬遷、班固書。以余之騃稚樸陋,而公常傾鄉之。每得一語,忻然誦之,以爲有會於心。雖世所競俳優軋茁,銑谿虬户,争爲古文名高者,了然獨能辨之。(説眉)置身此時,乃知此一言之深苦。議者以公爲善處世,以能至大官。余獨知公蓋有得於古,而直用文雅緣飾之，是以人望之而敬、與之處而親也。公久官，余介居江海，隔越二紀，僅一再見。見所嘗見於公者，必道公語。今年春，余試南宫，見所嘗見於公者，公益貴，余益困，而語稱益加。公方在告，余一往不見。初謂公貴人，不願往也。公顧亟呼余從人至榻前，勞問慇懃。手書兩及，墨迹猶新，不謂遂爾永别！（**夫眉**）有情。余未渡淮時再夢見公，覺而訊之，以爲不祥，不意其果然也。乃始以數年之别，不一見公爲恨，雖公之書亦云。（**夫眉**）序得欠古雅。

昔子産與申徒嘉同學於伯昏瞀人，嘉謂子産倚其相於夫子之門。今公乃與余游於形骸之内，而余反索公於形骸之外。公賢子産，而余愧申徒矣。嗟夫！士於顯晦之際固不能無情。公今已矣，世之所謂利勢者，今則廓然漠然，而獨公之知我者，炯然在也。（**祖眉**）讀此令人憮然。余可不致其哀乎？余方遭先府君之喪，古者朋友有緦麻之服，以其服哭之，禮也。其詞曰：

昔甯戚歌於牛口兮，桓公舉火於昏夕。鬷明踽踳於堂下兮，以何道而能識？管夷吾之見逐兮，鮑子終不謂其無能而致黜。信精志之日通兮，何顯晦之殊職？歷星紀之屢周兮，誠款款其如昔。豈若以人言爲毁譽兮，忽朝云而暮易。彼其中有然者兮，寧狥世而拘迹？嗟天道之難測兮，公遂與化而俱寂。余唯窮老而怐愁兮，莽馳騖而不知其所極。年洋洋以日往兮，將誰使乎宗之？奈何乎古之人不作兮，恍不知涕之無從。

（宋人嘗譏作文喜换字者，以“金谷”爲“銑谿”，“龍門”爲“虬户”。崑山本“谿”作“鉛”，常熟本作“鎔”，皆誤。今正之。）

思質王公誄

（年評）先生四六文不多見，存其半豹，用見先生之兼擅如此。（夫評）篇末反覆跌宕，都是空中下筆，韓歐之所未有也。（紓評）序中所云嘉靖三十八年吏兵之辭有連，指灤河之敗也。寇西入而聲東，忬遽引兵而東禦，因之遵化、遷安諸郡縣皆被兵，經王漸、方輅論列，而世貞又經紀忠愍之喪，嵩父子大恨，因而中之，而忬遂死。然震川與世貞不相能，至斥之爲妄庸，何以允爲吴中士大夫作文？想此時世貞之名尚未大盛，而忬之名重吴中，故有是作。

思質王公諱忬，字民應，吴郡太倉人，南京兵部右侍郎倬之次子。歷官至兵部右侍郎，兼都察院右僉都御史，總督遼、薊軍務。嘉靖三十八年，以吏兵之辭有連，其明年十月朔被禍京師。長子山東按察使司副使世貞、次子進士世懋，並解官號踴，寃痛數絶。明年春，喪還吴。吴士大夫哀之，僉謂余宜爲詞，載於素旐，乃作誄曰：

粤昔姬代，徂靈而衰。子晋登假，厥有支遺。繫王垂姓，綿世洪丕。秦翦、魏錯，奮鉞秉麾。漢庯、吉、駿，名賢纍纍。睢陵貴胄，仍晋台司。惟始興公，邁勳江左。六代輝華，鳴玉襲組。將門相門，世無與伍。逖矣眴封，迄唐踵武。琅琊之别，分水有譜。夢聲廣學，爲吴始祖。洎先司馬，連理擢英。兩枝之胤，繩繩科名。惟先司馬，懿行徽聲。佐時嘉績，樹位九卿。分禄養族，逮及孤矜。鄉歸其厚，没世稱仁。

公生神秀，先公愛子。早馳俊譽，克紹休美。羽儀初升，牙角欻起。天馬騰翔，不限疆里。峻陟大僚，日緝王旅。公之勤功，先公之施。天之報之，宜厚其祉。命也如何，猝見傾圮。嗚呼哀哉！

初爲大行，主諸有經。有國之恤，言共其旌。歐車告虔，抒帝哀誠。惠文嶽嶽，大璫怵懲。聿巡南楚，去吏蝥螟。察理冤獄，活者千人。滔滔江、漢，千里風生。神州攙讐，獨當虜兵。完其危堞，奠我帝京。遂參中臺，東山拊循。攝機而謀，建立三城。咸寧逆節，折其勾萌。帝警海魚，命之南征。洪波血戰，渤海朱腥。越氓煦德，布路泣行。乃帥雲中，遏虜修亭。嘗有新竈，旁見烟青。帝曰汝悙，常在行間。惟汝賢勞，其週我邊。閃閃朱旗，戾於薊門。殺獲首虜，歲有報聞。罔不應格，茅社宜分。疇邑未及，罹此大屯。嗚呼哀哉！

歲之暮春，犬羊犯威。軼我郊圻，疾如風雷。繼褭糧盡，翳翳窮壘。師以左次，時其氣衰。嗚呼哀哉！疆埸之事，何歲不有？命也如何，公罹其咎。我思盛衰，如轉圜走。先公鼎貴，公仍其後。兩世同官，復凌其右。繼以二嗣，才猷日茂。鬼神忌之，誰能無詬。嗚呼哀哉！

惟帝惟天，命之攸制。亦既惠之，又復蹶之；亦既佩之，又復劙之。其始榮之，復乃悴之；榮則萃之，悴忽墜之。昔也何順，今也何盭？誰爲推之，誰爲擠之？誰獨徘徊，誰當橫厲？蒼天茫茫，莫詰所謂。大運斡流，隨之以逝。公之許國，致命則遂。有子纘承，不隕其世。必復其始，其有以慰。嗚呼哀哉！

部分序跋

戴名世《書歸震川文集後》

余從事於古文有年矣，雖不能爲古人之文，而竊知之不同於衆人。最後得歸震川之書，有愜於心，余好之。或有問余震川佳處何在，余心口之間擬議良久，竟不能言其然。嗚乎！此震川之所以爲震川，而余知之爲獨深也歟！震川好《史記》，自謂得子長之神。夫子長之神，即班固且不能知，吾觀《漢書》，其於子長文字删削處皆失子長旨。而後之學《史記》者句句而摹之，字字而擬之，豈復有《史記》乎？震川獨得其神於百世之下，以自奮於江海之濱。當是時，王、李聲名震動天下，震川幾爲所壓，乃久而其光益著，而是非以明，然後知僞者之勢不長，而真者之精氣照耀人間而不可泯没也。顧今之知震川者少，而今之爲震川者其孤危又百倍震川，以俟後之爲震川者知耳。

（戴名世《潛虚先生文集》卷四）

崔徵麟《歸文定序》

震川先生文八十三首,論既定,作而曰:

退之有云:“用功深者,其收名也遠。”不信然歟!方嘉靖時,王弇洲踵二李之後,主盟文壇,海内奔走若朝會職貢惟恐後。先生以一老舉子獨抱遺經於荒江寂寞之濱,樹牙頰相楮柱不少下。我言之,而聽者誰歟!我唱之,而和者誰歟!然先生雅自信而不急人知。迄於今,空同、弇洲名如死樸,而先生之文,有識者莫不以爲青天白日、鳳皇芝草。名之遠近,果孰多乎?

蓋先生於經史大家無不浸漬演迤,而尤精於《太史公書》。其爲文潔净精微,無聲色臭味可好,錢牧齋稱其得太史公風神脉理,誠然!蓋三百年中文之功力至而所得深者,唯先生一人而已。當時若張文隱公之見知,與王弇洲之晚悔,及牧齋《列朝詩集》所載山陰諸狀元、徐文長事,不可謂非同時之楊子雲矣。然同時即無一人,而先生之精光要自能發於後世無疑也。獨怪先生於經義一稟程朱,至其自爲説也,則往往欲駕程朱而上之,然後知其於經義特束於令甲,正猶艾千子所論陽明、緒山者耳。先生嘗譏荆川初師魏莊渠,久而變其師説。夫荆川後此之學固非也,莊渠之學亦非也。不務以程朱爲師,而賓賓然守一先生之説,無論變與不變,總豈得爲善學乎?此吾於先生不能無餘憾焉。至若先生與荆川生同時而居相近,而又同爲三百年作者之冠,嘗疑二家集中絶無往還文字。因思先生寂處海濱,不求聞達於當世賢豪傑魁之士,不特異趨者不肯枉己,即意旨不殊者亦不輕爲未同之言。其爲人矜慎自重如此,故其文黯然絶去華耀如此，學者又不可以不反求其本也。

先生諱有光，字熙甫，崑山人。舉嘉靖庚子南京鄉試第二人，八上春官不第，至乙丑始成進士。初令長興，務以教化治民，卒遭蜚語，量移通判順德。隆慶庚午，遷南太僕寺丞，留掌制敕，修世廟實録，遽以病卒。亦以得第晚，故得深於文辭之學云。

張汝瑚《歸震川集序》

當嘉靖世，諸君子之以文鳴者，或出其卓犖峭勁之才，或騁其灝瀚澎湃之氣。各以所長，相輕所短。跨凌一代，聞者皆廢。

歸先生者，兀坐安亭江上，獨以其冲静之性爲文，不爲恢奇可喜之論，而自致其境於古，蓋無意於工而自工者也。乃其名日益盛，而未嘗出一言與諸君子角。久之，諸君子中如弇州者，反嘆息以爲不可及。豈不曰文章有定論？蓋必持之久而後其論始定，固不在乎一時之争也。金之堅也，玉之潤也，絲竹之清且越也。此數物者皆未嘗自言，而人莫不知其堅、其潤、其清且越者，信著乎其體也。噫！觀此可以論先生矣。

嘗聞宋儒評諸公文曰："歐文雖平淡，其中却自有美麗，有好處，有不可及處，不是闒茸無意思。南豐文更峻潔，雖議論有淺近處，然却正平好。到得東坡便傷於巧，議論有不正當，後來到中原，見歐公諸人文字方稍平。荆公文却似南豐，但比南豐亦巧。黄魯直、李泰伯亦有巧處。"由此言之，先儒論文尚平正，所刺譏者，巧耳！余謂先生文大率似歐之平淡、曾之峻潔，東坡云"絢爛之極乃歸平淡"，柳子厚評《史記》一則曰峻，一則曰潔。然則所謂平淡峻潔者，非先生未敢輕許也。

余又聞先生生平重知己，茶陵張文隱公之歿，哭之慟，其孺人亦泣曰："君自此無知己矣。"後十餘年，文隱改謚文毅。適先生在館閣與其事，喜不自勝，曰："吾藉此以酧知己萬一耳。"夫以先生之文，天下之人莫不知之，而汲汲於文隱公一日之知，没世不忘。然則先生之人之文，雖千百世尸祝可也，於諸君子何多讓焉！康熙壬戌秋七月晋江張汝瑚夏鍾甫於沙陽舟次。

彭紹升《震川文録敘》

予讀震川歸先生文，愛其稱心而言，汪洋憺怕，獨深於性情之際，以爲古之作者當如是也。

夫文之爲道微矣。顧自南宋以來，知言之士取足以達意而止。即達，亦未始非聖人之訓。然而主文譎諫，風人之恉也。朱弦而疏越，一倡而三嘆，古樂之遺也。是則達之爲言，殆未足以盡文之變也。先生生明中葉以降，皇極不張，封疆多故，曩朝休養富庶之效日耗斁。先生有隱於衷，其於國家治亂之幾、人才消息之故，以及賦役、水利、海防諸大政，敦復於中而形於言，多鑿鑿切利病。而其言或不敢以盡，即盡矣，而不傷於激，蓋風人之恉在焉。至其俯仰身世，反觀默省，時復超然遠覽，歉然而不自足，故其音悲渺而深長，此先生之所存有未可一二爲流俗人道者矣。

予早歲得廣昌黄君静山所評先生集，往往善發其中意脉，録爲一帙，往復不厭。頃有同學友索觀之，因復取先生集周覽一通，續有增删，共得若干首，以之頡頏歐曾諸大家，庶幾無愧。先生敘項氏文，以爲文章天地之元氣，原其要一以自得爲本。夫學期於自得而已矣！自得之道，抑不獨在文章。而先生弟以文章爲言,其自知之審也?其終不能無歉然者邪?

(彭紹升《二林居集》卷六)

張士元《震川文選序》

震川文集有崑山本、常熟本,皆不全,爲後人所塗乙,頗改舊觀。最後其曾孫莊出所藏鈔本,商訂於虞山而刻之,雖亦不免移篇改字之誤,然賴有此刻,人始得見其大全。余生平酷嗜熙甫文字,獨病其集中間有應酬率易之作,不適於讀也。因手録其尤可法者若干首,即用熙甫讀《史記》法讀之,稍稍加評注焉。

蓋古今文章自漢氏以來,至唐之韓、柳而體始備,至宋之歐、蘇、曾、王而法益精。自宋迄元,不絶如縷,惟虞道園之文猶有永叔、子固之風味。明正德、嘉靖間,唐應德、王道思相切劘以古學。唐學眉山,王學南豐,卓然大雅也。而其力抗歐曾、氣追班馬,如江漢之發源於岷嶓而滔滔不竭者,熙甫一人而已。余尤喜其叙述諸文,雖世俗瑣事,皆古雅可觀。江陰楊文定公嘗言:"文章要得二南風度。"如熙甫,真可謂得之矣!讀之使人喜者忽以悲,悲者忽以喜,不自知其手舞足蹈而不能已也。

與熙甫同時人如王元美,方以詩詞震動天下,斥熙甫之文爲庸,而其後乃卒深服之,此豈苟然者哉!而今之剽竊補綴、肥皮厚肉、取青媲白而自詡爲工者,輒敢薄熙甫之文爲不學,又元美之徒所竊笑者已。是爲序。乾隆乙卯十月朔震澤張士元書於京師寓。

(張士元評選《震川文選》)

翁同龢、龐鍾璐跋

（一）翁同龢跋

寶雲上人評點歸集，陳氏稽瑞樓藏本也，先公少時嘗從子準丈假臨一過。今陳氏圖書散佚已盡，而龢於戊辰秋扶護歸葬時得之里門，展誦不勝感痛。同治己巳二月同龢謹記。

（二）龐鍾璐跋

昔吾師翁文端公言：“寶雲上人所評歸太僕集，於極淡、極閑、極入情處指點入微。”因假得手録之。吾友張子佩從録一過，亦詫以爲奇，然未知寶雲何人也。携歸南中，則王寶之、李申蘭皆有此本，云寶雲姓董名説，疑是松江人，而省、府誌皆無之。後閲張之樹《詩人徵略》，知爲浙江烏程人，字若雨，號俟庵，諸生，前明尚書份曾孫，晚歲遁迹空門，改字月函，有《豐草堂集》，即其人也。按《明史・董嗣成傳》：嗣成，萬曆八年進士，禮部員外郎。祖份，禮部尚書。父道醇，南京給事中，仍世貴顯。嗣成以氣節著，士論多之，則説或爲嗣成子。蓋前明諸生，至國朝乃入空門耳。前所臨本已失，歲戊辰，復從叔平祭酒假得，重録一過，朱筆所校未能盡録。所謂常本、崑本，皆明刻也。明時又有閩板，昔曾見之。此本元恭所校，其板後歸於文昌巷歸氏義莊，實刻於崑，而非崑本之舊。張鹿樵觀察復刻一本，則合諸本而成者，文稍有增，並多《史記評》及論文六十六則，不知此時二板尚有存否。如須重刊，則舍此别無善本矣。敢質之祭酒，以爲何如！庚午五月龐鍾璐識。

（歸有光《震川先生集》，清康熙刻本，佚名録董説評點，翁同龢、龐鍾璐跋）

錢泰吉《跋歸震川集評本》

往歲壬辰，平湖方子春廣文埛示余其所評《震川集》，並録吴江張鱸江評本，余手寫數葉。潘梧君茂才藹人見而喜甚，爲録終卷。未幾，子春下世。每一展讀，輒思故人。今年假沈廉仲小湖侍郎之仲子所藏盛秦川録祇平居士評本，梧君下世又有年矣，鮮同嗜者，忍寒録焉。祇平、鱸江文集皆已刊行，若仿詩家主客圖之例，其於震川不愧上入室矣。梧君文稿，余亦傳録，惜乎未見其所止也。子春晚歲潛心理學，所作無多，不知尚可收拾否！道光庚戌長至後一日。

（錢泰吉《甘泉鄉人稿》卷六）

王拯《書歸熙甫集項脊軒記後》

往時上元梅先生在京師，與邵舍人懿辰輩數人日常過之，皆嗜熙甫文。先生日謂舍人與余曰："君等皆嗜熙甫文，孰最高？"而左手《震川集》與邵，右一紙與余，曰："第識之，以覘同否。"余紙書《項脊軒記》，先生取邵手所舉集中文，即此也，乃相與皆大笑。

他日，友人有以此文示余者，曰："讀是久，有不可解者。"視之，乃文中"余既爲此志"句。余曰："此文後跋語耳，而著録者誤與文一。"友人未之信也。按文"余既爲此志"後百十四字，歷叙作文以後十餘年事，語尤悽愴動人，與文境適相類。人但賞其文，因刻本聯屬之，又因熙甫句中變"記"字爲"志"稍異。其實"志""記"字義本通，而遂不察其爲後跋語也。

文自首至“余居此多可喜，亦多可悲”句，記軒之景物；自“庭中通南北爲一”至“爲籬、爲牆，凡變”句，記軒之沿革；自“家有老嫗”至“瞻顧遺迹如昨日事，令人長號不自禁”云云，記軒中遺事；其後又足以“軒前故嘗爲廚”及“軒凡四遭火得不焚，殆有神護者”數言，乃記軒畢矣。“項脊生曰”下，“余既爲此志”句上，則文之後論例，如志之有銘、傳之贊而騷之亂也。中引蜀清居丹穴、諸葛孔明卧隆中二事，竊以自比，然則熙甫之志非將大有爲於時者邪！蜀清其後秦皇帝爲築臺，孔明輔劉玄德與曹操争天下，皆事振耀於當時而名稱後世，而其始在丹穴與隆中，熙甫所謂“昧一隅，人莫有知之”者，誠與熙甫“處敗屋中，揚眉瞬目謂有奇景，人謂埳井之蛙”者同。獨熙甫窮老荒江，晚得一第，僅官令倅，至寺丞，曾不得大有設施於世，以與蜀婦懷清、孔明隆中事業頡頏，獨其文章爲有明一代之雄，自元明來上下數百年間，莫與並者，則雖不得比迹隆中，亦豈懷清寡女之豪之所可及哉！

余又嘆夫熙甫之文，流傳至數百年，其中爲人所最賞嘆如此記者，而其著録舛謬若此，而人多忽之。惜當時與梅先生、邵舍人遊處未語相及也，不知先生與舍人其謂然不也？熙甫自謂作此記後五年妻始來歸，然則此文之作，其年未冠乎？何成就如熙甫而其通籍之文章竟莫能出乎少小之所爲者邪？梅先生言：“文方出手時，當其至者大致已定。年與學進，推擴之耳，其至之處不能有加。”不其信歟！頃與梅先生别久，邵、馮諸子亦多闊絶，追維講益，不可復得。日讀熙甫此文，忽念當時賞析之樂，因書於後，並志慨云。

（王拯《龍壁山房文集》卷五）

吴敏樹《歸震川文別鈔序》

嗚呼！自四子書之文興，而文章不及於古，豈人才固使然哉？天下能爲文章之士必皆有聰明傑特非常之才，而是人者自其少時固已學爲四子書之文，而其爲文之道亦誠有可以自盡其心而有未易可窮之致，乃其心固猶不安於是，則又時時習爲傳記序論之作，以追逐唐宋之能者，而與之後先。雖足以名於一時，而其氣力亦衰減矣，此予所以録震川歸氏之文而爲之三嘆也。

蓋明朝始以四子書之文取士，而其文莫盛焉。三百年間傳者數十家，而震川歸氏爲之雄，而明之言古文者亦未有如歸氏者也。余觀歸氏之文遠宗乎司馬，近迹乎歐、曾，其爲學大精博，而其意見亦絶高，豈區區甘爲帖括者徒以老困場屋？而從遊請業之徒舍是亦無問焉者，故出其餘而遂絶一代矣。至其古體之文，乃其所盡意以爲，然擬之古人猶若不逮。借使歸氏不生於明，而出於唐貞元、宋慶曆之間，無分其力，而窮一生以成其文，豈在李翱、曾鞏之後哉？抑以歸氏之不遇，老而一第，終没於小官，當時大著作皆莫出於其手，是又可傷也。録凡八十首，爲卷二，蓋皆余之所私喜者，而非以是爲去留也。道光辛丑冬十月巴陵吴敏樹序。

（吴敏樹《柈湖文集》卷四）

曾國藩《書歸震川文集後》

近世綴文之士頗稱述熙甫，以爲可繼曾南豐、王半山之爲之。自我觀之，不同日而語矣。或又與方苞氏並舉，抑非其倫也。蓋古之知道者不妄加毁譽於人,非特好直也。内之無以立誠,外之不足以信後世,君子耻焉。自周《詩》有《崧高》《烝民》諸篇,漢有河梁之咏,沿及六朝,餞别之詩動累卷帙,於是有爲之序者。昌黎韓氏爲此體特繁,至或無詩而徒有序,駢拇枝指,於義爲已侈矣。熙甫則不必餞别而贈人以序,有所謂賀序者、謝序者、壽序者,此何説也?又彼所爲抑揚吞吐、情韵不匱者,苟裁之以義,或皆可以不陳。浮芥舟以縱送於蹏涔之水,不復憶天下有曰海濤者也。神乎?味乎?徒詞費耳。然當時頗崇茁軋之習,假齊梁之雕琢號爲力追周秦者往往而有。熙甫一切棄去,不事塗飾而選言有序,不刻畫而足以昭物情,與古作者合符,而後來者取則焉,不可謂不智已!人能宏道,無如命何!藉熙甫早置身高明之地,聞見廣而情志闊,得師友以輔翼,所詣固不竟此哉!

(曾國藩《曾文正公文集》卷一)

葉景葵跋

王宋賢先生元啓評點、盛柚堂先生百二過録又加評點,錢警石先生泰吉臨盛本又采入張鱸江先生士元暨方子春先生坰評點,警石之門人徐邁叔鴻熙(又字眉盦、又字嘯秋)臨錢本。卷中朱墨雜沓,王評加注“王”字,張評注“張”字,方評注“方子春”,錢評注“甘泉先生”,其未注者不可辨識。又有署“意庭”者,不詳何人,柚堂自題名。衹平居士評本最精,如《馬政志》評語,剖析毫芒,可作歸文注解,不僅注意於文法。同時收得張鱸江手鈔節本,此本所采張評均與之合,當即警石所见原本。卷首夾有警石手簡二紙,知徐君爲咸豐間禾中學者,爲警石翁所奬譽。庚辰正月景葵。

（《震川大全集》三十卷，清嘉庆元年归朝煦玉鑰堂刻本，徐鴻熙録王元啓、盛百二、錢泰吉、張士元、方坰、意庭評點，上海圖書館藏）

徐楨立跋語二則

（一）第一册扉頁前徐楨立跋：

吾友李木公工爲古文辭，嘗語余震川大全集不數見，雖以木公居上海，往來蘇州，方求之未得也。此爲道州何子貞太史東洲草堂藏書。太史居京師久，蓄書至多。北平翁氏、大興朱氏、徐氏所藏多在其家。比年，其孫曾貧困，嘗出以鬻之人。其中宋元刻本、乾嘉間精槧、金石小學之籍、校讎手稿，往往而有。太史雖舟車不廢讀書，其書率合二三册爲一而自題識其端，興到則淋漓評騭眉間，亦雜嘲戲，或句讀之，如風雨疾下，所點柱亦不必當句中。書估既目熟爲太史家書，輒展轉博高價。余不能日月奔走，出氣力與估客相争，但有嘆惜而已。獨此書以非時好，留庋架上，乃購得之。然猶以太史加墨，故倍尋常之值云。震川有言："丈夫得志則龍蛇，不得志則蚯蚓。當伏藏閉涸之日，而覬有顯揚拔擢之榮，必無幸矣。君子遯世不見知而不悔可也。"夫顯揚拔擢之及其生不得而不悔，此覬有慕於後世之知哉？然至於今三數百年以來，天下莫不知有震川之文章，又何偉也！顧以太史之高才博學，一再讀之，初謂不識其佳處，後乃以爲不稱其重名，士所以獨貴於知希歟！丁丑夏五月徐楨立跋於北郭餘習盦。

震川詩文用韵喜隨手以吴音爲之，此其失檢處。太史皆摘出之矣。餘習盦又記。

（二）第八册末頁徐楨立跋：

《大全集》附震川論《文章體則》，此非震川之言。好事者託震川以爲名高之所爲也。又其中屢屢稱説陽明之文。陽明文誠博大昌明，此第明人所爲，以投時尚，皆望而可知。震川《與王子敬書》謂："凡事須行其庭，不見其人，何可望人知我？安得教人下筆以爲驚世駭俗哉？"其謂"議論正大，當有台閣氣象以冀主司之刮目"。又言"《歸去來辭》於舉業雖不甚切"，震川何至有是言？震川自爲文，讀之如睹山澤之癯，乃以台閣教人耶？震川爲文曾不肯貌襲秦漢，而於賈生用癛癛字，獨爲是纖巧仄劣之思以誤解之耶？其中亦有一二是處，然於義都非精深，或震川曾選文以示子姓，略舉其例而俗子遂附益之爾。戊寅正月餘習居士記於屺望廬。

（何紹基評點、徐楨立跋《震川大全集》，湖南圖書館藏）

林紓《震川集選序》

吴南屏曾選《震川集》，余遍覓之不可得，而南屏當時有學桐城之目，實則南屏師承震川，不必瓣香桐城也。夫文字安得有派，學古者得其精髓，取途坦正，後生遵其軌轍而趨，不知遂目爲派，然則程朱學孔子，亦將謂之爲曲阜派耶？南屏惡時流之目爲桐城，自作文辯白，極爲曾文正公所譏。辛酉五月，余晤康長素於滬上。長素曰："足下奈何學桐城？"余笑曰："紓生平讀書寥寥，左、莊、馬、韓、柳、歐、曾外，不敢問津，於歸震川則數週其集，方、姚二氏略爲寓目而已。"長素憮然。余因論《史記》菁華頗爲震川所擷取，長素深以爲然。震川之文多關心時政，《論三區賦役水利書》及《三途並用議》語語切實，不類文人之言。其最足動人者無過言情之作,是得於《史記》之《外戚傳》。巧於敘悲,自是震川獨造之處。墓銘近歐而不近韓,贈序則大有變化,惟不及韓之遒練耳。曾文正譏震川無大題目,余讀之捧腹。文正官宰相,震川官知縣,轉太僕寺丞。文正收復金陵,震川老死牖下。責村居之人不審朝廷大政,可乎?雖然,王鳳洲以達官執文壇牛耳,震川視之蔑如。果文正之言與震川同時而發,吾恐妄庸鉅子之目將不屬鳳洲矣。此集得全集中十分之四,壽序僅録其一。震川壽序過多,或其後人愛不忍釋,究亦不能病震川也。辛酉嘉平閩縣林紓於宣南煙雲樓。

(林紓選評《歸震川集》卷首)

後　記

還是在 2003 年的時候,我有幸考取爲復旦大學黄霖先生的博士生,黄先生指導我以明代唐宋派代表作家歸有光的散文爲研究内容。黄先生其時頗關注古籍中的評點,在先生的幫助下,我初步收集起了明清時期一些學者們對歸有光散文的評語,漸漸體會到它們在研究中的重要價值。2008 年,復旦大學的周興陸先生帶領我們申報了教育部重點研究基地復旦大學中國古代文學研究中心重點課題“明清時期未刊文學評點的整理與研究”,《震川先生集》的彙評有幸列入其中。我這時已經來到了工作單位,本以爲能有更多的精力去完成這項工作,但事實上時間大多汩没於日常工作之中。在彙評工作推进艱難的時刻,我的同學、山東社會科學院的張偉研究員及時提供了堅强有力的幫助。她的主要研究領域是中國古典文獻學,在文獻的收集和整理方面甚爲專業。她的工作細緻、周到,使彙評工作最終得以完成。

在這裏,我們特别感謝黄霖先生!黄先生治學態度嚴謹、學術視野寬廣,學術研究自成體系又不落窠臼,春風大雅,秋水文章,久已爲學者們所共知。黄先生又視學生如己子,這又是我們同學們的共同感受。如今回想起十多年前能經常聽到先生謦欬的時光,這都讓我們感受到滿滿的幸福。

在資料彙輯過程中,我們得到了許多學長和同學的幫助:周興陸教授始終給予了極大關心和指導,西南大學的趙章超教授抄來了西南大學圖書館所藏董説的評語,常熟理工學院的孟偉教授抄來了常熟圖書館所藏錢陸燦的評語,湖南師範大學的曾紹皇教授抄來了湖南社科院所藏何紹基的評語,復旦大學的羅劍波教授多次在文字校訂上給予指導。感謝他們的熱情幫助!

感謝鳳凰出版社的李相東先生、吴瓊女士,他們爲此書的出版耗費了大量的精力!

最後,感謝我們兩家的父母,感謝張偉的丈夫潘峰先生和我的妻子苑曉紅女士!

楊峰 2019 年 1 月改定於濟南

古代文學名著彙評叢刊

已出書目

第六才子書西廂記彙評

詩經彙評

唐賢三昧集彙評

文選彙評

世説新語彙校彙注彙評

震川先生集彙評